李清照

全集评注

二安
文库

徐北文 主编

济南出版社

图书在版编目（CIP）数据

李清照全集评注 / 徐北文主编 . —— 济南：济南出版社，2024.6
ISBN 978-7-5488-6363-2

Ⅰ . ①李… Ⅱ . ①徐… Ⅲ . ①宋诗 – 诗集②宋词 – 选集③古典散文 – 散文集 – 中国 – 宋代 Ⅳ . ① I214.412

中国国家版本馆 CIP 数据核字 (2024) 第 080880 号

李清照全集评注

LI QINGZHAO QUANJI PINGZHU

徐北文　主编

出 版 人　谢金岭
责任编辑　范玉峰　李　敏　张冰心
特约编辑　范洪杰
责任校对　李欣雨　魏鲁鑫
装帧设计　胡大伟

出版发行　济南出版社
地　　址　济南市市中区二环南路 1 号（250002）
总 编 室　0531-86131715
印　　刷　山东联志智能印刷有限公司
版　　次　2024 年 6 月第 1 版
印　　次　2024 年 6 月第 1 次印刷
开　　本　160mm×230mm　16 开
印　　张　38.75
字　　数　594 千字
书　　号　ISBN 978-7-5488-6363-2
定　　价　198.00 元

如有印装质量问题 请与出版社出版部联系调换
电话：0531-86131736

李清照简论

（代序）

徐北文

一

李清照的出现，是中国文学史上令人瞩目的事件。她不仅是古代为数不多的女作家中最优秀的一个，即使在属于"男人世界"的文坛上也堪称大家。她凭借仅存的寥寥不多的诗词，可以和苏轼、陆游、辛弃疾并列，也可以和陶渊明、杜甫、李白、韩愈、李长吉及李煜等前代风格大师比肩，因为她到底创出了个"易安体"；更何况她的《词论》上绍陆机、司空图，下开严羽、王士禛，在文学批评史上占有重要地位呢！李清照的惹人注意，还在于她的行为与中国传统的闺范不符，甚或相违；其家世和社会关系复杂，又未留下更多的可靠资料，不免使关注人心世道的论客说三道四。

她是令人同情的，特别是她遭逢国破家亡、丧夫离异、颠沛流离的后半生；她是令人惋惜感慨的，作为一个女人，她生前身后蒙受那么多评弹讥笑；然而她更是令人景仰的，她当世就有才女之称，身后被推为"本朝妇人文采第一"（王灼语）。她的词作被清代辑录刊行之后，重令世人刮目相看。"五四"以来，女权运动兴起，她又被重新评价，声誉与日俱增。当时著名女作家冰心在《冰心译文集·自序》中回忆道："1923年我在美国念研究生的时候，我硕士论文的题目是《李易安女士词的翻译和编辑》。论文中李易安（清照）的二十五首词，就是我的中译英习作。"（译林出版社出版）此后，大陆除已出版的李清照的作品集、注解本约二十种以外，史料汇编及研究论文也陆续出版，港台出版也成果斐然。国外如日、美、苏、瑞典等也都翻译了她的作品。

济南是李清照的故乡。这里曾先后诞育了《诗经·大东》的作者谭国大夫，唐代的崔融，宋代的李清照、辛弃疾，金元的杜仁杰、张养浩，明代的李攀龙、李开先，清代的王士禛等一大批著名诗人。而对于李清照，济南人是特别钟爱并引以为傲的。李清照纪念堂就修建在作为济南象征的趵突泉公园内，在园中的柳絮泉、漱玉泉侧。1984年纪念李清照诞生九百周年学术讨论会在济南召开，国内学者会集于泉城。济南市社会科学研究所（后改名为济南社会科学院）为此编辑了《李清照研究论文集》和《李清照研究论文选》，两书先后由中华书局、上海古籍出版社出版。褚斌杰（北京大学）和荣宪宾（荣斌，济南社科研究所）等合编的《李清照资料汇编》，在纪念李清照诞生九百周年之际亦由中华书局出版。以弘扬济南的诗歌传统、推动诗歌创作为宗旨的济南诗词学会也很关注李清照的研究。自1984年纪念李清照诞生九百周年学术讨论会在济南召开，至今已逾六年，有关这位大文学家的研究，近年来又有较大进展，有必要在新的基础上编著一部新的李清照著作全集。因此，济南诗词学会与济南社会科学研究所共同筹划，安排人力，并邀请北京图书馆王丽娜协助，在济南市有关领导关怀下，经过一年的努力，终于编著完成。作为本书的主编，深感限于水平和精力，未免名实难副。为了稍免于尸位之诮，现将我通读全稿的一些心得，谨以个人的名义写出这篇简论，聊为代序，以求教于读者。

二

诗人的事迹，颇类表演明星，人们注意他们的有戏剧性的逸事佳闻，而且在口头传说中往往夸张变形，但对他们重要的传记资料反而忽略不问。李清照生前在文人学士的圈子中就很有名气，身后其代表作品广泛流传于社会，然而人们只对她的才情和再婚离异的私生活充满了好奇，对其人生的诸多关键问题则无调查的兴趣。其代表作品虽为大众所熟知，可是全集的编刊流传，却无人为此费力耗资。因此，她的生活经历本来就复杂多变，反差甚大，又因为文献不足，以至引起后世学者聚讼纷纭。

首先，李清照的籍贯、故居就有问题。宋代资料都说她是济南人，不过宋代济南府所辖的县有历城、章丘等五个，按理凡这五个县的居民都可称为济南人，但一般只称府名不称县名者，往往是指该府首县之人，所以清初诗人田雯（他是德州人，当时属济南府，晚年他居大明湖畔）就有柳絮泉畔访李清照故居的诗篇传世，为世所熟知。然而章丘县于明嘉靖年间在廉家坡土封中发现了题为李格非（清照之父）所撰之《廉先生序》，这是表彰隐士廉复的文字，末署"元丰八年（1085年）九月十三日绣江李格非文叔序"字样。考章丘县之绣江的称名较晚，按中国古代河流命名惯例，北方诸水均依黄河命之为某河，南方诸水则依长江命之为某江。若东北之松花、鸭绿诸"江"的命名则为晚出。今章丘的绣江旧名湑河。何时将湑河改称"绣江河"不详，考元好问于1235年所作《济南行记》，则云：大明湖东入水栅，"栅之水名'绣江'，有绣江亭"。按："栅"，后通写为"闸"，曾巩曾在大明湖北建水闸，以调节水深。明末王象春《齐音》在"七闸连环未尽开"句后注云：德王（时驻济南）"宫首闸，并城外六闸，非一时俱放，则舟不得抵华（不注）麓"。又在咏元人于钦《齐乘》诗注云："泺水故道由柳塘口下合巨合河、绣江河，乃至新城北合于孝妇河，又下合索镇之乌河入海，国初（指明朝）犹然。"可见绣江河在明代已渐将栅外之水名绣江者，偏指湑河一带。不管如何，绣江在金、元之前只是条河流所经的流域名，而非城邑名。绣江流经历城东去，当然也包括了章丘。李格非署名不写府县名，只写附近的一条河名，自然含混不清。后世小说《醒世姻缘传》(胡适考证为蒲松龄著)虽有"绣江县"之称,但那是虚拟的。此碑序文之后又刻有"宣和癸卯(1123年)"即序文写作三十八年之后的李迥跋语,称李格非为其"先叔",并说幼时曾随其伯、父、叔"西郊纵步"访问廉家。可证李家居于今章丘之故城。如此,李清照原籍就是今济南章丘。但是,考此碑刻文所载,则序作于1085年,跋作于1123年,而镌刻立石则刻记为"至正六年廉□谅立",即立碑于1346年,距李格非作序已二百五十一年了。后又不知何时埋藏,至明代1550年前后才在章丘廉家村出土,置于该村关帝庙中。今按,此碑之文字既非一般之墓表体裁,仅是一篇人物散记,与通常墓碑惯例不合,亦与公众与寺院所立的功德碑刻不合,不排除元代的廉氏后人为张大其祖德,伪造或窜改旧文的可能,因为古人为了光宗耀祖不惜作伪的事并不罕见。所以,在没有新的证据出现之前,李清照原籍章丘县之说只能存疑。

至于说她的故宅在柳絮泉畔(今趵突泉公园内),也不可靠。考柳絮泉的命名,当由"泉沫如柳絮飞舞"之故。最早描写该泉景色的诗,见明代永乐年间济南按察司佥事晏璧的《七十二泉诗》(载崇祯间刘敕纂修《历乘》),他只写"东风三月飘香絮,一夜随波化绿萍"的泉景特色。一字未提李清照故居之事。按一般文人题咏胜迹的习惯,如果是李清照故居,他不会不涉及的;何况济南地方志如元代于钦的《齐乘》、明代刘敕的《历乘》,明代的府志和清初的县志等均未有记载。看来这是出于后世文人的好事附和,见"柳絮"之名联想到东晋才女谢道蕴"咏絮"的典故(见《世说新语》),遂以宋之才女附会晋之才女,编造此"故居"之说。至于漱玉泉,金代《名泉碑》云在"金线泉南"。明代则有二,分称北漱玉、南漱玉两泉(见晏璧的题咏)。有人以为清照以"漱玉"名集,或即采取家乡的泉名。但是也有另一可能,即其家乡人采取清照集名,用为泉名。总之,说李清照故宅在某泉侧之说是根据不足的。况且王仲闻云:

"清照幼时，当从父母居，其故宅应云'李格非故宅'，不得云'李清照故宅'。嫁后从赵氏，未居济南……济南不得有李清照故宅。"（《李清照集校注·李清照事迹编年》）我曾据元好问《济南行记》以为历城诸泉湖经水闸东去与发源于长白山的湄河汇流处因建有绣江亭之故，遂称之为绣江的。金代以前，所谓绣江应跨历城、章丘两县地域。而且廉氏碑的来历暧昧。又据李格非曾著有《历下水记》一书来参看，以为他应是历城人，但是仅为推测而已。近来读到骆承烈汇编《石头上的儒家文献——曲阜碑文录》（2001年齐鲁书社出版）著录曲阜孔林中之恩堂的东斋内所存石碣上刻的"提点刑狱、历下李格非，崇宁元年正月二十八日，率遹、迥、逅、远、迈恭拜林冢下"。得此铁证，可以确定清照的籍贯是历城（历城县在秦汉之际名历下邑）了。

李清照是否幼年居于济南呢？考《宋史·文苑传》，李格非中进士后，历任冀州、郓州、开封、洛阳等地官职，后居官京东路（治所在青州），均未在济南任职。格非中进士的时间，据《太平治迹统类》记载，为熙宁九年（1076年），李清照于1084年诞生，格非在外任官已八年，而李清照生母乃丞相王珪（原籍成都华阳）之女，王氏嫁于李格非时显系格非科举任官之后，不会离夫远赴外郡齐州之公婆家，李清照当生于其父格非的郓州（今东平）教授的住所，抑或随母留居于东京（开封）的外家，而不可能诞生于济南。清照十八岁嫁给太学生赵明诚。明诚之父赵挺之时任吏部侍郎，格非时任礼部员外郎，均在东京居住。其后明诚在京师任官，其父赵挺之卒于1107年，不久获罪被追查，其家属返居故里，她于是随明诚屏居青州。其后她随夫居官莱州，又移任淄州，其后于1127年金人南侵之际，夫妇相继南下。其后未再返北方。据此，清照一生皆未在济南定居，当然她居住青、莱、淄三州之时顺便返乡省亲或随夫到济南或泰山等地探访金石之文时偶然返回济南也非常可能，惜没有确证。只有最早见于《乐府雅词》的"常记溪亭日暮"的《如梦令》一首,虽后来有选本误题为苏轼、吕洞宾之作品,但当据早出的《乐府雅词》定为清照作品。其中"溪亭"一名,见苏辙《栾城集》中《题徐正权秀才城西溪亭》一诗,其时苏辙正在齐州任官。按:徐正权即济南名医徐遁,是泰山学派石介的门徒和女婿。石介与欧阳修为同年好友,苏氏兄弟同出于欧阳修之门,有年谊之好。溪亭在徐遁庭园之中,李格非又受苏轼赏知,成为"苏门后四学士"之一,与徐遁又同为乡谊士类,李清照返乡探亲时访问徐氏园林很是可能,如是她曾暂居过济南。(参见拙作《如梦令里的故事》,载《徐北文文集》济南出版社出版)

即使李清照没有在祖籍居住过,只是在淄州(后曾划属济南府)、青州或者郓州一带寄寓,但她仍然受到家庭戚友的影响,受到齐州(济南)文化风气的熏陶。我曾在《济南竹枝词》中有句云:"多少诗人生历下,泉城自古是诗城。"我国的诗歌"女皇"出生于济南的诗礼名门,盖非偶然。

五代战乱之后,京东之地的齐州反而成了文化教育迅速恢复发展的地区。在五代时历任国子司业、祭酒、弘文馆学士的邹平人田敏,参与后唐刊刻"九经"的校订,入宋后告老还乡,亲授子弟经籍。历城人田告曾学诗于陈希夷,与徐铉及王禹偁交游,后在章丘明水讲学,从学者数百人,著有《禹元经》及诗文集等。也就是在这种风气下,才培育出了范仲淹。范父为苏州人,于徐州生仲淹后即逝世,范随母改嫁至长山(今邹平)朱姓人家时,甫满周岁。范随朱姓兄弟就读于长白山醴泉寺,终于科第成名。他在南京(今河南商丘)掌学,先后从学者有石介、李觏、孙复及其子范纯仁等人,以弘扬儒学、致国太平为己任。其后石介居祖徕山讲学。辟佛老,尊孟韩,著有《徂徕先生集》。石介又邀请孙复建立泰山书院,形成了宋代最早、最有影响力的学派——泰山学派。其门徒有祖无择（著有《焕斗集》）、杜默（诗人）、姜潜、马默等。范仲淹后为庆历新政领袖，欧阳修等是其骨干，石介、孙复等也积极参与。石介又与济南张掞兄弟交游。在范仲淹和石介讲学活动的影响下，传统儒学得以改革、复兴。其后范纯仁、祖无择、曾巩、李常（公择）及苏辙等学者文人相继任济南地方官，他们都是范仲淹、石介、欧阳修的门徒。李格非撰著《礼记精义》等书，又成为"苏门后四学士"之一，当然与他生在济南这一有利的文化环境有重大关系。李格非更擅诗文，有人甚至过奖之为"司马迁后一人而已"。《宋史·文苑传》称："格非苦心于词章，陵轹直前，无难易可否，笔力不少滞。尝言'文不可以苟作，诚不著焉则不能工'。且晋人能文者多矣，至刘伯伦《酒德颂》、陶渊明《归去来兮辞》字字如肺肝出，遂高步晋人之上，基诚著也。"不难看出，提倡为文要"诚"，要"字字如肺肝出"，推崇刘伶、陶渊明的见解，都可以在李清照的作品中体现出来，而她"陵轹直前"的笔锋则更充分地发展了乃父之风。

　　李清照显然受到了重振儒学的范、石等人的影响，她关心国家命运，与石介的《中国论》和孙复的"尊王攘夷"（见其《春秋尊王发微》）的振兴中国、抵御外侮的主张是一脉相通的。但是，她同时又置身于"东州逸党"的特有的诗歌环境之中。济南诗人范讽是宋代京东诗坛领袖。《宋史·文苑传四》云："山东人范讽、石延年（曼卿）、刘潜之徒，喜豪放剧饮，不循礼法，后生多慕之。（颜）太初作《东州逸党诗》。"颜太初目之为"东州逸党"是讽刺他们，然而确实道出了这一诗派的特点。其中石延年是石介和欧阳修的好友，石介曾称：欧阳修是文豪，石延年是诗豪，杜默是歌豪，并为之作《三豪歌》。杜默是泰山学派中人，敢于运用俗语方言写诗，只是过于浅露而不为世重。范讽在济南与当地一些诗人来往，如淄川王樵（著有《远游集》），齐州李冠、李芝等，形成了宋代济南的诗歌传统。东州逸党是放浪诗酒、不拘礼法的，但又与提倡仁义的泰山学派水乳无间。这一复杂现象也在李格非、李清照父女身上体现出来。因为当时济南地区的学风、文风具有进取向上、陵轹直前的精神,最典型的例子是范仲淹,他既是高举儒教的政治家,又是风流蕴藉之词章学者。范氏抨击时弊,直言无忌,梅圣俞劝他,勿如:"乌哑哑兮遭唾骂于邻里"。他乃作《灵乌赋》答云:"宁鸣而死,不默而生。"我曾谓济南诗风乃"灵乌派",题诗道:"先忧后乐赋豪情,不默而生宁振鸣。漱玉稼轩赓白雪,灵乌一派是齐声。"

尽管李清照未诞育于济南,或许只偶尔返乡探亲,一生都在他乡生活,然而在家世、亲友的传承和影响下,她的作品仍然散发着泰山学派和东州逸党的精神,她正是一个济南的女儿。

三

我们说李清照既受泰山学派影响,又受东州逸党影响,既有儒风又有侠气,是矛盾的,然而又是统一的。其实李清照的家世及遭际也是充满矛盾的,反差甚大。例如,她出身于一普通儒生之家,但又是宰相之媳、太守夫人。她的父亲是以苏轼等为首的元祐党人,而公爹则是蔡京一派的骨干,两者是政敌。她既与丈夫共同喜爱金石考古之学,是治学谨严的学者,又是一个写"艳词"的才女。她既有美满的婚姻经历,又有误嫁金壬离异的不幸。她虽流落漂泊,但又有高官贵人做靠山,如秦桧夫人王氏是她的表姐妹,以及亲戚如翰林学士綦崇礼等。她曾是拥有金石文字珍品的大收藏家,后来又失落一空。她既关心国家民族,而又喜爱博弈饮酒。因此,后人对她的评价,众说纷纭,莫衷一是,也就是理所当然的了。

例如自宋代以来就有人说她的作品"轻巧尖新,姿态百出"(王灼),"词尤婉丽"(朱彧)。"创意出奇"(罗大经)。后来又有人用简单的"二分式"把她划入所谓"婉约派"。历代都重视她的艺术成就,到了现代这种意见在海外仍然盛行。如胡品清云："她借爱歌颂自己，而不是歌颂她爱的对象，不是把爱作为绝对、抽象，而是感官的，或美学的情感的表现，而不是精神契合的外在标志。"（《论李清照的词》）又有云："中国文人表现儒、释、道哲学影响，李不如此，（她）爱自然，爱生活，对战乱、农业、社会丑恶、贪官污吏等很少涉及。（这）与贵族出身有关，也与其主张词应表现自我的创作观有关。"（《李清照》美国特怀恩世界作家丛书版）

在海外学人乐于以庞德的意象派、瓦莱利的象征说，以及艾略特、瑞恰慈的论点来诠释李清照作品之时，大陆学人除了使用"现实主义与浪漫主义相结合"的惯套之外，还发现了她的爱国主义精神，从《中兴颂碑》诗中强调了她的对国事政治的敏锐性，说她"耿介忠直、忧国忧时"（黄墨谷）。报刊上更发表了许多表彰李清照的政治思想以及伦理意义的论文。

李清照的《词论》也引起争议，自宋代胡仔以来就以为她"历评诸公歌词，皆摘其短，无一免者"，是"蚍蜉撼大树，可笑不自量"。直到如今也有人说她"思想该有个人英雄主义成分。《词论》中对前人的批评所表现的骄傲是够惊人的"（黄盛璋《李清照及其思想》）。但是也有人以为"惟其论词绝精，其讥弹前辈，能切中其病，世不以为刻论也"（吴梅《词学通论》）。

宋代以来，许多士大夫喋喋不休地对李清照的品行评头论足，有的说她"闾巷荒淫之语，肆意落笔。自古缙绅之家能文妇女，未见如此无顾忌也"（王灼《碧鸡漫志》）。有的说她再适张汝舟，又为文说自己"忍以桑榆之晚节，配兹驵侩之下才"，因此"传者无不笑之"。（胡仔《苕溪渔隐丛话》前集）有的说她"然无检操"（晁公武《郡斋读书志》），以及"晚岁颇失节"（陈振孙《直斋书录解题》）。清代以来以俞正燮为代表，又多方辩解李清照并未改嫁，贞节方面无可非议。

　　这些争议和是非,一时很难得出明确的结论而使各方信服。这种争论,对于研究李清照的作品、对于探索中国文学史的某些关键问题都是有益的。希望继续争议下去,急于下结论并非明智之举。我以为作为社会的人,往往是很复杂的,是多方面、多层次的,其身心矛盾重重。作者如此,批评者又何尝不如此。评价李清照,首先认定她是位诗人,不是政治家,不是道德模范,当然她又是古代的中国人。有人以为她很关心政治,有人则以为她不关心政治;有人以为她贞洁,有人则认为她失节;有人认为她是积极的浪漫主义或现实主义,有人则以为她是有意象派等现代审美情趣;等等。我觉得如脱离了作者生活的时代与环境,用后世的尺度去衡量古人,有失偏颇。李清照之改嫁不改嫁(我认为应尊重宋代人的一致说法,即改嫁),有无个人英雄主义,是否行为放浪,都是次要的。我们应该注重的是李清照作品本身,是其作品的欣赏与研究,是其作品永恒魅力之所在。她是中国的一位古人,用西方近现代以来的浪漫主义、现实主义及二十世纪的意象派、语义学等来套她,或用当代的伦理规范来要求她,都是不恰当的。

　　以上看法,难免粗浅,仅供读者参考。

1990年岁末于济南之海岱居

2004年仲春修订

编纂说明

一、济南诗人李清照,神韵派大师王士祯称其与辛弃疾(幼安)为"济南二安",云:"婉约以易安为宗,豪放为幼安称首,皆吾济南人,难乎为继矣。"(《花草蒙拾》)四库馆臣称之为"词家一大宗"。清·沈谦《填词杂说》则称"男中李后主,女中李易安,极是当行本色"。因又有"词家二李"之称。台湾吴远怀从而誉二李为词国"男女二皇帝"。马西屏则又标目为"九百年来一词后"。清照作品已译为英、法、俄、日等国文字,蜚声世界。李清照理应成为其故乡济南的骄傲。新中国成立后济南市已于柳絮泉畔修建李清照纪念堂。为纪念她诞生九百年,由济南市社会科学研究所发起,于1984年10月举行了全国李清照研究学术讨论会。会议前后,编辑了《李清照研究论文集》(中华书局出版)、《李清照研究论文选》(上海古籍出版社出版)等书。如今,为进一步开展李清照作品研究,济南市社会科学研究所组织人员进行编写,并与济南诗词学会、济南文学学会及济南出版社共同合作,得以出版了这部《李清照全集评注》,敬请读者教正。

二、李清照作品的编集、注释,自清代王鹏运以来,踵事增华,逮王仲闻之《李清照集校注》(人民文学出版社出版)出版,广博而精密,基本臻于完备。学者自可借此书之成果,作为进一步探索之基石。但是,一般读者则颇踟蹰于披阅之艰深。本书之编写,既为一般读者提供较通俗之注释和赏析,又搜辑有关研究资料(特别是王注本完成于1963年,近三十年来海内外研究成果理应补充),为学者提供研究之参考。因此,本书的注解与赏析部分,主要为难以读王注本的读者服务,资料部分则供研究者取资。本书出版,不是代替王注本,而是与王注本既有分工,又是其补充。至于是否能较好地达到此效果,则不敢自必,尚有待大家指正。

三、本书由济南社科所副所长荣斌拟出编纂计划,经过济南诗词学会会长王砚耕及秘书长白冰、济南文学学会会长徐北文及秘书长董正春、济南出版社领导共同研究后,又由荣斌写出修订稿,然后组织人员依据编纂计划分工撰写,并推举兼任社科所特邀研究员和济南诗词学会副会长的徐北文教授为主编。主编负责通稿,仅作技术性修改,不强求各部分编撰者的观点一致,凡言之成理、持之有故者,一律尊重。我们认为这样做,能使读者主动思考,择善而从,更为有益;且可为学者进一步探索之启发。

四、本书作品部分,词、诗、文三者每篇评注均设简介、注释、集评、鉴赏四栏。评注者按文体分工如下:《词集》——济南社科所刘瑜,《诗集》——济南社科所荣斌,《文集》——济南社科所董正春,《词谱》——济南教育学院刘向红。

五、本书资料部分,编写人员如下:《李清照及其作品评论》之"古代部分"——荣斌,"现代部分"——董正春;《历代文人题咏》《李清照年表(简编)》《家世资料》及《生平参考资料》——荣斌;《李清照著作版本考》——济南教育学院徐北文;《李清照研究论著提要》——董正春;《当代李清照研究论文目录》——荣斌;《海外及中国港台地区李清照研究论著提要》——北京图书馆王丽娜、人民文学出版社原编审杜维沫、中国人民大学东欧中亚研究所李玉珠和郭庆云、中国社科院文学研究所郑永晓、北京师范学院王彬彬,《海外及中国港台地区李清照研究论著目录(外文部分)》——王丽娜。

六、本书各编,项目虽有侧重,但个别资料则不免于互收,为免读者翻检之劳,故不避重见,不予删削。

1990 年 11 月 30 日编者于济南诗词学会

新版说明

本书1990年问世后,受到广大读者欢迎、厚爱,曾获全国城市出版社优秀图书奖、山东省优秀图书奖、山东省优秀图书编辑奖等奖项。出版至今几十年,多次重印,发行量达十余万册。

出版过程中,关于李清照之佚文、身世资料,以及传记、论著等陆续问世者甚多,本书也有吸收和增订。如《李清照简论(代序)》采用了新发现的李格非之孔林石碣刻记及其他新资料,并将部分段落文字予以改写;《李清照年表(简编)》曾由原著者荣斌增改重写;《李清照研究论著提要》由原著者董正春续写。此次,借全新改版的机会,我们也对《当代李清照研究论文目录》《海外及中国港台地区李清照研究论著提要》等部分进行了增补。

由于编辑水平有限,疏漏之处在所难免,还望广大读者不吝赐教。

目 录

存疑词

二　诗集 / 163

一 词集

一剪梅　红藕香残玉簟秋

　　红藕香残玉簟秋。轻解罗裳，独上兰舟。云中谁寄锦书来？雁字回时，月满西楼。花自飘零水自流。

　　一种相思，两处闲愁。此情无计可消除，才下眉头，却上心头。

简介

　　元·伊世珍《琅嬛记》载："易安结缡未久，明诚即负笈远游。易安殊不忍别，觅锦帕书《一剪梅》词以送之。"若据此，该词当为李清照年轻时赠给丈夫的送别之词。但详词意仅为怀人之作，无送别之语。《琅嬛记》乃伪托之书，不可据。本首情景交融，写出意境的艺术美。是李清照的代表词作之一。

注释

〔题解〕明·郦琥辑《彤管遗编》等调作《一枝花》。宋·黄升《花庵词选》等题作《别愁》，明·周瑛辑《词学筌蹄》等题作《离别》，《便读草堂诗余》（明·董其昌批点）等题作《秋别》，清·夏秉衡辑《清绮轩词选》等题作《闺思》。《花庵词选》等诸多词书收录为李清照词。

〔红藕〕红色荷花。五代·顾夐《醉公子》："漠漠秋云淡，红藕香侵槛。"又《浣溪沙》："红藕香寒翠渚平，月笼虚阁夜蛩清。"

〔玉簟秋〕坐在精美的竹席上感觉发凉，方知秋天来了。簟：竹席。五代·顾夐《虞美人》："绿荷相倚满池塘，露清枕簟藕花香，恨悠扬。"

〔罗裳〕罗制的裙子。裳：裙，古代男女都可穿。晋·女子《春歌》："春风复多情，吹我罗裳开。"

〔兰舟〕用木兰树制造的华美的小船。梁·任昉《述异记》："木兰洲在浔阳江中，多木兰树……七里洲中有鲁班刻木兰为舟，舟至今在洲。诗家云：'木兰舟'，出于此。"五代·孙光宪《河传》："木兰舟上，何处吴娃越艳，藕花红照脸。"宋·晏几道《清平乐》："留人不住，醉解兰舟去。"

〔锦书〕世传前秦·窦滔有妻苏蕙，但在外娶了妾。苏蕙织锦为《回文璇玑图》诗寄给丈夫,夫终醒悟。这里指书信。宋·柳永《两同心》:"锦书断,暮云凝碧。"宋·陆游《钗头凤》"山盟虽在,锦书难托。"

〔雁字〕雁在空中飞行时常排成"一"或"人"字形,故称"雁字"。宋·晏几道《阮郎归》:"天边金掌露成霜,云随雁字长。"

〔回〕《词律》作"来"。

〔西楼〕指思念者的居所。唐·韦应物《答李儋》诗:"闻道欲来相问讯,西楼望月几回圆。"唐·李益诗《写情》:"从此无心爱良夜,任他明月下西楼。""西",《草堂诗余》等无"西",据《诗余图谱》等补。

〔自〕《古今女史》作"落"。

〔却〕《花草粹编》《名媛诗词》作"又"。

集 评

宋·胡仔:近时妇人能文词者,如赵明诚之妻李易安,长于词,有《漱玉集》三卷行于世。此词颇尽离别之意,当为拈出。(《苕溪渔隐丛话》)

元·伊世珍《琅嬛记》:赵明诚幼时,其父将为择妇。明诚昼寝,梦诵一书,觉来惟忆三句云:"言与司合,安上已脱,芝芙草拔。"以告其父。其父为解曰:"汝待得能文词妇也。'言与司合',是'词'字;'安上已脱',是'女'字;'芝芙草拔'是'之夫'二字,非谓汝为词女之夫乎?"后李翁以女女之,即易安也,果有文章。他们结缡未久,明诚即负笈远游。易安殊不忍别,觅锦帕书《一剪梅》词以送之。词曰:"红藕香残玉簟秋……却上心头。"(《琅嬛记》)

明·杨慎:离情欲泪。读此始知高则诚、关汉卿诸人文是效颦。(杨金木《草堂诗余》)

明·茅暎:香弱脆溜,自是正宗。(《词的》)

明·李攀龙:(眉批)多情不随雁字去,空教一种上眉头。(评语)惟锦书、雁字,不得将情传去,所以一种相思,眉头心头,在在难消。(《草堂诗余隽》)

明·王世贞:李易安"此情无计可消除,方下眉头,又上心头。"可谓憔悴支离矣。(《弇州山人词评》)

明·沈际飞:时本落"西"字,作七字句,非调。是元人乐府妙句。关、马、白、郑诸君,固效颦耳。(《草堂诗余正集》)

明·李廷机：此词颇尽离别之情，语意超逸，令人省目。(《草堂诗余评林》)

明·张丑：易安词稿一纸，乃清秘阁故物也。笔势清真可爱。此词《漱玉集》中亦载，所谓离别曲者耶？卷尾略无题识，仅有点定两字耳。录其于左："红藕香残玉簟秋，轻解罗裳，独上兰舟。云中谁寄锦书来，雁字回时，月满楼。花自飘零水自流，一种相思，两处闲愁。此情无计可消除，才下眉头，却上心头。"(《清河书画舫》)

明·徐士俊："楼"字上不必增"西"字。刘伯温"雁短人遥可奈何"亦七字句，仿此。(《古今词统》)

清·王士禛：俞仲茅小词云："轮到相思没处辞，眉间露一丝。"视易安"才下眉头，却上心头"，可谓此儿善盗矣。然易安亦从范希文"都来此事，眉间心上，无计相回避"语脱胎，李特工耳。(《花草蒙拾》)

清·沈雄：周永年曰：《一剪梅》唯易安作为善。刘后村换头亦用平字，于调未叶。若"云中谁寄锦书来"，与"此情无计可消除"，"来"字、"除"字，不必用韵，似俱出韵。但"雁字回时月满楼"，"楼"字上失一"西"字。刘青田"雁短人遥可奈何"，"楼"上似不必增"西"字。今南曲只以前段作引子，词家复就单调，别名"剪半"。将法曲之被管弦者，渐不可究诘矣。(《古今词话》)

清·万树："月满楼"，或作"月满西楼"。不知此调与他词异。如"裳""思""来""除"等字，皆不用韵，原与四段排比者不同。"雁字"句七字，自是古调，何必强其入俗，而添一"西"字以凑八字乎？人若欲填排偶之句，自有别体在也。(《词律》)

清·徐釚：董文友《一剪梅》云："惯得相携花下游，苏大风流，苏小风流。而今别况冷于秋，燕去南楼，人去南楼。等闲平判十分愁，依在心头，卿在眉头。少年心事总悠悠，一曲扬州，一梦苏州。"商邱宋牧仲谓其酷似李易安。(《词苑丛谈》)

清·张宗橚：此《一剪梅》，变体也。前段第五句原本无"西"字，后人所增。旧谱谓脱去一字者，非。又按：《汲古阁宋词》，此阕载入《惜香乐府》，恐误。(《词林纪事》)

清·梁绍壬：易安《一剪梅》词起句"红藕香残玉簟秋"七字，便有吞梅

嚼雪,不食人间烟火气象,其实寻常不经意语也。(《两般秋雨庵随笔》)

清·陈廷焯:易安佳句,如《一剪梅》起七字云:"红藕香残玉簟秋",精秀特绝,真不食人间烟火者。(《白雨斋词话》)

又:起七字秀绝,真不食人间烟火者。梁绍壬谓:只起七字已是他人不能到。结更凄绝。(《云韶集》)

清·况周颐:玉梅词隐云:易安精研宫律,所作何至出韵。周美成倚声传家,为南北宋关键,其《一剪梅》第四句均不用韵,讵皆出韵耶? 窃谓《一剪梅》调当以第四句不用韵一体为最早,晚近作者,好为靡靡之音,徒事和畅,乃添入此叶耳。(《漱玉词笺》)

今·胡云翼:在李易安作品里面,显然划成这一条鸿沟,如"怕郎猜道:奴面不如花面好,云鬓斜簪,徒要教郎比并看,""眼波才动被人猜,"是何等的妖艳! 而"物是人非事事休,欲语泪先流,""只恐双溪舴艋舟,载不动许多愁,"又何等的凄凉! 这是易安词的分野线。(《宋词研究》)

今·《中国文学史》:《一剪梅》写少妇在丈夫离家后的相思之忧,十分熨帖细腻,坦率深挚。像这样敢于摆脱世俗舆论的束缚,而热情地、健康地倾吐着想念丈夫的真心话的作品,无疑地是具有一定进步意义的。(北大一九五五级集体编写)

今·周笃文:这是旖旎的、心心相印的、无计排遣的爱情之剖白。愁吗? 是的,这是蜜一样的清愁啊! 在那女性要求普遍遭到压制的时代,能这样大胆地讴歌自己的爱情,毫不扭捏,没有病态成分,尤其显得可贵。(《宋词》)

今·《唐宋词选》:相传为元人伊世珍所写的《琅嬛记》说:赵明诚、李清照婚后不久,赵明诚就到远处去上学,李清照"殊不忍别,觅锦帕,书《一剪梅》词以送之"。伊世珍所说和作品内容大体符合。上片开头三句写分别的时令和地点,下片起句"花自飘零水自流"回应这三句,这些都是写分别时情景,其他各句是设想别后的思念心情。(中国社会科学院文学研究所编)

鉴 赏

元·伊世珍《琅嬛记》云:"易安结缡未久,明诚即负笈远游。易安殊不忍别,觅锦帕,书《一剪梅》词以送之。"按内容此词是写别后的相思,不是写送别。所谓《琅嬛记》本是伪托之书不足为据。

"红藕香残玉簟秋",亭亭玉立,袅娜多姿的红色荷花竟然凋零了,只剩下余香。缘情布景。"玉簟秋",点明了时节。开篇作者选取了自然景观"红藕香残"作为外景远景,用极富生活特色的"玉簟秋"作为内景近景,融情入景,渲染气氛,借以烘托女主人的别后思绪。首句,乍看寻常七字,但内涵极富,"精秀特绝",从视、嗅、触觉三个方面写秋天冷落衰败的景象。

"独上兰舟",反映失伴鸳鸯的依恋凄怆的意绪。山高路远,交通阻隔,相见亦难,缠绵悱恻的情思只能在书信中倾吐了。

"云中谁寄锦书来",用反诘句表达了肯定的意思,没有谁能从云中传递美好的书信。写出此时此刻怅惘之情。"雁字",因雁飞排列,往往作"人"字形,"雁字"喻人。此处写望见雁阵排列,宛如"人字",更增加了怀念之思。我茕茕孑立,翘首盼望你的佳音,那该是何等的难耐呀!月光越"满",越能勾引起对亲人的思念之情。

下阕写别后相思之情的难堪和无法排遣。换头,"花自飘零水自流",照应首句,一面是水边景物的描写,一面暗喻青春易老,年华易逝的道理。借自然之境,揭示自己所悟得的哲理。"自"字说明这是自然规律,故应珍惜青春年华。通过景物渲染气氛,烘托离愁别苦。所言之理真,所抒之情切;晓之以理,动之以情。则必然是"一种相思,两处闲愁"。作者用这一形式对称,音节和谐的对偶句,突显出别后两处相思是何等自然和不可避免!因爱得深,才思得切;思而难偶,才愁得苦;愁得苦,则情痴。故"此情无计可消除"。此句有水到渠成之妙。作者以理驱情,层层推时,作品的思想感情似乎在这里达到了高潮,很有曲终意尽,戛然而止之势。写什么呢?放开一步,宕出远神。

"才下眉头,却上心头",以对偶句作结。"愁"能上能下,把"愁"写活了,把抽象的东西具体化、形象化、深刻化。使作品的思想感情得以升华。乃尔精巧。

上片主要写离别后的情景。下片写别后的相思。上下联系自然,结构严谨。语言晓畅清秀,不事雕琢。气势贯通,挥洒俊逸,有一泻千里之势。

小重山　春到长门春草青

春到长门春草青，江梅些子破，未开匀。碧云笼碾玉成尘，留晓梦，惊破一瓯春。

花影压重门，疏帘铺淡月，好黄昏。二年三度负东君，归来也，著意过今春。

简 介

此词当为易安南渡前的作品。写女主人早春思念丈夫，盼望早日归来共度今春的迫切心情。上片含蓄，下片直率，相映成趣。情景相间，以景托情。意境开朗，感情真朴。与易安写离情别绪的词相比，迥异其趣。

注 释

〔题解〕《乐府雅词》《花草粹编》等收录为李清照词。

〔春到长门春草青〕此句援用《花间集》薛昭蕴《小重山》词原首句。长门：西汉宫殿名，在诗词中出现往往代表冷宫之意。《文选》司马相如《长门赋序》云："孝武皇帝陈皇后，时得幸，颇妒，别在长门宫，愁闷悲思。闻蜀郡成都司马相如天下工为文。奉黄金百斤为相如、文君取酒。因于解悲愁之辞。而相如为文，以悟主上，陈皇后复得亲幸。"唐·张窈窕《寄故人》："无金可买长门赋，有恨空吟团扇诗。"

〔些子〕一些。宋·蔡士裕《金缕典》："著些子，更奇妙。"宋·柳永《洞仙歌》："似觉些子轻孤，早恁背人沾洒"。

〔碧云笼〕：平时装茶的笼子。笼：《花草粹编》等作"龙"。碧云：指茶叶之色。

〔碾玉〕即碾茶。黄庭坚《催公静碾茶诗》："睡魔正仰茶料理，急遣溪童碾玉尘"，其中的"碾玉尘"与此词"碾玉成尘"意同。宋时崇尚团茶，即将茶叶调和香料压制成团状，用时再碾碎，故称"碾玉"。

〔晓〕《花草粹编》等作"晚"。

〔一瓯春〕瓯：饮料容器。李煜《渔父》词："花满渚，酒满瓯。"春：指茶。

黄庭坚《踏莎行》:"碾破春风,香凝午帐",其中的"春",即指茶。"春",《历代诗余》作"云"。

〔东君〕原指日神,见洪兴祖《楚辞补注》,后人则指代为司春之神。白居易《和送刘道士游天台》:"斋心谒西母,暝拜朝东君。"

集 评

清·况周颐:《问蓬庐随笔》云:荆公《桂枝香》作名世,张东泽用易安"疏帘淡月"语填一阕,即改《桂枝香》为《疏帘淡月》。(《漱玉词笺》)

鉴 赏

人们都愿意阖家安乐,团圆幸福。"每逢佳节倍思亲"。春天的绝胜光景也最能撩拨离人的情怀。李清照迫切希望"二年三度"未能在家度过新春的丈夫赵明诚归来,共过"今春",并倚声填词,写了这首《小重山》。

上片写春到人间,春草青青,红梅开绽的早春景象及对丈夫的思念。下片写早春黄昏庭院中的美好景象及盼望丈夫归来的急切心情。

上片含蓄。虽然也是写景写情,但读者难以一眼破的,其妙谛是在不言之中的。"长门"是代表冷宫的,意味着赵明诚离去后,她曾是寂寞愁苦的。"留晓梦",隐含她对丈夫的深切思念之情。下片直率。写景抒情,径摅胸臆,一览无余。如春日江河,欢腾而下,一气贯注。含蓄直率相映成趣。上隐下露,上含蓄下直率,这种构思方法,犹如一个卓越的魔术师,先用一个魔毯铺在地上,而这个毯子的中间随着他那魔术棒的上指而拱起,但里面是什么东西,却令人神思飞越,想入非非。观众屏住呼吸,急不可待,不弄个究竟决不善罢甘休,这就是含而不露的魅力。当观众抓耳挠腮,急不可耐的时候魔术师将魔毯一揭,里面尽是一些瑰宝,五光十色,璀璨夺目,观众一饱眼福,心理得到了极大的满足,无不拍手称绝,这便是露的欢跃。李清照上隐下露的构思方法,之所以取得特殊的艺术效果,与上面魔术师的魔术那样扣人心弦是有相似之处的。

琢炼字句精工绝妙。"花影压重门,疏帘铺淡月",用一对偶句写黄昏的良辰美景,增强词的建筑美。虽然庭院里的梅花尚未开匀,花的影子斑斑驳驳,映在重重的门上,似乎沉沉地压下来。清淡的月光洒在稀疏的帘子上,显得那么凝重,就像铺在上面一样。"压""铺"两个动词用得生动形象,颇有神韵。唐·李贺诗:"黑云压城城欲摧,甲光向日金鳞开"(《雁门太守行》),"压"字传神地写出天气的阴沉险恶。唐·白居易《暮江吟》诗:"一道残阳铺水中,半江瑟瑟半江红,""铺",使人对光有种凝重厚实的感觉。一个形容日光,一个修饰月光。有异曲同工之妙。都说明作者琢炼字句的精妙。

上下片分开看,各是先景后情。纵观全词,情景相间,以景托情。

该词格调欢快,意境开朗,色彩鲜明,感情真朴,生活色彩浓厚,字里行间流露出苦心孤诣,孜孜追求的愿望即将要实现的那种喜悦的情绪。与李清照那些写离愁别苦的词相比,格调迥异。

长寿乐　微寒应候

南昌生日

微寒应候,望日边、六叶阶蓂初秀。爱景欲挂扶桑,漏残银箭,杓回摇斗。庆高闳此际,掌上一颗明珠剖。有令容淑质,归逢佳偶。到如今,昼锦满堂贵胄。

荣耀,文步紫禁,一一金章绿绶。更值棠棣连阴,虎符熊轼,夹河分守。况青云咫尺,朝暮重入承明后。看彩衣争献,兰羞玉酎。祝千龄,借指松椿比寿。

简　介

这是为一贵族妇女祝贺生日的应酬之作,无非是善颂善祷,应世随俗而已。但委婉含蓄,比喻贴切,用典自然,表现了作者较高的语言修养。

注 释

〔题解〕新编通用启札《截江网》卷六署为易安夫人作。题作《南昌生日》。王仲闻以为未见宋代有这样称呼李清照的。《翰墨大全》有延安夫人、易少夫人，与易安夫人，均为一字之差，待考。黄墨谷以为不类易安之作。

〔应候〕应节气季候。

〔六叶阶蓂初秀〕阶蓂已生六叶，刚刚开花。蓂：指蓂荚，古代传说中的一种瑞草。《帝王世纪》："尧时有草夹阶而生，每月朔生一荚，月半则生十五荚。自十六日，一荚落，至月晦而尽。月小则余一荚，厌而不落。"廖行之《水调歌头》："纪当年，蓂两荚，应熊罴。"又《西江月·寿友人》："试数阶蓂有几，昨朝看到今朝。"六叶：点明生日为阴历初六。秀：结实。

〔爱景〕冬天的阳光。唐·徐坚《初学记》引梁元帝《纂要》："日光曰景。"又曰："日有爱日畏日。"注："爱，冬日也。"宋·张榘《飞雪堆满山》："爱日烘晴，梅梢春动，晓窗客梦方远。""景，阳光。"南梁·刘令娴《春闺怨》："花庭丽景斜，兰牖轻风度。"

〔扶桑〕传说中太阳边的神树。《山海经·海外东经》："汤谷上有扶桑，十日所浴，在黑齿北。居水中，有大木，九日居下枝，一日居上枝。"挂扶桑：指冬天太阳将出。唐·李峤《日》："旦出扶桑路，遥升若木枝。"唐·吴筠《登北固山望海》："云生蓬莱岛，日出扶桑枝。"

〔漏残银箭〕谓漏水滴尽，只余银箭。漏：古代计时工具。银箭：漏中立着的带刻度的白色竖标，似箭，故名。欧阳修《渔家傲》："良宵短，人间不合催银箭。"

〔杓回摇斗〕杓星回转，使北斗星调了方向，指春天将临。杓：即斗柄。《史记·天官书》索隐引《春秋运斗枢》："第一到第四为魁，第五至第七为标（杓），合而为斗。"宋·沈瀛《减字木兰花》："斗杓挹酒，齐视今人箕翼寿。"宋·杜安世《菩萨蛮》："玉烛光明正旦好，斗柄东回春太早。"

〔高闳〕高门。指名门望族。

〔剖〕指出世。

〔令容〕美丽的容颜。令：美好。魏·曹植《美女篇》："容华耀朝日，谁希令艳。"

〔淑质〕善良的品格。淑：善良。《诗经·关雎》："窈窕淑女，君子好逑。"宋·刘涧谷《西江月》："淑质生当良月，晬辰喜遇今朝。"

〔归〕古时出嫁曰归。

〔昼锦〕《汉书·项籍传》："羽见秦宫室皆已烧残，又怀思东归，曰：'富贵不归故乡，如衣锦夜行。'"后因夜锦还乡，人们看不到，故改"昼锦还乡"。宋·姚勉《沁园春》："昼锦还乡，油幢佐幕，谁道青天行路难。"

〔贵胄〕贵族的子孙。胄：后代：陈寿《三国志·隆中对》："将军既帝王之胄，信义著于四海。"

〔文步紫禁〕此处指有文才的后代升入皇宫做高官。禁：指皇宫。《史记·项羽本纪》："二世常居禁中。"旧说天有紫微垣，保卫天子之宫，故称皇宫为紫禁。

〔金章绿绶〕金章：金印，官印。《汉书·百官公卿表上》："相国、丞相，皆秦官，金印紫绶。"绶：为怀揣金印的人腰系之绸带。宋·郭应祥《柳梢青》："风流太守，紫绶金章。"

〔棠棣连阴〕指兄弟皆为高官。《诗经·小雅·棠棣》："棠棣之花，鄂不韡韡，凡今之人，莫如兄弟。"以后棠棣比喻兄弟之情。宋·张先《感皇恩》："同时棠棣萼，一家春。"

〔虎符〕古代帝王调兵用的信物。多黄铜铸成虎形，分两半，各有相同铭文，左半留朝，右半领兵将帅携带，调发兵时验合。《汉书·文帝纪》：三年"九月，初与郡守为铜虎符、竹使符。"集解："应劭曰：铜虎符第一至第五，国家当发兵，遣使者至郡合符，符合，乃听受之。"

〔熊轼〕《后汉书·舆服制》："公、列侯安车、朱班轮、倚鹿较、伏熊轼、皂缯盖、黑轓、右騑。"轼：为车前横木，常画以伏熊之形，故名。后人多以熊轼为刺史事。唐·李商隐《为濮阳公陈情表》："熊轼郧城，忽然通贵"。

〔夹河分守〕此指所祝贵妇有两个儿子皆为郡守。《汉书·杜周传》："始周为廷吏，有一马。及久任事，列三公，而两子夹河为太守，家訾累巨万矣。"

〔青云〕比喻地位很高。《史纪·范雎蔡泽列传》"贾（须贾）不意君能自致于青云之上。"唐·李白《忆旧游寄谯郡元将军》："北阙青云不可期，东山白首还归去。"

〔咫尺〕形容很近。咫：古代长度单位，合现在市尺六寸二分二厘。宋·张商英《南乡子》:"杨柳堤边青草岸,堪观,只在人心咫尺间。"

〔承明〕指承明庐,在汉承明殿旁,侍臣值班之所。后以入承明庐为在朝或入朝为官。《汉书·严助传》,武帝赐书:"君厌承明之庐,劳侍从之事,怀故士,出为郡吏。"注引张宴曰:"承明庐在石渠桥外。"

〔彩衣〕世传老莱子年七十,父母尚在,为娱其父母,尝著斑斓彩衣为小儿装。见《太平御览》四一三引《孝子传》。此指寿主之子。

〔兰羞〕美食。梁·简文帝萧纲诗:"兰羞荐俎。"羞:食物。唐·李白《行路难》:"金樽清酒斗十千,玉盘珍羞直万钱。"

〔玉酎〕美酒。玉:美称。酎:醇酒。唐·无名氏《题屈原祠》:"行客漫陈三酎酒,大夫原是独醒人。"

〔松椿〕两种树龄长的树。常用来比寿。松,冬夏常青,具有无限生命力。椿,《庄子·逍遥游》:"上古有大椿者,以八千岁为春,八千岁为秋。"宋·晏殊《拂霓裳》:"今朝祝寿,祝寿数,比松椿。"

鉴 赏

元《截江网》卷六收录本词,以其为"易安夫人"之作,因为宋人未有称李清照为"易安夫人"者,且从内容和格调上看,亦不似李清照词作,只能存疑待考。

首八句,写高门贵府之妇人诞生的季节、日期、时辰。用生动形象而富感染力的比喻"掌上一颗明珠",称誉贵妇人曾受父母的宠爱及在家庭中的特殊地位。

次四句,赞颂贵妇人的"令容淑质"、而今"昼锦满堂贵胄"。

换头,赞颂贵妇人的如今"荣耀",子弟"文步紫禁""金章绿绶",祝贺其子的加官晋爵,高官厚禄。

结尾二句,以"松椿"之龄长比人之寿长,以祝颂贵妇人福寿无疆。

在艺术技巧上,该词有如下特色:

一、委婉含蓄。作者用"爱景",暗示出生季节是冬天;用"杓回摇斗",斗柄欲东指,进而点出出生季节是春天即将来临之时,即冬末;用"六叶阶蓂初秀",点示出生日是在冬末月初六;用"欲挂扶桑""漏残银箭",点出出生时辰是在太阳将出来的时候。隐而不露,耐人咀嚼。

二、比喻生动、形象。用"掌上一颗明珠",比喻贵妇人曾倍受父母钟爱;

用"松椿"树龄之长,比喻贵妇人寿命之长;用"青云"比喻官位显赫。这些比喻甚为恰切、生鲜,至今仍有"掌上明珠""寿比南山不老松""青云直上"之语常为人所喜用。

三、"昼锦""金章绿绶"等典故的运用,既典雅蕴藉,又丰富了词的内涵。

忆秦娥　临高阁

临高阁,乱山平野烟光薄。烟光薄,栖鸦归后,暮天闻角。

断香残酒情怀恶,西风催衬梧桐落。梧桐落,又还秋色,又还寂寞。

简介

此词,写作者登阁眺望及孤寂之感。心与物融,情与景合。两个"又还",加重了凄凉哀郁的色彩,加深了主题的表达。

注释

〔题解〕四印斋本《漱玉词》补遗题作《咏桐》,《全芳备祖》收为李清照词,编者陈景沂将词分门收录,因该词中有"梧桐落"句,故将其词收"梧桐门",其实并非咏梧桐之作。杨金本《草堂诗余》《花草粹编》也收录此词,但未著作者姓名。

〔烟光薄〕烟雾淡而薄。

〔栖鸦〕指在树上栖息筑巢的乌鸦。宋·苏轼《祈雪雾猪泉,出城马上作,赠舒尧文》:"朝随白云去,暮与栖鸦还。"

〔闻〕杨金本《草堂诗余》作"残",《花草粹编》作"吹"。

〔角〕见《菩萨蛮·归鸿声断残云碧》注。

〔断香残酒〕指熏炉里的香烧尽了,杯里的酒喝完了。

〔情〕《花草粹编》作"襟"。

〔衬〕施舍,引申为帮助。"西风催衬梧桐落",秋风劲吹,帮助即将凋落
的梧桐叶更快飘落了。《警世通言》卷三十:"二赵在旁,又帮衬许多好
言。夸吴氏名门富室。"

〔又还秋色〕杨金本《草堂诗余》作"天还秋色";秋色,《花草粹编》作
"愁也"。

〔还〕归,回到。另说,当"已经"讲(侯健、吕志敏《李清照诗词评注》)。

〔还〕仍然。另说,当"更"讲(侯健、吕志敏《李清照诗词评注》)。

鉴 赏

"临高阁,乱山平野烟光薄",开端起得陡然,从而吸引了读者的注意。
女主人登楼眺望,远处那蜿蜒起伏参差错落的群山,近处那辽阔坦平的原
野,都被一层灰蒙蒙的薄雾笼罩着。"烟光薄"的凄暗色彩,似乎笼罩全篇,
也似涂在读者的心上。

"烟光"三句,女主人站在高阁之上,看到从遥远的群山和平坦的原野
上归飞的乌鸦,她的心无限的惆怅,想起了远离身边的心上人尚未归来。
这时又听到黄昏画角的哀鸣,在群山和原野中回荡,尤觉黯然神伤。作者
从视觉、听觉两个方面写黄昏的景象,使画面产生了动感。上片写女主人
在高阁上眺望所见。由人及物。

换头,"断香残酒情怀恶",转由物及人,写室内的环境和女主人情怀的
恶劣。室内熏炉里的香料已经烧尽,不再续添,仍然没有心思;酒杯里的酒,
也差不多喝完,愁绪依然未减。"西风催衬梧桐落",秋风阵阵袭来,梧桐树
的叶子随之飘落。颇有"悲哉秋之为气也!萧瑟兮草木摇落而变衰"的悲
惨气氛。

结句用两个"梧桐落",渲染了凄凉的气氛,衬托了女主人悲怆的心境。
女主人很想到外面去排遣一下心中的缠绵离情,但是不能,外面是一片令
人悲伤的秋色。江山凄肃,花木飘落,不仅不会消愁,反而会更增悲哀。于
是,还要继续在室内闷坐,形影相吊,一片沉寂。至此,她无法排遣的浓愁
和孤寂,也便跃然纸上了。

凤凰台上忆吹箫 香冷金猊

香冷金猊,被翻红浪,起来慵自梳头。任宝奁闲掩,日上帘钩。生怕闲愁暗恨,多少事,欲说还休。新来瘦,非干病酒,不是悲秋。

休休,这回去也,千万遍阳关,也则难留。念武陵人远,烟锁秦楼。惟有楼前流水,应念我、终日凝眸。凝眸处,从今又添,一段新愁。

简介

此词当为易安年轻时作品。《草堂诗余隽》评语认为此词"写出一种临别心神"。《唐宋词选》(中国社会科学院文学研究所编)认为此词写"离别爱人以后的思念心情"。上片通过室内器物及人物举止情态的描写透视人物的内心世界。虽用多种表情法,仍不把真情说破,激发读者睹影测物,强化读者的审美动机。下片尽情诉说,风神摇曳,上隐下显,跌宕曲折,是李清照闺情词的杰作之一。

注 释

〔题解〕《词学筌蹄》等题作《离别》,《古今词统》等题作《闺情》。《乐府雅词》等多种词书收录,均以为易安词。

〔香冷金猊〕香冷:指香料已经燃尽。金猊:《香谱》:"香兽以涂金为狻猊、麒麟、凫鸭之状,空其中以燃香,使香自口出,以为玩好。"猊:狮子。金猊:黄铜铸成的狮子形熏炉。宋·花蕊夫人《宫词》:"金猊烟穗绕觚棱。"全句是说香料在黄铜铸的狮子形熏炉里燃尽,也不去续添。

〔被翻红浪〕红锦被成波浪状乱放在床上,无心折叠之意。

〔慵〕懒。五代·欧阳炯《凤楼春》:"锦书通,梦中相见觉来慵。""慵自"《乐府雅词》作"人未"。

〔宝奁〕精美、珍贵的妆匣。宋·贺铸《忆仙姿》:"销黯,销黯,门共宝奁长掩。"宋·张先《于飞乐令》:"宝奁开,菱鉴静,一掬清蟾。"

〔闲掩〕闲置,不开盖。《历代诗余》等作"尘满"。

〔帘钩〕挂帘的钩。宋·晏殊《清平乐》:"斜阳独倚西楼,遥山恰对帘钩。"

〔闲愁暗恨〕《历代诗余》等作"离怀别苦"。

〔新来〕《乐府雅词》作"今年"。

〔休休〕罢了罢了。《乐府雅词》作"明朝"。

〔阳关〕这里指《阳关曲》,为送别时唱的歌曲。唐·王维《渭城曲》:"渭城朝雨浥轻尘,客舍青青柳色新。劝君更尽一杯酒,西出阳关无故人"翻入乐曲。

〔则〕《乐府雅词》作"即"。

〔武陵人远〕武陵:湖南常德。武陵人,本于晋·陶渊明《桃花源记》:"晋太元中,武陵人捕鱼为业,缘溪行,忘路之远近,忽逢桃花林……"指离家远行的人。另有《幽明录》载:"汉明帝永平中,剡县刘晨、阮肇共入天台山采药,道迷入山……溪边有两女子,姿容绝妙,遂留半年,怀土求归,既已至家……"唐·王之涣《惆怅诗》:"晨肇重来路已迷,碧桃花谢武陵溪",也称晨、肇涉足武陵。后来武陵人被作为离家远行人的代称了。

〔人远〕《乐府雅词》作"春晚"。

〔烟锁秦楼〕《乐府雅词》作"云锁重楼"。

〔秦楼〕即凤台。《列仙传拾遗》:箫史善吹箫,作鸾凤之响。秦穆公有女弄玉,善吹箫,以女妻之。箫史遂教弄玉作凤鸣。居二数年,凤凰来此。公为作凤台,夫妇住其上。数年,弄玉乘凤、箫史乘龙去。唐·李白《忆秦娥》:"箫声咽,秦娥梦断秦楼月。"

〔惟有〕《乐府雅词》作"记取",据此,今案,"记取楼前流水"中的"流水",盖用魏·徐干《室思》:"自君之出矣,明镜暗不治。思君如流水,何有穷已时?"诗意。意思是你记着门前的流水,就知道我无休止地思念你。"流",《乐府雅词》作"绿"。

〔凝眸〕聚精会神地看。眸:指眼睛。宋·柳永《曲玉管》:"立望关河萧索,千里清秋,忍凝眸。"

〔又添〕《乐府雅词》等作"更数"。

〔一段〕《乐府雅词》作"几段"。

集 评

明·杨慎:"欲说还休"与"怕伤郎,又还休道"同意。端的为著甚的?(《草堂诗余》)

明·茅暎:出自然,无一字不佳。(《词的》)

明·李攀龙:(眉批)非病酒,不悲秋,都为苦别瘦。又,水无情于人,人却有情于水。(评语)写出一种临别心神,而新瘦新愁,真如秦女楼头,声声有和鸣之奏。(《草堂诗余隽》)

明·沈际飞:懒说出,妙。瘦为甚的,尤妙。"千万遍",痛甚。转转折折,忤合万状。清风朗月,陡化为楚雨巫云;阿阁洞房,并变成离亭别墅。至文也(《草堂诗余正集》)

明·李廷机:宛转见离情别意,思致巧成。(《草堂诗余评林》)

明·陆云龙:满楮情至语,岂是口头禅。(《词菁》)

明·徐士俊:亦是林下风,亦是闺中秀。(《古今词统》)

明·潘游龙等:"千万遍",痛甚。(《古今诗余醉》)

明·竹溪主人:雨洗梨花,泪痕有在;风吹柳絮,愁思成团。易安此词颇似之。(《风韵情词》)

清·邹祗谟:清照原阕,独此作有元曲意。阮亭此和不但与古人合缝无痕,殆夐夐上之。清照而在,当悲暮年颡唐矣。(《倚声初集》)

清·王又华:张祖望曰:"词虽小道,第一要辨雅俗。结构天成,而中有艳语、隽语、奇语、豪语、苦语、痴语、没要紧语,如巧匠运斤,毫无痕迹,方为妙手。古词中如……'惟有楼前流水,应念我、终日凝眸'……痴语也。……"(《古今词论》节录《〈掞天词〉序》)

清·陈廷焯:此种笔墨,不减耆卿、叔原,而清俊疏朗过之。"新来瘦"三语,婉转曲折,煞是妙绝。笔致绝佳,余韵尤胜。(《云韶集》)

今·夏承焘、盛静霞:上片不说离愁;却说生怕离愁;不说因离愁而消瘦,却说不关病酒和悲秋。下片不说云遮视线,却说烟锁秦楼;不说想寄情流水,却说流水应念我,都是深一层写法。(《唐宋词选》)

今·唐圭璋:此首述别情,哀伤殊甚。起三句,言朝起之懒。"任宝奁"句,言朝起之迟。"生怕"二句,点明离别之苦,疏通上文;"欲说还休",含凄无限。"新来瘦"三句,申言别苦,较病酒悲秋为尤苦。换头,叹人去难留。"念

武陵"四句,叹人去楼空,言水念人,情意极厚。末句,补足上文,余韵更隽永。(《唐宋词简释》)

今·傅庚生:"新来瘦,非干病酒,不是悲秋,"然则果何为而人瘦损耶?为"离怀"耳!"凝眸处,从今又添一段新愁。"又果何为而添新愁耶?为"别恨"耳!意在言外,言在意中,此烘云托月,绘事后素之法也。(《中国文学欣赏举隅》)

今·刘乃昌:如《凤凰台上忆吹箫》写离情别苦,先说:"新来瘦,非干病酒,不是悲秋。"避去正面回答,巧用旁笔,作半吞半吐的迂回形容,使文势回荡多姿。故陈廷焯赞云:"'新来瘦'三语,婉转曲折,煞是妙绝。"本篇上片写晨起懒得整被梳头,心事欲说又休,容颜日渐消瘦等等,都是日常生活的实写。"念武陵人远"以下改用虚笔,刻绘内心的痴情假想,愈显出别情的深挚浑厚。(《说〈漱玉词〉的阴柔美》)

又,煞拍说:"从今又添,一段新愁。"既点明题旨,又归结全词。"新来瘦",暗示为分离而愁,已非一日。大致在分袂之前,为难得割舍,愁思成团;分袂之后,洞房陡化为离宫,情牵行人,望断云山,近来的"新瘦",又添"一段新愁",既回应上片,又深化了离愁,使全词意境浑厚,余味无穷。

本篇的特色,可以用深、曲、雅、畅四个字来概括。(同上)

今·艾治平:这首词表述感情绵密细致,像一湾溪水,从心灵的幽谷中慢慢地流出。音调低而婉,音色哀而怨,写离情婉转曲折,用语却清新流畅,把词中女主人公的内心感受,刻画得十分细腻,看来她是很难"从离怀别苦""欲说还休"的境遇中挣扎出来的了。(《宋词的花朵》)

今·王延梯:结尾以"新愁"与前面的"新瘦"相呼应。"瘦"因临别销魂而致;"愁",为别后相思而生。二者融为一体,构成了浓郁的艺术意境。但它们的地位又不是平起平坐,而是有主次之分。显然,她是以未来之别后相思,强化今日之临别销魂。这样的艺术想象,不仅使作品的艺术结构跌宕起伏,婉转曲折,并且能产生"不着一字,尽得风流。语不涉己,苦不堪忧。是有真宰,与之沉浮"(司空图《诗品·含蓄》)的艺术效果。所以,"新愁"是"新瘦"的自然发展,又使"新瘦"得到深化,使"一腔临别心神"尽在意中言外。(《唐宋词鉴赏·婉转曲折 含蓄浑厚》)

鉴 赏

该词是李清照的杰出词作之一,是写别后相思的。

上阕分三层:头二句写"慵"懒的情景,未说所以然,用间接描写;三句,欲吐原因,又咽回。虽然还是没告诉我们具体原因,但在表情上却进了一步,又说出是与"多少事"有关,用吞吐法;末句用摈除法吐露原因,十分耐人咀嚼。在表情上又向前推进一步,虽然还没有告诉我们具体原因,但已大大缩小原因的范围,人们就容易捕捉了。跌宕有效,极尽吞吞吐吐,吐而不尽之情趣,作品的思想感情在吞吐往复中逐层推进。

词人选取的是典型含蓄的镜头:室内,黄铜的狮形熏炉冰凉,床上翻着浪形的红锦被,精美的妆匣闭置,灿烂的阳光照在帘钩上,女主人欲说又止,身体瘦削。其形象是鲜明的,情愫是蕴藉的,然而她为什么不去点香,不去叠被,欲说又止,身体瘦削,诱发我们去探求。显示了易安词撼动人心的艺术魅力。上阕写女主人的慵懒,满腹心事,迩来消瘦的情景。不著"离""别"一字,然笔含别意,墨透离情,幽隐婉约。

下阕写别后的相思,用典浪漫。感情汹涌澎湃,运笔一片神行。上隐下露,上果下因。跌宕曲折,风神摇曳。此词的构思同于易安写思国怀乡之情的《菩萨蛮·风柔日薄春犹早》词,上片写早春日里睡醒,梅花残留鬓上。未说白日何以睡,梅花如何残,不著"想""念""愁"一字,尽得风流。下片写除了醉酒,否则是不会忘记故乡的,直抒胸臆,披肝沥胆。上含蓄,下直率,上果下因。两词同一机杼,不过《凤凰台上忆吹箫》更为深婉曲折罢了。

"惟有楼前流水,应念我,终日凝眸",表现了她入骨的孤寂,移情于水。此两句,似有曲终意尽戛然而止之势,却又推出"凝眸处,从今又添,一段新愁"一句,作结。这固然是百词调的需要,但在内容上起着画龙点睛的补充作用。愁上添愁,突出词旨,使全篇精警得神。

永遇乐 落日熔金

　　落日熔金，暮云合璧，人在何处？染柳烟浓，吹梅笛怨，春意知几许！元宵佳节，融和天气，次第岂无风雨？来相召，香车宝马，谢他酒朋诗侣。

　　中州盛日，闺门多暇，记得偏重三五。铺翠冠儿，捻金雪柳，簇带争济楚。如今憔悴，风鬟雾鬓，怕见夜间出去。不如向帘儿底下，听人笑语。

简 介

　　此词当为李清照晚年作品，盖作于南宋都城临安（今浙江杭州），是其代表性词作之一。通过北宋汴京和南宋临安两个都城元宵节有关情景的描写和对比，表现了作者对故国乡关及亲人的怀念和凄凉悲愤的心情。构思精巧、跌宕曲折。采用了对比手法，以通俗寻常语入词，语意并工，感情真挚，催人泪下。

注 释

〔题解〕《贵耳集》卷上以为咏"元宵"，据补为题。《阳春白雪》收为李清照词。张端义《贵耳集》："易安居士李氏，赵明诚之妻，《金石录》亦笔削其间。南渡以来，常怀京洛旧事，晚年赋元宵《永遇乐》词。"

〔落日熔金〕快要落山的太阳像熔化的黄金那样光辉耀眼。

〔暮云合璧〕晚云聚集在一起，像玉璧那样整合无痕。

〔染柳烟浓〕词人以为柳色宛如烟云所染而更浓。浓：《贵耳集》《词品》作"轻"。

〔吹梅笛怨〕笛吹奏出《梅花落》的凄凉悲怨的曲调。《乐府杂录》："笛者羌乐也，古有《梅花落》曲。"

〔次第〕这里指接连而来的事情。五代·冯延巳《忆江南》："东风次第有花开，恁时须约却重来。"

〔中州〕古代称河南为豫州,因为它是九州的中心,故称中州。此处指汴京,即今开封。

〔闺门〕闺房的门,这里指代妇女们。敦煌词《御制林钟商内家娇》:"半含娇态,逶迤缓步出闺门。"

〔三五〕指阴历每月十五日。宋·贺铸《小梅花》:"娟娟姬娥,三五满还亏。"此处指正月十五,元宵节。

〔铺翠冠儿,捻金雪柳〕铺:装饰。翠:珠翠。捻金:捻成金丝,以其为饰。雪柳:盖用素绢白纸捻的柳枝。《武林旧事·元夕》载:"元夕节物,妇人皆戴珠翠、闹娥、玉梅、雪柳……"宋·吴自牧《梦粱录·元宵》:"宫巷口,苏家巷二十四家傀儡,衣装艳丽,细旦带花朵□肩,珠翠冠儿,腰肢纤袅,宛若妇人"。"铺翠冠儿",装饰珠翠的帽子。"捻金雪柳",以金丝为饰的雪柳。

〔簇带〕插戴很多。《武林旧事·都人避暑》:"而茉莉为最盛,初出之时,其价甚穹,妇人簇带,多至七插……"

〔济楚〕:整齐漂亮。宋·柳永《木兰花》:"心娘自小能歌舞,举意动容皆济楚。"

〔如〕《贵耳集》作"于"。

〔风鬟雾鬓〕头发像风吹的一样松散,像一团雾那样乱蓬。周邦彦《减字木兰花》:"风鬟雾鬓,便觉蓬莱三岛近。""雾",《阳春白雪》作"霜"。

〔怕见夜间出去〕四印斋本注云:"'见'作'向'。又作'怕向花间重去'"。怕见:怕得,懒得。

集 评

宋·张端义:易安居士李氏,赵明诚之妻。《金石录》亦笔削其间。南渡以来,常怀京洛旧事。晚年赋《元宵·永遇乐》词云"落日熔金,暮云合璧",已自工致。至于"染柳烟轻,吹梅笛怨,春意知几许",气象更好。后叠云:"于今憔悴,风鬟霜鬓,怕见夜间出去。"皆以寻常语度入音律。炼句精巧则易,平淡入调者难。(《贵耳集》)

宋·刘辰翁:余自乙亥上元,诵李易安《永遇乐》,为之涕下。今三年矣,每闻此词,辄不自堪。遂依其声,又托之易安自喻,虽辞情不及,而悲苦过之。"璧月初晴,黛云远澹,春事谁主。禁苑娇寒,湖堤倦暖,前度遽如许。

香尘暗陌，华灯明昼，长是懒携手去。谁知道，断烟禁夜，满城似愁风雨。宣和旧日，临安南渡，芳景犹自如故。缃帙流离，风鬟三五，能赋词最苦。江南无路，鄜州今夜，此苦又谁知否？空相对，残釭无寐，满村社鼓。"(《须溪词》)

余方痛海上元夕之习，邓中甫适和易安词至，遂以其事吊之。"灯舫华星，崖山碇口，官军围处。璧月辉圆，银花焰短，春事遽如许！麟洲清浅，鳌山流播，愁似汨罗夜雨。还知道，良辰美景，当时邺下仙侣。而今无奈，元正元夕，把似月朝十五。小庙看灯，团街转鼓，总似添恻楚。传柑袖冷，吹藜漏尽，又见岁来岁去。空犹记，弓弯一句，似虞兮语。"（同上）

宋·张炎：至如李易安《永遇乐》云："不如向帘儿底下，听人笑语。"此词亦自不恶。而以俚词歌于坐花醉月之际，似乎击缶韶外，良可叹也。(《词源》)

明·杨慎：辛稼轩词"泛菊杯深，吹梅角暖"，盖用易安"染柳烟轻；吹梅笛怨"也。然稼轩改数字更工，不妨袭用。不然，岂盗狐白裘手邪？(《词品》)

明·徐士俊：辛词"泛菊杯深，吹梅角暖"，与易安句法同。(《古今词统》)

清·沈雄：李易安"被冷香消新梦觉，不许愁人不起"，又"于今憔悴，风鬟霜鬓，怕见夜间出去"，杨用修以其寻常语度入音律，殊为自然。(《古今词语·词品》)

清·永瑢等。张端义《贵耳集》极推其元宵词《永遇乐》、秋词《声声慢》，以为闺阁有此文笔，殆为间气，良非虚美。虽篇帙无多，固不能不宝而存之，为词家一大宗矣。(《四库全书总目提要》)

清·谢章铤：柳屯田"晓风残月"，文洁而体清；李易安"落日""暮云"，虑周而藻密。综述性灵、敷写气象，盖骎骎乎大雅之林矣。(《赌棋山庄集》)

清·吴梅：大抵易安诸作，能疏俊而少沉着。即如《永遇乐·元宵》词，人咸谓绝佳；此事感怀京、洛，须有沉痛语方佳。词中如"如今憔悴，风鬟雾鬓，怕向夜间出去"，固是佳语，而上下文皆不称。上云"铺翠冠儿，捻金雪柳，簇带争济楚"，下云"不如向、帘儿底下，听人笑语"，皆太质率，明者自能辨之。(《词学通论》)

今：胡云翼：这首词主要是抒发她饱经忧患后不安定的心情和自甘寂寞的消沉思想。词中追怀"中州盛日"的元宵景象，也适当地表现出作者对故国的眷念不忘。(南渡词人往往通过写汴京灯节的盛况以寄托自己的爱国思想。)南宋末年词人刘辰翁说:"诵李易安《永遇乐》,为之涕下。"(见《须溪词·永遇乐》题序)可想见其强烈的感染力。通篇把今昔不同的情景构成鲜明的对照,又把一些寻常用语组织入词,格外显得生动。(《宋词选》)

今·唐圭璋:实则其《永遇乐》一词,亦富于爱国思想,后来刘辰翁读此词为之泪下,并依其声以清照自喻,可见其感人之深,而二人痛心亡国,怀念故都,先后亦如出一辙。

又。上片写首都临安之元宵现实,景色好,天气好,倾城赏灯,盛极一时,而己则暗伤亡国,无心往观。下片回忆当年汴都之元宵盛况,妇女多浓妆艳饰,出门观灯,转眼金兵侵入,风流云散,万户流离失所,惨不可言。而己亦首如飞蓬,无心梳洗,再逢元宵佳节,更不思夜出赏灯,正是"良辰美景奈何天,赏心乐事谁家院"。最后,从听人笑语,反映一己之孤独悲哀,默默无言,吞声饮泣,实甚于放声痛哭。(《词学论丛》)

今·李长之:这首词曾感动了一百多年后的词人刘辰翁,他曾在宋末文天祥起兵的那一年(1275年)读了这首词,而"为之涕下",一连三年,"每闻此词,辄不自堪",最后便情不自已地也和了一首《永遇乐》。那是同样富有爱国情感的一首词。(《中国文学史略稿》)

今·倪木兴:李清照的这首词之所以能做到不言哀而哀然之情溢于言表,就是因为她在描绘景物抒发感情之中,善于运用种种对比:乐景与哀情,乐景与哀景,昔日盛妆、乐情与今日憔悴、哀情,他人乐情与自己哀情,构成了明显的对照,突出地表达了自己哀怨愁苦之情,达到了一定高度的艺术境界。(《唐宋词鉴赏集·对照鲜明　哀情深切》)

鉴 赏

此词当为易安晚年的伤今追昔之作。刘辰翁在自己的《永遇乐》小序中云:"余自乙亥上元,诵李易安《永遇乐》为之涕下,今三年矣。每闻此调,辄不自堪,遂依其声,又托之易安自喻。虽辞情不及,而悲苦过之"。可见易安《永遇乐》具有令人一唱三叹的强烈的艺术感染力量。

上阕,"落日熔金,暮云合璧,人在何处",写夕阳骄艳,晚云瑰丽,怀念亲人。"染柳烟浓",写春景。"吹梅笛怨",使人陡生离情别绪,显得越加晦暗,这是情寓于景。"春意知几许"是说不知临安的春色到底有几分,说明女主人对春光已兴味索然,态度冷淡。"元宵佳节",天气是和暖宜人的。易安"岂无风雨"的疑虑,是受过无边苦难的折磨和种种不幸刺激的人所特有的战战兢兢、栖栖惶惶、多疑多虑的精神状态的真实写照。易安曾是喜欢游春赏景的,而今何以竟然"谢他酒朋诗侣"?这有前面三层铺叙的三个原因:傍晚晴好,怀念亲人;春色晦暗,态度冷漠;天气和暖,但疑风雨,所造成的。其中"人在何处"是根本原因。春色晦暗、疑虑风雨是次要的原因。可以想见,元宵节日,日暮之时,不仅引人思念亲人,也使人产生怀念故国家乡之情。这是南宋都城临安的元宵节,自然引起作者对"中州盛日"元夕的回忆。引发了下阕。

换头六句。汴京繁华兴旺的时代,"闺门多暇,偏重三五"。妇女们头上戴着装饰珠翠的帽子,插戴着以金丝为饰的雪柳,竞相打扮,看谁整齐漂亮。真是欢天喜地,兴高采烈。以上六句为一层,回忆北宋汴京元宵佳节的繁盛景象及人们的欢快心情。

"如今"六句。她回忆北宋"中州盛日"时津津乐道、饶有兴味、情深意浓。这说明她对故国乡关的深深怀念,对汴京元宵佳节的向往。莫非临安元宵不及汴京?《武林旧事·元夕》载:"山灯凡数千百种,极其新巧,怪怪奇奇,无所不有……终夕天街鼓吹不绝。都民士女,罗绮如云","大率效宣和盛际"。可见临安元夕盛况绝不在汴京之下。"酒朋诗侣""香车宝马"前来邀请,"谢"字说明她不是不能去游,而不想去游。易安何以不游?上阕谈到的原因是问题一个方面。"不如向帘儿底下,听人笑语",这是对临安元宵佳节的淡漠。何故?后来的文及翁说出了易安的心头话:"一勺西湖水,渡江来、百年歌舞,百年醋醉。回首洛阳花石尽,烟渺黍离之地。更不复、新亭堕泪。簇乐红妆摇画舫,问中流击楫何人是。千古恨,几时洗?"(《贺新郎》)。南宋士大夫们苟安一隅,只求游宴玩乐,不图收复中原。易安如此看轻临安的元宵佳节,是对南宋统治集团的愤慨和抗议。

该词通过北宋汴京和南宋临安两个都城元宵节有关情景的描写和对比,表现作者对故国乡关及亲人的怀念和凄怆悲愤的心情。

玉楼春 红酥肯放琼苞碎

红酥肯放琼苞碎，探著南枝开遍未？不知酝藉几多香，但见包藏无限意。

道人憔悴春窗底，闷损阑干愁不倚。要来小酌便来休，未必明朝风不起。

简 介

此词当为易安南渡前的词作，是首咏梅词。写红梅的色香精神和主人的相思之苦及急切盼望丈夫归来饮酒赏梅的心情。

注 释

〔题解〕明·陈耀文辑《花草粹编》、清·沈辰坦等辑《历代诗余》题作《红梅》，及宋·黄大舆辑《梅苑》等收录为李清照词。

〔红酥〕一种乳制品，即酥油。宋·梅尧臣《余亲家有女子点酥为诗》云："琼酥点出探春诗"。此处形容红梅初放时的柔腻和色泽。

〔琼苞碎〕美玉般的花苞开裂。琼：美玉。诗词之中常用"琼"修饰"楼""枝""苞"等，表现其美丽。苞：花没开时包着花朵的小叶片。"苞"，《花草粹编》等作"瑶"。

〔酝藉〕酝：酿造。曹植《酒赋》"或春酝夏成"。酝藉，一般指人的胸襟宽和有涵容。此处则作"酝酿"解。《汉书·薛广德传》师古注云："酝，言如酝酿也。藉，有所荐藉也。"

〔香〕《历代诗余》作"时"。

〔道人〕道：说道；人：此处指自己。意谓"说我"。王仲闻以为指"得道之人，或云僧也"。并以为此处为清照自称，似不宜从。

〔憔悴〕人面黄肌瘦，像得病的样子。宋·柳永《凤栖梧》："衣带渐宽终不悔，为伊消得人憔悴。"

〔闷损〕闷坏。宋·秦观《河传》："闷损人，天不管。""闷损"，《花草粹编》作"闲损"，《历代诗余》作"闲拍"。

〔酌〕饮酒。唐·李白《月下独酌》:"花间一壶酒,独酌无相亲。"

集 评

清·朱彝尊:咏物诗最难工,而梅尤不易……朱希真词:"横枝清瘦只如无,但空里、疏花几点。"李易安词:"要来小酌便来休,未必明朝风不起。"皆得此花之神。(《静思居词话》)

鉴 赏

李清照写梅深得咏物之法,此词把咏红梅与写爱情巧妙地融为一体,自然浑成,一扫咏梅词之俗套,当为咏花卉的上乘之作。

上片,写梅花的色香和精神;下片,写女主人的相思之苦,及急切盼望丈夫归来饮酒赏梅的心情。

此词章法,在于起承转合之妙。首两句起,写梅花的形色;次两句承,写梅花的芳香和精神;换头转,写女主人的相思之苦;结句合,写盼望丈夫归来饮酒赏梅的急切心情。上片起承无迹,为下片蓄势。下片转得陡然,末句合得巧妙轻灵。

作者深情地用形容、拟人等手法将梅花的色香和精神表现出来。女主人以梅花自喻,把梅花写得越俏丽、越馨香、越情浓,便越能够打动爱人的心。下片,写相思之苦,殷切盼望丈夫归来饮酒赏梅,以慰双撑盼睫。把咏梅与怀念丈夫的内容巧妙恰当地结合起来,扫除了庸俗的梅词沾沾吟咏一物,索然呆滞,枯燥无味的作法。这是易安梅词高明、超绝之处。

清·沈雄《古今词话》云:"紧要处,前结如奔马收缰,须勒得住,又似住而未住;后结如泉流归海,要收得尽,又似尽而未尽者。"此词前结,"但见包藏无限意",如"奔马收缰","似住而未住",有"水穷云起",带出下意之妙。结句"要来小酌便来休,未必明朝风不起",从时间上说,照例应该归来赏梅;从情理上说愁情缱绻,痛苦难挨,丈夫应该归来,以慰闺中少妇;从天气上说,明早风起,将很难看到梅花,故归来饮酒赏梅,似"泉流归海",势在必然,但究竟归与不归,令人骋想无极,乃有"似尽而未尽"之妙。余韵缭绕,悠悠不绝。

这首小词,仅仅五十六字,但亦能显出易安的艺术匠心。诚如宋·王灼

《碧鸡漫志》云："易安居士作长短句，能曲尽人意，轻巧尖新，姿态百出。"
绝非虚誉。

木兰花令 沉水香消人悄悄

沉水香消人悄悄，楼上朝来寒料峭。春生南浦水微波，雪满东
山风来扫。

金尊莫诉连壶倒，卷起重帘留晚照。为君欲去更凭栏，人意不
如山色好。

简 介

徐培均云："此词曾作于屏居青州期间。"他据于仲航《李清照年谱》推
论：政和六年丙申三月四日（1116年4月18日），明诚过长清县灵岩寺，有
题名一则。当于半月前自青州出发，气候尚冷，故清照词云："楼上朝来寒
料峭"。（《李清照集笺注》）今按据词意确是在初春解冻之作，而且"雪满
东山"喻赵氏之"屏居"；"春生南浦"寓送别之惆怅。徐注所论为送别夫君
之作颇有理，然是否落实为某年某次。似可不必。

注 释

〔题解〕徐培均云：此词原载台北图书馆藏明抄本，题为程敏政编之《天
机余锦》，由彰化师范大学黄文吉提供。（见上海古籍出版社2002年4
月出版《李清照集笺注》）

〔沉水〕沉香之别称。产自南海诸国，又名蜜香。《本草》曾著录。

〔春生南浦水微波〕《楚辞·九歌·河伯》："送美人兮南浦。"梁·江淹《别
赋》："春草碧色，春水渌波，送君南浦，伤如之何。"

〔东山〕东晋谢安隐居处，《世说新语·排调》："谢公在东山，朝命屡降
而不动。后出为桓宣武司马……高灵……戏曰：'卿屡违朝旨，高卧

东山'……"后人遂以"东山"喻官员一时退居之处。

鉴 赏

此词盖是易安夫妇屏居青州时,明诚外出小别之作。这一时期,明诚多次至齐州附近以及泰山等地访碑考文,虽非远游,亦增怅触。写词以寄此情怀,以此种平常自然之文句道之,不煴不火,恰如其分,其风度吐属可赏。(本阕由徐北文执笔增补)

多丽 小楼寒

小楼寒,夜长帘幕低垂。恨萧萧、无情风雨,夜来揉损琼肌。也不似、贵妃醉脸,也不似、孙寿愁眉。韩令偷香,徐娘傅粉。莫将比拟未新奇。细看取,屈平陶令,风韵正相宜。微风起,清芬酝藉,不减酴醾。

渐秋阑、雪清玉瘦,向人无限依依。似愁凝、汉皋解佩,似泪洒、纨扇题诗。朗月清风,浓烟暗雨,天教憔悴度芳姿。纵爱惜,不知从此,留得几多时?人情好,何须更忆,泽畔东篱。

简 介

此词为咏白菊的咏物词。赞颂了白菊的容颜、风韵、香味、气质、精神。深有寄托,表现对腐败污浊的社会风习的不满。作者以白菊为喻,反映了词人高洁的心志,端庄的品格。用典较多,但不流于板滞,是此词的特色。

注 释

〔题解〕宋·曾慥辑《乐府雅词》题作《咏白菊》,《历代诗余》作《兰菊》。《乐府雅词》等收为李清照词。

〔萧萧〕风雨声。汉·王褒《楚辞·九怀·蓄英》:"秋风兮萧萧。"

〔琼肌〕形容花瓣如美玉。琼：美玉；四部丛刊本《乐府雅词》作"瑶"。

〔贵妃醉脸〕像杨贵妃醉酒后那样娇媚造作。贵妃：即杨贵妃，永乐（今山西永济）人。通音乐、善歌舞。唐玄宗封为贵妃。擅宠宫廷，一门豪贵。安禄山反，唐明皇往蜀，出京至马嵬坡（今陕西兴平市境内），六军不发，军将归罪杨氏，逼杀杨国忠，玄宗无奈，贵妃亦被缢死。

〔孙寿愁眉〕像孙寿那样故作愁眉惑人。孙寿，东汉时梁冀之妻，善化装作态，如作愁眉、龋齿笑、啼妆、堕马髻、折腰步等，风行一时。见《后汉书·梁冀传》。

〔韩令偷香〕像韩寿那样偷来别人的奇香。东晋韩寿，貌美体轻，贾充女贾午看中了他。寿逾墙暗通。午将皇帝给其父的西域奇香偷来给寿。后贾充会见诸吏闻寿身上有奇香，疑寿与午私通，但没有宣扬，后将午嫁给寿。宋·欧阳修《望江南》："身似何郎全傅粉，心如韩寿爱偷香。"今案：韩寿习称韩椽，无称"韩令"者，清照盖因后汉荀彧事误记，荀曾为中书令，人称荀令。《襄阳记》谓："荀令君过人家，坐处三日秀。"故李商隐诗："荀令桥南过，十里送衣香。"

〔徐娘傅粉〕像徐娘那样，搽脂抹粉。南朝梁元帝妃徐昭佩与帝左右暨季江私通。季江曾曰："徐娘虽老，犹尚多情。"后称妇人虽年老面色不衰者为徐娘。今案：徐娘，无傅粉故事。诗文多用何晏傅粉为典故，《世说新语·容止》篇载：何晏面白，魏明帝疑其傅粉。唐·李端诗："傅粉何郎不解愁。"清照误记何郎为徐娘。此二句应为"韩椽偷香，何郎傅粉。"若非清照笔误，即为传抄致讹。

〔屈平〕屈原名平，战国时代楚国伟大诗人。他在《离骚》中云："朝饮木兰之坠露兮，夕餐秋菊之落英"，象征他的高尚和纯洁。

〔陶令〕即陶潜，字渊明，东晋末年伟大诗人。曾为彭泽令，故名。他对黑暗现实不满，"志趣高洁，不慕名利"。后弃官归家，作《归去来辞》，有《陶渊明集》传世。他很爱菊花，在《饮酒诗》中云："采菊东篱下，悠然见南山。"

〔风韵〕风采韵致。宋·秦观《念奴娇》："几处堆金缕，不胜风韵"。

〔酴藣〕见《玉楼春·红酥肯放琼苞碎》注。

〔酴醾〕植物名。蔷薇科，又名佛见笑。初夏花开，色似酴醾酒，故名。今育有多种颜色，可供栽培观赏。孙道绚《忆少年》："归来见春暮，探酴醾消息。""酴"也作"荼"。

〔秋阑〕秋日欲尽。阑:尽

〔汉皋解佩〕《韩诗外传》:"郑交甫将南适楚,遵彼汉皋山下,遇二女,佩两珠。交甫目而挑之,两女解佩赠之。"汉皋:山名,今在湖北省襄阳西北。

〔纨扇题诗〕在绢制的团扇上题诗。唐·徐寅《恨》:"汉宫纨扇几经秋。"汉班昭,成帝时选入宫,后立为婕妤。后赵飞燕进宫,受宠娇妒,班求供养太后长信宫。后退居东宫。《昭明文选》载其《怨歌行》:"新裂齐纨素,皎洁如霜雪。裁为合欢扇,团团似明月。出入君怀袖,动摇微风发。常恐秋节至,凉风夺炎热。弃捐箧笥中,恩情中道绝。"

〔憔悴〕人面黄肌瘦,像得病的样子。见易安《玉楼春·红酥肯放琼苞碎》注。

〔度〕《历代诗余》等作"瘦"。

〔泽畔东篱〕泽畔,指屈原,他被流放,《楚辞·渔父》说他"行吟泽畔,颜色憔悴"。东篱,指陶渊明,曾写《饮酒诗》,有"采菊东篱下"句。

集 评

清·况周颐:李易安《多丽·咏白菊》,前段用贵妃、孙寿、韩椽、徐娘、屈平、陶令若干人物,后段雪清玉瘦、汉皋纨扇、朗月清风、浓烟暗雨许多字面,却不嫌堆垛,赖有清气流行耳。"纵爱惜,不知从此,留得几多时"三句最佳,所谓传神阿堵,一笔凌空,通篇俱活。歇拍不妨更用"泽畔东篱"字。昔人评《花间》镂金错绣而无痕迹,余于此阕亦云。(《珠花簃词话》)

鉴 赏

从李清照"人比黄花瘦""莫负东篱菊花黄"等词句来看,她是喜爱菊花的。本词就是一首咏菊词。

首两韵,开头一个"寒"字,似乎冷彻全篇。用"无情""揉损",表现对"风雨"的"恨",用"琼"修饰菊花瓣,表现对白菊的珍爱,感情色彩十分浓厚。

次两韵,"贵妃醉脸","孙寿愁眉",靠的是自己的娇揉造作;韩令、徐娘是靠脂粉来美化自己。作者运用两组对偶句,与白菊对比,既是拟人,又是用典,兼用多种艺术手法,赞美白菊"清水出芙蓉,天然去雕琢"的天生丽质、洁白高雅的自然之美。

"细看"三句，作者通过咏白菊，表现自己对屈原、陶令的景仰，也表现了她自己高尚的品格和情操。此韵写的是白菊的容颜、风韵，运用拟人手法。

"清风"三句，写清冷的秋风阵阵吹来，空中浮动着白菊的幽香，绝不在酴醾花之下。这是作者对白菊芳香的热情赞美。这里用了比较的手法。上片，作者从白菊的容颜、风韵、香味三个方面加以赞美。

换头，转写白菊的精神。"雪清"是比喻手法，"玉瘦""向人无限依依"是拟人手法，写白菊冰清玉洁的资质。

"似愁凝"二句。她觉得白菊似乎在发愁流泪。这是审美的移情作用，拟人的艺术手法。这是在写白菊的情态和精神，这也是作者精神气质的反映。

"朗月"六句。写美丽的白菊要在明朗的月光、清爽的晚风、浓浓的烟雾、凄暗的秋雨中度过，自然使其姿容憔悴凋零。即便想方设法爱惜照护它，也难保它存留更长时间。表现了作者无限凄婉怜惜之情。作者以白菊自喻，表明自己经受不了人世冷暖的变化及种种打击、折磨。

最后用反问句作结，实则是指世态炎凉，人情淡漠。南宋统治者对敌屈膝求和，苟安一隅，奸佞当道，陷害忠良，这与屈平所处的时代有过之而无不及。所以才让人常忆起心志高洁、品德廉正、超拔世俗的屈原和陶潜。

好事近 风定落花深

风定落花深，帘外拥红堆雪。长记海棠开后，正是伤春时节。

酒阑歌罢玉尊空，青缸暗明灭。魂梦不堪幽怨，更一声啼鴂。

简 介

此词为李清照南渡前的词作。抒写了作者淡淡的伤春心绪及对丈夫的怀念之情。上片直率,下片含蓄。下片末以"鸩"啼作结,使该词凄清哀怨的色调更浓。

注 释

〔题解〕《乐府雅词》《花草粹编》收为易安词。

〔风定〕风停。唐·张泌《惜花》:"蝶散莺啼尚数枝,日斜风定更离披。"

〔拥红堆雪〕凋落的花瓣聚集堆积。

〔酒阑〕喝完了酒。五代·毛文锡《恋情深》:"酒阑歌罢两沉沉,一笑动君心。"宋·李冠《蝶恋花》"愁破酒阑闺梦熟,月斜窗外风敲竹。"

〔青缸〕青灯,即灯火青荧,灯光青白微弱之意。《广韵》:"缸,灯。"缸,《花草粹编》等作"红"。

〔暗明灭〕指灯光忽明忽暗,一直到熄灭。

〔梦魂〕指梦中人的心神而言。五代·张泌《河传》:"梦魂悄断烟波里,心如醉,相见何处是。"唐·韦庄《应天长》:"碧天云,无定处,空有梦魂来去。"

〔幽怨〕潜藏在心里的怨恨。南朝梁·刘令娴《春闺怨》:"欲知幽怨多,春闺深且暮。"

〔鸩〕即是鹈鸩,说法不一。辛弃疾《贺新郎》词:"绿树听鹈鸩。更那堪、鹧鸪声住,杜鹃声切。"自注云:"鹈鸩、杜鹃实两种,见《离骚补注》。"《辞源》以为"鹈鸩",一指杜鹃,一指伯劳鸟。此词中"啼鸩"当为杜鹃,啼叫之时正值百花凋残的时候。屈原《离骚》:"恐鹈鸩之先鸣兮,使夫百草为之不芳。"《汉书·扬雄传》注:"鹈鸩,一名子规,一名杜鹃,常以立夏鸣,鸣则众芳皆歇。"

鉴 赏

一首高超的词作,尽管作者极尽委婉含蓄之能事,但她还总是要有意露出一点蛛丝马迹,暗示其词旨的。我们以为此词当属南渡前,写伤春之感及怀念丈夫之情的词作。

上片写风停之后落花满地,女主人感伤春日将暮;下片写酒阑歌罢,离情缱绻,夜不能寐,女主人闻鸩啼更添惆怅。

此词上下片的开头,其手法是相同的,很值得借鉴。上片"风定落花深,帘外拥红堆雪",这是从一场暴风雨洗劫后的衰败景象开笔的。从落花"深""堆""拥",我们不仅看出暴风雨之狂恶,我们尚可推测昔日庭轩繁花锦簇,春意盎然。可是眼前往日的繁华被暴风雨一扫而尽,变得如此萧条冷落,触景感怀,女主人伤春之情随之产生。下片,换头"酒阑歌罢玉尊空,青缸暗明灭",这是从一场欢天喜地、兴高采烈的宴会结束之后,女主人伴着孤灯,独处闺房,长夜难寐的情景写起的。那种热闹愉悦的气氛一扫而空,女主人重归孤寂,愁绪勃发。宋·欧阳修《采桑子》词云:"群芳过后西湖好,狼藉残红,飞絮蒙蒙,垂柳阑干尽日风。　　笙歌散尽游人去,始觉春空,垂下帘栊,双燕归来细雨中。"清·谭献《复堂词话》评欧词开端为"扫处即生"。欧词《采桑子》与李词《好事近》的构思极相似。开端、换头均为"扫处即生"。李词开端"风定落花深",与欧词开端"群芳过尽"颇类;李词换头"酒阑歌罢玉尊空"与欧词"笙歌散尽游人去"极似。欧词引出的是淡淡的闲愁,李词引出的是伤春、离愁。可见古人在艺术上的相互学习和借鉴。

古典诗词中,常用声音作结,既深化了主题,又取得余韵娓娓之效。此词结句:"魂梦不堪幽怨,更一声啼鴂",灯油已经熬尽,遥夜沉静,月色胧明,小庭空荡,女主人夜久不寐,离愁别绪,绵绵不已。这时听到窗外林中传来一声杜鹃的啼鸣,更刺痛她的心,使她耳不忍闻。旖旎的春光即将逝去,美丽的年华在悄悄溜走,心上人不在身边。因此,这一声凄厉的"鴂"啼,既渲染了暮春的气氛,又增添了女主人的愁绪,深化了主题,取得了良好的艺术效果。

此词上片直率,下片含蓄;上片伤春,下片怀人。虽是寥寥数语的小词,无论是行意布局,还是开头结尾,都十分考究,确属词林上乘之作。

行香子　草际鸣蛩

草际鸣蛩,惊落梧桐,正人间天上愁浓。云阶月地,关锁千重。

纵浮槎来,浮槎去,不相逢。

星桥鹊驾,经年才见,想离情别恨难穷。牵牛织女,莫是离中。甚霎儿晴,霎儿雨,霎儿风。

简 介

此词当是李清照南渡前的作品。作者以牛郎织女的神话故事为喻,表现自己对离家远行的丈夫的深情怀念。

注 释

〔题解〕《乐府雅词》等收录为李清照词。《历代诗余》题作《七夕》。

〔蛩〕这里指蟋蟀。宋·白居易《禁中闻蛩》:"西窗独暗坐,满耳新蛩声。"

〔梧桐〕从立秋起开始落叶。故称"一叶知秋"的树木。

〔云阶月地〕云做阶梯月做地。唐·杜牧《七夕》诗:"云阶月地一相遇,未抵经年别恨多"。"地",《花草粹编》等作"色"。

〔关锁〕关卡封锁。

〔重〕《花草粹编》作"里"。

〔槎〕即木筏。西晋·张华《博物志》卷三:"旧说云:天河与海通,近世有人居海渚者,年年八月,有浮槎来去,不失期。"

〔星桥鹊驾〕传说每年农历七月七日晚,有喜鹊在星河中搭桥,牛郎织女相会一次。唐·宋之问《牛女星》诗:"飞鹊乱填河"。唐·李峤《奉和七夕两仪殿会宴应制》诗云:"桥渡鹊填河",都是写"七夕"喜鹊搭桥,牛女相会的故事。

〔莫是〕莫非是,难道是。

〔霎儿〕一会儿。齐鲁方言,如南宋济南辛弃疾《丑奴儿》:"千峰云起,骤雨一霎儿价。"

集 评

清·况周颐《蕙风庐随笔》云:辛稼轩《三山作》:"放霎时阴,霎时雨,霎时晴。"脱胎李易安语也。(《漱玉词笺》)

鉴 赏

李清照《行香子》词,以牛女故事为寄托,表现她对离家远行的丈夫的深情怀念。

上阕写秋夕人间天上愁浓,相逢之艰难;下阕写"七夕"牛女的欢会,寄予无限同情。

寄托,是此词的主要艺术特色,写离情别绪而不直陈,通过"七夕"牛女相会的神话故事婉转曲达。古人云:"记事之词,莫妙于以不言言之,非不言也,寄言也,如寄深于浅,寄厚于转,寄直于曲,寄实于虚,寄正于余,皆是。"此词是"寄直于曲","寄实于虚",写牛女的传说,寄托自己怀念丈夫的缱绻愁情,含蓄而有韵致。

此词在写"天上愁浓"之前看"人间"一词,这一笔极为精彩。这一笔既轻又重。言其轻者,落墨少而淡,只轻微一点即收住,全词余处不着"人"事;言其重者,二字起揭示题旨的重要作用,是全词的关捩。没有它,词旨则变为颂歌牛女爱情的忠贞了。

易安《菩萨蛮·风柔日薄春犹早》,如不在下片着"故乡"一词,我们会觉得扑朔迷离,不知所以。有了它,读者茅塞顿开,可以明显感受到作者的殷殷乡情。因此,这一笔非同小可,着墨极精,用意颇深,如同"人间"一样是全词的关捩,同样也表现了作者遣词造句的锤炼与奇巧。

此词连用"正""纵""想""莫是""甚"等虚词,使其姿态飞动,曲折达意,通体灵活,节奏起伏变化。

易安写离别情绪的《一剪梅》《念奴娇》《醉花阴》《凤凰台上忆吹箫》等词,皆为词林上品,艺苑芳范,为古今人所称道。《行香子》也是写离情别绪的,写法独具匠心,其美学价值绝不在其他篇章之下。

如梦令 昨夜雨疏风骤

昨夜雨疏风骤,浓睡不消残酒。试问卷帘人,却道海棠依旧。

知否？知否？应是绿肥红瘦。

简 介

此小令为易安早期作品。通过对话曲折地表现出女主人对百花的怜惜，对春光的珍视，对美好事物的热爱。以构思新颖，造语精巧名垂千古。

注 释

〔题解〕《类编草堂诗余》（杨金本无题）等题作《春晚》；《彤管遗编》等题作《暮春》；《诗余画谱》题作《春景》；《词学荃蹄》等题作《春晓》；《花镜隽声》题作《春容》。《乐府雅词》等诸多词书收为李清照词。

〔雨疏风骤〕雨点稀落，风势迅猛。

〔卷帘人〕指侍女。

〔绿肥红瘦〕枝叶繁茂，鲜花稀疏或脱瓣。此语甚奇，多被词家引用。宋·赵长卿："绿肥红瘦春归去，恨逼愁侵酒怎宽。"宋·黄机《谒金门》："风雨后，枝上绿肥红瘦。"

集 评

宋·胡仔：近时妇人，能文辞如李易安，颇多佳句。小词云："昨夜雨疏风骤，浓睡不消残酒。试问卷帘人，却道海棠依旧。知否？知否？应是绿肥红瘦。""绿肥红瘦"此语甚奇。（《苕溪渔隐丛话》）

宋·陈郁：李易安工造语，《如梦令》"绿肥红瘦"之句，天下称之。（《藏一话腴》）

元·元淮：绿肥红瘦有新词，画扇文窗遣兴时。象管鼠须书草贴，就中几字胜义之。（《金囷集》）

明·瞿佑：《如梦令》云："应是绿肥红瘦"，语甚新。（《香台集》）

明·杨慎：此词较周词更婉媚。"绿肥红瘦"甚新。（《草堂诗余》）

明·茅暎：易安，我之知己也。今世少解人，自当远与易安作朋。（《词的》）

明·李攀龙：（眉批）语新意隽，更有丰情。（评语）写出妇人声口，可与朱淑真并擅词华。（《草堂诗余隽》）

明·张綎：韩偓诗云："昨夜三更雨，今朝一阵寒。海棠花在否，侧卧卷帘看。"此词盖用其语点缀，结句尤为委曲精工，含蓄无穷之意焉。可谓女流藻思者矣。(《草堂诗余别录》)

明·蒋一葵：李易安又有《如梦令》，云"昨夜雨疏风骤，浓睡不消残酒。试问卷帘人，却道海棠依旧。知否？知否？应是绿肥红瘦。"当时文士莫不击节称赏，未有能道之者。(《尧山堂外纪》)

明·沈际飞："知否"两字，叠得可味。"绿肥红瘦"创获自妇人，大奇。(《草堂诗余正集》)

明·徐士俊：《花间集》云：此词安顿二叠语最难。"知否，知否"，口气宛然。若他"人静，人静"，"无寐，无寐"，便不浑成。(《古今词统》)

明·潘游龙等："知否"字，叠得妙。(《古今诗余醉》)

明·徐伯龄：当时赵明诚妻李氏，号易安居士，诗词尤独步，缙绅咸推重之。其"绿肥红瘦"之句暨"人与黄花俱瘦"之语传播古今。(《蟫精隽》)

清·王士禛：前辈谓史梅溪之句法，吴梦窗之字面，因是确论，尤须雕琢而不失天然。如"绿肥红瘦""宠柳娇花"，人工天巧，可称绝唱。(《花草蒙拾》)

清·徐釚：李又有《春晚·如梦令》云："昨夜雨疏风骤……"极为人所脍炙。(《词苑丛谈》)

清·张宗橚：查初白云："可与唐庄宗《如梦令》叠字争胜。"(《词林纪事》)

清·月朗道人："绿肥红瘦"四字竟出之女子。(《古今才女子奇赏》)

清·冯金伯：康与之"人瘦也，比梅花、瘦几分"又"天还知道，和天也瘦"，又"帘卷西风，人比黄花瘦"，又"应是绿肥红瘦"，又"人共博山烟瘦"，"瘦"字俱妙。(《词苑萃编》引王弇州)

清·黄蓼园：按：一问极有情，答以"依旧"，答得极澹，跌出"知否"二句来。而"绿肥红瘦"，无限凄婉，却又妙在含蓄。短幅中藏无数曲折，自是圣于词者。(《蓼园词选》)

清·陈廷焯：词人好作精艳语。如左与言之"滴粉搓酥"，姜白石之"柳怯云松"，李易安之"绿肥红瘦""宠柳娇花"等句，造句虽工，然非大雅。(《白雨斋词话》)

只数语中,层次曲折有味。世徒称其"绿肥红瘦"一语,犹是皮相。(《云韶集》)

清·李继昌:作词须用词眼,如潘元质之"燕娇莺姹",李易安之"绿肥红瘦""宠柳娇花",梦窗之"醉云醒月",碧山之"挑云研雪",梅溪之"柳错花暝",竹屋之"玉娇香怨"……(《左庵词话》)

今·马仲殊:这"绿肥红瘦"形容词,在可解不可解之间,真觉新颖,查初白以为词中叠字,可与唐庄宗"如梦"叠字争胜。但我以为连篇累幅寓暮春的景色的,抵不上"绿肥红瘦"四字。(《中国文学体系》)

今·梁乙真:此词声调,非常工整,而"绿肥红瘦"之句,尤为人所称道。黄了翁云:"一问极有情,答以'依旧',答得极淡。跌出'知否'二句来,而'绿肥红瘦',无限凄婉,却又妙在含蓄。短幅中藏无限曲折,自是圣于词者。"(《苕溪渔隐丛话》)即此观之,可见,易安之词为人佩服至"五体投地"矣。(《中国妇女文学史纲》)

今·唐圭璋:此词与诗(孟浩然《春晓》)所写,一样浓睡初醒,一样回忆夜来风雨,一样关心小园花朵,二人时代虽不同,诗与词之体格虽不同,朴素与凝练之表现手法虽不同,但二人爱花心灵之美则完全一致,宜乎并垂不朽云。(《词学论丛·读李清照词札记》)

今·胡云翼:李清照在北宋颠覆之前的词颇多饮酒、惜花之作,反映出她那种极其悠闲、风雅的生活情调。这首词在写作上以寥寥数语的对话,曲折地表达出主人翁惜花的心情,写得那么传神。"绿肥红瘦",用语简练,又很形象化。(《宋词选》)

今·艾治平:也有人说,本词前四句用孟浩然"夜来风雨声,花落知多少"(《春晓》)诗意。不过孟诗是在"觉"中写"不觉","风雨声"是作者对昨夜的追忆,而且妙在末句:作者想象花已落多,但又希望它落得少。表露感情,含蓄蕴藉,着重心理情绪的刻画。但从人物形象的生动活泼说,词似又胜于诗了。(《宋词的花朵》)

今·龚克昌:这首词过去人们一直以为是惜春之作。这样解释当然也讲得通,但未免失之肤浅,流于皮相之见。这首词实际上表现了女词人对邪恶势力的痛恨和对美好事物的珍惜,蕴含着的思想内容是极其丰富的。(《情深意长》)

鉴 赏

暮春夜晚,暴风骤雨突然袭来,这对百花说来是一场无法避免的灾难,自然触发了感情丰富的女词人的情怀。"情以物迁,辞以情发",于是,易安写出了这首名垂千古的《如梦令》。

这首小令,通过对话曲折地表现出作者对百花的怜惜,对春光的珍视,对美好事物的热爱。

刘坡公《学词百法》中云:"言情之词,贵乎婉转,最忌率直"。李清照的词大都写得婉转曲折。如《武陵春》中"物是人非事事休,欲语泪先流。""闻说双溪春尚好,也拟泛轻舟。只恐双溪舴艋舟,载不动许多愁。"构思新巧,摇曳生姿,含蓄蕴藉。这首《如梦令》也是如此。"试问卷帘人"一句,妙在一"问"。犹如"风乍起,吹皱一池春水",宕起波澜。易安对百花的殷忧之情,惴惴之心,通过一"问"字已昭然突显。"却道海棠依旧",可感知侍女感情淡薄,态度轻漠,又偏偏并非易安心中所想,易安怎能心平气和?于是,波澜再起,又生一曲,引出"知否?知否?"的叠问。语气紧迫,态度殷诚。几经曲折跌宕,最后推出:"应是绿肥红瘦",含不尽凄婉怜惜之情,将作品的思想感情推向高潮。清·黄了翁《蓼园词选》评此小令云:"短幅中藏无数曲折,自是圣于词者。"清·沈祥龙《论词随笔》云:"词贵愈转愈深。"这正道出了《如梦令》出奇制胜的奥妙所在。

易安《如梦令》脍炙人口,千古不衰,何也?除上面原因,还有语言的功力:清新浅俗,精练至极,"绿肥红瘦"甚为奇俊。看似不甚经意之作,却浑成大雅,妙语天成。

如梦令 常记溪亭日暮

常记溪亭日暮,沉醉不知归路。兴尽晚回舟,误入藕花深处。争渡,争渡,惊起一滩鸥鹭。

简 介

此首小令,为作者年轻时词作。写她经久不忘的一次溪亭畅游,表现其卓尔不群的情趣,豪放潇洒的风姿,活泼开朗的性格。用白描的艺术手法,创造了一个具有平淡之美的艺术境界,清秀淡雅,静中有动。语言浅淡自然,朴实无华。给人以强烈的美的享受。

注 释

〔题解〕南宋·黄升《花庵词选》题作《酒兴》。《乐府雅词》等多种词书收为易安词。

〔常记〕长久记忆。宋·张先《少年游》:"帽檐风细马蹄尘,常记探花人。"常,《全芳备祖》等作"尝"。

〔溪亭〕徐北文《济南风情》:"溪亭,固然可做泛指溪边的亭子,但宋时济南确实有'溪亭'的地名。苏辙在济南时有《题徐正权秀才城西溪亭》诗。徐正权为著名学者石介女婿,当时名医。"时代与李清照相当。

〔沉醉〕大醉。五代·张泌《黄宫花》:"东风惆怅正清明,公子桥边沉醉。"宋·晏几道《阮郎归》:"欲将沉醉换悲凉,清歌莫断肠"。

〔藕花〕荷花。《花草粹编》等作"芙蕖"。南唐·鹿虔扆《临江仙》:"藕花相向野塘中,暗伤亡国,清露泣香红。"

〔争渡〕这里指奋力划船渡过。有注"怎渡"者,不宜从。

〔滩〕明·毛晋汲古阁本《漱玉词》作"行"。

集 评

今·王璠:词中用了日暮、溪亭、藕花、鸥鹭等词儿勾勒出一幅五彩斑斓的荷湖日暮图,又用回舟、误入、争渡、惊起等动作,在这幅画面中渲染迷离动荡的愉悦而迫蹙氛围,把景、物、人、情融会为一,唤起读者美好的想象,从而创造出一种耐人寻味的意境。语言浅近,清新隽永,是一首绝妙好词。(《李清照研究丛稿·女性情怀词人襟抱》)

今·薛祥生:这是一首绝妙的大自然的赞歌。……寥寥几笔,便勾勒出一幅荡舟晚游图,热情洋溢地赞美了大自然的绚丽多姿,抒发了作者热爱自然的浓厚情趣,具有唤起人们追求自然美的巨大作用。(《李清照词的审美价值》)

鉴 赏

作为才华横溢,豪情满怀的年轻女词人,她追求更丰富的精神生活,向往美好开阔的境界,喜欢遨游山水,尽情享受大自然的美。由这首小令可以看出作者对旖旎的自然风光,爱得何等深沉。

在这首小令里,作者运用浅淡自然、朴实无华的语言,创造了耐人寻味的优美意境,正是"其淡语皆有味,浅语皆有致"。宋·张端义评易安词时云:"皆以寻常语言度入音律,炼句精巧则易,平淡入调者难"。(《贵耳集》)易安匠心独运,特别善于创造这种平淡而绝妙的境界。这应该是李清照词作的重要特色。

此小令似乎信手拈来,毫无雕琢,只寥寥数笔便勾勒出一幅日暮酒醒归舟图,清秀淡雅,静中有动,人物形象栩栩如生,产生了强烈的艺术魅力,令人神思飞扬。你看:融融的落"日",苍茫的"暮"色,逶迤的"溪"水,婷婷的"藕花",翼然的"溪亭",芳草萋萋的干"滩",群栖待宿的"鸥鹭",幽雅恬淡。女主人公沉醉其中,茫然"不知归路","兴尽晚回",短楫轻舟,"误入藕花深处",以至"惊起一滩鸥鹭"……这是一幅多么生机盎然而又绝妙无比的图画,而透过这幅画面,一位活泼开朗、豪爽潇洒的少女会飘然从画面深处走来。她——便是年轻时的李清照。

庆清朝慢 禁幄低张

禁幄低张,彤阑巧护,就中独占残春。容华淡伫,绰约俱见天真。待得群花过后,一番风露晓妆新。娇娆艳态,妒风笑月,长殢东君。

东城边,南陌上,正日烘池馆,竞走香轮。绮筵散日,谁人可继芳尘。更好明光宫殿,几枝先近日边匀。金尊倒,拼了尽烛,不管黄昏。

简 介

此词是咏牡丹的。上阕写牡丹的绰约妖娆及人们对其格外珍惜爱护，下阕写人们日夜竞赏牡丹的盛况及人们兴高采烈的情致。咏牡丹，不露牡丹，不着一字尽得风流。

注 释

〔题解〕《花草粹编》等收为李清照词。

〔禁幄〕保护花的帷幕。

〔彤〕朱红色。《历代诗余》作"雕"。

〔容华〕容颜。三国·曹植《美女篇》："容华耀朝日，谁不希令颜。"五代·魏承班《诉衷情》："云雨别吴娃，想容华。"

〔淡伫〕《历代诗余》作"淡泞"。伫：原为竚，系伫的异体字，四印斋本《漱玉词》作"沱"。王仲闻校注：疑作"淡泞"，素淡也。今案：宋·韩淲《浣溪沙》有"淡泞乍持杯未浅"句，宋·刘清夫《金菊对芙蓉》："淡泞悲风"句，均作"淡泞"，盖宋人习语，谓淡然伫立也。

〔绰约〕形容女子姿态婉美。《庄子·逍遥游》："肌肤若冰雪，淖约若处子。"后世写作绰约，意同。

〔天真〕天然纯真。南唐·冯延巳《忆江南》："玉人贪睡坠钗云，粉消妆薄见天真。"宋·张先《庆春泽》："风韵好天真，画毫难上。"

〔娇娆〕妩媚动人。宋·晏几道《南乡子》："桥上女儿双笑靥，娇娆，倚着栏杆弄柳条。"宋·王禹偁《海仙花诗》："春憎窈窕教无子，天为妖娆不与香。"

〔艳〕《历代诗余》清·王奕清等编《词谱》脱此字。

〔缪〕纠缠。宋·柳永《归去来》："缪尊酒，转添愁绪。"宋·晁补之《金风钩送者》："一簪华发，少欢饶恨，无计缪春且住。"

〔东君〕见前《小重山·春到长门春草青》注。

〔香轮〕飘着香味的车子。轮，指车子。孙光宪《临江仙》："杳杳征轮何处去，离愁别恨千般。"

〔绮筵〕华贵的筵席。后唐·魏承班《菩萨蛮》："相见绮筵时，深情暗自知。"

〔明光宫殿〕明光宫，汉宫名。后世一般指皇宫，苏轼《虢国夫人夜游图》："何人先入明光宫。"殿，《历代诗余》作"里"。

〔近〕《历代诗余》作"向"。

〔日边〕指皇帝身边。唐·李白《永王东巡歌》之十一："南风一扫胡尘静，西入长安到日边。"

〔匀〕匀称。宋·王禹偁《芍药诗》："满院匀开是赤诚，帝乡齐点上元灯。"苏轼《早梅芳》："嫩苞匀点缀"。

〔尊〕酒杯。冯延巳《鹊踏枝》："休向尊前情索莫。"五代·韦庄《菩萨蛮》："劝君今夜须沉醉，樽前莫话明朝事。""尊"同"樽"。

〔管〕《词谱》作"爱"。

集 评

今·岳国钧：这是一首咏芍药的词，作者把芍药的生长环境写在御花园中，是有明显用意的。她笔下的芍药，格调虽然不高，但却"独占残春"，赢得君王的宠爱和看花者的追慕，显极一时。这种写法，跟刘禹锡用玄都观里的桃花来影射朝中新贵的手法一样，是用芍药来影射北宋末年的官僚贵族。（《李清照研究论文集·略论李清照的词》）

鉴 赏

这是一首咏花词。作者所咏为何花，却没有直述。上片"待得群花过后，一番风露晓妆新"与唐·皮日休诗："落尽残红始吐芳"（《牡丹》）同意；下片写人们"竞走香轮"，倾城昼夜激赏名花，这与唐·刘禹锡诗："惟有牡丹真国色，花开时节动京城"（《赏牡丹》）、宋·邵雍诗："须是牡丹花盛发，满城方始乐无涯"（《洛阳春吟》）的情景相同，故此词当是咏牡丹的。

开头三句，作者从花幄花栏着笔，写人们对牡丹爱护殊甚。"禁幄"罩着，并且"低张"，说明对花的格外珍惜。不仅如此，在它的外面还有"彤栏巧护"，"巧"，突出护之得法，进一步说明人们对牡丹爱护备至。暮春时节，众芳凋零，然牡丹却傲然怒放，表现出无限生机，仿佛独占了残存的春光，因此显得更加可爱可贵。

次四句，写牡丹花的风采。她那淡雅的容颜，挺拔的体态，柔美的资质，都显示她的天然美。群芳飘落了，牡丹经过了一番风吹露洗，却像早晨新妆的美女。这里用拟人手法直接描写了素色牡丹的秀媚婀娜。

后三句,"妖娆艳态,妒风笑月,长殢东君",又从侧面反映了红色牡丹的芳资艳质,超群绝伦,讨人垂爱。

换头四句,写白天妇女竞相打扮,争着乘车去栽培展览牡丹的池馆观赏牡丹。"东城边,南陌上",写赏客的纷至沓来。"烘",一面表明阳光的暖煦,一面表明场面的热闹非凡。"竞",说明观赏者的争先恐后,兴致勃勃。

次四句,白天饮酒赏花的豪华筵席已经散了,如果有人继续观赏牡丹那更好,开禁的明光殿里有几枝牡丹幸蒙皇帝的恩泽而先放,国色天香,雍容华贵,可以前去观赏。从"日边"及此词的内容判断,作者所写的是北宋皇都汴梁观赏牡丹的盛景。

结句写人们夜以继日饮酒观花,不惜耗尽蜡烛,掌灯欣赏牡丹,兴致极浓。

此词上片写各色牡丹的绰约妖娆及人们对其分外珍惜和爱护,下片写人们白日夜晚竞赏牡丹的盛况及兴高采烈的情致。刘熙载云:"山之精神写不出,以烟霞写之;春之精神写不出,以草木写之"(《艺概·词概》)。下片作者极力渲染人们纷至沓来,驱动香轮,昼夜激赏牡丹,这是烘云托月的写法。以万人空巷观赏牡丹的盛况,衬托花中之王卓异的自然美和超拔的魅力。

此词咏牡丹,又不露"牡丹",不离不露,耐人玩味。文笔空灵,有一气浑成之妙。

声声慢 寻寻觅觅

寻寻觅觅,冷冷清清,凄凄惨惨戚戚。乍暖还寒时候,最难将息。三杯两盏淡酒,怎敌他,晚来风急?雁过也,正伤心,却是旧时相识。

满地黄花堆积,憔悴损,如今有谁堪摘?守著窗儿,独自怎生得黑!梧桐更兼细雨,到黄昏,点点滴滴。这次第,怎一个愁字了得！

简　介

清代俞正燮认为该词是清照早期作品，王仲闻认为必晚年之作，黄墨谷认为当作于建炎三年秋。笔者认为应是赵明诚逝世后所作。作者勾画了一个秋日的黄昏凄凉、肃杀、索莫的境界，表现了女主人凄凉、悲伤、忧愁、痛苦的情怀。此词用直接铺陈描写的方法，多层次言愁，缘情布景，情随景迁，意境凄深。十余个叠字，"气机流动"，"用字奇横而不妨音律"，洵为千古佳作。

注　释

〔题解〕《三百词谱》调名作《梧桐雨》。《词的》等等题作《秋情》，明·赵世杰《古今女史》题作《秋晴》，明·卓人月《古今词统》等题作《秋闺》，清·谢元淮《碎金词谱》题作《秋词》，明·杨慎《词品》等诸多词书收为易安词。

〔凄凄惨惨戚戚〕凄凉、悲伤、忧愁。

〔乍暖还寒〕天气初返暖，又归于寒冷。指天气变化无常。

〔最〕明·杨慎《词林万选》等作"正"。

〔将息〕将养，休息，唐宋方言。唐·王建《留别张文广》："千万求方好将息，杏花寒食约同行。"

〔盏〕酒杯。《花草粹编》作"杯"。

〔晚〕《词的》等作"晓"。

〔正〕《花草粹编》等作"纵"。

〔憔悴〕面黄肌瘦，像得病的样子。详见《玉楼春·红酥肯放琼苞碎》注。

〔如〕清·舒梦兰《白香词谱》作"而"。

〔堪〕《词品》《花草粹编》等诸多词书作"忺"。

〔著〕《贵耳集》作"定"。后多用"着"。

〔次第〕情形、光景。（见《诗词曲语辞汇释》）

集 评

宋·张端义：炼句精巧则易，平淡入调者难。且《秋词·声声慢》"寻寻觅觅，冷冷清清，凄凄惨惨戚戚"，此乃公孙大娘舞剑手。本朝非无能词之士，未曾有一下十四叠字者，用《文选》诸赋格。后叠又云："梧桐更兼细雨，到黄昏、点点滴滴。"又使叠字，俱无斧凿痕。更有一奇字云："守定窗儿，独自怎生得黑。""黑"字不许第二人押。妇人中有此文笔，殆间气也。（《贵耳集》）

宋·罗大经：起头连叠十四字。以一妇人，乃能创意出奇如此。（《鹤林玉露》）

明·杨慎：《声声慢》一词，最为婉妙。……山谷所谓"以故为新，以俗为雅"者，易安先得之矣。（《词品》）

明·茅暎：连用十四叠字，后又四叠字，情景婉绝，真是绝唱。后人效颦，便觉不妥。（《词的》）

明·吴承恩：易安此词首起十四叠字，超然笔墨蹊径之外。岂特闺帏，士林中不多见也。（抄本《花草新编》，转引王仲闻《李清照集校注》）

明·沈际飞：《声声慢》首下十四叠字，乃公孙大娘舞剑手。宋朝能词之士秦七、黄九辈，未尝有下十四个叠字者。盖用《文选》诸赋格。"黑"字更不许第二人押。"点点滴滴"四叠字，又无斧迹。易安间气所生，不独雄于闺阁也。（《草堂诗余别集》）

明·陆云龙：连下叠字无迹，能手。"黑"字妙绝。（《词菁》）

明·徐士俊：才一斛，愁千斛，虽六斛明珠何以易之！（《古今词统》）

清·刘体仁：惟易安居士"最难将息""怎一个愁字了得"，深妙稳雅，不落蒜酪，亦不落绝句，真此道本色当行第一人也。（《七颂堂词绎》）

清·沈谦：予少时和唐宋词三百阕，独不敢次"寻寻觅觅"一篇，恐为妇人所笑。（《填词杂说》）

清·彭孙遹：李易安"被冷香消新梦觉，不许愁不起"，"守着窗儿，独自怎生得黑"，皆用浅俗之语，发清新之思，词意并工，闺情绝调。（《金粟词话》）

清·沈雄：但"守着窗儿，独自怎生得黑"，又"梧桐更兼细雨，到黄昏，点点滴滴"，正词家所谓以易为险，以故为新者，易安先得之矣。（《古今词

话·词品》)

清·王又华：张祖望曰："词虽小道，第一要辨雅俗。结构天成，而中有艳语、隽语、奇语、苦语、痴语、没要紧语，如巧匠运斤，毫无痕迹，方为妙手。……'这次第，怎一个愁字了得'，没要紧语也。"（《古今词论》节录《〈挼天词〉序》）

又云：《秦楼月》，仄韵调也，孙夫人以平韵作之；《声声慢》，平韵调也，李易安以仄韵作之。岂二调原皆可平可仄，抑二妇故欲见别逞奇，实非法邪？然此二词，乃更俱称绝唱者，又何也？（《古今词论》）

又云：晚唐诗人好用叠字语，义山尤甚，殊不佳。如"回肠九叠后，犹有剩回肠。"……又如《菊》诗"暗暗淡淡紫，融融冶冶黄"，亦不佳。李清照《声声慢·秋情》词，起法似本此，乃有出蓝之奇。（《古今词论》引毛稚黄）

清·万树：用仄韵。从来此体皆收易安所作，盖此遒逸之气，如生龙活虎，非描塑可拟。其用字奇横而不妨音律，故卓绝千古。人若不及其才，而故学其笔，则未免类狗矣。观其用上声、入声，如"惨"字、"戚"字、"盏"字、"点"字、"滴"字等，原可做平，故能谐协，非可泛用仄字而以去声填入也。其前结"正伤心，却是旧时相识"，于"心"字读句，然于上五下四者，原不拗，所谓此九字一气贯下也。后段第二、三句"憔悴损，如今有谁饮（堪）摘"，句法亦然。如高词应以"最得意"为读，然作者于"输他"住句，亦不妨也。今恐人曰易安词高，难学，故录竹屋此篇。按：李易安此调起三句云："寻寻觅觅、冷冷清清、凄凄惨惨戚戚"连叠七字，故万氏谓：用字奇横，非描塑可拟。（《词津》）

清·徐釚：首句连下十四个叠字，真似大珠小珠落玉盘也。（《词苑丛谈》）

清·孙致弥：须戒重叠。字面前后相犯，虽绝妙好词，毕竟不妥，万不得已用之。如李易安《声声慢》，叠用三"怎"字，虽曰读者全然不觉，究竟敲打出来，终成白璧微瑕，况未能尽如易安之善运用。慎之是也。（《词鹄》）

清·永瑢：清照以一妇人，而词格乃抗轶周、柳。张端义《贵耳集》极推其元宵词《永遇乐》、秋词《声声慢》，以为闺阁有此文笔，殆为间气，良非虚美。（《四库全书总目提要》）

清·孙原湘：易安居士，千古绝调，当是德父亡后，无聊凄怨之作。（张

寿林辑本《漱玉词》)

清·周济：双声叠韵字要著意布置。有宜双不宜叠，宜叠不宜双处。重字则既双且叠，尤宜斟酌。如李易安之"凄凄惨惨戚戚"，三叠韵、六双声，是锻炼出来，非偶然拈得也。(《宋四家词选》序论)

清·周之琦：其"寻寻觅觅"一首，《鹤林玉露》及《贵耳集》皆盛称之，惟海盐许蒿庐谓其颇带伧气，可谓知言。(《晚香室词录》)

清·陆昶：其《声声慢》一阕，张正夫称为公孙大娘舞剑器手，以其连下十四叠字。此却不是难处，因调名《声声慢》，而刻意播弄之耳。其佳处，后又下"点点滴滴"，四叠字，与前照应有法，不是草草落句。玩其笔力，本自矫拔，词家少有，庶几苏、辛之亚。(《历朝名媛诗词》)

清·王初桐：帘卷西风重九时，销魂第一李娘词。不须更唱《声声慢》，说与红牙陈盼儿。赵明诚妻李清照《重阳·醉花阴》词"莫道不消魂，帘卷西风，人似黄花瘦。"李祉《陈盼儿传》：盼儿执牙板歌"寻寻觅觅"一句，上曰："愁闷之词，非所宜听。"盖即李清照《漱玉集》中《声声慢》也。(《续修历城县志》引《济南竹枝词》)

清·俞正燮：其秋词《声声慢》云："守著窗儿，独自怎生得黑。"黑字真不许第二人押也。词云："寻寻觅觅，冷冷清清，凄凄惨惨戚戚。"一下十四叠字。后又云："梧桐更兼细雨，到黄昏，点点滴滴。"(《易安居士事辑》)

且如近世所谓《声声慢》《雨中花》《喜迁莺》，既押平声，又押入声……(同上)

清·许昂霄：此词颇带伧气，而昔人极口称之，殊不可解。(《词综偶评》)

清·梁绍壬：诗有一句三叠字者，吴融《秋树》诗"一声南雁已先红，槭槭凄凄叶叶同"是也。有一句连三字者，刘驾诗"树树树梢啼晓莺""夜夜夜深闻子规"是也。有两句连三字者，白乐天诗"新诗三十轴，轴轴金石声"是也。有一句四叠字者，古诗"行行重行行"《木兰诗》"唧唧复唧唧"是也。有两句互叠字者，"年年岁岁花常发，岁岁年年人不同"是也。有三联叠字者，古诗"青青河畔草"六句是也。有七联叠字者，昌黎《南山》诗"延延离又属"十四句是也。至李易安词"寻寻觅觅，冷冷清清，凄凄惨惨戚戚"，连下十四叠句，则出奇制胜，匪夷所思矣。(《两般秋雨庵随笔》)

清·冯金伯：葛立方《卜算子》词用十八叠字，妙手无痕，堪与李清照《声

声慢》并绝千古。(《词苑萃编》引渔洋山人)

清·方成培：易安居士言：诗文分平仄，而歌词分五音，又分五声，又分音律，又分清浊轻重。且如近世所谓《声声慢》《雨中花》《喜迁莺》，既押平声韵，又押入声韵。(《香研居词麈》)

清·陆以湉：李易安《声声慢》词："寻寻觅觅，冷冷清清，凄凄惨惨戚戚。"连叠七字，昔日人称其造句新警。其源盖出于《尔雅·释训篇》，篇中自"明明"至"秩秩"，叠字凡一百四十四，"殷殷莹莹"一段连叠十字，此千古创格，亦绝世奇文也。(《冷庐杂识》)

李易安词："寻寻觅觅，冷冷清清，凄凄惨惨戚戚。"乔梦符效之，作《天净沙》词云"莺莺燕燕，春春花花，柳柳真真事事。风风韵韵，娇娇嫩嫩，停停当当人人。"叠字又增其半，然不若李之自然妥帖。大抵前人杰出之作，后人学之，鲜有能并美者。(同上)

清·陆蓥：叠字之法最古，义山尤喜用之。然如《菊》诗"暗暗淡淡紫，融融冶冶黄"，转成笑柄。宋人中，易安居士善用此法。其《声声慢》一词，顿挫凄绝。词曰："寻寻觅觅，冷冷清清，凄凄惨惨戚戚。乍暖还寒时候，最难将息。"又云："梧桐更兼细雨，到黄昏，点点滴滴。"二阕共十余个叠字，而气机流动，前无古人，后无来者，可谓词家叠字之法。(《问花楼词话》)

清·王闿运：亦是女郎语。诸家赏其七叠，亦以初见故新，效之则可欧。"黑"韵却新，再添何字？(《湘绮楼词选》)

清·陈廷焯：易安《声声慢》一阕，连下十四叠字，张正夫叹为公孙大娘舞剑手。且谓本朝非无能词之士，未曾有一下十四叠字者。然此不过奇笔耳，并非高调。张氏赏之，所见亦浅。(《白雨斋词话》)

"寻寻觅觅，冷冷清清，凄凄惨惨戚戚。"易安隽句也，并非高调。(同上)

易安《声声慢》词，张正夫云："此乃公孙大娘舞剑手。本朝非无能词之士，未曾有一下十四叠字者。后叠又云'到黄昏，点点滴滴'又使叠字，俱无斧凿痕。'怎生得黑'，'黑'字不许第二人押。妇人有此词笔，殆间气也。"此论甚陋。十四叠字，不过造语奇隽耳，词境深浅，殊不在此。执是以论词，不免魔障。(同上)

叠字体，后人效之者甚多，且有增至二十余叠者。才气虽佳，终著痕迹，视易安风格远矣。"黑"字警。后幅一片神行，愈唱愈妙。(《云韶集》)

清·张德瀛：李易安《声声慢》词，起云"寻寻觅觅，冷冷清清，凄凄惨惨戚戚"，句法奇创。乔梦符《天净沙》曾仿其体。又葛常之"袅袅水芝红"词，句皆叠字，如唐人之《宛转曲》。世谓其源出"青青河畔草"一诗。然屈原《九章·悲回风》及《无量寿经》"行行相值"六语，又为葛词之祖。(《词征》)

清·梁启超：此词最得咽字诀，清真不可及也。(《艺衡馆词选》)

今·刘毓盘：李清照《声声慢》"寻寻、觅觅、冷冷、清清、凄凄、惨惨、戚戚"，一起连下十四叠字。后半"到黄昏点点滴滴，"复下四叠字。为独创之格。不独"帘卷西风、人比黄花瘦"之脍炙人口也。其妙在以上作平，以入作平之法。(《中国文学史·词略》)

今·梁乙真：此词精工巧丽，备极才情，读之真如"大珠小珠落玉盘"，其运辞之技巧，描写之真切，可谓极艺术之能事矣。(《中国妇女文学史纲》)

今·胡云翼：前面连用"寻寻、觅觅，冷冷、清清，凄凄、惨惨、戚戚"十四叠字，后面又用"梧桐更兼细雨，到黄昏点点滴滴"，真是大珠小珠落玉盘，运辞之技巧，描写之真切，已经极艺术之能事的极限了。(《宋词研究》)

又，作为一个封建社会里饱受忧患、晚年孤独无依的寡妇，她有种种难以言传的哀愁是可以理解的。在残酷的命运面前表现得这样消极、绝望，说明了她的阶级局限。但是这里写的不只是个人苦闷，而是代表着多少不幸妇女在动乱的时代里的苦难遭遇，具有一定的社会意义。在这首词里，作者特别显示出她的艺术才能；巧妙而自然地用铺叙的手法，把日常生活概括得很突出，还用上大量确切的叠字，加强了感情的渲染。(《宋词选》)

今·任中敏：此词乃北宋女词人中特异之作。运用白话，而未反词之体性，斯为难得。(《词曲通义》)

今·梁启勋：此词见《漱玉集》，无题。然望文知是写一天之实感。一种茕独恓惶之景况，动人魂魄。(《词学》)

今·龙榆生：这里面不曾使用一个故典，不曾抹上一点粉泽，只是一个历尽风霜、感怀今昔的女词人，把从早到晚所感受到的"忽忽如有所失"的怅惘情怀如实地描绘出来。看来都只寻常言语，却使后人惊其"遒逸之气，如生龙活虎"，能"创意出奇"，达到语言艺术的最高峰。这和李煜的后期作品确有异曲同工之妙、也只是由于情真语真，结合得恰如其分则已。(《词学十讲》)

今·夏承焘：用舌声的共十五字：淡、敌他、地、堆、独、得、桐、到、点点滴滴、第、得，且齿声的四十二字：寻寻、清清、凄凄、惨惨、戚戚、乍、时、最、将、息、三、盏、酒、怎、正、伤、心、是、时、相识、积、憔悴损、谁、守、窗、自、怎生、细、这次、怎、愁、字。全调九十七字，而这两声却多至五十七字，占半数以上；尤其是末了几句："梧桐更兼细雨，到黄昏，点点滴滴。这次第，怎一个愁字了得！"二十多字里舌齿两声交加重叠，这应是有意用啮齿丁宁的口吻，写自己忧郁恼恍的心情。不但读来明白如话，听来也有明显的声调美，充分表现乐章的特色。这可见她艺术手法的高强，也可见她创作的大胆。宋人只惊奇它开头敢用十四个重叠字，还不曾注意到它全首声调的美妙。（《李清照词的艺术特色》）

今·薛砺若：其笔力之遒健，描写之深入，境界之逼真，情绪之迫切紧张，均充分地现出，绝不类一个妇女的手笔，入手连用十四叠字，即已险奇，而收句复又运用两叠，却用来妙语天成，毫无堆滞粉饰之迹。（《宋词通论》）

今·唐圭璋：案：此词上片既言"晚来"，下片如何可言"到黄昏"雨滴梧桐，前后言语重复，殊不可解。若作"晓来"，自朝至暮，整日凝愁，文从字顺，豁然贯通。（《宋词论丛·读李清照词札记》）

唐圭璋、潘君昭、曹济平：本词是清照后期词中的杰作。在这里，作者以精练的语言，概括而集中地反映了南渡以后她自己的生活特征和精神面貌。在这九十七个字中，她运用了惊人的描写手腕，展示出自己曲折复杂的内心世界。虽然哀愁满目，调子凄苦，但又无一处不是她饱经忧患后低沉的倾诉，无一处不是她历尽折磨后急促的忧叹。（《唐宋词选注》）

今·刘永济：一个愁字不能了，故有十四叠字，十四个叠字不能了，故有全首。总由生活痛苦，不得不吐而出之，绝非无此生活而凭空想写作可比也。（《唐五代两宋词简析》）

今·黄墨谷：《声声慢》秋词作于建炎三年，地点在建康，时明诚甫亡故。《金石录后序》云："余悲泣，仓皇不忍问后事，八月十八用遂不起。……葬毕，余无所之，时朝廷已分遣六宫，又传江将禁渡。"李清照这时的遭遇，真可以说"人生到此，天道宁论"，此时此地，写一首凄恻哀伤的悼亡词，长歌以当哭，原是未可厚非的。不应该离开作家的历史时代和具体环境去分析作品，也不宜于把一篇作品孤立起来作出结论。（《重辑李清照集·李清照

评论》)

今·宛敏灏：李清照《声声慢》首句，如仅就其本身看，说它是"刻意播弄"或"锻炼出来"都无不可。倘细玩十四叠字，实包括恍惚、寂寞、悲伤三层递进的意境；再跟下片叠字和"得黑""了得"等险韵句联系起来，即见其围绕一个中心抒写，前后用字互相呼应之妙。（《词学概论》）

今·傅庚生：（首韵）此十四字之妙：妙在叠字，一也；妙在有层次，二也；妙在曲尽思夫之情，三也。良人既已行矣，而心似有未信其即去者，用以"寻寻"。寻寻之未见也，而心似仍有未信其便去者，用又"觅觅"；觅者，寻而又细察之也。寻觅之终未有得，是良人真个去矣，闺阃之内，渐以"冷冷"；冷冷，外也，非内也。继而"清清"，清清，内也，非复外矣。又继之以"凄凄"，冷清渐蹙而凝于心。又继之以"惨惨"，凝于心而心不堪任。故终之以"戚戚"也，则肠痛心碎，伏枕而泣矣。似此步步写来，自疑而信，由浅入深，何等层次，几多细腻！不然，将求叠字之巧，必贻堆砌之讥。一涉堆砌，则叠字不足云巧矣。故觅觅不可改在寻寻之上，冷冷不可移植清清之下，而戚戚又必居最末也。且也，此等心情，惟女儿能有之，此等笔墨，惟女儿能出之。设使其征人为女，居者为男，吾知其破题儿便已确信伊人之不在迩也，当无寻寻觅觅之事，男儿之心粗故也。能词之士，多昂藏丈夫勉学莺莺燕燕者，故不能下如此之十四叠字耳。（《中国文学欣赏举隅》）

今·沈祖棻：此词之作，是由于心中有无限痛楚抑郁之情，从内心喷薄而出，虽有奇思妙语，而并非刻意求工，故反而自然深切动人。陈廷焯《云韶集》说它"后幅一片神行，愈唱愈妙"。正因为并非刻意求工，"一片神行"才是可能的。（《宋词赏析》）

今·艾治平：这首词流传今古，一向为人赞赏，却是由于它艺术手法的高超。开头三句叠字，如风雨骤至，把孤独寂寞的迷离彷徨之感，大笔濡染，绘上了浓重的色彩。接下来用秋雁、菊花、梧桐、细雨等等，一个个具有特征性而与人有过密切关的景物，来掀起人心灵的波澜，感情的渲染，越来越浓，越来越深，到最后用反诘口吻"怎一个愁字了得"，收束全篇，把人的忧思愁情，推上高峰。（《宋词的花朵》）

今·魏同贤：不过，这种叠字的运用，究竟好在什么地方呢？可惜前人多语焉不详。我以为，叠字的运用，从思想内容来讲，它往往会加重语气、增强感情、突现事物；从艺术技巧来讲，它往往会造成一种急促、跳动、铿锵的音乐效果。我们现在仅仅从文学欣赏的角度看，已经感到了它的委婉、深沉、奇特、美妙，当年通过音乐家的演唱，相信当更为优美，也当是别有滋味的艺术享受。(《李清照〈声声慢〉赏析》)

今·王汝弼：李清照也似乎亲身经历了这种苦况，当她年老色衰的时候，对方的爱情就一去不复返，她在寻觅(《声声慢》)，但是寻觅的结果，却惹得满身烦恼，"怎一个愁字了得!"这就无异表明，在"愁字"言外，还有怨恨。(《论李清照》)

今·褚斌杰：这首词从整个的意境构思来说，也是非常成功的，她以风急、雁过、黄花、梧桐、细雨和黄昏，组成了一幅凄凉的图景，并在短短的篇章中一连用了四个问句，而着意地表现出一种无可奈何，势难摆脱的凄苦心情。(《李清照研究论文集·论李清照及其创作》)

鉴 赏

北宋灭亡。黎民妻离子散，家破人亡。李清照身逢乱世，又加丈夫新丧，应该说，《声声慢》中"凄凄惨惨戚戚"的情怀，是国难家灾当头，一个百无聊赖的孀妇的痛苦心声，是心底真情的流露。在当时的社会条件下，李清照的悲戚哀愁的心境是有普遍性的，这是国破家亡的时代悲哀。

上片头三句，"寻寻觅觅(情)，冷冷清清(景)，凄凄惨惨戚戚(情)"，写出其凄凉悲伤忧愁的情怀；次二句，"乍暖还寒时候(景)，最难将息(情)"，流露出痛苦哀伤之情；再次三句，"三杯两盏淡酒，怎敌他(情)，晚来风急(景)"，写其凄寒难挨之情；末三句，"雁过也(景)，正伤心，却是旧时相识(情)"，表现益加痛苦悲伤之情。下片头三句，"满地黄花堆积(景)，憔悴损，如今有谁堪摘(情)"，表现其凄怆落寞之情；次两句，"守着窗儿(景)，独自怎生得黑(情)"，表现其孤寂凄惶之情；再次三句，"梧桐更兼细雨，到黄昏，点点滴滴(景)"，蕴其愁闷忧烦之情；"这次第(全景)，怎一个愁字了得(情)"，总述愁情之浓深。综观全词，层层画面无不染上愁之色彩，多层次言愁，缘情布景，情随境迁，情也各有微妙之不同，但归结一个"愁"字。情景婉绝，浑然一体。

此词用直接描述的方法，"敷陈其事而直言之者也"，勾画了一个秋日黄昏凄凉、肃杀、索莫的境界："冷冷清清""乍暖还寒""晚来风急""雁过""满地黄花""梧桐更兼细雨"。悲伤、忧愁的女主人就在其中活动，沉哀入骨，悲苦殊甚。这是国破家亡诸多种灾难纷至沓来时，一个媚妇的痛苦呻吟，是发自肺腑的真情流露。

清·陆蓥《问花楼词话》评曰："二阕共十余个叠字，而气机流动，前无古人，后无来者，可为词家叠字之法。"又清·万树《词律》评曰："用仄韵。从来此体皆收易安所作，盖其遒逸之气，如生龙活虎，非描塑可拟。其用字奇横而不妨音律，故卓绝千古。"这是从全词的叠字、韵律方面对此词所给予的高度评价。

《声声慢》选语恰切而新颖，形象生动，音调谐美，历来被人称赏，是《漱玉词》中之佼佼者。

诉衷情 夜来沉醉卸妆迟

夜来沉醉卸妆迟，梅萼插残枝。酒醒熏破春睡，梦远不成归。人悄悄，月依依，翠帘垂。更挼残蕊，更捻余香，更得些时。

简 介

《诉衷情》当为李清照南渡前的作品，抒写了女主人对远游丈夫的绵绵情思。

注 释

〔题解〕《乐府雅词》《花草粹编》收录为李清照词，《花草粹编》题作《枕畔闻残梅喷香》。

〔沉醉〕大醉。详见《如梦令·常记溪亭日暮》注。

〔萼〕花瓣外面的一层小托片。宋·苏轼《早梅芳》："嫩苞匀点缀，绿萼轻减裁。"萼，《花草粹编》作"蕊"。

〔远〕《花草粹编》作"断"。

〔悄悄〕寂静无声。五代·冯延巳《鹊踏枝》："庭树金风，悄悄重门闭。"

〔依依〕留恋难舍，不忍离去之意。《诗经》："昔我往矣，杨柳依依。"唐·吴融《情》诗："依依脉脉两如何？细似轻丝缈似波。"

〔更〕又。柳永《雨霖铃》："便纵有千种风情，更与何人说。"更，《花草粹编》作"再"。

〔挼〕ruó，揉搓。南唐·鹿虔扆《临江仙》："手挼裙带，无语倚银瓶。"

〔捻〕用手指搓转。南唐·张泌《浣溪沙》："闲折海棠看又捻，玉纤无力惹余香。"

〔得〕需要。

〔些〕《花草粹编》作"此"。

集　评

清·况周颐：玉梅词隐云：《漱玉词》屡用叠字，"寻寻觅觅，冷冷清清，凄凄惨惨戚戚"，最为奇创。又"庭院深深深几许"，又"更挼残蕊，更捻余香，更得些时"，又"此情此恨，此际拟托行云，问东君"，又"旧时天气旧时衣，只有情怀不似旧家时"，叠法各异，每叠必佳，皆是天籁肆口而成，非作意为之也。欧阳文忠《蝶恋花》"庭院深深"一阕，柔情回肠，寄艳醉魄。非文忠不能作，非易安不许爱。(《漱玉词笺》)

今·刘逸生：整首词写的就是这些。你看，事情有多么琐屑，而写来却多么细腻，表达的人物感情又何其曲折幽深，耐人寻味。

不知道这首小词是不是为了寄给她丈夫的。可以想象，假如赵明诚读了它，决不会不受感动的。妻子这一缕细微委婉的柔情，难道会比"帘卷西风，人比黄花瘦"更逊色吗？(《宋词小札》)

今·平慧善：这首词是抒发故乡难归的愁绪的。残梅清冽的芳香不断袭来，使词人梦醒，在睡梦中返回北国故乡的希望落空了，更激起了词人的万千愁绪，更深人静，月色迷人，词人再也不能入睡，在翠帘低垂的卧室里，手不断地捻残蕊，这一下意识的连续的动作，表现了她月夜中孤栖无眠，愁结难解的心情。动作是单调的，但含蕴是丰富的。(《李清照研究论文集·自是花中第一流》)

鉴 赏

"打起黄莺儿,莫教枝上啼。啼时惊妾梦,不得到辽西。"(《春怨》)这首小诗可谓脍炙千古。黄莺的美妙歌声,女主人不是不喜欢,但是,它的啼叫惊扰了她甜蜜的梦境。女主人为了在梦中与自己远戍辽西的丈夫相会,实现她在现实中无法实现的心愿,不得不忍心把黄莺打跑。由此,主人公对亲人的深切思念,也就跃然于纸上。李清照的《诉衷情》与《春怨》内容相似,在艺术构思上也有异曲同工之妙。梅花芳香可爱,因梅香熏醒了自己与丈夫相会的梦境,竟迁怒而揉损了梅花,以衬托主人公对丈夫刻骨铭心的怀念。

作者用寥寥四十四个字,写出女主人种种含蓄的活动及复杂曲折的心理,惟妙惟肖。女主人的思想感情波澜起伏:因愁而"沉醉",因"梦远"而高兴,因"熏破"而愤怒。对梅花,因爱而插戴,因憎而"揉""捻"。成功的心理刻画使人物形象栩栩如生,也使读者拍案称绝,惊叹不已。前人云:"词以婉转为上,宜若九曲湘流,一波三折"。是有一定道理的。

念奴娇 萧条庭院

萧条庭院,又斜风细雨,重门须闭。宠柳娇花寒食近,种种恼人天气。险韵诗成,扶头酒醒,别是闲滋味。征鸿过尽,万千心事难寄。

楼上几日春寒,帘垂四面,玉阑干慵倚。被冷香消新梦觉,不许愁人不起。清露晨流,新桐初引,多少游春意。日高烟敛,更看今日晴未?

简 介

此词盖为南渡前的作品。是写离情别绪的闺情佳作,为李清照的代表词作之一。黄墨谷《重辑李清照集》认为此词当作于宣和三年（1121年），明诚知莱州时，易安从居地青州寄给丈夫的。

注 释

〔题解〕《诗词杂俎》本《漱玉词》等作《壶中天慢》，即《念奴娇》。宋·黄升辑《唐宋诸贤绝妙词选》等题作《春情》，《彤管遗编》等题作《春日闺情》，《词的》题作《春恨》，《历城县志》题作《春思》。《唐宋诸贤绝妙词选》等诸多词书收为易安词。

〔萧条〕寂寞冷落。五代·韩偓《冬日》："萧条古木衔斜日，咸沥晴寒滞早梅。"唐·司空图："律变新秋至，萧条自此初"。

〔又〕《花草粹编》等作"有"。

〔须〕《历代诗余》等作"深"。

〔花〕南宋·赵闻礼《阳春白雪》作"莺"。

〔险韵诗〕用含字数最少的韵部押韵作诗，或限用极不易押韵的怪僻字作韵脚的诗。宋·郭应祥《菩萨蛮》："新词仍险韵，赓续惭非称。"宋·晏几道："昨夜诗有回纹，韵险还慵押。"都说的是这种情况，诗人在一起用这种难度大的限制来竞赛取乐。此处指以写险韵诗遣愁解闷，消磨时光。

〔扶头酒〕或因饮酒过量，或因酒性较烈，则头部晕眩，需扶之。唐·杜牧：《醉题五绝》："醉头扶不起，三丈日还高。"贺铸《南乡子》："易醉扶头酒，难逢敌手棋。"

〔玉阑干慵倚〕《阳春白雪》作"慵拍阑干倚"，清·赵式辑《古今别肠词选》作"懒向阑干倚"。

〔清露晨流，新桐初引〕《世说新语·赏誉》：时（王）恭尝行散至京口谢堂，于是清露晨流，新桐初引，恭目之曰："王大（王忱）固自濯濯。"初引，枝叶才生长。新桐，《阳春白雪》作"疏桐"；初引，《词菁》作"初影"，俱不知清照引《世说》成语而妄改者，自不宜从。

集 评

宋·黄升：前辈尝称易安"绿肥红瘦"为佳句。余谓此篇"宠柳娇花"之句，亦甚奇俊，前此未有能道之者。（《唐宋诸贤绝妙词选》）

明·杨慎：情景兼至，名媛中自中第一。二语（"被冷香消新梦觉，不许愁人不起"）绝似六朝。（《草堂诗余》）

填词虽于文为末，而非自选诗、乐府来，亦不能入妙。李易安词"清露晨流、新桐初引"，乃全用《世说》语。女流有此，在男子亦秦、周之流也。（《词品》）

明·李攀龙：（眉批）心事有万千，岂征鸿可寄？"新梦"不知梦何事？（评语）心事托之新梦，言有寄而情无方。玩之自有意味。（《草堂诗余隽》）

上是心事，难以言传；下是新梦，可以意会。（同上）

明·王世贞：易安又有"宠柳娇花寒食近，种种恼人天气"，"宠柳娇花"，新丽之甚。（《弇州山人词评》）

明·沈际飞：真声也。不效颦于汉魏，不学步于盛唐，应情而发，能通于人。有首尾。"宠柳娇花"，又是易安奇句。后人窃其影，似犹惊目。（《草堂诗余正集》）

明·赵世杰等：（眉批）媚中带老。（《古今女史》）

明·陆云龙：苦境，亦实境。（《词菁》）

明·徐士俊："宠柳娇花"，新丽之甚。不效颦汉魏，不学步盛唐，应情而发，自标位置。（《古今词统》）

明·徐伯龄：又"宠柳娇花"之言，为词话所赏识。晦庵朱子云：今时妇人能文，只有李易安与魏夫人。（《蟫精隽》）

清·毛先舒：李易安《春情》，"清露晨流，新桐初引"，用《世说》全句，浑妙。尝论：词贵开拓，不欲沾滞；忽悲忽喜，乍近乍远，所为妙耳。如游乐词，须微著愁思，方不痴肥。李《春情》词本闺怨，结云"多少游春意""更看今日晴未"，忽尔开拓，不但不为题束，并不为本意所苦。直如行云，舒展自如，人不觉耳。（《诗辨诋》）

清·王士禛：前辈谓史梅溪之句法，吴梦窗之字面，固是确论，尤须雕组而不失天然。如"绿肥红瘦""宠柳娇花"，人工天巧，可称绝唱。（《花草蒙拾》）

清·邹祇谟：《词品》云："填词虽于文为末，而非自选诗、乐府来，亦不能入妙。李易安词'清露晨流，新桐初引'，乃全用《世说》语。"愚按：词至稼轩，经子百家，行间笔下，驱斥如意。近则娄东善用南北史。江左风流，

惟有安石,词家妙境,重见桃源矣。(《远志斋词衷》)

清·彭孙遹:李易安"被冷香消新梦觉,不许愁人不起""守着窗儿,独自怎生得黑",皆用浅俗之语,发清新之思,词意并工,闺情绝调。(《金粟词话》)

清·沈雄:李易安"被冷香消清梦觉,不许愁人不起",又"于今憔悴,风鬟霜鬓,怕见夜间出去",杨用修以其寻常言语度入音律,殊为自然。(《古今词语》)

易安之"清露晨流,新桐初引",全用《世说》。若在稼轩,诸子百家,行间笔下,驱斥如意也。(同上)

清·许昂霄:此词造语,固为奇俊,然未免有句无章。旧人不加评驳,殆以其妇人而恕之耶?(《词综偶评》)

清·冯伯金:羡门云:"作意催花柳",天然微妙;"宠柳娇花"未免组织矣。(《词苑萃编》)

清·黄蓼园:只写心绪落漠,遇寒食更难遣耳。陡然而起,便尔深邃。至前阕云"重门须闭",后阕云"不许不起",一开一合,情各戛戛生新。起处雨,结句晴,局法浑成。(《蓼园词选》)

清·陈廷焯:李易安之"绿肥红瘦""宠柳娇花"等类,造句虽工,然非大雅。(《白雨斋词语》)

世称易安"绿肥红瘦"为佳句。黄叔阳谓"宠柳娇花"语,亦甚奇俊,前此未有能道之者。结亦合拍。(《云韶集》)

清·沈祥龙:李易安"清露晨流,新桐初引",用《世说新语》,更觉自然。稼轩能合经史子而用之,自有人才绝人处。他人不宜效。(同上)

清·李继昌:作词须用词眼,如潘元质之"燕娇莺姹",李易安之"绿肥红瘦""宠柳娇花",梦窗之"醉云醒月"……(《左庵词话》)

今·唐圭璋:此首写心绪之落寞,语浅情深。"萧条"两句,言风雨闭门;"宠柳"两句,言天气恼人,四句以景起。"险韵"两句,言诗酒清遣;"征鸿"两句,言心事难寄,四句以情承。换头,写楼高寒重,玉阑懒倚。"被冷"两句,言懒起而不得不起。"不许"一句,颇婉妙。"清露"两句,用《世说》,点明外界春色,抒欲图自遣之意。末两句宕开,语似兴会,意仍伤极。盖春意虽盛,无如人心悲伤,欲游终懒,天不晴自不能游,实则即晴亦未必果游。

李氏《武陵春》云"闻说双溪春尚好,也拟泛轻舟",亦与此同意;其下续云"只恐双溪舴艋舟,载不动许多愁",亦是打算一游,而终懒游也。(《唐宋词简释》)

今·王宗浚:其造句新颖而美丽,如"宠柳娇花""绿肥红瘦"……使人见了,除了拍案叫绝而外,没有第二句话可说。(《李清照评传》)

鉴　赏

黄墨谷先生《重辑李清照集》中说此词当写于宣和三年(1121年),明诚知莱州时,易安从居地青州寄给丈夫的,此说可从。

该词上片开头两句写景,融情入景,使景语亦为情语。"萧条庭院",反映女主人心绪的落寞。"重门须闭",反映女主人孤怀凄怯。"种种恼人天气",反映女主人心情悒郁烦闷。景含愁情。次两句写情,又不直说,用人物行动情态来暗示。"险韵诗成",为什么写?没有说。"扶头酒醒",为什么喝?也没有告诉我们。写诗饮酒消磨时光,诗成酒醒,却依然坐卧不宁,闲得难堪。什么原因,含而不露。"闲",暗隐何意?仔细寻绎,端倪可测。易安写离情的《一剪梅》词云:"一种相思,两处闲愁,此情无处可消除"。写别绪的《凤凰台上忆吹箫》词云:"生怕闲愁暗恨,多少事,欲说还休"。其中的"闲愁",实指离愁,那么"闲滋味",即是相思之苦了。"征鸿""难寄",透露出作者写的是离情别绪。但仍不着"离""愁"两字。多么含蓄蕴藉。下片,人物的行为,心绪:"玉阑干慵倚""不许愁人不起""多少游春意""试看天气晴未",都是离愁别苦所致。作者仅仅点出"愁"来,仍不提"离"字。幽隐隽永。通过人物的行为和景物描写揭示人物的复杂曲折的心理。词旨婉约,情意绸缪。

结句古人咸称其墨妙,谓其能放开一笔,宕出远神。结句:"多少游春意,更看今日晴未。""忽尔开拓,不但不为题束,并不为本意所苦。直如行云流水,舒展自如。"空灵隽永,给人以不尽远想。

武陵春　风住尘香花已尽

　　风住尘香花已尽，日晚倦梳头。物是人非事事休，欲语泪先流。

　　闻说双溪春尚好，也拟泛轻舟。只恐双溪舴艋舟，载不动许多愁。

简介

　　此词据黄盛璋云："词意写的是暮春三月景象，当作于绍兴五年（1135年）三月"（《李清照事迹考辨》），清照时在金华。写国破家亡、丧夫、颠沛流离等种种苦难给她带来的无法排遣的浓愁。用暮春衰败的景象，狂风掠后的残局开篇，颇有特色。"只恐双溪舴艋舟，载不动许多愁"，赋予愁以重量，把抽象的感情具体化、形象化。为李清照的代表词作之一。

注释

〔题解〕《类编草堂诗余》等诸多词书题作《春晚》，《彤管遗编》等题作《暮春》，明·周瑛撰《词学筌蹄》题作《春暮》，清·卓回辑《词汇》题作《春晓》。清·孙致弥辑《词鹄》调作《武陵春第二体》。

〔花〕清·万树撰《词律》等作"春"。

〔晚〕《花草粹编》作"落"，《词律》等作"晓"。

〔物是人非〕事物依然在，人不似往昔了。曹丕《与朝歌令吴质书》："节同时异，物是人非，我劳如何？"

〔先〕《彤管遗编》等作"珠"。

〔说〕清·叶申芗辑《天籁轩词选》作"道"。

〔双溪〕在浙江金华，是唐宋时有名的风光佳丽的游览胜地。有东港、南港两水汇于金华城南，故曰"双溪"。

〔尚〕明·程明善撰《啸余谱》作"向"。

〔拟〕准备、打算。宋·姜夔《点绛唇》："第四桥边，拟共天随住。"辛弃疾《摸鱼儿》："长门事，准拟佳期又误。"

〔轻〕清·陆昶编《历代名媛诗词》作"扁"。

〔舴艋舟〕舴艋的小船。唐·张志和《渔父》词:"舴艋为舟力几多,江头
雷雨半相和。"又"舴艋为家无姓名,胡芦中有瓮头清。"

集 评

明·叶盛:李易安《武陵春》词:"风住尘香花已尽……载不动、许多愁。"
玩其词意,其作于序《金石录》之后欤?抑再适张汝舟之后欤?文叔不幸有
此女,德夫不幸有此妇。其语言文字,诚所谓不祥之具,遗讥千古者欤。(《水
东日记》)

明·杨慎:秦处度《谒金门》词云:"载取暮愁归去""愁来无著处",从
此翻出。(杨慎批点本《草堂诗余》)

按:此评中《谒金门》实为张元幹词,见《芦川词》卷下,误作秦处度词。

明·李攀龙:(眉批)未语先泪,此怨莫能载矣。(评语)景物尚如旧,人
情不似初。言之于邑,不觉泪下。(《草堂诗余隽》)

明·张綖:易安名清照,尚书李格非之女,适宰相赵挺之子明诚,尝集
《金石录》千卷,比诸六一所集,更倍之矣。所著有《漱玉集》,朱晦庵亦呕
称之。后改适人,颇不得意。此词"物是人非事事休",正咏其事。水东叶
文庄谓:"李公不幸而有此女,赵公不幸而有此妇。"词固不足录也。结句
稍可诵。朱淑真"可怜禁载许多愁"祖之。岂女辈相传心法耶?(《草堂诗
余别录》)

明·董其昌:物是人非,睹物宁不伤感!(《便读草堂诗余》)

明·沈际飞:与"载取暮愁归去"相反,与"遮不断愁来路""流不到楚
江东"相似,分帜词坛,孰辨雄雌?(《草堂诗余正集》)

明·陆云龙:愁如海。(《词菁》)

清·王士祯:"载不动、许多愁"与"载取暮愁归去""只载一船离恨,向
西州"正可互观。"八桨别离船,驾起一天烦恼",不免径露矣。(《花草蒙拾》)

清·万树:《词统》《词汇》俱注"载"字是衬,误也。词之前后结,多寡
一字者颇多,何以见其为衬乎?查坦庵作,尾句亦云"流不尽许多愁"可证。
沈选看首句三句,后第三句平仄全反者,尾云"忽然又起新愁"者,"愁从酒
畔生"者,奇绝。(《词律》)

清·俞正燮：居金华，有《武陵春》词曰："风住尘香花已尽……载不动许多愁。"流寓有故乡之思。其事非闺阃文笔自记者莫能知。(《癸巳类稿·易安居士事辑》)

清·吴衡照：易安《武陵春》，其作于祭湖州以后欤？悲深婉笃，犹令人感伉俪之重。叶文庄乃谓语言文字诚所谓不祥之具，遗讥千古者矣，不察之论。(《莲子居词话》)

清·陈廷焯：易安《武陵春》后半阕云："闻说双溪春尚好……载不动、许多愁。"又凄婉、又劲直。观此，益信易安无再适张汝舟事。即风人"岂不尔思，畏人之多言"意也。投綦公一启，后人伪撰，以诬易安耳。(《白雨斋词话》)

清·梁启超：按此盖感愤时事之作。(《艺蘅馆词选》)

今·梁乙真：风霜忧患之余，人事沧桑之感，则此词已深惋地唱出往事之哀音也。(《中国妇女文学史纲》)

今·唐圭璋：此为绍兴五年，清照在金华时作，通首血泪交织，令人不堪卒读。首写花事阑珊，极目生愁；继写日高懒起，无心梳洗。下二句尤沉痛，人亡物在，睹物怀人，重重往事，不堪回首，千言万语，无从说起。下片写内心活动，正是"肠一日为九回"。"闻说"只是从旁人口中说出，可见自己则整日独处，无以为欢。"尚"字说明双溪犹有残春可赏。"也拟"是心中一霎凝思，欲往一游；"只恐"则直道心情沉哀，无法排遣，虚字转折传神，顿挫有致，如见其人，如闻其声。(《词学论丛·读李清照词札记》)

今·唐圭璋、潘君昭、曹济平：作者运用三组口语词："闻说""也拟""只恐"，曲折地反映出她那种极难以笔墨形容的内心活动。此外，词中还运用了极其鲜明而形象的比拟："只恐双溪舴艋舟，载不动、许多愁。"使得作者在环境压力下所产生的不能明言、能以排遣的身世之悲、飘零之痛得到了深刻的表达。(《唐宋词选注》)

今·郭预衡：这感情写得多么真率，多么具体，又多么具有感染力量！用语是朴素的，几乎没有任何雕饰；感情是饱满的，几乎如见肺腑。无造作之态，无斧凿之痕。音节也自然，却非油滑，不同滥调。这一切正是李清照词在语言艺术上最出色的特点。这个特点除了李煜可以和她相比之外，唐宋词人之中，并不多见。(《李清照词的社会意义和艺术价值》)

今·沈祖棻：任何作品所能反映的社会人生都只能是某些侧面。抒情诗因为受着篇幅的限制，尤其如此。这种写法，能够把省略了的部分当作背景，以反衬正文，从而出人意外地加强了正文的感染力量，所以是可取的。(《宋词赏析》)

按："这种写法"，指此词首句省去对狂风肆虐及其以前对春日景物的描写。清·谭献《复堂词话》评欧阳修《采桑子·群芳过后西湖好》首句为"扫处即生"。与此词首句笔法相同。

鉴 赏

此词，据黄盛璋《李清照事迹考辨》云"词意写的暮春三月景色，当作于绍兴五年(1135年)三月"。由于金兵进犯，她避乱金华。时年五十二岁。

梁·刘勰《文心雕龙·情采》云："情者文之经，辞者理之纬"，情感是文章的经线，经贯穿始终，文辞是编织道理的纬线。李清照《武陵春》贯穿全词的经线是什么？就是"愁"情。上片开头两句，起，写凄凉衰败的景象，缘情布景，透出"愁"情。"日晚""倦"梳头，含着"愁"情；三四句，承，写"愁"的根源和"愁"的情态；下片换头一转，笔断"经"未断，写欲借景遣"愁"；末二句，又一转，写无法排遣的浓"愁"。篇末点题。以"愁"为线索，贯穿全篇。

李清照"只恐双溪舴艋舟，载不动，许多愁"，喻愁苦之不堪，连小船都无法载动，使人产生了强烈的情感共鸣，可谓妙绝。宋初郑文宝《柳枝词》云："不管烟波与风雨，载将离恨过江南"，开始把离愁别绪搬到船上，如此摹愁，即已高过前人。后来苏轼仿效郑文宝的词，在《虞美人》中云："无情汴水自东流，只载一船离恨向西州。"陈与义又借用了苏轼的词句，在《虞美人》中写道："明朝有酒大江流，满载一船离恨向衡州"。到了李清照，又用"只恐双溪舴艋舟，载不动许多愁"来写"愁"的浓重，虽然其中有借鉴前人诗句的痕迹，但绝不是沿袭，而是根据自己历经国破、家亡、丧夫、颠沛流离之后的特殊感受，借助自己匠心独运的高超艺术技巧，学习前人传统，稍加点化，便创造出新的境界，产生了巨大的艺术感染力量。她再也不是把"愁"放在船上一味地载来载去，而是变精神为物质，并赋予它以重量了。这是创新，也是突破。后来诗人们又把"愁"从船上搬到马背上，又由马背搬到

车上,又把"愁"变成了春色。进一步向前发展了。(参阅钱钟书《宋诗选注》)

"物是人非事事休,欲语泪先流",想对人述说以遣怀,欲说却又先流下辛酸的泪水,而终于不能说,以至更加惆怅悲切:"闻说双溪春尚好,也拟泛轻舟",独抱浓愁,想借景消忧,只恐对景难排,欲游而又终于不能去游,更加凄婉哀绝,波澜跌宕,极吞吞吐吐,欲游而不发之致。表达的感情更加强烈了。这是曲笔,作者通过新奇独特的艺术构思,把自己凄楚的心情深沉的愁恨含蓄蕴藉、跌宕曲折地表达出来。这样表达确实可以收到浅薄外露、一览无余的文字所不能达到的艺术效果。

这首词写了由于"物是人非",也就是国破、家亡、丧失、颠沛流离等种种苦难给她带来无法排遣的浓愁。刘勰《文心雕龙·情采》中云:"至情发而为辞章",李清照的《武陵春》词,正是因为金人的残酷侵略,统治集团的昏庸无能,给作者造成种种的不幸,哀愁痛苦填胸臆,不得不抒发自己的情怀时,才写下这首词的。这就是《武陵春》所表现的"愁"的典型意义,带有普遍的社会性,绝不是李清照的无病呻吟。

转调满庭芳 芳草池塘

芳草池塘,绿阴庭院,晚晴寒透窗纱。玉钩金锁,管是客来吵。寂寞尊前席上,惟□□海角天涯。能留否?酴醿落尽,犹赖有□□。

当年曾胜赏,生香薰袖,活火分茶。□□龙骄马,流水轻车。不怕风狂雨骤,恰才称,煮酒残花。如今也,不成怀抱,得似旧时那?

简 介

此词著录于《乐府雅词》卷下,文有缺遗,亦无他本可校正。文津阁本

《四库全书》之《乐府雅词》抄本,虽有补正,但颇不类,疑为馆臣妄增,王仲闻《校注》已指出,且不据之校补,甚是。故后无鉴赏。

注释

〔题解〕《乐府雅词》收为李清照词。

〔芳草〕芳香的野草。五代·牛希济《生查子》:"回首犹重道:记得绿罗裙,处处怜芳草。"南唐·李煜《喜迁莺》:"梦回芳草思依依,天远雁声稀。"其中"芳草"的字面意思,皆为芳香的野草。

〔玉钩〕玉制的帘钩。唐·孙淑《对茶》:"小阁烹香茗,疏帘下玉钩。"

〔金镰〕金锁。镰,同"锁"。南唐·李璟《浣溪沙》:"手卷真珠上玉钩,依前春恨锁重楼。"五代·鹿虔扆《临江仙》:"金锁重门荒苑静,绮窗愁对秋空。"

〔管〕准、定。宋·曾觌《醉花阴》:"管是前生,曾负你宽业。"

〔吵〕语助词,此处相当于"呵"。可参金·董解元《西厢记》卷一:"管是妈妈使来吵。"

〔生香薰袖〕生,犹如生火之"生",即焚。焚烧香料熏染着衣袖。为回忆赏玩的情景。

〔活火分茶〕活火:带火苗的炭火。宋·苏轼《汲江煎茶》:"活水还须活火烹,自临钓石取深清。"分茶:王仲闻校注,据王明清《挥麈录》、蔡襄《茶谱》,分茶是"盖以茶匙取茶(汤)注盏中。"为宋代品茶的一种方式。与煎茶有区别,如南宋·杨万里《谈庵座上观显上人分茶》诗:"分茶何似煎茶好,煎不似分茶巧。"

〔龙骄马〕即骄马如龙。有的版本为娇:误,宜为"骄"。

〔流水轻车〕即轻快的车如流水般络绎不绝。南唐·李煜《望江南》:"多少恨,昨夜梦魂中:还似旧时游上苑,车如流水马如龙。"

〔煮酒〕温酒、烫酒。宋·真山民《夜饮赵园》:"风暖旗亭煮酒香,醉乡始悟是他乡。"

〔那〕用在句末,为疑问词。参见金·董解元《西厢记》:"这妮子慌忙着甚那?"

孤雁儿 藤床纸帐朝眠起

藤床纸帐朝眠起，说不尽无佳思。沉香断续玉炉寒，伴我情怀如水。笛声三弄，梅心惊破，多少春情意。

小风疏雨萧萧地，又催下千行泪。吹箫人去玉楼空，肠断与谁同倚。一枝折得，人间天上，没个人堪寄。

简 介

此词为咏梅词。应作于赵明诚病殁之后。表现了女主人对亡夫的缅怀悼念及对亡灵的慰藉之情。

注 释

〔题解〕《历代诗余》等收为李清照词。四印斋本《漱玉词》等调作《御街行》。《梅苑》《三李词》有小序："世人作梅词，下笔便俗。予试作一篇，乃知前言不妄耳。"《花草粹编》等无此小序。

〔纸帐〕纸制之帐。明·高濂《遵生八笺》："纸帐，用藤皮茧纸缠于木上，以索缠紧，勒作绉纹。不用糊，以线折缝缝之。顶不用纸，以稀布为顶，取其透气。或画以梅花，或画以蝴蝶。自是分外清致。"

〔沉香〕一种熏香的名字，也叫"沉水"。宋·周邦彦《苏幕遮》："燎沉香，消溽暑。"参见《浣溪沙·淡荡春光寒食天》〔沉水〕注。

〔继续〕《花草粹编》作"烟断"。

〔玉炉〕玉制香炉。玉炉，也泛称高级的香炉。宋·柳永《两心同》："饮散玉炉烟袅，洞房悄悄。"

〔三弄〕古笛曲有《梅花三弄》。宋·赵鼎《谒金门》："何处笛声三弄断？"

〔萧萧〕《花草粹编》作"潇潇"。

〔吹箫人去玉楼空〕参见《凤凰台上忆吹箫·香冷金猊》〔秦楼〕注（参见16页）。宋·刘仙伦《菩萨蛮》："吹箫人去行云杳。""玉楼"中的"玉"为楼的美称。

〔肠断〕指人极度哀伤，柔肠愁断之意。南朝梁·江淹《别赋》："是以行于肠断,百感凄恻。"唐·王建《调笑令》:"肠断、肠断,鹇鸪夜飞失伴。"
〔一枝折得〕折取一枝梅花。南朝·陆凯与范晔交谊甚深,陆凯从江南
遥寄一枝梅花给长安的故人范晔,并赠诗曰:"折梅逢驿使,寄与陇头
人。江南无所有,聊赠一枝春。"表现对挚友的慰藉和深厚的情谊。

集 评

今·侯健、吕智敏:这是一首悼亡之作,约写于建炎三年(1129年)赵明
诚逝世后。序中说明这是一首咏梅词,实际上既没有直接描绘梅的色、香、
姿,也没有去歌颂梅的品性,而是把梅作为作者个人悲欢的见证者。从表
达上看,是把梅作为全词的线索,着力描写了丈夫去世后自己清冷孤寂的
生活和凄凉悲绝的心情。(《李清照诗词评注》)

鉴 赏

赵明诚虽病殁,但他像一枝风雅高洁的梅花,永存易安的心扉。是以
易安作咏梅词《孤雁儿》。起初,词"往往调即是题",调与内容是一致的。
《孤雁儿》由无名氏词"听孤雁声嘹唳"而得名。可见易安选此调写梅词并
非偶然,她是为抒孤怀才借梅花以表对亡夫的悼念之情。

头两句,起笔于景,落墨于情。开端顿入,以"藤床纸帐"冠领。那么它
与题旨有何关系?一般纸帐顶上"画以梅花";"梅花纸帐"柱上插"数枝梅
花",可见无论是梅花纸帐还是一般纸帐都与梅花有关。这就是词人在写
室内环境时撷取"藤床纸帐"的原因,开笔入题,但含而不露,笔无虚设。

此词层层布景,如层峦叠嶂,景景呈新;借景抒情,情随景迁,景景生
悲。"藤床红帐朝眠起(景),说不尽无佳思(情)""沉香断续玉炉寒(景),
伴我情怀如水(情)""小雨疏风萧萧地(景),又催下千行泪(情)","吹
箫人去玉楼空(景),肠断与谁同倚(情)",每层均前景后情,借景抒情,情
随景迁,景景生哀。此词在局法上与其《念奴娇·萧条庭院》下片颇似,说
明易安艺术技巧的高超娴熟,构局的精工佳绝,虽几经更景,自有一气卷
舒之妙。

"吹箫人去,玉楼空"。把明诚的逝世及自己悲痛的心情,用箫史、弄玉
的爱情神话故事委婉出之,运实于虚,切当自然,超逸蕴藉。结句:"一枝折

得，人间天上，没个人堪寄"，乍看似乎没有用典，实际上化用南朝陆凯寄一枝梅花给范晔的故事，足见易安用典融化不涩，不着痕迹，笔力非常人可比。此词巧妙灵活地运用多种艺术手法，实属词林佳品。

怨王孙 帝里春晚

帝里春晚，重门深院。草绿阶前，暮天雁断。楼上远信谁传？恨绵绵。

多情自是多沾惹，难拚舍，又是寒食也。秋千巷陌人静，皎月初斜，浸梨花。

简介

此词当是李清照婚后的作品，盖作于汴京。写女主人暮春黄昏深院楼上怀远，寒食夜阑离愁难遣。构思缜密工巧，愁浓语淡，画面隽雅，情景悠然。

注释

〔题解〕《草堂诗余》等题作《春暮》，《啸余谱》题作《春景》，明·郑文昂辑《古今名媛汇诗》题作《暮春》。此词杨金本《草堂诗余》署名秦少游作。后出本均据《类编草堂诗余》作为李清照词，赵万里疑之，王仲闻以为不可据。

〔帝里〕指京城。唐·上官婉儿诗《九月九日上幸慈恩寺登浮图群臣上菊花寿酒》："帝里重阳节，香园万乘来。"宋·卢氏《凤栖梧》："帝里繁，迢递何时至。"

〔谁〕《古今诗余醉》题作"难"。

〔绵绵〕接连不断。白居易《长恨歌》："天长地久有时尽，此恨绵绵无绝期。"宋·柳永《戚氏》："皓月婵娟，思绵绵。"

〔沾惹〕招引。宋·柳永《斗百花》:"刚被风流沾惹,与合垂杨双髻。"

〔拚舍〕舍弃,屏除。宋·周邦彦《凤来朝》:"待起难舍拚。"拚,《草堂诗余评林》作"弃"。

〔寒食〕见《浣溪沙·淡荡春光寒食天》注。

〔巷陌〕街道。辛弃疾《永遇乐》词有"斜阳草树,寻常巷陌"句。

〔浸梨花〕月光像水一样浸透了梨花,犹言梨花沐浴在月光里。如宋·谢逸《南歌子》:"帘外一眉新月、浸梨花。"宋·赵长卿《浣溪沙》:"夜探明月浸梨花"可参。

集 评

明·杨慎:至情。(评"多情自是多沾惹"句)(《草堂诗余》)

明·李攀龙:(眉批)以"多情"接"恨绵绵",何组织之工!(评语)此词可以"王孙不归兮,春草萋萋兮"参看。(《草堂诗余隽》)

明·沈际飞:贺词:"多情多感",犹少此"难拚舍"三字。元人乐府率以"也"字叶成妙句,殆祖此。(《草堂诗余正集》)

明·徐士俊:元词多以"也"字叶成妙句,殆祖此。(《古今词统》)

清·王士禛:"皎月""梨花"本是平平,得一"浸"字,妙绝千古。与"月明如水浸宫殿"同工。(《花草蒙拾》)

清·陆昶:易安以词擅长,挥洒俊逸,亦能琢炼。最爱其"草绿阶前,暮天雁断",极似唐人。(《历朝名媛诗词》)

鉴 赏

大观元年(1107年),明诚偕清照屏居乡里,离开了共同生活七年之久的京城。虽无史料记载,但在京期间她们当有过短暂的别离。以词中"帝里"观之,该词应是写这一时期中的离情别绪的。

开头"帝里春晚,重门深院。草绿阶前,暮天雁断",写出暮春庭院的凄寂景象。言简意深,暗藏机锋。"晚""重""深""绿""暮",用得恰当传神,对渲染气氛深化主题起了很好的作用。

"秋千巷陌人静,皎月初斜,浸梨花",结句宕开,以景结情。宋·沈义父云:"结句须要放开,含有余不尽之意,以景结情最好。如清真之'断肠院落,一帘风絮',又'掩重关,偏城境鼓'是也"(《乐府指迷》),说的就是这类结尾。"静""皎""浸"将夜的环境渲染得很美。良辰美景不能与爱人同度,使女主人的"绵绵"离恨倍增,况且梨花将要凋谢,春天又要逝去……如此结句,读者已无法分清是景语还是情语,可谓亦景亦情,且妙绝千古。

该词的构思,极缜密极工巧。上片先写暮春庭院里的景象,由"帝里"写到"深院",由"阶前"写到"暮天";由外到内,从大到小,由下至上。又由"暮天雁断"一语,引出楼上人的离"恨绵绵",由物及人。下片,先写寒食夜阑离愁难遣,后写月下景象,由人及物。前结"恨绵绵"有"水穷云起"之妙,带出过变之意。多情招引来,却无计遣解去,过变承上启下。极迷离惝恍缠绵悱恻之致。

此词自成高格,境界高妙。由两幅画面构成:上片是一幅"暮春黄昏深院楼上怀远图",景物烘托别恨;下片是一幅"寒食夜阑离愁难遣图",景物明丽,反衬离愁。清·吴衡照云:"言情之词,必借景色映托,乃具深婉流美之致"(《莲子居词话》)是有道理的。

此词布局匀称,结构严谨,画面隽雅,愁浓语淡,情景悠然。

怨王孙 湖上风来波浩渺

湖上风来波浩渺,秋已暮,红稀香少。水光山色与人亲,说不尽,无穷好。

莲子已成荷叶老,清露洗,蘋花汀草。眠沙鸥鹭不回头,似也恨,人归早。

简 介

作者以亲切清新的笔触,写出暮秋湖上水光山色的优美迷人,表现了她对自然风光的喜爱之情。

注 释

〔题解〕《花草粹编》《历代诗余》题作《赏荷》。宋·曾慥辑《乐府雅词》等收为李清照词。《词谱》、清·谢元淮撰《碎金词谱》作无名氏词。

〔湖上风来波浩渺〕《花草粹编》注："首句,《复雅歌词》作'云锁重楼帘幕晓。'"浩渺:漫无边际。唐·许棠《洞庭》:"渔父时相引,行歌浩渺间。"

〔红稀香少〕鲜花衰萎,空气中飘散的香味也淡薄了。红:与李清照《如梦令》"绿肥红瘦"中的"红"用法相同。

〔蘋〕原为"蘋",多年生水草,又名"田字草"。

〔汀〕水边平地。

〔似〕《历代诗余》等作"应"。

集 评

今·王璠:李词从红稀香少、莲熟叶老中生发出水光山色、蘋花汀草、鸥鹭眠沙来,顿使生气蓬勃,景色鲜妍,充满着热情爽朗的朝气,跃动着青春的活力,体现出词人少年时期的那种积极的、开阔的胸怀和乐观进取的精神。(《李清照研究丛稿·一幅绚烂夺目的秋景图》)

鉴 赏

作者以亲切清新的笔触,写出暮秋湖上水光山色的优美迷人,表现了她对美丽风光的挚爱之情。从情致上看出,她此时的生活是安静、和平、闲适、欢快的,此词当属李清照早期作品。

"水光山色与人亲,说不尽、无穷好"与"眠沙鸥鹭不回头,似也恨、人归早",两句拟人手法的运用,不仅妙趣横生,而且也使作者笔下的景物获得勃然的生机。连同"来""洗"等动词的运用,使整体画面灵活,气韵飞动,前结后结皆有无穷之味。极精练,亦极自然,获得"能令人掩卷后,犹作三日之想"的强烈艺术效果。两个拟人句皆为平易中有句法的入神之句,高妙而精粹。

从此词的格律结构上看,上下两片的韵律结构都是一致的,是并列的。上片前三句概括写湖上景物,后三句用拟人手法表现作者对山水的热爱。

下片前三句具体写湖上景物,后三句用拟人手法表达对湖光山色依恋的深情。

　　清·彭孙遹《金粟词话》评易安《念奴娇》"被冷香消新梦觉,不许愁人不起"和《声声慢》"守着窗儿,独自怎生得黑"时说:"皆用浅俗之语,发清新之思,词意并工,闺情绝调。"宋·张端义《贵耳集》评李易安《永遇乐》"如今憔悴,风鬟雾鬓,怕见夜间出去"时说:"皆以寻常语度入音律,炼句精巧则易,平淡入调者难"。都推崇易安词的"浅俗""清新""寻常"。这一特点,在《怨王孙》这首词中更有充分的体现,通篇明白如话,一目了然。

　　古人写秋多感伤之语,悲凄之调,也有人能把秋天写得绚丽多彩,令人精神振奋,如王安石"彩舟云淡,星河鹭起,画图难足",杜牧"停车坐爱枫林晚,霜叶红于二月花"等,把秋色写得清澄、明丽,令人心神鼓舞。但是,作为一个中国封建社会的女子,把晚秋景色写得如此俊朗,令人意志焕发,毫无萎靡之感,在中国古代闺阁作家中实属少见。

临江仙　庭院深深深几许

　　庭院深深深几许? 云窗雾阁常扃。柳梢梅萼渐分明。春归秣陵树,人老建康城。

　　感月吟风多少事,如今老去无成。谁怜憔悴更凋零。试灯无意思,踏雪没心情。

简介

　　《临江仙》系易安从明诚守建康时作,当作于建炎三年(1129年)春为是。该词引前人词句入词,浑化无迹。两组对仗的运用,深化了词旨,增强词的建筑美、韵味美。含蓄蕴藉,耐人寻味。

注 释

〔题解〕此词有小序："欧阳公作《蝶恋花》,有'深深深几许'之句,予酷爱之。用其词作'庭院深深'数阙。其声即旧《临江仙》也。"(见《草堂诗余》前集卷上欧阳永叔《蝶恋花》词注)《乐府雅词》等收为易安词,无此小序。

〔欧阳公蝶恋花〕欧阳公,即欧阳修(1007～1072),字永叔,我国宋代文学家。所谓其《蝶恋花》:"庭院深深深几许?杨柳堆烟,帘幕无重数。玉勒雕鞍游冶处,楼高不见章台路。雨横风狂三月暮,门掩黄昏,无计留春住。泪眼问花花不语,乱红飞过秋千去。"有人以为冯延巳词,非欧阳修作品。

〔几许〕多少。宋·苏轼《观潮诗》"欲识潮头高几许?越山浑在浪花中。"宋·贺铸《石州慢》词:"欲知方寸,共有几许清愁?芭蕉不展丁香结。"

〔扃〕门外之关,引申为关闭之意。汉·蔡琰《悲愤诗》:"夜悠长兮禁门扃。"唐·鱼玄机《闺怨》:"扃闭朱门人不到。"

〔萼〕花瓣外面的一层小托片。见《诉衷情·夜来沉醉卸妆迟》注。

〔秣陵〕战国楚置金陵邑,秦时称秣陵,以后又多次更名。这里的"秣陵"为古名的沿用。孙吴时又改名建业,东晋建兴初改为建康,隋又易为江宁。同理,此词中的"建康"也是古地名的沿用。两名实指一地,即现在的江苏省南京市。

〔老〕《花草粹编》等作"客",今据赵万里辑《漱玉词》。

〔建康〕即今南京。《花草粹编》等作"建安",《乐府雅词》作"远安"。远安在今湖北,清照未至此地。建安在今福建,王仲闻以为清照似曾至此地,见其《李清照事迹编年》。

〔试灯〕正月十五为灯节,节前预赏为试灯。《武林旧事·元夕》载:"禁中自去年九月赏菊灯之后,迤逦试灯,谓之预赏。"民间大抵也如此。从九月到下年元夕,将自家制的灯拿去观赏、拣选,挑佼佼者备元夕之用,叫试灯。吴礼之《喜迁莺》:"乐事难留,佳时罕遇,仍旧试灯何碍。""试灯无意思,踏雪没心情"《草花粹编》等作"灯花空结蕊,离别共伤情"。

集 评

清·徐釚：“庭院深深深几许，杨柳堆烟，帘幕无重数。玉勒雕鞍游冶处，楼高不见章台路。雨横风狂三月暮，门掩黄昏，无计留春住。泪眼问花花不语，乱红飞过秋千去。”此欧阳文忠《蝶恋花》春暮词。李易安酷爱其语，遂用作“庭院深深”调数阕。杨升庵云：一句中连三字者，如“夜夜夜深闻子规”，又“日日日斜空醉归”，又“更更更漏月明中”，又“树树树梢啼晓莺”。皆善用叠字。（《词苑丛谈》）

清·沈雄：《乐闻纪闻》云：李清照每爱欧阳公《蝶恋花》词“庭院深深深几许”，作“庭院深深”句，即《临江仙》也。（《古今词话》）

清·王鹏运：此首亦疑有伪，以借前《临江仙》调，模拟为之者。（四印斋本《漱玉词》注）

清·况周颐：第一阕，朱竹垞云：“庭院深深”一阕，载冯延巳《阳春录》，刻作欧九，误也。《玉梅词隐》云：据《漱玉词》，则是《阳春录》误载也。易安宋人，性复强记，尝与明诚坐归来堂烹茶，指堆积书史，言某事在某卷某叶某行，以是否决胜负，为饮茶先后，何至于当代名作向所酷爱者，记述有误？竹垞云云，未免负此佳证。（《漱玉词笺》）

鉴 赏

笔者认为，此词当为李清照从赵明诚守建康时作。通过早春景象的描写，表现作者南渡之后百感交集、系念家国的复杂思想感情。

上片，作者写早春庭院和建康城的景色及其感慨，侧重写景。下片则着重写情。通篇观之，则觉情景交融，浑然一体，诚如清·刘熙载云：“词或前景后情，或前情后景，或情景齐到，相间相隔，各得其妙”（《艺概》）。

宋·曾慥《乐府雅词》所收此词无小序，小序是后来加的。序中已说明首句援用欧阳修《蝶恋花》之句。引他人完整的词句入词，用得巧妙妥帖，天衣无缝，浑然一体，如出诸己，正反映词家的高超。此法并非始于李清照。词句相袭，自《诗经》就有之，近体诗词亦不少见，如唐·陆龟蒙诗云：“殷勤与解丁香结，从放繁枝散诞香”。宋·王介甫引其中的一整句入诗云：“殷勤与解丁香结，放出枝头自在春”。唐·钱起诗云：“曲终人不见，江上数峰青”（《湘灵鼓瑟》），宋·秦少游引此完整的二句诗入词云：“独倚桅墙情悄悄,遥闻妃瑟泠泠。新声令尽古今情。曲终人不见,江上数峰青。"皆浑如天成,妙趣横生。引欧阳修词首句"庭院深深深几许"开端,劈头一个疑问句,不需作答,这种开头的好处在于能引起读者注意,加深印象,避免平板,使文势跌宕。并用"深深深"一字三叠,使读者感到庭院其为阴森幽凄,缘景布情,起到了衬托的作用。

此词用了两组对仗:"春归秣陵树,人老建康城。"一是春回秣陵树上,万物复苏,欣欣向荣;一是人老建康的城里,沉痛悲怆,每况愈下。上下联意思相反,两种事物相互映衬,即为反衬。"试灯无意思,踏雪没心情"都表现了易安深沉复杂悒郁的情怀。上下联的意思相近,并列的事物相对,即为正对。两组对仗的妙用,深化了主题,增强了词的建筑美和词的韵味美。

含蓄蕴藉,耐人寻味。她慨叹:"人老建康城""如今老去无成""谁怜憔悴更凋零";她悒怅:"试灯无意思,踏雪没心情",均以率直的方式出之。但为什么这样?隐藏在心底的原因究竟是什么?那是深沉的家国之痛,却含而不露。

点绛唇 寂寞深闺

寂寞深闺,柔肠一寸愁千缕。惜春春去,几点催花雨。
倚遍阑干,只是无情绪。人何处?连天芳草,望断归来路。

简 介

此词写女主人深闺愁浓,哀叹春光归去,盼望心上人归来。当属李清照年轻时的词作。

注 释

〔题解〕《花草粹编》等题作《闺思》,《古今女史》等题作《闺怨》。《花草粹编》等收为李清照词。

〔闺〕过去妇女居住的内室。王昌龄《闺怨》:"闺中少妇不知愁,春日凝妆上翠楼。"

〔柔〕明·长湖外史辑《续草堂诗余》作"愁"。

〔催花雨〕这是指催花凋落的雨。

〔无情绪〕心怀抑郁惆怅。宋·陈梅庄《述怀》:"黄鹂知我无情绪,飞过花梢禁不声。"

〔芳草〕《花草粹编》等作"衰草",与本词写暮春景不合,当误。《诗词杂俎》本《漱玉词》等作"芳草",较合情理,但"草"不叶韵。《词综》等以后选本作"芳树",虽合律,但不知所本。

〔望断〕以极多次数凝望,一直望到看不见。韦庄《木兰花》:"独上小楼春欲暮,望断玉关芳草路。"

集 评

明·茅暎:易安往矣,不可复得。每作词时,为酬一杯酒。(《词的》)

明·钱允治:草满长途,情人不归,空搅寸肠耳。(《续选草堂诗余》)

明·沈际飞:简当。(《草堂诗余正集》)

明·黄河清:夫词体纤弱,壮夫不为。独惜篇什寂寥,彼歌《金缕》、唱《柳枝》者,其声宛转易穷耳。所刻《续集》中如李后主之《秋闺》,李易安之《闺思》,晏叔原之《春景》……以此数阕,授一小青蛾,拨银筝,倚绿窗,作曼声,则绕梁遏云,亦足令多情人魂销也。(《草堂诗余续集》)

明·陆云龙:泪尽个中。(《词菁》)

清·陈廷焯:情词并胜,神韵悠然。(《云韶集》)

鉴 赏

此词构思别致。旖旎的春天归去了,意味着不可多得的青春年华的流逝。明媚的春光、宝贵的年华不能与爱人同度,韶光不再,痛惜低徊,佳人未归,抑郁怊怅。熔"惜春""伤离"于一炉。因"惜春"倍"伤离",因"伤离"益"惜春"。相辅相成,相得益彰。

上片,头韵总领,"寂寞深闺,柔肠一寸愁千缕",何以如此?"惜春""伤离"所致,故次韵承写"惜春";下片转写"伤离",意脉井井,思路赫然。

运化前人诗句,为神妙之境,熨帖无迹。"柔肠一寸愁千缕"一句,运化唐·韦庄《应天长》"别来半岁音书绝,一寸离肠千万结"句,其意境是相同的。易安为表达自己的真实思想感情,根据自己的独特的生活感受,只改三字。韦词"离"与"别来半岁"意义重复。易安改为"柔"字,突出表现女主人的多情善感,感情脆弱,禁受不住离别造成的打击,极为切当而传神。"缕"字较"结"字更为生动、形象,恰当地表达愁思的千头万绪,心情的缭乱不堪。尽管易安于前句写出女主人深闺索居的苦况,但何以如此,是蕴藉含蓄的,这较温词的一览无余更有韵味。又宋·李冠《蝶恋花》(《尊前集》归后主)云:"一寸相思千万绪,人间没个安排处。"宋·晏殊《玉楼春》:"无情不似多情苦,一寸还成千万缕。"从这些诗句的类似之处和不同之处,可见文学艺术继承和发展的关系。从这些词句的高下看,虽各有千秋,然易安词两句含蓄隽永,略胜诸家一筹。

情中有景,景中有情。"几点催花雨",似乎是景语,但"催"字蕴涵对"花"的怜惜之情。"连天芳草",好像写景,又蕴蓄王孙不归之意。"倚遍阑干",似乎是情语,又露出"阑干"这一景物来。

易安写惜春、伤离念远之词何以这样拨动人的心弦?字字酿造于心肝,流出于肺腑,是至洁至纯的真情剖白。傅庚生先生在《中国文学欣赏举隅》中说:"读情真之作,如食橄榄,初疑其苦涩,回味始觉如饴,而其芳馨永留齿颊间;非然者如嚼甘蔗,初似崖蜜输甜,忽已残渣在口,既无余味,吐之为爽矣",是很有道理的。

南歌子　天上星河转

天上星河转,人间帘幕垂。凉生枕簟泪痕滋,起解罗衣,聊问夜何其?

翠贴莲蓬小,金销藕叶稀。旧时天气旧时衣,只有情怀,不似旧家时!

简　介

此词当为李清照的后期作品。两组对偶句,谐美自然。三个"旧""时"的运用,显示了其艺术手法的圆熟精湛。

注　释

〔题解〕《乐府雅词》等收为李清照词。

〔星河〕银河,见《渔家傲·天接云涛连晓雾》注。

〔帘〕《历代诗余》作"翠"。

〔枕簟〕枕上铺的细竹席。五代·顾夐《虞美人》:"露清枕簟藕花香,恨悠扬。"

〔泪痕滋〕泪越来越多,痕迹越来越扩大。

〔夜何其〕夜到几更了。《诗经·庭燎》"夜如何其?夜未央。"宋·周邦彦《夜飞鹊·别情》:"河桥送人处,良夜何其?"

〔贴〕盖与现在将另外做好的图案缝贴在衣裳上的方法相同。唐·温庭筠《菩萨蛮》:"新帖绣罗襦,双双金鹧鸪。"

〔金销〕配以金色制成的荷叶图案作为衣饰,因陈旧而褪色。销,褪落。

鉴　赏

赵明诚在建炎三年(1129年)病故之后,李清照处在国破家亡、夫丧身零的悲痛和种种的苦难之中,但她常常忆起南渡之前的一些往事。或许因为伉俪情重,抚今追昔,感慨万端,写了一首《偶成》诗:"十五年前花月底,相从曾赋赏花诗。今看花月浑相似,安得情怀似往时。"明月依然银辉笼地,鲜花仍旧喷香斗艳,但是人恍如隔世,"情怀"迥异。而今她的"情怀",已不单是她个人身世飘零的哀伤和遭际的凄苦,还交融着她对整个国家和民族悲惨命运的切肤之痛。

上片写深夜天气依旧,女主人孑然一身,心酸落泪,而怨夜长不尽;下片写女主人衣服如故,天气依旧,感慨情怀甚恶。

构思精巧。作者先写"天上星河转",天气依旧,是下文抒情的伏笔。"翠贴莲蓬小,金销藕叶稀",衣服如故,是下文抒情的基础。最后感喟"旧时天气旧时衣,只有情怀,不似旧家时",卒章显志,有水到渠成之妙。

上下片开头两句均为对偶句，谐美自然。《词绎》中说："词中对句正是难处，莫认作衬句。至五言对句，七言对句，使观者不作对疑尤妙。""不作对疑"正是该词对句的高超之处。

作者不直说今日情怀之恶 ——"情怀不似旧家时"，先用种种事物的不变 ——"旧时天气旧时衣"一句来衬托"只有情怀"的异变，令人不胜哀怜、悲悯、叹惋。这种艺术效果，就是衬跌手法的功力。刘熙载说："词之妙全在衬跌。如文文山《满江红·和王夫人》云：'世态便如翻覆雨，妾身元是分明月'，《酹江月·和友人驿中言别》云'镜里朱颜都变尽，只有丹心难灭'，每二句若非上句，则下句之声情不出矣。"（《艺概·词概》），是很有见地的。

此外，三个"旧"、三个"时"字的叠用，也显示了李易安艺术手法的圆熟、精湛。

浣溪沙 小院闲窗春色深

小院闲窗春色深，重帘未卷影沉沉。倚楼无语理瑶琴。

远岫出云催薄暮，细风吹雨弄轻阴。梨花欲谢恐难禁。

简 介

此词当属李清照前期作品。作者用情景交融的艺术手法，含蓄蕴藉的笔致，写出女主人伤春怀人的悒怅情怀。伤春、怀人，相辅相成。"催""弄"两词琢炼得妙。委婉清丽，情景兼胜。

注 释

〔题解〕《草堂诗余》（杨金本无题）等题作《春景》。《乐府雅词》等收为易安词。《词学筌蹄》等词书误作欧阳修词，明《汇选历代名贤词府全集》等误作周邦彦词，别本又作无名氏词。此词也误作吴文英词。

〔闲窗〕原作"间窗"盖"闲"之误。带护阑的窗子。闲，阑也。闲窗，一般用作幽闲之意。

〔沉沉〕指闺房幽暗,影子浓重。五代·孙光宪《河渎神》:"小殿沉沉清
夜,银灯飘落香池。"

〔理瑶琴〕理,调理定调,一般指代弹琴。瑶琴:玉为饰,美的琴,实指琴。

〔远岫〕远山。五代·顾夐《更漏子》:"远岫参差迷眼。"远岫出云,源于
陶渊明《归去来辞》:"云无心以出岫,鸟倦飞而知还。"云,《乐府雅词》
等作"山"。

〔薄暮〕傍晚,黄昏。范仲淹《岳阳楼记》:"薄暮冥冥,虎啸猿啼。"宋·韩
淲《蝶恋花》:"斜日清霜山薄暮。行到桥东,林竹疑无路。"

〔细风〕微风。

〔轻阴〕暗淡的轻云。唐·张旭《山行留客》:"山光物态弄春晖,莫为轻
阴便拟归。"唐·韩愈《同水部张员外籍曲江春游寄白二十二舍人》诗:
"漠漠轻阴晚自开,青天白日映楼台"。

集　评

明·杨慎:景语,丽语。(《草堂诗余》)

明·李攀龙:(眉批)分明是闺中愁、宫中怨情景。(评语)少妇深情,却
被周君浅浅勘破。(《草堂诗余隽》)

按:李攀龙误将易安此词收为周邦彦词,故有"周君"之评。

明·董其昌:写出闺妇心情,在此数语。(《便读草堂诗余》)

明·沈际飞:雅练。"欲谢""难禁",谈语中致语。(《草堂诗余正集》)

鉴　赏

此词从内容上看,当是李清照前期的作品。作者用情景交融的艺术手
法,含蓄蕴藉的笔致,写出了女主人伤春怀人的悒怅心绪。

上片写春色已深,女主人用弹琴来排遣离愁,表现对丈夫的思念之情;
下片写一个风雨的黄昏,女主人看到梨花将谢,油然而生伤春的思绪。

上片怀人,下片伤春。怀人为全词主旨。易安的一些词,将伤春之感
与怀人之情密切联系起来写。其《好事近·风定落花深》,上片写伤春,下
片写怀人。用伤春之感引出或衬托怀人之情。春是美好事物的象征,也是
美妙青春的象征。春光的逝去,也意味着青春年华的流逝。"锦瑟年华谁

与度"，自然引出对丈夫的思念。在本来伤春的心底又加上怀人，春愁加离愁，使主人翁的心绪更加难堪，使艺术表达效果倍增。伤春与怀人，两种情感，相辅相成，相得益彰，作者这样构思，是匠心独具的。

陶明浚《诗说杂记》云："下字之法，贵乎响，言其有声也；贵乎丽，言其有色彩也；贵乎切，一字可以追魂摄魄也；贵乎情，灼然如明珠，屹然如长城也。"所言者"响""丽""切""情"之字那里来？必从琢炼中来。此词"远岫出云催薄暮"，"细风吹雨弄轻阴"中的"催""弄"两个动词用得高妙，颇有神韵。非千锤百炼难以得之。"催"与史达祖《绮罗香》："千里偷催春暮"的"催"都是催促之意，都是拟人的手法，同妙。王国维云："'云破月来花弄影'，着一'弄'字境界全出。"（《人间词话》）"弄"，从修辞上说，用的是拟人的手法；从构思上说设想新奇；从艺术效果上说写出了一个风吹花舞、月影婆娑的动的画面，表现主人公那孤寂的内心世界。这与此词的"弄"字，有异曲同工之妙。微风吹着细雨，戏弄着暗淡的乌云。"弄"字写出一幅风雨戏云、阴云飘卷的动的画面，表现女主人孑然独处的凄寂心境。

浣溪沙　莫许杯深琥珀浓

莫许杯深琥珀浓，未成沈醉意先融，疏钟已应晚来风。
瑞脑香消魂梦断，辟寒金小髻鬟松，醒时空对烛花红。

简　介

此词当为李清照年轻时作。写女主人晚来用酒遣愁，梦里醒来的孤寂，隐含无限的离情别绪。

注　释

〔解题〕《乐府雅词》《花草粹编》收为李清照词。
〔莫许〕不要。
〔琥珀〕松柏的树脂积压在地底下亿万年而形成的化石，呈褐色或红褐色。琥珀浓,指酒的颜色很浓,色如琥珀。唐·李白《酬中都小吏携斗酒双鱼于逆旅见赠》:"鲁酒若琥珀,汶鱼紫锦鳞。"

〔疏钟〕断续的钟声。唐·王维《秋夜对雨》:"寒灯坐高馆,秋雨闻疏钟。"唐·李建勋《寺居陆处士相访感怀却寄二三友人》:"人归远岫疏钟后,雪打高杉古屋前。"

〔瑞脑〕一种熏香的名字,也叫龙脑,即冰片。宋·周密《武林旧事·大礼》:"弁阳老人有诗云:'黄道官罗瑞脑香,衮龙升降佩锵锵。'"宋·无名氏《南柯子》:"翠袖熏龙脑,乌云映玉台"。

〔魂梦〕即梦魂,指睡梦中人的心神。韦庄《木兰花》:"千山万水不曾行,魂梦欲教何处觅。"薛昭蕴《小重山》:"至今犹惹御炉香,魂梦断,愁听漏更长。"魂梦断,即梦醒。

〔辟寒金〕任昉《述异记》:"三国时,昆明国贡魏嗽金鸟。鸟形如雀,色黄,常翱翔海上,吐金屑如粟。至冬此鸟畏寒霜,魏帝乃起温室以处之,名曰辟寒台。故谓吐此金为辟寒金。"诗人遂以辟寒金指代珍贵之精金。"辟寒金小",喻精金头饰小巧。辟,《乐府雅词》作"碎",误。

〔髻鬟〕古代妇女的两种发式。唐·孟浩然《宴崔明府宅夜观妓》:"妆成桃李春,髻鬟低舞席。"五代·欧阳炯《浣溪沙》:"独掩画屏愁不语,斜欹瑶枕髻鬟偏。"

〔烛花〕蜡烛燃烧时的烬结。五代·孙光宪《菩萨蛮》:"碧烟轻袅袅,红战灯花笑。"灯花,亦指灯芯燃时偶爆之火花。

集　评

今·王璠:这也是一首记梦的词,写的是离别相思之情。不过它没有从正面去描写愁和恨,却用全力刻画人物内心活动。通过梦前梦后的对比,把少妇沉重的愁苦情思从侧面烘托出来。(《李清照研究丛稿·李清照两首记梦的〈浣溪沙〉》)

鉴　赏

上片写女主人以酒浇愁。下片写女主人夜晚从睡梦中醒来的情景。女主人愁绪满怀,饮酒未酣,已成醉人。于是她就倒在床上辗转反侧,也没有卸妆,连插戴金钗的髻鬟都弄得松散了。室内熏炉里瑞脑的香味已经消尽,女主人与心上人在梦中相见了,她欣喜若狂,惊破了美好的梦境。醒来一看,原来是千里关山空劳梦魂,心上的人儿远在异乡。室静夜沉,她孑然一身,空对着红烛。那鲜红的烛花,虽然是喜事之兆,但心上人乃未回归。这与宋·范仲允妻《伊川令》:"教奴独自守空房,泪珠与灯花共落"的意境是相同的,含有无限的幽怨。

此词写得幽约委婉,全词是写相思的,却不着相思一字,具有婉约词的艺术特色。"未成沈醉意先融",隐约地告诉读者,她愁思悱恻,愁什么,但没有告诉我们;"魂梦断",正是白天晚上所愁,梦中所见,欣喜惊梦,梦见什么,没有说;"空对烛花红",透露出她对心上人的思念,表现闺房独守的孤凄。

此词着意开掘了抒情主人公的心理活动。"莫许杯深琥珀浓,未成沈醉意先融",因为女主人公独抱浓愁,才借酒浇愁,而至酒未醉人,人先醉了。"醒时空对烛花红",此时无声胜有声,女主人的内心是无限的凄凉,她会没完没了地思念心上人。夜更深,情更切,余韵无穷。

浣溪沙　绣面芙蓉一笑开

绣面芙蓉一笑开,斜飞宝鸭衬香腮,眼波才动被人猜。

一面风情深有韵,半笺娇恨寄幽怀,月移花影约重来。

简　介

此词当是易安早期作品。写一位风韵韶秀的女子与心上人幽会,又写信相约其再会的情景。人物的肖像描写采用比拟、衬托、侧面描写的方法。语言活泼自然,格调欢快俊朗。

注　释

〔题解〕《续草堂诗余》等题作《闺情》。《续草堂诗余》《词的》等书均以为易安作。四印斋本《漱玉词》王鹏运注："此尤不类"。赵万里辑《漱玉词》云："词意愰薄,不类易安他作。"王仲闻《李清照集校注》收为存疑词,唐圭璋《全宋词》收为易安词。今案:王、赵之疑无确据,仍以清照作品为宜。

〔绣面〕唐宋以前妇女面额及颊上均贴纹饰花样,《木兰辞》之"对镜贴花黄"可证。绣面指妇女面上贴花如绣。面,《历代诗余》等作"幕"。

〔芙蓉〕荷花,此处指很好看。元·王实甫《西厢记》附录《摘翠百咏小春秋》(五)《生见莺莺》:"给孤园里遇神仙,掩映芙蓉面。"

〔飞〕《历代诗余》等作"愰"。

〔宝鸭〕指两颊所贴鸭形图案,可参敦煌壁画供养人之妇女绘画。或以为指钗头形状为鸭形的宝钗。钗,古代妇女头上的饰物。

〔香腮〕美丽芳香的面颊。宋·陈师道《菩萨蛮》:"玉腕枕香腮,荷花藕上开。"

〔一面〕整个脸上。

〔风情〕思女爱慕之情。宋·柳永《雨霖铃》:"便纵有千种风情,更与何人说。"

〔韵〕标致。宋·周辉《清波杂志》卷六引《明节和文贵妃墓志》文:"六宫称之曰韵"。并云:"盖时以妇人有标致者曰韵。"

〔笺〕纸,指信笺、诗笺。宋·孙夫人《烛影摇红》:"若见宾鸿试问,待相将彩笺寄恨"。

〔月移花影〕宋·王安石《春夜》:"春色恼人眠不得,月移花影上阑干。"这里指约会的时间,即月斜之际。

集　评

明·赵世杰等:(眉批)摹写娇态,曲尽如画。("眼波才动"句旁批)更入趣。(《古今女史》)

明·徐士俊:朱淑真云"娇痴不怕人猜",便太纵矣。(《古今词统》)

按:评者以易安此词"眼波才动被人猜"句比较朱淑真《清平乐·夏日游湖》"娇痴不怕人猜"句,故有此评语。

清·沈谦:"唤起两眸清炯炯""闲里觑人毒""眼波才动被人猜""更无言语空相觑",传神阿堵,已无剩美。(《填词杂说》)

清·贺裳：词虽以险丽为工，实不及本色语之妙。如李易安"眼波才动被人猜"，萧淑兰"去也不教知，怕人留恋伊"，魏夫人"为报归期及早，休误妾、一身闲"，孙光宪"留不得、留得也应无益"，严次山"一春不忍上高楼，为怕见、分携处"。观此种句，觉"红杏枝头春意闹"尚书，安排一个字，费许大气力。（《皱水轩词筌》）

清·田同之：词中本色语，如李易安"眼波才动被人猜"，萧淑兰"去也不教知，怕人留恋伊"，孙光宪"留不得、留得也应无益"，严次山"一春不忍上高楼，为怕见、分携处"。观此种句，即可悟词中之真色生香。（《西圃词说》）

清·吴衡照：易安"眼波才动被人猜"，矜持得妙。淑真"娇痴不怕人猜"，放诞得妙。均善于言情。（《莲子居词话》）

清·王鹏运：此尤不类，明明是淑真"月上柳梢头，人约黄昏后"词意。盖既污淑真，又污易安也。（四印斋本《漱玉词》注）

今·傅庚生：吴子律《莲子居词话》云："易安'眼波才动被人猜'，矜持得妙；淑真'娇痴不怕人猜'，放诞得妙；均善于言情。"言情之所以善，亦各从其环境所触发之性灵耳。易安归湖州守赵明诚，文苑双镳，深闺绣闼，辄不免工愁善媚，有似水柔情；故绮情结于矜持之态。淑真所嫁非偶，市井之民家，粗俗无堪共语者，言出率性，辄凭气于刚骨，故慧心发为放诞之词。（《中国文学欣赏举隅》）

今·陈迩冬：过去封建文人，把李清照"眼波才动被人猜"（《浣溪沙》句）一些词说成非她的作品，那是由于他们心目中只有女"神"和女"奴"，没有平等的女"人"的原故。（《宋词纵谈》）

鉴 赏

此词是写一位风韵韶秀的女子与心上人幽会，并写信相约心上人再会的情景。

唐·白居易《长恨歌》有"芙蓉如面柳如眉"句。这是一种比拟，把漂亮女子的"一笑"，比作荷花开绽那么美。"一笑开"，也颇有白居易《长恨歌》："回眸一笑百媚生"的意味。"眼波才动被人猜"，女主人那含情脉脉的明眸，是她心灵的镜子，刚刚转动，就被人窥测到她的心意，这是直接描写。开始的肖像描写，细腻生动，使读者获得强烈、清晰、深刻的印象。"芙蓉一笑开""斜飞宝鸭""眼波才动",创造出一种活脱神俊的艺术画面。应该说，女主人的肖像描写是十分出色的。

"一面风情深有韵"，有总前启后之妙。上片恰恰写的就是"一面风情深有韵"，她满脸的风采情致，仪容俏丽。"半笺娇恨寄幽怀，月移花影约重来。"女主人拿了一张信笺，用其一半写了因为心上人对自己的爱不能尽善尽美而产生的嗔怪之情，寄寓自己的一片深情蜜意。她在信中相约，在月明之夜，在花影婆娑的时候，再来相会。

词中的女主人能够自由幽会，女主人主动写信给自己的心上人倾诉衷肠，并提出"月移花影"时再来相会的要求，这无疑是对封建礼教的蔑视和反抗，是难能可贵的。

古人对该词很是赞赏：清·徐釚《词苑丛谈》云："词虽以险丽为工，实不如本色语之妙也。如易安'眼波才动被人猜'。"清·吴衡照《莲子居词话》云："易安'眼波才动被人猜'，矜持得妙。"

此词语言自然活泼，格调欢快，有其独具的特色。

浣溪沙 淡荡春光寒食天

淡荡春光寒食天，玉炉沉水袅残烟，梦回山枕隐花钿。

海燕未来人斗草，江梅已过柳生绵，黄昏疏雨湿秋千。

简 介

作者通过对寒食天景物及人物活动的描写，表现她郊野斗草的喜悦，惜春的淡淡轻愁。此词简笔勾勒，不事雕琢，不着颜色。格调清新，用语通俗。当属易安早期词作。

注 释

〔题解〕宋·仲并《浮山集》题作《春闺即事》。宋·曾慥《乐府雅词》等收为李清照词。

〔淡荡〕即澹荡,指春风轻拂,天气和煦。五代·张泌《思越人》:"东风澹荡慵无力"。"澹"同"淡"。宋·吕本中《菩萨蛮》:"高楼只在斜阳里,春风淡荡人声喜。"

〔寒食〕:节令名。宋·吴自牧《梦粱录》载:"清明交三月,节前二日谓之寒食。京师人从冬至一百五日,便是此日。"唐·韦庄《浣溪沙》:"清晓妆成寒食天。"

〔玉炉〕玉制的香炉。或白瓷制成,洁白如玉,亦可称"玉炉"。玉,也可解为美称。

〔沉水〕也叫沉香,香料名。沉,同沈。《梁书·林邑国传》:"沈木香,士人斫断,积以岁年,朽烂而心节独在,置于水中则沈,故曰沈香。"五代·李珣《定风波》:"沈水香销金鸭冷。"

〔袅〕缭绕上升。五代·鹿虔扆《临江山》:"玉佩摇蟾影,金炉袅麝香。"五代·魏承班《诉衷情》:"罗帐袅香平,恨平生。"

〔山枕〕山形的枕头。五代·顾敻《甘州子》:"山枕子,几点泪痕新。"

〔隐〕倚。《孟子》:"隐几而卧"。唐·温庭筠《菩萨蛮》:"山枕隐浓妆,绿檀金凤凰。"

〔花钿〕一种嵌金花的首饰。唐·鱼玄机《折杨柳》诗:"朝朝送别泣花钿,折尽春风杨柳烟。"唐·卢纶《美人》诗:"推醒只知弄花钿,潘郎不敢使人催。"

〔海燕〕指每年从海上飞来在梁檐筑巢的燕子。

〔斗草〕古代年轻妇女儿童以草赌输赢的一种游戏。南朝·宗懔《荆楚岁时记》载:"五月五日,四民并踏百草;又有斗百草之戏。"宋·晏几道《临江仙》:"斗草阶前初见,穿针楼上曾逢。"

〔江梅〕宋·范成大《范村梅谱》以为是遗核野生,未经栽接者。但诗人亦泛指梅花。此处则指宅院中之梅。宋·王安石《江梅》:"江南岁尽多风雪,也有红梅漏泄春。"

集　评

今·王璠:这词构思奇突,语言凝练。有时令的描述,写天气由晴朗转阴沉;有人物的刻画,写心情娇慵转憨直。浑然无间,融为一体。黄了翁评"黄昏疏雨湿秋千"句,说:"可与'丝雨湿流光'、'波底夕阳红湿''湿'字

争胜"(《蓼园词选》),那就未免识其小而遗其大了。(《李清照研究丛稿·李清照两首记梦的〈浣溪沙〉》)

鉴 赏

此词写的该是主人公少女时代某一"寒食天"的生活情景。作者通过对一些春天景物及人物活动的描写,表现了女主人寒食斗草的喜悦,惜春的淡淡哀郁和"青春期激滟的轻愁"。

上片写寒食天室内外的景象及女主人从早梦中醒来;下片写女主人白天户外的活动及黄昏看到的景象。

全词尽用墨线简笔勾画,不事雕琢。虽然描绘的是万紫千红的春天,但不着一点颜色。易安《如梦令·常记溪亭日暮》用白描手法写一次遨游暮归的情景;《清平乐·年年雪里》用白描的手法,写出作者年老飘零,国家岌岌可危的感慨。这些词在艺术表现上的主要特色是相同的。

作者用高度凝练的词句写出室内的环境,选取室内的"玉炉""沉水""烟"加以描绘。易安在明诚病殁之后所写的悼亡之作《孤雁儿》:"沉香烟断玉炉寒"句,也是写室内环境的,所选取的景物"沉香""玉炉""烟"是相同的,不同之处,前者的"烟""袅残",后者的"烟""断"。后者一个"寒"字,使室内的环境染上了凄凉的色彩,这是为了烘托女主人丈夫去世后那种悲凉的情怀。此词是写她淡淡的轻愁的。

结构严谨,脉络清晰。在时间上,从早晨写到白天,又从白天写到黄昏,按一天的时间顺序写人物活动;空间上,由室外写到室内,又由室内写到野外,由野外写到家园。通过轻灵,曲折多变。

此词格调清新,用语通俗,作者并非精心雕琢,刻意求工,似乎信手拈得。清·沈谦《填词杂说》:云:"男中李后主,女中李易安,极是当行本色……铲尽浮词,直抒本色,而浅人常以雕绘傲之。此等词极难作。"可见此词来之不易。孙麟趾云:"用意须出人意外,出句如在人口头,便是佳作。"说得很有道理。

浣溪沙 髻子伤春懒更梳

髻子伤春懒更梳，晚风庭院落梅初，淡云来往月疏疏。

玉鸭熏炉闲瑞脑，朱樱斗帐掩流苏，遗犀还解辟寒无。

简 介

此词，当为李清照年轻时的词作。作者用白描的艺术手法，描绘了两幅清淡典雅的画面：一是室外"闺妇夜晚伤春图"，一是室内"闺妇夜晚怀人图"。相互映衬，相得益彰。

注 释

〔题解〕《花草粹编》等题作《闺情》，《续草堂诗余》等收为李清照词。此词《花草粹编》收录之，不著作者姓名，其前一首为李清照《浣溪沙·淡荡春光寒食天》。但《续草堂诗余》等收为李清照词，不知源于何处。王仲闻《李清照集校注》收为存疑词，唐圭璋《全宋词》收为李清照词。风格颇似易安手笔。王延梯等《李清照集》、黄墨谷《重辑李清照集》也收为易安词。

〔懒〕《续草堂诗余》等作"慵"，《历代名媛诗词》作"恼"。

〔髻子〕古代妇女的一种发式。宋·张先《醉落魄》："云轻柳弱，内家髻子新梳掠。"

〔玉鸭熏炉〕玉制（或白瓷制）的点燃熏香的鸭形香炉。熏炉形状各式各样，有麒麟形、狮子形、鸭子形等；质料也有金、黄铜、铁、玉、瓷等不同。易安《凤凰台上忆吹箫·香冷金猊》的"金猊"，即为黄铜制的狮形熏炉。五代·顾敻《浣溪沙》："翠帏金鸭炷香平"。其《临江仙》："香炉尽销金鸭冷"，其中的"金鸭"即为黄铜制的鸭形熏炉。

〔瑞脑〕一种香料名，详见《浣溪沙·莫许杯深琥珀浓》注。

〔朱樱斗帐〕斗帐，覆斗形的帐子。古乐府《孔雀东南飞》："红罗覆斗帐。"唐·温庭筠《偶游》："红珠斗帐樱桃熟"，盖为易安"朱樱斗帐"所本，帐之四角悬红珠为饰，与下文"流苏"相衬。

〔流苏〕指帐子下垂的穗儿，一般用五色羽毛或彩线盘结而成。唐·韦庄《菩萨蛮》:"红楼昨夜堪惆怅,香灯半掩流苏帐"。唐·王维《扶南曲》:"翠羽流苏帐,春眠曙未开。"

〔遗犀〕犀,指犀牛角。《开元天宝遗事》:"交趾国进犀角一株,色黄似金。使求请以金盘置于殿中,温温然而暖气袭人。上问其故。使对曰:'此辟寒犀也'"。遗,应为"通"之误,《历代诗余》等正作"通"。《汉书·西域传》:"通犀翠羽之珍",注云:"通犀谓(犀角)中央色白通两头"。乃犀角之一种。

集 评

明·沈际飞:话短好。渊然。(《草堂诗余续集》)

清·周济:闺秀词惟清照最优,究若无骨,存一篇尤清出者。(《介存斋论词杂著》)

清·谭献:易安居士独此篇有唐调。选家炉冶,遂标此奇。(《复堂词话》)

清·陈廷焯:清丽之句(指"淡云来往月疏疏"句)。宛约(指末句)。(《云韶集》)

鉴 赏

这首小词,当为易安年轻时的作品,作者用了白描的艺术手法描绘了两幅清淡典雅的图画:一是室外"闺妇夜晚伤春图",一是室内"闺妇夜晚怀人图"。两幅画面互相映衬,相得益彰,妙趣横生,突出了词旨。

上片写闺房外面的环境,以衬托女主人伤春的情怀。由情入景;下片,写闺房里面的环境,以衬托女主人怀念心上人的意绪。由景入情。

易安词意是婉约含蓄的,有时用环境描写暗示给我们。此词在内容上、风格上受唐代一些词的影响是很深的。南唐·张泌《浣溪沙》:"翡翠屏开绣幄红,谢娥无力晓妆慵。锦帏鸳被宿香浓。微雨小庭春寂寞,燕飞莺语隔帘栊。杏花凝恨倚东风。"此词中作者选取的典型形象如"绣幄""晓妆慵""小庭""杏花""春寂寞",与易安词中的"斗帐""髻子""懒更梳""庭院""落梅""伤春",基本相同。内容风格颇似。这样的例子在《花间集》中并不少见。清·谭仲修云:"易安居士独此篇有唐韵"(《复堂词话》),我以为不尽如此。不同感受通过基本相同的典型形象加以表现,因此形成了各自独具特色的意境。

清平乐 年年雪里

年年雪里，常插梅花醉。挼尽梅花无好意，赢得满衣清泪。

今年海角天涯，萧萧两鬓生华。看取晚来风势，故应难看梅花。

简 介

此词当为易安南渡后的咏梅词作。寄托遥邃。回忆南渡前与梅花有关的一些往事，感慨良深。运用了白描、对比等艺术手法，情真意切。

注 释

〔题解〕《梅苑》(卷九)等收为李清照词。

〔挼〕以手揉搓。唐·元稹《酬孝甫见赠》："十岁荒狂任博徒，挼莎五木掷枭卢"。

〔赢得〕获得。杜牧《遣怀》："十年一觉扬州梦，赢得青楼薄幸名"。

〔海角天涯〕形容地方极为偏远。宋·晏殊《踏莎行》："无穷无尽是离愁，天涯地角寻思遍"。唐·关盼盼《燕子楼》诗："相思一夜情多少，地角天涯不是长"。"海角天涯""天涯地角""地角天涯"同意。

〔萧萧〕耳际的头发短而稀疏的样子。宋·苏轼《南歌子》："苒苒中秋过，萧萧两鬓华"。宋·韩滤《采桑子》："萧萧两鬓吹华发，老眼全昏。"

〔看取〕看着。唐·李白《长相思》有"不信妾肠断，归来看取明镜前"句。

集 评

今·王延梯、胡景西：这首词在艺术上颇具特色。从章法上看，词人摄取了三个不同时期的赏梅片段，从早年，经中年，至暮年，次序井然不紊。但三层写来又非平叙。早年是"常插梅花醉"，中年是"挼尽梅花无好意"，晚年是"难看梅花"。这一"醉",一"接",一"难",使词意一转再转,跌宕生姿。另外,词的对比衬托手法也很突出。上片以往年梅花开放时节两次赏梅的不同心情作对比,而上片的两次赏梅又有力地衬托了下片的难以赏梅,从而深化了主题。(《李清照词鉴赏·赏梅寄忧伤　跌宕生多姿》)

鉴赏

建炎三年(1129)赵明诚罢守江宁,后被旨知湖州。同年赵明诚病殁江宁。从此李清照就流徙江浙,漂泊"海角天涯"。金兵南犯,南宋王朝岌岌可危。一年的早春,她凝望着"未开匀"的红梅,回忆起南渡前与梅花有关的一些往事,忆昔伤今,感慨无穷,写下了这首《清平乐》词。

上片,女主人回忆南渡前与梅花有关的一些往事;下片,女主人感慨而今年老漂泊,国势岌岌可危,生灵涂炭。作者采用今昔对比的方法,表现自己忆昔伤今的绵绵思绪。

该词成功地运用了白描的艺术手法。用洗练的文字,不加渲染,不用烘托,质朴自然地勾勒出鲜明的形象。通过伤今追昔,表现作者深沉的家国之思、悼亡之情、身世飘零之感。"晚来风势",暗含金兵疯狂进犯之意。"难看梅花",隐喻着南宋王朝的岌岌可危,人民深陷水火,对南渡前生活的留恋,对丈夫的深情怀念等,都是"以不言言之"。

李清照擅长白描手法。如《如梦令·常记溪亭日暮》《浣溪沙·淡荡春光寒食天》等词都是这种艺术手法的词林佳作。易安《清平乐》词对比手法的运用,其艺术效果也是明显的,对主题的表达,起着重要的作用。

清·刘熙载《艺概·词概》:"收句非绕回,即宕开,其妙在言虽止而意无穷"。此词结句"绕回",紧扣"梅花",内涵博深,令人"掩卷犹作三日之想",达到言虽尽而意无穷的艺术境界。

添字采桑子　窗前谁种芭蕉树

窗前谁种芭蕉树? 阴满中庭。阴满中庭,叶叶心心,舒卷有余情。

伤心枕上三更雨,点滴霖霪。点滴霖霪,愁损北人,不惯起来听。

简 介

　　此词是咏芭蕉的,当为李清照南渡后流寓江浙、投宿某馆舍所作。写她日间见庭院中的芭蕉树,三更兼听雨打芭蕉的凄厉声响,表现了她深沉浓重、痛苦难耐的思国怀乡之情。通过环境描写突现词旨。语言平易而隽永。

注 释

　　〔题解〕宋·陈景沂《全芳备祖》调作《添字丑奴儿》,《采桑子》即《丑奴儿》,同调异名。《花草粹编》《词谱》作《采桑子》。《历代诗余》等收为易安词。

　　〔谁种〕四印斋本《漱玉词》作"种得"。

　　〔芭蕉〕多年生草本植物,叶大、呈椭圆形,开白花,果实似香蕉。南唐·李煜《长相思》:"秋风多,雨相和,帘外芭蕉三两窠。夜长人奈何!"

　　〔霖霪〕指雨点绵绵不断,滴滴答答不停。霖霪,《历代诗余》等作"凄清"。

　　〔愁损〕因发愁而损伤身体和精神。宋·史达祖《双双燕》:"愁损翠黛双蛾,日日画栏独凭。"

　　〔北人〕北宋灭亡,易安从故乡山东济南被迫流落到江浙,故称"北人"。北,《历代诗余》等作"离"。

集 评

　　今·王璠:按诸谱律,《丑奴儿》(即《采桑子》),前后两段都没有重叠句,更不是重韵,所谓"添字"也只是在前后两结句各添二字而已。清照这词,并非在第四句(即结句)七字中添二字成九字句,而是连同第三句四字并所添二字共十三字,破为三句,使之成为四、四、五字句;且承上句,重叠一遍。所以如此,乃因叠句重韵,在词中能起到节拍复沓,辞情委婉,舒徐动听的作用,以增强其语言的形式美和韵味美。"(《李清照研究丛稿·咏物

述怀 乡怀凄切》)

鉴 赏

北宋灭亡，明诚病逝，金兵袭扰，易安避乱江浙，漂泊无依。一个春季，她寄居异乡，白日唯见庭院中的芭蕉树，三更兼听雨打芭蕉的凄厉声响，孤独忧伤，令人难耐，思国怀乡之情益加深沉浓重，就挥笔写下了这首《添字采桑子》。

上片写日见窗前庭院中的芭蕉的繁盛和富有"余情"；下片写三更雨打芭蕉，夜不成眠，痛苦悲伤深深怀念故国、乡关。

此词也有所祖，温庭筠词云："梧桐树，三更雨，不道离情正苦。一叶叶，一声声，空阶滴到明"（《更漏子》），与易安此词意境略同，只是"梧桐树"表示秋天的时令，而易安词中"芭蕉""心心""卷"着，时指春季罢了。写的是离情。清·徐釚《词苑丛谈》载宋徽宗时无名氏词云："薄暮投村驿，风雨愁通夕。窗外芭蕉窗里人，分明叶上心头滴"（《眉峰碧》），写的是乡愁，与易安词更见相同之处了。而易安融化前人词意，脱胎古人诗句，不着痕迹，并能创意出奇。叶少蕴云："诗人点化前作，正如李光弼将郭子仪之军，重经号令，精神数倍。"

"愁损北人，不惯起来听"。自称"北人"，颇有念念不忘故国乡关之意。李清照诗云："不乞隋珠与和璧，只乞乡关新信息""欲将血泪寄山河，去洒东山一抔土""老矣不忘志千里，但愿相将过淮水。"足见易安对祖国的山河爱得多么深沉，对收复失地多么关切，对乡关是何等的怀念。芭蕉生在南方，雨打芭蕉更刺痛了"故乡心"，故"不惯起来听"。收束陡然，余韵袅袅。

渔家傲 天接云涛连晓雾

天接云涛连晓雾，星河欲转千帆舞。仿佛梦魂归帝所，闻天语，殷勤问我归何处？

我报路长嗟日暮,学诗谩有惊人句。九万里风鹏正举,风休住,蓬舟吹取三山去。

简 介

此词当为易安南渡后的词作。写梦中海天溟蒙的景象及与天帝的问答。隐寓对南宋黑暗社会现实的失望,对理想境界的追求和向往。作者以浪漫主义的艺术构思,梦游的方式,设想与天帝问答,倾诉隐衷,寄托自己的情思,景象壮阔,气势磅礴。这就是被评家誉为"无一毫粉钗气"的豪放词,在她现存的词作中是不多见的。

注 释

〔题解〕《唐宋诸贤绝妙词选》等题作《记梦》。《乐府雅词》等收为李清照词。

〔星河〕银河。唐·韩愈《岳阳楼别窦司直》诗:"星河尽涵泳,俯仰迷下上。"唐·杜甫《阁夜》:"五更鼓角声悲壮,三峡星河影动摇。"

〔转〕《历代诗余》作"曙"。

〔帝所〕天帝居住的地方。《史记·赵简子世家》:"我之帝所甚乐。"

〔天语〕天帝的话语。

〔我报路长嗟日暮〕路长:隐括屈原《离骚》:"路漫漫其修远兮,吾将上下而求索"之意。日暮:隐括屈原《离骚》:"欲少留此灵琐兮,日忽忽其将暮"之意。嗟:慨叹。唐·李白《蜀道难》:"侧身西望长咨嗟。"

〔谩〕徒、空。王安石《桂枝香》:"千古凭高对此,谩嗟荣辱。"谩,《历代诗余》作"复"。

〔鹏〕古代神话传说中的大鸟。《庄子·逍遥游》:"鹏之徙于南冥也,水击三千里,抟扶摇而上者九万里,去以六月息者也。"

〔蓬舟〕像蓬蒿被风吹转的船。古人以蓬根被风吹飞,喻飞动。晋·潘岳《西征赋》:"飘萍浮而蓬转。"

〔吹取〕吹得。文津阁四库全书本《乐府雅词》作"吹往"。

〔三山〕传说中海上的三座仙山。《史记·封禅书》:"自威、宣、燕、照,使人入海求蓬莱、方丈、瀛洲。此三神山者,其传在渤海中,去人不远;患且至,则船风引而去,盖尝有至者,诸仙人及不死之药皆在焉。"李白

《当涂赵炎少府粉图山水歌》："心摇目断兴难尽，几时可到三山巅？"

集 评

清·黄蓼园：此似不甚经意之作，却浑成大雅，无一毫钗粉气，自是北宋风格。（《蓼园词选》）

清·梁启超：此绝似苏辛派，不类《漱玉集》中语。（《艺衡馆词选》）

今·夏承焘：这首词中就充分表示她对自由的渴望，对光明的追求。但这种愿望在她生活的时代现实生活中是不可能实现的，因此她只有把这寄托于梦中虚无缥缈的神仙境界，在这境界中寻求出路。然而在那个时代，一个女子而能不安于社会给她安排的命运，大胆地提出冲破束缚、向往自由的要求，确实是很难得的。在历史上，在封建社会的妇女群中是很少见的。

又：这首风格豪放的词，意境阔大，想象丰富，确实是一首浪漫主义的好作品。出之于一位婉约派作家之手，那就更其突出了。其所以有此成就，无疑是决定于作者的实际生活遭遇和她那种渴求冲决这种生活的思想感情，这绝不是没有真实生活感情而故作豪语的人所能写得出的。（《唐宋词欣赏》）

今·王璠：就本词而言，总共十句，却连用了李贺、李白、杜甫、屈原、庄子数典，占了绝大部分篇幅。二李、庄、骚，都是我国古代浪漫主义的大家，用他们所塑造的形象和熔铸的语言，以之入词，自是情辞并茂，贴切自然，入于化境；艺术魅力，非常强烈。（《李清照研究丛稿·胸怀壮阔 气象恢宏》）

今·吴熊和：词人置身于广漠无垠的太空，不顾"路长""日暮"，在"九万里风"的推动下泠然作海外之行，反映了李清照不满现状，要求打破沉闷狭小的生活圈子的愿望。她希望对自己的精神世界作一番新的开拓和追求，不能作为一般的游仙之作看待。（《唐宋词通论》）

今·朱德才：词人善于化用前人的诗文，以增强词作的广度和深度，而且用得灵活多变。如"路长日暮"脱胎于《离骚》，重在正面取意，做到以少胜多、言简意赅。"惊人句"本自杜诗，但用"谩有"化去町畦，将诗意透过一层。"风鹏九万里"，则主要借取形象，以喻腾飞之志。（《李清照鉴赏·瑰丽神奇 凌空腾飞》）

鉴 赏

南宋统治集团苟安一隅,不求收复中原,易安的亡国之恨不能雪;颠沛流离生活不能解除;她所向往追求的理想境界,只能在梦中实现,于是写下了《渔家傲》。

上阕,写拂晓时海天溟蒙的壮阔景象,及梦回天上,天帝的殷勤询问;下阕,作者通过对天帝的答话,表现对社会现实的不满,对理想境界的追求和向往。上问下答,意脉贯穿。

此词,《唐宋诸贤绝妙词选》题作《记梦》,这与许多梦游诗一样,并非真梦,而是借浪漫主义的艺术构思,寄托自己的情思。

梦景宏阔。"天接云涛连晓雾",云涛翻腾,海天茫茫,景象壮阔。"千帆舞",场面盛大,"九万里风鹏正举",气势磅礴。

易安以浪漫主义的艺术构思,梦游的方式,驰骋丰富的想象,设想与天帝问答,倾诉隐衷,对于一个封建社会受压抑、处于从属地位的妇女,这设想本身就充满了豪气,表现了易安旷远、开阔的胸怀。作品的风格豪放,这使人联想起唐朝伟大诗人李白,当时政治腐败,他不肯"垂眉折腰事权贵",天宝四年(745年)离开东鲁南下吴越时,写下《梦游天姥吟留别》,留赠友人,也是用浪漫主义的艺术构思,借以排遣内心的悲愤惆怅之情,表达对黑暗社会现实的不满,对理想境界的追求。尽管李白与易安所处的南宋时代背景不尽相同,但都是用丰富的想象,高远的意境,梦游的形式,浪漫主义的构思,表达了对理想境界的追求,对自由的向往,对光明的渴望。有异曲同工之妙。

被誉为婉约词宗的李清照,能写出如此雄奇的豪放词,这在当时的词人中,是极难得的。

渔家傲 雪里已知春信至

雪里已知春信至,寒梅点缀琼枝腻。香脸半开娇旖旎,当庭际,玉人浴出新妆洗。

　　造化可能偏有意,故教明月玲珑地。共赏金尊沉绿蚁,莫辞醉,此花不与群花比。

简　介

　　此词当为李清照南渡前所作,是首咏梅词。梅花是作者自我形象的缩影,深有寄托,借咏梅歌颂自己的婚姻爱情。亦花亦人,形神宛肖。

注　释

〔题解〕《梅苑》《历代诗余》等收入,以为易安词。

〔点缀〕稍加装饰衬托,使事物更加美好。宋·李之仪《早梅芳》:"嫩苞匀点缀,绿萼轻裁剪。"

〔琼枝〕像美玉制成的枝条。李煜《破阵子》:"凤阁龙楼连霄汉,玉树琼枝作烟萝。"苏轼《浣溪沙》:"璧月琼枝空夜夜,菊花人貌自年年。"

〔腻〕光洁细腻之意。唐·郭震《莲花》:"脸腻香薰似有情,世间何物比轻盈。"

〔香脸〕指女人敷着胭脂散发香味的面颊,用以比拟半开着的散发芳香的花朵。宋·王诜《烛影摇红》:"香脸轻匀,黛眉巧画宫妆浅。"

〔旖旎〕柔美妩媚之意。后唐·魏承班《玉楼春》:"春风筵上贯珠匀,艳色韶颜娇旖旎。"又《木兰花》:"小芙蓉,香旖旎。"

〔玉人〕美人。唐·杜牧《寄扬州杨绰判官》:"二十四桥明月夜,玉人何处教吹箫。"唐·卢纶《美人骑马》:"促来金镫短,扶上玉人轻。"

〔造化〕指大自然。唐·薛涛《朱槿花》:"造化大都排比巧,衣裳色泽总薰薰。"

〔玲珑〕清晰明亮。唐·李白《玉阶怨》:"却下水晶帘,玲珑望秋月。"唐·温庭筠《菩萨蛮》:"竹风轻动庭除冷,珠帘月上玲珑影。"

〔金尊〕珍贵的酒杯。唐·李山甫《菊》:"栽处不容依玉砌,玩时还许设金尊。"

〔绿蚁〕本来指古代酿酒时上面浮的碎屑沫子,也叫浮蚁,后来衍为酒的代称。唐·翁绶《酒》:"逃暑迎春复送秋,无非绿蚁满杯浮。"五代·李珣《渔歌子》:"鼓素琴,倾绿蚁,扁舟最得逍遥志。"

鉴 赏

　　女词人李清照喜欢梅花，她写的咏梅词，在浩繁的咏梅诗词中仍有重要的位置。

　　上片写梅花的丰神雅韵，超然霞举。下片写大自然和人对梅花的偏爱及此花的无与伦比。

　　这首词，通过咏梅写出梅花的高标逸韵，这也是作者借梅以自况。宋·林逋诗云："天与清香似有私"（《梅花》），自然给予梅花以清香，好像老天对梅花别有恩泽。盖为易安词下阕"造化可能偏有意，故教明月玲珑地"之本。李清照此词是有寄托的，"造化"两句，是说造化偏偏让明月分辉，花月相照，花好月圆。这使我们自然联想到赵明诚、李清照的美满的夫妻生活。

　　此词在艺术上的另一特色，是拟人手法的卓妙，将梅花写得形神俱似，亦花亦人。梅花有一副令人陶醉的"香脸"；她有令人倾倒的"娇旖旎"的情态；梅花犹如"玉人浴出新妆洗"一般的高雅芳洁，一尘不染。

　　宋·梅圣俞云："诗有内外意，内意欲尽其理，外意欲尽其像，内外意含蓄，方人诗格"（《金针诗格》），词也亦然。此词外意是写梅花，内意是写人，亦花亦人，浑然一体。妙在"有寄托入，无寄托出"。

菩萨蛮　风柔日薄春犹早

　　风柔日薄春犹早，夹衫乍著心情好。睡起觉微寒，梅花鬓上残。

　　故乡何处是？忘了除非醉。沈水卧时烧，香消酒未消。

简 介

　　此词当为李清照后期的作品。写女主人在一个早春白日对故国乡关无限怀念的深情。

注 释

〔题解〕《乐府雅词》《花草粹编》收为李清照词。

〔风柔〕指春风和煦。宋·黄机《传言玉女》:"日薄风柔,池面欲平还皱。"

〔日薄〕指日光淡薄。宋·陈人杰《沁园春》:"日薄风狞,万里空江,隐隐有声。"宋·韩淲《蝶恋花》:"日薄帘栊,花影遮前后。"薄,四部丛刊本、文津阁四库全书本《乐府雅词》作"暮"。

〔乍著〕刚刚穿上。宋·方千里《蕙兰芳》:"乍著单衣,才拈团扇,气候暄燠。"

〔沈水〕即沉香,香料名,见《浣溪沙·淡荡春光寒食天》注。

集 评

清·况周颐:俞仲茅云:赵忠简《满江红》"欲待忘忧除是酒",与易安"忘了除非醉"意同。下句"奈酒行有尽愁无极",微嫌说尽,岂如"沈水卧时烧,香消酒未消",亦宕开,亦束住,何等蕴藉。易安自是专家,忠简不以词重云尔。(《漱玉词笺》)

今·俞平伯:上片措语轻淡,意思和平。下片说故乡之愁,一时半刻也丢不开,除非醉了。又说,就寝时焚香,到香消了酒还未醒。醉深即愁重也。意极沉痛,笔致却不觉其重,与前片轻灵的风格相一致。(《唐宋词选释》)

鉴 赏

上片,作者写早春日里用醉酒浓睡来开解浓重的乡愁的情景,幽隐婉约。

下片,写她除了神经受到麻醉,否则是不会忘记故乡的,直陈胸臆。

试以李清照南渡后,写其江南流落,思国怀乡的深厚感情的《添字采桑子·窗前谁种芭蕉树》与此词作比较:前词上阕渲染芭蕉的壮盛和"余情";下阕写三更雨打芭蕉,殊念故国乡关的深厚感情。上片是下片的铺垫,上扬下抑,顺理成章,结构严谨、构思精工。一个是早春用酒排解乡愁,而终不能;一个是春季夜里三更雨打芭蕉,而乡愁倍增。同一主题,但表现手法迥然不同。可谓两臻佳境,各具风韵,皆有撼动人心的艺术魅力。

李清照在此词中所表露的思国怀乡的绵绵愁绪,殷殷乡情,并非唯其一人独有,那是宋朝人民的共同心声。古人以怀乡为题材的文学作品绝不少见,汉·佚名诗云:"胡马依北风,越鸟巢南枝"(《行行重行行》)、唐·李白诗云:"举头望明月,低头思故乡"(《静夜思》)、宋·欧阳修词云:"乡关千里危肠断"(《渔家傲》)等等。而李清照"故乡何处是?忘了除非醉",又加入切肤亡国之痛,因此,更增强了思国怀乡痴情至诚。李清照的怀乡词,无论是思想内容,还是艺术技巧,都有很高的价值,应得到我们今人的特别珍重。

菩萨蛮 归鸿声断残云碧

归鸿声断残云碧,背窗雪落炉烟直。烛底凤钗明,钗头人胜轻。

角声催晓漏,曙色回牛斗。春意看花难,西风留旧寒。

简 介

此词当为李清照南渡后的作品。上片写黄昏后的室内外的景象,及永夜思念家乡的情景。下片写拂晓室内外的景象和女主人难以看到梅花的惆怅。不言愁而愁自见。不假雕饰,意境幽远。

注 释

〔题解〕《乐府雅词》《花草粹编》收为李清照词。

〔归鸿〕这是指春天北归的大雁。宋·秦观《江城子》:"南来飞燕北归鸿,偶相逢。"

〔碧〕青绿色。唐·李白《菩萨蛮》:"平林漠漠烟如织,寒山一带伤心碧。"

〔背窗〕身后的窗子。唐·温庭筠《菩萨蛮》:"相忆梦难成,背窗灯半明。"亦指北窗,参见《诗经·伯兮》:"言树之背。"

〔凤钗〕古代妇女的一种首饰。钗名有时因钗头的形状而异。钗头为蝉形的称蝉钗,唐·牛峤《菩萨蛮》:"柳阴烟漠漠,低鬟蝉钗落。"钗头为雀形的称雀钗,唐·温庭筠《更漏子》:"金雀钗,红粉面。"钗头为燕形的称燕钗,唐·毛希震《浣溪沙》:"碧玉冠轻袅燕钗,捧心无语步香阶。"钗头为凤形的称凤钗,唐·杨容华《新妆》诗云:"凤钗金作缕,鸾镜玉为台。"

〔人胜〕古时正月初七为"人日",剪彩为人形,故名人胜。胜,古代妇女的首饰。梁·宗懔《荆楚岁时记》:"人日剪彩为人,或缕金箔为人,亦戴之头鬓。"温庭筠《菩萨蛮》:"藕丝秋色浅,有胜参差剪。"

〔角〕古时军中乐器。有彩绘者,也称画角。《渊鉴类函》中引《卫公兵法》:"夫军城及屯营在处,日出日没时,挝鼓一千槌(三百三十槌为一通)。鼓音止,角音动,吹十二声为一叠。角音止,鼓声动,为此三角三鼓而昏明毕"。黄昏、拂晓用角报时。

〔漏〕古代滴水计时的器具。温庭筠《更漏子》:"柳丝长,春雨细,花外漏声迢递。"又《归国遥》:"画堂照帘残烛,梦余更漏促。"

〔牛斗〕即牛宿(二十八宿之一,相当于摩羯座之一部分)、斗宿(二十八宿之一,相当于人马座一部分)。非一般的所说的北斗星和牵牛星。北周·庾信《思旧铭》:"剑没丰城,气存牛斗",指其地当牛斗二宿之分野。清照用此,则为"斗转星移"之意,指时光流逝。有如《宋史·乐志》所载《奉禋歌》:"斗转参横将旦,天开地辟如春。"

集　评

今·王璠:周辉所记每值大雪,顶笠披蓑,循城远览以寻诗,在建康日也只能是建炎二年冬或三年春这个短暂的时间内才有可能。所以词中所写种种,就是她踏雪寻诗前的准备工作,那是可以肯定的。(《李清照研究丛稿·对李清照两首〈菩萨蛮〉的理解》)

鉴　赏

南渡之后,李清照对金人践踏下的故乡的思念与日俱增。因此她对报春的梅花,春季的到来,北飞的雁群的感觉十分锐敏,她的乡愁也随之浓挚。此词当是李清照南渡之后的怀乡之作。

上片写黄昏室内外的景象及女主人永夜思念家乡的情景。下片写拂晓时室外的景象和女主人难以看到梅花惆怅。

词的本旨是写主人公对沦陷区及故乡的深情怀念,但全词不着"愁""恨""思""念""故乡"一字,而把绵绵的乡国之愁蕴于艺术形象之中,有"不着一字尽得风流"之妙。

宋·严羽云:"语忌直,意忌浅,脉忌露。"(《沧浪诗话》)否则僵直浅薄,一览无余,缺乏艺术生命,词亦然。易安《鹧鸪天·寒日萧萧上锁窗》与此词总体构思可谓同一机杼。两词只"归鸿声断残云碧""仲宣怀远更凄凉"一句,暗示女主人深沉的乡国之思。其余则衷曲蕴藉,意脉不显。"春意看花难,西风留旧寒"。眼下,正是一个终夜不寐之后的早晨,因为一夜的乡愁,或许偏宜通过赏梅来开解一下绵绵的乡思。从大雁的北归,从雪里的梅花得知,春已来到人间,并显示些许的春意,但想欣赏一下梅花是十分困难的。北风阵阵吹来,尚残留着冬日的寒威。此句并非单纯的早春景象的描摹,而是寄托遥深,感喟无穷。因为金人的残酷统治,侵略者铁蹄的践踏,虽然春天来了,但沦陷区及家乡的景象依然目不忍睹。结句余韵娓娓,意味深长。

减字木兰花　卖花担上

卖花担上,买得一枝春欲放。泪染轻匀,犹带彤霞晓露痕。
怕郎猜道,奴面不如花面好。云鬓斜簪,徒要教郎比并看。

简 介

此词当是李清照年轻时所作。表现女主人对春花的喜爱,对容貌美及爱情的追求。运用心理描写、拟人等手法。语言活泼、清新。

注 释

〔题解〕《花草粹编》收录为易安词。赵万里辑《漱玉词》云:"案汲古阁未刻本《漱玉词》收之,'染'作'点',词意浅显,亦不似他作。"以词意断真伪,不足为据,今不取。

〔一枝春欲放〕南朝·陆凯《赠范晔》:"折梅逢驿使……聊赠一枝春",诗人遂以"一枝春"代梅花。宋·黄庭坚《刘邦直送早梅水仙花》:"欲问江南近消息,喜君贻我一枝春。"此指买得一枝将要开放的梅花。

〔泪染〕眼泪濡湿,这里指露水浸染之意。明·邹迪光《美人早起》:"立沾罗袜花间露,薄染香奁镜里云。"染,四印斋本《漱玉词》作"点"。

〔彤霞〕红色彩霞。这里指梅花之色彩。

〔簪〕名词作动词,即插于发中。宋·苏轼《吉祥寺赏牡丹》:"人老簪花不自羞,花应羞上老人头。"明·林鸿《素馨花》:"素馨花发暗香飘,一朵斜簪近翠翘。"

〔徒〕只。李白《赠孟浩然》:"高山安可仰,徒此揖清芬。"

〔比并〕放在一起比较。敦煌词《御制林钟商内家娇》:"任从说洛浦阳台,漫将比并无因。"又《苏幕遮》:"莫把潘安,才貌相比并。"

集 评

今·梁乙真:易安因生活环境之变易,故所作词亦随而异其色彩。四十六岁以前之词决不同于晚年之凄凉颓废也。观上词"如今憔悴,风鬟雾鬓"之语句,何等衰飒,回忆少女之生活"怕郎猜道,奴面不如花面好。云鬓斜簪,徒要教郎比并看。"将不胜"人生几何"之感矣!(《中国妇女文学史纲》)

又:"怕郎猜道,奴面不如花面好。云鬓斜簪,徒要教郎比并看。"(《减字木兰花》)此种描写直能将少女情绪和盘托出,而"眼波才动被人猜"抑又何其娇艳也。(《中国妇女文学史纲》)

今:侯健、吕智敏:统观全篇,笔法虚实相映,直接写花处即间接写人处,直接写人处即间接写花处;春花即是少女,少女即是春花,两个艺术形象融成了一体。(《李清照诗词评注》)

鉴 赏

此词从内容和情调上看当属李清照年轻时的词作,表现了女主人对春花的喜爱,对美及爱情的追求。

上片,"春"字点出节序。作者具体描绘了"花"的形象:含苞"欲放",

颜色如同"彤霞",上面还点染着"晓露"。作者把花"带彤霞晓露痕",比成妍丽女子的"泪染轻匀",这是拟人手法,亦花亦人,形神俱似,对花的赞美热爱之情溢于言表。

下片写女主人的心理活动。她以为自己的容貌美能胜过鲜花之美,但又担心丈夫不能正确评价,于是她"云鬓斜簪",把鲜花放在脸侧,让丈夫"比并看",希望丈夫作出使自己心满意足的评价,并博得他深切的爱。

上片侧重写花美,是下片衬垫,主要采用拟人的手法。这是明写,实写;下片侧重写人美,她坚信人面能胜过鲜花,衬托容貌之美,主要采用心理描写的方法。这是暗写,虚写。上下实虚相生,明暗相济,相得益彰。上有"烘云"之巧,下有"托月"之妙。

此词活泼、清新、浅俗。其风格颇类"易安体",与易安早期词《怨王孙·湖上风来波浩渺》《小重山·春到长门春草青》等甚似。其内容大胆歌颂爱情,似与李清照的爱情词同一机杼。

此词多种版本均以为是李清照所作。赵万里辑《漱玉词》以为此词"词意浅显,亦不似他作",王仲闻云:"以词意断判真伪,恐不甚妥"(《李清照集校注》),说得有道理。

殢人娇　玉瘦香浓

后庭梅花开有感

玉瘦香浓,檀深雪散,今年恨、探梅又晚。江楼楚馆,云闲水远。清昼永,凭阑翠帘低卷。

坐上客来,尊前酒满。歌声共、水流云断。南枝可插,更须频剪,莫直待西楼,数声羌管。

简　介

　　此词，当是清照年轻时作品，是一首咏梅词。作者把梅纳入女主人的生活中，从梅与人物的关系写梅，不粘不滞，意象寄托自己的情怀。

注　释

〔题解〕《花草粹编》题作《后庭梅花开有感》，他本皆无题。《花草粹编》《历代诗余》《三李词》收为李清照词。赵万里辑《漱玉词》云："案《梅苑》九引上阕，不注撰入。《花草粹编》题作李词者，其所据《梅苑》，殆较今本为善故也。兹并校之。"王仲闻《校注》本云："旧本《梅苑》今不可见，传本《梅苑》既不注撰人姓名，或《花草粹编》误题清照姓名，亦不可知。只能存疑。"不因今人不见旧本《梅苑》，而否定《花草粹编》"所据《梅苑》"，故收为李清照词。唐圭璋《全宋词》收为"存目词"，王延梯等《李清照集》、黄墨谷《重辑李清照集》收为易安词。

〔玉瘦〕指梅花瘦小。宋·陈亮《咏梅》："疏枝横玉瘦。"

〔探〕察看。宋·韩淲《点绛唇》："山凹春生，探梅只道今年早。"

〔又〕《梅苑》作"较"。

〔江楼楚馆〕指远行的爱侣所居之处。江楼，临江的楼。宋·高观国《金人捧露盘》："粉痕征，江楼怨，一笛休吹。"宋·吴礼之《丑奴儿》："金风颤叶，那更饯别江楼。"楚馆，楚地的馆舍，也指旅舍。宋·柳永《西平乐》："秦楼风吹，楚馆云约，空惆怅、在何处。"宋·赵长卿《媚眼儿》："梦回楚馆云雨空。"

〔凭阑〕倚阑。李煜《浪淘沙》："独自莫凭阑，无限江山。"

〔前〕《梅苑》《历代诗余》作"中"。

〔水流云断〕指歌声随着流水和白云传到极远的地方。

〔南枝可插〕南枝，向阳的梅枝。宋·欧阳修《阮郎归》："前村已遍倚南枝，群花犹未知。"插：戴。唐·温庭筠《海榴》："叶乱裁笺绿，花宜插鬓红。"

〔更〕《梅苑》作"便"。

〔西楼〕见《一剪梅·红藕香残玉簟秋》注。

〔羌管〕即羌笛。古代羌族的一种管乐器。此指笛曲《梅花弄》，唐·李白《题北榭碑》："黄鹤楼中吹玉笛，江城五月落梅花。"

鉴 赏

《花草粹编》收录的李清照《殢（tì）人娇》词,题作《后庭梅花开有感》,点出了此词的写作时节及意旨。

开头,作者从视觉和味觉上描写后庭梅花的景象。女主人是喜欢梅花的,平时,往往从早春就观察梅花的微妙变化。易安词云:"暖雨晴风初破冻,柳眼梅腮,已觉春心动"(《蝶恋花》)、"柳梢梅萼渐分明"(《临江仙》),都说明了这一点。可是今年却到"玉瘦"时才"探梅",觉得为时太"晚",悔恨莫及了。"又"字说明这已不是一年了。

次四句,写女主人在"江楼楚馆",凭阑赏花。她整日"翠帘低卷",是否倚"栏"凝望心上人的回归?

下片,接写与友朋持酒听歌,共赏梅花之乐。由宾客的饮酒唱歌,转写到梅花上来。向阳梅枝上的梅花先放,可以"插"戴,更要多次剪下把玩。结句,意味深长。不要一直等到西楼上吹奏出"梅花落"的哀怨曲调,再去赏梅、簪梅,那就晚了。颇有"花开堪折直须折,莫等无花空折枝"(唐·杜秋娘《金缕曲》)之意。

此词虽然被王仲闻《校注》列入易安存疑词作,但颇有易安咏梅词之风格。惟"坐上客来,尊前酒满"之运典二句,似是男子口气,易使读者生疑。

满庭芳 小阁藏春

小阁藏春,闲窗锁昼,画堂无限深幽。篆香烧尽,日影下帘钩。手种江梅更好,又何必、临水登楼?无人到,寂寥浑似,何逊在扬州。

从来知韵胜,难堪雨藉,不耐风揉。更谁家横笛,吹动浓愁?莫恨香消雪减,须信道、扫迹情留。难言处,良宵淡月,疏影尚风流。

简　介

　　此词当为清照南渡前的词作,是首咏梅词。作者将梅放在人物的生活、活动中加以描写和赞颂,把相思与咏梅结合起来,托物言情,寄意遥深。

注　释

〔题解〕《梅苑》《花草粹编》等收为易安词。《花草粹编》等题作《残梅》。

〔篆香〕一种印有篆文的熏香。宋·洪刍《香谱·百刻》云:“近世尚奇者作篆香,其文准十二辰,分一百刻,凡燃一昼夜已。”秦观《减字木兰花》:“欲见回肠,断续金炉小篆香。”

〔帘钩〕挂帘的钩子。详见《凤凰台上忆吹箫》注。

〔临水登楼〕晋·陶渊明《游斜川》诗序:“五月五日……临长流……赋诗。”建安七子之一的王粲避乱荆州依刘表,未得重用,登当阳城楼作《登高赋》,以抒所怀。此处用两典。

〔寂寥〕寂静、空旷。王维《登河北城楼作》:“寂寥天地暮,心与广川闲。”

〔浑似〕简直像。柳永《合欢带》:“一个肌肤浑似玉,更都来、占了千娇。”浑,《花草粹编》作“恰”。

〔何逊在扬州〕何逊,南朝梁代诗人,于天监年中在扬州(今南京)任建安王记室。有《早梅》诗,中有云:“应知早飘落,故通上春来。”故清照以比何逊,语出杜甫《和裴迪登蜀州东亭送客逢早梅相忆见寄》:“东阁官梅动诗兴,还如何逊在扬州。”

〔韵胜〕指梅花的风韵逸群,超出一般。宋·范成大《梅谱·后序》:“梅似韵胜,以格高。”

〔藉〕踏,这里是侵害的意思。

〔不耐〕禁受不了。南唐·李煜《浪淘沙》:“帘外雨潺潺,春意阑珊,罗衾不耐五更寒。”

〔笛〕指梅笛。宋·吴文英《高阳台·落梅》:“南楼不怕吹横笛,恨晓风千里关山。”宋·姜白石《暗香》:“旧时月色,算几分照我。梅边吹笛。”笛曲中有《梅花落》的哀怨曲调。

〔雪〕《历代诗余》作“玉”。

〔疏影〕梅花稀疏的影子。范成大《梅谱·后序》:“梅以横斜疏瘦,以老枝怪奇者为贵。"宋·林逋《山园小梅》:"疏影横斜水清浅,暗香浮动月黄昏。"

鉴 赏

这首梅词,与李清照《孤雁儿·藤床纸帐朝眠起》一样,具有自己独特的艺术构思,不同于一般的咏梅词。

"小阁"三句,就该词主旨而言,这是侧入。春天来到了人间,春天来到了庭院,春天来到了闺楼。"春"字点明了时节。红窗寂寂,无人光顾。"藏春","锁昼",好像楼里别有个春天,窗里另有个白昼,并与外面的世界隔绝似的。开始用一个对偶句写出女主人春季整日关在深闺,孤独凄寂。头三句,通过对楼内深幽环境的描写,暗示出女主人的抑郁惆怅的情怀,并渲染了氛围。

"篆香"二句,小阁画堂是这般的凄寂幽邃。女主人百无聊赖,索居独处,那么该怎样消磨这永昼的时光?点燃印有篆字的熏香,调解一下沉闷的空气,一直到篆香燃尽,熬到天色将晚,日影下帘钩。这是绸缪的离愁所致。"下"字用得警策异常,把日光写活了,有神韵,也点出一天中的具体时间。

"手种"二句,徐徐引入本题。傍晚,透过窗子,看到庭院里亲手栽种的江梅,那雅韵丰神是格外美好的。不必像陶渊明那样去临水赋诗,也不必像王粲那样,登上当阳城楼四面眺望来消忧。"梅",点出题旨。"临水登楼",用典。

"无人"二句,"无人到"宕顿,"寂寥"两句拍合。女主人的居所终日没有人来,寂寞空旷,就像何逊在扬州一样,常常望梅赋诗,消愁解闷。"梅",隐而不露,而在典中含梅,比直接写梅更耐人寻味,蕴藉高妙。

"从来"三句,梅花高标独迥,风韵逸群,但难以禁受雨的践踏,风的蹂躏,暗寓女主人的雅韵丰神,芳洁自爱,但经受不了离别等痛苦的折磨和摧残。明写梅花,暗写自我形象。

"更谁"两句振起。梅花的雅韵丰神,令人赞赏,无奈遭到风吹雨打,令人怜悯、感伤、惆怅。然而,不知从谁家传来"梅花落"的曲调,忧伤哀怨,女主人原来的愁绪更加浓挚。梅花落,意味着美好事物或部分青春年华的逝去,更触动女主人的离怀。

"莫恨"二句,"雪",喻白色梅花。不要恨梅花的香味渐消、花瓣零落,这是难免的。隐喻,我为思念丈夫而心神憔悴,这是自然的,不能怨恨。这是自我安慰、开解。同时也在劝藉别人。"莫恨"与"须信"两句呼应。

结句,"难言处"一顿,摇曳生枝,唤出下面两句。结句清俊,振作全篇。难以用语言表达的地方,虽然是香消雪减,但是在美好的夜晚,清淡的月光照耀着稀疏的梅影,它还是很有风韵情致的。言外之意,尽管自己受到离情别苦的折磨,魂销肠损,但是依旧别有风韵,表现了作者芳洁自爱的品质。

用了大量的虚词:"更""又""何必""从来""莫""须""尚"等呼应传神,转折达意,跌宕多姿,是此词在艺术表现方面的另一特色。

易安咏梅,不落窠臼,在写法上别出机杼,说明易安在艺术上富有创新的精神。

新荷叶 薄露初零

薄露初零,长宵共永昼分停。绕水楼台,高耸万丈蓬瀛。芝兰为寿,相辉映簪笏盈庭。花柔玉净,捧觞别有娉婷。

鹤瘦松青,精神与秋月争明。德行文章,素驰日下声名。东山高蹈,虽卿相不足为荣。安石需起,要苏天下苍生。

简 介

此词从明抄本《诗渊》录出,原词注明作者"宋李易安",是近年发现的,孙繁礼《全宋词补辑》收之。上片是侧面描写的方法,下片采用正言直述之法。运用典故,含蓄蕴藉。

注 释

〔题解〕此词久佚，1980年孔繁礼据北京图书馆藏明初抄本《诗渊》第二十五册发现，辑入《全宋词补辑》中。《诗渊》该册，收辑祝寿诗词。详此词文义，系祝某退居林下之达官生日之作。

〔薄露初零〕零，《诗经·郑风·野有蔓草》："野有蔓草，零露溥兮"，郑玄笺云："零，落也"。按二十四节气，秋分之前为白露，之后为寒露，喻寿主之诞日在此二"露"之间，可与下句参看。

〔长宵共永昼分停〕分停，将成数、总数分为几个等份，即为"分停"，今语为"分成几份"。如《三国演义》卷五十："三停人马，一停落后，一停填了沟壑，一停跟随曹操"。此处之"分停"相当于古时习称之"停分"，即平分两份之意。如《元曲选·气英布》："咱则待要独分儿兴隆起楚社稷，怎肯交劈半儿停分做汉山河。"其中"劈半儿停分"，在萧德祥《杀狗劝夫》中写作"匹半停分"。现代北方口语犹谓平分一半为"劈一半儿"，清照为押韵故，变换为"分停"。"长宵共永昼分停"，乃结合寿主生辰之节候而摛辞，喻寿主生日恰值秋分之际，因秋分之时昼夜平分各占十二小时也。

〔高耸万丈蓬瀛〕蓬瀛，指代神话传说中之神山。《史记·封禅书》言燕照王、齐宣王等使人入渤海寻三神山：蓬莱、方丈、瀛洲。晋·葛洪《抱朴子·内篇·对俗》云："得道之士……或委华驷而缪蛟龙，或弃神州而宅蓬瀛，或迟回于流俗，逍遥于人间……何也？"抱朴子答曰："仙人或升天或住地，要于俱长生住留，各从其所好耳。"清照盖用抱朴子之典，喻寿主之"绕水楼台"若仙人所居之蓬瀛，以"长生住留"耳。详全词，寿主乃退居林下者，亦可与抱朴子或升天或住地之语相喻。

〔芝兰为寿〕参照下文"相辉映、簪笏盈庭"句，知此"芝兰"喻寿主之子弟，谓其子弟齐来祝寿也。语出《世说新语·言语》云：谢安问诸子侄："子弟亦何预人事，而正欲使其佳？"谢玄答以"譬如芝兰玉树，欲使其生于阶庭耳。"

〔簪笏盈庭〕簪笏，古代官员上朝，带笏板与笔，记事时书写于笏板上，无事则手执笏板，将笔簪插在冠上。梁·简文帝《马宝颂序》："簪笏成行、貂缨在席"，以官员的服饰指代官员。与上句"芝兰"相映照，谓寿主之子弟如芝兰之佳，而又皆任簪笔执笏之高官显宦也。《旧唐书·崔义玄传》言崔神庆诸子皆位至高官，每逢时节家宴，以一榻置笏，重叠于其上，清照盖取用此典。清代范希曾遂将此事附会于郭子仪家之事，撰《满床笏》戏曲。按清照构思或受唐·王勃《滕王阁诗序》："舍簪笏于百龄，奉晨昏于万里。非谢家之宝树（即'芝兰玉树'之省略），接孟氏之芳邻"的启发。

〔花柔玉净，捧觞别有娉婷〕花柔玉净，状美女之容貌。娉婷，原喻美女之体态，而此指代寿主之妾侍。捧觞，捧杯献酒。谓寿筵有官妓或家妓献艺佐酒，极写寿主之富贵生活。宋代有官妓，只应官宦人家所需，当时以官员召妓为正常现象。

〔鹤瘦松青〕古人以鹤、松为长寿之象征。且往往以事物之谐音做吉祥语，如以戟馨二物谐吉庆，鱼谐有余等。鹤之瘦，谐"寿"，松之青色喻青春之"青"也，皆祝贺之吉祥词语。

〔精神与秋月争明〕秋月，紧扣寿主之生辰在秋分之际。宋人多以明月喻人物之胸襟开朗宽和，如黄庭坚《濂溪诗序》："周茂叔（敦颐）人品甚高，胸中洒落如光风霁月。"

〔日下声名〕日下，古人喻皇帝为日，帝所居之地为日下，即京都。《世说新语·排调》载陆云（字士龙）与荀隐（字鸣鹤）相见，各自通报籍贯姓名，"陆举手云：'云间陆士龙。'荀答曰：'日下荀鸣鹤。'"《梁书·伏挺传》任昉称赞伏挺云："此子日下无双"，言其才高出众，京师无人可比。清照盖取此语而双关用之。

〔东山高蹈〕东山，此指今浙江省上虞区西南之东山，东晋谢安早年隐居于此。高蹈，原为远行之义，见《左传·哀公二十一年》。后人习用喻隐居，《文选》张景阳《七命》："嘉遁龙盘，玩世高蹈"。此句以谢安隐居东山，喻寿主之赋闲在家，并祝其前途无量，可参末句。

〔安石须起，要苏天下苍生〕东晋名相谢安，字安石，初为佐著作郎，因病辞官，隐居东山，朝廷屡召而不出。《世说新语·排调》载谢其后出任征西大将军府司马时，朝士相送于新亭，高录倚醉戏曰："卿屡违朝旨，高卧东山。诸人每相与言：'安石不肯出，将如苍生何？'今料苍生将如卿何？"谢笑而不答。清照用此借祝寿主东山再起，以收复失地，统一祖国，使天下苍生（百姓）复苏也。（本首注释部分由徐北文执笔）

鉴 赏

此词是一首为人祝寿之作,盖写于南渡之后。

头两句,"薄露"洒满大地,正值昼夜交替之时。既写景,又暗示祝寿的时间。"高耸"两句,写主人的居住环境:碧水环绕楼台,楼台依傍着宛若葱茏高耸的仙山,简直是一种神仙境界,非常人生活之地。"芝兰"两句,"簪笏"之光相互辉映,说明祝寿者尽是达官贵人。"盈"字,说明祝寿人之多。暗示寿者并非凡人。"花柔"两句,写侍女如花似玉,袅娜多姿。上片,作者从环境的绮丽、祝寿人的高贵、侍女的仪态万方,侧面反映出寿者名望身价之高。不写正面,写侧面,让读者睹影知竿,意味盎然,情趣无穷。

换头,"鹤瘦"两句,正言祝贺主人像瘦鹤青松那样长寿。祝颂主人的思想智慧与明亮的秋月争光,这是比喻手法。颂扬寿者的品德操行和文学才能,早已声名传遍京城。最后四句,卒彰显其志,发表议论说,即使您不以卿相为荣,也要像谢安那样,放弃自己的隐居生活而出仕,整治天下,拯救黎庶于苦难的深渊之中,收拾祖国破碎的山河。

该词并非一般祝寿考,歌功颂德的庸俗之作。从作者对寿人的诚恳愿望,可以看出她对国家的前途和人民的命运的深切关心。这是很宝贵的,爱国爱民的思想在闪闪发光。

此词用"鹤瘦""东山""安石"等典故,使词含蓄蕴藉。上片不直接写寿人,作者泼墨渲染环境、祝寿人、侍女的不同凡俗,在于突显寿人的名望身价之高。乃用烘云托月之法。

此词的寿人为谁? 有人说为朱敦儒。朱敦儒(1081~1159),字希真,河南洛阳人。《宋史》称其"志行高洁,虽为布衣,而有朝野之望。"又云:"北宋靖康中召至京师,将处以学官。敦儒辞曰:'麋鹿之性,自乐闲旷,爵禄非所愿也。'因辞还山。"屡荐而不受。北宋灭亡,他避乱广东。绍兴二年(1132年),在朋友的劝说下方肯出仕,任秘书省正字等职。秦桧时被任用,为鸿胪少卿。桧殁后被罢黜。不仅原词毫无显证,而且寿主所居"高耸万丈蓬瀛",其家族之"簪笏盈庭",又以"安石再起"望之,皆与朱敦儒之中下层官员身份不类。此说不足信。

摊破浣溪沙 病起萧萧两鬓华

病起萧萧两鬓华,卧看残月上窗纱。豆蔻连梢煎熟水,莫分茶。

枕上诗书闲处好,门前风景雨来佳。终日向人多酝藉,木犀花。

简介

此词的写作时代,当在作者晚年患病将愈之时。作者撷取家庭生活中的事物来写,充满浓郁的生活气息。拟人手法、对偶句的运用,在表达上都起到了良好的艺术效果。

注 释

〔题解〕《天籁轩词选》调作《山花子》,《历代诗余》调作《南唐浣溪沙》。《花草粹编》等收为李清照词。

〔萧萧〕见《清平乐·年年雪里》注。

〔豆蔻〕多年生草本植物,开淡黄色花,果实种子可入药,性温辛,能祛寒湿。

〔熟水〕宋时的一种饮料。《事林广记别集》卷七载《造熟水洗》云:"夏月,凡造熟水,先倾百煎滚汤在瓶器内,然后将所用之物投入,密封瓶口,则香倍矣。"此词易安煎制的为"豆蔻熟水",其制作方法于《事林广记别集》载:"白豆蔻壳捡净,投入沸汤瓶中,密封片时用之,极妙。每次用七个足矣,不可多用,多则香浊。"熟,《历代诗余》等作"热",误。

〔分茶〕宋·杨万里《谈庵座上观显上人分茶》诗:"分茶何似煎茶好,煎茶不似分茶巧。"是宋人加工茶水的一种方式。参见《转调满庭芳·芳草池塘》注。

〔书〕《历代诗余》作"篇"。

〔酝藉〕见易安《玉楼春·红酥肯放琼苞碎》〔治火分茶〕注。

〔木犀花〕即木樨花,也即桂花。

鉴 赏

赵明诚于建炎三年八月十八日(1129年9月13日)卒于建康。清照又得了大病。《金石录后序》载:"葬毕……余又大病……南唐写本书数箧,偶病中把玩",与此词中的"病起萧萧两鬓华""枕上诗书闲处好",木樨花开放,是相符的。那么,此词的写作时代,盖在明诚卒后,清照病中。

上片,写大病初起,服药将养的情景。下片,写病中挺起见到的美好景象,以求解脱,振起。

作者所撷取的都是家庭生活中的一些事物:"病起""卧看""窗纱""豆蔻""分茶""枕""门""木犀花",故此词充满浓郁的生活气息,读者容易产生共鸣,获得意想不到的艺术效果。

病中对周围环境的赞赏,这是一种自我宽慰、排遣。下片,女主人在病中,不能做事,倚在枕头上读书是令人解闷的,故赞其"好";门前的风光景物经过一场雨的冲洗之后格外清新、旖旎,故曰其"佳"。作者赋予桂花以人的感情。似乎木樨花终日含情脉脉,向着人默默不语,蕴含着无限的情意。她在这里赞赏桂花的"酝藉",即一种含蓄的美。

易安之病,似因明诚病逝而过度哀伤,又加北国的沦丧,金人的进犯,个人和国家的前景渺茫等多种因素酿成的,女主人的心情可想而知。但作者所写的三幅画面:"枕上诗书闲处好,门前风景雨来佳。终日向人多酝藉,木犀花",一个曰"好",一个曰"佳",一个曰"酝藉",似乎"情"与"景"格格不入,不谐调一致。这是女主人尽力往好处想,往佳处看,一种自我开解的方式。本来"大病,仅存喘息",再去哀伤忧愁,人是很危险的。也正因为如此,才使女主人从病中挺起,表现女主人刚毅、旷达的性格。

此外,拟人手法,对偶句的运用,在表达上也取得了良好的效果。

摊破浣溪沙 　揉破黄金万点轻

揉破黄金万点轻,剪成碧玉叶层层。风度精神如彦辅,大鲜明。

梅蕊重重何俗甚,丁香千结苦麤生。熏透愁人千里梦,却无情。

简 介

此词是咏桂花的。作者通过对桂花形象的描写,赞扬了桂花的精神、风度、气质、品格,借以称颂如同彦辅一样的人,表现了作者喜爱"鲜明"的审美观。

注 释

〔题解〕《花草粹编》收为李清照词。

〔轻〕四印斋本《漱玉词》作"明"。

〔彦辅〕即东晋·乐广,字彦辅。《世说新语·品藻》载:刘令言评诸名士:"王夷甫太解(鲜)明,乐彦辅我所敬,"清照误记,然乐广亦是清流,《晋书》本传云:"性冲淡,有远识。寡嗜欲,与物无竞。广与王衍俱宅心事外,名垂于时。故天下风流者,谓王、乐为称首焉。"以名士精神比桂花,故云。

〔大〕四印斋本《漱玉词》作"太"。

〔梅蕊〕指梅花的花蕊。梁·萧纲《从顿暂还城》:"日照蒲心暖,风吹梅蕊香。"唐·杜甫《江梅》:"梅蕊腊前破,梅花年后多。"

〔丁香千结〕南唐·李煜《摊破浣溪沙》:"青鸟不传云外信,丁香空结雨中愁。"毛文锡《更漏子》:"庭下丁香千结。"

〔苦麤生〕苦,这里指厌苦,嫌。麤,粗拙。"麤"同"麤","粗"的古体字。生,形容词后之词尾,传李白嘲杜甫云:"借问别来太瘦生。"

鉴 赏

此词是咏物词。赞美桂花金黄的色泽,轻而小的花朵,层层的碧叶,沁人心脾的芳香。不仅赞扬她的"形",而且赞扬她卓然的"神"。

头两句,写桂花的形象。分别用"揉""剪"两个动词冠领,赞美桂花似有人工的艺术美。满树的黄色花朵,好像人揉碎了黄金撒满了桂树,随风轻扬闪动。层层的碧叶缀满了桂枝,好像是人用碧玉剪成。作者把小而轻的黄色桂花比成"金"粒,把绿色的桂叶比成"碧玉"片,这是比喻手法。赞扬了桂花的高贵,金花玉叶,黄绿辉映,旖旎动人。这是赞美桂花的自然美。

次两句,"风度精神"为人类所共有,"风度精神如彦辅",这是拟人手法,审美移情作用。使桂花的形神形成一个物我同一的艺术境界,给人以强烈的美感享受。他平和淡泊,不与群芳争艳。其"风度精神"像晋代乐广(彦辅)一样德高望重,一代风流。故词人盛赞桂花这种"风度精神"太"鲜明"了。上片,作者既称颂桂花的形态美,又赞扬桂花的精神美。

换头,转而写梅花。梅花"重重"的花瓣,从形态上看没有什么突出之处,因而显得凡庸。易安词云:"此花不与群花比"(《渔家傲》)、"不知酝藉几多香,但见包藏无限意"(《玉楼春》),这都是对梅花赞美的佳句。此词,与桂花相比而言,"梅"花显得太庸俗,用以反衬桂花的超拔,丁香花簇簇拥结在一起,显得太粗陋。词人贬抑梅花、丁香,都是为了反衬桂花的卓尔不群。

结句是说,不仅桂花的形态逸群,而且芳香浓烈袭人,致使愁人悠远的"梦"境被"熏"破。不直说花香,而说香气能熏破梦境,则桂花之香自见。这样写把花和人联系起来,更情味盎然。这与易安词句"酒醒熏破春睡,梦远不成归"(《诉衷情》)同一机杼。"却无情",字面似责怪桂花的无情,实际是赞颂桂花的奇香无比。

上片头二句,写桂花的"形",用比喻手法;次二句,转写桂花的"神",用拟人手法。下片,头二句,写梅花、丁香的"形",从侧面反衬桂花的"形";次两句,写桂花的芳香,用拟人手法。

瑞鹧鸪　风韵雍容未甚都

双银杏

风韵雍容未甚都，尊前甘橘可为奴。谁怜流落江湖上，玉骨冰肌未肯枯。

谁教并蒂连枝摘，醉后明皇倚太真。居士擘开真有意，要吟风味两家新。

简 介

此词，《花草粹编》署题为《双银杏》，而词句又与《瑞鹧鸪》不类。盖原为两首七言绝句，详词意为咏某种果品所作，被《花草粹编》妄题为《双银杏》。（参阅本词注释）

注 释

〔题解〕《花草粹编》卷六收为李清照词，并署题为《双银杏》。赵万里辑《漱玉词》以为本词上下阕分押二部韵："按《虞》《真》二部，诗余（词）绝少通叶，极似七言绝句，与《瑞鹧鸪》词体不合。"《瑞鹧鸪》词牌其格律全与七言律诗同。清·万树《词律》卷八举侯寘词"遥天拍水共空明"为例，并指出："即七言律诗，分前后段，前段第三四句，后段第一二句，俱作对语。但首句第二字平声起，不可误。"又举冯延巳之"才罢严妆怨晓风"，指出"仄仄平平"起，中四句"对偶与七律正同。"宋人胡仔早已说唐初歌"词"，多五、七言"诗"，"今存者只《瑞鹧鸪》七言八句诗。"今案：清照此词，不仅前后押两韵部，其中间四句，既不对仗，而且上下阕衔接处，亦不粘连，明为两首绝句。有人据此怀疑非清照作品，则证据不足。盖本为两首绝句，误抄一起，《花草粹编》编者遂加《瑞鹧鸪》名，并妄题为《双银杏》耳。

〔风韵雍容未甚都〕《史记·司马相如传》："相如之临邛，从车骑，雍容闲雅甚都。"裴骃集解引郭璞曰："都，犹姣也。"《诗》："洵美且都。"雍容，从容而有威仪。

〔尊前甘橘可为奴〕《三国志·孙休传》裴松之注引《襄阳记》所载，李衡生前遣人在外植橘千株，临死对儿说："吾州里有千头木奴，不责汝衣食。"儿以白母，母云："此当是种甘橘也。"宋·苏轼《商王子直秀才》："山中奴婢橘千头。"清照借此典而戏问所咏之物：你既"未甚都"，与你同在酒杯前的甘橘怎可称为奴呢？

〔玉骨冰肌〕宋·苏轼《洞仙歌》序引孟昶词："冰肌玉骨，自清凉无汗。"今案：上阕所咏之物，既在尊前与橘共置，盖为佐酒食品，且"流落江湖"，又"玉骨冰肌"，更"未甚都"，似为水产品，不类题目所云之银杏（白果）。

〔醉后明皇倚太真〕明皇，唐玄宗李隆基。太真，杨贵妃别号。《开元天宝遗事》："明皇与太真幸华清宫。因宿酒初醒，凭妃子肩同看木芍药。上亲折一枝，与妃子同嗅其艳。"

〔居士〕信佛教而未出家者，称为居士。此处乃清照自称，她别号为易安居士。

〔擘开真有意〕古乐府民歌，多以谐音喻义，如以"莲"为"怜"，以"藕"谐"悲"等。宋·洪迈《容斋三笔》卷十六："世传东坡一绝句：莲子擘开须见薏（谐'意'），楸枰着尽更无棋（谐'奇'）。"王仲闻据《尔雅·释草》，释薏为莲子心之后，引欧阳修《蝶恋花》："莲（谐怜）子（借为代词）中心，自有深深意（谐薏）。"——括号内字，均为注者所加。今案：下阕多涉莲荷，如并蒂（莲）、薏等，与银杏无涉，词中擘开并蒂莲，一般眼光则以为如"焚琴煮鹤"——大煞风景，而清照不特为之而不讳，且云："要吟风味两家新"，其寓意云何，虽是否与其遭遇有关而不得知，然亦有颇可属意者在。（本首之简介、注释由徐北文执笔）

醉花阴　薄雾浓云愁永昼

薄雾浓云愁永昼，瑞脑消金兽。佳节又重阳，玉枕纱厨，半夜凉初透。

东篱把酒黄昏后，有暗香盈袖。莫道不销魂，帘卷西风，人比黄花瘦。

简　介

此词当为李清照南渡前的作品，是她的代表作之一。写重阳节思念丈夫的凄怆意绪。在艺术手法上，主要采用赋的方法，只结句"人比黄花瘦"，采用的是比的方法，但形象鲜明，恰切而清新，成为千古名句。

注　释

〔题解〕《乐府雅词》等多种词书题作《九日》，《草堂诗余》等题作《重阳》，《汇选历代名贤词府全集》题作《重九》。《乐府雅词》等诸多词书收录以为李清照词。

〔云〕《古今词选》等作"雾"，《全芳备祖》作"阴"。

〔瑞脑〕一种熏香名。又称龙脑，即冰片。详见《浣溪沙·莫许杯深琥珀浓》注。

〔消〕《花草粹编》等作"喷"。

〔金兽〕铜铸的兽形香炉。唐·罗隐《寄前宣州窦常侍》："喷香瑞兽金三尺，舞雪佳人玉一围。"金，《全芳备祖》等作"香"。

〔佳〕《花草粹编》等作"时"。

〔重阳〕农历九月九日为重阳节。《周易》以"九"为阳数，月日皆值阳数，并且相重，故名。这是个古老的节日。南梁·庾肩吾《九日侍宴乐游苑应令诗》："朔气绕相风，献寿重阳节。"

〔玉枕〕玉制或白瓷制的枕头。宋·贺铸《菩萨蛮》："绛纱灯影背，玉枕钗声碎。"玉，《草堂诗余》等作"宝"。

〔纱厨〕即防蚊蝇的纱帐。宋·周邦彦《浣溪沙》："薄薄纱厨望似空，簟纹如水浸芙蓉。"厨，《彤管遗篇》等作"窗"。

〔凉〕《全芳备祖》等作"秋"。

〔东篱〕陶渊明《饮酒诗》："采菊东篱下，悠然见南山。"为古今艳称之名句，故"东篱"亦成为诗人惯用之咏菊典故。唐·无可《菊》："东篱摇落后，密艳被寒催。夹雨惊新拆，经霜忽尽开。"

〔暗香〕幽香。林逋《梅花》："疏影横斜水清浅，暗香浮动月黄昏。""暗香盈袖",用《古诗十九首·庭中有奇树》"馨香盈怀袖,路远莫致之"诗意。

〔销魂〕人的魂魄离开躯体,指人过度悲伤和感动时的精神状态而言。梁·江淹《别赋》:"黯然销魂者,唯别而已矣!"

〔比〕《花草粹编》等作"似"。

〔黄花〕指菊花。《礼记·月令》:"鞠有黄华。"鞠,本用菊。唐·王绩《九月九日》:"忽见黄花吐,方知素节回。"

集 评

宋·胡仔:又《九日》词云:"帘卷西风,人似黄花瘦。"此语亦妇人所难到也。(《苕溪渔隐丛话》)

元·伊世珍:易安以《重阳·醉花阴》词函致明诚。明诚叹赏,自愧弗逮,务欲胜之。一切谢客,忘食忘寝者三日夜,得五十阕,杂易安作,以示友人陆德夫。德夫玩之再三,曰:"只三句绝佳。"明诚诘之。答曰:"莫道不销魂,帘卷西风,人似黄花瘦。"政易安作也。(《琅嬛记》)

明·瞿佑:又《九日》词"帘卷西风,人似黄花瘦",亦妇人所难到也。(《香台集》)

明·杨慎:(评末两句)凄语,怨而不怒。(杨慎批点本《草堂诗余》)

中山王《文木赋》:"奔电屯云,薄雾浓雾",皆形容木之文理也。杜诗"屯云对古城",实用其语。李易安《九日》词"薄雾浓雾愁永昼",今俗本改"雾"作"云"。(《词品》)

明·茅暎:但知传诵结句,不知妙处全在"莫道不消魂"。(《词的》)

明·王世贞:词内"人瘦也,比梅花,瘦几分",又"天还知道,和天也瘦",又"莫道不消魂,帘卷西风,人比黄花瘦"。"瘦"字俱妙。(《弇州山人词评》)

明·沈际飞:中山王《文木赋》:"薄雾浓雾",形容木之文理也。用修云:"易安本此",不必。康词"比梅花、瘦几分",一婉一直,并明争衡。(《草堂诗余正集》)

明·徐士俊:康词"比梅花、瘦几分",一婉一直,两得其宜。(同上)如"帘卷西风,人比黄花瘦"等句,即暗中摸索,亦解人怜,此真能统一代之词人者矣。(《古今词统》)

清·毛先舒：柴虎臣云：指取温柔、词归蕴藉。昵而闺帏，勿浸而巷曲；浸而巷曲，勿堕而村鄙。又云：语境则"咸阳古道""汴水长流"，语事则"赤壁周郎""江州司马"，语景则"岸草平沙""晓风残月"，语情则"红雨飞愁""黄花比瘦"，可谓雅畅。（《诗辨坻》）

清·王士禄：《神释堂脞语》云：易安落笔即奇工。《打马》一赋，尤称神品，不独下语精丽也。如此人自是天授，湖州乃为"帘卷西风"损却三日眠食，岂不痴绝。（《宫闺氏籍艺文考略》）

清·王士禛："薄雾浓云"，新都引中山王《文木赋》"薄雾浓雰"，以折"云"字之非。杨博奥，每失穿凿。如王右丞诗"玉角𧿒"与"朱鬣马"之类，殊堕狐穴。此"雰"字辨证独妙。（《花草蒙拾》）

清·万树：《醉花阴》，沈氏极赏之，密圈到底，且加双层圈。呜呼！此岂有目耶！按：《词谱》以毛泽民一首注云：换头第四字疑韵，如杨无咎词之"扑人飞絮浑无数"，李清照词之"东篱把酒黄昏后"；"絮"字"酒"字俱韵，此即《乐府指迷》所谓"藏短韵于句内"者。然宋词如此者亦少遵比。"酒"字应注叶。（《词律》）

清·孙致弥："酒"字疑是短韵。盖后段换头，各体原多有不同，且第二句又一"有"字领起。作者须味其意，于"酒"字读断，"后"字再断，作折腰句，亦无不可。审音者宰留意焉。（《词鹄》）

清·周之琦：愚按：《醉花阴》"帘卷西风"，为易安传作，其实寻常语耳。（《晚香室词录》）

清·许宝善：幽细凄清，声情双绝。（《自怡轩词谱》）

清·王初桐：帘卷西风重九时，销魂第一李娘词。（《续修历城县志》）

清·许昂霄：结句亦从"人与绿杨俱瘦"脱出，但语意较工妙耳。（《词综偶评》）

清·冯金伯：康与之"人瘦也，比梅花，瘦几分"，又"天还知道，和天也瘦"，又"帘卷西风，人比黄花瘦"，又"应是绿肥红瘦"，又"人共博山烟瘦"，"瘦"字俱妙。（《词苑萃编》）

清·谭莹：绿肥红瘦语嫣然，人比黄花更可怜。若并诗中论位置，易安居士李青莲。（《古今词辨》）

清·王闿运：此语若非出女子自写照，则无意致。"比"字各本皆作"似"，

类书引,反不误。(《湘绮楼词选》)

清·王志修:衣冠南渡已无家,钟鼎图书载几车?毕竟不须疑晚节,西风人自比黄花。(四印斋所刻《漱玉词》题诗)

清·陈廷焯:无一字不秀雅。深情苦调,元人词曲往往宗之。(《云韶集》)

清·沈祥龙:写景贵淡远有神,勿堕而奇险。言情贵蕴藉,勿浸而淫亵。"晓风残月""衰草微云",写景之善者也。"红雨飞愁""黄花比瘦",言情之善者也。(《论词随笔》)

词之用字,务在精择:腐者、哑者、笨者、弱者、粗俗者、生硬者、词中所未经见者,皆不可用,而叶韵字尤宜留意。古人名句末字必清隽响亮,如"人比黄花瘦"之"瘦"字,"红杏枝头春意闹"之"闹"字皆是,然有同此字而用之善不善,则存乎其人之意与笔。(同上)

清·况周颐:中山王《文木赋》:"奔电压云,薄雾浓雾。"易安《醉花阴》首句用此,俗本改"雾"为"云",陋甚。升庵杨氏尝辨之,且即付之歌喉,"云"字殊不入律,不知"雾"字起调,可为知者道耳。(《蕙风词话》)

今·胡云翼:这个故事说明李清照的艺术技巧是高人一等的;她在这里塑造了一个多愁多感,为过去封建士大夫所欣赏的、弱不禁风的闺阁美人形象。(《宋词选》)

今·夏承焘:这首词末了一个"瘦"字,归结全首词的情意,上面种种景物描写,都是为了表达这点精神,因而它确实称得上是"词眼"。以炼字来说,李清照另有《如梦令》"绿肥红瘦"之句,为人所传诵。这里她说的"人比黄花瘦"一句,也是前人未曾说过的,有它突出的创造性。(《唐宋词欣赏》)

今·唐圭璋:此首情深词苦,古今共赏。起言永昼无聊之情景,次言重阳佳节之感人。换头,言向晚把酒。着末,因花瘦而触及己瘦,伤感之至,尤妙在"莫道"二字唤起,与方回之"试问闲愁知几许"句,正同妙也。(《唐宋词简释》)

今·李长之:先是已经忘了自己,同情于菊花之瘦,次又发现自己之瘦,最后才见出自己之瘦还有过于菊花者,她的生命似早已与菊花化而为一了。(《论李清照》)

今·《中国文学史》评说:以黄花来比人的瘦,在形象上既富有创造性,用瘦来说明长时的痛苦的相思，不说破情，而情愈深。这首词之所以被广泛传诵，是由于它的创造性和深刻性。（中国社会科学院中国文学史编写组编写）

今·刘乃昌："莫道不销魂，帘卷西风，人比黄花瘦。"是全词的高潮，也是千古名句。其所以备受称赞，因为人们都公认其言美妙无比。一则，以帘外之黄花与帘内之玉人相比拟映衬，境况相类，形神相似，创意极美；再则，因花瘦而触及己瘦，请宾陪主，同命相恤，物我交融，手法甚新；三则，用人瘦胜似花瘦，最深至最含蓄地表达了词人离思之重，与词旨妙合无间，给人以余韵绵绵，美不胜收之感。（《李清照词鉴赏·情浓意密离恨深》）

今·俞平伯：何谓"帘卷西风"，除照抄四字外，更有什么妙法。……人何以比黄花，岂诗人之面中央正色乎？一可异也。人之瘦，怎能与黄花同瘦？比黄花还瘦？二可异也。黄花又瘦在何处？花欤？叶欤？其摇摇之梗欤？三可异也。（《诗的神秘》）

今·傅庚生："帘卷西风，人比黄花瘦"九个字，其妙处可析而言之也。西风、黄花，重九日当前之景物也。帘卷而西风入，黄花见；居人憔悴久矣，西风拂面而愁益深，黄花照眼而人共瘦，信手拈来，写尽暮秋无限景，道尽深闺无限情，其妙一也。九个字中，帘、西风、人、黄花，已占却六个字矣，著一"卷"字，嵌一"比"字，而字字如贯珠，末后出一"瘦"字，缀之以夜光，其妙二也。"风"字，音之最洪者也，"瘦"字，音之最细者也，帘卷西风，以最洪之音纵之出，收到一瘦字上，敛而为极细极小，戛然而止，其妙三也。吟诵咏歌此九字者，字字入目，字字出口，九个字耳，而其景无遗，其情脉脉，其明璨璨，其韵遏云，故使人不禁叫号跳跃，若渴鹿之奔泉也。此际而遽叩之以妙之所在，其谁不张口结舌乎？然而安坐可以为语矣，岂诗之果无达诂哉？（《中国文学欣赏举隅》）

今·艾治平：感情层层递进，而且客观环境与人的内在情绪融溶交织，成功地刻画出一个真实感人的艺术形象。另方面，"瑞脑金兽""玉枕纱厨""东篱把酒""暗香盈袖"，这一类景物和活动，本是怡情悦性的，但用来反衬眼前的孤独凄凉，便进一步增加了艺术的感染力，当然也使得词的基调更低沉伤感了。（《宋词的花朵》）

鉴 赏

　　全词写女主人重阳时节独居怀人的意绪。在艺术技巧上,主要采用直接叙述的方法,即"赋"的方法。只是最后一句"人比黄花瘦",采用的是比的方法,形象鲜明,"言别人所不能言"。此为警句,"瘦"为句眼。

　　首句点出"愁"来,末句指出"愁"的结果"瘦"来,呼应首句。"玉枕纱厨,半夜凉初透",孤枕空帐秋夜凉,明明白白是写"相思",但却不著"相思"一字,含蓄蕴藉。"东篱把酒黄昏后,有暗香盈袖",把酒赏菊怀亲人,确确实实是写"离别",但不提"离"字一点。委婉、朦胧。"愁"与"瘦"的原因是"离别"和"相思",但作者把它藏在东篱把酒赏菊和秋夜孤枕空帐的形象背后。只是寥寥几笔,却含有无限的内容和情意,十分耐人寻味。

　　此词结尾颇得古今读者激赏。"莫道不销魂",转折跌宕,激起波澜。接着又放开一步,来一句"帘卷西风",语气稍缓,为结句做好铺垫,最后推出"人比黄花瘦",把词的思想感情推向高潮。可谓宕出远神。此句设想新颖,前无古人,"言人之所欲言,言人之所不能言,言人之所不敢言。""含有余不尽之意"。

蝶恋花　永夜恹恹欢意少

上巳召亲族

　　永夜恹恹欢意少,空梦长安,认取长安道。为报今年春色好,花光月影宜相照。

　　随意杯盘虽草草,酒美梅酸,恰称人怀抱。醉莫插花花莫笑,可怜春似人将老。

简 介

　　《花草粹编》以为该词系作者上巳宴请亲族之作。大约因为"杯盘虽草草"句,与王安石赠妹"草草杯盘供笑语"相类之故。详词意盖伤春怀人之作。长安,借指宋都,当在清照离京居外时。该词情致哀婉,感人至深。

注 释

〔题解〕《花草粹编》等收为李清照词,题为《上巳召亲族》。《历代诗余》无题。

〔上巳〕阴历三月上旬之巳日。《太平御览》时序部引《韩诗》注云:"郑国之俗。三月上巳之辰。此两水(溱、洧)之上,招魂续魄,拂除不祥。"《汉书·礼仪志》:"三月上巳日,官民并禊饮于东流水上。"魏以后多用三月三日,少用巳日为修禊日。

〔永夜〕漫漫长夜。唐·郎士元《宿杜判官江楼》:"故人江楼月,永夜千里心。"五代·顾夐《诉衷情》:"永夜抛人何处去?绝来音。"

〔恹恹〕《历代诗余》作"厌厌"。兹从《花草粹编》等。精神不好,像得病的样子。唐·韩帝《春尽日》:"把酒送春惆怅在,年年三月病恹恹。"宋·贺铸《薄幸》:"恹恹睡起,犹有花梢日在。"

〔长安〕本汉、唐故都,后人遂以为京师之代称。此处借指北宋首府汴京。

〔认取〕认得。

〔为〕如果,假使。另说,当为了讲。

〔草草〕指简单草率,不丰盛。宋·王安石《示长安君》:"草草杯盘供笑语,昏昏灯火话平生。"魏泰误以为安石之妹所作,王仲闻注以辨之。

集 评

今·李长之:长安在这里就是故国的代表,"空梦长安,认取长安道"表现出她对于不能收复失地是多么焦急,也表现出她对于故国是怎样地像屈原那样的"魂一夕而九逝"呵。(《中国文学史略稿》)

今·周振甫:这首词,是李清照阴历三月三日上巳节宴会亲族时作的,是哪一年写的已无可考。从"人将老"看,当是婚后作品。从召集亲族宴会,赞美"春色好"看,该在北宋没有覆亡时作。从"空梦长安"看,赵明诚当在京里做官,所以要梦长安了。(《李清照词鉴赏·空梦长安花莫笑》)

今·黄墨谷:《蝶恋花》词中的"空梦长安,认取长安道",也是由于这种恢复中原无望而发出的悲吟。过片词意更加凄怆:"醉里插花花莫笑,可怜春似人将老。"词人以春天影射国家社稷,所谓春将老,伤国之将亡也。李清照这种悲哀和辛稼轩那一首寓南渡之思最深切的《摸鱼儿》的结尾:"闲愁最苦,休去倚危阑,斜阳已在烟柳断肠处"是同一机杼。(《重辑李清照集》)

鉴 赏

上片,写上巳的夜晚,女主人深深怀念故国乡关。首句写女主人整夜病病恹恹,郁郁寡欢,是实写;次两句,"空梦长安"是虚写,化虚为实,梦里长安街道的景象还是真实的;末两句,先提出一个假设的前提,是虚写。后写花光月影未能相照,这是真实的,化虚为实。虚实相生,相辅相成。

下片,写上巳宴会以慰乡思。先从"杯盘"写到"人怀抱",由物及人;后从"醉"写到"花",由人及物;又从花拓展写到"春",又折回写"人",这是由物及人。寥寥三十字,描写对象几经转换,可谓跌宕有致,曲尽其妙。

下语平易,用意精深,曲折的情意,用直率的方式出之,含蓄浑成。梁·刘勰《文心雕龙·隐秀》云:"隐也者,文外之重旨也。"意思是说,所谓含蓄,就是在文章之外含有深意。又云:"隐以复意为工",意指言外别有一番意义为最精妙。上片头三句的言外之意是,心怀悒怅,中原未能收复,有乡不能回;次两句弦外之音是,年景好,人们的生活应是美好、团圆、幸福、吉祥的,然而事实却恰恰相反。下片头三句言外之意是,用清香醇甘的美酒来洗解乡愁;末两句则暗指人虽然老了,饮酒时插花的兴致消了,但怀念故乡的心情却有增无减。宋·梅圣俞云:"状难写之景,如在目前,含不尽之意,见于言外。"(宋·欧阳修《六一诗话》引)这样写出来的诗才是超卓的。这才是作者才情的最好表现。

该词写"眼前景,口头语",看来似乎一目了然,但认真推究,却含有深沉的家国之思。

蝶恋花 泪湿罗衣脂粉满

泪湿罗衣脂粉满，四叠阳关，唱到千千遍。人道山长山又断，萧萧微雨闻孤馆。

惜别伤离方寸乱，忘了临行，酒盏深和浅。好把音书凭过雁，东莱不似蓬莱远。

简 介

黄盛璋《赵明诚、李清照夫妇年谱》认为"此词应是宣和三年（1121年）秋清照自青（州）赴莱（州）中途宿昌乐县之驿馆而作，时间当在七八月间"。作者通过对姐妹惜别、孤馆夜宿、寄语姐妹的描写，表现了姐妹间感情的真挚深厚。语言朴实、通俗、清新，感情真切、细腻，具有很强的艺术感染力。

注 释

〔题解〕本词宋·曾慥《乐府雅词》卷下题李易安作，但元代刘应李《事文类聚翰墨大全》后丙集卷四收此词，题作《晚止昌乐馆寄姐妹》，无撰人名字。因该书在此词之前三首均未题撰人，前第四首则署为延安夫人，故田艺蘅《诗女史》等并以为此词亦为延安夫人所作。王仲闻《校注》以为曾慥与易安同时，必无错误，《翰墨大全》作无名氏，疑误夺李易安姓名。王注云：此首殆为宣和三年辛丑八月间清照由青州至莱州途中宿昌乐寄姐妹所作。按地理图，由青至莱，须经昌乐。《诗女史》等误以昌乐馆为乐昌馆，《闽词抄》至误作"东昌馆"，鲁鱼亥豕，不可究诘矣。词中有"萧萧微雨闻孤馆"句，必清照在旅途中作也。近人多以为此词乃清照自诸城或青州寄至莱州赵明诚者，非是。

〔湿〕《花草粹编》等作"揾"。

〔罗〕《翰墨大全》等作"征"。

〔满〕《花草粹编》等作"暖"。

〔阳关〕这里指王维的《渭城曲》（送元二使安西）："渭城朝雨浥轻尘，客舍青青柳色新。劝君更尽一杯酒，西出阳关无故人。"后入乐，曰《阳关曲》，亦称《阳关》。苏轼论《阳关三叠》唱法云："……余在密州，文勋长官以事至密，自云得古本《阳关》，每句皆再唱，而第一句不叠。乃知古本三叠盖如此"。《四叠阳关》盖按苏轼之言推之，或者第一句也叠，故称四叠。究竟如何叠法，说法不一。宋·刘仙伦《一剪梅》："唱到阳关第四声，香带轻分。"

〔唱〕《历代诗余》作"听"。

〔到〕《花草粹编》等作"了"。

〔山〕《历代诗余》等作"水"。

〔方寸〕即"方寸地"，指人的心。《三国志·诸葛亮传》载徐庶辞别刘备时："指其心曰：'本欲与将军共图王霸之业者，以此方寸之地也。'"

〔好把〕《花草粹编》等作"若有"。

〔东莱〕即莱州，时为明诚守地，今山东莱州市。

〔蓬莱〕传说中的海上仙山名。《史记·秦始皇本纪》："齐人徐市具书言，海中有三神仙山，名曰蓬莱、方丈、瀛洲。"

集 评

今·黄墨谷：《蝶恋花·泪湿征衣脂粉满》是一首开阖纵横的小令，王维的"劝君更尽一杯酒，西出阳关无故人"，到了她的笔下变成"四叠阳关，唱到千千遍"的激情，极夸张，却极亲切真挚。通过写惜别心情是一层比一层深入，但煞拍"好把音书凭过雁，东莱不似蓬莱远"，出人意外地而作宽解语，能放能淡。所谓善言情者不尽情。令词能够运用这种变化莫测的笔法是很不容易的。（《重辑李清照集》）

鉴 赏

黄盛璋先生根据《翰墨大全》收录的该词序言《感怀诗序》及赵李生平事迹，认为"此词应是宣和三年秋清照自青（州）赴莱（州）中途宿昌乐县之馆驿而作，时间当在七八月"。李清照多情善感，姊妹情深，所以她们的离别使李清照格外伤情。以至她在途经昌乐夜宿馆驿时思亲怀远、形影相吊，黯然泣下，挥笔写了这首《蝶恋花》。

"泪湿"三句。开笔入题，陡然而起，以追溯姊妹分别时的悲伤场面发端，渲染了气氛，为全文定下了感伤凄凉的基调。"人道"两句。"山长"隐喻路途遥远。女主人夜晚住在异地孤寂的驿馆里,伴着寒灯长夜不寐,这时隔窗传来唰唰的雨声,绵绵不已,更增加了心头的无限愁绪,不禁潸然泪下。作者用苍茫的远山和潇潇细雨构成一幅寥廓、迷茫、凄凉的画面,有力地烘托了黑夜孤馆女主人怅惘、悲伤、孤寂的心境。

宋·张炎《词源》云:"过片不要断了曲意,须要承上启下。"该词换头与上片首三句绾合,承写离别时情景。"乱""忘"二词,朴实无华,揭示了临行时姊妹间依依难舍的复杂心理。结句写对姊妹的叮嘱和安慰。"蓬莱"是传说中的虚无缥缈的神仙境界,人莫可及。而东莱却是可通音讯,借以宽慰骨肉亲情。

此词上下两片并列对称。上片头韵追溯姊妹临别的情景,侧重人物外貌、行动描写;次韵写独处孤馆的凄伤。下片先写姊妹临别的情景,侧重心理的开掘;次写东莱音讯可通,安慰姊妹。结构精巧。

在时间上,作者从过去(临行)写到现在(孤馆);由现在(孤馆)又折回写到过去(临行);又从过去(临行)设想将来(青州莱州间的书信)。在空间上,作者从青州写到征途;又从征途写到昌乐;从昌乐又折回写到青州;从青州折进写到莱州、蓬莱。真可谓"若九曲湘流,一波三折"。可见作者才情敏赡,有才女如此,真是中国文坛的骄傲。

蝶恋花 暖雨晴风初破冻

暖雨晴风初破冻.柳眼梅腮,已觉春心动。酒意诗情谁与共?泪融残粉花钿重。

乍试夹衫金缕缝,山枕斜欹,枕损钗头凤。独抱浓愁无好梦,夜阑犹剪灯花弄。

简介

黄墨谷《重辑李清照集》认为该词当作于宣和三年(1121年),时清照居青州。作者把春人格化,乐景哀写,通过人物活动细节描写,表现女主人的离愁别绪和无限凄寂。

注 释

〔题解〕《唐宋诸贤绝妙词选》等题作《离情》,《草堂诗余别集》注:"一作《春怀》。"《乐府雅词》等收为易安词。

〔晴〕《花草粹编》作"清",《唐宋诸贤绝妙词选》等作"和"。

〔柳眼〕刚生的柳芽,形如眼,故称柳眼。南唐·李煜《虞美人》:"风回小院庭芜绿,柳眼春相续。"唐·元稹《生春诗》:"何处生春早,春生柳眼中。""眼",《草堂诗余别集》作"润"。

〔梅腮〕指花蕾外层的梅花瓣。"腮",《唐宋诸贤绝妙词选》等作"轻"。

〔春心〕此处语涉双关。李商隐《无题》:"春心莫共花争发,一寸相思一寸灰。"

〔衫〕《草堂诗余别集》等作"衣"。

〔山枕〕见易安《浣溪沙·淡荡春光寒食天》注。

〔欹〕卧时歪向一侧。唐·温庭筠《南歌子》:"脸上金霞细,眉间翠钿深。欹枕覆鸳衾。"

〔斜欹〕《历代诗余》等作"欹斜"。

〔钗头凤〕古代妇女的一种首饰。钗头凤形的叫"凤钗"。"钗头凤"指钗头的凤凰而言。唐·温庭筠《归国遥》:"翠凤宝钗垂簌簌"中的"翠凤宝钗"便是"凤钗"的一种。

〔夜阑〕夜深。宋·苏轼《临江仙》:"夜阑风静縠纹平,小舟从此逝,江海寄余生。"唐·杜甫《羌村》:"夜阑更秉烛,相对如梦寐。"

〔灯花〕灯芯烬结,形似花,古人常以其为喜事之兆。唐·鱼玄机《迎李近仁员外》诗:"今日喜时闻喜鹊,昨宵灯下拜灯花。"王实甫《西厢记》附明·王彦贞《摘翠百咏小春秋》(八十八)《莺莺自念》:"忽闻喜鹊噪林梢,昨夜灯花爆,必有佳音敢来到。"

集 评

明·徐士俊:此媛手不愁无香韵。近言远,小言至。(《古今词统》)

清·贺裳:写景之工者,如伊鹗"尽日醉寻春,归来月满身",李重光"酒恶时拈花蕊嗅"，李易安"犹抱浓愁无好梦，夜阑犹剪灯花弄"，刘潜夫"贪与萧郎眉语，不知舞错伊州"，皆入神之句。（《皱水轩词筌》）

今·张璋：如《蝶恋花》先以"暖雨晴风初破冻，柳眼梅腮，已觉春心动"来写心情的喜悦；接着又以"酒意诗情谁与共？泪融残粉花钿重"来写诗情酒意没人相伴而引起悲伤落泪。这种以喜衬悲而愈觉悲的写法，比直写感人更深。（《谈李清照的词学成就》）

鉴赏

此词中所写的早春离别已经无法考证确在何年何地为何事。由于清照夫妻志同道合，情爱笃深，即使是短暂的离别，也会激起绵绵愁绪。

上片写女主人早春白日流泪，对丈夫的深情思念；下片写春夜不眠，修剪灯花以消夜的孤寂之况。写人的悲愁，而不直言，通过对主人公看似无意或无聊行为的描写，来折射人物心灵的奥秘。这是中国古代不少怨情诗词运用的艺术手法。唐《乐府·秋夜曲》："梦魂而生愁露微，轻罗已薄未更衣。银筝夜久殷勤弄，心怯空房不忍归。"女主人并非乐妓夜阑练功，却"银筝夜久殷勤弄"，显然是为不堪空房独守的孤凄、寂寞。清·蘅塘退士评曰："貌为热闹，心实凄凉，非深于涉世者不知。"又唐·杜牧《秋夕》："银烛秋光冷画屏，轻罗小扇扑流萤。"唐·刘禹锡《春词》："行到中庭数花朵，蜻蜓飞上玉搔头。"唐·张祜《赠内人》："斜拔玉钗灯影畔，剔开红焰救飞蛾。"这些怨情诗中，女主人的行为看似无聊，然而，这实则是她们聊以自慰，试图从悲苦心境中解脱出来的无奈行为。不言怨而怨意盎然，妙在言外。易安"夜阑犹剪灯花弄"，用剪灯花消磨时光，聊以解闷，表现了女主人相思之挚真。余韵袅绕，不绝如缕。宋·苏轼说："言有尽而意无穷者，天下之至言也。"诚如是。

鹧鸪天 寒日萧萧上琐窗

寒日萧萧上琐窗，梧桐应恨夜来霜。酒阑更喜团茶苦，梦断偏宜瑞脑香。

秋已尽，日犹长，仲宣怀远更凄凉。不如随分尊前醉，莫负东篱菊蕊黄。

简 介

此词当为词人南渡后所作。写晚秋霜晨庭院中凄寒肃杀的景象及女主人一醉解千愁的浓重家国之思。

注 释

〔题解〕《乐府雅词》《花草粹编》《历代诗余》、清·杨文斌辑《三李词》收为李清照词。

〔寒日〕晚秋的霜晨，气温甚低，人们感觉不到阳光的热量，故称寒日。寒，《历代诗余》作"尽"。

〔琐窗〕窗棂作连锁形的图案，名琐窗。琐，即连环，亦作锁。南朝宋·鲍照《玩月城西门廨中》诗："蛾眉蔽珠栊，玉钩隔琐窗。"

〔酒阑〕见易安《好事近·风定落花深》注。

〔团茶〕即压紧茶之一种。宋朝多制茶团。宋·欧阳修《思归录》载："茶之品莫贵于龙凤，谓之茶团，凡八饼重一斤。"

〔瑞脑〕详见《浣溪沙·莫许杯深琥珀浓》注。

〔仲宣怀远〕王粲，字仲宣，山阳高平人，建安七子之一。曾写《登楼赋》，以抒怀乡的情思。其中有"情眷眷而怀归兮，孰忧思之可任！……悲旧乡之壅隔兮，涕横坠而弗禁"之句。

〔随分〕照例。宋·袁去华《念奴娇·九日》："随分绿酒黄花，联镳飞盖，总龙山豪客。"宋·张孝祥《点绛唇》："应时纳佑，随分开樽酒。"

鉴 赏

李清照南渡之后，陷入了国破家亡、夫死流离的悲惨境地，心绪落寞，乡情殷切，写了一些怀乡词。这些词作在浓重的乡情之中融入了深沉的故国之思。《鹧鸪天》就是一首思乡怀国的动情之作。

上片写晚秋霜晨庭院中凄寒肃杀的景象及女主人借饮酒以暂忘乡愁

的无奈心绪；下片写女主人消愁无术，最终仍用"尊前醉"的办法排遣浓重的家国之思。

此词上片与易安《念奴娇·萧条庭院》上片的构思、局法大体相同。《念奴娇》开始写了早春庭院的萧条冷落及天气的恶劣："萧条庭院，又斜风细雨，重门须闭。宠柳娇花寒食近，种种恼人天气。"女主人只能闷坐在屋里，用写"险韵诗"，喝"扶头酒"的方法消愁解闷，打发光阴。此词开头写晚秋霜晨庭院凄寒肃杀的景象，女主人已经没有在建康时那种踏雪觅诗的兴致，只有枯坐屋里，无可奈何，用饮酒睡觉来排遣悒怅的情怀。但《念奴娇》写的是早春的离愁别苦，此词写的是晚秋的家国之思，后者的境界令人凄神寒骨，情调更加沉郁悲凉。

此词结句甚为精彩。清·刘熙载《艺概·词概》中云："收句非绕回即宕开，其妙在言虽止而意无穷。"很有道理。此词末句宕开，本来乡情浓重，心绪凄怆，用酒浇愁，却说："莫负东篱菊蕊黄"。辛弃疾《丑奴儿》下片："而今识尽愁滋味，欲说还休。欲说还休，却道天凉好个秋。"本来愁绪满怀，说了也无济于事，故"欲说还休"。结句宕开，"却道天凉好个秋"，无限抑郁怅惘之情于言外。两词结句如直抒胸臆，僵直枯燥，便缺乏了艺术的生机。宕开一笔，别出远神，境界全出，更引起读者冥想遐思，获得特殊的美感享受。

鹧鸪天　暗淡轻黄体性柔

暗淡轻黄体性柔，情疏迹远只香留。何须浅碧深红色，自是花中第一流。

梅定妒，菊应羞，画栏开处冠中秋。骚人可煞无情思，何事当年不见收？

简 介

此词是咏桂花的。作者赞扬桂花"自是花中第一流",不仅因为它的美丽,而是因为它长存浓烈的芳香,反映了她的审美观。上片采用直接描写的方法,下面采用侧面衬托的方法。通过议论赞美桂花,使主题深化。寄托遥深。

注 释

〔题解〕按本词所咏为桂花。《全芳备祖》前集"桂花门",清·汪灏《广群芳谱》卷四十"岩桂"均收录为易安词。

〔画栏开处〕明·王象晋撰《二如亭群芳谱》《广群芳谱》作"诗书闲处"。王仲闻据李贺《金铜仙人辞汉歌》:"画栏桂树悬秋香,三十六宫土花碧",以为易安正用此典以咏桂。故从《全芳备祖》此句。

〔骚人〕句:骚人,此处指赋《离骚》之屈原。王仲闻《校注》云:此言屈原《离骚》多载草木名称,而未及桂花。宋·陈与义《咏桂·清平乐》词云:"楚人未识孤妍,《离骚》遗恨千年。"亦即此意。

鉴 赏

李清照对花卉的欣赏,反映了她的审美观。她认为花的姿容不一定非得绰约娇艳,但要"情疏迹远只香留",此类花自然当推为"第一流"的了。可见,她的观人赏花的标准,不甚注重外表之美,很重视内在的因素或灵魂之美。这是她咏桂花的一首词。反映了她的审美情趣。

上片,写桂花的色香,赞扬它是花卉中的第一流。下片,赞扬桂花中秋画栏开放居群芳之首,为未被骚人称赏鸣不平。

作者下片写桂花用了侧面描写的方法,用两种名花"梅"的"妒","菊"的"羞",反衬桂花的卓尔不群。

结句通过议论赞美桂花,使主题深化,"骚人可煞无情思、何事当年不见收"。屈原可是没有情思之人,为什么当年他写"离骚",对许多花进行赞赏,唯独没有写桂花呢?这是作者的抱怨。表现词人对桂花的热爱与赞美之情。这种热爱赞美,是通过诗中议论达到的。反映了作者既注重外表美,尤其注重内在美的审美观。

此词并非仅限于吟咏桂花,而是寄托深邃。诚如沈祥龙云:"咏物之作,在借物以咏性情,凡身世之感,君国之忧,隐然蕴于其内。斯寄托遥深,非沾沾焉咏一物矣。"

失调名 条脱闲揎系五丝

"条脱闲揎系五丝。"

注 释

〔题解〕"条脱闲揎系五丝。"宋·陈元靓撰《岁时广记》卷（二十一）中《风俗通》载："五月五日,以杂色线织条脱,缠于臂上。沂公作《夫人阁端午帖》:'绕臂双条达,红纱昼梦惊'。易安居士词云:'条脱闲揎系五丝'。"其中所引"易安居士"句,未注明原词调,原词已佚失,只存此句。

失调名 瑞脑烟残

"瑞脑烟残,沉香火冷。"

注 释

〔题解〕"瑞脑烟残,沉香火冷。"宋·陈元靓撰《岁时广记》卷四十中《纪闻》载："唐贞观初,天下乂安,百姓富赡。时属除夜,太宗盛饰宫掖,明设灯烛。殿内诸房,莫不绮丽。盛奏歌乐,乃延萧后观之。乐阕,帝问萧后曰:'朕设施孰愈隋主。'萧后笑而答曰:'彼乃亡国之君,陛下开基之主,奢俭之事,固不同年。'帝曰:'隋主何如?'萧后曰:'隋主享国十有余年,妾常侍从,见其淫侈。每二除夜,殿前诸院设火山数十,尽沉香木根也。每夜,山皆焚沉香数车,火光暗则以甲煎沃之,焰起数丈。

沉香甲煎之香,旁闻数十里。一夜之中用沉香二百余乘,甲煎过二百石。'欧阳公诗云:'隋宫守夜沉香火,楚俗驱神爆竹声。'李易安《元旦》词云:'瑞脑烟残,沉香火冷。'"其中所引"李易安《元旦》词"句,未注明原词调,原词已佚失。只余此两句。

丑奴儿 晚来一阵风兼雨

晚来一阵风兼雨,洗尽炎光。理罢笙簧,却对菱花淡淡妆。绛绡缕薄冰肌莹,雪腻酥香。笑语檀郎,今夜纱厨枕簟凉。

简 介

此词属存疑之作。若确为易安所作,当是南渡前的作品。写一个年轻女子盛夏傍晚的生活情景,采用直接叙述的方法。似有语直、意浅、脉露、味短等毛病。

注 释

〔题解〕《汇选历代名贤词府全集》调作《丑奴儿令》。杨金本《草堂诗余》等题作《夏意》。《词的》题作《新凉》。王仲闻《校注》云:"四印斋本《漱玉词》注:'此阕词意肤浅,不类易安手笔。'赵万里辑《漱玉词》云:'案上阕词意儇薄,不似他作。未知升庵何据?'按:此首别见《汇选历代名贤词府全集》卷一、《花草粹编》卷二,题康伯可作。(赵万里辑《顺庵乐府》,此阕失收)又见杨金本《草堂诗余》后集卷下、《词的》卷二、《古今词选》卷一,俱无撰人姓氏。《古今别肠词选》卷一又误以此首为魏大中词。此首疑实为康与之词。"徐北文案,此首之"冰肌莹,雪腻酥香"句,明系男子之感受,与女性之心态不同,定非易安所作。

〔晚〕《古今词选》作"晓"。

〔阵〕《花草粹编》作"霎"。

〔菱花〕镜子。古代铜镜后往往刻四瓣菱花,故称镜子为菱花。宋·赵长卿《南歌子》："懒对菱花淡淡妆。"又《夜行船》："手捻双纨,菱花重照,带朵宜男草。"

〔檀郎〕唐宋时对男子之美称。韦庄《江城子》："髻鬟狼藉黛眉长,出兰房,别檀郎。"此写女子别其所欢。李贺《种牡丹曲》："檀郎谢女眠何处。"则为泛称。李商隐《王十二兄与畏之员外相访见招小饮,时予以悼亡日近不去,因寄》云"谢傅门庭旧末行。今朝歌管属檀郎"则指女婿。

集 评

清·王鹏运:此阕词意肤浅,不类易安手笔。(四印斋本《漱玉词》注)

今·黄盛璋:像这一类的句子(指此词及《浣溪沙·绣面芙蓉一笑开》与清照批评柳永的"词语尘下")究相差有几,还能谈上典重? 无怪乎道学先生如王鹏运等就极力为她辩护,说"词意肤浅,不类易安手笔",但他们忘记与她同时的王灼早就如此说她:"作长短句能曲折尽人意,轻巧尖新,姿态百出,闾巷荒淫之语,肆意落笔,自古缙绅之家能文妇女,未见如此无顾藉也。"而这两首词清新浅近,并未违反她的创作风格,除了封建的观点以外,没有什么理由能说不是她的作品。王灼批评她的作品为"轻巧尖新",恰恰就和"典重"相反对。(《李清照与其思想》)

鉴 赏

此词写一个妙龄女子盛夏傍晚的生活情景,表现她体态的美丽。

头两句写一阵"风兼雨",洗尽了白日蒸腾的暑气,天气凉爽得很。女主人弄罢乐器后,继而对着镜子扮"淡淡"的晚妆。上片写傍晚的天气及女主人活动的情景。

换头,写睡前的情景。着重描写了女主人的衣着和肌肤之美。女主人笑着对郎君说,今晚在纱帐里枕席上多么凉爽。

理笙簧,表明女主人有音乐爱好,化"淡淡妆",穿"绛绡缕薄"衣,与夏日季节非常相衬。作者写她晚间的活动和妆扮,实质上正在摄取她的体态之美。

宋·严羽云:"语忌直,意忌浅,脉忌露,味忌短,音韵忌散缓,亦忌迫促。"(《沧浪诗话·诗辨》)此词似有语直、意浅、脉露、味短之弊。

生查子 年年玉镜台

年年玉镜台,梅蕊宫妆困。今岁未还家,怕见江南信。

酒从别后疏,泪向愁中尽。遥想楚云深,人远天涯近。

简 介

　　此词属存疑之作。若果为易安词作,当作于南渡之前。写女主人对离别的丈夫的思念,是首纯真的爱情之歌。"人远天涯近"造语新颖,后为王实甫《西厢记》发展为"寄春心,情短柳丝长;隔花阴,人远天涯近。"成了脍炙人口的佳句。

注 释

〔题解〕《汇选历代名贤词府全集》等题作《闺情》。杨金本《草堂诗余》等选收为李清照词。元·杨朝英《乐府新编·阳春白雪》等作朱淑真词。《词林万选》等作朱希真词。故属存疑之作。

〔玉镜台〕南朝·刘义庆《世说新语·假谲》:"温公(峤)丧妇,从姑刘氏,家值乱离散,惟有一女,甚有姿慧。姑以属公觅婚。公密有自婚意,答云:'佳婿难得,但如峤比云何?'姑云:'丧乱之余,气粗存活,便足慰吾余年,何较希汝比。'却后少日,公报姑云:'已觅得婚处,门地粗可,婿身名宦,尽不减峤。'因下玉镜台一枚。姑大喜。既婚,交礼,女以手披纱扇,抚撑大笑曰:'我固疑是老奴,果如所卜。'"唐·杨容华《新妆》:"凤钗金作缕,鸾镜玉为台。"此处用之,当指定情之物。

〔梅蕊宫妆〕指梅花妆。贵族妇女的一种面饰,即在眉心间画五瓣梅花,故名。《太平御览》时序部引《杂五行书》云:"宋武帝女寿阳公主,人日卧于含章殿檐下,梅花落公主额上,成五出花,拂之不去。皇后留之,看得几时;经三日,洗之乃落。宫女奇其异,竞效之,今梅花妆是也。"唐·牛峤《酒泉子》:"凤钗低袅翠鬟上,落梅妆。"宋·晏几道《采桑子》:"睡损梅妆,红泪今春第一行。"

〔未还家〕清·周铭编《林下词选》《历代诗余》作"不归家"。

〔楚云〕楚天的云。楚,地在湖南、湖北一带,亦泛指江南。

集 评

明·赵世杰等：曲尽无聊之况，是至情，是至语。（"泪向愁中尽"旁批）
（《古今女史》）

清·陈廷焯：朱淑真词，才力不逮易安，然规模唐五代，不失分寸。如"年年玉镜台"，及"春已半"等篇，殊不让和凝、李珣辈。惟骨韵不高，可称小品。
（《白雨斋词话》）

按：此阕《生查子》归属不定，或曰李清照词，或曰朱淑真词。

鉴 赏

头两句，以"年年"冠领，表明女主人的心上人离别已有很长时间了。她年年对着玉镜梳妆，扮梅花妆本来是女主人非常喜欢的，然而现在她却感到慵懒而没有兴致了。这反映了女主人情致的低落、心绪的不佳。

次两句承写出女主人六神无主、无精打采的原因。她虽然已盼多时，但今年仍然不见心上人归来，她就愈加急切盼望他的归来及其信息了。因为心上人该归而不归，她又害怕接到心上人从江南寄来的书信，担心他在外遇到不测。作者对女主人这种曲折、复杂、矛盾心理的细微描写，揭示出她对心上人那纯洁、真挚、深沉的爱情。

换头，写别后的情景。酒也少喝了，在愁思中流尽了眼泪。"尽"，极写情爱之深、怀想之切、相思之苦。

结尾两句，"楚云"回应上片"江南"。女主人在忧愁中朝朝暮暮思念羁旅江南的心上人，"楚地"像一片阴沉的愁云在脑海中盘聚。由于离情悱恻缠绵，她无穷无尽地思念，而游子却迟迟不归，于是，她便觉得心上人去的地方比"天涯"还要遥远了。

此词用简笔勾勒，不事雕琢，如同绘画只用墨线淡描，不敷色，无渲染的白描手法。以简驭繁，以少总多，给人以充分想象联想的余地。

行香子 天与秋光

天与秋光，转转情伤，探金英知近重阳。薄衣初试，绿蚁新尝。渐一番风，一番雨，一番凉。

黄昏院落，凄凄惶惶，酒醒时往事愁肠。那堪永夜，明月空床。闻砧声捣，蛩声细，漏声长。

简 介

此词属存疑之作。若确为易安所作，当写于赵明诚病故后之某一年"近重阳"的时节。通过典型环境的描写，表现女主人对亡夫的缅怀及自己孤凄的心境。用了多个叠字。乐景写哀情。前后结句均用排比，加浓了悲凉的气氛，增强了词的节奏感、音律美。

注 释

〔题解〕此首李文裿辑《漱玉词》收入外，他本皆未收。《乐府雅词·拾遗》录此，无署名。上海中华书局《李清照集》以为"此词见《花草粹编》，王仲闻据此检传世《花草粹编》（影印万历本与清金绳武本），俱不作李清照词"。

鉴 赏

上片写时近重阳，天气逐渐转凉，主人百感交集，格外情伤。下阕写黄昏时她情怀悒郁，往事愁肠，及永夜对往事的怀念。

作者通过典型的环境描写，完美地表达了怀念这一题旨。秋光一般是令人"情伤"的，写秋季的环境时抓住"渐一番风，一番雨，一番凉"这一秋天气候变化的典型特征来写；进而撷取秋光中"近重阳"这一令人"倍思亲"的时节；进而选取"近重阳"时节中最易使人缅怀往事亲人的"黄昏""永夜"；写这一时刻，抓住"黄昏院落""明月空床""砧声""蛩声""漏声"这些易使人萌生愁思的典型景物和声音。这样，一个典型的环境——一幅令人思之观之皆伤情的秋思图，便清晰地印在了读者心头。

此词前结"渐一番风,一番雨,一番凉",后结"闻砧声捣,蛩声细,漏声长",与李清照的《行香子·草际鸣蛩》,后结"甚霎儿晴,霎儿雨,霎儿风",都是由三个结构相同,至少有一个字相同的词组组成,前人把它叫"重笔"。辛弃疾有《三山作》词结句:"放霎时阴,霎时雨,霎时晴"。《问蘧庐随笔》认为此句"脱胎易安语也"。

青玉案　一年春事都来几

一年春事都来几?早过了三之二。绿暗红嫣浑可事,垂杨庭院,暖风帘幕,有个人憔悴。

买花载酒长安市,又争似家山见桃李。不枉东风吹客泪,相思难表,梦魂无据,惟有归来是。

简介

此词为存疑之作。如确为易安所作,当作于南渡前。写一个女子为思念远游的心上人而憔悴,并动之以情,说之以理,来感动、说服他断然归来。今案:详本词,则是一个男子的口气,他在京城"买花载酒"("买花"为狎妓之廋词),春已将暮,念及家山之"桃李"——"有个人憔悴"。遂自云:"惟有归来是"。显然与李清照身份不合。

注释

〔题解〕明·胡桂芳编《类编草堂诗余》《古今词统》题作《春日怀旧》。杨金本《草堂诗余》题作《春情》。仅汲古阁未刻词本《漱玉词》收为李清照词。沈际飞本《草堂诗余》正集注:"一刻易安。"《类编草堂诗余》等认为此首是欧阳修作。故列存疑之作。

〔春事〕春天的一些事情。宋·郭应祥《卜算子》:"春事到清明,过了三之二。"刘仙伦《诉衷情》:"又是一年春事,花信到梧桐。"

〔都来〕即总来,算来。《广韵》"都,犹总也。"唐·罗隐《送顾云下第》:"百岁都来几多日。"范仲淹《御街行》:"都来此事,眉间心上,无计相回避。"

〔绿暗红嫣〕指绿浓红艳的春日景象。

〔浑可事〕浑,完全、全部。陈允平《江城子》:"瘦却舞腰浑可事,银蹀躞,半阑珊。""绿暗红嫣浑可事",胡桂芳本《类编草堂诗余》作"绿暗红稀浑可事"。"绿",杨金本《草堂诗余》作"垂"。

集 评

明·杨慎:离思黯然。道学人亦作此情语。(《草堂诗余》)

明·李攀龙:(眉批)暮春易过,思情转□尽情怀。(评语)春深景物繁华,最能动人情思。欧阳公□足之乎?(《草堂诗余隽》)

明·沈际飞:"问向前,尚有几多春?三之一。""有个人憔悴"下文都在此句生出。煞落。(《草堂诗余正集》)

清·黄蓼园:按:此词不过有不得已心事,而托之思妇耳。"一年"二句,言年光已去也。"绿暗"四句言时,芳菲不可玩,而自己心绪憔悴也。所以憔悴,以不见家山桃李,苦欲思归耳。大意如此。但永叔未必迫于思归者,亦有所不得已者在耶,当于言外领之。(《蓼园词选》)

按:黄将此阕收为欧阳修作,故有"永叔"之语。

鉴 赏

此词用第三人称的写法,写一个女子为思念远游的丈夫而憔悴,并用深情至理来感动、说服心上人断然归来。

头两句从时序、节序着墨,点明了这是暮春时节。用设问句开篇,自问自答,强调和渲染了春日匆匆,感伤之意也就溢于言表。

次四句,春天最媚眼的绿叶、最妍丽的鲜花,一般说来是博人喜爱的,但这些已经算不了什么了!比这更为重要的是,在那垂杨掩映的庭院里,在那熏风吹拂窗帘的闺房里,有一个妙龄女子憔悴了。女主人何以憔悴,作者仍含而不露。但已透露出与"绿暗红嫣"的"春事"无多大关系,使读者对"憔悴"的原因就比较容易推断了。作者采用"弄引法",不是开门见山,而是通过环境描写纤徐引出主人公来。

换头，转，似述、似劝、似怨、似恨、似泣。首先女主人发出议论："买花载酒长安市，又争似家山见桃李"，通过对比，以理服人，规劝心上人归来。不涉自己，只言对方，而自己心情自见。你在外，置身繁华的都会，买花买酒，尽情享用，但这毕竟是买来的，是他人的，是暂时的。可哪里比得上家乡的桃李，那是长在家山上的。你欣赏娇艳的桃李花，你品尝风味芳美的桃李果实，那是家中自有的，是永久性的，时时可以观赏品味，你还是决心归来的好。这一至理妙言会动人心弦的，即使是铁石心肠的丈夫，也会作思归的打算。何况心上人还是女主人日夜怀恋的多情人呢？

结尾四句，将女主人的思想感情推向最高峰。她劝导丈夫"不枉东风吹客泪"，是说你羁旅客居在外，若不赶快归来，春风吹落了思念妻子怀念家乡的眼泪，"相思难表"，衷情不能尽述，想在梦里相见也极难呀！只有归来相"见"，才是解除相思之苦的最好办法。

此词颇有艺术魅力。其特别之处是情与理的巧妙融合。"感人心者，莫先乎情"，"情"是此词取得感染力的基础，"理"，使此词具有了说服力。感染力和说服力的绝好结合，使此词产生了震撼人心灵的艺术力量。

青玉案 征鞍不见邯郸路

征鞍不见邯郸路，莫便匆匆归去。秋风萧条何以度？明窗小酌，暗灯清话，最好留连处。

相逢各自伤迟暮，犹把新词诵奇句。盐絮家风人所许。如今憔悴，但余衰泪，一似黄梅雨。

简 介

此词，属存疑之作，若果为易安词，应是李清照的后期作品。弟弟要远赴任所，女主人亲情难舍，填词赠别。叙写对亲人的挽留及相逢后的情景，反映出女主人晚年心境的凄凉痛苦。

注 释

〔题解〕《花草粹编》等收为易安词,《翰墨大全》《花草粹编》题作《送别》。赵万里辑《漱玉词》云:"案《翰墨大全》后丙集卷四引接《蝶恋花·上巳召亲族》一首,不注撰人。《花草粹编》《历代诗余》以为李作,失之。"故属存疑之作。

〔邯郸路〕邯郸,在今河北省。唐·沈既济《枕中记》里说,开元年间,有道者吕翁,经邯郸路上邸舍,遇一少年卢生,卢生哀叹穷困。吕翁囊中取出一枕,对生曰:"子枕吾枕,当令子荣适如志。"生枕而睡去,梦已晋迁,历享数十年荣华富贵。一觉醒来,主人炊黄米饭尚未成熟。王安石《渔家傲》:"贪梦好,茫然忘了邯郸道。"宋·苏轼《失题》:"视邯郸归路,梦中略到江南。"

〔风〕《历代诗余》作"正"。

〔犹〕《历代诗余》作"独"。

〔词〕《历代诗余》《词谱》作"诗"。

〔盐絮家风〕指家庭中爱好文学的风尚和传统。《世说新语·言语》载,王羲之的儿媳(王凝之妻)——谢道韫,为东晋安西将军谢奕之女,聪明而有才学。一日降雪,叔父谢安便欣然咏道:"白雪纷纷何所似?"道韫的哥哥谢朗应道:"撒盐空中差可拟。"道韫道:"未若柳絮因风起。"叔父甚悦。世因称才女为"咏絮才"。

〔一似〕竟像。宋·张炎《长亭怨》:"漂亮最苦,便一似、断蓬飞絮。"宋·李义山《风暴竹》:"诮一似、群仙府。"

〔黄梅雨〕江南春末夏初梅子黄熟的时候雨水频繁,俗称黄梅雨。杜甫《多病执热奉怀李尚书》:"思沾道暍(yē)黄梅雨,敢望宫恩玉井冰。"

鉴 赏

　　自此词"如今憔悴"观之,盖写于南渡以后。又从"征鞍不见邯郸路""盐絮家风人所许"而论,此词盖为送别弟兄而作。据《金石录后序》"有弟远任敕局删定官,遂往依之",该词很可能是赠给远弟的惜别之词。

　　首二句破空而来,从挽留直起,笔势陡健。妙用典故。你骑马远行,辛苦辗转,追求功名,到头来或许像邯郸路上的卢生一样是一枕黄粱,还是多住些日子,不要匆匆忙忙地回去吧? 这一面是劝诫,一面是挽留。

"秋风"四句承前。"秋",点明了送别的时节。"秋风"句,用设问提醒,"明窗"两句对偶,用自答拍合。她殷殷挽留亲人:白天在明亮的窗底下小饮,晚上在昏暗的灯光下叙旧,这是令人留恋的地方。

"相逢"二句换头,写相逢后的情景。在别离的时间里,经历多少困厄和坎坷,心里积藏多少辛酸和痛楚,世事变迁,人渐老迈。"犹"字说明,他们在文学方面的兴趣爱好仍然不减。

结句,总束全篇。作者经历人间的沧桑,遭受了国破家亡、孀妇飘零的种种苦难的折磨和精神上的摧残,年老体衰,如此不济。故"憔悴"一词的背后,含有作者无限的辛酸和血泪。"但余双泪",委婉地道出作者心境的凄悲。宋·贺铸《青玉案》结句:"试问闲愁都几许?一川烟草,满城风絮,梅子黄时雨。"用"黄梅雨"喻愁之多。此词用"黄梅雨"喻泪水多而不断。"一似黄梅雨",一面是比喻,一面又是夸张,是两种修辞格的兼用。

怨王孙 梦断漏悄

梦断漏悄,愁浓酒恼。宝枕生寒,翠屏向晓。门外谁扫残红?夜来风。

玉箫声断人何处?春又去,忍把归期负。此情此恨此际,拟托行云,问东君。

简介

此词属存疑之作。若果为易安所作,当为南渡前的作品。写女主人对久别的丈夫殷殷的思念。

注释

〔题解〕《草堂诗余》等题作《春暮》,《啸余谱》、清·郭巩撰《诗余谱式》题作《春景》,《古今名媛汇诗》《古今女史》题作《暮春》。杨金本《草堂诗余》等无题。《类编草堂诗余》等诸多词书收为李清照词。赵万里辑《漱玉词》云:"《诗词杂俎》本《漱玉词》收之,殆与《类编草堂诗余》同出一源。前一阕(指此词),至正本《草堂诗余》引与《如梦令》《武陵春》二词衔接,类编本以为李作,失之。"王仲闻《校注》案云:本首杨金本《草堂诗余》前集卷下作无名氏词。《类编草堂诗余》以为李清照作,不可据。

〔夜来〕《历城县志》作"落花"。

〔忍把归期负〕《历城县志》作"空把流年负"。"归",陈钟秀本《草堂诗余》等作"佳"。

〔东君〕五行学说以四季之春与四方之东相配,此外之"东君"指春神,亦即拟人化之"春季"。

集 评

明·茅暎:此词稍平,然终无伧气。(《词的》)

明·李攀龙:(眉批)风扫残红,何等空寂。一结无限情恨,犹有意味。(评语)写情写意,俱形容春暮时光,词意俱到。(《草堂诗余隽》)

明·董其昌:此词形容暮春,语意俱到。(《便读草堂诗余》)

明·沈际飞:通篇四换韵,有兔起鹘落之致。"春又去",接递妙。(《草堂诗余正集》)

明·李廷机:形容春暮,情词俱到。以风扫残红,妙在此句。(《草堂诗余评林》)

明·潘游龙等:选诗"落尽万株红,无人系晚风。"秋。换韵之妙,无过此调。(《古今诗余醉》)

鉴 赏

此词是写女主人对丈夫的思念的。

首两句,写女主人愁绪浓重,故用"酒"来浇愁。少饮又不能开解浓愁,多饮酒力又"恼"人。然而终至多饮,醉意沉沉,于是倒下睡着进入梦乡,但"独抱浓愁无好梦",她突然被惊醒。闺房里一片岑寂,只有不紧不慢的轻微漏滴声传来,在撩拨着她的愁绪。

次四句承。女主人倒在华美的枕头上觉到有些发凉,绿色的屏风透露曙光。她仿佛听到窗外有人在打扫落红,她倾耳静听,不,那是刚刚兴起的晨风。年年落红随风去,年华如水付东流。她的心中又增添了几分愁绪。《草堂诗余评林》(卷一)评曰:"形容春暮,情词俱到。以风扫残红,妙在此处。"

换头借用箫史与弄玉的神话故事,生动委婉地说明女主人的心上人远离身边。然春光又匆匆归去,心上人怎么这样忍心背弃春天归来的诺言呢?"忍"字,充满对心上人的抱怨和幽恨。

结句,女主人对心上人的绵绵思念与幽怨之情无由摆脱,于是忽发奇想,拜托飘飞的白云,让春神评一评理,勒令心上人早日归来,或让春光常驻,或让青春久留。古人赞赏此句云:"一结无限情恨,犹有意味。"(《草堂诗余隽》卷二)

临江仙 云窗雾阁春迟

庭院深深深几许?云窗雾阁春迟。为谁憔悴损芳姿,夜来清梦好,应是发南枝。

玉瘦檀轻无限恨,南楼羌管休吹。浓香吹尽又谁知,暖风迟日也,别到杏花肥。

简 介

此词属存疑之作。若果为易安的作品,该为南渡前所作。这是一首咏梅词,托物言志,寄托着女主人对远离身边的心上人的深情思念。此词运用寄托、拟人等艺术手法,亦花亦人,梅与人浑然一体。意味绵长。

注 释

〔题解〕《花草粹编》题作《梅》,他本俱无题。《花草粹编》《历代诗余》

等收录之。王仲闻《校注》云:"四印斋本《漱玉词》注:'此首疑亦有伪,似借前《临江仙》词模拟为之者。'赵万里辑《漱玉词》云:'案《梅苑》九引作曾子宣妻词,《乐府雅词》下魏夫人词不收。以《草堂》所载前阕自序证之,自是李作无疑。王鹏运云:借前调模拟为之者,盖未之深考也。'按此首泛咏梅花,情调与另一首完全不同,未必同时所作。《乐府雅词》李词亦未收此首。《梅苑》以此首为曾子宣妻词,《花草粹编》以为李易安词,俱不详所本,存疑为是。"故收存疑之作。

〔庭院深深深几许〕见易安另首《临江仙·庭院深深深几许》〔几许〕注。

〔羌管休吹〕笛曲有《梅花落》,此处语涉双关。

〔浓香吹〕吹,《历代诗余》等作"开"。

〔暖风迟日〕春风温暖、阳光融和。《诗经·七月》:"春日迟迟。"孙光宪《浣溪沙》:"兰沐初休曲槛前,暖风迟日洗头天。"

〔肥〕《历代诗余》等作"时"。

鉴 赏

此词,《花草粹编》收为李清照所作,题作《梅》;《梅苑》以为此词是曾子宣妻所作,故存疑。这是一首独具特色的咏梅词。

首句引欧阳修"庭院深深深几许"(《蝶恋花》)入词,"深"字三叠,突出"庭院"的幽森。"云窗雾阁"谓楼阁及窗子被云遮雾绕,极言楼阁之高。"春迟",告诉读者"庭院"里的春天来得很慢很迟。庭院的深长、幽森,楼阁高耸入云,令人感到凄神寒骨。这不仅是女主人生活的环境,也是"梅"生长的环境。

次三句,写梅应很好发育成长之时,却过早衰萎了。从时节而论,这正是梅生长南枝的时候,可是不知为谁减损了沁人心脾的芳香和袅娜的风姿,也许是"春迟"的缘故吧。夜里梅花仙子也做了好梦吗? 作者赋予梅以人的思想、意识和行为。亦花亦人,花和人已融为一体,形神俱似,物我合一了。

换头,写梅花衰萎了,檀色的梅枝也减轻了重量,含有无限的悲哀和怨恨。她已被摧残成这种样子,南楼的人不要再吹"梅花落"的哀怨曲调了。这里,作者对梅花寄寓了无限的怜悯和同情。

　　末三句承写梅花。预示、担心梅花的不幸。梅花仙子浓郁的芳香被吹尽了,青春飘逝了,谁人能够知晓并有恻隐之心呢? 就连那温暖的春风,缓缓经天的白日,也会另外寻找对象,去吹拂和照耀着那肥壮盛开的杏花。"杏花肥",与前"憔悴损芳姿""玉瘦檀轻"形成鲜明对比,以衬托梅花仙子境遇的凄惨,楚楚堪怜。

　　这首咏梅词,托物言志,以梅喻人。表面写梅,实际上写人。写梅花运用了拟人的写法。"为谁憔悴损芳姿""夜来清梦好""无限恨",赋予梅花以人的思想、感情和行为。说是写人,却有梅花的物态形象:"发南枝""玉瘦檀轻""浓香",真是亦花亦人,梅与人浑然一体。寄托着女主人对远离身边的心上人的深情思念,为相思而憔悴瘦损,忧心韶华易逝、红颜衰老,心上人会对自己冷落和疏远。意味悠远深长。

点绛唇　蹴罢秋千

　　蹴罢秋千,起来慵整纤纤手。露浓花瘦,薄汗轻衣透。见有人来,袜划金钗溜。和羞走,倚门回首,却把青梅嗅。

简　介

　　此词属存疑之作。若确为易安作品,当是她早期词作。写一个少女荡完秋千正在休息,忽见生人来此,十分紧张,急忙回避,袜划钗溜,一边依门回头嗅着青梅,一边窥视究竟。主要是通过人物行动的描写,揭示人物的精神韵致和内心的情愫。她轻灵姿秀,纯洁多情、活泼洒脱。文笔清新而细腻,细节传神,生动有致。

注　释

　　〔题解〕《续草堂诗余》等题作《秋千》,杨金本《草堂诗余》题作《佳人》。杨慎(升庵)之《词林万选》等收为李清照词。杨金本《草堂诗余》作苏轼词,《花草粹编》等作无名氏词,《词的》作周邦彦词。赵万里辑《漱玉词》云："案词意浅薄,不似他作,不知升庵何据?"虽不能以词意深浅判真伪,但疑点甚多,故收为存疑之作。

〔蹴〕这里是荡足的意思。宋·郑奎妻孙氏《春词》："秋千蹴罢鬟鬖髟。"

〔慵整〕倦怠地整理之意。五代·顾夐《虞美人》："翠翘慵整倚云屏。"鹿虔扆《思越人》："玉纤慵整云散。"《续草堂诗余》等作"整顿"。

〔见有人来〕《词林万选》等作"见客入来"。

〔袜刬〕袜底着地走路,不穿鞋子。南唐·李煜《菩萨蛮》："袜刬步香阶,手提金缕鞋。"宋·秦观《河传》有"鬓云松,罗袜刬"句。

集 评

明·钱允治:曲尽情悰。(《续选草堂诗余》)

明·沈际飞:片时意态,淫夷万变。美人则然,纸上何遽能尔。(《草堂诗余续集》)

明·潘游龙等:"和羞走"下,如画。(《古今诗余醉》)

清·贺裳:至无名氏"见客入来,袜刬金钗溜。和羞走,倚门回首,却把青梅嗅"直用"见客入来和笑走,手搓梅子映中门"二语演之耳。语虽工,终智出入后。(《皱水轩词筌》)

今·唐圭璋:且清照名门闺秀,少有诗名,亦不致不穿鞋而着袜行走。含羞迎笑,倚门回首,颇似市井妇女之行径,不类清照之为人,无名氏演韩偓诗,当有可能。(《词学论丛·读李清照词札记》)

今·马兴荣评:有人大约就是以封建社会的深闺少女总是遵守"礼"的,温顺的,循规蹈矩的,羞答答的这个尺度来衡量李清照《点绛唇》这首词,所以怀疑它不像大家闺秀李清照的作品。我想,追求自由的李清照假如地下有知的话,她是会笑这些人未免太封建了。

又:李清照这首《点绛唇》语言质朴,形象生动逼真,不但有心理描写,而且有一定的深意,的确是一首写封建社会的少女(词人的自我写照)的好作品。它和李清照的著名词作《一剪梅·红藕香残玉簟秋》《醉花阴·薄雾浓云愁永昼》《武陵春·风住尘香花已尽》《声声慢·寻寻觅觅》等完全可以媲美。(《唐宋词鉴赏集·语朴·形真·意深》)

今·《中国文学史》评说:她的《点绛唇》非常传神地塑造了一个顽皮、

活泼而美丽的少女的形象,情调却是健康明快的。(北大一九五五级集体编写)

今·艾治平:在作者用她的艺术彩笔为自己刻绘的众多的"肖像画"里面,这一幅有其特殊的格调。从线条上看,可能有点稚嫩,但并不纤弱;从构图上看,虽是轻浅的勾勒,但它生动传神:眉眼盈盈的少女,显示出了她的灵心慧性。(《宋词的花朵》)

今·徐永端:因此像"眼波才动被人猜"(《浣溪沙》)、"见客入来,袜刬金钗溜"(《点绛唇》),虽则颇生动,但词意浅显,不类易安手笔。须知她固然以"寻常语"作词,但表达的是深意深情,描绘的是清新意境,不似这般浅俗。(《易安词浅论》)

鉴 赏

《点绛唇》写一个少女,荡完秋千正在休息,忽见生人来此,十分紧张,急忙回避,一边倚门回头嗅着青梅,一边窥视究竟的情态。这个少女盖为作者自己。

作者在寥寥的四十一字中,塑造了一个纯洁、活泼、聪敏、勇敢、多情的少女形象。特别是通过人物的行动:"蹴""起来""整""见""刬""走""溜""倚""回首""嗅"和肖像描写:"薄汗轻衣透""含羞""金钗溜"等,揭示人物的精神韵致及内心的情愫。文笔清新而细腻,使作品产生了强烈的艺术魅力。

上阕,写荡秋千的尽兴,疲倦,坦然小憩,这是"弛";下阕写忽见生人的紧张、回避及倚门回头嗅梅窥视的情态。这是"张"。上下一弛一张,相映成趣。

此词似有所本。唐·韩偓诗云:"秋千打困解罗裙,指点醍醐索一尊。见客入来和笑走,手搓梅子映中门。"(《偶见》)其中"秋千打困解罗裙",这与此词"蹴罢秋千,慵整纤纤手"、光着袜子休息相类似,都是写打秋千困倦的情状的。韩诗的"见客入来"与此词的"见有人来"文字,句意逼似。韩诗的"和笑走"与此词"和羞走"只一字之差,句式也完全相同。韩诗的"映中门"与此词的"倚门",人物的动作都没有离开门,只是一个隐着("映",《说文解字》释为"隐"也),一个靠着。韩诗的"手搓梅子"与此词的"却把青梅嗅"，人物动作所及都是"梅"，不过一个是"搓"，一个是"嗅"。从比较看出，两首神似，只是人物的具体行动情态有所不同。在类似的环境、场合，"羞"字比"笑"字更能揭示少女的内心世界，更能突现紧张窘迫情况下少女的情状。韩诗《偶见》结句"手搓梅子映中门"也没有《点绛唇》结句"倚门回首，却把青梅嗅"那样少女形象神韵灵秀，含情脉脉。可谓青出于蓝而胜于蓝。

浪淘沙　帘外五更风

　　帘外五更风，吹梦无踪。画楼重上与谁同？记得玉钗斜拨火，宝篆成空。

　　回首紫金峰，雨润烟浓，一江春浪醉醒中。留得罗襟前日泪，弹与征鸿。

简　介

　　此词属存疑之作。若果为易安所作，而"紫金峰"若释为紫金山的话，应是李清照辞别建康后的作品。写五更春风惊梦，追念以往的爱情生活。回首遥望建康，深表对亡夫的悼念之情。化用雁足传信的典故，请鸿雁传泪。"吹梦无踪"句，亦造语新警。

注　释

　　〔题解〕《续草堂诗余》等题作《闺情》。《词林万选》等多种词书，收为易安词。《续草堂诗余》等多种词书，以为此词是欧阳修词。赵万里辑《漱玉词》云："案《花草粹编》卷五引此阕，不注撰人，《词林万选》注'一作六一居士'。检《醉翁琴趣》无之"。杨金本《草堂诗余》作无名氏词。故属存疑之作。

　　〔宝篆〕篆香，一种香料。详见易安《满庭芳·小阁藏春》〔篆香〕注。

〔紫金峰〕盖山名。南京市郊的紫金山,王仲闻《校注》考《景定建康志》等书,当时尚无此名。王云:疑即紫金色之山峰,非有一峰名紫金也。

〔烟〕《历代诗余》等作"云"。

〔一江春浪〕《词洁》等作"一腔春恨"。

集 评

明·钱允治:此词极与后主相似。(《续选草堂诗余》)

明·沈际飞:"吹梦"奇。幻想异妄。(《草堂诗余续集》)

明·卓人月:雁传书事化得新奇。(《古今词统》)

清·陈廷焯:易安《卖花声》云:"帘外五更风,吹梦无踪。画楼重上与谁同?记得玉钗斜拨火,宝篆成空。 回首紫金峰,雨润烟浓。一江春浪醉醒中。留得罗襟前日泪,弹与征鸿。"凄艳不忍卒读,其为德夫作乎?(《白雨斋词话》)

又:凄艳不忍卒读。情词凄绝,多少血泪。(《云韶集》)

清·况周颐:《玉梅词隐》云前《孤雁儿》云:"吹箫人去玉楼空,肠断与谁同倚,一枝折得,人间天上,没个人堪寄。"此阕云:"画楼重上与谁同?记得玉钗斜拨火,宝篆成空。"皆悼亡词也。其清才也如彼,其深情也如此。玉台晚节之诬,忍令斯人任受耶?(《漱玉词笺》)

今·王璠:这词写得极其凄婉,感伤成分浓厚,可是读后并不感到消沉颓丧,反而被其流注于字里行间的真情实感所打动,引起共鸣,寄予同情,原因何在?一方面,与专主情致的悼亡之作有关。这类作品,因受题材——家常琐细,写法——今昔相比的制约,类多追思往事,叙写梦境,或表哀思,或诉衷肠,字字句句,无不从肺腑中出,以是感情真挚深厚,语调委婉低回,故尔极饶情致,扣人心弦。(《李清照研究丛稿·吹梦无踪 弹泪征鸿》)

鉴 赏

建炎三年(1129年)二月,赵明诚罢守江宁(今江苏南京),是年三月乘舟去芜湖,入姑孰(今当涂),准备择居赣水边上。至池阳(今安徽贵池),明诚被旨知湖州。他匆匆安家池阳,六月,只身去江宁参谒皇帝。一路酷暑,疲惫,染疾,一到江宁便病卧床褥。七月,李清照闻讯来建康(江宁后改之名),明诚已病入膏肓。八月,明诚卒于建康。李清照茫然不知所之。于是年十一月,因金兵进犯,不得不离开建康。此词盖为李清照辞别亲夫葬地建康的近春之作。

上片写五更春风惊梦,作者卧床怀念丈夫。下片写作者回首遥望江宁的紫金峰,设想把罗襟悼亡之泪弹与征鸿,请征鸿传泪,以表悼亡之情。

此词用陈述之法,直陈其事,而又不把情说露,既劲直,又哀婉。写悼念之情,却不着"念""愁""伤""悲""哀"一字,而哀伤、缅怀之情却充溢全篇。清·陈廷焯《白雨斋词话》评此词:"凄艳不忍卒读",说明此词有催人泪下、感人肺腑、令人回肠荡气之艺术魅力。

"帘外五更风,吹梦无踪",本来是春风吹打门窗之帘,门窗之帘作响,惊醒了女主人,破坏了梦境,但作者偏不这么说,却琢炼成"吹梦无踪"四个字。梦境是虚无缥缈的,像一片轻纱,被风一吹,飘然而去,给人一种美的享受。

化用雁足传书的典故,为鸿雁传泪,造语新警,更有青出于蓝之奇。易安《武陵春》:"只恐双溪舴艋舟,载不动许多愁。"仅用张元幹"载取暮愁归去"、苏轼"只载一船离恨向西州"之句,但又赋予"愁"以重量,这是个创造,是个发展。李清照不落俗套,是勇于创新的词坛大家。

浪淘沙 素约小腰身

素约小腰身,不奈伤春。疏梅影下晚妆新。袅袅娉娉何样似?一缕轻云。

歌巧动朱唇,字字娇嗔。桃花深径一通津。怅望瑶台清夜月,还送归轮。

简 介

此词乃存疑之作。若确为易安作品,当是早期词作。写一年轻女子的美貌以及青春期萌生的轻愁。

注 释

〔题解〕《诗词杂俎》本《漱玉词》等调误作《雨中花》。《续草堂诗余》等题作《闺情》。《续草堂诗余》等收为李清照词。王仲闻《校注》云:赵万里《漱玉词》云:"《诗词杂俎》本《漱玉词》收之,题作《闺情》,《花草粹编》五引作赵子发词。《草堂续集》以为李作,失之。"故列存疑之作。

〔素约〕像用素绢束缚着的样子,指腰肢纤袅,身材苗条。魏·曹植《洛神赋》:"肩若削成,腰如约素。""素约",《花草粹编》作"约素"。

〔不奈〕见《满庭芳·小楼藏春》〔不耐〕注。此处,"奈"与"耐"同意。奈,《草堂诗余》作"耐"。

〔袅袅娉娉〕形容女子仪态优美。唐·杜牧《题赠美人》:"娉娉袅袅十三余,豆蔻梢头二月初。""娉娉",各选本多作"娉婷"。

〔娇嗔〕撒娇生气的样子。《历代词萃》无名氏《菩萨蛮》:"一面发娇嗔,碎按花打人。"嗔,《续草堂诗余》《花草粹编》《花镜隽声》作"真",此处从其他本改得。

〔径〕《花草粹编》作"处"。

〔瑶台〕神话传说中神仙居住的地方。晋·王嘉《拾遗记·昆仑山》:"昆仑山者,西方曰须弥,山对七星之下,出碧海之中,上有九层。……第九层山形渐小狭,下有芝田蕙圃,皆数百顷,群仙种耨焉。傍有瑶台十二,各广千步,皆五色玉为台基。"李白《清平乐》:"会向瑶台月下逢。"

集 评

宋·杨偍:"约"字清妙,远胜"束"字。(赵万里《校集古今词话》引)

明·沈际飞:"不奈""娇嗔",的确。描就一个娇娃。(《草堂诗余正集》)

明·潘游龙等:"不奈伤春""字字娇嗔",描出一个娇娃。(《古今诗余醉》)

鉴 赏

此词写一年轻女子寂寞伤春的情怀,以及青春期萌生的淡淡轻愁。

首句概写作者眼中年轻女郎的风韵和情愫。她腰肢纤袅,亭亭玉立。美好的春光即将逝去,她格外感伤,那娇小的身心似乎禁受不了这种刺激。"伤"字,为全词定下了悒郁的基调。

次三句承写疏荡的梅影,映衬着女郎新美的晚妆。她体态轻盈,婀娜多姿,在无边的风月下,像一缕飘逸的轻云。作者用月光梅影作衬托,用"轻云"作比喻,用"何所似"这一设问句强化了美感,把女主人写得绰约多姿,仪态万方,给人以强烈的审美愉悦。上片写出了女郎妩媚动人和伤春的情怀。

换头写女郎歌声的美妙及歌唱时的动人情态。她在月明之夜,在稀疏的梅影下,惆怅抑郁,朱唇中情不自禁地唱出美妙悠扬的歌声。她无比热爱春光,然而无可奈何花落去,自然产生了嗔怪和幽怨。作者不仅写视觉形象,而且写听觉形象。不但从听觉形象揭示出女主人的内心情愫,而且表现出她唱歌时"娇""嗔"的情态。一箭双雕,笔墨超然。

末三句,写词作者曾与女郎相会,但却犹如误入桃花源的武陵人一样,只有一次相遇的机会,如今"可望而不可即",只有怅望而已。

鹧鸪天 枝上流莺和泪闻

枝上流莺和泪闻,新啼痕间旧啼痕。一春鱼雁无消息,千里关山劳梦魂。

无一语,对芳樽,安排肠断到黄昏。甫能炙得灯儿了,雨打梨花深闭门。

简 介

此词属存疑之作。若为易安所作,当是她年轻时作品,是写女主人对心上人的相思之情的。

注 释

〔题解〕《词的》等题作《春闺》。此首各书均未题为李清照之作。王仲闻《校注》云："汲古阁未刻词本《漱玉词》收此二词(《鹧鸪天·枝上流莺和泪闻》《青玉案·一年春事都来几》)虽未知所本,但此二首既非秦、欧之作,实应存疑,不宜遽从《漱玉词》中删去。"故以存疑之作视之。唐圭璋《全宋词》亦收为存疑之作。王延梯等《李清照集》、黄墨谷《重辑李清照集》俱未收。

〔鱼雁〕指书信。《饮马长城窟行之一》："客从远方来,遗我双鲤鱼。呼儿烹鲤鱼,中有尺素书。"《汉书·苏武传》："天子射上林中,得雁,足有系帛书,言武等在某泽中。"故后来鱼、雁成为书信的代称。宋·王僧孺《捣衣》诗："尺书在鱼肠,寸心凭雁足。"宋·朱淑真《寄情诗》："欲寄相思满纸愁,鱼沉雁杳又还休。"

〔芳樽〕散发醇香的酒杯。宋·苏轼《新酿佳酒》："收拾小山藏社瓮,招呼明月到芳樽。"

〔甫能〕方才。辛弃疾《杏花天》："甫能得见茶瓯面,却早安排肠断。"(见《诗词曲语辞汇释》)

〔炙得灯儿了〕犹言将油熬尽。

集 评

宋·杨偍:此词形容愁怨之意最工。如后叠"甫能炙得灯儿了,雨打梨花深闭门",颇有言外之意。(赵万里《校辑古今词话》)

明·杨慎:无限含愁,说不得。(《草堂诗余》)

明·茅暎:"梨花"句与《忆王孙》同。才如少游,岂亦自袭耶? 抑爱而不觉其重耶? (《词的》)

明·李攀龙:(眉批)新痕间旧痕,一字一血。结两句有言外无限深意。(评语)形容闺中愁怨,如少妇自吐肝胆语。(《草堂诗余隽》)

明·张綖:后段三句似佳。结句尤曲折婉约有味,若嫌曲细。词与诗体不同,正欲其精工。故谓秦淮海以词为诗,尝有"帘幕千家锦绣垂"之句。孙莘老见之云:又落小石调矣。(《草堂诗余别录》)

明·沈际飞："安排肠断"三句，十二时中无间矣。深于闺怨者。末用李词。古人爱句，不嫌相袭。(《草堂诗余正集》)。

清·黄蓼园：孤臣思妇，同难为情。"雨打梨花"句，含蓄得妙，超诣也。(《蓼园词选》)

清·沈祥龙：词虽浓丽而不乏趣味者，以其但知作情景两分语，不知作景中有情，情中有景语耳。"雨打梨花深闭门""落红万点愁如海"，皆情景双绘，故称好句，而趣味无穷。(《论词随笔》)

鉴 赏

此词是写对爱侣的相思之情的。

"枝上流莺和泪闻，新啼痕间旧啼痕。"作者以"枝上流莺"开笔。春光融融，花香飘溢，娇莺在树枝上啼转。这本来是赏心乐事，但是女主人含着眼泪来倾听。这里用美景愁情的巨大反差，衬托女主人心绪之哀伤，即所谓乐景写哀情。

"一春鱼雁无消息，千里关山劳梦魂"句承前。"一春"拍合"枝上流莺"。心上人远行千里，关山阻隔，日日思念，夜夜在睡梦中与心上人相见。作者用一对偶句写出"新啼痕间旧啼痕"的因由。"无一语，对芳樽，安排肠断到黄昏。"意谓女主人孤凄一人，默默无语，自斟自饮，来排遣幽幽离情，打发光阴。

"甫能炙得灯儿了，雨打梨花深闭门"句承前。黄昏之后，女主人的心情也没有平静，只能以灯为伴，相向无语，直到把灯油熬光。

然而灯油熬尽，她也未能开释绵绵的相思之情，又忽然听到重门紧闭的深深庭院里，下起了雨，传来了雨打梨花的恼人声响。"梨花"在暮春开放，雨催梨花凋落，春日将归，意味着青春的流逝。离人未回，更添了几分愁绪，这就强化了女主人的悲哀。"深闭门"，写出庭院的冷落凄森，环境衬托愁情。此词以景结情，含有悠悠不尽之意。这与唐·刘方平《春怨》"纱窗日落渐黄昏，金屋无人见泪痕。寂寞空庭春欲晚，梨花满地不开门"的意境很相近，但此词所表现的相思之情更真，意更切，境更深。

这首小词玲珑别致，活泼跳脱。运用了"以少总多""乐景写哀"等艺术手法。

失调名　教我甚情绪

"教我甚情绪。"

注 释

〔题解〕"教我甚情绪"，《花草粹编》（卷二）朱秋娘集句《采桑子》收录之，并注撰人姓名。朱秋娘集句《采桑子》也见《彤管遗编》，但未注每句出处。《彤管遗编》称"朱秋娘"名为"希真"，恰与宋·朱敦儒字"希真"同。《彤管遗编》《古今女史》等所收朱希真（秋娘）词多见于朱敦儒《樵歌》，少部分见于朱淑真《断肠句》，朱秋娘其人之有无，很难说（详见王仲闻《李清照集校注》）。只存独句，未加注释。

失调名　残句

几多深恨断人肠。

水晶山枕象牙床。

行人舞袖拂梨花。

犹将歌扇向人遮。

闲愁也似月明多。

罗衣消尽恁时香。

直送凄凉到画屏。

彩云易散月长亏。

注 释

〔题解〕"几多深恨断人肠""水晶山枕象牙床""犹将歌扇向人遮""闲愁也似月明多""罗衣消尽恁时香""直送凄凉到画屏""彩云易散月长亏"七个断句,皆见宋·胡伟集句《宫词》,其中有诗句亦有词句,因未注明,也不见于现存李清照诗词之中,故是诗是词难以考定(详见王仲闻《李清照集校注》),也将其编入李清照存疑词中。唯"几多深意断人肠",别见于李龏《梅花衲》中。王仲闻以为"以各句风调观之,似是词句","所引清照断句,决非伪作"。

"行人舞袖拂梨花",见《古今小说》(三十三卷)中《张古老种瓜娶文女》。《古今小说》此篇所引之词皆有问题,引句亦未必易安所作,是诗是词难以确定(详见王仲闻《李清照集校注》)。亦编入易安存疑词中。因是断句,均未加注释。

二　诗集

乌江

生当作人杰,死亦为鬼雄。至今思项羽,不肯过江东。

简 介

此诗另有题作《夏日绝句》,李清照南渡之后,建炎三年(1129年)赵明诚罢守江宁,李清照与丈夫具舟去芜湖。沿江而上时经过和县乌江(楚霸王项羽兵败自刎处)。该诗可能作于此时。这首五绝,通过歌颂一位失败了的英雄——项羽,表现了诗人崇尚气节的精神风貌。对南宋统治者的苟且偷安,也是一个有力的讽刺。

注 释

〔人杰〕人中杰出者。《史记·高祖本纪》:"夫运筹策帷帐之中,决胜于千里之外,吾不如子房;镇国家,抚百姓,给馈饷,不绝粮道,吾不如萧何;连百万之军,战必胜,攻必取,吾不如韩信。此三人,皆人杰也。"

〔鬼雄〕鬼之雄杰者。《楚辞·九歌·国殇》:"魂魄毅兮为鬼雄。"

〔项羽〕即楚霸王。秦亡后与刘邦争夺天下,最后失败。

〔不肯过江东〕《史记·项羽本纪》记:项羽垓下兵败后,逃至乌江畔,乌江亭长欲助项羽渡江,项羽笑曰:"天之亡我,我何渡为?且籍与江东子弟八千人渡江而西,今无一人还,纵江东父兄怜而王我,我何面目见之?纷彼不言,籍独不愧于心乎!"言罢,拔剑自刎。

鉴 赏

这是一首雄浑宏阔的咏史诗,也是一首脍炙人口的言志诗。

李清照在这首诗中,不以成败论英雄,对楚汉之争中最后以失败而结束了自己的斗争生涯的楚霸王项羽,表示了钦敬和推崇。从而向人们展示了这样一种人生哲学——活,要活得昂扬,出类拔萃,有声有色;死,要死得壮烈,英武慷慨,可歌可泣。总而言之,人要有气节。

诗中所写的项羽,是一位勇敢、坚强、而又骄傲、自信的英雄。在推翻秦朝专制的斗争中,他是立下了汗马功劳的。秦亡后,他与刘邦争天下,沙场角逐五年,最终垓下大败。逃至乌江畔后,在保存自己性命和保存英雄气节相矛盾的关键时刻,他毅然选择了后者,谢绝渡江逃命,拔剑慷慨自刎。对项羽的评价,历史上是很不一致的,总的说,贬斥者多,赞美者少。即使赞叹项羽的,其角度也各不相同:有的赞美其"力拔山兮气盖世"的气概;有的称誉其长驱直入、一举灭秦的武功;有的慨叹其英雄气短、背时乖蹇的命运;等等。而李清照却发现了项羽身上最有价值的东西,即他那可贵的气节。她要放声为这位活着英武有为、死亦留名千古的英雄而讴歌,她要为不屈不挠的强者而讴歌,为长虹贯空般的气节而讴歌,于是她唱出了响遏云霄的高歌——"生当作人杰,死亦为鬼雄"。

有的人认为,李清照这首诗主要旨在讽刺南宋最高统治者的苟且偷安和昏庸无能。即将此诗看作讥时刺世之作。应该承认,诗中宁可一死以谢江东父老的项羽的英雄形象,与临难逃窜、一日蹙地千里的赵构,是一个强烈的对比。这种对比,毫无疑问,对南宋统治者是一种讽刺和谴责。不过,如果仅仅把此诗看作讥时刺世之作,势必会对此诗的思想价值作出不足的判断。诗中那黄钟大吕般的高昂音响对人们心灵的撞击力量,那足以感天地泣鬼神的英雄主义对人们精神风貌的感召力量,是这首诗的主要价值之所在。

所以,我们说,这是一首咏史诗,也是一首言志诗。

咏史

两汉本继绍,新室如赘疣。所以嵇中散,至死薄殷周。

简介

这两联咏史诗通过对两汉之际王莽篡政的历史回顾,借古讽今。对由金人扶植的伪齐、伪楚政权进行了斥责。对在民族危难之际保持民族气节的人士予以肯定和赞扬。此诗出于《朱子语类》卷一百四十,系朱熹评清照诗时所引。王仲闻《校注》云:据《朱子语类》,上两句与下两句并不连接,盖从一首中先摘二句,继又另摘二句。各本多以四句连接为一首,非是。

注 释

〔继绍〕继承。

〔新室〕西汉末年,王莽篡权称帝之后,定国号为新,故称之为"新室"。

〔赘疣〕皮肤上生出的多余的肉结,形容累赘无用之物,应予除掉。《庄子·内篇·大宗师》:"彼以生为附赘县(悬)疣。"

〔嵇中散〕即三国时魏人嵇康。嵇康,字叔夜,谯郡铚县(今属安徽涡阳)人,拜中散大夫,虽未就,人仍称嵇中散。康丰姿俊逸,放达不羁,与阮籍、山涛、向秀、刘伶、阮咸、王戎合称"竹林七贤"。有《嵇康集》传世。

〔至死薄殷周〕嵇康友山涛为吏部郎迁散骑常侍后,曾推举嵇康。嵇康遂与之绝交,并作《与山巨源绝交书》,其中有言:"每非汤武而薄周孔。"薄,鄙薄,瞧不起。殷周,指殷汤王和周武王,二人皆以征战得国。

集 评

宋·朱熹:本朝妇人能文,只有李易安与魏夫人。李有诗,大略云:"两汉本继绍,新室如赘疣"云云,"所以嵇中散,至死薄殷周。"中散非汤、武得国,引之以比王莽。如此等语,岂女子所能。(《朱子语类》卷一百四十)

明·王世贞:"所以嵇中散,至死薄殷周",易安此语虽涉议论,是佳境,出宋人表。用修故峻其掊击,不无矫枉之过。(《艺苑卮言》卷四)

清·宋长白:"朱紫阳云:'今时妇人能文,只有李易安与魏夫人。……'(略,引前朱熹评语)。"愚按易安在宋,自是闺房胜流。然以殷周比莽,殊觉不伦。况桑榆一札,未免被人点检耶!若魏夫人《咏虞美人草》,方见英雄气概。(《柳亭诗话》卷二十九)

《章丘县志》卷九《李格非传》:女清照,才情更丽。尤工于词。尝有《咏史》诗曰:"两汉本继绍……"意见声调,绝响一代。班妤、左嫔、蔡文姬之流也。

今·王仲闻:作者跳出了封建时代妇女生活的狭窄天地,发表了对社会、政治的一些见解。莫怪后来理学家朱熹也说:"岂寻常妇人所能!"(《李

清照集校注》)

今·王璠：这是借汉喻宋的讽刺诗，是对伪楚、伪齐两个傀儡政权的嘲讽和蔑视，同"南渡衣冠少王导，北来消息欠刘琨"，一样的不满意当时政治的表示。(《李清照研究丛稿·李清照的诗》)

鉴赏

"靖康之难"以后，金贵族先后扶植张邦昌、刘豫建立了伪楚、伪齐两个傀儡政权。对这两个汉奸卖国求荣、狐假虎威的罪行，李清照十分愤慨。她作了这首咏史诗，对他们进行了揭露和鞭笞。

这首咏史诗，虽只剩下二韵四句，且中间可能有间隔，但仍可看出其主旨所在。前两句用借古喻今的写法，将伪楚、伪齐比作王莽篡汉的"新"朝，指出了它们的性质。诗人认为，东汉继西汉而成立，仍不失为一个完整的肌体，然而王莽的"新室"，却只不过是赘附在这一完整肌体上的毒瘤，不仅是多余的，而且是有害的。"新室"如此，伪楚、伪齐呢？当大宋蒙受"靖康之难"之后，南宋继北宋而立，那伪楚、伪齐岂不正与王莽的"新室"相同吗？虽然诗人没有直接提到伪楚、伪齐，但她的政治态度是十分鲜明的，即对国家的"赘疣"，坚决不予承认。诗的后两句歌颂了一位注重气节、敢于斗争的历史人物——嵇康。嵇康是曹魏皇室的姻戚，在司马氏阴谋篡魏的时候，他挺身而出，推翻了司马氏准备以"禅让"形式夺取皇权的理论根据。他公开声称自己"每非汤武而薄周孔"(《与山巨源绝交书》)，因而遭到了司马氏及其帮凶们的迫害。尽管如此，他仍然表示誓死不与司马氏合作，宁可"采薇山阿，散发岩岫"(《幽愤诗》)，也决不屈从邪恶势力。李清照通过对嵇康的歌颂，表达了自己那种疾恶如仇的政治立场。

虽然，从这首咏史诗所存的四句之中可以看出李清照思想中的封建正统观念，但是，更主要的，还在于它表现了诗人强烈的爱国主义思想。应该看到，在当时民族斗争十分尖锐激烈的情况下，大宋的旗号对于团结人民，保持民族的独立和尊严，是有着积极作用的。"在民族战争中承认'保卫祖国'"是一种爱国主义，对此，马克思主义者已有定论。由此看来，对于李清照此诗中的思想局限性，我们也就不必过多责备了。

分得知字

学语三十年,缄口不求知。谁遣好奇士,相逢说项斯。

简 介

此诗作年不详。从题目看,为李清照与诗友在一起分韵作诗时所作。

注 释

〔学语〕《彤管遗编》等本作"学诗"。

〔缄口〕闭口不语。《孔子家语》卷三《观周》:"孔子观周,遂入太祖后稷之庙。庙堂右阶之前,有金人焉,三缄其口。而铭其背曰:古人慎言人也。"

〔相逢说项斯〕项斯,唐江东人,字子迁,其初未成名时,以诗卷谒杨敬之,杨爱其才,赠诗曰:"几度见诗诗尽好,及观标格过于诗。平生不解藏人善,到处逢人说项斯。"项斯由此名振,擢上第。

皇帝阁端午帖子

日月尧天大,璇玑舜历长。侧闻行殿帐,多集上书囊。

简 介

此诗作于宋高宗绍兴十三年(1143年),李清照在临安(今杭州)时,全诗为高宗歌功颂德,系应酬之作。

注 释

〔端午帖子〕《岁时广记》卷二十二:《皇朝岁时杂记》:学士院端午前一月,撰皇帝、皇后、夫人阁门帖子,送后苑作院,用罗帛制造,及期进入。"另，周密《浩然斋雅谈》："李易安，绍兴癸亥在行都，有亲族为内命妇者，因端午进帖子……"宋时每逢立春、端午，均命翰林作帖子词进献宫中，剪贴于禁中门帐，供皇帝及内宫欣赏，所作多为歌功颂德之辞。李清照绍兴十三年分别为皇帝阁、皇后阁、夫人阁各作一诗。一说此为李清照代人所作，待考。

〔尧天〕比喻太平盛世。《论语·泰伯第八》："子曰：大哉，尧之为君也。巍巍乎，唯天为大，唯尧则之。"《乐府诗集》卷七十九：《太和·第五彻》"自古几多明圣主，不如今帝胜尧天。"

〔璇玑〕舜帝时测天之器。《史记·五帝本纪》："舜乃在璇玑玉衡，以齐七政。"郑玄注："璇玑玉衡，浑天仪也。七政，日月五星也。"

〔舜历长〕舜历：舜帝的历数。舜历长，谓高宗在位的时间像舜帝那么长。

〔侧闻〕《诗女史》《彤管遗编》等作"或闻"。侧闻，间接听说。

〔行殿帐〕皇帝行在殿堂中的帷幄。

〔多集上书囊〕古时大臣上书，用青布袋封之，《汉书·东方朔传》："孝文皇帝之世……集上书囊以为殿帷。"《太平御览》卷六百九十九引《益部耆旧传》："汉文帝连上事书囊以为帐，恶闻纨素之声。"此以汉文帝集上书囊作宫殿帷帐的故事以颂高宗注重节俭。

皇后阁端午帖子

意帖初宜夏，金驹已过蚕。至尊千万寿，行见百斯男。

简 介

此诗作于宋高宗绍兴十三年（1143年），李清照在临安（今杭州）时。系端午节前奉献皇后的应酬之作。

注 释

〔意帖〕即如意帖。古时民间常于端午节时在壁上张贴帖子,上书吉祥如意之语。另,周密《浩然斋雅谈》:"意帖用上官昭容事。"上官昭容,名婉儿,唐中宗昭仪,上官意帖事未详。

〔金驹〕即白驹,指日影,用喻时光。《庄子·知北游》:"人生天地之间,若白驹之过郤,忽然而已。"白驹,指日影,郤,指墙之缝隙。

〔过蚕〕过了养蚕的时节。明·谢肇淛《西吴枝乘》:"吴兴以四月为蚕月。"端午节在五月,故曰"已过蚕"。

〔至尊〕皇帝。汉·贾谊《过秦论》:"履至尊而制六合。"

〔百斯男〕谓多子。《诗经·大雅·思齐》:"太姒嗣徽音,则百斯男。"

夫人阁端午帖子

三宫催解粽,妆罢未天明。便面天题字,歌头御赐名。

简 介

此诗作于宋高宗绍兴十三年(1143年),李清照在临安(今杭州)时,系端午节前送往后宫的应酬之作。

注 释

〔三宫〕皇帝、太后、皇后合称三宫。《汉书·王嘉传》:"自贡献宗庙三宫,犹不至此。"颜师古注:"三宫,天子,太后,皇后也。"

〔解粽〕《岁时广记》卷二十一:"《岁时杂记》:京师人以端午日为解粽节。又解粽为献,以叶长者为胜,叶短者输,或赌博,或赌酒。"陆游《初夏》诗:"已过浣花天,行开解粽筵。"

〔妆罢句〕《癸巳类稿》《绣水诗抄》等作"团箭彩丝萦"。

〔便面〕扇子。《汉书·张敞传》:"敞无威仪,时罢朝会过,走马章台街,使御史驱,自以便面拊马。"颜师古注:"便面所以障面,盖扇之类也。"

不欲见人,以此自障面,则得其便,故曰便面,亦曰屏面。"

〔天题字〕天,指皇帝。天题字,即皇帝题字(于扇)。

〔歌头〕唐宋曲中篇名。指歌曲头一部分的第一段。如《水调歌头》。

〔御赐名〕皇帝赐名。

皇帝阁春帖子

莫进黄金簟,新除玉局床。春风送庭燎,不复用沈香。

简 介

此诗作于宋高宗绍兴十三年(1143年)李清照寓居临安(今杭州)时。为立春前进献宫中的应酬之作,大意为歌颂皇帝生活节俭。

注 释

〔春帖子〕宋时,立春、端午二节,学士院均向宫中进献"帖子词",剪贴于禁中门帐,供皇帝及后宫欣赏。靖康之难后,一度中止,宋高宗绍兴十三年(1143年)恢复。春帖子,即立春时进献的帖子词。一说此为李清照代人所作,待考。

〔黄金簟〕簟,竹席。黄金簟,指用金箔编成的铺床席。《南史·齐武帝纪》:永明九年:"夏五月丙申,林邑国献金簟。"

〔玉局床〕局,同"曲"。局床,即局脚床。《神仙传·张道陵传》:"陵坐局脚玉床斗帐中。"

〔庭燎〕《诗·小雅·庭燎》毛传:"庭燎,大烛也。"

〔不复用沈香〕隋炀帝奢侈,每逢除夕,在宫庭中焚沉香,明如白昼。唐·李商隐诗《隋宫守岁》:"沈香甲煎为庭燎。"不复用,不再用。指皇帝注意节俭。沈香,同沉香,一种香料。

贵妃阁春帖子

金环半后礼,钩弋比昭阳。春生百子帐,喜入万年觞。

简 介

此诗作于宋高宗绍兴十三年(1143年)立春之前,是献给后宫吴贵妃的应酬之作(同年四月,吴贵妃册封皇后)。大意为祝贺吴贵妃为皇帝所宠幸,多子多福。

注 释

〔金环〕宫中妃妾所用的一种饰物,用以作产期或经期的标志。《五经要义》:"古者后夫人必有女史彤管之法。后妃群妻以礼御于君所。女书书其日,授其环,以示进退之法。生子月娠,则以金环退之。当御者以银环进之,著于左手。既御著于右手。左者阳也,亦当就男,故著左手。右者阴也,既御而复故。此女史之职也。"

〔半后礼〕后,皇后。半后礼,享受皇后一半的待遇。《杨太真外传》:"册太真宫女道士杨氏为贵妃,半后服。"

〔钩弋〕汉代宫名,武帝时赵婕妤所居之处。赵号称拳夫人,汉昭帝之母。

〔昭阳〕汉代宫名。成帝宠妃赵飞燕所居之处,甚豪华。《汉书·外戚·孝成赵皇后传》:"其中庭彤朱,而殿上髹漆,切皆铜沓、黄金涂、白玉阶,璧带往往为黄金釭,函兰田璧,明珠、翠羽饰之。自后宫未尝有焉。"

〔百子帐〕古人举行婚礼时所用的一种锦绣篷帐,上绣百小儿嬉戏图,以祝多子多孙。

〔万年觞〕觞,酒器。万年觞,指向皇帝奉献的寿酒。《后汉书·班超传》:"陛下举万年之觞。"

偶成

十五年前花月底,相从曾赋赏花诗。今看花月浑相似,安得情怀似往时。

简 介

此诗当作于宋高宗建炎三年（1129年）赵明诚去世后,具体时间待考。诗中抚今忆昔,表现了诗人对亡夫的思恋哀悼之情。

注 释

〔浑相似〕完全相似。

〔安得〕怎得。

鉴 赏

李清照与赵明诚结婚以后,生活中虽然也经历过坎坷和波折,但总体来看,还是美满幸福的。无论是在东京,在青州、莱州,还是南渡后在金陵,夫妇二人和谐相处,情趣高雅,不仅感情融洽,而且志同道合。建炎三年（1129年）赵明诚的猝死,对李清照来说是一个极大的打击,她不仅由此失去了物质上的依靠,更主要是失去了精神上的寄托。这首七绝,从首句所提到的"十五年前"来分析,当为李清照晚年所作。诗人因眼前景致触发了情思,不禁追忆起当年与丈夫在一起的美好生活,并由此发出了感慨。

诗的前两句首先倒叙昔时,后两句以今昔对比来抒情。"今"之景致与十五年前的极其相似,与诗人此时彼时心情的极端不同,形成了强烈的反差。诗人正是通过揭示这一反差,来让人们体察其今日"情怀"的。诗人今日情怀究竟如何? 诗中没有直接道出,但了解诗人晚年生活状况的人都知道:自南渡以后,国已不国,家已不家,四处辗转流亡、接二连三的精神打击、贫困和疾病等,对一位"闾阎嫠妇"来说是实在难以承受的。这一切,诗中皆未道出,也许正是诗人不忍道出的缘故吧?

由此观之,"安得情怀似往时"一句,绝非轻描淡写,而是诗人发自心底的深沉的嗟叹,是诗人将泪水强忍咽下后发出的长吁。

题八咏楼

千古风流八咏楼,江山留与后人愁。水通南国三千里,气压江城十四州。

简 介

该诗作于宋高宗绍兴四年(1134年)或五年,李清照避乱流寓金华时。诗人感叹祖国山河破碎,徒成半壁,表现了强烈的忧国之情。

注 释

〔八咏楼〕在宋婺州(今浙江金华),原名元畅楼,宋太宗至道年间更名八咏楼,与双溪楼、极目亭同为婺州临观胜地。

〔南国〕泛指中国南方。

〔十四州〕宋两浙路计辖二府十二州(平江、镇江府,杭、越、湖、婺、明、常、温、台、处、衢、严、秀州),统称十四州(见《宋史·地理志》)。

集 评

明·赵世杰:气象宏敞。(《古今女史》诗集卷六)

今·王璠:仅仅四句,气势何等开朗雄俊!那里有半点脂粉女子习气?(《李清照研究丛稿·李清照的诗》)

鉴 赏

八咏楼是金华名胜,自南朝以来,即为登临胜地,南梁·沈约、唐·崔融、崔颢等均有题咏之作。宋高宗绍兴四年(1134年)冬,李清照避乱居金华,约在第二年五月以后才返回临安。在金华期间,诗人也来到了八咏楼。登楼远眺,诗人毫无赏心悦目之感,眼前景象所留与诗人的,只是深沉的感喟和不尽的忧愁。于是,诗人写下了这首七绝。

"江山留与后人愁",真实地道出了诗人登八咏楼的心情和感受。本来,祖国山河壮丽,登高远眺,眼前景致应该是令人振奋和自豪的。可是,诗人此时却无论如何也高兴不起来。为什么呢? 就身世而言,自己身在异乡为异客,孤苦伶仃,而且系逃难到达此地。就时局而言,金兵大举南犯已逼近江浙一带,朝廷一味求和,结果导致一日蹙地千里。更为可怕可忧的是,对大好河山,最高统治者竟弃之若敝屣,逃之如不及,谁知道眼前景象尚能保持多久呢? 诗人怎能不为之"愁"? 眼前景象又不能不使诗人想到了更远更远的地方。那里,美丽的山河早已被敌寇的铁蹄蹂躏得不像样子了:到处是狼烟,到处是呻吟,一片凄凉,一片哀歌……这番景象,虽不在诗人目前,却牢牢印在诗人心底。诗人又怎能不为之"愁"呢? 人们不难发现,诗人这里的"愁",绝不是娇弱女子的纤细哀愁,也绝不是无聊文人的无病呻吟。它是沉郁的、强烈的,是与无限的悲痛和难以遏止的激愤交织在一起的。诗的后两句是写实景,也是诗人那心中郁闷之情的形象写照。

读到这首《题八咏楼》,人们不禁会想起杜甫的名作《登岳阳楼》。杜甫登楼,也正是国难当头(吐蕃入侵)的时候和孤身飘零的时候,两位诗人的心境是相同的。杜甫登楼,触景生情,感情抑制不住,不禁老泪纵横。而李清照呢,她却将强烈的感情深深埋在了心底,她努力不使感情外露。因此,该诗虽然蕴含丰富,却写得十分沉稳凝重。尽管如此,诗人那哀痛之情,悲愤之情仍然溢出纸外,深深地打动着每一位读者。这正是《题八咏楼》一诗的艺术力量之所在。

钓台

巨舰只缘因利往,扁舟亦是为名来。往来有愧先生德,特地通宵过钓台。

简 介

此诗另题作《夜发严滩》。宋高宗绍兴四年（1134年），李清照由临安去金华避乱，途经严子陵钓台，作此诗。诗中对汉隐士严子陵表示崇敬之情，对为名缰利锁所羁的世人作了形象的刻画。

注 释

〔钓台〕相传为汉·严子陵垂钓之地，在桐庐（今属浙江）县东南。西汉末年，严光（字子陵）与刘秀是朋友，刘秀称帝（汉光武帝）后请严光做官，光拒绝，隐居在浙江富春江。其垂钓之所后人名之为钓台，亦名严滩。

〔巨舰〕大船。

〔扁舟〕小船。

〔先生德〕先生，指严光。宋·范仲淹守桐庐时，于钓台建"严先生祠堂"，并为之作记。其中云："先生之德，山高水长。"

〔通宵过钓台〕严光不为利名所动，隐居不出，后人每每自愧弗如，故过钓台者，常于夜间往来。明·郎瑛《七修类稿》卷三十《赵嘉严台诗》记："汉严子陵钓台，在富春江之涯。有过台而咏者曰：'君为利名隐，我为利名来。羞见先生面，黄昏过钓台。'"李清照诗即化用此诗意。

集 评

今·黄墨谷：不能忽视这首小诗，正如黄山谷论诗所说："孙吴之兵，棘端可以破镞。"她只用二十八个字，却把当时临安行都，朝野人士卑怯自私的情形，描绘得淋漓尽致。这时，词人也没有饶恕自己的苟活苟安，竟以为无颜对严光的盛德，所以"特地通宵过钓台"，既生动又深刻地表达愧怍之心。孔子云："知耻近乎勇。"清照这种知耻之心，和当时那些出卖民族、出卖人民的无耻之徒（相比），确是可敬得多了。（《重辑李清照集·李清照评论》）

鉴 赏

在我国古代，不为名利所吸引、洁身自好的著名隐士，历来深为人们所称颂，东汉严光即为其一。严光（字子陵）早年与刘秀为好友，刘秀称帝后，严光本可飞黄腾达的,然而他却躲到富春江边隐居起来了。刘秀几次请他做官,他都拒而不出,终日垂钓为乐。名和利,古往今来,为之追逐终生的人、为之耗尽心血的人,甚至为之丧尽天良的人,不计其数。古人因而称其为"名缰利锁",把它对人的束缚作用、对人性的扭曲作用,作了形象的比喻。李清照这首《钓台》诗,写的是往来经过严子陵钓台时的情形,从中可以看出这位女诗人的名利观。

这首七绝约作于宋高宗绍兴四年至五年(1134～1135年)之间。当时李清照曾为躲避金兵,由临安逃至金华,往返都曾经过严子陵钓台。该诗在构思上并无创新之处,只是改写了一首前人所作的五言绝句。原诗为:"君为利名隐,我为利名来,羞见先生面,黄昏过钓台。"该诗作者已失考(有谓为范仲淹作者,不足凭),从李清照诗意与该诗完全相同来看,李清照过严子陵钓台时的心情,是与该诗作者相一致的。"往来有愧",是李清照这首诗所表达的中心思想。看来,女诗人是承认自己挣脱不开名缰利锁,同时也是不愿为名缰利锁所羁的。李清照像芸芸众生一样,是生活在现实社会中的,她不能像严光那类隐士一样去生活,但她对严光那类隐士却表示钦敬,对自己感到惭愧。应该说,在封建社会,一个人能具有这样的名利观念,也就不错了。

春残

春残何事苦思乡,病里梳头恨发长。梁燕语多终日在,蔷薇风细一帘香。

简介

此诗作年不详,从诗意看,当在李清照南渡之后。诗中表现了作者深切的思乡之情。

注 释

〔梁燕语多〕指栖于梁头的燕子不停地呢喃。欧阳修《蝶恋花》词："梁燕语多惊晓睡，银屏一半堆香被。"

集 评

清·陆昶：清照诗不甚佳，而善于词，隽雅可诵。即如《春残》绝句"蔷薇风细一帘香"，甚工致，却是词语也。（《历朝名媛诗词》卷七）

今·王璠：这首诗我们虽不能说那就是词，但却与词境相接近。它的好处，在描绘出诗人的真实心情，也可以说是一般女子的心情。（《李清照研究丛稿·李清照的诗》）

鉴 赏

李清照于靖康之难以后，避乱南下，从此开始了她的流亡生涯。宋高宗建炎三年（1129年）八月，李清照的丈夫赵明诚因病早逝。国难与家愁给李清照在心灵上造成了极大的创伤。她在一连串重大打击面前，终于因难以承受而病倒了。李清照在一篇文章中曾谈到当时的病情已十分严重，到了"牛蚁不分，灰钉已具"的程度。然而，她终于挺过来了。这首诗所记的，就是诗人在病中所思所感。

唐代大诗人杜甫流寓岳州时所作的《登岳阳楼》一诗中，曾这样描绘当时他的处境："亲朋无一字，老病有孤舟。戎马关山北，凭轩涕泗流。"孤单、多病、国难当头，杜甫当年的境遇与李清照此时的境遇是十分相似的。对李清照来说，在千愁万绪之中最难捱的还是思乡之苦。由于思乡之苦无法排遣，诗人感到，一向为女性引为骄傲的秀发，也成了一种累赘。梁头的栖燕终日无休止地互相倾诉着心曲，帘外的蔷薇被细风送进一缕缕清香。这些本应给病中之人带来慰抚和欣喜的景象，此时带给诗人的是什么呢？是美好的回忆，还是苦涩的情思？是欣慰，还是愁上加愁？诗人没有直言道出，留与读者去想象了。

这首诗情思凝重，但落笔甚轻。虽是诗，却极似小词，有词语，亦有词境，颇类易安小词风格。

感怀

宣和辛丑八月十日到莱,独坐一室,平生所见,皆不在目前。几上有《礼韵》,因信手开之,约以所开为韵作诗。偶得"子"字,因以为韵,作感怀诗。

寒窗败几无书史,公路可怜合至此。青州从事孔方兄,终日纷纷喜生事。作诗谢绝聊闭门,燕寝凝香有佳思。静中吾乃得至交,乌有先生子虚子。

简介

此诗作于宋徽宗宣和三年(1121年)八月。李清照与丈夫赵明诚屏居青州十年后,赵出守莱州。李清照于莱州作此诗。诗中表现了李清照夫妻二人的理想及其廉洁正直的品格。

注 释

〔宣和辛丑〕即宋徽宗宣和三年(1121年)。八月十日为公历9月23日。

〔莱〕莱州。今山东莱州市(原名掖县)。

〔礼韵〕宋代官颁韵书《礼部韵略》,共五卷。宋时考试以此为据,不依《广韵》《集韵》。

〔公路〕汉末袁术,字公路。《三国志·袁术传》裴松之注引《吴书》:"术既为雷薄等所拒,留住三日,士众绝粮,乃还,至江亭,去寿春八十里,问厨下,尚有麦屑三十斛。时盛暑,欲得蜜浆,又无蜜。坐棂床上,叹息良久,乃大咤曰:'袁术至于此乎!'因顿伏床下,呕血斗余,遂死。"李清照诗中用以喻室中空无所有。

〔青州从事〕指好酒。《世说新语·术解》:"桓公有主簿,善别酒,辄令先尝。酒好者谓青州从事,恶者谓平原督邮。青州有齐郡,平原有鬲县。从事言到脐,督邮言到鬲上住。"

〔孔方兄〕指钱。古钱外廓圆,内方孔。鲁褒《钱神论》:"钱之为体,有乾坤之象。内则其方,外则其圆。……故能长久为世神宝,亲之如兄,字曰孔方。"

〔喜生事〕喜,喜好。生事,引起事端。此指终日与世酬应,和钱酒打交道,则事务益烦冗。

〔燕寝凝香〕《绣水诗钞》等本作"虚室香生"。《重辑李清照集》作"虚室生香"。燕寝,古代多指帝王寝息之所。唐·韦应物《郡斋雨中与诸文士燕集》云"燕寝凝清香",后亦指地方官员之公馆。赵明诚为莱州知事,故云。凝香,香气凝结。

〔乌有先生〕乌通无。即无有先生。西汉司马相如《子虚赋》中的虚构人物名。《史记·司马相如列传》:"相如以子虚,虚言也,为楚称。乌有先生者,乌有此事也,为齐难。无是公者,无是人也,明天子此义。故空藉此三人为辞,以推天子诸侯之苑囿。其卒章归之于节俭,因以讽谏。"

〔子虚子〕司马相如《子虚赋》中的人物。见"乌有先生"注。

集 评

明·赵世杰:喜生事,说尽俗缘缠,眼高一世。(《古今女史》诗集卷三)

今·程千帆、徐有富:她在诗中表示要谢绝俗缘,同子虚、乌有这些汉赋中虚构人物结成至交,正反映了她心中的寂寞。(《李清照》)

鉴 赏

宋徽宗宣和初年,赵明诚出任知莱州府事(具体年月不详),从而结束了夫妇二人长达十年之久的屏居生活。宣和三年(1121年),李清照于中秋节前由青州赶到莱州。到莱州以后,由于赵明诚忙于公务,二人不能像在青州那样终日为伴,加上人地两生,使李清照感到十分寂寞无聊。何以排遣心中寂寞?于是,她想起了作诗。不巧的是,约定的诗韵偏偏是"子"字韵,对于诗人来说,"子"韵属于"险韵",用以作诗难度较大。李清照不违先约,知难而上,写下了这首感怀诗。

诗的开头两句首先描绘了诗人所处的环境,寒窗败几、空无所有,从写生活环境中反映出诗人心境。然后转入议论,对酒与钱这类世人皆为之吸引的东西,表示了轻蔑。"喜生事"三字,在轻描淡写中将酒与钱之弊端作了深刻揭示。对此二物,诗人不用大加指责,亦不用着力扫除,只是用手轻轻地推开就是。其不屑一顾、嗤之以鼻的情状,跃然纸上。那么,诗人追求的是什么呢?是谢绝俗事纷扰,在赋诗填词中追寻"佳思"。这是一种超俗之举,但这种超俗,不是自视清高,而是一种洁身自好。诗的最后两句照应开头,再次写空无所有,诗人在空与静之中"得至交",其傲世出尘的精神风貌得到了进一步的展示。

此诗虽为因闲而作,却绝非赋闲之篇,诗人的理想、情操、品格皆融于诗中,是一首较好的述怀诗。

晓梦

晓梦随疏钟,飘然蹑云霞。因缘安期生,邂逅萼绿华。秋风正无赖,吹尽玉井花。共看藕如船,同食枣如瓜。翩翩坐上客,意妙语亦佳。嘲辞斗诡辩,治火分新茶。虽非助帝功,其乐莫可涯。人生能如此,何必归故家。起来敛衣坐,掩耳厌喧哗。心知不可见,念念犹咨嗟。

简 介

这是一首记梦诗。诗中写了神仙境界中仙人们逍遥自在的生活,表现了诗人对无拘无束的自由生活的向往,同时也反映了诗人寻求精神解脱而不得的苦闷心情。全诗想象丰富,富有浪漫色彩。

注 释

〔疏钟〕稀疏的钟声。

〔安期生〕秦时仙人。《列仙传》:"安期先生者,琅琊阜乡人也。卖药于东海边,时人皆言千岁翁。秦始皇东游,请见,与语三日三夜,赐金璧,度数千万。出于阜乡亭,皆置去,留书,以赤玉舄一双为报,曰:后数年,求我于蓬莱山。始皇即遣徐市、卢生等数百人入海。未至蓬莱山,辄逢风浪而还。立祠阜乡亭海边十数处云。"

〔邂逅〕不期而遇。

〔萼绿华〕古代传说中的仙女。《真诰》卷一:"萼绿华者,自云是南山人,不知何山也。女子,年可二十上下,青衣,颜色绝整。以升平三年十一月十日夜降羊权。自此往来,一月之中,辄六来过耳。云本姓罗。赠权诗一篇,并致火浣布手巾一方,金石条脱各一枚。"

〔玉井花〕韩愈诗《古意》:"太华峰头玉井莲,开花十丈藕如船。"

〔藕如船〕见"玉井花"注。

〔食枣如瓜〕《史记·封禅书》:"李少君曰:君尝游海上,见安期生。安期生食巨枣,大如瓜。安期生仙者,居蓬莱,合则见人,不合则隐。"

〔嘲辞〕嘲谑之辞。

〔活火〕火之焰。《因话录》卷二:"茶须缓火炙,活火煎。"

〔莫可涯〕无涯,无穷尽。

〔敛衣〕敛掩衣襟。即整装以示肃敬。

〔咨嗟〕叹息。

集 评

明·赵世杰:笔意亦欲仙。(《古今女史》诗集卷二)

清·俞正燮:诗秀朗有仙骨也。(《癸巳类稿·易安居士事辑》)

今·王璠:我们细咀嚼玩味,觉得真和李白的《梦游天姥吟留别》与杜甫《送孔巢父谢病归江东兼呈李白》两诗相类似,有异曲同工之妙。因为从诗的内容上说:都是表示作者厌恶现实,想脱离尘俗,去到想象的天国里讨生活,凭空地虚构出若有其事的神仙境界。从描写的技巧上说:三诗都是脑子里的幻想,写得迷离恍惚,含有一种神秘性,把人引入其中,几乎疑是真事,而不觉是置身于虚无缥缈中。从作者的背景上说:他们三人均生当乱世,社会扰攘的时代,李白的浪迹江湖,杜甫的穷愁潦倒,清照老寡凄凉,对于国家,对于身世,无一不感到辛酸凄惨,因此有这冥想的诗篇。况且他们同是天才的大诗人,写出来的诗有不期然而然的暗合,实非偶然呢!(《李清照研究丛稿·李清照的诗》)

今·王延梯:这诗飘然而有仙骨,具有豪迈洒脱的特色……表现了诗人对个性自由的渴望,对没有桎梏、没有羁绊的生活的向往,反映了诗人追求精神解脱的苦闷心情和对封建束缚的反抗。(《李清照评传》)

鉴 赏

　　李清照的诗作流传下来的不多,而记梦诗又仅此一首。与李清照那些充满了批判精神的现实主义诗作相比,《晓梦》诗那强烈的浪漫主义色彩,就显得格外引人注目了。

　　该诗前两句,写渐入梦境;诗人轻轻踏着云霞,伴着隐约可闻的稀疏钟声,进入了一个新奇的世界。自"因缘安期生"至"何必归故家",写梦中所见:诗人本以为在仙境会见到仙人安期生的,没想到却遇上了仙女萼绿华。她们乘着秋风一起来到了太华山巅,看那花开十余丈的玉莲,那巨如小舟般的鲜藕,一起品尝那神仙食用的如瓜巨枣。漂亮的仙女们翩翩起舞,言谈举止都是那么优美,她们口齿伶俐,思维敏捷,相互之间无拘无束,或互谑逗趣,或煮茶品茗,生活得那么自由自在,真可谓其乐无穷。看到仙界这番景象,诗人不能不发出感慨:"人生能如此,何必归故家?"最后四句记梦后情状:一梦醒来,对仙人生活不禁肃而敬之。然而现实世界却远莫如仙界纯净,尘世纷杂,令人生厌,不得不掩耳避之。诗人知道梦中景象在现实生活中不会再看到了,在念念不忘之中,只有一再叹息。

　　这首记梦诗,表现了诗人对自由生活的向往,也反映了诗人不满于现实的精神苦闷。当这种苦闷之情只能在神仙境界中才能得以解脱时,则更可见诗人寻求个性自由之迫切和强烈。全诗写得洒脱飘逸,想象丰富,有仙骨神韵,在清照诗作中,可谓独具一格。

浯溪中兴颂诗和张文潜(二首)

　　五十年功如电扫,华清花柳咸阳草。五坊供奉斗鸡儿,酒肉堆中不知老。胡兵忽自天上来,逆胡亦是奸雄才。勤政楼前走胡马,珠翠踏尽香尘埃。何为出战辄披靡,传置荔枝多马死。尧功舜德本如天,安用区区纪文字。著碑铭德真陋哉,乃令神鬼磨山崖。子仪光弼不自猜,无心悔祸人心开。夏商有鉴当深戒,简策汗青今具在。君不见,当时张说最多机,虽生已被姚崇卖。

又

君不见,惊人废兴传天宝,中兴碑上今生草。不知负国有奸雄,但说成功尊国老。谁令妃子天上来,虢、秦、韩国皆天才。花桑羯鼓玉方响,春风不敢生尘埃。姓名谁复知安、史,健儿猛将安眠死。去天尺五抱瓮峰,峰头凿出开元字。时移势去真可哀,奸人心丑深如崖。西蜀万里尚能反,南内一闭何时开。可怜孝德如天大,反使将军称好在。呜呼!奴辈乃不能道辅国用事张后尊,乃能念春荠长安作斤卖。

简 介

这两首诗是李清照早年和张耒《读中兴颂碑》诗所作。该诗深刻分析了唐朝之所以会发生安史之乱和唐王朝军队一败涂地的原因,通过总结历史的教训,表现了诗人对北宋末年朝政的担忧,并以此对宋朝统治者予以劝诫。

注 释

〔浯溪中兴颂〕浯溪,地名,在湖南祁阳。唐肃宗上元二年(761年),元结撰《大唐中兴颂》,刻于浯溪石崖上,时人谓之摩崖碑。碑文记述了安禄山作乱,肃宗平乱,大唐得以中兴的史实。其文曰:"天宝十四载,安禄山陷洛阳,明年,陷长安。天子幸蜀,太子即位于灵武。明年,皇帝移军凤翔。其年,复两京,上皇还京师。於戏!前代帝王有盛德大业者,必见于歌颂。若今歌颂大业,刻之金石,非老于文学,其谁宜为!颂曰:噫嘻前朝,孽臣奸骄,为昏为妖。边将骋兵,毒乱国经,群生失宁。大驾南巡,百寮窜身,奉贼称臣。天将昌唐,繄晓我皇,匹马北方。独立一呼,千麾万旟,我卒前驱。我师其东,储皇抚戎,荡攘群凶。复服指期,曾不逾时,有国无之。事有至难,宗庙再安,二圣重欢。地辟天开,蠲除祅灾,瑞庆大来。凶徒逆俦,涵濡天休,死生堪羞。功劳位尊,忠

烈名存，泽流子孙。盛德之兴，山高日升，万福是膺。能令大君，声容
沄沄，不在斯文。湘江东西，中直浯溪，石崖天齐。可磨可镂，刊此颂焉，
于千万年！"

〔和张文潜〕和，依照他人诗词的题材(或体裁)作诗(词)。张文潜，
北宋诗人，名耒，字文潜，苏轼门下"四学士"之一。张耒曾作有《读中
兴颂碑》一诗。全文为："玉环妖血无人扫，渔阳马厌长安草。潼关战
骨高于山，万里君王蜀中老。金戈铁马从西来，郭公凛凛英雄才。举
旗为风偃为雨，洒扫九庙无尘埃。元功高名谁与纪，风雅不继骚人死。
水部胸中星斗文，太师笔下蛟龙字。天遣二子传将来，高山十丈磨苍
崖。谁持此碑入我室，使我一见昏眸开。百年废兴增叹慨，当时数子
今安在？君不见，荒凉浯水弃不收，时有游人打碑卖。"张耒此诗出后，
黄庭坚、潘大临等人皆有和诗，李清照亦和作二首。

〔五十年功〕指唐玄宗(李隆基)在位时间。玄宗在位实际四十四年，
"五十年"为大约数字。

〔华清花柳〕花柳，一作官柳。华清，华清宫，在陕西临潼骊山。《唐会要》
卷三十："开元十一年十月五日，置温泉宫于骊山。至天宝六载十月三
日，改温泉宫为华清宫。"

〔咸阳草〕咸阳，秦始皇建都之地。唐·刘沧《咸阳怀古》诗："渭水故都
秦二世，咸阳秋草汉诸陵。"

〔五坊〕五坊，《新唐书·百官志·殿中监》："闲厩使押五坊以供时狩。一
曰雕坊，二曰鹘坊，三曰鹞坊，四曰鹰坊，五曰狗坊。"后人指不务正业
之人为"五坊小儿"。《资治通鉴》卷二百三十六："贞元之末，政事为
人患者，如宫市五坊小儿之类，悉罢之。"

〔斗鸡儿〕《岁时广记》卷十七引《东城老父传》："明皇乐民间清明节斗
鸡戏。及即位，治鸡坊，索长安雄鸡，金尾、铁距、高冠、昂尾千数，养于
鸡坊，选六军小儿五百，使教饲之。"此指唐玄宗爱好斗鸡，玩物丧志。

〔酒肉堆〕指生活豪华。

〔胡兵〕指安禄山叛乱部队。安禄山本营州柳城胡人。史思明亦为胡人。

〔逆胡〕指安禄山，史思明。

〔奸雄才〕奸诈欺世的野心家。《三国志·魏书·武帝纪》：许子将谓曹操
"子治世之能臣，乱世之奸雄。"

〔勤政楼〕宫名，唐玄宗建，为明皇赐宴设醮之处。全称"勤政务本之楼。"《唐会要》卷三十："开元三年七月二十九日，以兴庆里旧邸为兴庆宫。后于西南置楼，西面题曰花萼相辉之楼，南面题曰勤政务本之楼。"

〔披靡〕溃败。《史记·项羽本纪》："于是羽大呼驰下，汉军皆披靡。"

〔传置荔枝〕《新唐书·杨贵妃传》："妃嗜荔枝，必欲生致之，乃置骑传送数千里，味未变，已至京师。"由于骏马兼程急递，许多马因递送荔枝而累死。

〔著碑铭德〕撰写碑文铭记功德。

〔陋〕此指浅俗。

〔子仪〕郭子仪，唐代名将。玄宗时，累迁朔方节度使，平安史之乱有功，封汾阳王。

〔光弼〕李光弼，唐代名将。平安史之乱有功，授天下兵马都元帅，封淮郡王。

〔不自猜〕一作不用猜。猜，此指被猜疑。

〔天心悔祸〕上天不欲重复其错误。《左传·隐公十一年》："天其以礼悔祸于许。"

〔夏商有鉴〕一作"夏为殷鉴"。《诗经·大雅·荡》："殷鉴不远，在夏后之世。"言后世当以前事为鉴戒。

〔简策汗青〕古时书籍由竹简编成，为便于书写和长久保存，则必须将竹简在火上烤干，炙烤时竹简出水如汗一般，故曰汗青。此简策汗青代指史册。

〔张说、姚崇〕二人均为唐玄宗时宰相，郑处诲《明皇杂录》卷上记："姚元崇与张说同为宰辅，颇疑阻，屡以其相侵，张衔之颇切。姚既病，诫诸子曰：'张丞相与我不叶，衅隙甚深。然其人少怀奢侈，尤好服玩。吾身殁之后，以吾尝同寮，当来吊。汝其盛陈吾平生服玩宝带重器，罗列于帐前。若不顾，汝速计家事，举族无类矣。目此，吾属无所虞，便当录其玩用，致于张公，仍以神道碑为请。既获其文，登时便写进，仍先砻石以待之，便令镌刻。张丞相见事迟于我，数日之后当悔。若却征碑文，以刊削为辞，当引使视其镌刻，仍告以闻上讫。'姚既殁，张果至，目其玩服三四，姚氏诸孤悉如教诫。不数日，文成，叙述核详，时为极笔。其略曰：'八柱成天，高明之位列；四时成岁，亭毒之功存。'后数日，张果使人取文本，以为词未周密，欲重为删改。姚氏诸子仍引使者视其碑，乃告以奏御。使者复命，悔恨拊膺曰：'姚崇颇能算生张说，吾今知才之不如也远矣。'"诗中用此故事，旨在说明：像张说那么多心计的人，还会被姚崇欺骗，更何况沉溺于声色犬马之中的唐玄宗呢？

〔天宝〕唐玄宗年号。

〔国老〕告老退休的卿大夫。此指郭子仪、李光弼等平息安史之乱的功臣。

〔妃子〕此指杨贵妃。

〔虢、秦、韩国〕杨贵妃三姊分封之地。《唐书·杨贵妃传》："有姊三人，皆有才貌。玄宗并封国夫人之号。大姨封韩国，三姨封虢国，八姨封秦国，并承恩泽。出入宫掖，势倾天下。"

〔羯鼓〕乐器，以山桑木为之。状如漆桶，下承以牙床，以两杖击之。唐玄宗素喜音律，尤擅长击羯鼓，人称之为"八音领袖"。

〔方响〕乐器。《杨太真外传》卷上："上尝梦十仙子，乃制《紫云回》。并梦龙女，又制《凌波曲》。二曲既成……就按于清元小殿。宁王吹玉笛，上羯鼓，妃琵琶，马仙期方响，李龟年觱篥，张野狐箜篌，贺怀智拍，自旦至午，欢洽异常。"

〔春风句〕指明皇与贵妃击鼓作乐时，使得春风也不敢吹起尘埃。一说此以春风借代秋风，唐玄宗制《秋风高》曲，"每至秋空迥彻，纤翳不起，即奏之。必远风徐来，庭叶随下。"（见唐·南卓《羯鼓录》）。

〔去天尺五〕杜甫《赠韦七赞善》诗自注："俚语：城南韦杜，去天尺五。"意谓韦杜两家高贵，与皇室接近。此极言其高。

〔抱瓮峰〕即瓮肚峰。唐·郑綮《开天传信记》："华岳云台观中方之上，有山崛起如半瓮之状，名曰瓮肚峰。上尝赏望，嘉其高迥，欲于峰头大凿'开元'二字，填以白石，令百余里望见。谏官上言，乃止。"

〔奸人心丑〕奸人，奸诈之人，此指李辅国等。丑，险恶。

〔西蜀万里〕安史之乱时，玄宗逃至西蜀（今四川）。《松窗杂录》："玄宗幸东都，偶因秋霁，与一行师共登天宫寺阁，临眺久之。上退顾凄然，发叹数四。谓一行曰：'吾甲子得终无恙乎？'一行进曰：'陛下行幸万里，圣祚无疆。'及西行，初至成都，前望大桥。上举鞭问左右曰：'是桥何名？'节度使崔圆跃马前进曰：'万里桥。'上因追叹曰：'一行之言，今果符之，吾无忧矣。'"

〔反〕同返。

〔南内〕长安有大内、西内、南内三宫，南内即兴庆宫，本唐玄宗听政处。安史之乱平息后，玄宗回到长安，肃宗信用李辅国，迁玄宗于西内，故谓"南内一闭"。

〔将军〕指高力士。高力士天宝七年加至骠骑大将军。《新唐书·高力士传》："帝或不名而呼将军。"

〔称好在〕好在：好生、莫乱来。唐·柳珵《常侍言旨》记：明皇被迫迁西内时，李辅国派兵士带着兵器押送之。"太上皇惊，欲坠马数四，左右扶持得免。高力士跃马前进，厉声曰：'五十年太平天子，李辅国旧为家臣，不宜无礼！'李辅国下马失辔。又宣太上皇诰曰：'将士各得好在否？'于是辅国令兵士咸韬刃鞘中，高声曰：'太上皇万福。'一时拜舞。力士又曰：'李辅国拢马。'辅国遂拢马著靴行，与将士等护侍太上皇平安到西内。辅国领众既退，太上皇泣，持力士手曰：'微将军，阿瞒已为兵死鬼矣。'"

〔辅国用事〕辅国，李辅国，玄宗时为阉奴，得肃宗信任，权势日益显赫。用事，当权。

〔张后〕肃宗皇后，与李辅国勾结专权，后为李辅国杀。《唐书·肃宗张皇后传》："皇后宠遇专房，与中官李辅国持权禁中，干预政事，请谒过当。帝颇不悦，无如之何。"

〔春荠长安作斤卖〕《高力士外传》："园中见荠菜，士人不解吃。便赋诗曰：'两京秤斤卖，五溪无人采。夷夏虽有殊，气味应不改。'使拾之为羹，甚美。"以上二句意谓：人们只知道责备唐玄宗宠信高力士、引入杨玉环的误国之罪，却不知道责备肃宗宠信李辅国、张后之弊。

集评

宋·周辉：浯溪《中兴颂碑》，自唐至今，题咏实繁。零陵近虽刊行，止荟粹已入石者，曾未暇广搜而博访也。赵明诚待制妻易安李夫人尝和张文潜长篇二。以妇人而厕众作，非深有思致者能之乎？（《清波杂志》卷八）

明·陈宏绪：李易安诗余，脍炙千秋，当在《金荃》《兰畹》之上。古文如《金石录后序》,自是大家举止,绝不作闺阁妮妮语。《打马图序》亦复磊落不凡。独其诗歌无传。仅见《和张文潜浯溪中兴碑》二篇……二诗奇气横溢,尝鼎一脔,已知为驼峰、麟脯矣。(《寒夜录》卷下)

清·王士禛:宋闺秀李清照,号易安居士,吾郡人,词家大宗。其集名《漱玉》,而诗不概见。兄西樵昔撰《然脂集》,采摭最博,止得其诗二句,云:"少陵也自可怜人,更待来年试春草。"此外了不可得。陈士业《寒夜录》乃载其《和张文潜浯溪碑歌诗》二篇,未言出于何书。予撰《浯溪考》,因录入之。……二诗未为佳作,然出妇人手亦不易,矧易安之逸篇乎?故著之。(《香祖笔记》卷五)

今·王璠:诗中斥责明皇误国,招致离乱,抒发诗人怨愤,忧心如焚。托古讽今,寄意深远。简直与《离骚》的作者屈原同一胸襟。姑且撇开诗中的寄托与思想,就艺术表现方面说,这二诗与白居易的新乐府《秦中吟》没有什么区别,都是尽善尽美的好诗。王士禛《香祖笔记》说"二诗未为佳作",那是十分冤屈的。(《李清照研究丛稿·李清照的诗》)

鉴 赏

北宋中后期,统治阶级上层发生了剧烈的党争。最初的斗争是由王安石派的变法和司马光派的反变法引起的。延续到后来,两派政治力量你上我下,互相倾轧,大起大落。而一旦执政以后,本派内部又迅速分化,争夺益甚。神宗的动摇、高后的专权、哲宗的无能,怂恿和支持了大官僚之间的争夺,因而,朝廷竟成了权欲熏心的官僚们操刀相向的战场。当时,北方辽、金对宋的威胁越来越大,但这些权贵置外患于不顾,反而将互相倾轧的闹剧越演越烈。当时,许多头脑清醒的有识之士已经预感到,大宋复蹈唐代天宝之乱的征象已露端倪。他们不愿意使盛唐变衰的历史悲剧在大宋重演。因而,便有人借咏开元、天宝遗事来隐喻时政之弊,揭露当朝潜在的危机。张耒便是其中之一。宋哲宗元符三年(1100年)前,张耒见永州摩崖碑刻唐元结《大唐中兴颂》,吊古伤今,因作《读中兴颂碑》诗。张诗出后,黄庭坚、潘大临等均有和作。李清照也振笔响应,作了两首和诗。

在这两首诗中,李清照从大处落墨,深刻分析了唐代之所以会发生安史之乱及唐王朝军队一败涂地的原因,即以唐玄宗为首的统治阶级耽于淫佚,任用奸佞。唐玄宗登基之后,在相当长的一个时期内,唐朝仍处于"盛世"之中。然而当他骄奢淫逸,竭民力以快已欲时,其诸般功业也就一扫而空了("五十年功如电扫")。李清照在第一首诗中总结了这一历史的教训,同时指出,这一历史的教训,今天的人们应该很好地记取("夏商有鉴当深戒,简策汗青今具在")。在第二首诗中,李清照着重写了奸雄误国的危险。诗人指出,《大唐中兴颂》碑虽然歌颂了郭子仪、李光弼等兴国功臣,但元结对历史的经验教训的总结是不全面的,他"不知负国有奸雄,但说成功尊国老"。奸雄的危害之大是万万不可忽视的("奸人心丑深如崖"),当年唐玄宗,因战乱流亡西蜀,最后还能返回故都,可是被权奸人物所作弄,就没有重见天日的机会了("西蜀万里尚能反,南内一闭何时开")。

　　李清照这两首诗的政治批判锋芒十分尖锐,诗中不仅将腐化昏聩的唐玄宗和诸般谄媚误国的佞臣一同作了鞭挞,深刻总结了历史教训,而且影射了北宋末年腐败的朝政——君主荒淫无能,臣僚尔虞我诈。在外患日重的年代,李清照不能不深为如此腐败的朝政感到不安。她忧心忡忡,只有用借古讽今的方式来对当权者予以劝诫。从其深沉的忧国之思中,人们不难看到李清照那赤诚的爱国之心。所以说,这两首咏史诗,也是两首爱国之歌。

上枢密韩肖胄诗（二首）

　　绍兴癸丑五月,枢密韩公、工部尚书胡公使虏,通两宫也。有易安室者,父祖皆出韩公门下,今家世沦替,子姓寒微,不敢望公之车尘。又贫病,但神明未衰落。见此大号令,不能忘言,作古、律诗各一章,以寄区区之意,以待采诗者云。

　　三年夏六月,天子视朝久。凝旒望南云,垂衣思北狩。如闻帝若曰,岳牧与群后。贤宁无半千,运已遇阳九。勿勒燕然铭,勿种金城柳。岂无纯孝臣,识此霜露悲。何必羹舍肉,便可车载脂。土地非所惜,玉帛如尘泥。谁当可将命,币厚辞益卑。四岳金曰俞,臣下帝所知。中朝第一人,春官有昌黎。身为百夫特,行足万人师。嘉祐与建中,为政有皋夔。匈奴畏王商,吐蕃尊子仪。夷狄已破胆,将命公所宜。公拜手稽首,受命白玉墀。曰臣敢辞难,此亦何等时。家人安足谋,妻子不必辞。愿奉天地灵,愿奉宗庙威。径持紫泥诏,直入黄龙城。单于定稽颡,侍子当来迎。仁君方恃信,狂生休请缨。或取犬马血,与结天日盟。胡公清德人所难,谋同德协心志安。脱衣已被汉恩暖,离歌不道易水寒。皇天久阴后土湿,雨势未回风势急。车声辚辚马萧萧,壮士懦夫俱感泣。闾阎嫠妇亦何知,沥血投书干记室。夷虏从来性虎狼,不虞预备庸何伤。衷甲昔时闻楚幕,乘城前日记平凉。葵丘践土非荒城,勿轻谈士弃儒生。露布词成马犹倚,崤函关出鸡未鸣。巧匠何曾弃樗栎,刍荛之言或有益。不乞隋珠与和璧,只乞乡关新信息。灵光虽在应萧萧,草中翁仲今何若。遗氓岂尚种桑麻,残虏如闻保城郭。嫠家父祖生齐鲁,位下名高人比数。当时稷下纵谈时,犹记人挥汗成雨。子孙南渡今几年,飘零遂与流人伍。欲将血泪寄山河,去洒东山一抔土。

又

想见皇华过二京,壶浆夹道万人迎。连昌宫里桃应在,华萼楼前鹊定惊。

但说帝心怜赤子,须知天意念苍生。圣君大信明如日,长乱何须在屡盟。

简 介

宋高宗绍兴三年（1133 年），朝廷派同签枢密院事韩肖胄和工部尚书胡松年出使金国,去慰问被囚于北方的徽、钦二帝。李清照特作此二诗为韩、胡二公送行。在这两首诗中，李清照对处于水深火热中的中原人民表示了关切和怀念。同时，尖锐地指出了敌人的掠夺本质，阐述了自己的政治主张。两首诗表现了诗人反击侵略、收复失地的强烈愿望，充满了爱国主义的激情。

注 释

〔韩肖胄〕北宋名相韩琦之曾孙。宋高宗绍兴三年（1133年）任尚书吏部侍郎、端明殿学士、同签枢密院事。被朝廷委派出使金国，为通问使。

〔绍兴癸丑〕宋高宗绍兴三年（1133年）。

〔胡公〕即胡松年，随韩肖胄出使金国，为副使。

〔使虏〕虏，指金国，使虏，出使金国。

〔通两宫〕通：通问、问候。两宫，指被金人掳去的宋徽宗、宋钦宗。

〔易安室〕李清照自称。

〔父祖皆出韩公门下〕韩公，指韩肖胄曾祖韩琦，安阳人。韩琦曾相仁宗、英宗、神宗三朝。李清照之祖父和父亲（李格非）皆曾为韩琦荐引，故曰出韩公门下。

〔家世沦替〕本家世业沦落不振。

〔子姓〕子孙辈的地位。

〔望公之车尘〕望车尘，追随、敬拜之。《晋书·潘岳传》："岳性轻躁，趋势利，与石崇等诌事贾谧，每候其出，与崇辄望尘而拜。"

〔神明〕精神、神智。

〔三年夏六月〕三年，指宋高宗绍兴三年（1133年）。六月，当为五月，此误。

〔凝旒〕旒，古代帝王之冕前后所悬垂的玉穗。《礼记·玉藻》："天子玉藻，十有二旒，前后邃延。"凝旒，指天子冕旒一动不动，形容庄重严肃。

〔南云〕南天之云。天子面南而坐，故所望为南云。

〔垂衣〕言天下太平而无为。《周易·系辞》下："黄帝、尧、舜，垂衣裳而天下治，盖取诸乾坤。"

〔北狩〕狩，本意为狩猎，引申为出巡。宋徽、钦二宗被掳北去，不敢明言，托词出巡，故曰北狩。

〔岳牧〕岳，尧帝时以上羲和之四子分掌四岳诸侯。牧，一州之长为牧。

岳牧,泛指朝廷百官。

〔群后〕各位诸侯,泛指百官。

〔半千〕《孟子·公孙丑》:"五百年必有王者兴,其间必有名世者。"古人遂以"半千"为贤者兴起之时。如《新唐书·员半千传》:"半千始名余庆,生而孤,为从父鞠爱。羁丱通书史。客晋州,州举童子,房玄龄异之。对诏高第,已能讲《易》《老子》。长与何彦光同事王义方。以迈秀见赏。义方常曰:'五百载一贤者生,子宜当之。'因改今名。"

〔阳九〕指岁月充满灾难。古称四千六百一十七岁为一元,初入元一百零六岁中,将逢灾岁九,为阳九。(《汉书·律历志》)晋·刘琨《劝进表》:"方今钟百王之季,当阳九之运。"故阳九为厄运。诗中以阳九代指"靖康之难"。

〔勒〕刻石。

〔燕然铭〕燕然,山名,在今蒙古国,《后汉书·窦宪传》:"窦宪、耿秉与北单于战于稽落山,大破之。虏众奔溃,单于遁走……宪、秉遂登燕然山,山塞三千余里,刻石勒功,纪汉威德,令班固作铭。"

〔金城柳〕用晋·桓温北伐故事。《晋书·桓温传》:"温自江陵北伐,行经金城,见少为琅琊时所种柳皆已十围,慨然曰:'木犹如此,人何以堪!'攀枝折条,泫然流涕。"

〔纯孝臣〕《左传·隐元年》:"颍考叔,为颍谷封人……君子谓颍考叔纯孝也。"

〔霜露悲〕指怀念父母之悲。《礼记·祭义》:"霜露既降,君子履之,必有凄怆之心,非其寒之谓也;春雨露既濡,君子履之,必有怵惕之心,如将见之。"

〔羹舍肉〕用颍考叔事。《左传·隐公元年》:"颍考叔,为颍谷封人……公赐之食,食舍肉。公问之,对曰:'小人有母,皆尝小人之食矣,未尝君之羹,请以遗之。'公曰:'尔有母遗,繄我独无。'颍考叔曰:'敢问何谓也?'公语之故,且告之悔。对曰:'君何患焉,若阙地及泉,隧而相见,其谁曰不然?'公从之。"

〔车载脂〕以油脂涂车轴(可以走得快一些)。《诗经·卫风·泉水》:"载脂载牵。"

〔将命〕奉命。

〔币〕此指贡献给金人的钱物。

〔四岳〕四方诸侯之长。《尚书·尧典》:"帝曰:咨,四岳。"注:"四岳即上羲和之四子,分掌四岳之诸侯,故称焉。"

〔金〕都。

〔俞〕此为表示答应的语气词。

〔中朝第一人〕指唐人李揆。李揆为唐肃宗时宰相,肃宗称其"门第、人物、文学皆当世第一"。后李揆奉命出使外蕃,外蕃酋长问他:"唐有第一人李揆,公是否?"李揆恐被拘,故意道:"非也。他那个李揆争肯到此。"(事见《新唐书·李揆传》《刘宾客嘉话录》)苏轼诗《送子由使契丹》:"单于若问君家世,莫道中朝第一人。"

〔春官〕《周礼·春官宗伯》:"乃立春官宗伯,使帅其属,而掌邦礼,以佐王和邦国。"春官,相当于后世之礼部。

〔昌黎〕唐·韩愈。韩愈曾赠礼部尚书,此以韩愈代指韩肖胄。

〔百夫特〕杰出人物。《诗经·黄鸟》:"维此奄息,百夫之特。"郑注:"百夫之中最雄俊也。"

〔嘉祐〕宋仁宗赵祯年号。

〔建中〕即建中靖国,宋徽宗赵佶年号。

〔为政有皋夔〕皋夔,贤臣。皋陶,虞舜时为狱官之长。夔,舜时乐正也。韩肖胄曾祖韩琦嘉祐年间曾任宰相,祖韩忠彦建中靖国年间为宰相。

〔王商〕汉成帝母王太后之弟,曾代匡衡为相。《汉书·王商传》:"为人多质,有威重,长八尺余,身体鸿大,容貌甚过绝人。河平四年,单于来朝,引见白虎殿。丞相商坐未央庭中,单于前拜谒商,商起离席与言。单于仰视商貌,大畏之,迁延却退。天子闻而叹曰:此真汉相矣。"

〔吐蕃尊子仪〕《新唐书·郭子仪传》记,回纥、吐蕃入侵,郭子仪"自率铠骑二千出入阵中。回纥怪问是谁,报曰:'郭令公。'惊曰:'令公存乎?怀恩言天可汗弃天下,令公即世,中国无主,故我从以来。今公存,天可汗存乎?'报曰:'天子万寿。'回纥悟曰:'彼欺我乎!'"

〔夷狄〕古时指边远地区少数民族。

〔白玉墀〕以白玉为阶,代指宫殿。

〔家人安足谋〕《建炎以来系年要录》:"肖胄母文安郡太夫人文氏闻肖胄当行,为言:'韩氏世为社稷臣,汝当受命即行,勿以老母为念。'上闻之,诏特封荣国太夫人,以宠其节。"

〔宗庙威〕先祖的神威。

〔紫泥诏〕紫泥,皇帝用以封书信的印泥。紫泥诏,即用紫泥封的诏书。

〔黄龙城〕辽、金地名,为金朝国都。

〔稽颡〕行至敬之礼,以额触地。

〔侍子〕汉时匈奴及西域诸国遣子入侍,名曰"侍子",实际上即为人质。

〔狂生〕放荡不羁之人。

〔请缨〕投军报国。《汉书·终军传》:"南越与汉和亲,乃遣军使南越,说其王,欲令入朝,比内诸侯。军自请愿受长缨,必羁南越王而致之阙下。军遂往说越王,越王许诺,请举国内属。"

〔犬马血〕明誓用血。《史记·平原君列传》:"毛遂谓楚王之左右曰:取鸡狗马之血来。"索隐按:盟之所用牲,贵贱不同,天子用牛及马,诸侯用犬及豭,大夫以下用鸡。

〔天日盟〕指天盟誓。

〔谋同〕意见、意志相同。

〔心志安〕意志坚定。王仲闻《李清照集校注》为"必志安"。

〔脱衣已被汉恩暖〕《史记·淮阴侯列传》:"韩信谢曰:'臣侍项王,官不过郎中,位不过执戟,言不听,画不用,故倍楚而归汉。汉王授我上将军印,予我数万众,解衣衣我,推食食我,言听计用,故吾得以至于此。夫人深亲信我;倍之不祥,虽死不易,幸为信谢项王。'"

〔离歌〕离别时送别、辞行所唱的歌。

〔易水寒〕用《战国策·燕策三》荆轲刺秦王故事:"太子及宾客……皆白衣冠送之。至易水之上,既祖取道,高渐离击筑,荆轲和而歌,为变征之声,士皆垂泪涕泣。又前而歌曰:'风萧萧兮易水寒,壮士一去兮不复还。'"

〔皇天久阴后土湿〕《楚辞·九辩》:"皇天淫溢而秋霖兮,后土何时而得干。"

〔车声辚辚马萧萧〕化用杜甫《兵车行》诗句"车辚辚马萧萧"。辚辚,形容车声。萧萧形容马鸣声。

〔间阎〕民间。

〔嫠妇〕寡妇。

〔沥血投书〕沥血,指立誓。投书,递交书信。

〔记室〕古代官名,相当于近代之秘书。汉魏时始设。宋·高承《事物纪原》:"其官始见于魏武之世矣。宋用晋制,自明帝后,皇子帝虽非都督,亦置记室参军。则记室而为参军,晋制也。宋朝亦置于诸王府,曰某王府记室也。"

〔夷虏〕指金统治者。

〔性虎狼〕本性像虎狼般残暴。

〔不虞预备〕防范不测之事。《左传·文六年》:"备预不虞。"

〔庸何伤〕有什么害处呢?

〔衷甲〕衷,同中。中甲,即将甲穿在衣服以内。《左传》记,楚人欲于盟会时突袭晋,兵士皆将甲穿在衣服里面,使晋人不防备。

〔乘城〕登城。

〔平凉〕地名,在今甘肃省。《唐书·马燧传》记:唐贞元三年五月十五日,浑瑊与吐蕃相尚结实盟于平凉,吐蕃埋伏重兵突然袭击。

〔葵丘〕春秋时宋国地名,在今河南省兰考县境内。公元前651年夏,齐桓公会周公、鲁侯、宋子、卫侯、郑伯、许男、曹伯于此。同年秋,齐侯盟诸侯于葵丘。

〔践土〕地名,在今河南省原阳西南。晋文公曾于此与齐、宋、郑、卫等国会盟。

〔谈士〕口才善辩之人。

〔弃儒生〕《郦生传》:"沛公不好儒,未可以儒生说。"

〔露布〕即布告,此指军中报捷的文书。古时用兵获胜,上其功报于朝,谓之露布。

〔马犹倚〕《世说新语·文学》:"桓宣武北征,袁虎时从,被责免官。会须露布文,唤袁倚马前令作,手不辍笔,俄得七纸,殊可观。东亭在侧,极叹其才,袁虎曰:'当令齿舌间得利。'"

〔崤函关出鸡未鸣〕崤函关,亦称函谷关。《史记·孟尝君传》:"孟尝君得出,即驰去,更封传,变姓名以出关,夜半至函谷关。秦昭王后悔出孟尝君,即使人驰传逐之。孟尝君至关,关法:鸡鸣而出客。孟尝君恐追至。客之居下坐者,有能为鸡鸣,而鸡尽鸣,遂发传出之。如食顷,秦追果至。已后孟尝君出,乃还。"

〔樗栎〕不成材之木。《庄子·人间世》:"匠石之齐,至于曲辕,见栎社树,其大蔽数千牛,絜之百围,其高临山十仞,而后有枝,其可以为舟者旁十数。观者如市,匠伯不顾,遂行不辍。弟子厌观之,走及匠石曰:'自吾执斧斤以随夫子,未尝见材如此其美也。先生不肯视,行不辍,何也?'曰:'已矣,勿言之矣。散木也。以为舟则沉,以为棺椁则速腐,以为器则速毁,以为门户则液樠,以为柱则蠹,是不材之木也。'"

〔刍荛之言〕刍荛,采薪者。刍荛之言,指地位低下的人说的话。

〔隋珠〕《淮南子·览冥训》:"譬如隋侯之珠,和氏之璧,得之者富,失之者贫。"注:"隋侯,汉东之国,姬姓诸侯也。隋侯见大蛇伤断,以药傅之。后蛇于江中衔大珠以报之。因曰'隋侯之珠',盖月明珠也。"

〔和璧〕即和氏璧。《韩非子·和氏》:"楚人和氏得玉璞楚山中,奉而献之厉王。厉王使玉人相之,玉人曰:'石也。'王以和为诳,而刖其左足。及厉王薨,武王即位,和又奉其璞而献之武王。武王使玉人相之,又曰:'石也。'王又以和为诳,而刖其右足。武王薨,文王即位。和乃抱其璞而哭于楚山之下,三日三夜,泪尽而继之以血。王闻之,使人问其故。曰:'天下之刖足者多矣,子奚哭之悲也?'和曰:'吾非悲刖也,悲夫宝玉而题之以石,贞士而名之以诳,此吾所以悲也。'王乃使玉人理其璞而得宝焉,遂命曰和氏之璧。"

〔乡关〕故乡。

〔灵光〕汉鲁恭王殿名。王延寿《鲁灵光殿赋》:"鲁灵光殿者,盖景帝程姬之子恭王余之所立也……遭汉中微,盗贼奔突,自西京未央、建章之殿,皆见毁坏,而灵光岿然独存。"

〔萧萧〕萧条状。

〔翁仲〕秦·阮翁仲,南海人。身长一丈三尺,气质端勇,异于常人。始皇使率兵守临洮,声振匈奴,死后铸其铜像于咸阳宫司马门外。后人泛称坟墓或建筑物前的石像为翁仲。

〔遗氓〕即遗民。

〔嫠家〕寡妇之家。此为李清照自称。

〔齐鲁〕今山东省一带。

〔比数〕相比之中还算在数。

〔稷下〕地名,在今山东临淄。《史记·孟子荀卿列传》:"自驺衍与齐之稷下先生：淳于髡、慎到、环渊、接子、田骈、驺奭之徒,各著书言治乱之事,以干世主,岂可胜道哉。"索隐:"按稷,齐之城门也。或云:'稷,山名。'谓齐之学士,集于稷门之下也。"

〔挥汗成雨〕《战国策·齐策》:"临淄之途,车毂击,人肩摩,连衽成帷,举袂成幕,挥汗成雨,家敦而富,志高而扬。"形容繁盛、人众多之况。

〔流人〕流亡者。

〔东山〕鲁地山名。《孟子·尽心上》:"孔子登东山而小鲁,登泰山而小天下。"

〔一抔土〕一捧土。

〔皇华〕颂使臣之语,亦指皇帝派出之使臣。《诗经·小雅·皇华》:"皇皇者华,君遣使臣也。送之以礼乐,言远而有光华也。"

〔二京〕南宋使臣赴金,要经过南京(今河南商丘)、东京(今河南开封)。

〔壶浆〕古时百姓以壶盛浆慰劳义师。《孟子·梁惠王下》:"以万乘之国,伐万乘之国,箪食壶浆,以迎王师。"

〔连昌宫〕唐宫名,高宗时置,在洛阳。元稹《连昌宫词》:"连昌宫中满宫竹,岁久无人森似束。又有墙头千叶桃,风动落花红蔌蔌。"

〔华萼楼〕即花萼相辉楼。徐松《唐两京城坊考》:"开元二十四年十二月,毁东市东北角道政坊西北角,以广花萼楼前地。置宫后,宁王宪、申王㧑、岐王范、薛王业邸第相望,环于宫侧,明皇因题'花萼相辉'之名,取诗人棠棣之意。"

〔赤子〕百姓。

〔苍生〕百姓。《书·益稷》:"光天之下,至于海隅苍生。"

〔长乱何须在屡盟〕《诗经·小雅·巧言》:"君子屡盟,乱是用长。"

集 评

今·王仲闻:(该诗)不仅歌颂了人民永远不会对敌人屈服的爱国主义精神,清照殷切希望恢复失地、拯民水火的热烈感情,也充分流露出来了。(《李清照集校注·后记》)

今·王延梯:李清照不是政治家,而是无权过问政事的"闾阎嫠妇"。但她却能以政治家的眼力,对敌我形势以及对敌斗争策略,提出颇为精到的见解,写出思想性战斗性较强的诗篇,表现了对国家前途、民族命运的密

切关注,这实在是难能可贵的。(《李清照集注·前言》)

鉴 赏

宋高宗绍兴三年(1133年)五月,高宗赵构派遣签枢密院事、吏部侍郎韩肖胄和工部尚书胡松年出使金国,同时去慰问被囚于北方的徽、钦二帝。年值半百且贫病交加的李清照,对此事表示了极大的关心,特作古、律诗各一首,为二公送行。

第一首,前十八句为第一段("三年夏六月"至"币厚辞益卑")。诗中写了高宗遣使通金的原因——思念"北狩"之二帝,表示一下自己的孝心。对此,诗人并未给予高度评价和支持,为什么呢?因为诗人不赞成高宗为尽孝而一味求和的做法。诗人希望的是有人能像窦宪那样,北破单于,刻石纪功;能像桓温那样,收复失地,重见旧地杨柳。然而最高统治者不惜任何代价,一味求和,诗人对此不能不表示出遗憾。

"四岳金曰俞"至"与结天日盟"为第二段。诗人首先对使臣韩肖胄的品德才能予以高度赞扬,勉励其很好地担当出使重任,以大振国威。要让金人像当年匈奴、吐蕃人害怕王商、郭子仪那样,慑服大宋使者。然后,诗人代韩肖胄道出受命誓词:决心公而忘私,以国家利益为重,以对敌人的极度蔑视和勇敢的斗争胆略,去与敌人达成平等的协议。虽是诗人代言,却足见诗人对韩肖胄的无比信赖和所寄托的重望。

"胡公清德人所难"至"壮士懦夫俱感泣"为第三段。诗中表达了诗人对韩、胡二公齐心协力完成使命的期望。希望他们像韩信忠于汉室,荆轲勇于赴难那样,完成出使任务。诗人甚至想象了为二公送行的悲壮场面,从而对韩胡二人表示了崇敬之情。

"闾阎嫠妇亦何知"至结尾,为第四段。诗人以一个民间寡妇的身份,对肩负重任的使者进几句"刍荛之言":其一,叮嘱二公,一定要提高警惕,小心行事,绝不可麻痹轻敌,定要防患于未然。其二,请求二位使者,多多带回一些中原人民的消息。旧日胜迹而今已如何了?故人坟前已是什么景象?老百姓在水深火热之中是否还能种桑麻?敌人是否还用重兵镇守着中原城郭?等等等等,诗人都想知道。其三,请二位使者记住一个流亡妇人的心愿"欲将血泪寄山河,去洒东山一抔土"。

第二首诗中,李清照通过想象宋使北行之后,将会受到沦陷区人民何等热烈的欢迎,从而反映出北方人民对大宋的向往、对光复的向往。同时指出了敌人的掠夺本性,并提出了自己的政治主张,反对与敌人继续和盟。因为一再订盟不仅已足以说明敌人不守信用,而且还会被敌人看作软弱可欺,以至招来更大的祸乱。

这两首诗既有深刻的揭露、尖锐的谴责,也有冷静的分析、积极的建议;既含椎心泣血的悲痛,又具气贯长虹的豪情。诗中人物形象鲜明,高宗的急于求和,韩、胡二公的大义凛然,中原百姓的殷切企盼,诗人的崇敬与忧虑、关切和希望等,皆得到了形象的描绘。尤其第一首中,诗人感情由隐至显,由冷静到强烈,由舒缓至奔放。在叙事与抒情的有机结合中,表达了深刻的思想和强烈的感情。这两首诗用典甚多,虽然从中可以看出诗人才学之丰厚,但终有过多过滥之嫌,在一定程度上减弱了作品的艺术魅力。

断句(七则)

(一)

诗情如夜鹊,三绕未能安。

(二)

少陵也自可怜人,更待来年试春草。

(三)

南渡衣冠少王导,北来消息欠刘琨。

(四)

南来尚怯吴江冷,北狩应悲易水寒。

（五）

何况人间父子情。

（六）

炙手可热心可寒。

（七）

露花倒影柳三变，桂子飘香张九成。

简 介

　　以上断句原作失传，为后人从诸专集、别集中辑出。（五）（六）两句约作于清照结婚之后、屏居青州之前，（二）（三）（四）句作于清照南渡之后，（七）句作于绍兴二年（1132年）春。各句大意参见注释。

注 释

〔夜鹊〕曹操《短歌行》："月明星稀，乌鹊南飞。绕树三匝，何枝可依。"

〔少陵〕杜甫。

〔可怜人〕可怜，可爱。杜甫诗《雨过苏端》："苏侯得数过，欢喜每倾倒。也复可怜人，呼儿具梨枣。"

〔试春草〕杜甫《瘦马行》："谁家且养愿终惠，更待明年试春草。"诗中以瘦马自比，身虽瘦弱，仍希望来年春草发后一试身手。

〔南渡〕西晋原都洛阳，怀、愍二帝被掳后，元帝立于建康，是为东晋。晋室渡江而南，故曰南渡。

〔衣冠〕指士大夫。杜甫诗《追酬故高蜀州人日见寄》："衣冠南渡多崩奔。"

〔王导〕晋人。元帝南渡即位后，王导为相，历事三朝，对晋之中兴多有功劳。《世说新语》卷上之上《言语第二》："过江诸人，每至美日，辄相邀新亭，藉卉饮宴。周侯中坐而叹曰：'风景不殊，正自有山河之异。'皆相视流泪。惟王丞相愀然变色曰：'当共戮力王室，克复神州，何至作楚囚相对？'"

〔刘琨〕晋人，与王导同时。元帝未立时，琨上表劝进，时为并州刺史。晋室南渡后，留在北方，后为段匹䃅所害。《世说新语·言语第二》："刘琨虽隔阂寇戎，志在本朝。谓温峤曰：'班彪识刘氏之复兴，马援知汉之可辅。今晋祚虽衰，天命未改。吾欲立功于河北，使卿延誉于江南，子其行乎？'温曰：'峤虽不敏，才非昔人。明公以桓、文之姿，建匡立之功，岂敢辞命。'"

〔南来〕中原沦陷后，李清照流亡在江南，故曰南来。

〔吴江〕吴淞江之别名，此泛指江南一带。

〔北狩〕见《上枢密韩肖胄诗》注。

〔易水寒〕见《上枢密韩肖胄诗》注。

〔何况句〕《洛阳名园记·张揆序》："文叔在元祐，官太学。丁建中靖国，再用邪朋，窜为党人。女适赵相挺之之子，亦能诗，上赵相救其父云：'何况人间父子情。'识者哀之。"另黄庭坚《忆邢淳父》诗："眼看白璧埋黄壤，何况人间父子情。"不知清照系用其成句，抑或与黄巧合。

〔炙手句〕晁公武《郡斋读书志》："其舅正夫相徽宗朝，李氏尝献诗云：'炙手可热心可寒'。"炙手可热，言势炎之盛。杜甫《丽人行》诗："炙手可热势绝伦，慎莫近前丞相嗔。"心可寒，指令人恐惧。《战国策·燕策三》："足为寒心。"索隐："凡人寒甚则心战，恐惧亦战。今民惧臂寒，言可为心战。"

〔露花倒影〕柳永词《破阵乐》首句："露花倒影，烟芜蘸碧，灵沼波暖。"

〔柳三变〕柳永初名柳三变，北宋早期著名词人，李清照曾评其词"变旧声作新声，出《乐章集》，大得声称于世。虽协音律，而词语尘下"。（《词论》）

〔桂子飘香张九成〕张九成，字子韶。宋高宗绍兴二年（1132年）三月，赵构策试诸路类试奏名进士于讲殿，以张九成为第一。张九成对策中有"澄江泻练，夜桂飘香"之语。

集 评

宋·朱弁：赵明诚妻，李格非女也。善属文，于诗尤工。晁无咎多对士大夫称之。如"诗情如夜鹊，三绕未能安"，"少陵也自可怜人，更待来年试春草"之句，颇脍炙人口。（《风月堂诗话》卷上）

宋·庄绰：靖康初，罢舒王王安石配享宣圣，复置《春秋》博士，又禁销金。时皇弟肃王使虏，为其拘留未归。种师道欲击虏，而议和既定，纵其去，遂不讲防御之备。太学轻薄子为之语曰："不救肃王废舒王，不御大金禁销金，不议防秋事《春秋》。"其后，胡人连年以深秋弓劲马肥入寇，薄暑乃归。远至湖、湘、二浙，兵戈扰攘，所在未尝有乐土也。自是越人至秋亦隐山间，逾春乃出。人又以《千字文》为戏曰："彼则寒来暑往，我乃秋收冬藏。"时赵明诚妻李氏清照亦作诗以诋士大夫云："南渡衣冠少王导，北来消息欠刘琨。"又云："南来尚觉吴江冷，北狩应悲易水寒。"后世皆当为口实矣。（《鸡肋编》卷中）

清·陈锡露：李易安有句云："诗情如夜鹊，三绕未能安。"晁补之称之，见朱弁《风月堂诗话》。按，二句新色照人，却能抉出诗人神髓，而得之女子，尤奇。（《黄嬭余话》卷八）

清·俞正燮：忠愤激发，意悲语明，所非刺者众。（《癸巳类稿·易安居士事辑》）

又：（易安）又为诗诮应举进士曰："露花倒影柳三变，桂子飘香张九成。"应举者服其工对，传诵而恶之。（同上）

今·王仲闻：昔人以此联为对仗工整，盖以"三变"对"九成"之"成"字与"变"字。《周礼·大司乐》："乐有六变、八变、九变。"《礼记·乐记》有"再成、三成、四成、五成、六成"。《礼记》郑注："每奏武曲，一终为一成。"变亦成也，见《周礼》贾公彦疏。

张九成对策，词藻华丽而意极沉痛，李清照以之与柳三变吟风弄月作品相提并论。实为失当。叶梦得《岩下放言》卷上载有人以柳三变对张九成，盖亦指此事，称之曰轻薄子，亦不满其作此游戏文字也。（《李清照集校注》）

三 文 集

金石录后序

右《金石录》三十卷者何？赵侯德父所著书也。取上自三代，下迄五季，钟、鼎、甗、鬲、盘、彝、尊、敦之款识，丰碑、大碣、显人、晦士之事迹，凡见于金石刻者二千卷，皆是正伪谬，去取褒贬，上足以合圣人之道，下足以订史氏之失者，皆载之，可谓多矣。呜呼！自王播、元载之祸，书画与胡椒无异；长舆、元凯之病，钱癖与传癖何殊。名虽不同，其惑一也。余建中辛巳，始归赵氏。时先君作礼部员外郎，丞相时作吏部侍郎。侯年二十一，在太学作学生。赵、李族寒，素贫俭。每朔望谒告，出，质衣，取半千钱，步入相国寺，市碑文果实。归，相对展玩咀嚼，自谓葛天氏之民也。后二年，出仕宦，便有饭蔬衣练，穷遐方绝域，尽天下古文奇字之志。日就月将，渐益堆积。丞相居政府，亲旧或在馆阁，多有亡诗、逸史，鲁壁、汲冢所未见之书，遂尽力传写，浸觉有味，不能自已。后或见古今名人书画，一代奇器，亦复脱衣市易。尝记崇宁间，有人持徐熙《牡丹图》，求钱二十万。当时虽贵家子弟，求二十万钱，岂易得耶。留信宿，计无所出而还之。夫妇相向惋怅者数日。后屏居乡里十年，仰取俯拾，衣食有余。连守两郡，竭其俸入，以事铅椠。每获一书，即同共校勘，整集签题。得书、画、彝、鼎，亦摩玩舒卷，指摘疵病，夜尽一烛为率。故能纸札精致，字画完整，冠诸收书家。余性偶强记，每饭罢，坐归来堂，烹茶，指堆积书史，言某事在某书、某卷、第几叶、第几行，以中否角胜负，为饮茶先后。中即举杯大笑，至茶倾覆怀中，反不得饮而起，甘心老是乡矣。故虽处忧患困穷，而志不屈。收书既成。归来堂起书库，大橱簿甲乙，置书册。如要讲读，即请钥上簿，关出卷帙。或少损污，必惩责揩完涂改，不复向时之坦夷也。是欲求适意，而反取懊慄。余性不耐，始谋食去重肉，衣去重采，首无明珠、翠羽之饰，室无涂金、刺绣之具。遇书史百家，字不刓缺，本不讹谬者，辄市之，储作副本。自来家传《周易》《左氏传》，故两家者流，文字最备。于是几案罗列，枕席枕藉，意会心谋，目往神授，乐在声色狗马之上。至靖康丙午岁，侯守淄川，闻金寇犯京师，四顾茫然，盈箱溢箧，且恋恋，且怅怅，知其必不为己物矣。建炎丁未春三月，奔太夫人丧南来。既长物不能尽载，乃先去书之重大印本者，又去画之多幅者，又去古器之无款识者。后又去书之监本者，画之平常者，器之重大者。凡屡减去，尚载书十五车。至东海，连舻渡淮，又渡江，至建康。青州故第，尚锁书册什物，用屋十余间，期明年春再具舟载之。十二月，金人陷青州，凡所为十余屋者，已皆为煨烬矣。建炎戊申秋九月，侯起复知建康府。己酉春三月罢，具舟上芜湖，入姑孰，将卜居赣水上。夏五月，至池阳。被旨知湖州，过阙上殿。遂驻家池阳，独赴召。六月十三日，始负担，舍舟坐岸上，葛衣岸巾，精神如虎，目光烂烂射人，望舟中告别。余意甚恶，呼曰："如传闻城中缓急奈何。"戟手遥应曰："从众。必不得已，先弃辎重，次衣被，次书册卷轴，次古器，独所谓宗器者，可自负抱，与身俱存亡，勿忘也。"遂驰马去。涂中奔驰，冒大暑，感疾。至行在，病痁。七月末，书报卧病。余惊怛，念侯性素急，奈何。病痁或热，必服寒药，疾可忧。遂解舟下，一日夜行三百里。比至，果大服柴胡、黄芩药，疟且痢，病危在膏肓。余悲泣，仓皇不忍问后事。八月十八日，遂不起。取笔作诗，绝笔而终，殊无分香卖履之意。葬毕，余无所之。朝廷已分遣六宫，又传江当禁渡。时犹有书二万卷，金石刻二千卷，器皿、茵褥，可待百客，他长物称是。余又大病，仅存喘息。事势日迫。念侯有妹婿，任兵部侍郎，从卫在洪州，遂遣二故吏，先部送行李往投之。冬十二月，金寇陷洪州，遂尽委弃。所谓连舻渡江之书，又散为云烟矣。独余少轻小卷轴书帖、写本，李、杜、韩、柳集，《世说》《盐铁论》，汉唐石刻副本数十轴，三代鼎鼐十数事，南唐写本书数箧，偶病中把玩，搬在卧内者，岿然独存。上江既不可往，又虏势叵测，有弟迒任敕局删定官，遂往依之。到台，守已遁。之剡出陆，又弃衣被走黄岩，雇舟入海，奔行朝，时驻跸章安；从御舟海道道之温，又之越。庚戌十二月，放散百官，遂之衢。绍兴辛亥春三月，复赴越。壬子，又赴杭。先侯疾亟时，有张飞卿学士，携玉壶过，视侯，便携去，其实珉也。不知何人传道，遂妄言有颁金之语。或传亦有密论列者。余大惶怖，不敢言，遂尽将家中所有铜器等物，欲走外庭投进。到越，已移幸四明。不敢留家中，并写本书寄剡。后官军收叛卒取去，闻尽入故李将军家。所谓岿然独存者，无虑十去五六矣。惟有书画砚墨，可五七箧，更不忍置他所，常在卧榻下，手自开阖。在会稽，卜居土民钟氏舍。忽一夕，穴壁负五箧去。余悲恸不已，立重赏收赎。后二日，邻人钟复皓出十八轴求赏。故知其盗不远矣。万计求之，其余遂不可出。今知尽为吴说运使贱价得之。所谓岿然独存者，乃十去其七八。所有一二残零不成部帙书册三数种，平平书帖，犹复爱惜如护头目，何愚也耶。今日忽阅此书，如见故人。因忆侯在东莱静治堂，装卷初就，芸签缥带，束十卷作一帙，每日晚更散，辄校勘二卷，跋题一卷。此二千卷，有题跋者五百二卷耳。今手泽如新，而墓木已拱，悲夫。昔萧绎江陵陷没，不惜国亡，而毁裂书画。杨广江都倾覆，不悲身死,而复取图书。岂人性之所著,死生不能忘之欤。或者天意以余菲薄,不足以享此尤物耶。抑亦死者有知,犹斤斤爱惜,不宜留在人间耶。何得之艰而失之易也。呜呼!余自少陆机作赋之二年,至过蘧瑗知非之两岁,三十四年之间,忧患得失,何其多也。然有有必有无,有聚必有散,乃理之常。人亡弓,人得之,又胡足道。所以区区记其终始者,亦欲为后世好古博雅者之戒云。绍兴二年、玄黓岁,壮月朔甲寅,易安室题。

简 介

这是李清照晚年为《金石录》一书所写的跋文,它在介绍了该书的作者、卷数、内容及其价值之后,详细叙写了作者夫妇酷爱古代文物,节衣缩食收集金石古籍和战乱中所藏古物屡遭厄运,几至散佚殆尽的过程。通过文物古籍聚散的命运,写出了国破家亡时作者颠沛流离的悲惨遭遇,表达了作者悼念死者、追思家珍的笃真情感。同时也写出了作者的家世和一生的大体经历,并从一个侧面反映了外族入侵、朝廷腐败给人民带来的苦难和不幸。因此,这篇文章不仅是研究李清照生平事迹的可靠材料,而且也是动乱时代的一个缩影,具有很高的传记资料价值和一定的历史认识价值。这篇跋文同时又是一篇叙议结合、文情并茂的散文佳作,全文主线分明,叙次井然,细节生动,感情丰沛,跌宕起伏,感人至深。

注 释

〔金石录〕书名。金石学名著,李清照之夫赵明诚著,共三十卷。金,指古代金属器皿,主要为青铜器钟鼎之类,器上往往有铭文。石,古代石刻文字碑铭之类。

〔后序〕《金石录》卷首有赵明诚的自序,李清照写的序文在卷末,故称后序,即跋。

〔右〕右边,以上。古书从右至左直行刻印,因后序在卷末,所以称《金石录》为"右"。

〔赵侯德父〕赵明诚字德父,又作德夫、德甫。父、夫、甫作为男子的"字"

的字尾,三字通用。侯,旧时对州郡长官的雅称。赵明诚,宋代密州诸城(今山东省诸城)人,喜治金石之学,能诗文。曾做过莱州、淄州、建康府及湖州等地方官,故称"侯"。

〔三代〕夏、商、周三朝。

〔五季〕五代,即后梁、后唐、后晋、后汉、后周。"《金石录》所著录者最古为世传所谓的夏时器,时代最近者为周世宗之《周宣王庙记》,故曰'上自三代,下迄五季。'"

〔钟〕古代乐器,由青铜铸制。

〔鼎〕古代炊具,多用青铜制造。一般圆形,三足两耳。钟、鼎盛行于殷、周,上面所刻文字,后世称为钟鼎文。

〔甗(yǎn)〕古代炊具,青铜或陶制。分上下两层,用以蒸、煮食物。

〔鬲(lì)〕属鼎类的器具,足中空,用以盛普通小菜。

〔盘〕古代盥洗器具,青铜制,用以承接盥洗用水。

〔彝(yí)〕古代青铜器的通称,多指宗庙祭祀用的礼器。彝,本又作匜(yí),即古代盥洗器具,青铜制,用以舀水浇洗。

〔尊〕古代酒器,青铜制。或樽的古字。

〔敦(duì)〕古代食器,青铜器。呈圆球形,盖与器身各作半球形。用以盛放黍稷类食物。但此器名,清代以前多与"殷(guǐ)"混用。

〔款识(zhì)〕古代青铜器上铭刻的文字。一说阴文为款,阳文为识;一说器外为款,器内为识。识,又有刻、记的意思。

〔丰碑大碣(jié)〕高大的刻有纪念文字的碑。碣,又特指圆形碑。

〔显人〕显赫而有名望的人。

〔晦士〕此指姓名不见于史传的人。

〔二千卷〕二千件。卷,这里指拓本的件或张。

〔是正〕校订,订正。又作"正其"(商务印书馆排印明抄本《说郛》卷十九载《瑞桂堂暇录》,下简作瑞本)。

〔伪谬〕错误。伪,实为"讹"(é)即讹。(谢世箕刻本《金石录》,下简作谢本;雅雨堂本《金石录》,下简作雅本;结一庐刊津逮秘书未刻本《金石录》,下简作结本,皆作"讹"今黄墨谷重辑本等作"讹"。)

〔去取褒贬〕鉴别真伪正误而加取舍或评论优劣。

〔史氏〕编修史书的人员。

〔载〕又作"具载"(瑞本等)。

〔王播〕字明敭,唐代太原(今山西省太原市)人。文宗时尚书左仆射,为官贪酷,但生平不曾专意收藏书画,也未遭祸。因此清代何焯校改为"王涯"。王涯,字广津,亦唐代太原人,官至中书侍郎,同中书门下平章事(宰相),后因谋诛宦官事泄而被杀。家中壁藏名书画甚丰,秘不示人。死后被人破垣剔取金玉,而弃其书画于道。又顾炎武《日知录》引作"涯",顾所见本当为"涯"。

〔元载〕字公辅,唐凤翔岐山(今陕西岐山)人。代宗时,官至中书侍郎,专横纳贿,聚敛财货,后溺死。抄其家产时,中有胡椒八百石。事见《新唐书·元载传》。

〔长舆〕和峤的字。晋汝南西平(今属河南省)人,惠帝时太子太傅。家富万贯,秉性吝啬,时人谓其有"钱癖"。事见《晋书·和峤传》。

〔元凯〕杜预的字。晋京兆杜陵(今陕西省西安)人,武帝时为镇南大将军,封当阳县侯。后潜心研究经典古籍,尤爱《春秋左氏传》,著有《春秋左氏传集解》《春秋长历》等书,曾在答问晋帝时,称"臣有《左传》癖。"事见《晋书·杜预传》。

〔惑〕迷恋。

〔建中辛巳〕宋徽宗建中靖国元年(1101年)。

〔归〕这里指嫁与。旧时女子出嫁曰归。

〔先君〕死去的父亲,即李格非。李格非,字文叔,宋神宗熙宁九年(1076年)中进士,官至礼部员外郎,提点京东刑狱。北宋著名学者、文学家,有《洛阳名园记》传世。

〔礼〕瑞本作"吏",实误。

〔丞相〕此指李清照的公公赵挺之。赵挺之字正夫,密州诸城(今山东诸城)人。进士出身,徽宗时做过吏部侍郎,后官至尚书右仆射(丞相)。

〔时〕据顾千里校云:"时"为衍字。

〔朔望〕阴历的每月初一和十五。

〔谒告〕请假,休假。

〔质衣〕典当衣服。

〔相国寺〕北宋京城汴京(今河南开封)的最大庙宇。原名建国寺,建于北齐天保六年(555年)。唐代重建,改名相国寺。宋时再扩建,题额"大相国寺"。寺内有市,每月有五次大的庙会,各地商贾云集,是商业繁华之地。

〔市〕购买。

〔玩〕观赏,欣赏。

〔葛天氏之民〕语出陶渊明《五柳先生传》:"衔觞赋诗,以乐其志,无怀氏之民欤?葛天氏之民欤?"葛天氏,上古传说中古部落的帝王。据说那时"不言而自信,不化而自行。"(《路史·禅道记》)人民性格纯朴,生活悠闲。这显然是对原始社会的一种理想化的想象。此处借以表达自得其乐的欢愉心情。

〔仕宦〕做官。

〔饭蔬衣练〕吃素食穿粗衣。出《论语》:"(颜回)饭蔬食,饮水"及《后汉书·马皇后纪》:"常衣大练,裙不加缘。"后曰:"吾为天下母,而身服大练,食不求甘。"练,本又作"綀(shū)"(谢本、雅本及钮抄)。练,即大帛,《后汉书》李注引杜预左传注云:厚缯也。綀,苎麻粗丝所织布。王仲闻虽以后者更符合节省之意,但不知此处系清照用《马后传》之典,从"练"不误。

〔穷遐方绝域〕跑遍边远的地方。穷,尽〔收〕。遐方,边远之地。绝域,人迹罕到之处的金石文字。

〔尽天下古文奇字〕收集全天下的上古文字。古文,秦以前的文字。奇字,古文的异体字。

〔日就月将〕语出《诗·周颂·敬之》:"日就月将,学有缉熙于光明。"孔颖达疏:"日就,谓学之使每日有成就;月将,谓至于一月则有可行。言当习之以积渐也。"意为日久月长,日积月累或日有所成,月有所得。

〔渐益堆积〕积累越来越多。

〔亲旧〕亲朋故友。

〔馆阁〕收藏书籍、编修国史的机关。宋有昭文馆、史馆、集贤院三馆,又有秘阁、龙图阁、天章阁、宝文阁等,统称"馆阁"。赵挺之为相时,三馆秘阁,已改为秘书省。文中此处所言实指秘书省。

〔亡诗〕《诗经》三百零五以外的周诗。

〔逸史〕指"失传的史籍"(王水照《宋代散文选注》)。

〔鲁壁〕汉武帝时,鲁恭王毁孔子宅壁,得《古文尚书》等。事见孔安国《古文尚书序》。

〔汲冢〕晋武帝时,汲郡人不(fōu)盗挖魏襄王(一说魏安厘王)墓,得竹书、漆书,世称《汲冢书》。后遂称秘藏古籍为鲁壁汲冢。事见《晋书·束皙传》)。冢,坟墓。

〔浸觉〕越发感到。浸,渐渐地。

〔一代〕应作"三代"。(明·谢行甫抄本《金石录》,下简作谢抄本)。

〔脱衣市易〕脱下身上现穿的衣服典卖以换取(书、画、奇器等)。市易,变卖购买。

〔崇宁〕宋徽宗赵佶年号(1102~1106年)。

〔徐熙〕南唐著名画家。"钟陵(今江西进贤)人,世为江南仕族。熙识度闲放,以高雅自任。善画花木、禽鱼、蝉蝶、蔬果。学穷造化,意出古今。"(宋·郭若虚《图画见闻志》)

〔信宿〕连宿两夜。再宿叫信。

〔屏(bǐng)居〕隐居。

〔乡里〕此指青州(今山东青州市)。徽宗大观二年(1108年),李清照随赵明诚由京城回青州故第。赵之原籍虽为诸城,因"始挺之自密州徙居青州"(宋·徐自明《宋宰辅编年录》),故明诚故里实为青州非诸城。赵挺之罢相并于不久谢世后,赵明诚等挺之亲旧均遭蔡京迫害,清照随夫回乡即缘此。

〔十年〕一说此二字为衍文(顾千里校本抹去)。今各本均保留而不从之。

〔仰取俯拾〕仰头取低头拾,意为勤俭节省,博取不拘大小。语出《史记·货殖列传》:"俯有拾,仰有取。"拾,又作"给"(谢本等)。

〔连守两郡〕连任两个州的行政长官。赵明诚从宣和三年(1121年)至靖康元年(1126年)曾连任莱州(今山东莱州市)和淄州(今山东淄博市淄川区)知州。

〔铅椠(qiàn)〕古代的书写文具。铅指铅条,椠指木版。此指校勘、刻印古籍或著述。

〔同共〕共下或有"是正"(瑞本等)。

〔整集签题〕整理使之整齐并写上书名。

〔摩玩舒卷〕抚摩观赏,展开卷起。

〔疵病〕缺点错误。疵,小毛病。

〔率(lǜ)〕标准。

〔偶〕这里是自谦之词。自说不是经常强记而是偶尔有之。瑞本作"偏",今本不从。

〔强记〕记忆力很强。

〔归来堂〕青州故宅中室名。晋陶渊明辞官归隐,曾作《归去来辞》以明志。

〔以中否〕中,瑞本作"比",今本不从。中(zhòng)射中目标,这里指猜对。

〔角〕竞、争、比赛。

〔甘心老是乡〕心甘情愿地在这样的环境中度过一生。

〔屈〕瑞本作"少缓"。

〔簿甲乙〕分门别类登记编号。即编制目录。簿,用于动词,登记在册。甲乙,排定次序。

〔请钥上簿〕令取钥匙并进行取书登记。

〔关出卷帙〕取出书籍。关,领取。帙,原指书套,泛指成套的书或一套书。结本无"出"字。黄墨谷重辑本"卷帙"属下断句。

〔惩〕结本作"征",今本不从。

〔揩完涂改〕雅本、结本揩作"楷"。瑞本作"楷",涂完整。

〔坦夷〕随随便便,不放在心上。

〔适意〕愉快自得。

〔憀(liáo)慄(lì)〕严肃拘谨。

〔重(chóng)肉〕第二样荤菜。

〔重(chóng)采〕第二件绸衣。

〔翠羽〕各本多作"翡翠",今从瑞桂堂本校改。

〔刓(wán)缺〕磨损脱落,残缺不全。刓,原意为削去边、角。

〔两家者流〕指《周易》与《左传》两书的注疏研究者的著作。

〔罗列〕排列成行。

〔枕藉〕纵横堆放。瑞本作"枕席枕藉"。雅本、结本无"枕席"二字。

〔意会心谋,目往神授〕意与书会,心与书谋,目视于书,神注于书,极言其全副精力都用到了书上,对书籍达到了酷爱的程度。

〔声色狗马〕指音乐、女色及狗马等玩好之物。

〔靖康丙午〕宋钦宗赵桓靖康元年(1126年)。

〔淄川〕宋时又名淄州,今山东省淄博市淄川区。

〔金寇〕寇,瑞本外皆作"人",盖经篡改。

〔京师〕指北宋京城汴京,今河南省开封市。

〔盈箱溢箧（qiè）〕装满箱（书籍）。箧，小箱子。

〔建炎丁未〕宋高宗赵构建炎元年（1127年）。

〔太夫人〕汉制称列侯之母，后泛指官绅的母亲。此系指赵明诚之母、李清照的婆母。

〔长（zhàng）物〕多余的东西。

〔监本〕国子监所刻的书，又称官本。因系公开发售，故较普通而易得。

〔东海〕东海郡辖历史上多有变异。宋时指今江苏省东北部与山东毗邻的一带地方。

〔连舻〕许多大船前后相接。舻，本指船头或船尾，此指舳，即大船。

〔又〕瑞本作"及"。

〔江〕专称，即长江。古称黄河为河，长江为江。

〔建康〕今江苏省南京市。

〔青州〕今山东省青州市。

〔故第〕故宅，老家。第，一作"地"。

〔皆为〕瑞本作"化为"。

〔煨（wēi）烬〕灰烬。煨，热灰。

〔起复〕旧时指官吏服丧未满而被起用。后则指服丧已满被起用，未满而起用叫夺服。赵明诚知建康府时母丧未满三年。

〔己酉春三月罢〕建炎三年（1129年）三月末。三月又作"二月"（结本等）。罢，结束，完了。又"罢"下有"建康"二字（瑞本），今本不从。

〔芜湖〕今安徽省芜湖市。

〔姑孰〕今安徽省当涂县。

〔卜居〕选择住处。

〔赣水〕今江西省的赣江。

〔池阳〕今安徽省池州市。

〔被旨〕接受皇帝的招旨。

〔湖州〕今浙江省湖州。

〔过阙上殿〕至京城面见皇帝。阙，宫门两旁的望楼，中间为行道。

〔六月十三日〕三，瑞本作"二"。

〔葛衣岸巾〕（穿着）夏布衣服，戴着露额的头巾。岸巾，即岸帻（zé），帻，头巾。瑞本作"著衣巾"，钮抄作"著衣岸巾"，今本不从。

〔目光烂烂射人〕烂烂，目光明亮的样子。瑞本作"目烂烂光射人"。《世说新语·容止》:"裴令公目王安丰:目烂烂如岩下电。"

〔意甚恶〕情绪很不好。

〔缓急〕偏义复词,即紧急。

〔戟(jǐ)手〕王仲闻据《左传·哀公二十五年》杜注,以为以手叉腰如戟。王水照《宋代散文选注》谓:竖起食指和中指来指人,形如古代兵器中的戟。

〔辎(zī)重〕外出时所带的包裹箱笼。

〔次书册卷轴〕瑞本作"次书册,次卷轴"。

〔宗器〕宗庙所用的礼乐之器。或以为指器之拓片。

〔勿忘也〕诸本又作"忘之"。瑞本作"亡失"。黄墨谷重辑本从之作"亡失也"。

〔涂〕即途。

〔行在〕皇帝的行宫。此处指当时宋高宗住地建康。

〔奈何〕黄墨谷重辑本属下断句,作"奈何病痁"。

〔病痁(diàn)〕患了疟疾。痁,疟疾。

〔惊怛(dá)〕惊恐忧伤。

〔疾可忧〕疾,结本作"复"。

〔柴胡、黄芩(qín)〕都是属寒性的中药。

〔膏肓(huāng)〕古代医学家称心之下为膏,心与隔膜之间为肓,并认为膏肓之间是药力达不到的地方,病至此便危不可治。

〔八月十八日〕十八,瑞本作"十七"。

〔分香卖履〕典出曹操《遗令》:"余香可分与诸夫人。诸舍中无所为,学作履组(鞋带儿)卖也。"此指关于琐细家事的遗言。履或作"屦"。

〔意〕结本作"恋"。

〔余无所之〕瑞本作"顾四维无所之"。之,往,去。

〔六宫〕本指皇后和嫔妃的住处,借指皇后、宫女等。分遣六宫事指建炎三年七月,隆祐太后等逃往洪州(今江西南昌)。

〔茵褥〕垫席和被褥。

〔称(chèn)是〕数量与此不相上下。

〔余〕结本作"且"。

〔从卫〕随从护卫(隆祐太后)。

〔洪州〕今江西省南昌市。

〔部送〕或作"部随"。护送,押送。

〔金寇〕各本作"金人",似已篡改。瑞本作"金寇"为是。

〔委弃〕舍弃,抛弃。

〔散为云烟〕化为乌有。

〔写本〕手抄本。

〔李、杜、韩、柳集〕唐代著名文学家李白、杜甫、韩愈、柳宗元的集子。

〔世说〕即《世说新语》,南朝宋刘义庆撰。

〔盐铁论〕书名,汉代桓宽著。

〔鼐(nài)〕大鼎。

〔十数事〕十多件。

〔把玩〕拿在手中观赏。

〔岿然独存〕此指经过厄运而有幸存下来的珍贵之物。本出《文选·鲁灵光殿赋)》:"自西京未央建章之殿,皆见墟坏,而灵光岿然独存。"注引《孔丛子》,孔子曰:"夫山者,岿然高。"

〔上江〕江之上游,此指南京以西。

〔叵(pǒ)测〕不可预测,很难估量。叵,"不可"的合音字。

〔远(háng)〕此指李清照的弟弟李远。

〔有递远任〕一作"有弟远在"(谢抄),"有弟近任"(结本)或"有弟仕"(瑞本)。

〔敕局删定官〕主管把皇帝的诏旨编辑成书。

〔台〕台州(今浙江临海)。

〔守已遁〕知州已逃跑。"建炎四年正月,台州守臣晁公为弃城逃走。"(《宋史·高宗纪》)谢抄、雅本、结本"守"上有"台"字。

〔剡(shàn)〕今浙江省嵊(shèng)县西南。剡,瑞本作"嵊"。

〔陆〕即睦州(今浙江建德),因距台州甚远,疑误。瑞本作"之嵊在陆"。

〔黄岩〕今浙江省台州市黄岩区。

〔行朝〕即"行在",行至某处的朝廷。瑞本作"奔赴行在"。

〔驻跸(bì)〕皇帝出行暂住,即驻扎。跸,皇帝出行清道。

〔章安〕镇名,宋时属台州,在今浙江省临安市东南。

〔海道道〕海,瑞本作"岸"。道道,各本多不叠。

〔温〕温州（今浙江温州）。

〔越〕越州（今浙江绍兴）。

〔庚戌〕建炎四年（1130年）。

〔放散百官〕建炎四年（1130年）十一月，宋高宗下诏文武百官除侍人谏官外皆自找地方居住，"候春暖赴行在"。（《建炎以来系年要录》）

〔衢〕衢州（今浙江省衢州市）。

〔绍兴辛亥〕宋高宗绍兴元年（1131年）。

〔壬子〕宋高宗绍兴二年。（1132年）。

〔杭〕杭州（今浙江省杭州市）。"又赴杭"中的"又"，顾校抹去，结本也无。

〔先侯疾亟时〕当初赵明诚病危时。亟，急。

〔张飞卿学士〕王仲闻据《清河书画舫》申集载田互跋王晋卿瀛山图，以为此张飞卿，阳翟（今河南省禹州市）人。喜书画。而清·陆心源《仪顾堂题跋》，以为此张飞卿即字飞卿之张汝舟，为毗陵人，今从王仲闻说。

〔珉（mín）〕似玉的石头。

〔传道〕造谣。

〔颁金〕清俞正燮《易安居士事辑》改为"颂金"，各本均作颁金。俞改字后，释为"献璧北朝"，附会难通。近人有谓"颁金"乃"颁赐金人"，乃"通敌"之意，亦牵强。王仲闻以为或原文有误，以存疑为是。

〔密论列〕向朝廷告密。论列，上书检举；弹劾。

〔余大惶怖〕惶怖，非常惶恐害怕。

〔遂〕雅本、结本作"亦不敢遂己"。

〔欲走〕走，雅本、结本作"赴"。瑞本则作"去"。

〔外庭〕皇帝在外听政的处所。或谓与"内廷"对言，即朝廷。

〔移幸〕皇帝移往。幸，这里指君王驾临。

〔四明〕今浙江省宁波市。

〔剡〕瑞本作"嵊县"。

〔李将军〕不详何人。

〔无虑〕大概，差不多。

〔可五七簏（lù）〕大约五到七箱。可，约。簏，竹箱，瑞本作"蠡（lù），小匣"。

〔阖(hé)〕合。

〔会(kuài)稽〕今浙江省绍兴市。

〔穴壁〕在墙壁挖洞(偷盗)。穴,用于动词,意为凿穿。

〔不已〕此据瑞本。雅本、结本作"不得活"。

〔钟复皓〕瑞本作"钟浩",钮抄作"钟皓"。

〔故知其〕其,瑞本作"真"。

〔吴说〕字傅明,浙江钱塘人,著名书法家。其书法自成一体,名曰"游丝书"。时任福建路转运判官,故称之为运使。

〔平平书帙〕平常书籍。帙,各本又作"帖"。

〔忽阅〕阅,雅本、结本作"开"。

〔东莱静治堂〕东莱,即莱州(今山东莱州)。静治堂,莱州府衙宅第中赵明诚的书斋。

〔装卷〕装成轴或帙。卷,又作"縹"(瑞本)或"标"(钮抄)。

〔芸签〕书签。古代多用芸草驱除书中的蠹虫,所以又称书为芸编,称书签为芸签。一说芸草所做的书签。

〔縹(piāo)带〕束书用的带子,多用淡青色的帛制作。芸签縹带,文中是指《金石录》成书中贴在卷帙上的名签和缚在卷帙上的带子。

〔更散〕雅本、结本、瑞本作"吏散"。

〔手泽〕原意为手汗所润泽。此指赵明诚校勘题跋所留下的墨迹。

〔墓木已拱〕坟上的树已有合抱粗细,意为人死已久。拱,两手合围。

〔萧绎〕南朝梁元帝。公元552年萧绎在江陵(今湖北江陵)即位。公元554年魏兵攻陷江陵,他将所藏图书十四万卷全部烧毁,并说:"读书万卷,犹有今日,故焚之。"(司马光《资治通鉴》)遂被俘身死。

〔陷没(mò)〕陷落,被攻破。没,一作殁。

〔杨广〕隋炀帝。杨广于大业十二年(616年)出游江都(今江苏扬州),大业十四年(618年)被部将宇文化及所杀。死前"聚书三十七万卷,皆焚于广陵(即江都)"。(唐代杜宝《大业幸江都记》)他死也要把书籍带走,此其所谓"不悲身死,而复取图书"。

〔菲薄〕此指命薄。

〔尤物〕优异珍贵之物。

〔斤斤〕明察的样子。引申为拘谨而过分计较小事。

〔少陆机作赋之二年〕即十八岁。盖据杜甫《醉歌行》中有"陆机二十作文赋,汝更少年能缀文"的诗句。陆机,字士衡,吴郡华亭(今上海松江)人,西晋文学家。二十作《文赋》事本传未著。

〔过蘧(qú)瑗(yuàn)知非之两岁〕即五十二岁。《淮南子·原道训》:"蘧伯玉年五十而知四十九年之非。"蘧瑗,字伯玉,春秋时卫国大夫。

〔人亡弓,人得之〕典出《吕氏春秋·贵公》:"荆人有遗弓者,而不肯索,曰:'荆人遗之,荆人得之,又何索焉'。"文中之意是说自己虽然失掉了所藏的金石书画,但别人得了也是一样,有人失有人得吧。

〔区区〕《古诗为焦仲卿妻作》云:"阿母谓府吏,何乃太区区。"此谓悫悫迂执之意。

〔绍兴二年〕公元1132年。绍兴,宋高宗年号。据宋·洪迈《容斋四笔》及明抄《说郛》之《瑞桂堂暇录》,此序作于绍兴四年(1134年)。黄墨谷重辑本据近人考证改作"五"。

〔玄黓(yì)岁〕即壬年(绍兴二年是壬子年)。太岁在壬叫玄黓,见《尔雅·释天·岁阳》。

〔壮月朔甲寅〕旧历八月为"壮",见《尔雅·释天·月阳》。朔,每月的初一。甲寅应是八月初一的干支名。据《中国史历日和中西历史对照表》,绍兴二年八月朔日,是戊子,四年八月朔日为戊寅,五年者为壬寅,皆与甲寅不合,而朔按习惯写于干支名后。因此,此一段文末题署有窜误。

〔易安室〕室,瑞桂堂本作"堂",《三长物斋丛书》本《金石录》《后序》此下有"李清照"署名。易安为李清照别号,下连"室"或"堂",犹如"斋""轩""庵""亭"等,均字、号之词尾。有人以"室"为"妻室"之谓,非是。

集 评

宋·洪迈:东武赵明诚德甫,清宪丞相中子也。著《金石录》三十篇……凡为卷二千。其妻易安李居士,平生与之同志。赵没后,愍悼旧物之不存,乃作《后序》,极道遭罹变故本末……时绍兴四年也,易安年五十二矣。自叙如此,予读其文而悲之,为识于是书。(《容斋四笔》卷五)

宋·陈振孙:明诚,宰相挺之之子。其妻易安居士为作《后序》,颇可观。

（《直斋书录解题》卷八）

宋·无名氏：易安居士李氏，赵丞相挺之之子讳明诚字德夫之内子也。才高学博，近代鲜伦。其诗词行于世甚多。尝见其为乃夫作《金石录后序》，使后之人叹息。以见世间万事，真如梦幻泡影，而终归于一空而已。（《瑞桂堂暇录》见《说郛》四十六卷）

明·曹安：李易安，赵丞相挺之之子赵德夫之内也。序德夫《金石录》，谓："王播（涯）、元载之祸，书画与胡椒无异；长舆、元凯之病，钱癖与传癖何殊？名虽不同，其感一也。"又谓："萧绎江陵陷没，不惜国亡而毁裂书画；杨广江都倾覆，不悲身死而复取图书。岂人性之所著，生死不能忘之欤？"又谓"有有必有无，有聚必有散，乃理之常。人亡弓，人得之，又胡足道？"夫女子，微也，有识如此，丈夫独无所见哉"（《谰言长语》卷下）

明·祝允明："有此文才，有此智识，亦闺阁之杰也。"（刘士鏻编《古今文致》卷三引《金石录后序》评语）

明·郎瑛：赵明诚……著《金石录》一千卷（三十卷）。其妻李易安，又文妇中杰出者。亦能博古穷奇，文词清婉，有《漱玉集》行世，诸书皆曰与夫同志，故相亲相爱至极。予观其叙《金石录》后，诚然也。（《七修类稿》卷十七）

明·归有光：观李易安所称其一生辛勤之力，顷刻云散，可以为后人藏书之戒。然余平生无他好，独好书，以为适吾性焉耳，不能为后日计也。（仁和朱氏刊本《金石录》载《题〈金石录〉后》）

明·朱大韶：易安此序，委曲有情致，殊不似妇女口中语，文固可爱。予夙有好古之癖，且亦因以识戒云。（《漈喜斋藏书记》卷一引宋本《金石录》题跋）

明·胡应麟：李易安《金石录》……李氏夫妇雅尚，具见篇中。……李于文稍愧稚训，第其好而能专，专而能博，博而能读，殆有过于欧、苏两公所谓者。因颇采撷其语，著于篇。胡应麟曰：夫书好而弗力，犹亡好也，故录庐陵《集古序》。夫书聚而弗读，犹亡聚也，故录眉山《藏书记》。夫书好而聚，聚而必散，势也。曲士讳之，达人齐之，益愈见聚者之弗可亡读也，故录易安《金石志》终焉。（《少室山房笔丛》卷四，甲部，《经籍会通》四）

明·田艺蘅：德甫著《金石录》，其妻与之同志，乃共相考究而成，由是

名重一时。赵没后,愍悼旧物之不存,乃作《后序》。(《诗女史》卷十一）

明·赵世杰等:（眉批）前序乃德甫所作。（"有人持徐熙《牡丹图》……"眉批）力不能致此宝物,宜其惆怅。（"坐归来堂烹茶"一段眉批）真一时胜消息,不能久耳。（"目恋恋,且怅怅"一段眉批）先见之明。("既长物不能尽载"一段眉批）计此时又合惆怅数日。("其青州故第……又化为煨烬"一段眉批）可惜可恨。（"必不得已,先弃辎重"一段眉批）追叙变故次第,段段婉致。（"金寇陷洪州"一段眉批）此时可哭。（"独余……岿然独存"眉批）可贺。（"无虑十去五六"一段眉批）更可恸哭。（"今日忽阅此书"一段眉批）有怆然之思。（《古今女史》前集卷三）

明·萧良有:叙次详曲,光景可睹。存亡之感,更凄然言外。(《古今女史》卷三引《金石录后序》评语）

明·朱尔绣:聚散无常,盈虚有数。达见者于富贵福泽,亦当作如是观。(《古今女史》卷三引《金石录后序》评语）

明·张丑:易安居士能书、能画,又能词,而尤长于文藻。迄今学士每读《金石录序》,顿令精神开爽。何物老妪生此宁馨,大奇,大奇。(《清河书画舫》申集引《才妇录》）

清·钱谦益:赵明诚《金石录》三十卷,李易安后序。明诚之室,文叔之女也。其文淋漓曲折,笔力不减乃翁。"中郎有女堪传业",文叔之谓耶。(《绛云楼书目》卷四金石类陈景云注）

清·谢启光:《金石录》,宋赵德父所著。原本于欧阳文忠公《集古录》,益广罗而确核之,盖竭一生之心力而成是书。德父自为序；没,而其室李易安又序其后。中间叙述购求之殷,收蓄之富,与夫勘校之精勤,即流离即难,犹携以远行,斤斤爱护不少置,深惋惜后来之散失。余初得易安序,读之,嘉其夫妇同心,笃于嗜古……（谢刻《金石录》）

清·顾炎武:读李易安题《金石录》,引王涯、元载之事,以为有聚有散,乃理之常；人亡人得,又胡足道！未尝不叹其言之达。(《日知录集释》卷二十一）

清·王士禄:《吴柏寄姊书》云:诵《金石录序》令人心花怒开,肺肠如涤。《袖释堂脞语》云:班、马作史,往往于琐屑处极意摹写,故文字有精神色态。易安《金石录后序》中间数处,颇得此意。至萧绎江陵陷没一段,文

人癖好图书,过于家国性命,尤极浓至。(《宫闺氏籍艺文考略》)

清·钱曾:《金石录》,清照序之极详,其搜访可谓不遗余力……(《读书敏求记》)

清·阮刘文如:易安此序,言德甫夫妇之事甚详。《宋史·赵挺之传》传后无明诚之事,若非此序,则德甫一生事迹年月,今无可考。按《后序》作于绍兴四年,易安自言:"余自少陆机作赋之二年,至过蘧伯玉知非之两岁,三十四年之间,忧患得失,何其多也!"是作序之年,五十二岁矣。序言十九岁归赵氏时,先君作礼部员外郎,侯年二十一。按德甫卒于建炎三年,是德甫卒年四十九也。易安十九岁为建中靖国元年。是年挺之为礼部侍郎。是赵李同官礼部时联姻也。

清·王赠芳等:明诚作《金石录》,考据精确,多足正史书之失,清照实助成之。靖康二年,明诚奔母丧于建康,半弃所藏。其年十二月,金人陷青州,火其藏书十余屋。明诚,诸诚人而家于青也。建炎二年起复,知建康府。三年,召知湖州。至行在,病卒。清照自为文祭之。既葬,清照赴台州依其弟迒,辗转避难于越、衢诸州。绍兴二年,又赴杭州,所携古器物以次失去,乃为《金石录后序》,自述流离状。(首光《济南府志·列女传》)

清·周乐:明诚卒,(清照)乃作《金后录后序》,自述其离乱状,人皆悯之。(冷雪庵本《漱玉集·题李易安遗像并序》)

清·李慈铭:阅赵明诚《金石录》,其首有李易安《后序》一篇,叙致错综,笔墨疏秀,萧然出畦町之外。予向爱诵之,谓宋以后闺阁之文,此为观止。(《越缦堂读书记》卷九,艺术)

清·符兆纶:(清照)因取明诚在日所同著《金石录》,序而藏之。自述流离,备极凄惨,至今读之,尤觉怦怦。其去明诚之没盖已六年,年且五十有二矣。(《续修历城县志》引《历下咏怀古迹诗抄》)

今·朱铸禹:赵明诚喜好搜藏考订金石拓本,著有《金石录》三十卷。清照于绍兴二年题跋书后,详叙在开封时搜集书籍金石文物的情况和他们夫妻"翻书赌茗"的乐趣,以及靖康之间金人侵入后,兵荒马乱,仓皇避难,收藏散失,明诚病殁等凄凉情况。文字是非常委婉动人的。(《唐宋画家人名辞典》)

今·浦江清:以上李清照《金石录后序》一篇。清照为宋代有名之女词人，其夫《金石录》一书亦为宋代学术界之名著。此文详记夫妇两人早年之生活嗜好，及后遭逢离乱，金石书画由聚而散之情形，不胜死生新旧之感，一文情并茂之佳作也。赵、李事迹，宋史失之简略，赖此文而传，可以当一篇合传读。故此文体例虽属于序跋类，以内容而论，亦同自叙文。清照本长于四六，此文却用散笔，自叙经历，随笔提写。其晚景凄苦郁闷，非为文而造情者，故不求其工而文自工也。（《国文月刊》一卷二期）

今·游国恩、王起、萧涤非、季振淮、费振刚：李清照遗留下来的少数诗文，大都是南渡以后的作品。《金石录后序》介绍了《金石录》的内容与成书过程，同时回忆了她婚后三十四年间的忧患得失，是一篇优美动人的散文。（《中国文学史》三）

鉴 赏

此篇跋文，既为其书《金石录》而写，更为其人赵明诚而写。睹物怀人，情思如缕，物之得失聚散，人之生离死别，"三十四年之间，忧患得失，何其多也。""今手泽如新，而墓木已拱"，多少往事涌至心头。记忆的长河，流淌着欢声笑语，也流淌着抽噎悲泣，可谓情真意切，感人肺腑。

作者在简述了《金石录》的内容大要及其价值之后，情不自禁地以一声长长的慨叹"呜呼"为起领，连用历史典故，指陈酷爱金石之惑，对历历往事的回忆构织了一条以时间为序的纵向线索。从"余建中辛巳始归赵氏"，"质衣""市碑文"至"屏居乡里"，"竭其俸入以事铅椠""归来堂起书库大橱，簿甲乙，置书册"；从"靖康丙午岁""金人犯京师"，"盈箱溢箧""知其必不为己物"，至"建炎丁未春三月""奔太夫人丧南来"，"长物不能尽载""凡屡减去，尚载书十五车"，"连舻以渡""至建康"；从"金人陷青州"，"故第书册""十余屋""皆为煨烬"，至"建炎戊申"以"先弃辎重，次衣被，次书册卷轴，次古器"，"宗器""自抱负""与身俱存之"；至明诚病亡"葬毕"，"余无所之"；"犹有书二万卷、金石刻两千卷"；至"连舻渡江之书又散为云烟"；以至"家中所有铜器等物"，"尽入故李将军家"，"岿然独存者""十去五六"，又遭人穴壁盗取，已是"十去七八"，"所有一二残零不成部帙书册三数种，平平书帙"……物之聚散若是，人之悲欢可知！"忽阅此书，如见故人"的一声"悲夫"，不啻是肝胆俱裂的惨烈浩叹！文末，作者又收束宕开的笔锋,追忆赵明诚勤奋编撰《金石录》的情景,进一步寄托了对死者的无尽哀思。结尾处,连用前人爱书至"不惜国亡""不悲身死"的典故,再一次以"呜呼"的悠长慨叹,连连发问:"何得之艰而失之易?""忧患得失,何其多也?"最后以"人亡弓,人得之","有有必有无,有聚必有散"的"理之常"和"以区区记其始终","欲为后世好古博雅者之戒"的题跋趣旨,流露了作者无可奈何的自我宽慰与通达,以及莫可名状的麻木的痛苦。

《金石录后序》是一篇至情文字,作者以其横溢的才华,入细入微地为我们描绘了一个个声情并茂感人至深的场景。如"质衣取半千钱,步入相国寺市碑文果实。归,相对展玩咀嚼"的自乐自得;见徐熙《牡丹图》"留信宿",二十万钱"计无所出而还之","夫妇相向惋怅者数日"的极大遗憾;"每获一书,即共勘校,整集签题""摩玩舒卷,指摘疵病,夜尽一烛"的勤勉欢愉;以及猜书品茗,"中即举杯大笑,至茶倾覆怀中,反不得饮而起"的嬉笑戏谑……这使人真切地感受到了李清照夫妇"甘心老是乡""乐在声色狗马之上"的高雅志趣,表现了人合物聚之喜。这又为之后的人亡物散之悲埋下了伏笔,并形成强烈的对比。至若"负担舍舟,坐岸上,葛衣岸巾,精神如虎,目光烂烂射人,望舟中告别","戟手遥应"的惶惶生离;"取笔作诗,绝笔而终,殊无分香卖履之意"的匆匆死别;"独余少轻小卷轴书帖,写本……""病中把玩",劫余"书画砚墨""常在卧榻下,手自开阖","平平书贴,犹复爱惜如护头目"的拳拳愚爱,无一不表现得淋漓尽致。

就这样,《后序》以睹物怀人为枢纽,经纬交织,情理互补"叙致错综,墨笔疏秀"(李慈铭《越缦堂读书记》),写出了作者少历繁华,中经丧乱,晚境凄凉的一生,反映了国亡家破的时代悲剧,同时记录了赵明诚夫妇大略的经历,使其具有了一定的史传价值。《后序》真情贯乎全篇,文如行云流水,又是一篇风格清新,辞采俊逸,"萧然出畦町之外"(同上)的散文佳作,读后"令人心花怒开,肺肠如涂"(王士禄《宫闺氏籍艺文考略》引《吴伯寄姊书》)。

投翰林学士綦崇礼启

清照启：素习义方，粗明诗礼。近因疾病，欲至膏肓，牛蚁不分，灰钉已具。尝药虽存弱弟，应门惟有老兵。既而苍皇，因成造次。信彼如簧之说，惑兹似锦之言。弟既可欺，持官文书来辄信；身几欲死，非玉镜架亦安知。僶俛难言，优柔莫决。呻吟未定，强以同归。视听才分，实难共处，忍以桑榆之晚景，配兹驵侩之下材。身既怀臭之可嫌，惟求脱去；彼素抱璧之将往，决欲杀之。遂肆侵凌，日加殴击，可念刘伶之肋，难胜石勒之拳。局天扣地，敢效谈娘之善诉；升堂入室，素非李赤之甘心。外援难求，自陈何害，岂期末事，乃得上闻。取自宸衷，付之廷尉。被桎梏而置对，同凶丑以陈词。岂惟贾生羞绛灌为伍，何啻老子与韩非同传。但祈脱死，莫望偿金。友凶横者十旬，盖非天降；居图圄者九日，岂是人为！抵雀捐金，利当安往；将头碎璧，失固可知。实自谬愚，分知狱市。此盖伏遇内翰承旨，搢绅望族，冠盖清流，日下无双，人间第一。奉天克复，本缘陆贽之词；淮蔡底平，实以会昌之诏。哀怜无告，虽未解骖；感戴鸿恩，如真出己。故兹白首，得免丹书。清照敢不省过知惭，扪心识愧。责全责智，已难逃万世之讥；败德败名，何以见中朝之士。虽南山之竹，岂能穷多口之谈；惟智者之言，可以止无根之谤。高鹏尺鷃，本异升沉；火鼠冰蚕，难同嗜好。达人共悉，童子皆知。愿赐品题，与加湔洗。誓当布衣蔬食，温故知新。再见江山，依旧一瓶一钵；重归畎亩，更须三沐三薰。忝在葭莩，敢兹尘渎。

简 介

这是一封作者答谢翰林学士綦崇礼的书信。信中除了对綦崇礼的援

救而得以身脱图圄"感戴鸿恩"之外，重点叙述了受骗再嫁张汝
舟和张汝舟的种种卑劣行径，以及"忍以桑榆之晚节，配兹驵侩之下才"的懊悔心情。作者连用历史典故，诉说了身心所遭受到的巨大痛苦，表达了羞与恶人为伍，决心造发奸宄并渴望"智者"仗言以正视听，从而全其清名的真切愿望。这封信，写出了作者晚年改嫁后的一段不幸遭遇以及不向恶势力低头的勇气，是研究李清照生平事迹的重要资料之一。此信以细腻的描绘和恰切的用典表现了真实而又复杂的心理变化。感情真挚，陈词恳切，令人怅惋和同情。

注 释

〔翰林学士〕宋制翰林学士掌内制，宋称"内翰"，亦有称"内相"者，犹如皇帝之秘书，为清要之高官。

〔綦（qí）崇礼〕字叔厚，宋代北海（今山东高密）人。政和八年进士，曾任吏部侍郎、兵部侍郎、翰林学士等。《宋史》本传称其"廉俭寡欲，独覃心辞章，洞晓音律，酒酣气振，长歌慷慨，议论风生，亦一时之英也。"著有《北海集》六十卷，今已佚不可见。

〔启〕书信，文体之一种。首句"清照启"，为旧时书信开头的通常格式，此处"启"字即陈述的意思。

〔义方〕做人行事应遵守的规矩、法度。《左传·隐公二年》："臣闻爱子，教之以义方，弗纳于邪。"

〔膏肓（huāng）〕我国古代医学家称心尖脂肪为膏，心脏和横膈膜之间为肓，而且认为是药力达不到的地方。因此，病若至膏肓处便已无法医治。

〔牛蚁不分〕牛、蚁之声已分辨不清，极言其病情严重。《世说新语·纰漏》中说："殷仲堪父病虚悸，闻床下蚁动，谓是牛斗。"此事又见于《晋书·殷中堪传》。

〔灰钉已具〕护封棺材用的铁钉和灰已准备齐全，极言其重病将死，已准备好后事。

〔弱弟〕此指清照之弟李远，远当时任敕局删定官，明诚死后，清照投奔他，姐弟相依为命。

〔应门〕照管门户。

〔苍皇〕应为"仓皇",急遽,匆忙。

〔造次〕急遽,轻率。此借轻率地决定再嫁张汝舟一事。

〔如簧之说〕像笙中之簧那样动听的巧伪言辞。《诗经·巧言》中有:"巧言如簧,颜之厚矣。"《后汉书·陈蕃传》中有"夫谗人似实,巧言如簧,使听之者惑,视之者昏。"

〔似锦之言〕像锦一样漂亮的好话。《诗经·巷伯》中有"萋兮斐兮,成是贝锦。"

〔官文书〕本指授官的文书,即"告身"。此用王适典故,指欺骗人的假证明。韩愈《试大理评事王君墓志铭》中说,王适未做官时,曾看中处士侯高之女,女父声言必官人才嫁。于是,王适便让媒人以袖中一卷书诈称,侯高信以为真,便将其女嫁于王适。作者此处的用典,暗指张汝舟派媒人进行欺骗之事。

〔玉镜架〕即玉镜台。典出《世说新语·假谲》,温峤受托假为姑家女觅婿,并以玉镜台为定聘礼物,而交礼之后始知所择婿正是温峤自己。作者引用此典,其意与"官文书"同。

〔僶俛(mǐn miǎn)〕时间短暂。南朝宋代颜延年《秋胡》诗:"孰知寒暑积,僶俛见荣枯。"唐代吕向注曰:"僶俛,犹须臾也。"

〔优柔〕犹豫不决。

〔忍以桑榆之晚节,配兹驵(zǎng)侩之下才〕竟然在自己的晚年许配给品格低劣的市侩。桑榆,日落时桑榆之上的余光,比喻人已到暮年,此为清照自喻。《太平御览》卷四引《淮南子》:"日西垂景在树端,谓之桑榆。"《世说新语·言语》中有"年在桑榆"句。刘禹锡《酬乐天咏老见示》中也有"莫道桑榆晚,微霞尚满天。"驵侩,即古之牙商,今之掮客。本指说合牲畜交易的中间经纪人,此指人品低劣的张汝舟。忍,《苕溪渔隐丛话》等作"猥"。晚节,各本又作"暮景"或"晚景"。

〔怀臭〕沾有狐臭之气。喻指被张汝舟所玷污。《吕氏春秋·遇合》说:"人有大臭者,其亲戚、兄弟、妻妾、知识,无能与居者。"大臭,即今所谓腋病狐臭。

〔抱璧〕典出《左传·哀公十八年》:"(卫庄公)曰:'活我,吾与汝璧。'己氏曰:'杀汝,璧其焉往?'"此处指张汝舟图谋夺占清照劫余古器书画。

〔刘伶之肋〕据《世说新语·文学》引《竹林七贤论》:刘伶"尝与俗士相

悟,其人攘袂而起,必欲筑之。伶和其色曰:'鸡肋岂足以当尊拳?'其人不觉废然而返。"刘伶,字伯伦,沛国(治今安徽濉溪县西北)人。西晋名士,竹林七贤之一,有传世名作《酒德颂》。

〔石勒之拳〕据《晋书·石勒载记》:"初勒与李阳邻居,岁常争麻地,迭相殴击。……乃使召阳。既至,勒与欢谑,引阳臂笑曰:'孤往日厌卿老拳,卿亦饱孤毒手。'"石勒,十六国时后赵开国君主。连上句借刘伶、石勒两典俱言备受张汝舟的虐待。

〔局天扣地〕即跼(jú,已并入"局")天蹐(jí)地,弯着身子,小碎步轻走。形容谨慎、惶恐、小心翼翼。《诗经·正月》:"谓天盖高,不敢不局。谓地盖厚,不敢不蹐。"

〔谈娘〕即《踏摇娘》古代一个乐舞剧目。据唐·崔令钦《教坊记》所云:北齐苏某某酗酒殴打妻子,妻子含悲向邻里诉说。艺人扮妇人效其悲诉状,且摇顿其身,众合之"踏摇来"云云,所以叫"踏摇娘"。

〔升堂入室〕进了正厅又入内室,原比喻做学问由浅入深、循序渐进,以至最高境界。语出《论语·先进》:"由也升堂矣,未入于室也。"作者用此则指过夫妻生活。

〔李赤〕据柳宗元《李赤传》说,李赤(江湖狂浪之人)为厕鬼所惑,误认其为妻,且以入厕为升堂入室,友人苦劝无效,后卒入厕而死。作者用此表白自己素不甘心与污秽之人为伍之心。

〔宸(chén)衷〕帝王的心意。宸,北极星之所在,借指帝王之所居,又引申指帝王。

〔廷尉〕司法官。也指法院。

〔桎梏(zhì gù)〕用以束缚犯人手脚的刑具,即脚镣手铐。

〔凶丑〕此指张汝舟。

〔贾生羞绛灌为伍〕贾生即贾谊,贾谊以与绛侯周勃、灌婴同辈而羞耻。据《史记·屈原贾生列传》"天子议以贾生任公卿之位,绛、灌、东阳侯、冯敬之属尽害(嫉妒)之。"贾谊,西汉杰出的政论家、文学家,雒阳(河南洛阳)人,文帝时博士,曾任大中大夫,后因周勃等妒害,贬为长沙王太傅、梁怀王太傅,年三十三忧郁而死。绛、灌,即绛侯周勃和灌婴,皆为西汉初大臣。王仲闻校注本以为此易安误用,或传写错误。"贾生"应为淮阴侯韩信之误。《史记·淮阴侯传》:"(韩信)居常鞅鞅,羞与绛、灌等列。”

〔老子与韩非同传〕《史记》列传第三，题为《老子韩非列传》，记叙老子、庄周、申不害、韩非的事迹。魏晋以后，世以为老子、庄子为道家，而申不害与韩非为法家，且出于重道抑法之见，以为同传为不伦不类。《南史·王敬则传》载王俭耻与王敬则同列。云：“不图老子与韩非同传！”

〔莫望偿金〕不希望偿还给财物。

〔友凶横者十旬〕指与张汝舟一起生活了三个多月。十旬，一百天。

〔居图圄(líng yǔ)者九日〕指作为告发张汝舟枉法而被牵连坐牢九天。图圄，监狱。

〔抵雀捐金〕意为以高价换取贱物。抵，击；捐，舍。《庄子·寓言》：“以随侯之珠，弹千仞之雀”，“其所用者重，而所要者轻”。汉代桓宽《盐铁论·崇礼篇》：“昆山之旁，以玉璞抵乌鹊。”皆言得不偿失，无利可图。

〔将头碎璧〕典出《史记·廉颇蔺相如列传》，蔺相如见秦王得所奉璧而无意偿十五城；于是借故讨回璧玉，“持璧，却立倚柱，怒发上冲冠，谓秦王曰：‘……大王必欲急臣，臣头今与璧俱碎于柱矣。’”

〔分知狱市〕本以为官府不明是非曲直，如狱市那样善恶不分。“狱市者，所以并容也。”（《史记·曹相国世家》）集解引《汉书音义》：“狱市兼受善恶。”

〔伏遇〕伏地跪拜相遇。

〔内翰承旨〕内翰即翰林学士的通称。承旨，以翰林学士中的资深者任之。此谓綦崇礼。

〔搢(jìn)绅望族〕达官显贵。搢绅，插笏于绅（大带子），本为士大夫的装束，后泛指官员。望族，有声望的世家大族。

〔冠盖清流〕“冠盖”，义同“缙绅”，以官员的服饰车马代官员。清流，负有声望并出身门阀世族的士大夫。

〔日下无双〕日下，指京城。《南史·伏挺传》，任昉谓伏挺：“此子日下无双！”

〔奉天〕两句：奉天，地名，即今陕西省乾县。唐德宗李适曾避朱泚之乱于此。“陆贽之词”指德宗时翰林学士陆贽于奉天为皇帝起草的诏书。据《唐书·陆贽传》：“奉天所下诏书，虽武夫悍卒，无不挥涕感激，多贽所为也。"

〔淮蔡〕两句：淮蔡唐代方镇名，即淮南西道。淮西彰义军节度使吴少阳于元和九年(814年)卒，其子蔡州刺史吴元济于蔡州反叛朝廷，元和十二年(817年)被平定。会昌之诏，会昌年间的诏书。会昌(841～846年)为唐武宗年号，此处清照所记有误或传写致误，当为唐宪宗元和年间。会昌诏书多系宰相李德裕所草拟，李德裕文集亦名《会昌一品集》，"实以"句。《癸巳类稿》作"共传昌黎之笔"，但韩愈仅为裴度之行军司马，难有为宪宗草诏之事。以上四句皆为称誉綦崇礼为文之功的恭维之词。

〔解骖〕以财物救人之急。泛指救人危难。《晏子春秋》及《史记·管晏列传》都载有晏子解左骖赠越石父为之赎身抵罪的故事。

〔如真出己〕此处的意思是，如同亲自将我释放出狱一样。据《左传·成公三年》载，荀莹对曾计划救他离开楚国的郑国商人"善视之，如实出己"。如，《癸巳类稿》作"事"。

〔白首〕白发暮年。

〔丹书〕古时罪犯刑书以红笔书写。此句是说由于綦崇礼相助，得以免罪开释。

〔扪(mén)心〕摸摸胸口，反省自问。

〔责全责智〕求得保全名节和明智行事。

〔中朝〕即朝中，朝廷。

〔南山之竹〕极言其多，即罄竹难书的意思。古时以竹简代纸为书写之用。《旧唐书·李密传》在列举隋炀帝之罪时有"罄南山之竹，书罪无穷"的话。

〔多口之谈〕指七嘴八舌的众人的议论。《孟子·尽心下》："无伤也，士憎兹多口。"

〔智者〕此指綦崇礼。《荀子·大略》中有"流言止于智者"的话。

〔高鹏尺鷃〕即大鹏和斥鷃。《庄子·逍遥游》中说："有鸟焉，其名为鹏，背若泰山，翼若垂天之云，抟扶摇羊角而上者九万里，绝云气，负青天，然后图南，且适南溟也。斥鷃笑之曰：'彼且奚适也。我腾跃而上，不过数仞而下，翱翔蓬蒿之间，此亦飞之至也，而彼且奚适也。'此小大之辨也。"斥鷃，本亦作尺鷃，小鸟。

〔火鼠冰蚕〕火鼠,古代传说中生于火中的一种大老鼠。据说"不尽木火中有鼠,重千斤,毛长二尺余"。(《神异经·东方经》)冰蚕,古代传说中的一种蚕,"长七寸,黑色,有角有鳞。以霜雪覆之,然后作茧,长一尺,其色五彩,织为文锦,入水不濡,以之投火,经宿不燎"。(《拾遗记·员峤山》)

〔达人〕即通晓事理的人。《癸巳类稿》作"达者"。

〔品题〕对人物加以评说,定其高下。

〔湔 jiàn 洗〕洗刷。湔,洗。

〔温故知新〕原指温习已学过的知识,获得新的理解和新的发现。《论语·为政》:"子曰:温故而知新,可以为师矣。"此处意为接受教训,增长见识。

〔一瓶一钵(bō)〕瓶、钵是僧人盛水、盛饭的器具。唐代僧人贯休有"一瓶一钵垂垂老,万水千山得得来"的诗句。

〔畎(quǎn)亩〕田间,田地。

〔三沐三薰〕再三熏香沐浴,洁身以表敬重。《国语·齐语》载,春秋时齐桓公派人从鲁国接管仲回.齐,"以至,三衅三浴之"。且亲自出迎于城郊。韩愈《答吕医山人书》"方将坐足下三浴而三薰之"句。

〔忝(tiǎn)在葭莩〕指有愧于与綦崇礼的亲戚关系(綦崇礼与赵明诚一家有亲姻之谊)。忝,谦词,辱,有愧于。葭莩,《汉书·中山靖王刘胜传》:胜于建元三年来朝,天子置酒,胜闻乐而泣。问其故,刘胜以为宗室诸王常被朝臣谗言:"今群臣非有葭莩之亲,鸿毛之重,群居党议,朋友相为,使夫宗室摈却,骨肉冰释。"颜师古注:"葭,芦也。莩者其筒中白皮,至薄者也。葭莩喻薄,鸿毛喻轻。"葭莩原指极疏远之亲戚,但后人则只以"葭莩"为亲戚之代称。

〔敢兹尘渎〕冒昧地这样来麻烦您(指綦崇礼)。敢,表敬副词,有冒昧之意。尘渎,谓尘污、慢渎,即烦劳、麻烦之意。

集 评

宋·胡仔:近时妇人,能文词如李易安,颇多佳句。……易安再适张汝舟,未几又反目,有《启事》与綦处厚云:"猥以桑榆之晚景,配兹驵侩之下才。"传者无不笑之。(《苕溪渔隐丛话》前集卷六十)

明·瞿佑：明诚卒，易安再适非类，即而反目。有启与綦处厚学士："猥以桑榆之暮景，配兹驵侩之下才。"见者笑之，然其词颇多佳句。（《秀公集》卷下之《易安乐府》）

清·宋长白：愚按：易安在宋，自是闺房胜流，然以殷周比莽，殊觉不伦。况"桑榆"一札，未免被人点检耶！若魏夫人《咏虞美人草》方见英雄气概。（《柳亭诗话》卷二十九）

清·褚人获：易安《与綦处厚启》有"猥以桑榆之晚景，配兹驵侩之下才"，传者笑之。（《坚瓠集》七集卷一）

清·吴衡照：易安居士再适张汝舟，卒至对簿，有与綦处厚启云云。宋人说部多载其事，大抵彼此衍袭，未可尽信。《宋史·李文叔传》附见易安居士，不著此语，而容斋去德甫未远，其载于《四笔》中无微词也。且失节之妇，朱子又何以称乎？反复推之易安当不其然。（《莲子居词话》）

清·陈廷焯：赵彦卫《云麓漫抄》谓：易安再适张汝舟，诸家皆沿其说。又伪撰《投内翰綦公崇礼启》云："清照启……敢兹尘渎。"《渔矶漫抄》中谓：易安再适张汝舟，竟至对簿，《启》在临安时作。案：易安并无再适事。《启》乃好事者伪作无疑。（《云韶集·词坛丛话》）

又：易安《武陵春》后半阕云："闻说双溪春尚好，也拟泛轻舟。只恐双溪舴艋舟，载不动，许多愁。"又凄婉，又劲直。观此益信易安无再适张汝舟事。即风人岂不尔思，畏人之多言。意也，投綦公一启，后人伪撰，以诬易安耳。（《白云斋词话》）

清·俞正燮：读《云麓漫抄》所载《谢綦崇礼启》，文笔劣下，中杂有佳语，定是篡改本。又夫妇讦讼，必自证之，启何云无根之谤。余素恶易安改嫁张汝舟之说，雅雨堂刻《金石录序》，以情度易安不当有此事。及见李心传《建炎以来系年录》采鄙恶小说，比其事为文案，尤恶之。……且《启》言："牛蚁不分，灰钉已具。……猥以桑榆之末景，配兹驵侩之下才。"易安，老命妇也，何以改嫁，复与官告？又言："视听才分，实难共处……岂期末事，乃得上闻，取自宸衷，付之廷尉。"是又闺房鄙论，竟达阙廷，帝察隐私，诏之离异，夫南渡仓皇，海山奔窜，乃舟车戎马相接之时，为一驵侩之妇，从容再降玉音，宋之不君，未应若此。审视《金石录后序》，始知颂金事白綦有澣洗之力，小人改易安《谢启》，以飞卿玉壶为汝舟玉台，用轻薄之词，作善谑

之报,而不悟牵连君父,诬衊庙堂,则小人之不善于立言也。(《癸巳类稿》)

清·陆心源:李易安改嫁,千古厚诬。……其启即汝舟所改,非别有怨家也。(《仪顾堂题跋》)

清·李慈铭:王继先本奸黠小人,时方得幸,必有恫吓赵氏之事。而綦崇礼为左右之,得白,故易安作启以谢。至张汝舟妻李氏,或本易安一家,与夫不咸,讼讦离异,当时忌易安之才如学士秦楚材者,乃被易安诮刺如张九成等者,因将引事移之易安。或汝舟之妻,亦娴文字,作文自述被夫欺凌殴击之事……后人因其适皆李姓,遂牵合之……余故申而辨之,补俞氏之阙,正陆氏之误,可为不易之定论矣。(《越缦堂乙集》)

今·黄盛璋:说清照改嫁的是出于宋人的记载,宋代并没有人怀疑这件事的真实性,怀疑它并予以全部否定的乃是其后数百年明、清时代的人。他们为什么要起怀疑并用了很大的力气为她辩护呢? 其原因不外两点:一是爱才,二是封建观点。……宋代记载清照改嫁明确无疑的共有七家……一、胡仔《苕溪渔隐丛话》前集卷六十……二、王灼《碧鸡漫志》卷二……三、晁公武《昭德先生郡斋读书志》卷四下……四、洪适《隶释》卷二十四《跋赵明诚金石录》……五、赵彦卫《云麓漫抄》卷十四……六、李心传《建炎以来系年要录》卷五十八……七、陈振孙《直斋书录解题》卷二十一……

为改嫁辩诬的理由虽多,但归纳不外三项:第一、论证宋代有关改嫁的记载都是伪造;第二,列举若干反证说明改嫁的不可能:第三,从情理上认为改嫁不会发生……

上述七条改嫁材料中,就时间论,胡仔、王灼、晁公武、洪适都是清照同时人;就地域论,胡仔、洪适之书,一成于湖州,一成于越州,并不是"去天万里"。而胡仔、王灼成书时,清照仍然健在,要是说在清照生前,他们就敢明目张胆地造她的谣言,伪造谢启,这很不近情理,南渡后明诚的哥哥存诚、思诚都曾做过不小的官,赵家那时并不是没有权势。

这封谢启据我们研究很难说它是假的;不合事实的可以说是没有,而合乎事实的倒很有几处……

谢綦启中自述其改嫁时犹豫不决心情,与情理也无违反之处,很难认为出于别人捏造。过去有的人对她改嫁加以诟责,有的人又为她辩护,由于看问题的角度,多少都不免带有偏见,今天要是抛除封建道德的观点来

考察这个问题,我们认为她之改嫁并不是不能理解。(《李清照事迹考辨》)

今·黄墨谷:黄盛璋、王仲闻、王延梯在考辨所谓改嫁问题,完全摒弃清照传记性的叙述《后序》,摒弃她的诗词文赋,照搬宋人说部的记载,罗列一些与清照无关的材料,甚至竟说什么:"改嫁不改嫁本来不关紧要";说什么"改嫁一事,完全不影响对她作品的艺术评价,辩护是不必要的。"知人论世,文如其人。宋人之所以谤伤李清照就是要毁坏她的声望名誉。

我认为宋、明、清许多金石家、词家、词学家为《金石录》的版行和校勘;对李清照晚年的遭遇,特别对"改嫁"的造谣谤伤辩诬,是有功于艺林,他们保全了我国文学史上最杰出的女作家李清照的声誉与光辉形象。他们的功绩是不可磨灭的。(《重辑李清照集·翁方纲〈金石录〉本读后》)

赵彦卫《云麓漫抄》录《投内翰綦公崇礼启》是有关李清照改嫁问题的主要材料。这一篇文章的内容,有些学者认为是李清照因"颁金通敌"案的牵连,经綦崇礼调解,事毕后的谢启。清代俞理初《易安居士事辑》、现代谢无量《中国妇女文学史》主此说;有的学者认为是李清照因改嫁争讼与綦崇礼的谢启,黄盛璋、王仲闻主此说。一篇文字可以同时被理解为如此不同的内容,怀疑它不是李清照原作的论点是完全可以成立的。(《重辑李清照集·〈投内翰綦公崇礼启〉考辨》)

鉴　赏

这是一篇书信体的散文,大约写于绍兴二年(1132年)九月或稍后(俞正燮《易安居士事辑》则认为作于建炎三年,即公元1129年,而是年八月明诚卒,清照即改嫁复离异等事,殊难置信)。信中提到清照被骗再嫁张汝舟,又因讼告恶夫弄权徇私事而身陷囹圄。按当时的《刑统》,妻告夫则获罪处刑二年,由于得到翰林学士綦崇礼的救助,清照才得免受刑役。出狱后,清照专为答谢綦崇礼而写此启。

信中首先以凄楚的笔触自诉其境遇的悲凉与不幸。重病缠身,"欲至膏肓",已经到了"牛蚁不分"准备后事的地步,而身边唯有"弱弟"和"老兵",疾病的折磨,处境的孤苦,所带来的打击自可想见。正在这时却偏遇恶人作祟,可谓不幸有加。张汝舟以"如簧之说""似锦之言",摇舌鼓唇,采用卑劣的手段,并经媒人多次说和,终至使"弟""辄信",使清照于"苍皇"之中"因成造次","僶俛"之间"强以同归",以至酿成"忍以桑榆之晚节,配兹驵侩之下才"的终身之憾。"子系中山狼,得志便猖狂",一经结合,张汝舟便显露了他的本相,一方面贪得无厌地攫取清照仅存的书画、古器等;一方面对清照百般折磨,"遂肆侵凌,日加殴击",必欲置诸死地而鲸吞其财物,此时清照受到的折磨尤可想而见之。信中"可念刘伶之肋,难胜石勒之拳""局天扣地,敢效谈娘之善诉",可以说是字字血泪的哭诉。张汝舟多有劣迹,竟利用监军审计司的职权,假造名册,虚报冒领,侵吞公款,在清照讼告后,只因是"告夫",则"被桎梏而置对,同凶丑以陈词",无李赤"升堂入室"之"甘心",而得"怀臭"之"可嫌",这"友凶横者十旬",再加上"居囹圄者九日",带给李清照的苦难和不幸,更是不难想象得出。从这样的遭遇之中也不难看出当时社会所强加给妇女们的命运!

　　信中在列举了难以言尽的身心之苦之后,转而写出了对綦崇礼难中救助的感激之情。正当清照"但祈脱死,莫望偿金"的时候,一向敬重清照的人格且与赵家有亲姻之谊的綦崇礼伸出了救援之手,这怎不使清照"感戴鸿恩"!称颂綦崇礼"日下无双,人间第一",文德可比"奉天克复"的"陆贽之词"……虽多恭维溢美之词,但于"分知狱市""哀怜无告"之时"自首"而"得免丹书",其感激之情又是由衷的、真实的。文末,作者在"省过知惭,扪心识愧"又畏世人之讥、无颜立于士林的复杂心情下,把洗冤的希望寄托在了綦崇礼以"智者之言"主持公道上,从而透出了清照无端遭受到的巨大精神压力,表达了她唯愿"止无根之谤",洗雪妄加的罪名,做清贫然而静心的布衣百姓的愿望。

　　作者自述晚年改嫁前后的不幸遭遇,表现了这位善良无辜、疾恶如仇的旷古才女所经受的人生磨难,读来令人潸然泪下。至于聚讼至今仍莫衷一是的"改嫁"公案,考真伪者态度固然可敬,"辩诬"者的心情固然可感,然而,"诬"不在"改嫁",而在于对改嫁的种种"讥""谈"和"无根之谤"。清照之时,改嫁并非大逆不道,皇贵相尊都视若平常,况一流落无依的弱女子呢?如是而已。

　　这篇书体散文,具有很强的抒情性,且以众多典故比拟映照,恰切地表达了作者特定的心情,诸如"岂惟贾生羞绛灌为伍,何啻老子与韩非同传";"高鹏、尺鷃,本异升沉;火鼠冰蚕,难同嗜好"等等,从语义的对举到句式的骈俪，鲜明地道出了"达人共悉，童子皆知"的道理，有力地说明了清照与张汝舟之流泾清渭浊的显明分野。

词论

乐府声诗并著，最盛于唐。开元、天宝间，有李八郎者，能歌擅天下。时新及第进士开宴曲江，榜中一名士先召李，使易服隐姓名，衣冠故敝，精神惨沮，与同之宴所，曰："表弟愿与坐末。"众皆不顾。即酒行，乐作，歌者进，时曹元谦、念奴为冠。歌罢，众皆咨嗟称赏。名士忽指李曰："请表弟歌"。众皆哂，或有怒者。及转喉发声，歌一曲，众皆泣下，罗拜曰："此李八郎也。"自后郑、卫之声日炽，流靡之变日烦，已有《菩萨蛮》《春光好》《莎鸡子》《更漏子》《浣溪沙》《梦江南》《渔父》等词，不可遍举。五代干戈，四海瓜分豆剖，斯文道熄。独江南李氏君臣尚文雅，故有"小楼吹彻玉笙寒""吹皱一池春水"之词。语虽奇甚，所谓"亡国之音哀以思"者也。逮至本朝，礼乐文武大备。又涵养百余年，始有柳屯田永者，变旧声作新声，出《乐章集》，大得声称于世。虽协音律，而词语尘下。又有张子野、宋子京兄弟、沈唐、元绛、晁次膺辈继出，虽时时有妙语，而破碎何足名家。至晏元献、欧阳永叔、苏子瞻，学际天人，作为小歌词，直如酌蠡水于大海，然皆句读不葺之诗尔。又往往不协音律者何耶？盖诗文分平侧，而歌词分五音，又分五声，又分六律，又分清浊轻重。且如近世所谓《声声慢》《雨中花》《喜迁莺》，既押平声韵，又押入声韵。《玉楼春》本押平声韵，又押上去声，又押入声。本押仄声韵,如押上声则协;如押入声,则不可歌矣。王介甫、曾子固文章似西汉,若作一小歌词,则人必绝倒,不可读也。乃知别是一家,知之者少。后晏叔原、贺方回、秦少游、黄鲁直出,始能知之。又晏苦无铺叙;贺苦少典重;秦即专主情致,而少故实,譬如贫家美女,虽极妍丽丰逸,而终乏富贵态;黄即尚故实,而多疵病,譬如良玉有瑕,价自减半矣。

简 介

这是李清照大约写于早年的一篇词学专论。文章通过对词体的产生流变及其对北宋词坛诸家的批评,阐述了词的内容、形式,尤其是合乐的特点,强调词必须"典重""故实""铺叙"和"协律",提出了词"别是一家"的主张,反映了作者的词学观。这篇词论,在词体的严格界定及其艺术创作规律诸方面,表现了独到的见解和可贵的探索精神。历代对此仁智互见,褒贬不一。强调一种文体的特殊性和遵守其特有的艺术规律是必要的,但从发展来看又不应囿于固有的模式,对内容、形式的一定突破也是必要的,值得肯定的。而事实上作者后期的创作中在音律方面的探讨已对其创作理论有所冲决。作为词人论词,《词论》在中国文学批评史上应占有一定的地位。

注 释

〔乐府〕原是汉代官署,汉武帝时又令其收采各地民歌。凡乐府演奏收集的歌词均称为"乐府诗"。后世的仿作、拟作亦称为乐府诗。唐以后又泛称曲子词为乐府。

〔声诗〕此处指乐府之外唐人用作歌词的五、七言诗。

〔开元〕唐玄宗李隆基的年号(713~741年)。

〔天宝〕唐玄宗的年号(742~756年)。

〔李八郎〕即李衮,唐李肇《国史补》曾载李衮伪称崔昭表弟于盛会中一歌惊四座的故事。

〔曲江〕地名,在长安(陕西西安)东南,是唐代都城的游览胜地。唐代新及第的进士,必至此宴乐聚会。

〔易服隐姓名〕更换衣服隐瞒真实姓名。

〔故敝〕又旧又破。

〔惨沮(jǔ)〕凄惨颓丧的神态。黄墨谷《重辑李清照集》作"惨怚"。

〔与坐末〕敬陪末座。

〔曹元谦〕唐代善歌者,生平不详。

〔念奴〕唐代天宝年间的著名歌妓,"有姿色,善歌唱,每啭声歌喉,则声出于朝霞之上"。(王仁裕《开元天宝遗事》卷上)

〔咨嗟〕赞叹。

〔哂(shěn)〕讥笑。

〔郑卫之声〕春秋时郑国、卫国的乐歌,被儒家认为是淫靡之乐的代表,所谓"乱世之音"(《礼记·乐记》)。与下面"流靡之变"互文见义。

〔日炽(chì)〕一天一天兴盛起来。与下面的"日烦"互文见义。

〔菩萨蛮……〕所举皆词调名称,其中《莎鸡子》今存唐宋词中均未见。

〔五代干戈〕指五代战争频仍。五代,梁、唐、晋、汉、周。干戈,本是古代兵器,此指战争。

〔四海〕即天下,古人以为中原四侧均为大海,四海之内即中国。此处指中国。

〔瓜分豆剖〕像瓜、豆一样被切割分离,此指国家四分五裂。《晋书·地理志》中有"星离豆剖""瓜分鼎立"的语句。

〔斯文道熄〕歌词等文学创作之事衰落废弃。

〔李氏君臣〕指南唐中主李璟、后主李煜及大臣冯延巳等人。

〔尚文雅〕尊崇文学艺术。

〔小楼吹彻玉笙寒〕李璟词《浣溪沙》中的句子。《南唐书·冯延巳传》:"元宗(李璟)乐府辞云:'小楼吹彻玉笙寒',延巳有'风乍起,吹皱一池春水'之句,皆为警策。元宗尝戏延巳曰:'吹皱一池春水,干卿何事?'延巳曰:'未如陛下小楼吹彻玉笙寒。'开宗悦。"

〔吹皱一池春水〕冯延巳词《谒金门》中的句子。

〔亡国之音哀以思〕语见《礼记·乐记》:"亡国之音哀以思,其民困。"哀以思,悲哀而愁思。黄升《唐宋诸贤绝妙词选》评李煜《乌夜啼》一词时曾用此语。

〔逮至〕及至。逮义同及。

〔涵养〕滋润,养育。

〔柳屯田永〕即柳永。柳永(987～1053年?)初名三变,字耆卿,崇安(福建崇安)人。景祐进士,曾做过屯田员外郎,又因排行第七,所以也称柳屯田或柳七。北宋著名词人,其词作内容有所突破,形式有所创新,对慢词的发展起过推动作用。

〔变旧声作新声〕指柳永在旧词的基础上创作新的乐调,尤其对长调慢词的发展做出了较大的贡献。

〔乐章集〕柳永的词集名,有近人朱祖谋(原名孝臧,号彊村)编《彊村丛书》本,凡三卷并续添曲子一卷。

〔大得声称于世〕柳永当时名声很大,甚至在西夏竟至"凡有井水处即能歌柳词"(宋代叶梦得《避暑录话》)。声称,声名,名气。

〔词语尘下〕语言庸俗低下。

〔张子野〕张先(990～1078),字子野,乌程(浙江吴兴)人。天圣进士,官至都郎中。北宋著名词人,其词多长调,工巧清新,对慢词的发展起过一定推动作用。有《张子野词》三卷并补遗二卷。

〔宋子京兄弟〕指宋祁与其兄宋庠。宋祁(998～1061),字子京,安陆(今属湖北省)人,后迁开封雍丘(河南杞县);与兄宋庠同为天圣进士,时称"二宋"。官至工部尚书,翰林院学士承旨。北宋文学家、史学家。有《宋景文公长短句》传世。宋庠(996～1066),官至兵部侍郎同平章事。有《宋元宪集》传世。

〔沈唐〕字公述,官至大名府签判。北宋词人,其词载宋代黄升《花庵词选》。

〔元绛〕字厚之(1008～1083),钱塘(浙江杭州)人。天圣进士,官至参知政事。有词载《月河所闻集》及明代陈跃文《花草粹编》。

〔晁次膺〕晁端礼(1046～1113),字次膺,澶州清丰(河南清丰西)人。熙宁进士,曾为县令,后授大晟乐协律郎,未就而卒。词有《闲斋琴趣外篇》六卷。

〔晏元献〕晏殊(991～1055),字同叔,抚州临川(江西抚州)人。北宋前期著名词人。十三岁时,以神童召试,赐同进士出身。仁宗时,官至集贤殿学士、同平章事兼枢密使,奖掖后进,世称贤相,卒谥元献。擅作小令,有《珠玉词》及《晏元献遗文》传世。

〔欧阳永叔〕欧阳修(1007～1072),字永叔,自号醉翁,晚年又号六一居士。庐陵(江西吉安)人。天圣进士,官至参知政事,卒谥文忠。北宋著名文学家、史学家、诗文革新运动的领袖,“三苏”、曾巩、王安石等皆出自他的门下,后世连同唐之韩愈、柳宗元合称“唐宋八大家”。他的诗文雄健清新,词作和婉深挚,其《六一诗话》开创了评诗的新体裁。其史学也有卓著成就,曾与宋祁合修《新唐书》,并自撰《新五代史》。著有《欧阳文忠公集》,他亦擅长词,有《六一词》《醉翁琴趣外编》等传世。

〔苏子瞻〕苏轼(1037～1101)字子瞻,号东坡居士,眉山(四川眉山)人。北宋著名文学家、书画家。嘉祐进士,屡遭贬谪,出知地方,但有政绩,曾官至翰林学士兼侍读及礼部尚书等,卒谥文忠。苏轼是我国文学史上著名的文学家,诗、词、文俱佳,与其父苏洵、弟苏辙合称为“三苏”,皆位列“唐宋八大家”。其文畅达明晓,与欧阳修并称“欧苏”;其诗清新雄放,与黄庭坚(江西诗派的领袖)并称“苏黄”;其词豪气四溢,与辛弃疾并称“苏辛”,苏轼的文学创作是北宋文学最高成就的标志。有《东坡七集》等文集及词集《东坡词》《东坡乐府》等传世。

〔学际天人〕《史记·太史公自序》:“礼乐损益,律历改易,兵权、山川、鬼神,天人之际,承敝通变,作八《书》。”天指自然科学,人指社会科学。学际天人即指其学识兼通渊博。

〔酌蠡(lǐ)水于大海〕从大海中舀取一瓢水,比喻作词对晏、欧、苏来讲本是很容易的事情。蠡,瓠瓢。

〔句读(dòu)不葺(qì)〕句子长短不齐。这里指词的句式。读即逗号,句即句号。

〔平侧(zè)〕即平仄。古人把平、上(shǎng)、去、入四个声调分成两类:平,指平声;仄,指上、去、入三声。

〔五音〕张炎《词源》云:“词之五音即宫、商、角、徵(zhǐ)、羽。”(王仲闻《李清照集校注》)今人有以后世音韵学之区别声类之喉舌齿唇牙五种发声法为“五音”,与当时称谓不符。宋以前多以音代表音乐;以声代表语言声调。

〔五声〕古人多以音代表乐音,声指语音声调,故此处之五声……应作

阴平、阳平、上、去、入五声解。(王仲闻《李清照集校注》)

〔六律〕古代音乐有十二律,相当于今键盘乐器之十二音键。又区分为阴、阳。阴六为吕,阳六为律。六律即黄钟、太蔟、姑洗、蕤宾、夷则、无射。这里以六律指代十二律。

〔清浊轻重〕即清音、浊音和轻音、重音。清浊,指音阶的高低;轻、重指唇、齿、喉发音部位所发音量之大小。

〔王介甫〕王安石(1021～1086),字介甫,晚号半山,临川(江西抚州)人,庆历进士,两度为相,是北宋著名的政治家和文学家,"中国十一世纪时的改革家"(列宁《修改工人政党的土地纲领》),唐宋八大家之一。今存《临川集》及所编《唐百家诗选》等。

〔曾子固〕曾巩(1019～1083),字子固,南丰(今属江西)人。嘉祐进士,官至中书舍人。北宋散文家,唐宋八大家之一。有《元丰类稿》传世。

〔文章似西汉〕唐宋以后,古文运动兴起,标榜西汉文章为写作楷模,所谓"唐诗晋字汉文章",故云。

〔绝倒〕这里指笑倒,即令人大笑不能自持。

〔别是一家〕此指词是另外一类,有其与诗、文不同的特点和要求。

〔晏叔原〕晏几道(约1030～约1106),字叔原,号小山,临川(江西临川)人,晏殊的第七子,官至开封府推官,北宋词人。有《小山词》存世。

〔贺方回〕贺铸(1052～1125),字方回,号庆湖遗老。原籍山阴(浙江绍兴),生长于卫州(河南卫辉),曾任州的通判,晚年退居苏州。北宋词人。有《东山词》及《庆湖遗老集》存世。

〔秦少游〕秦观(1049～1100),字少游、及虚,号淮海居士。高邮(今属江苏)人。元丰进士,官至秘书省正字兼国史院编修。北宋词人。有《淮海集》存世。

〔黄鲁直〕黄庭坚(1045～1105),字鲁直,号山谷道人、涪翁。分宁(江西修水)人。治平进士,官至秘书丞。北宋著名诗人,江西诗派的开创者。词与秦观齐名。有《山谷集》存世。

〔铺叙〕铺陈景物,叙写事情,为词的传统创作方法之一,旨在使词意层深浑成。

〔典重〕典雅庄重,此其为词的传统风格,所谓"落笔镇纸"。

〔情致〕情韵和风致。

〔故实〕典故和史实。

〔妍丽丰逸〕漂亮美好、丰满娴静的样子。

〔疵病〕缺点。疵，小毛病。

〔瑕〕玉上的赤色斑点，喻指小的毛病。

集 评

宋·胡仔：易安历评诸公歌词，皆摘其短，无一免者。此论未公，吾不凭也。其意盖自谓能擅其长，以乐府名家者。退之诗云："不知群儿愚，那用故谤伤。蚍蜉撼大树，可笑不自量"。正为此辈发也。（《苕溪渔隐丛话》后集卷三十三）

清·冯金伯：裴（畅）按：易安自恃其才，藐视一切，语本不足存。第以一妇人能开此大口，其妄也不待言，其狂亦不可及也。（《词苑萃编》卷九）

清·方成培：易安居士言，诗文分平仄，而歌词公五音，又分五声，又分音律（应为六律），又分清浊轻重……如押入声，则不可歌矣。培案：段安节言，商角同用，是押上声者，入声亦可押也。与易安说不同。余尝取柳永《乐章集》按之，其用韵与段说合者半，不合者半。乃知宋人协韵比唐人较宽。宋大乐以平入配重浊，以上去配轻清，亦与段图不同。大抵宋词工者，惟取韵之抑扬高下与协律者押之，而不拘于四声，其不知律者，则惟求工于词句，并置此而不论矣。（《香研居词麈》卷三）

清·江顺诒：《词麈》录李易安论词云……诒按：后之填词，韵有上、去通押者，而无平、仄同押者，虽与曲有别，究与律无关也。（《词学集成》卷四）

今·俞平伯：李清照在《词论》里，主张协律；又历评诸家皆有所不满，而曰"乃知词别是一家，知之者少"，似乎夸大。现在我们看她的词却能够相当地实行自己的理论，并非空谈欺世。她擅长白描，善用口语，不艰深，也不庸俗，真所谓"别是一家"。（《唐宋词选释·前言》）

今·罗根泽：词是文学，也是音乐，从文学的观点看来，词不殊于诗，所以苏轼说"词为诗裔"。而晁无咎、陈师道批评苏轼的词"不协音律""要非本色"，都是站在音乐的观点，说诗词应当异路。后来论词的虽有所见，但大体仍是这两种观点，如李之仪《跋吴思道小词》、女词人李易安《论词》，都是偏于以音乐的观点立论，虽然也不忽视文学。（《中国文学批评史》）

今·夏承焘：词辨五首清浊之说，北宋人已有之。李易安论词云："诗分平侧，而歌词分五音，又分六律，又分清浊轻重。"此较柳、周四声之律，剖析益密矣。惟其五音、清浊、轻重之涵义，易安未有解说。……但易安好为高论，据其今存各词，校其所说，未必尽合，其同时人论词，亦无及此者。（《唐宋词字声之演变》）

又，李清照有一篇《词论》……这是宋代一篇著名的论词的文字，由于它出于一位负盛名的女词家之手，由于她提出自己鲜明的见解和主张，并且多方面尖锐地批判了许多词坛名宿，所以几百年来很受读者的注目。……她提出"词别是一家"的口号，要求保持它的传统风格——这就是前人所谓"尊体"。……她主张对这两种不同形式的文学（诗与词——摘者注）应作不同的对待，就这一方面来说，原是合理的。但是，我们原应该承认词和诗有不完全相同的性能和风格，却不能认为它两者有辽远距离的隔绝。……李清照词论里一个主要问题，是北宋末年词和诗分合的问题。……在那个大时代里却仍然摆脱不了"词别是一家"的旧框子，仍不许诗人侵犯词的疆域，要做到"纯词"的境地，那不是很保守的想法吗？

李清照这篇词论，虽然有其思想上的局限，但仍是当时词坛上的一篇名著。……其能依据创作经验写为理论文字的，李清照之前，未之或闻。所以，在宋代，不仅是有组织条理有自己见解的第一篇《词论》，并且是我国妇女作的第一篇文学批评专文。（《月轮山词论集》）

今·游国恩、王起、萧涤非、季镇淮、费振刚：李清照是诗、词、散文都有成就的作家，但最擅长的还是词。她早年写的《词论》批评了从柳永、苏轼到秦观、黄庭坚等一系列作家。她认为"词别是一家"，在艺术上有它的特点，要求协音律，有情致，这是对的。问题在她看不到欧阳修、苏轼等在词创作上的革新精神，这就未免保守，而且在一定程度上限制了她的创作成就。（《中国文学史》三）

中国科学院文学研究所：李清照是人所公认的"婉约派"的正宗词人，这一派跟苏轼所创始的"豪放派"代表着两种不同的词风。在《苕溪渔隐丛话》和《诗人玉屑》里，都辑录了她的一篇完整的词论；颇足以代表婉约派的主张。她于论述词的音律的严格性和语言、风格等问题之外，也像北宋作者指责苏轼"以诗为词"，而"多不协音律"一样，认为苏轼等人的词"皆句读不葺之诗尔,又往往不协音律",而加以非议。最后,她还提出一个重要的原则:"词别是一家",要跟诗划开严格的疆界。就词的艺术性说,婉约和豪放两派,各有成就,互见短长,但就内容的广阔这一点上说,则前者远不如后者。正因为李清照囿于那种传统的观念,坚持"词别是一家",不像诗那样可以有无所不包的广阔题材,才使她很少运用词这一样式去反映她所经历过的国家大事变,而是用诗去反映它们;也使她在词的艺术上虽获得很高的成就,而在它的思想内容上终不免有所局限。(《中国文学史》二)

今·黄墨谷:清照的《词论》可能作于政和年间。这篇《词论》虽篇幅不多,然就其陈事析理的系统精辟,确是词学中不可多得的文献。它论述了唐、五代词的发生发展,并反映了自仁宗朝柳耆卿变旧声作新声,演慢词,以至神宗朝元祐之间慢词兴盛后词坛的情况。在词的内容方面提倡典重,反对颓靡;在音律方面,总结了柳永、贺铸、晏几道、黄庭坚、秦观诸家的制作,明确在音律上词不同于诗,词别是一家;在创作方法方面总结了北宋诸名家的技法,提出铺叙、浑成诸法度。我认为李清照在比较全面系统地研究词学的发展情况后,提出词论,并通过自己的创作实践,提供示范,对词的发展是起一定的作用的。拿现在流传下来的《漱玉词》和她的词论相引证,可以看出李清照是走学习传统、发展传统的创作途径。(《重辑李清照集·李清照评论》)

我以为李清照这篇《词论》是比较系统地叙述词发展的实际情况,做到"振叶寻根""观澜溯源",确是词学中不可多得的文献。它不但有助于研究李清照,对研究词学理论也有参考价值。(《重辑李清照集·对李清照"词别是一家"说的理解》)

鉴 赏

词家论词,自是行家里手。李清照此篇短论,虽长不过七百字,但却对词体的特征作了概括而又有分析的说明,明确提出了词与诗相比"别是一家"的著名论断。诗与词从较大范畴来讲是有其相近之处的,但诗、词毕竟是两种文体,词作为"诗余"自有其自己的特点,"别是一家"也本不成问题。作者在这里论述的特定对象是"词",必须在词与诗的比较中讲清"别"在何处。历代对本文所论及的词体特征多有评述,但仁智互见,喜恶不一。

评实而论,此篇词论高揭一杆"别是一家"的大纛,历数源流,评说"当今",确有一种自矜自持的伟丈夫之气。文章以形象性的论述和对词人词作的具体分析,表明了自己对词体的见解,并以此为标准,于具体评论中从不同侧面申明了词"别是一家"的主旨。

文章开宗明义,叙述了一个"开宴曲江"的故事:唐代李八郎"能歌擅天下"曾在"易服隐姓名,衣冠故敝,精神惨沮"且"众皆哂"的情况下参加宴饮,"转喉发声,歌一曲,众皆泣下"。以致众进士前倨后卑,"罗拜"称颂。作者用意在于,以此来说明音乐的力量,进而说明歌词所具歌唱性、音乐美的特点和魅力,这正是作者所反复强调的词的一个重要特征——讲究音律,便于歌唱和诵读。其中又涉及健康的基调和感人的力量,从而涉及词的内容、形式以至语言诸多面的特征。

作者在以故事形象地说明了词必须重声律的特点之后,便从词的发展历史,紧扣词人词作的实际,具体而有分析地阐明了词体的基本特征和要求,并对历代词风和"本朝"诸家做了率直的评论和大胆的臧否。作者认为,唐代"乐府声诗并著""曹元谦、念奴为冠,歌罢,众皆咨嗟称赏",李八郎歌惊四座,皆可显见讲究声律便于歌唱的重要,所以,"自后郑卫之声日炽,流靡之变日烦",各种词牌的词相继涌现。五代战乱频仍,"斯文道熄",李氏君臣李璟、李煜及冯延巳之辈,"语虽奇甚",但基调过于哀伤低沉的"亡国之音",只能使人颓丧。由此可见,作者不仅强调词的歌唱性、音乐性的特点,而且注意到了词的感情倾向与社会效果。谈到本朝词坛诸家,作者再一次强调了词必"协音律",词应可歌的特点,并以此为标准批评了晏殊、欧阳修、苏轼等人词作的"不协音律",王安石、曾巩的词作"人必绝倒,不可读",这说明即如这般文章大家,对词"别是一家"也是"知之者少",从而违背了词应合于音律的最基本的要求,以致使得词成为"句读不葺之诗"。

在强调词的音律特点的同时,作者又据对具体词人作品的批评,论述了词的其他特点,对词的创作提出了另外一些要求。譬如,柳永"变旧声作新声""大得声称于世",而且他的词又是"协音律"的,但"词语尘下",粗俗而不雅。张先、宋祁等人虽重语句,但又陷于片面追求"妙语"而忽视了词的整体完美,因而"破碎"不足为"名家";至于"始能知"词的晏几道、贺铸等人又或"无铺叙",或"少典重",或"少故实",或"多疵病",而"良玉有瑕"。从这些具体的评论中,作者申明了对词体特点的总看法,那就是协乐、高雅、浑成、典重、铺叙和故实。至此,词"别是一家"之"别",词的创作要求和品评标准也便一并得以阐明。

短论虽短,然而"志深笔长",其中形象性的说理,从具体分析中正反引发等论述方法,皆有可取之处。而且,在对词的诸多特征的分析中始终突出了"协音律"这一主要特点,这说明作者对其所论及的对象确系心中有数,能做到居高临下,从整体上加以把握,因而观点鲜明,不乏透辟的见解。所以,这篇词论,虽在个别问题上不无偏颇之处,对声律之外的其他特征的论述也稍嫌语焉不详,但总的来看,仍不失为一篇卓有见地的词学专论,在词学乃至整个文学批评史上有其重要意义,说其有开创之功似也不甚为过。

打马图序

慧即通,通即无所不达;专即精,精即无所不妙。故庖丁之解牛,郢人之运斤,师旷之听,离娄之视,大至于尧、舜之仁,桀、纣之恶,小至于掷豆起蝇,巾角拂棋,皆臻至理者何?妙而已。后世之人,不惟学圣人之道,不到圣处。虽嬉戏之事,亦得其依稀仿佛而遂止者多矣。夫博者无他,争先术耳,故专者能之。予性喜博,凡所谓博者皆耽之,昼夜每忘寝食。但平生随多寡未尝不进者何,精而已。自南渡来流离迁徙,尽散博具,故罕为之,然实未尝忘于胸中也。今年冬十月朔,闻淮上警报,江、浙之人,自东走西,自南走北,居山林者谋入城市,居城市者谋入山林,旁午络绎,莫卜所之。易安居士亦自临安溯流,涉严滩之险,抵金华,卜居陈氏第。乍释舟楫而见轩窗,意颇适然。更长烛明,奈此良夜乎。于是乎博弈之事讲矣。且长行、叶子、博塞、弹棋,世无传者。打揭、大小、猪窝、族鬼、胡画、数仓、赌快之类,皆鄙俚,不经见。藏酒、摴蒱、双蹙融,近渐废绝。选仙、加减、插关火,质鲁任命,无所施人智巧。大小象戏、弈棋,又惟可容二人。独采选、打马,特为闺房雅戏。尝恨采选丛繁,劳于检阅,故能通者少,难遇劲敌。打马简要,而苦无文采。按打马世有二种:一种一将十马者,谓之关西马;一种无将二十马者,谓之依经马。流行既久,各有图经凡例可考。行移赏罚,互有同异。又宣和间,人取二种马,参杂加减,大约交加侥幸,古意尽矣。所谓宣和马者是也。予独爱依经马,因取其赏罚互度,每事作数语,随事附见,使儿辈图之。不独施之博徒,实足贻诸好事,使千万世后,知命辞打马,始自易安居士也。时绍兴四年十一月二十四日,易安室序。

简 介

这是李清照为其编著的《打马图经》一书所写的序言。打马,是古代的一种棋艺游戏,因棋子称作马而得名。李清照在古之打马之一种"依经马"的基础上,"取其赏罚互度,每事作数语,随事附见",首创"命辞打马",并编写了《打马图经》详加说明。书前的这篇序言,在评价各种博戏之后,着重介绍了自创"命辞打马"的经过和缘由。序文又涉及南渡避乱的有关情景,因此对研究李清照的生平和认识当时的社会状况具有一定的参考价值。另外本文叙述具体而行文畅达,富于情感,也体现了李清照散文风格的特色。

注 释

〔慧即通〕聪颖就能通晓道理。即,一作"则"。其下句三个"即"亦作"则"。

〔庖(páo)丁解牛〕比喻技艺高超精妙。《庄子·养生主》:"庖丁为文惠君解牛,手之所触,肩之所倚,足之所履,膝之所踦,砉(huā)然,响然,奏刀騞(huō)然,莫不中音,合于'桑林'之舞,乃中'经首'之会。文惠君曰:'嘻,善哉! 技盖至此乎!'"庖丁,厨师。解,分解、宰割。

〔郢(yǐng)人运斤〕比喻技艺熟练高超。《庄子·徐无鬼》:"郢人垩(è)墁其鼻端,若蝇翼,使匠石斫之。匠石运斤成风,听而斫之,尽垩而鼻不伤,郢人立不失容。"郢,楚国的国都,在今湖北省江陵县西北。运斤,挥动斧子。

〔师旷之听〕师旷那样极强的听力。师旷,春秋时晋平公的大乐师,善弹琴,传说其辨音能力极强,且能以音知吉凶。

〔离娄之视〕离娄那样极强的视力。离娄,传说为黄帝时代视力极好的人。"能视于百步之外,见秋毫之末"。(《孟子》赵岐注)

〔尧舜〕尧和舜都是传说中上古圣明的帝王,后世奉为君主楷模。

〔桀(jié)纣(zhòu)〕夏桀、商纣,末代暴君。

〔掷豆起蝇〕唐代段成式《酉阳杂俎》续集卷四:"张芬中丞在韦南康皋幕中,有一客,于宴席上,以筹碗中绿豆击蝇,十不失一。一坐惊笑。芬曰:'无费我豆!'遂指起蝇,拈其后脚,略无脱者。"起蝇,用手指夹取苍蝇。

〔巾角拂棋〕古代的一种游戏。刘义庆《世说新语·巧艺》:"弹棋始自魏宫内,用妆奁戏。文帝于此戏特妙,用手巾角拂之,无不中。有客自云能,帝使为之,客著葛巾角,低头拂棋,妙逾于帝。"

〔皆臻至理〕都达到了完全掌握规律的极高的境界。至理,又作"其极",且无句末之"何"字(《癸巳类稿》《马戏图谱》《图谱原序》)。

〔后世之人……多矣〕此三十三字,《癸巳类稿》及《图谱原序》俱无。

〔亦得〕粤雅堂本《打马图经》(下省作粤本)、《打马图经序》(下省作图谱序)作"不得"。

〔依稀仿佛〕隐约相似,差不多。

〔予性喜〕喜,各本又作"专"或"善"。

〔博〕古代一种赌输赢的游戏。

〔耽〕酷爱。

〔但平生随多寡未尝不进〕进,赢。但,一作"且"(图谱序),随,或无此字(粤本等)。

〔昼夜……迁徙〕此二十九字,《癸巳类稿》及《图谱原序》只作"南渡流离"四字,且下文之"故罕为之……胸中也"十三字无。

〔十月朔〕阴历十月初一。

〔淮上警报〕淮河一带传来情势危急的消息。事指绍兴四年(1134年)九月,金兵五万人并纠合傀儡政权刘豫的军队,由泗州渡淮水南侵并进至扬州大义镇。

〔旁午络绎〕交错纷杂,往来不绝。旁午,一纵一横,即纵横交错。

〔莫卜所之〕没有一个人推知该到哪里去好。又作"莫不失所"(粤本及图谱序)。

〔易安居士〕粤本及图谱原序皆作"余"。

〔临安〕今浙江省杭州市,建炎三年宋高宗曾置行宫于此,绍兴八年南宋在此定都。

〔溯流〕逆流而上。原文为"泝",已并入溯。

〔严滩〕地名,在今浙江桐庐县城之富春江西。因东汉严光(子陵)曾在此隐居而得名。

〔金华〕古府名,治所在今浙江省金华市。

〔卜居陈氏第〕借住在姓陈的家里。卜居,择地而居。

〔舟楫(jí)〕此指船只。楫,船桨。

〔轩窗〕此指房舍。轩,有窗的长廊或小屋。

〔适然〕舒适,畅快。

〔更(gēng)长〕夜长。

〔奈此良夜乎〕即奈何此良夜,怎样度过这样好的夜晚呢?

〔博弈(yì)〕原指六博和围棋。后泛指棋戏。

〔长行〕古代博戏之一。唐代李肇《国史补》:"今之博戏,有长行最盛。其具有局、有子,子有黄黑各十五。"

〔叶子〕古代一种斗纸牌的博戏。唐代称叶子格,后称叶子戏。宋代欧阳修《归田录》:"叶子格者,自唐中世以后有之……唐世士人宴集,盛行叶子格。"

〔博塞〕古代的一种博戏,或谓专名,或谓泛称。《庄子·骈拇》:"问谷奚事,则博塞以游。"杜甫《今夕行》:"今夕何夕岁云徂,更长烛明不可孤。咸阳客舍一无事,相与博塞为欢娱。"或作"博簺"。

〔弹棋〕古代一种博戏。相传汉代刘向仿蹴鞠（古代踢足球之类的习武项目）之体而作，用十二棋为戏，两人对局，白黑棋子各六枚。《酉阳杂俎》引《世说新语》："弹棋起自魏室。"俗称魏宫妆奁之戏。

〔打揭、大小、猪窝、族鬼、胡画、数仓、赌快〕皆古代博戏。揭又作"楬"或"褐"。

〔鄙俚〕粗俗。

〔不经见〕不幸见。

〔藏酒、摴蒱、双蹙（cù）融〕与下边之"选仙、加减、插关火"皆古代博戏名称。

〔质鲁任命〕博法简单，胜负靠碰运气。

〔象戏〕象棋

〔弈棋〕围棋。

〔采选〕即彩选，又名彩选格。古代一种博戏。宋代徐度《却扫编》："彩选格起于唐李郃……博戏中最为雅训。"颇类后世升官图游戏。

〔丛繁〕复杂。

〔勍（qíng）敌〕强敌。勍，强，劲，有力量。

〔文采〕此指变化多样。

〔二十马〕图谱序作"二十四马"。

〔宣和〕宋徽宗（赵佶）年号（1119~1125年）。

〔互度〕禁忌和规则。互，同枑，禁忌、禁止。度，法度。

〔随事附见〕在规则条文的后边附有自己的见解。

〔儿辈图之〕子侄辈们作为学习的标准。图，法度，标准。

〔贻（yí）〕赠送。

〔好（hào）事〕喜欢此道的人。

〔绍兴四年〕公元1134年。

〔十一月〕又作"十有二"（《癸巳类稿》《图谱原序》）

〔易安室〕李清照书斋名。又作"易安居士李清照"（夷门广牍本《马戏图谱》《古今女史》等）。

集 评

明·陶宗仪：李易安因依经马取其赏罚互度，每事作数语，精妍工丽，世罕其俦；不仅施之博徒，实足贻诸同好。韵事其人，两垂不朽矣。(《说郛·打马图序》)

明·朱凯：打马为戏，其来久矣。宋易安李氏以为闺房雅戏。相传有格一卷，不著作者名氏。复有郑寅子敬撰(图式)一卷，用马三十。李氏《图经》用马二十。盖三者互有不同，大率与古樗蒲相似。今虽不行，而《图经》间存。(《欣赏编·打马图跋》)

明·胡应麟：叶子、彩选之戏，今绝不可考。惟李易安《打马序》云：长行、叶子……打马简要，又苦无文采云云。据此，则叶子与彩选，迥然不同。叶子，宋世已无能者。彩选，宋晚尚能为之。然李称彩选丛繁，难遇勍敌，则此戏政未易言，非若今官制之易。又今纸牌，童孺皆能，李何有不传之叹，杨(慎)说之误，明矣。(《少室山房笔丛》)

李所举当时博戏，又有打褐、大小、猪窝、族鬼、胡画、数仓、赌快等，今绝不知何状。又称选仙、加减、插关火，质鲁任命，无所施人巧智。按《选仙图》见《郑氏书目》，与彩选连类。而此以为"质鲁任命"者，详之，正与今《选官图》类。盖与彩选形制相似而实不同也。亦犹序中所举长行、樗蒲、双(陆)三戏相类而实不同。……《打马图》今尚传，吴中好事者习之，迩年颇有能者。(同上)

明·周履靖：《打马图》始自易安，号称雅戏。义成有取，法久无传。良由则例未明，遵行罔措。近编《欣赏》，亦复废弛。日者，客从陪都来，手挟一图，指授诸法，颇为详具，多有纷更，用意牛毛，贻讥蛇足，固不终而令人厌心生也。兹以游息余闻，特加参订。凡则例起自易安，见于《欣赏》者，疏其抵牾，补其略阙，付之阙手，藏之斋头。爰集友朋，以代博弈。闻我逸志，耗彼雄心，固匪徒为之，犹贤抑微独贻诸好事者已也。(《夷门广牍·〈马戏图谱〉跋》)

明·赵世杰等：("自南渡以来"一段眉批)颠沛中犹不忘，是其精妙于博者。("打马世有二种"一段眉批)曲读工巧，游于自然。(《古今女史》卷三)

明·朱锡虹：为博家作祖，亦不免为荡子作坑堑。(《古今女史》卷三引)

明·钱希言：唐太宗问一行世数，禅师制叶子格进之。……李易安以长

行、叶子为世无传者。(《戏瑕》卷二)

清·周亮工：予按李易安《打马图序》云：长行、叶子、博塞、弹棋，世无传焉。若云双陆即长行，则易安之时，已无传矣。岂双陆行于当时，易安独未之见？或不行于当时，反盛于今日耶？则长行非双陆明矣。(《书影》卷五)

徐君义谓打马之戏，今不传。予友虎林陆襄武，近刻易安之谱于闽，以犀象蜜蜡为马，盛行其中。近淮上人颇好此戏，但未传之北地耳。(同上)

清·王士禄：(打马图序)尧、舜、桀、纣，掷豆起蝇一段，议论亦极佳，写得尤历落警至可喜。女子乃有此妙笔。易安动以千万世自期，以彼之才，想亦自信必传耳。昔人谓鸡林宰相，以万金购香山诗一篇，真赝辄能辨。文至易安，到眼自不同，如此语不虚也。乃其集十三卷，目见于史，而今所传不数篇，能毋珠玉锁沈之叹哉！(《宫闺氏籍艺文考略》)

清·周中孚：《打马图》一卷，宋李清照撰。……宋人撰打马书者非一，惟用五十马者居多，独此用二十马。观其前有绍兴四年易安自序，乃其晚年消遣之作，而文词工雅可观，非他人所及也。(《郑堂读书记》补遗)

清·胡玉缙：《打马图经》一卷，宋李清照撰。……是书记打马之戏，有图、有例、有论。论皆骈语，颇工雅。前有绍兴四年自序，及《打马赋》一篇。序称："打马世有二种……知命辞打马，始自易安居士也。"据此，则打马虽旧法，而是书则清照创新意为之矣。(《许庚学林〈打马图经〉跋》)

鉴　赏

作为《打马图经》的一篇序文，自然要对"打马"进行一番评述，以明编著该书的缘起和用意。所以，序文的第一层便以"妙""精"为论，说明"博无他，争先术耳"。文章一开头先用偶句推论，"慧即通，通即无所不达；专即精，精即无所不妙"，继之连用历史典故详加佐证，最后以己之"凡所博，皆耽之"，而且"平生随多寡未尝不进"为现身说法，由抽象到具体，由远自古人到近及自身，反复申明了"博无他，争先术"的道理。由此而说明"打马"之类的博弈之戏，足可启人智巧，健娱身心，唯其"慧""通""专""精"，始能"无所不达"，"无所不妙"。

文章的第二层则写出了博弈之事无奈随变于时局，因而"序打马"之外又见新义。这一层先述南渡以来的流离之乱,直写至"卜居陈氏第"后得以暂安,因此博弈之事也由虽"罕之为"而"实未尝忘于胸中"到"于是乎""讲矣"。这就从一个侧面反映了社会的动乱以及人们所遭受的离乱之苦,而且是从"博弈之事"中隐曲地透出,自然而切题。

文章的第三层首先列举了博弈之种种,或"近世无传",或"鄙俚不经见",或"质鲁任命,无所施人智巧",或仅"可容二人"而后以筛选法,得出"独采选、打马,特为闺房雅戏"的结论。但"采选丛繁,劳于检阅","能通者少,难遇勍敌。"于是,惟剩打马。虽然"打马简要,而苦无文采",终至呼唤出了李清照在"依经马"的基础上所首创的"命辞打马"。这种命辞打马"取其赏罚互度,每事作数语,随事附见",既可"使儿辈图之",又可"施之博徒",而且"实足贻诸好事",因此解说此种"始自易安居士"的"命辞打马"正是编著《打马图经》的宗旨。至此,书序的任务也便水到渠成地完成了。此段文字,虽似罗列而不烦,层层剥削而见真谛,可谓曲淡工巧,下语清丽。

这篇序文,紧扣"博弈"之事,为《打马图经》作了总括说明,起到了序言的作用,达到了为序的目的。本文有叙有议,有社会面貌的特定镜头,有个人心理的自然流露,通篇和谐自然、舒卷自如。再者,虽迭用典故,历数博弈,而使人不觉枝蔓芜杂,复沓铺叙中而见中心,多层陈说中见重点,其中开头一段"议论亦极佳,写得尤历落警至可喜。"(王士禄《宫闺氏籍艺文考略》)"闻淮上警报,江浙之人,自东走西、自南走北,居山林者谋入城市,居城市者谋入山林"一段,形象地刻画了"旁午络绎""莫卜所之"的惶恐心理。"文至易安,到眼自不同,如此语不虚也。"(同上)

打马赋

岁令云徂,卢或可呼。千金一掷,百万十都。樽俎具陈,已行揖让之礼;主宾既醉,不有博弈者乎!打马爰兴,摴蒱遂废。实博弈之上流,乃闺房之雅戏。齐驱骥骤,疑穆王万里之行;间列玄黄,类杨氏五家之队。珊珊佩响，方惊玉蹬之敲；落落星罗，忽见连钱之碎。若乃吴江枫冷，胡山叶飞；玉门关闭，沙苑草肥。临波不渡，似惜障泥。或出入用奇，有类昆阳之战；或优游仗义，正如涿鹿之师。或闻望久高，脱复庾郎之失；或声名素昧，便同痴叔之奇。亦有缓缓而归，昂昂而出。鸟道惊驰，蚁封安步。崎岖峻坂，未遇王良；局促盐车，难逢造父。且夫兵陵云远，白云在天；心存恋豆，志在著鞭。止蹄黄叶，何异金钱。用五十六采之间，行九十一路之内。明以赏罚，核其殿最。运指麾于方寸之中，决胜负于几微之外。且好胜者人之常情，小艺者士之末技。说梅止渴，稍苏奔竞之心；画饼充饥，少谢腾骧之志。将图实效，故临难而不回；欲报厚恩，故知机而先退。或衔枚缓进，已逾关塞之艰；或贾勇争先；莫悟阱堑之坠。皆由不知止足，自贻尤悔。况为之不已，事实见于正经；用之以诚，义必合于天德。故绕床大叫，五木皆卢；沥酒一呼，六子尽赤。平生不负，遂成剑阁之师；别墅未输，已破淮淝之贼。今日岂无元子，明时不乏安石。又何必陶长沙博局之投，正当师袁彦道布帽之掷也。辞曰：佛狸定见卯年死，贵贱纷纷尚流徙。满眼骅骝杂骐骐，时危安得真致此？老矣谁能志千里，但愿相将过淮水。

简　介

这是李清照于《打马图经》成书时所写的一篇骈体赋，它与《打马图经序》联袂成文，相映成趣。如果说"序"于"打马"重在介绍，而"赋"于"打马"则意在发挥。面对当时金兵频频大举南侵，南宋小朝廷节节仓皇败退的危急形势，作者在《打马赋》中，借谈论博弈之事，引用大量有关战马的典故和历史上抗恶杀敌的威武雄壮之举，热情地赞扬了像桓温、谢安等名臣良将的忠勇，暗含着对南宋统治不识良才、不思抗敌、庸碌无能的谴责。与此同时，作者在赋作中通过典故的运用寄寓着对收复失地的愿望，以及对历代抗敌英雄的崇敬和个人"烈士暮年"的感慨。

这篇赋作,平仄相对,对偶工整,铿锵有声,以大手笔、大场面抒写了虽为女子而不让须眉的大丈夫之气,字里行间洋溢着忧国忧民的热烈感情,充分表现了李清照一片赤诚的拳拳爱国之心,是一篇富有爱国主义精神的好作品。

注 释

〔赋〕古代文体名称。"赋者,古诗之流也。"(班固《两都赋·序》)最早以赋名篇的是战国荀况的《赋篇》。至汉代赋体盛极一时,南北朝以后,赋体对于句式的对仗、平侧、押韵更为讲究,人称之为律赋。《打马赋》为律赋。

〔岁令云徂(cú)〕一年已经过去。云,语助词,不为义。徂,往,逝去。杜甫《今夕行》有"今夕何夕岁云徂"的诗句。云,观自得斋本《马戏图谱》等本又作聿。

〔卢或可呼〕即呼卢,博者掷骰子时,大声喊"卢",以期得胜。古时撩蒲博戏,共用五子而掷,一面涂黑,一面涂白,黑面全朝上为最好,称为"卢"。见唐·李肇《国史补》。

〔千金一掷〕指博弈时凭一掷见输赢。以千金作赌注,言其赌注之大。

〔百万十都〕百万,言钱之多。十都,"都"为博戏中之计数单位,岳国钧据《艺文类聚》卷七十四引《风土记》藏钩时,"一藏为一筹,三藏为一都"等资料,以"都"为以三为进位。(《玉中之瑕》载《文学遗产》1981年第一期)

〔樽(zūn)俎(zǔ)〕古代盛酒肉的器皿,即后世杯盘之类。樽,本作尊,酒杯。俎,古代祭祀时盛牛羊等祭品的礼器。

〔具陈〕都摆设完毕。具,或作"列"。

〔揖让之礼〕古代宾主见面时相互致意的礼仪。揖,拱手礼。

〔爰(yuán)兴〕及至兴起,兴盛起来。爰,及,或谓改易、变革。

〔撩蒲遂废〕撩蒲,也写作"樗蒲",或"摴蒲"。汉代流行的一种博戏,以掷骰决胜负。其彩色有卢、雉、犊、白等。见唐·李肇《国史补》卷下《叙古撩蒲法》。遂废,《图谱》等本又作"者退"。

〔实博弈〕《古今女史》《打马戏图》等本又作"实小道"。

〔乃闺房〕乃,《打马图谱》又作"竟"。"闺房"各本又作"深闺"。

〔骥骙〕赤骥和騄耳,传说周穆王的八骏中的良马名。

〔穆王〕周穆王,即姬满。传说"穆王乘八骏宾于王母,觞于瑶池之上,一日行万里。"(《逸周书·周穆王篇》)

〔间列〕《癸巳类稿》等作"别起"。

〔玄黄〕指黑色、黄色的各种马。玄,黑色。

〔杨氏五家之队〕杨贵妃五家姐妹随驾的队伍。据《唐书·杨贵妃传》:"玄宗每年十月幸华清宫,国忠姊妹五家扈从。每家为一队,著一色衣,五家合队,照映如百花之焕发。"

〔珊珊佩响〕佩环相击发出响声。珊珊,玉佩相击的声音。佩,佩玉,古代贵族身上所佩带的玉制装饰品。杜甫《郑驸马宅宴洞中》有"时闻杂佩声珊珊"的诗句。

〔落落星罗〕棋子如疏星排列着。落落,稀疏的样子。刘禹锡《送张盥赴举诗引》:"向所谓同年友,当其盛时,联袂齐镳,亘绝九衢,若屏风然。今来落落如曙星之相望。"

〔连钱〕马身上的装饰物。

〔吴江枫冷〕吴江枫叶飘落。唐代崔信明诗有"枫落吴江冷"句。吴江,水名,即太湖最大的支流吴淞。冷,各本又作"落"。作者用此形容博者行马受挫。

〔胡山叶飞〕胡山树叶飘零。胡山,胡地之山。唐·张固《幽闲鼓吹》:乔彝京兆府试解为《渥洼马赋》:"一喷生风,下胡山之乱叶。"

〔玉门关闭〕玉门,古代关隘名,在今甘肃省敦煌西。"玉门关闭"典出《汉书·李广利传》:"太初元年,以广利为贰师将军,发属国六千骑及郡国恶少年数万人以往……人少不足以拔宛,愿且罢兵,益发而复往。天子闻之大怒,使使遮玉门关曰:'军有敢入,斩之。'贰师恐,因留敦煌。"作者用此典以喻行马过关(马戏图中有函谷关)之难。

〔沙苑草肥〕沙苑,一名沙阜,在今陕西省大荔县南洛、渭之间,宜于牧畜。"沙苑草肥"是指打马时屯兵不发的棋法。

〔障泥〕即马鞯,垫在鞍下垂于马背两旁用以挡泥土。"惜障泥"典出《晋书·王济传》:"济善解马性,尝乘一马,着连线障泥。前有水,不肯渡。济曰:'必是惜障泥。'使人解去,便渡。"作者借此形容博者举棋不定的样子。

〔昆阳之战〕汉代推翻王莽统治的一次大战役。据《汉书·王莽传》和《后汉书·光武纪》记载，王莽地皇四年（公元23年）刘秀以精兵三千突袭敌军中坚，大败王莽百万大军。这是我国历史上有名的以少胜多、以弱胜强的战例。作者借此说明打马博戏中善用奇兵、以少克多的棋法。昆阳，今河南叶县北。

〔优游仗义〕从容不迫，游刃自如，正义在握。优游，悠闲自得的样子。仗义，主持正义。《图谱赋》又作"从容磬控"（善于御马）。

〔涿鹿之师〕传说上古黄帝讨伐蚩尤的正义之师。据《史记·五帝本纪》："蚩尤作乱，不用帝命。于是黄帝乃征师诸侯，与蚩尤战于涿鹿之野，遂擒杀蚩尤。"涿鹿，在今河北省涿鹿县东南。

〔闻望〕声望，名望。

〔脱〕倘或，偶尔。

〔庾郎之失〕庾郎坠马之失。庾郎，即晋人庾翼，以善骑闻名。据《世说新语·雅量》说，他在岳母前盘马，"始两转，坠马堕地"。

〔声名素昧〕一向不为人知。默默无闻。

〔痴叔之奇〕据《世说新语·赏誉》和《晋书·王湛传》记载，晋人王湛，兄弟宗族皆以为痴，后侄子王济发现他不仅有非凡的骑术，而且对《易经》有精妙的见解，因此当晋武帝又一次戏问"痴叔"之时，王济便理直气壮地回答："臣叔不痴。"其才"在山涛（竹林七贤之一）以下，魏舒（武帝之司徒）之上。"王湛"于是显名"。

〔缓缓而归〕苏轼《陌上花三首引》有"陌上花开，可缓缓归矣"。此指舒缓地退兵。

〔昂昂而出〕屈原《卜居》："宁昂昂若千里之驹乎。"指趾高气扬地进击。

〔鸟道〕只有飞鸟能过的陡峭山间小路，即羊肠小道。《南中记》："鸟道四百里，以其险绝，兽尚无蹊，特上有鸟之道。"王维《送杨长史赴梁州》有"鸟道一千里，猿声十二时"的诗句。李白《蜀道难》中也有"西当太白有鸟道，可以横绝峨眉巅"。鸟道能驰，可谓策马之技过人。

〔蚁封安步〕蚂蚁封穴的土堆。《世说新语·赏鉴》载有王湛为其侄王济相马，以为其马不称，便于"蚁封盘马，果倒踣"的故事。蚁封安步，比喻良马履险如夷。范成大《次韵徐子礼提举莺花亭》有"蚁封盘马竞难工”的诗句。

〔峻坂(bǎn)〕险峻的山坡。

〔未遇〕《图谱原赋》《癸巳类稿》作"慨想"。

〔王良〕春秋时晋国著名的驭手,见《孟子》。

〔局促〕弯曲狭窄,不得伸展。

〔盐车〕运盐的重载车。据《战国策·楚策四》说"夫骥之齿至矣,服盐车而上太行。蹄申膝折,尾湛(同沉)胕(同跗,脚背)溃,漉汗洒地,白汗交流,中阪迁延,负辕不能上。伯乐遭之,下车攀而哭之,解纻衣以幂之。骥于是俯而喷,仰而鸣,声达于天。"

〔造父〕周穆王的著名驭手。据《史记·秦本纪》和《史记·赵世家》,"造父以善御幸于周穆王","缪王使造父御,西巡狩,见西王母,乐之忘归。而徐偃王反,缪王日驰千里马……大破之。"

〔丘陵云远,白云在天〕天高路远,征途艰险。据《穆天子传》:"天子觞西王母瑶池之上。西王母为天子谣曰:'白云在天,山陵自出。道路悠远,山川间之。将子无死,尚能复来。'"

〔心存恋豆〕恋豆,指马贪恋槽中的草料,比喻顾眼前小利而无远大志向。《晋书·宣帝纪》:"驽马恋栈豆,必不能用也。"心存,据上书当作"心无"为妥。

〔志在著鞭〕著鞭,挥鞭策马向前,比喻立志争先取胜。亦即"著先鞭"之省,意为先人一步,得志在前。据《世说新语》及《晋书·刘琨传》刘琨在与亲友的书信中曾说:"吾枕戈待旦,志枭逆虏,常恐祖生(逖)先吾著鞭。"

〔止蹄黄叶,何异金钱〕黄叶,诗人或以黄叶比喻金钱,如黄庭坚《题扇诗》中有"黄叶委庭观九州""金钱满地无人费"的句子,"黄叶"与"金钱"对举。据《打马图经·下马例》:"凡马每二十四用犀象刻成,或铸铜为之,如大钱样。"行打马戏时,将对方的马打下去,即有赏帖,可赢得金钱,所以说"止蹄黄叶,何异金钱"。

又,命辞打马例,遇钱文下马,故曰"止蹄黄叶,何异金钱"。(黄墨谷《重辑李清照集》)

又,佛家言以黄叶为金钱给小孩止其啼泣。《传灯录》:"欲识此中意,黄叶止啼钱。"如此,蹄,当为"啼"。

〔五十六采〕据《打马图经·采色例》，全戏共五十六采，其中赏色十一采：堂印、碧油、桃花重五、雁行儿、拍板儿、满盆星、黑十七、马军、靴檀、银十、撮十；罚色二采：小浮屠、小娘子；杂色四十三采。

〔九十一路〕据《打马图谱》，从赤岸驿上马至尚乘局下马，其行马共九十一路。

〔核其殿最〕仔细地核查胜负名次。殿最，古代考核政绩、武功，上等的称"最"，下等的称"殿"。班固《答宾戏》中有"犹无益于殿最也。"李善注引《汉书音义》："上功曰最，下功曰殿。"

〔方寸〕心田。

〔几微〕犹征兆。

〔小艺〕小，《古今女史》等多本又作"游"。

〔说梅止渴〕比喻以空想自慰，不能实得。典出《世说新语·假谲》："魏武行役，失汲道，军皆渴。乃令曰：'前有大梅林，饶子，甘酸，可以解渴。'士卒闻之，口皆出水。乘此得及前源。"今习用为"望梅止渴。"

〔画饼充饥〕比喻用虚名聊以自慰，无益于事实。宋代释道原《景德传灯录》之《邓州香岩智闲禅师传》及《三国志·卢毓传》，前者有"画饼不可充饥"后者有"选举莫取有名，名如画地作饼，不可啖也。"

〔衔（xián）枚〕古代行军常令士兵衔枚而进，以防喧哗。枚，像筷子样的小木棍儿，使用时，横衔口中，用绳系两端而结之顶后。《周礼·夏官》中有"徒衔枚而进"的话。《汉书·高帝纪》中也有"章邯夜衔枚击项梁定陶"的句子。颜师古注曰："衔枚者，止言语欢嚣，欲令敌人不知其来也。"

〔贾（gǔ）勇〕勇力有余，可以出售与人，极言其壮勇无比，无所畏惧。《左传》载，成公二年齐晋鞍之战中"齐高固入晋师，桀石以投人，禽之而乘其车，系桑本焉，以徇齐垒，曰：'欲勇者，贾余余勇。'"

〔阱堑（qiàn）〕为猎兽或御敌而设的陷坑。

〔皆由不知足〕《老子》"知足不辱，知止不殆。"

〔自贻尤悔〕即自取其咎，连上句意为，由于不知足，而自己造成过错和悔恨。

〔况为之不已〕《图谱原赋》及《癸巳类稿》作"况乃为之贤已"，且其上又有"当知范我之驰驱，勿忘君子之箴佩"两句，黄墨谷《重辑李清照集》本取此，且引《论语》："饱食终日，无所用心，难矣哉。不有博弈者乎，为之犹贤乎已。"和《孟子》："良（王良）不可，曰：吾为之范我驰驱，终日不获一；为之诡遇，一朝而获十。"为注。

〔正经〕儒家的经典。

〔用之以诚〕《图谱原赋》《癸巳类稿》等作"行以无疆"。

〔天德〕《礼记·中庸》："唯天下至诚，为能经纶天下之大经，立天下之大本，知天地之化育。……苟不固聪明圣知达天德者，其孰能知之！"天德即天道。

〔绕床大叫，五木皆卢〕形容打马戏时得胜者喧闹的情状。据《晋书·刘毅传》："后在东府聚，摴蒱大掷，一判至数百万。余人并黑犊以还，惟刘裕及毅在后。毅次掷得雉（次彩），大喜，褰衣绕床叫。谓同坐曰：'非不能卢（最胜彩），不事此耳。'裕恶之，因搯五木久之，曰：'老兄试为卿答。'既而四子皆黑，其一子转跃未定。裕喝之，即成卢焉。"床，古之坐席。《打马图谱原赋》《癸巳类稿》等本作"故宜绕床大叫"且其上另有"牝乃叶地类之贞，反亦记鲁姬之式。鉴鬌堕于梁家，溯浒循于岐国"四句二十六字。黄墨谷重辑本取此。

〔沥酒一呼，六子尽赤〕典出宋代郑文宝《南唐近事》刘信精诚昭感，一掷六子尽赤的故事。据载刘信攻南康时，曾被义祖（五代十国时吴国大臣徐温）怀疑，假博戏之机，酒酣，掷六骰于手曰："令公疑信欲背者，倾西江之水，终难自涤。不负公，当一掷遍赤。"结果"投之于盆，六子尽赤。义祖赏其精诚昭感，复待以忠贞焉。"《五代史·吴世家》中也有类似的记载。沥酒，即酌酒而饮。沥，清酒。此以"六子尽赤"连同上句"五木皆卢"，说明打马时须用心赤诚，方能合天德遂人意。

〔平生不负，遂成剑阁之师〕王仲闻校注：指桓温取蜀事。桓温未至剑阁，此借用也。《世说新语·识鉴》："桓公将伐蜀。在事诸贤，咸以李势在蜀既久，承籍累叶，且形据上流三峡，未易可克。唯刘尹云：伊必能克蜀。观其蒲博，不必得，则不为。"剑阁，在今四川省。

〔别墅（shù）未输〕据《世说新语·雅量》载，公元383年8月，前秦王苻坚发兵八十七万，分道南侵，意欲一举灭掉东晋，形势危急，晋京震怖，惟宰相谢安无惧色，且派其弟谢石、侄谢玄领兵八万拒敌于淝水，自己却于别墅与人对弈。后报捷书信至，谢安对弈如常，人问及，则"答曰：

'小儿辈大破贼。'"《晋书·谢安传》及《资治通鉴·晋纪》皆有类似记载。此其谓"别墅未输,已破淮淝之贼。"

〔元子〕东晋名将桓温,字元子。

〔安石〕谢安,字安石。

〔陶长沙博局之投〕据《晋书·陶侃传》:"诸参佐或以谈戏废事者,乃命取其酒器蒲博之具,投之于江"。陶侃,封长沙郡公,故有陶长沙之称。

〔袁彦道布帽之掷〕据《世说新语·任诞》载,桓温少时,因博戏输钱被债主所逼而求救于袁彦道,袁"遂变服,怀布帽,随温去,与债主戏。……十万一掷,直上百万数,投马绝叫,旁若无人,探布帽掷,对人曰:'汝竟识袁彦道不!'"事又见《晋书·袁耽传》,袁彦道,即晋人袁耽。

〔辞曰〕《诗女史》《古今女史》《打马图谱》及《癸巳类稿》作"乱曰"。辞曰与乱曰意义相似,皆为篇末结束语。

〔佛狸〕北魏太武帝拓跋焘的小名。此处借喻金主完颜昌为首的侵略者。

〔卯(mǎo)年〕据《宋书·臧质传》,刘宋时曾有童谣:"虏马饮江水,佛狸死卯年。"李清照《打马赋》作于绍兴四年甲寅,而第二年正好是卯年。此句表达了作者期待来年消灭金兵收复中原的愿望。

〔流徙〕流浪,迁徙。

〔骅骝騄骊〕皆骏马名。传说周穆王八骏马中马名,据《事林广记》栽《打马图》,列有六十四马,一一皆取古良马之名命之,八骏马名亦列入。故云:"满眼骅骝杂騄骊。"

〔时危安得真致此〕袭用杜甫诗句,杜甫《题壁上韦偃画马歌》有"时危安得真致此,与人同生亦同死。"按此句之下,《打马图谱原赋》及《癸巳类稿》有"木兰横戈好女子。"

〔志千里〕《世说新语·豪爽》:王处仲每酒后,咏"老骥伏枥,志在千里,烈士暮年,壮心不已。"(按此四句乃曹操《步出夏门行·龟虽寿》诗句)以如意打唾壶,壶口尽缺。

集 评

宋·陈振孙:《打马赋》一卷,易安李氏撰。用二十马,以上三者(另有无名氏《打马格局》一卷,郑宣子《打马图式》一卷)各不相同,今世打马大

约与古之攟蒱相类。(《直斋书录解题》卷十四)

明·赵世杰等:"各驱骥骤"(一段)——眉批:日月云霞之彩,喷薄而出。旁批:以境形容。"吴江枫落"——旁批:以时形容。"或出入用奇"——旁批:叙用意。"崎岖峻坂"——旁批:出打。"说梅止渴"(一段)——眉批:幽情深意。旁批:隐喻无聊排遣。"皆因不知止足"——旁批:颂不忘戒。"故绕床大叫"(一段)——眉批:五陵豪士面目,三河年少肝肠,何为么麽所得。旁批:形容豪放,一段尤不可少。(《古今女史》前集卷一《打马赋》批语)

明·赵如源:文人三昧,虽游戏亦具大神通。(《古今女史》卷一引《打马赋》评语)

清·王士禄:《神释堂脞语》云:易安落笔即奇工,《打马》一赋,尤称神品,不独下语精丽也。如此人自是天授,湖州乃为"帘卷西风"损却三日眠食,岂不痴绝。(《宫闺氏籍艺文考略》)

清·李汉章:予幼读《打马赋》,爱其文,知易安居士不独诗余一道冠绝千古,且信晦翁之言,非过许也。长游齐鲁,获睹其图,益广所未见。然余性暗于博,不解争先之术,第喜其措词典雅,立意名隽,洵闺房之雅制,小道之巨观,寓锦心绣口游戏之中,致足乐也。若夫生际乱离,去国怀土,天涯迟暮,感慨无聊,既随事以行文,亦因文以见志,又足悲矣。暇日检点完篇,手录一过,贻诸好事,庶有见作者之心焉。

国破家亡感慨多,中兴汉马久蹉跎。

可怜淮水终难渡,遗恨还同说过河。

南渡偷安王气孤,争先一局已全输。

庙堂只有和戎策,惭愧深闺《打马图》。

才涉惊涛梦未安,又闻虏马饮江干。

桑榆晚景无人惜,聊与骅骝遗岁寒。

(《黄檗山人诗集》题李易安《打马图》并跋)

今·王仲闻:在一篇游戏的文章《打马赋》里,她说:"今日岂无元子,明时不乏安石。"希望南宋能够像东晋那样偏安江左的时候,还有桓温、谢安这样的人,或者能够出击,收复部分失地;或者敌人前来进犯,能够击溃他们。她又说:"佛狸定见卯年死。"可见她对抗敌前途也是抱着乐观态度,有胜利信心的(那时金人正在向南宋发动进攻,李清照自己也从杭州逃到了金华)。在这篇文章最后,她还说:"老矣谁能志千里,但愿相将过淮水。"……我们不能不承认,它们代表了当时爱国者的强烈的呼声,表示了爱国精神。

有的本子载这一篇《打马赋》,末段还有"木兰横戈好女子"一句……如果确实是她写的,那更可以说明她直欲拿起武器来驰赴保卫祖国的前线了。(《李清照集校注·后记》)

今·黄墨谷:绍兴四年,清照居金华,作《打马图经序》和《打马赋》,这是一部博弈游戏之作。作者是有意识想通过游戏来表达恢复中原的意念。"望梅止渴,稍苏奔竞之心;画饼充饥,少谢腾骧之志""生平不负,遂成剑阁之师;别墅未输,已破淮肥之贼""今日岂无元子,明时不乏安石"。先说"望梅止渴""画饼充饥",这是残酷的现实;继云:"成剑阁之师""破淮肥之贼";又云"今日岂无元子,明时不乏安石"是写理想,写愿望。结尾云:"……木兰横戈好女子,老矣不复志千里,但愿相将过淮水。"当时秦桧为相,到处是天罗地网,无人敢言兵,李清照却通过游戏,呼喊过淮,所以黄檗山人《题打马图》诗云:庙堂只有和戎策,惭愧深闺打马图。(《重辑李清照集·李清照评论》)

鉴 赏

这篇赋作以棋局与政局相类比,借打马戏言兵马事,巧妙地寄寓了作者深沉的忧国之思,抒发了强烈的爱国主义思想感情和垂老暮年却壮心不已的进取精神,令人感奋和敬佩。

文章一开始便写出了骏马云集、驰骋征行的雄威壮观的场面,作者连用"疑""类""若""有类""正如""便同"等比喻词,把通盘棋子写得活灵活现,如睹如闻。"齐驱骥辉"的"穆王万里之行",是何等的矫健!"间列玄黄"的"杨氏五家之队",是何等的气派!"玉蹬之敲","珊珊佩响","连钱之碎","落落星罗",写出了打马出阵众马云涌的动态。"吴江枫落","燕山叶飞","玉门关闭","临波不渡"。写出了履险闯关腾跃之前的静态。这一动一静,有声有势,"出入用奇""优游仗义",正像当年刘秀精兵五千破王莽的"昆阳之战",恰似昔日黄帝于涿鹿伐蚩尤的正义之师。两个历史典故中的赫赫战例,寓意双关,发人深思。"好胜"为"人之常情",不畏艰险,方能取胜。"用之以诚,义必合乎天德",这绝不只是棋盘之上的游戏小道,御敌卫国更当如此。然而,南宋小朝廷却异于此道,怎不令人痛惜!紧接着,作者以深沉的笔触于说棋局之中说政局,谢安一棋未完而"已破淮淝之贼"的帏幄雄才,抗敌义举尤值得称颂和效法。而像谢安、桓温这样的忠勇将领在当时的南宋则是"今日岂无""明时不乏",时局至此,罪在朝廷的动摇主和与妥协投降。至此,作者对腐败时政和谴责与愤慨已不言而喻。

曲终奏雅,篇末点题。在最后的"乱辞"中,作者的感情表现得淋漓尽致。首句以"佛狸定见卯年死",借当年人民对异族入侵者拓跋焘的痛恨,表达了对金主完颜昌为首的侵略者的无比仇恨和蔑视。继之以"满眼骅骝杂騄駬",借打马戏中骏马之众,比喻宋朝自有济济人才,本足可抗击金兵收复失地。而"贵贱纷纷尚流徙","时危安得真致此",又饱含了多少作者对时局的忧虑和对当权者的指斥。最后两句"老矣谁能志千里,但愿相将过淮水",化用曹操"老骥伏枥,志在千里"的名句,再忆当朝名将宗泽临终"连呼'过河'"的悲壮场景,表达了李清照壮心不已、团结抗金、收复中原的殷切希望。一片爱国之心跃然纸上,其信念之坚强,感情之炽烈,用心之良苦,令人感佩。《打马赋》借打马游戏之小道而寄寓无限忧民爱国之大义,实为赋史中所罕见,在李清照的作品中,也是很值得重视的一篇力作。

这篇赋作,可以说是通篇用典,骈偶到底,在频用"马"与"战"的典故时,紧扣棋局,各有特点,铺陈其事,气势恢宏,而且构思巧妙,描绘细腻,对仗工巧,略无呆滞,很平常的用字却又十分传神,譬如"珊珊佩响,方惊玉蹬之敲"中的"方惊","落落星罗,忽见连线之碎"中的"忽见",把被感知者和感知者一并闻其声见其形地写了出来,给人以身临其境的亲切之感。"佛狸定见卯年死"中"见"与"死"的修饰词"必"与"卯年",本也平常,但在表现强烈的感情中却有着异乎寻常的作用,读者于中清清楚楚地看到了李清照那种特定的心态。最后"过淮水"三个字,更是凝重深邃,促人联想,一语胜千钧,震撼着读者的心灵,令人回味无穷,正是"可怜淮水终难渡,遗恨还同说'过河'。"

《打马图经》例论

《〈打马图经〉例论》系李清照为"依马经"所写的打马"命辞"。"取其赏罚互度,每事作数语,随事附见"(上俱引自《打马图经序》),是对打马条例(规则)的阐释和论述,也是对有关经验教训的总结。"论皆骈语,颇工雅。"(清胡玉缙《许廎学林·〈打马图经〉跋》)

例论凡十三则,杂于《打马图经》各项条例之中。所论虽为打马,实则表现了李清照主战抗敌、收复失地的爱国主义思想,是研究李清照生平思想的重要材料之一。《打马图经》明代周履靖《夷门广牍》本题作《马戏图谱》。

一、"铺盆例"论

既先设席,岂惮攫金。便请着鞭,谨令编埒。罪而必罚,已从约法之三章;赏必有功,勿效绕床之大叫。

注 释

〔铺盆例〕打马规则之一。谓初设局时,聚钱于盆,以充赏金。例,条例,规则。

〔设席〕设置打马戏局。

〔惮(dàn)〕害怕。

〔攫(jué)金〕因下赌注而输钱。

〔着鞭〕开始打马,走棋。

〔埒(liè)〕矮墙。原特指射马场地的围墙,此指博局。

〔绕床之大叫〕打马时得胜者喧闹的情状。床,坐席。

二、"本采例"论

公车射策之初,记其甲乙;神武挂冠之日,定彼去留。汝其有始有终,我则无偏无党。

注 释

〔本彩例〕打马规则之二。"凡第一掷,初下马之色,谓之本采。"(《马戏图谱》)

〔公车射策〕此指打马比赛。公车,官车。汉以官车接送应试于京的举人。射策,考试。汉代主试人将所提问题分甲乙两科书之于策,考生据以解答。

〔神武挂冠〕指比赛胜负已定。据《南史·陶弘景传》:"(陶)永明十年,脱朝服,挂神武门,上表辞禄。"苏轼有"归来趁别陶弘景,看挂衣冠神武门。"(《再送蒋颖叔帅熙河》)

〔无党〕没有偏私,很公正。《尚书·供范》:"无偏无党,王道荡荡。"

三、"下马例"论

夫劳多者,赏必厚;施重者,报必深。或再见而取十官,或一门而列三戟。又昔人君每有赐,臣下必先乘马焉。秦穆公悔赦孟明,解左骖而赠之是也。丰功重锡,尔自取之,予何厚薄焉?

注 释

〔下马例〕打马规则之三。有关下马后根据所遇情况打与非打的规定。

〔施〕功劳。

〔十官〕士卒十人之长。

〔一门三戟〕唐制三品以上官员可在官邸院门前立戟。张俭兄弟三人及崔琳兄弟三人皆可立戟,人称三戟张家和三戟崔家。后三戟泛指高官之家。

〔秦穆公〕句:典出《左传·僖公三十二年、三十三年》,秦晋崤之战中秦将孟明被俘,后因文嬴请求而放还,晋襄公及至悔而使阳处父追杀,"则在舟中矣,释左骖以公命赠孟明",为之已晚。该句中"秦穆公"应为晋襄公。若"悔赦"是指孟明回秦后不被怪罪,则又无"解左骖而赠"之事。此处清照用典有误。秦穆公,即嬴任好,春秋时秦国国君。孟明,即百里孟明视,秦国大夫。

〔重锡〕即重赐。锡同赐。

四、"行马例"论之一

九阳数也,故数九而立窝;窝险涂也,故入窝而必赏。既能据险,以一当千;便可成功,寡能敌众。请回后骑,以避先登。

注 释

〔行马例〕打马规则之四。"凡马局十一窝。遇入窝不打,赏一帖。后来者即多马不许越,亦不许打。"(《马戏图谱》)

〔九〕《易经》以阳爻为九。

〔窝〕打马图谱中屯马的营垒。立窝,即指占据窝而屯驻,应得赏。

〔当〕抵挡。

五、"行马例"论之二

行百里半九十,汝其知乎?方兹万勒争先,千羁竞辏。得其中道,止于半涂。如能叠骑先驰,方许后来继进。既施薄效,须稍旌甄。

注 释

〔行百里者半九十〕欲走百里路到达目的地,而走了九十里也只能算是一半。《战国策·秦策》中说:"诗云:'行百里者半于九十。'此言末路之难。"

〔勒〕此指马。本指带嚼子的笼头。

〔羁〕此指马。本指马络头。

〔辏(còu)〕车辐条集中在车毂上,引申为聚集。

〔旌甄(zhēn)〕奖励队伍。旌,表彰。甄,本指军队两翼,泛指全军兵马。

六、"行马例"论之三

万马无声，恐是衔枚之后；千蹄不动，疑乎立仗之时。如能翠幕张油，黄扉启印；雁归沙漠，花发武陵。歌筵之小板初齐，天发之流星暂聚。或受彼罚，或旌己劳。或当谢事之时，复过出身之数。语曰：邻之薄，家之厚也。以此始者，以此终乎。皆得成功，俱无后悔。

注 释

〔衔枚〕进军袭敌中，士兵口中横咬竹木棍儿，马以嚼衔之以防出声。

〔立仗〕指马参与宫廷礼仗队，分立于宫庙及门户的行为。立仗时不动不鸣。"终日无声而食三品，一鸣则斥之"（《唐书·李林甫传》）

〔黄扉〕即黄阁，宰相官署，此指宰相。"皇朝四十三龙首，身到黄扉止四人。"（《西清诗话》杨休诗）

〔筵（yán）〕酒席。

〔邻之薄，家之厚〕邻人的实力薄弱了，就等于自家的实力雄厚了。据《左传·僖公三十年》载，秦、晋围郑，郑派烛之武说秦件时说："焉用亡郑以陪邻？邻之厚，君之薄也。"

七、"打马例"论之一

众寡不敌，其谁可当；成败有时，夫复何恨。若往而旋返，有同虞国之留；或去亦无伤，有类塞翁之失。欲刷孟明五败之耻，好求曹刿一旦之功。其勉后图，我不弃汝。

注 释

〔打马例〕打马规则之五。"凡多马遇少马，点数相及，即去打马。马数同，俱得打去。任便再下。"

〔虞（yú）国之留〕比喻暂得小利而招大祸。春秋时，晋献公以名马、白璧赂虞国，借道攻虢（guó），但灭虢后又灭虞而取回名马、白璧。事见《春秋穀梁传·鲁僖公二年》。

〔塞翁之失〕比喻暂时受小的损失,而因此得到大的好处。《淮南子·人间训》:"近塞上之人,有善术者,马无故亡而入胡,人皆吊之。其父曰:'此何遽不为福乎?'居数月,其马将胡骏马而归,人皆贺之。"

〔孟明五败之耻〕指春秋时秦国大夫孟明率兵伐晋失败之事。孟明崤之战兵败被俘,放回后再伐晋又败,次年三次伐晋,终至大败晋军而雪耻。

〔曹刿(guì)一旦之功〕曹刿,春秋时鲁国人,曾与鲁庄公论战,陪乘庄公,取得了齐鲁长勺之战的胜利。在两国会盟时,"曹沫(即曹刿)执匕首劫齐桓公",迫使"桓公乃遂割鲁侵地"(《史记·刺客列传》),成"一旦之功"。

八、"打马例"论之二

赵帜皆张,楚歌尽起。取功定霸,一举而成。方西邻责言,岂可蚁封共处;既南风不竞,固难金埒同居。便请回鞭,不须恋厩。

注 释

〔赵帜皆张〕典出《史记·淮阴侯列传》:"信(韩信)所出奇兵二千骑……驰入赵壁,皆拔赵旗,立汉赤帜两千……以为汉皆已得赵王将矣,兵遂乱,遁走,赵将虽斩之,不能禁也。"此其谓出奇制胜。似应为"汉帜皆张"。

〔楚歌尽起〕典出《史记·项羽本纪》:"项王军壁垓下,兵少食尽,汉军及诸侯兵围之数重。夜闻汉军四面皆楚歌,项王乃大惊曰:'汉皆已得楚乎?是何楚人之多也!'"一可见楚之败局已定,又可见汉军心理战之妙用。

〔西邻责言〕近邻责备的话。

〔蚁封〕蚁穴外高起的小土堆。

〔南风不竞〕比喻士气不振,衰败无力。《左传·襄公十八年》中师旷曾说:"南风不竞,多死声,楚必无功。"

〔金埒(liè)〕射马场的围墙,此指骑射的场地。金,言其坚固。

九、"打马例"论之三

亏于一篑，败此垂成。久伏盐车，方登峻坂；岂期一蹶，遂失长涂。恨群马之皆空，忿前功之尽弃。素蒙剪拂，不弃驽骀；愿守门阑，再从驱策。溯风骧首，已伤今日之障泥：恋主衔恩，更待明年之春草。

注 释

〔亏于一篑(kuì)〕比喻事情只差最后一点而不能完成。《尚书·旅獒(áo)》："为山九仞，功亏一篑。"篑，盛土用的竹筐，此指一筐土。

〔盐车〕运盐的车子，喻重载之车。《战国策·楚策四》中有良骥"服盐车而上太行"，"伯乐遭之，下车攀而哭之"的故事。

〔峻坂(bǎn)〕险峻的山坡。

〔长涂〕即长途。涂同途。

〔群马皆空〕谓无良马。韩愈《送温处士序》有云："伯乐一过冀北之野，而马群遂空。"

〔剪拂〕洗涤拂拭，比喻培育赞扬。

〔驽骀(tái)〕皆能力低下的马。比喻才能平庸。

〔门阑〕门前的栅栏。引申指养马的槛门。

〔溯(sù)风骧(xiāng)首〕迎风昂首。

〔障泥〕马鞍鞯，垫于鞍下垂于两侧以挡泥土。

〔衔恩〕内心不忘恩惠。

十、"倒行例"论

唯敌是求，唯险是据。后骑欲来，前马反顾。既将有为，退亦何害？语不云乎：日暮途远，故倒行而逆施之也。

注 释

〔倒行例〕打马规则之六。"凡遇打马，遇叠马，遇入窝，许倒行。"(《马

戏图谱》）

〔日暮途远〕典出《史记·伍子胥列传》："伍子胥曰：'吾日莫（暮）途远，吾故倒行而逆施之。'"意谓为达目的，可以变通行事。

十一、"入夹例"论

昔晋襄公以二陵而胜者，李亚子以夹寨而兴者，祸福依伏，其何可知。汝其勉之，当取大捷。

注 释

〔入夹例〕打马规则之七。"凡马到飞龙院，进三路，谓之夹。散采不许行。遇诸夹方许行。"（《马戏图谱》）

〔昔晋襄公〕典出《左传·僖公三十二年》之秦晋崤之战。秦老臣蹇叔哭送秦师时曾说："晋人御师必于崤。崤有二陵焉：其南陵，夏后皋之墓也；其北陵，文王之所辟风雨也。必死是间，余收尔骨焉。"此战果然秦败于晋。

〔李亚子〕典出《新五代史·伶官传》："（庄宗）即位于太原……攻其（后梁）夹城，破之，梁军大败，凯旋告庙。"李亚子，后唐庄宗李存勖的小名。

〔祸福倚伏〕指事物的相互依存、影响和转化。语出《老子》："祸兮福所倚，福兮祸所伏。"

十二、"落堑例"论

凛凛临危，正欲腾骧而去；骎骎遇伏，忽惊阱堑之投。项羽之骓，方悲不逝；玄德之骑，已出如飞。既胜以奇，当旌其异，请同凡例，亦倒全盆。

注 释

〔落堑（qiàn）例〕打马规则之八。"凡尚乘局下一路谓之堑，马落堑者，不行不打。"堑,壕沟,护城河。

〔凛凛〕本指寒冷,引申为恐惧的样子。

〔骎(qīn)骎〕马飞驰的样子。

〔阱堑〕陷坑和壕沟。

〔项羽之骓〕典出《史记·项羽本纪》:"项王则夜起,饮帐中。有美人名虞,常幸从;骏马名骓,常骑之。于是项王乃悲歌慷慨,自为诗曰:'力拔山兮气盖世,时不利兮骓不逝,骓不逝兮可奈何,虞兮虞兮奈若何!'"项羽,即项籍,羽为字,下相(今江苏宿迁西)人,秦末农民起义领袖。

〔玄德之骑〕典出《三国志》裴松之注引《世语》:"(备)所乘马名的卢,骑的卢走,堕襄阳城西檀溪水中,溺不得出。备急曰:'的卢,今日危矣,可努力!'的卢乃一踊三丈,遂得过。"刘备,字玄德,涿郡涿县(今河北涿州市)人。三国时蜀汉建立者。

十三、"倒盆例"论

瑶池宴罢,骐骥皆归。大宛凯旋,龙媒并入。已穷长路,安用挥鞭?未赐弊帷,尤宜报主。骥虽伏枥,万里之志常存;国正求贤,千金之骨不弃。定收老马,欲取奇驹。既以解骖,请拜三年之赐;如图再战,愿成他日之功。

注 释

〔倒盆例〕打马规则之九。该例具体规定了赏贴的原则和方法。其论则别有发挥,充满了"骥虽伏枥,万里之志常存"的壮志豪情。明确地提出了"国正求贤,千金之骨不弃","收老马""取奇驹"广纳贤才,为抗金雪耻而"再战"的主张,最后以"愿成他日之功"表达了热切的希望和真诚的祝愿。清照之心,天地可鉴,赤诚爱国,令人感念。

〔瑶池〕相传为西王母所居处。西王母以所产蟠桃寿宴群仙,谓之瑶池之宴。

〔骐骥〕良马。

〔大宛〕古西域国名,其地产名马,因以指代名马。

〔龙媒〕指骏马。语本《汉书·礼乐志》:"天马徕(来),龙之媒。"

〔伏枥〕马关在栏里饲养。曹操《步出夏门行》:"老骥伏枥,志在千里;烈士暮年,壮心不已。"

〔千金之骨〕典出《战国策·燕策》:郭隗以古之君人以重金买得千里马之骨,"于是不能期年,千里马至者三"为喻,劝说燕昭王只有礼贤下士,才得广招人才。千金之骨比喻求贤之切。

〔解骖〕此典出处有二:一是《史记·管晏列传》中所说晏子解左骖以赎身为囚徒的贤人越石父;一是《左传》秦晋殽之战后晋襄公派阳处父追秦俘孟明,以左骖相赠,孟明婉拒之后说:"三年将拜君赐。"一语双关,真意是三年之内将报仇雪耻。清照之意当为后者。骖,古代车配四马,两边的马叫骖。

祭赵湖州文

白日正中,叹庞翁之机捷。坚城自堕,怜杞妇之悲深。

简 介

这是李清照祭奠亡夫赵明诚祭文中仅存的一组骈文对句。从中可以看出李清照对赵明诚于乱离之中暴病身亡的无限悲痛。直言之不足,于是比之喻之以寄深情。出句中先以宠翁父女对死亡的超脱态度和禅机的敏捷而反衬自己对人生的执着和一往情深,对句以杞妇哭堕夫亡之城墙寄托难言的哀思而自况,一"叹"一"怜",恰切地表达了悼亡时极度哀伤的感情。

注 释

〔赵湖州〕此指赵明诚。南渡后于建炎三年(1129年)五月,赵明诚被旨知湖州,六月赴京城领旨。七月,清照自池阳赴京城探病,八月十八日,赵明诚卒,清照为文以祭。今存此断句,后宋人谢伋《四六谈麈》所引用者。

〔白日〕句：典出宋代释道原《景德传灯录》卷八：襄州居士庞蕴将入灭（佛教称僧人死亡为入灭），令其女灵照观日之早晚来报。其女回报说："日已中矣，而有蚀也。"待父出门观看时，其女"即登父坐，合掌而亡。"父见其状，夸其女"锋捷"，庞延至七日之后乃亡。此句谓明诚先己而亡，死得其所，较己之后亡者之处境为好，以此聊示自慰，寓己悲痛之深。

〔坚城〕句：典出杞梁妻哭夫的故事。《孟子·告子下》中有"华周杞梁之妻善哭其夫而变国俗"的话。刘向《说苑·善说》："昔华舟杞梁战而死，其妻悲之，向城而哭，隅为之崩，城为之阤（zhì 溃塌）。"堕，与"隳"（huī）同。此句意谓己之悲伤同于杞妇，而"坚城"一词，语涉双关，且以暗示赵明诚为国之长城之意。

集 评

宋·谢伋：赵令人李，号易安。其《祭湖州文》曰："白日正中，叹庞翁之机捷。坚城自堕，怜杞妇之悲深。"妇人四六之工者。（《四六谈麈》卷一）

明·姜南：宋赵明诚内子李易安居士，有才致，能诗文，晦庵亦称之。其《祭湖州文》曰："白天正中，叹庞翁之机捷。坚城自堕，怜杞妇之悲深。"（《蓉塘诗话》卷八）

贺人孪生启

无午未二时之分，有伯仲两楷之似。既系臂而系足，实难弟而难兄。玉刻双璋，锦挑对褓。

简 介

这是见于署名元伊世珍撰《琅嬛记》中所引"贺启"的片段，该文四六骈对，紧扣"孪生"生发，连用典故，造语流畅。但《琅嬛记》是伪书，是否真如其所说是李清照所作,尚待考证。

注 释

〔贺人孪生启〕此断句,系题名元代伊世珍《琅嬛记》引所谓《文粹拾遗》中的文句。按《琅嬛记》系明人伪造之书,其引李清照之逸文,亦不可靠。

〔无午未〕句:没有午时与未时之分,指此孪生兄弟巧在同一时辰出生。古代计时以十二支为序,每两小时为一个时辰,午时指上午十一点至下午一点,未时指下午一点至三点。据《琅嬛记》引注:"任文二子孪生,德卿生于午,道卿生于未。"则此孪生兄弟并非生于同一时辰。

〔伯仲两楷〕据《琅嬛记》引注:"张伯楷、仲楷兄弟形状无二。"此句的"似"或作"侣",当是"侣"(似的异体)字之误。

〔系臂、系足〕据《琅嬛记》引注:"白汲兄弟母不能辨,以五彩绳一系于臂,一系于足。"

〔难(nán)弟、难兄〕难以分辨谁是弟弟谁是哥哥。《世说新语·德行》中本指兄弟功德相同。

〔玉刻双璋〕意指孪生二子。璋,玉器名。《诗经·斯干》:"乃生男子……载弄之璋。"后世遂以生男孩为"弄璋"。

〔锦挑对褓〕用锦缎绣的一对襁褓。褓,即襁褓,包裹婴儿用的衣被之类。挑,挑花,刺绣。

集 评

元·伊世珍:李易安《贺人孪生启》中有云:"无午未二时之分,有伯仲两楷之侣。既系臂而系足,实难弟而难兄。玉刻双璋,锦挑双褓。"注曰:"任文二子孪生,德卿生于午,道卿生于未。张伯楷、仲楷兄弟,形状无二。白汲兄弟,母不能辨,以五彩绳一系于臂,一系于足。"(题伊世珍撰《琅嬛记》卷上引《文粹拾遗》)

汉巴官铁量铭跋尾注

此盆色类丹砂。鲁直石刻云:"其一曰秦刀,巴官三百五十戊,永平七年第二十七酉。"余绍兴庚午岁亲见之。今在巫山县治。韩晖仲云。

注 释

〔汉巴官铁量铭跋尾注〕原载赵明诚《金石录》卷十四,因文内记年有"绍兴庚午"(1150年),在赵死后,有人疑此文为李清照所作。

〔巴〕地名。在今四川省东部。

〔铁量铭〕铁制量器上所刻的铭文。其铭曰:"巴官永平七年三百五斤第二十七。"

〔丹砂〕即朱砂,红或棕红色。

〔鲁直〕黄庭坚,字鲁直,北宋著名诗人和书法家。《入蜀记》载其《盆记》石刻,大略言:"建中靖国元年,予弟叔向嗣直自涪陵尉摄县事。予起戎州,来寓县廨。此盆旧以种莲。余洗濯,乃见字。"

四 词谱

说　明

　　本词谱以王仲闻《李清照集校注》所录词为依据。凡其附疑作品，皆标有"存疑"字样。失调名不录，共五十七首。

　　二、谱例皆采用万树《词律》，其与清照不同之处（平仄、韵脚、断句等等），除个别加注外，一般不做比较。

　　三、所押韵部，一依《词林正韵》。参见后附《韵部表》。

　　四、词牌的先后排列，按字数的多少为序，由少至多；字数相同的，再按词牌最后一个字的多寡排列。

　　五、词谱中所用的符号："○"表示平声，"●"表示仄声；"△"表示字本平声，可用仄声；"▲"表示字本仄声，可用平声；"◎"表示押平声韵，"⊙"表示押仄声韵。

如梦令·常记溪亭日暮

（第四部，去声）

△●▲○○⊙　　　常记溪亭日暮，

○●●○○●⊙

△●●○○⊙　　　沉醉不知归路。

○●●○○⊙

▲●●○○　　　　兴尽晚回舟，

●●●○○

△●●○○⊙　　　误入藕花深处。

●●●○○⊙

○⊙○⊙　　　　争渡争渡，

○⊙○⊙

○●●○○⊙　　　惊起一滩鸥鹭。

○●●○○⊙

如梦令·昨夜风疏雨骤

（十二部，上、去）

昨夜风疏雨骤，

●●○○●⊙

浓睡不消残酒。

○●●○○⊙

试问卷帘人，

●●●○○

却道海棠依旧。

●●●○○⊙

知否知否，

○⊙○⊙

应是绿肥红瘦。

○●●○○⊙

生查子·年年玉镜台　(存疑)

（第六部，去声）

△●●○○　　　年年玉镜台，

○○●●○

△●○○⊙　　　梅蕊宫妆困。

○●○○⊙

△●●○○　　　今岁未还家，

○●●○○

△●○○⊙　　　怕见江南信。

●●○○⊙

△●●○○　　　酒从别后疏，

●○●●○

▲●○○⊙　　　泪向愁中尽。

●●○○⊙

△●●○○　　　遥想楚云深，

○●●○○

▲●○○⊙　　　人远天涯近。

○●○○⊙

点绛唇·寂寞深闺

（第四部，上、去）

▲●○○　　　　寂寞深闺，

　　　　　　　●●○○

●○▲●○○⊙　柔肠一寸愁千缕。

　　　　　　　○○●●○○⊙

●○○⊙　　　　惜春春去，

　　　　　　　●○○○⊙

▲●○○⊙　　　几点催花雨。

　　　　　　　●●○○○⊙

▲●○○　　　　倚遍阑干，

　　　　　　　●●○○

△●○○⊙　　　只是无情绪。

　　　　　　　●●○○⊙

○○⊙　　　　　人何处，

　　　　　　　○○⊙

●○○⊙　　　　连天芳草，

　　　　　　　○○○●

▲●○○⊙　　　望断归来路。

　　　　　　　●●○○⊙

点绛唇·蹴罢秋千 （存疑）

（十二部，上、去）

蹴罢秋千，

●●○○

起来慵整纤纤手。

●○○●○○⊙

露浓花瘦，

●○○⊙

薄汗轻衣透。

●●○○⊙

见客入来，

●●●○

袜划金钗溜。

●●○○○⊙

和羞走，

○○⊙

倚门回首，

●○○⊙

却把青梅嗅。

●●○○⊙

浣溪沙·莫许杯深琥珀浓

（第一部，平声）

▲●○○●●◎　莫许杯深琥珀浓，
　　●●○○●●◎

▲○△●●○◎　未成沉醉意先融，
　　●○○○●●○◎

▲○△●●○◎　疏钟已应晚来风。
　　○○●●●○◎

△●△○○●●　瑞脑香消魂梦断，
　　●●○○○●●

▲○△●●○◎　辟寒金小髻鬟松，
　　●○○○●●○◎

▲○△●●○◎　醒时空对烛花红。
　　●○○○●●○◎

浣溪沙 · 小院闲窗春色深

（十三部，平声）

小院闲窗春色深，

●●○○○●◎

重帘未卷影沈沈，

○○●●●○◎

倚楼无语理瑶琴。

●○○●●○◎

远岫出云催薄暮，

●●●○○●●

细风吹雨弄轻阴。

●○○●●○◎

梨花欲谢恐难禁。

○○●●●○◎

浣溪沙·淡荡春光寒食天

（第七部，平声）

淡荡春光寒食天，

●●○○○●◎

玉炉沈水袅残烟，

●○○●●○◎

梦回山枕隐花钿。

●○○●●○◎

海燕未来人斗草，

●●●●○○●●

江梅已过柳生绵，

○○●●●○◎

黄昏疏雨湿秋千。

○○○●●○◎

浣溪沙·髻子伤春慵更梳　（存疑）

（第七部，平声）

髻子伤春慵更梳，

●●○○○●◎

晚风庭院落梅初，

●○○●●○◎

淡云来往月疏疏。

●○○●●○◎

玉鸭熏炉闲瑞脑，

●●○○○●●

朱樱斗帐掩流苏，

○○●●●○◎

遗犀还解辟寒无。

○○○●●○◎

浣溪沙·绣面芙蓉一笑开 （存疑）

（第五部，平声）

绣面芙蓉一笑开，

●●○○●●◎

斜飞宝鸭衬香腮，

○○●●●○◎

眼波才动被人猜。

●○○●●○◎

一面风情深有韵，

●●○○○●●

半笺娇恨寄幽怀，

●○○●●○◎

月移花影约重来。

●○○●●○◎

丑奴儿·晚来一阵风兼雨 （存疑）

（第二部，平声）

△○▲●○○●　　晚来一阵风兼雨，
●○●●○○●

▲●○◎　　　　洗尽炎光。
●●○◎

△●○◎　　　　理罢笙簧，
●●○◎

▲●○○▲●◎　　却对菱花淡淡妆。
●●○○●●◎

△○▲●○○●　　绛绡缕薄冰肌莹，
●○●●○○○

△●○◎　　　　雪腻酥香。
●●○◎

△●○◎　　　　笑语檀郎，
●●○◎

△●○○▲●◎　　今夜纱厨枕簟凉。
○●○○●●◎

减字木兰花·卖花担上

（第二部，去声；第六部，平声；
第八部，上声；第十三、七部，平声）

▲○△⊙　　　　　　　卖花担上，
●○●◎

△●△○○●⊙　　　　买得一枝春欲放。
●●●○○●⊙

▲●○◎换平　　　　　泪染轻匀，
●●○◎

△●○○▲●◎叶平　　犹带彤霞晓露痕。
○●○○●●◎

△○▲⊙三换仄　　　　怕郎猜道，
●○○⊙

▲●△○○●⊙叶三仄　　奴面不如花面好。
○●○○●◎

△●○◎四换平　　　　　云鬓斜簪，
○●○◎

▲○○○▲●●◎四叶平　　徒要教郎比并看。
○○○○●●◎换平

诉衷情·夜来沉醉卸妆迟

（第三部，平声）

△○▲●●○◎   夜来沉醉卸妆迟，

●○○●●○◎

△●●○◎   梅萼插残枝。

○●●○◎

▲△▲▲○●   酒醒熏破春睡，

●●○●○

△●●○◎   梦远不成归。

●●●○◎

○●●   人悄悄，

○●●

●○◎   月依依，

●○◎

●○◎   翠帘垂。

●○◎

▲○○●   更挼残蕊，

●○○●

▲●○○   更捻余香，

●●○○

▲●○◎   更得些时。

●●○◎

菩萨蛮·风柔日薄春犹早

（第八部，上；第七部；平；
第三部，上、去；第八部，平）

△○▲●○⊙　　　　风柔日薄春犹早，
　　　　　　　　○○●●○○⊙

△○▲●○○⊙　　　　夹衫乍著心情好。
　　　　　　　　●○○●○○⊙

▲●●○◎换平　　　睡起觉微寒，
　　　　　　　　●●○○◎

▲○△●◎　　　　　梅花鬓上残。
　　　　　　　　○○●●◎

▲○○●○⊙三换仄　故乡何处是？
　　　　　　　　●○○●⊙

▲●○○○⊙叶三仄　忘了除非醉。
　　　　　　　　●●○○⊙

△●●○◎四换平　　沈水卧时烧，
　　　　　　　　○●●○◎

△○△●◎叶四平　　香消酒未消。
　　　　　　　　○○●●◎

菩萨蛮·归鸿声断残云碧

（十七部，入；十一部，平；

十二部，上、去；七部，平）

归鸿声断残云碧。

○○○●●○○⊙

背窗雪落炉烟直。

●○●●○○⊙

烛底凤钗明，

●●●○◎

钗头人胜轻。

○○○●◎

角声催晓漏。

●○○●⊙

曙色回牛斗。

●●○○⊙

春意看花难，

○●●○◎

西风留旧寒。

○○○●◎

好事近·风定落花深

（十八部，入声）

○●●○○
风定落花深，
○●●○○

▲●▲○○⊙
帘外拥红堆雪。
○●○○○⊙

▲●去声▲○○●
长记海棠开后，
○●●○○●

●○○○⊙
正伤春时节。
●○○○⊙

▲○△●●○○
酒阑歌罢玉尊空，
●○○●●○○

○○●○⊙
青缸暗明灭。
○○●○⊙

△●▲○○●
魂梦不堪幽怨，
○●●○●

●△○○⊙
更一声啼鴂。
●●○○⊙

清平乐·年年雪里

（第三部，上、去；第十部，平）

▲○◎⊙   年年雪里，
                   ○○●⊙

▲●○○⊙   常插梅花醉。
                   ○●●○○⊙

▲●△○▲◎⊙   接尽梅花无好意，
                   ○●●○○●⊙

◎●△○△⊙   赢得满衣清泪。
                   ○●●○○⊙

▲▲▲●○◎换平   今年海角天涯，
                   ○○●●○◎

▲○△●○○   萧萧两鬓生华。
                   ○○●●○◎

▲●△○▲●   看取晚来风势，
                   ●●●○○●

△○△●○○   故应难看梅花。
                   ●○○●○◎

忆秦娥·临高阁

（十六部，入声）

○○⊙　　　临高阁，
○○⊙

○○●●○○⊙　　乱山平野烟光薄。
●○○●○○⊙

○○⊙　　　烟光薄，
○○⊙

●○○●　　　栖鸦归后，
○○○●

●○○⊙　　　暮天闻角。
●○○⊙

○○○●●○○　　断香残酒情怀恶，
●○○●○○⊙

○○●●○○⊙　　西风催衬梧桐落。
○○○●○○⊙

○○⊙　　　梧桐落，
○○⊙

○○○●　　　又还秋色，
●○○●

●○○⊙　　　又还寂寞。
●○●⊙

添字丑奴儿·窗前谁种芭蕉树

（第四部，上、去；十一部，平；十三部，平）

○○△●○○⊙　　窗前谁种芭蕉树？
　　　　　　　　○○○●●○○

△●○○换平　　阴满中庭。
　　　　　　　　○●○○换平

△●○○叠句叶平　阴满中庭，
　　　　　　　　○●○◎

▲●○○　　　　叶叶心心，
　　　　　　　　●●○◎换平

▲●●○◎　　　舒展有余情。
　　　　　　　　○●●○◎叶前平

○○▲●○○⊙叶前仄　伤心枕上三更雨，
　　　　　　　　○○●●○○⊙叶前仄

▲●○◎叶前平　点滴霖霪。
　　　　　　　　●●○◎叶后平

▲●○◎叠句叶平　点滴霖霪，
　　　　　　　　●●○◎

△●○○　　　　愁损北人，
　　　　　　　　○●●○

▲●●○◎叶平　不惯起来听。
　　　　　　　　●●●○◎叶前平

摊破浣溪沙·揉破黄金万点轻

（十一部，平）

▲●○○●●◎　　揉破黄金万点轻，
　　　　　　　○●○○●●◎

△○○●●○◎　　剪成碧玉叶层层。
　　　　　　　●○●●●○◎

△●△○▲△●　　风度精神如彦辅，
　　　　　　　○●○○○●●

●○◎　　　　　大鲜明。
　　　　　　　●○◎

▲●▲○○●●　　梅蕊重重何俗甚，
　　　　　　　○●○●○●●

▲○△●●○◎　　丁香千结苦麄生。
　　　　　　　○○○●●○◎

△○▲○○●●　　熏透愁人千里梦，
　　　　　　　○●○○○●●

●○◎　　　　　却无情。
　　　　　　　●○◎

摊破浣溪沙·病起萧萧两鬓华

（第十部，平声）

病起萧萧两鬓华，

●●○○●●◎

卧看残月上窗纱。

●○○●●○◎

豆蔻连梢煎熟水，

●●○○●●

莫分茶。

●○◎

枕上诗书闲处好，

●●○○○●

门前风景雨来佳。

○○○●●○◎

终日向人多酝藉，

○●●○○●●

木犀花。

●○◎

武陵春·风住尘香花已尽

（十二部，平）

○●○○○●●　　风住尘香花已尽，
　　　　　　　○●○○○●●

●●●○◎　　　日晚倦梳头。
　　　　　　　●●●○◎

●●○○●●◎　物是人非事事休，
　　　　　　　●●○○●●◎

●●●○◎　　　欲语泪先流。
　　　　　　　●●●○◎

○●○○○●●　闻说双溪春尚好，
　　　　　　　○●○○○●●

●●●○◎　　　也拟泛轻舟。
　　　　　　　●●●○◎

●●○○●●◎　只恐双溪舴艋舟，
　　　　　　　●●○○●●◎

●●●　　　　　载不动、
　　　　　　　●●●

●○◎　　　　　许多愁。
　　　　　　　●○◎

南歌子·天上星河转

（第三部，平）

▲●○○●　　　天上星河转，
　　　　　　○●○○●

○○●●◎　　　人间帘幕垂。
　　　　　　○○○○◎

▲○△●●○◎　凉生枕簟泪痕滋，
　　　　　　○○●●○◎

▲●▲○△●　　起解罗衣，
　　　　　　●●○○

●○◎　　　　聊问夜何其？
　　　　　　○●●○◎

▲●○○●　　　翠贴莲蓬小，
　　　　　　●●○○●

○○●●◎　　　金销藕叶稀。
　　　　　　○○●●◎

▲○△●●○○　旧时天气旧时衣，
　　　　　　●○●●●○○

▲●△○●●　　只有情怀，
　　　　　　●●○○

●○◎　　　　不似旧家时！
　　　　　　●●●○◎

注：两阕结句可上六下三，亦可上四下五。

醉花阴·薄雾浓云愁永昼

（十二部，去）

▲●△○○●⊙　　薄雾浓云愁永昼，

●●○○○●⊙

▲●○○⊙　　　瑞脑消金兽。

●●○○○⊙

△●●○○　　　佳节又重阳，

○●●○○

▲●○○　　　　玉枕纱厨，

●●○○

▲●○○⊙　　　半夜凉初透。

●●○○⊙

△○▲●○○○　　东篱把酒黄昏后，

○○●●○○⊙

▲●○○⊙　　　有暗香盈袖。

●●○○⊙

▲●●○○　　　莫道不销魂，

●●●○○

△●○○　　　　帘卷西风，

○●○○

△●○○○⊙　　人比黄花瘦。

○●○○○⊙

怨王孙·梦断漏悄　（存疑）

（第八部，上；第一部，平；第四部，去；第六部，平）

●●○⊙　　　　　　　　梦断漏悄，
　　　　　　　　　　　●●●⊙

○○○⊙　　　　　　　　愁浓酒恼。
　　　　　　　　　　　○○●⊙

●●○○　　　　　　　　宝枕生寒，
　　　　　　　　　　　●●○○

○○○⊙　　　　　　　　翠屏向晓。
　　　　　　　　　　　●○●⊙

○●●●○○换平　　　　门外谁扫残红？
　　　　　　　　　　　○●○●○◎

●○◎叶平　　　　　　　夜来风。
　　　　　　　　　　　●○◎

○○●●去声○○○⊙叶仄　玉箫声断人何处？
　　　　　　　　　　　●○○○●○○○⊙换仄

○○○⊙叶仄　　　　　　春又去，
　　　　　　　　　　　○●⊙

●●○○○⊙叶仄　　　　忍把归期负。
　　　　　　　　　　　●●○○⊙

○○●●●●　　　　　　此情此恨此际，
　　　　　　　　　　　●○○●●●

○●○◎三换仄　　　　　拟托行云，
　　　　　　　　　　　○●○◎

●○◎叶三平　　　　　　问东君。
　　　　　　　　　　　●○◎

注：此情至行云一句，上六下四或上四下六不拘。

怨王孙·帝里春晚 （存疑）

（第一部，上、去、平；第十部，上、平）

帝里春晚，

●●○⊙

重门深院。

○○○⊙

草绿阶前，

●●○○

暮天雁断。

●○●⊙

楼上远信谁传？

○●●●○◎

恨绵绵。

●○◎

多情自是多沾惹，

○○●●○○⊙

难拚拾，

○○⊙

又是寒食也。

●●○●⊙

秋千巷陌人静，

○○●●○●

皎月初斜，

●●○◎

浸梨花。

●○◎

怨王孙·湖上风来波浩渺

（第八部，上声）

△●△○○●⊙　　湖上风来波浩渺，
　　　　　　　　○●●○○●⊙

○●●　　　　　秋已暮，
　　　　　　　　○●●

●○○⊙　　　　红稀香少。
　　　　　　　　○○○⊙

●○△●●○○　水光山色与人亲，
　　　　　　　　●○○○●○○

○○●　　　　　说不尽，
　　　　　　　　○○●

○○⊙　　　　　无穷好。
　　　　　　　　○○⊙

△●△●○○⊙　莲子已成荷叶老，
　　　　　　　　○●●○○●⊙

○●●　　　　　清露洗，
　　　　　　　　○●●

●○○作平⊙　　蘋花汀草。
　　　　　　　　○○○⊙

●○△▲●○○　眠沙鸥鹭不回头，
　　　　　　　　○○○○●●○○

●●●　　　　　似也恨，
　　　　　　　　●●●

○○⊙　　　　　人归早。
　　　　　　　　○○⊙

注：据词谱，词牌应为"忆王孙"。

浪淘沙·帘外五更风 （存疑）

（第一部，平声）

△●●○◎	帘外五更风，
○●●○◎	
△●○◎	吹梦无踪。
○●○◎	
△○▲●●○◎	画楼重上与谁同？
●○●○▲○◎	
▲●▲○○●●	记得玉钗斜拨火，
●●●○○●●	
▲●○◎	宝篆成空。
●●○◎	
●●●○◎	回首紫金峰，
○●○●○◎	
○●○◎	雨润烟浓，
○●○◎	
▲○▲●●○◎	一江春浪醉醒中。
●○○○●○◎	
△●▲○○●●	留得罗襦前日泪，
○○○○○●●	
△●○◎	弹与征鸿。
○●○◎	

浪淘沙·素约小腰身 （存疑）

（第六部，平声）

素约小腰身，

●○●○◎

不奈伤春。

●●○◎

疏梅影下晚妆新。

○○●●●○◎

袅袅娉娉何样似？

●●●○○○●●

一缕轻云。

●●○◎

歌巧动朱唇，

○●●○◎

字字娇嗔。

●●○◎

桃花深径一通津。

○○○●●○◎

怅望瑶台清夜月，

●●○○○●●

还送归轮。

○●○◎

鹧鸪天·寒日萧萧上锁窗

（第二部，平声）

▲●○○△●◎　　寒日萧萧上锁窗，
○●○○●●◎

△○△●●○○　　梧桐应恨夜来霜。
○○○○●●○◎

▲○△●○○●　　酒阑更喜团茶苦，
●○●○○○●

△●○○△●◎　　梦断偏宜瑞脑香。
●●○○●○◎

○●●　　　　　秋已尽，
○●●

●○◎　　　　　日犹长，
●○◎

△○△●●○◎　　仲宣怀远更凄凉。
●○○○●●○◎

▲○▲●○○●　　不如随分尊前醉，
●○○○●○●

▲●○○▲●◎　　莫负东篱菊蕊黄。
●●○○●●◎

鹧鸪天·暗淡轻黄体性柔

（十二部，平）

暗淡轻黄体性柔，

●●○○●●◎

情疏迹远只香留。

○○●●●○◎

何须浅碧轻红色，

○○●●○○●

自是花中第一流。

●●○○●●◎

梅定妒，

○●●

菊应羞，

●○◎

画栏开处冠中秋。

●○○●●○◎

骚人可煞无情思，

○○●●○○○

何事当年不见收？

○●○○●●◎

鹧鸪天·枝上流莺和泪闻 （存疑）

（第六部，平声）

枝上流莺和泪闻，

○●○○○●◎

新啼痕间旧啼痕。

○○○●●○◎

一春鱼鸟无消息，

●○○●●○○

千里关山劳梦魂。

○●●○○●◎

无一语，

○●●

对芳樽，

●○◎

安排肠断到黄昏。

○○○●●○◎

甫能炙得灯儿了，

●○●●○○●

雨打梨花深闭门。

●●○○○●◎

玉楼春·红酥肯放琼苞碎

（第三部，去、上）

○○○○○●⊙　　红酥肯放琼苞碎，
　　　　　　○○●●○○○⊙

○●●○○△⊙　　探著南枝开遍未？
　　　　　　○●○○○●⊙

●○○●●○○　　不知酝藉几多香，
　　　　　　●○○○●●○○

●●○○○●⊙　　但见包藏无限意。
　　　　　　●●○○○●○⊙

●●○○○●⊙换仄　　道人憔悴春窗底，
　　　　　　　●○○●○○⊙

○●●○○●⊙叶二仄　　闷损阑干愁不倚。
　　　　　　　●●○○○●⊙

●○○●●○○　　要来小酌便来休，
　　　　　　○○●●●○○

●○●●○▲⊙叶二仄　　未必明朝风不起。
　　　　　　　●●○○○●⊙

瑞鹧鸪·风韵雍容未甚都

（第四部，平；第六部，平）

△○▲●●○◎　　风韵雍容未甚都，

　　　　　　　　○●○○●●◎

▲●○○▲●△　　尊前甘橘可为奴。

　　　　　　　　○○○●●○◎

▲●△○○●●　　谁怜流落江湖上，

　　　　　　　　○○○●●○●

▲○▲●●○◎　　玉骨冰肌未肯枯。

　　　　　　　　●●●○○●●◎

▲○△●○○●　　谁教并蒂连枝摘，

　　　　　　　　○○●●○○●

▲●○○▲●◎　　醉后明皇倚太真。

　　　　　　　　●●○○●●◎换平

▲●△○△▲●　　居士擘开真有意，

　　　　　　　　○●●○○●

▲○▲●●○◎　　要吟风味两家新。

　　　　　　　　○○○●●○◎

（注：此首用两部通押，与词体不合）

小重山·春到长门春草青

（第六部，平声）

△●○○○●◎　　春到长门春草青，
　　　　　　　○●○○○●◎

△○○●●　　　江梅些子破，
　　　　　　　○○○●●

●○◎　　　　未开匀。
　　　　　　　●○◎

△○△●●○◎　碧云笼碾玉成尘，
　　　　　　　●○○●○◎

○△●　　　　留晓梦，
　　　　　　　○●●

△●●○◎　　　惊破一瓯春。
　　　　　　　○●●○◎

△●●○◎　　　花影压重门，
　　　　　　　○●●○◎

▲○○●●　　　疏帘铺淡月，
　　　　　　　○○○●●

●○◎　　　　好黄昏。
　　　　　　　●○◎

△○▲●●○◎　二年三度负东君，
　　　　　　　●○○●●○◎

○△●　　　　归来也，
　　　　　　　○○●

▲●●○◎　　　著意过今春。
　　　　　　　●●●○◎

临江仙·庭院深深深几许

（十一部，平声）

○●○○●○● 　庭院深深深几许?
　　　　　　○●○○●●

○○●●○◎ 　云窗雾阁常扃。
　　　　　　○○●●○◎

●○○●●○◎ 　柳梢梅萼渐分明。
　　　　　　●○○●●○◎

○○○●● 　春归秣陵树，
　　　　　　○○●●●

●●●○◎ 　人客建安城。
　　　　　　○●●○◎

●●○○○●● 　感月吟风多少事，
　　　　　　●●○○○●●

○○○●○◎ 　如今老去无成。
　　　　　　○○○●○◎

○○○●●○◎ 　谁怜憔悴更凋零。
　　　　　　○○○●●○◎

●○○●● 　试灯无意思，
　　　　　　●○○●●

○●●○◎ 　踏雪没心情。
　　　　　　●●○○◎

临江仙·云窗雾阁春迟 （存疑）

（第三部，平声）

庭院深深深几许？

○●○○○●●

云窗雾阁春迟。

○○●●●○◎

为谁憔悴损芳姿。

●○○●●○◎

夜来清梦好，

●○○●●

应是发南枝。

○●●○◎

玉瘦檀轻无限恨，

●●○○○●●

南楼羌管休吹。

○○○●○◎

浓香吹尽又谁知。

○○○●●○◎

暖风迟日也，

●○○●●

别到杏花肥。

○●●○◎

蝶恋花·泪湿罗衣脂粉满

（第七部，上、去）

▲●△○○●⊙　　泪湿罗衣脂粉满，

　　　　　　　　●●○○○●⊙

△●○○　　　　四叠阳关，

　　　　　　　　●●○○

▲●○○⊙　　　唱到千千遍。

　　　　　　　　●●○○⊙

△●△○○●⊙　人道山长山又断，

　　　　　　　　○●○○○●⊙

△○▲●○○⊙　萧萧微雨闻孤馆。

　　　　　　　　○○○●○⊙

▲●△○○●⊙　惜别伤离方寸乱，

　　　　　　　　●●○○○●⊙

△●○○　　　　忘了临行，

　　　　　　　　●●○○

▲●○○⊙　　　酒盏深和浅。

　　　　　　　　●●○○⊙

△●▲○○●⊙　好把音书凭过雁，

　　　　　　　　●●○○○●⊙

△○◎●○○⊙　东莱不似蓬莱远。

　　　　　　　　○○●●○○⊙

蝶恋花·暖雨晴风初破冻

（第一部，上、去）

暖雨晴风初破冻，

●●○○○●⊙

柳眼眉腮，

●●○○

已觉春心动。

●○○○⊙

酒意诗情谁与共？

●●○○○●⊙

泪融残粉花钿重。

●○○●○○⊙

乍试夹衫金缕缝，

●●●○●●

山枕斜欹，

○●○○

枕损钗头凤。

●●○○⊙

独抱浓愁无好梦，

●●○○○●⊙

夜阑犹剪灯花弄。

●○○●○○⊙

蝶恋花·永夜恹恹欢意少

（第八部，上、去）

永夜恹恹欢意少，

●●●●○●⊙

空梦长安，

○●○○

认取长安道。

●●○○⊙

为报今年春色好，

●●○○○●⊙

花光月影宜相照。

○○●●○○⊙

随意杯盘虽草草，

○●○○○●⊙

酒美梅酸，

●●○○

恰称人怀抱。

●●○○⊙

醉莫插花花莫笑，

●●●●○○●●

可怜春似人将老。

●○○●○○○⊙

一剪梅·红藕香残玉簟秋

（十二部，平声）

●●○○●●◎　　红藕香残玉簟秋。
　　　　　　　○●○○●●◎

○●○●　　　　轻解罗裳，
　　　　　　　○●○○

●●○◎　　　　独上兰舟。
　　　　　　　●●○◎

○○○●●○○　　云中谁寄锦书来？
　　　　　　　○○○●●○○

○●○○　　　　雁字回时，
　　　　　　　●●○○

●●●◎　　　　月满西楼。
　　　　　　　●●○◎

●●○○●●◎　　花自飘零水自流。
　　　　　　　○●○○●●◎

●●○○　　　　一种相思，
　　　　　　　●●○○

●●○◎　　　　两处闲愁。
　　　　　　　●●○◎

○○○●●○○　　此情无计可消除，
　　　　　　　●○○●●○○

○●○○　　　　才下眉头，
　　　　　　　○●○○

●●○◎　　　　却上心头。
　　　　　　　●●○◎

渔家傲·天接云涛连晓雾

（第四部，上、去）

△●△○○●⊙　　天接云涛连晓雾，
○●○○○●⊙

△○▲●○○⊙　　星河欲转千帆舞。
○○●●○○⊙

▲●△○○●⊙　　仿佛梦魂归帝所，
●●●○○●⊙

○▲⊙　　闻天语，
○○⊙

△○▲●○○⊙　　殷勤问我归何处？
○○●●○○⊙

▲●○○○●⊙　　我报路长嗟日暮，
●●●●○○⊙

△○▲●○○⊙　　学诗谩有惊人句。
●○○○●○○⊙

▲●▲○○●⊙　　九万里风鹏正举，
●●●○○●⊙

○△⊙　　风休住，
○○⊙

▲○▲●○○⊙　　蓬舟吹取三山去。
○○○●○○⊙

渔家傲·雪里已知春信至

（第三部，上、去）

雪里已知春信至，

●●●○○●⊙

寒梅点缀琼枝腻。

○○●●○○⊙

香脸半开娇旖旎，

○●●○●⊙

当庭际，

○○⊙

玉人浴出新妆洗。

●○●●○○⊙

造化可能偏有意，

●●●○○●⊙

故教明月玲珑地。

●○○●○○⊙

共赏金尊沈绿蚁，

●●○○○●⊙

莫辞醉，

●○⊙

此花不与群花比。

●○●●○○⊙

殢人娇·玉瘦香浓　（存疑）

（第七部，上、去）

△●○○　　玉瘦香浓，
　　　　　●●○○

△○△⊙　　檀深雪散，
　　　　　○○●⊙

△▲▲　　今年恨、
　　　　　○○●

●○○⊙　　探梅又晚。
　　　　　●○●⊙

▲○▲●　　江楼楚馆，
　　　　　○○●●

○○▲⊙　　云闲水远。
　　　　　○○●⊙

▲●●　　清昼永，
　　　　　○●●

●作平○●△△⊙　凭阑翠帘低卷。
　　　　　○○●○○⊙

△●○○　　坐上客来，
　　　　　●●●○

△○▲⊙　　尊前酒满。
　　　　　○○●⊙

△△▲　　　　歌声共、

　　　　　○○●

●○○○⊙　　水流云断。

　　　　　●○○○⊙

▲○△●　　　南枝可插,

　　　　　○○●●

○○▲⊙　　　更须频剪,

　　　　　●○○○⊙

△●●△○　　莫直待西楼,

　　　　　●●●○○

●○▲⊙　　　数声羌管。

　　　　　●○○○⊙

注:最后一句九字一气,或三或五作逗,不拘。

行香子·草际鸣蛩

（第一部，平声）

○●○◎ 　草际鸣蛩，
●●○◎

○●○◎ 　惊落梧桐，
○●○◎

○○●●●○◎ 　正人间天上愁浓。
●○○○●○◎

●○●● 　云阶月地，
○○●●

●●○◎ 　关锁千重。
○●○◎

●●○○ 　纵浮槎来，
●○○○

○○● 　浮槎去，
○○●

●○◎ 　不相逢。
●○◎

○○○● 　星桥鹊驾，
○○●●

○○○● 　经年才见，
○○○●

●○○●●○◎　　想离情别恨难穷。

　　　　　　　　●○○●●○◎

●○○●　　　　牵牛织女，

　　　　　　　　○○●●

○●○◎　　　　莫是离中。

　　　　　　　　●●○◎

●○○●　　　　甚霎儿晴，

　　　　　　　　●●○○

○○●　　　　　霎儿雨，

　　　　　　　　●○●

●○◎　　　　　霎儿风。

　　　　　　　　●○◎

青玉案·征鞍不见邯郸路　（存疑）

（第四部，上、去）

○○●●○○⊙　征鞍不见邯郸路，
○○●●○○⊙

●○○●○○⊙　莫便匆匆归去。
●●○○○○⊙

●●●●○○●⊙　秋风萧条何以度？
○○○○○●⊙

○○○●　明窗小酌，
○○●●

●○○●　暗灯清话，
●○○●

●●○○⊙　最好留连处。
●●●○⊙

○○●●○○⊙　相逢各自伤迟暮，
○○●●○○⊙

●●○○●○⊙　犹把新词诵奇句。
○●○○●○⊙

●●○○○●⊙　盐絮家风人所许。
○●○○○●⊙

○○○●　如今憔悴，
○○○●

●○○●　但余双泪，
●○○●

○●○○⊙　一似黄梅雨。
●●○○⊙

青玉案·一年春事都来几　（存疑）

（第三部，上、去）

●○●●○○⊙　一年春事都来几？
　　　　　　●○○●○○○⊙

●●●○○⊙　早过了三之二。
　　　　　●●●○○⊙

●●○○○●⊙　绿暗红嫣浑可事，
　　　　　　●●●○○○●⊙

●○○●　绿杨庭院，
　　　　●○○●

●○○●　暖风帘幕，
　　　　●○○●

●●○○⊙　有个人憔悴。
　　　　　●●●○○⊙

○○●●○○⊙　买花载酒长安市，
　　　　　　●○○●○○⊙

●○○●○○●○○　又争似家山见桃李。
　　　　　　　　●○○●○○●○⊙

○●○○○●⊙　不枉东风吹客泪，
　　　　　　●●○○⊙

●○○●　相思难表，
　　　　○○○●

●○○●　梦魂无据，
　　　　●○○●

●●○○⊙　惟有归来是。
　　　　　○●○○○⊙

孤雁儿·藤床纸帐朝眠起

（第三部，上、去）

○○●●○○⊙　藤床纸帐朝眠起，
　　　　　　　○○●●○○⊙

●▲●○○⊙　　说不尽无佳思。
　　　　　　　●●●○○⊙

○○○●●○　　沈香断续玉炉寒，
　　　　　　　○○●●○○⊙

○●○○○⊙　　伴我情怀如水。
　　　　　　　●●○○○⊙

○○△●　　　　笛声三弄，
　　　　　　　●○○●

▲○○●　　　　梅心惊破，
　　　　　　　○○○●

○●○○⊙　　　多少春情意。
　　　　　　　○●○○⊙

○○●●○○⊙　小风疏雨萧萧地，
　　　　　　　●○○●○○⊙

●▲●○○⊙　　又催下千行泪。
　　　　　　　●○●○○⊙

○○○●●○○　吹箫人去玉楼空，
　　　　　　　○○○●●○○

○●○○○⊙　　肠断与谁同倚。

　　　　　　　　○●●○○⊙

○○●●　　　　一枝折得，

　　　　　　　　●○●●

○○○●　　　　人间天上，

　　　　　　　　○○○●

○●○○⊙　　　没个人堪寄。

　　　　　　　　○●○○⊙

凤凰台上忆吹箫·香冷金猊

（十二部，平声）

△●○○　　香冷金猊，
　　　　　○●○○

▲○△●　　被翻红浪，
　　　　　●○○●

▲○△●○◎　起来慵自梳头。
　　　　　●○○○●◎

●●○○●　　任宝奁尘满，
　　　　　●●○○●

▲●○◎　　日上帘钩。
　　　　　●●○◎

△●○○▲●　生怕离怀别苦，
　　　　　○●○○●●

○▲●　　　多少事，
　　　　　○●●

▲●○◎　　欲说还休。
　　　　　●●○◎

○○●　　　新来瘦，
　　　　　○○●

○○●●　　非干病酒，
　　　　　○○●●

●●○◎　　不是悲秋。
　　　　　●●○◎

○◎　　　　　休休，
　　　　　　　○◎

●○●●　　　这回去也，
　　　　　　　●○●●

○▲●○○　　千万遍阳关，
　　　　　　　○●●○○

▲●○◎　　　也则难留。
　　　　　　　●●○◎

●●○○●　　念武陵人远，
　　　　　　　●●○○●

△●○◎　　　烟锁秦楼。
　　　　　　　○●○◎

△●○○△●　惟有楼前流水，
　　　　　　　○●●○○●

○▲●　　　　应念我、
　　　　　　　○●●

△●○◎　　　终日凝眸。
　　　　　　　○●○◎

○○●　　　　凝眸处，
　　　　　　　○○●

○○●○　　　从今又添，
　　　　　　　○○●○

●●○◎　　　一段新愁。
　　　　　　　●●○◎

满庭芳·小阁藏春

（十二部，平声）

○●○○　　　　小阁藏春，
　　　　　　　●●●○○
○○▲●　　　　闲窗锁昼，
　　　　　　　○○●●
●○○●○◎　　画堂无限深幽。
　　　　　　　●○○●○◎
●○○●　　　　篆香烧尽，
　　　　　　　●○○●
△上入●●○◎　日影下帘钩。
　　　　　　　●●●○◎
○●○○●●　　手种江梅更好，
　　　　　　　●●○●●
○○●　　　　　又何必、
　　　　　　　●○●
●●○◎　　　　临水登楼？
　　　　　　　○●○◎
○○●　　　　　无人到，
　　　　　　　○○●
○○●●　　　　寂寥浑似，
　　　　　　　●○●
△上入●●○◎　何逊在扬州。
　　　　　　　○●●○◎

○○　　　　　　从来、
　　○○

○●●　　　　　知韵胜，
　　○●●

○○●●　　　　难堪雨藉，
　　○○●●

●●○◎　　　　不耐风揉。
　　●●○◎

●○●○　　　　更谁家横笛，
　　●○○○●

○●○◎　　　　吹动浓愁?
　　○●○◎

●●○○●●　　莫恨香消雪减，
　　●●○●●

○●●　　　　　须信道、
　　○●●

○●○◎　　　　扫迹情留。
　　●●○◎

○○●　　　　　难言处，
　　○○●

○○●●　　　　良宵淡月，
　　○○●●

▲上入●●○◎　疏影尚风流。
　　○●●○◎

转调满庭芳·芳草池塘

（第十部，平声）

芳草池塘，

○●○○

绿阴庭院，

●○○●

晚晴寒透窗纱。

●○○○●◎

玉钩金锁，

●○○●

管是客来咿。

●●●○◎

寂寞尊前席上，

●●○○●●

惟□□、

○

海角天涯。

●●○◎

能留否？

○○●

酴醾落尽，

○○●●

犹赖有□□。

○●●

当年、

○○

曾胜赏，

○●●

生香薰袖，

○○○●

活火分茶。

●●○◎

□□龙骄马，

　○○●

流水轻车。

○●○○

不怕风狂雨骤，

●●○○●●

恰才称，

●○●

煮酒残花。

●●○◎

如今也，

○○●

不成怀抱，

●○○●

得似旧时那？

●●●○◎

注：该首谱例与《满庭芳》尽同，故不另列。

声声慢·寻寻觅觅

（十七部，入声）

○○●● 寻寻觅觅，

　　　　○○●⊙

●●○○ 冷冷清清，

　　　　●●○○

○○●○○⊙ 凄凄惨惨戚戚。

　　　　○○●●●⊙

▲●▲○○● 乍暖还寒时候，

　　　　●●○○○●

●○○⊙ 最难将息。

　　　　●○○⊙

○○●○●● 三杯两盏淡酒，

　　　　○○●●○●

●○○ 怎敌他，

　　　　●●○

△△○⊙ 晚来风急？

　　　　●○○○⊙

●●● 雁过也，

　　　　●●●

●○○ 正伤心，

　　　　●○○

●作平●▲○○⊙ 却是旧时相识。

　　　　●●●○○○⊙

●●○○▲●　　满地黄花堆积，

　　●●○○○⊙

▲▲▲　　　　憔悴损，

　　○●●

△△●○○⊙　　如今有谁堪摘？

　　○○●○○⊙

▲●○○　　　守著窗儿，

　　●●○○

△●●○○○　　独自怎生得黑！

　　●●●○●⊙

○○●○●●　　梧桐更兼细雨，

　　○○●○●●

●○○　　　　到黄昏，

　　●○○

△△○⊙　　　点点滴滴。

　　●●●⊙

●●●　　　　这次第，

　　●●●

●○○　　　　怎一个、

　　●●●

○●●⊙　　　愁字了得！

　　○●●⊙

注：上阕结句，三字逗、五句逗皆可。

庆清朝慢·禁幄低张

（第六部，平声）

●●○○　　禁幄低张，

●●○●

○○●●　　彤栏巧护，

○○●●

○○△●○◎　就中独占残春。

●○●●○◎

○○●●　　容华淡伫，

○○●●

●△○●○◎　绰约俱见天真。

●●●●○◎

▲●●○○宜仄●　待得群华过后，

●●○○●●

▲○○●●○◎　一番风露晓妆新。

●○○○●○◎

○○●●　　妖娆艳态，

○○●●

●○●●　　妒风笑月，

●○●●

●作平●○◎　长殢东君。

○●○◎

○●●○●●　东城边，南陌上，

○○○●●

●●○○●　　　正日烘池馆，
　　　　　　　●●○○●

●●○◎　　　　竞走香轮。
　　　　　　　●●○◎

○○●●　　　　绮筵散日，
　　　　　　　●○●●

○▲○●○◎　　谁人可继芳尘。
　　　　　　　○○●●○◎

▲●●○●●　　更好明光宫殿，
　　　　　　　●●○○○●

▲○○●●○◎　几枝先近日边匀。
　　　　　　　●○○●●○◎

○○●　　　　　金尊倒，
　　　　　　　○○●

●○●●　　　　拚了尽烛，
　　　　　　　●●●●

○●○◎　　　　不管黄昏。
　　　　　　　●●○◎

注："妖娆艳态"句比谱例多一字。

念奴娇·萧条庭院

（第三部，上、去）

▲○○●　　　萧条庭院，

○○○○●　　○○○○●

▲△△▲●　　又斜风细雨，

●○○●●　　●○○●●

○○○⊙　　　重门须闭。

○○○⊙　　○○○⊙

▲●○○○●●　宠柳娇花寒食近，

●●○○○●●　●●○○○●●

▲●△○○⊙　种种恼人天气。

●●●○○⊙　●●●○○⊙

▲●○○　　　险韵诗成，

●●○○　　●●○○

△○▲●　　　扶头酒醒，

○○●●　　○○●●

▲●○○⊙　　别是闲滋味。

●●○○⊙　　●●○○⊙

△○○●　　　征鸿过尽，

○○●●　　○○●●

●○○●○⊙　万千心事难寄。

●○○●○⊙　●○○●○⊙

○●●●○○　楼上几日春寒，

○●●●○○　○●●●○○

○○△●　　　　　帘垂四面,
　　○○●●

○●○○⊙　　　　玉阑干慵倚。
　　●○○○⊙

▲●○○○●●　　被冷香消新梦觉,
　　●●○○○●●

△●○○○⊙　　　不许愁人不起。
　　●●○○●⊙

▲●○○　　　　　清露晨流,
　　○●○○

△○△●　　　　　新桐初引,
　　○○○●

▲●○○⊙　　　　多少游春意。
　　○●○○⊙

▲○○●　　　　　日高烟敛,
　　●○○●

●○○●○⊙　　　更看今日晴未?
　　●○○●○⊙

永遇乐·落日熔金

（第四部，上声）

▲●○○　　　　落日熔金，

●●○○

●○△●　　　　暮云合璧，

●○●●

△▲○⊙　　　　人在何处？

○●○⊙

△●○○　　　　染柳烟浓，

●●○○

△○▲●　　　　吹梅笛怨，

○○●●

▲●○○⊙　　　春意知几许！

○●○●⊙

▲○○●　　　　元宵佳节，

○○○●

▲○△●　　　　融和天气，

○○○●

△○●○○⊙　　次第岂无风雨？

●●●○○⊙

▲○△　　　　　来相召，

○○○

○○▲●　　　　香车宝马，

○○●●

▲▲●△○⊙   谢他酒朋诗侣。

      ●○●○○⊙

▲○△●   中州盛日，

      ○○●●

△○○●   闺门多暇，

      ○○○●

●●△○○⊙   记得偏重三五。

      ●●○●○⊙

▲●○○   铺翠冠儿，

      ○●○○

△○▲●   捻金雪柳，

      ●○●●

▲●○○⊙   簇带争济楚。

      ●●○●⊙

△○●●   如今憔悴，

      ○○○●

△○△●   风鬟霜鬓，

      ○○○●

▲●●○○⊙   怕见夜间出去。

      ●●●○●⊙

▲○▲   不如向、

      ●○●

○○●●   帘儿底下，

      ○○●●

●○●⊙   听人笑语。

      ○○●⊙

长寿乐·微寒应候

（十二部，上、去）

○○●⊙	微寒应候，
	○○●○
●●○	望日边、
	●●○
●●○○○○	六叶阶蓂初秀。
	●●○○○○⊙
○●○○	爱景欲挂扶桑，
	●●●●○○
○○○●	漏残银箭，
	●○○●
●●○○●⊙	杓回摇斗。
	○○○⊙
●○○●●	庆高闳此际，
	●○○●●
△○▲●○○○	掌上一颗明珠剖。
	●●●○○○○⊙
△●▲●●	有令容淑质，
	●●●○●●
○○●⊙	归逢佳偶。
	○○○⊙
△○●	到如今，
	●○○

●●△○●⊙　　昼锦满堂贵胄。

　　　　　　　●●●○●⊙

○●　　　　　荣耀，

　　　　　　　○●

●●●●　　　文步紫禁，

　　　　　　　○●●●

●●○○○⊙　一一金章绿绶。

　　　　　　　●●○○●⊙

●●○●○○　更值棠棣连阴，

　　　　　　　●●○●○○

●○○●　　　虎符熊轼，

　　　　　　　●○○●

○○○⊙　　　夹河分守。

　　　　　　　●○○⊙

●○○●●　　况青云咫尺，

　　　　　　　●○○●●

▲○△●○○⊙　朝暮重入承明后。

　　　　　　　○●○●○○⊙

▲○△　　　　看彩衣争献，

　　　　　　　●●●○○●

●●○○●⊙　兰羞玉酎。

　　　　　　　○○●⊙

▲○●　　　　祝千龄，

　　　　　　　●○○

●●▲○●⊙　借指松椿比寿。

　　　　　　　●●○○●⊙

注：该词与谱例断句或有不同。

多丽·小楼寒

（第三部，平声），

●○◎　　　　　小楼寒，

●○○

▲○△●○◎　　夜长帘幕低垂。

●○○●◎

●△○　　　　　恨萧萧、

●○○

△○▲●　　　　无情风雨，

○○○●

△○▲●○◎　　夜来揉损琼玑。

●○○●◎

●○○　　　　　也不似、

●●●

△○△●　　　　贵妃醉脸，

●○○●

△△●　　　　　也不似、

●●●

△●○◎　　　　孙寿愁眉。

○●○◎

△●○○　　　　韩令偷香，

○●○○

△○▲●　　　　徐娘傅粉。

○○●●

▲○△●●○◎　　莫将比拟未新奇。

　　　　　　　　●○○●●●○◎

●△●　　　　　细看取，

　　　　　　　　●●●

▲○△●　　　　屈平陶令，

　　　　　　　　●○○●

▲●●○◎　　　风韵正相宜。

　　　　　　　　○●●○◎

○○●　　　　　微风起，

　　　　　　　　○○●

▲○△●　　　　清芬酝藉，

　　　　　　　　○○●●

△●○◎　　　　不减酴醾。

　　　　　　　　●●○◎

●○○　　　　　渐秋阑、

　　　　　　　　●○○

△○▲●　　　　雪清玉瘦，

　　　　　　　　●○●●

▲○△●○◎　　向人无限依依。

　　　　　　　　●○○●○◎

●○○　　　　　似愁凝、

　　　　　　　　●○○

▲○▲●　　　　汉皋解佩，

　　　　　　　　●○●●

△△●　　　　　似泪洒、

　　　　　　　　●●●

△●○◎　　　　纨扇题诗。

　　　　　　　　○●○◎

△●○○　　　　朗月清风，

●●○○

▲○▲●　　　　浓烟暗雨，

○○●●

▲○△●●○◎　　天教憔悴度芳姿。

○○○●●○◎

●▲●　　　　　纵爱惜，

●●●

▲○△●　　　　不知从此，

●○○●

△●●○◎　　　留得几多时？

○●●●○◎

○○●　　　　　人情好，

○○●

▲○△●　　　　何须更忆，

○○●●

▲●○◎　　　　泽畔东篱。

●●○◎

注：起句以不入韵为多。

附 韵部表

《词林正韵》所分十九部,每部收字皆依《集韵》标目,分目繁多。现改用通行的"平水韵"(如《佩文斋诗韵》等韵书)标目,便于读者检索。

第一部　平声　一东二冬通用。
　　　　仄声　上声一董二肿、去声一送二宋通用。

第二部　平声　三江七阳通用。
　　　　仄声　上声三讲二十二养、去声三绛二十三漾通用。

第三部　平声　四支五微八齐十灰(半)通用。
　　　　仄声　上声四纸五尾八荠十贿(半)、去声四寘五未。八霁九泰(半)十一队(半)通用。

第四部　平声　六鱼七虞。
　　　　仄声　上声六语七麌、去声六御七遇通用。

第五部　平声　九佳(半)十灰(半)通用。
　　　　仄声　上声九蟹十贿(半)、去声九泰(半)十卦(半)十一队(半)通用。

第六部　　平声　　十一真十二文十三元(半)通用。

　　　　　　仄声　　上声十一轸十二吻十三阮(半)、去声十二震十三问十四愿(半)通用。

第七部　　平声　　十三元(半)十四寒十五删一先通用。

　　　　　　仄声　　上声十三阮(半)十四旱十五潸十六铣、去声十四愿(半)十五翰十六谏十七霰通用。

第八部　　平声　　二萧三肴四豪通用。

　　　　　　仄声　　上声十七筱十八巧十九皓、去声十八啸十九效二十号通用。

第九部　　平声　　五歌独用。

　　　　　　仄声　　上声二十哿、去声二十一个通用。

第十部　　平声　　九佳(半)六麻通用。

　　　　　　仄声　　上声廿一马、去声十卦(半)廿二祃通用。

第十一部　平声　　八庚九青十蒸通用。

　　　　　　仄声　　上声廿三梗廿四迥、去声廿四敬廿五径通用。

第十二部　平声　　十一尤独用。

　　　　　　仄声　　上声廿五有、去声廿六宥通用。

第十三部　平声　　十二侵独用。

　　　　　　仄声　　上声廿六寝、去声廿七沁通用。

第十四部　平声　　十四覃十五盐十五咸通用。

　　　　　　仄声　　上声廿七感廿八俭廿九豏、去声廿八勘廿九艳卅陷通用。

第十五部　入声　　一屋二沃通用。

第十六部　入声　　三觉十药通用。

第十七部　入声　　四质十一陌十二锡十三职十四缉通用。

第十八部　入声　　五物六月七曷八黠九屑十六叶通用。

第十九部　入声　　十五合十七洽通用。

五 李清照及其作品评论

古代部分

宋·王灼

易安居士，京东路提刑李格非文叔之女，建康守赵明诚德甫之妻。自少年便有诗名，才力华赡，逼近前辈。在士大夫中已不多得。若本朝妇人，当推文采第一。赵死，再嫁某氏，讼而离之。晚节流荡无归。作长短句，能曲折尽人意，轻巧尖新，姿态百出。闾巷荒淫之语，肆意落笔。自古缙绅之家能文妇女，未见如此无顾籍也。（《碧鸡漫志》卷二）

宋·朱彧

本朝女妇之有文者，李易安为首称。易安名清照，元祐名人李格非之女。诗人典赡，无愧于古之作者；词尤婉丽，往往出人意表，近未见其比。所著有文集十二卷、《漱玉集》一卷。然不终晚节，流落以死。天独厚其才而啬其遇，惜哉。（《萍洲可谈》卷中）

宋·胡仔

近时妇人，能文词如李易安，颇多佳句。小词云："昨夜雨疏风骤，浓睡不消残酒。试问卷帘人，却道海棠依旧。知否，知否，应是绿肥红瘦。"此语甚奇。又《九日》词云："帘卷西风，人比黄花瘦。"此语亦妇人所难到也。易安再适张汝舟，未几又反目，有《启事》与綦处厚云："猥以桑榆之晚景，配兹驵侩之下材。"传者无不笑之。（《苕溪渔隐丛话》前集卷六十）

易安历评诸公歌词，皆摘其短，无一免者。此论未公，吾不凭也。其意盖自谓能擅其长，以乐府名家者。退之诗云："不知群儿愚，那用故谤伤，蚍蜉撼大树，可笑不自量。"正为此辈发也。（《苕溪渔隐丛话》后集卷三十三）

《诗说隽永》云：今代妇人能诗者，前有曾夫人魏，后有易安李。李在赵氏时，建炎初，从秘阁守建康，作诗云："南来尚怯吴江冷，北狩应悲易水寒。"又云："南渡衣冠少王导，北来消息欠刘琨。"（《苕溪渔隐丛话》后集

卷三十三）

宋·朱弁

赵明诚妻,李格非女也。善属文,于诗尤工。晁无咎多对士大夫称之。如"诗情如夜鹊,三绕未能安","少陵也自可怜人,更待来年试春草"之句,颇脍炙人口。格非,山东人,元祐间作馆职。(《风月堂诗话》卷上)

宋·朱熹

本朝妇人能文,只有李易安与魏夫人。李有诗,大略云"两汉本继绍,新室如赘疣"云云,"所以嵇中散,至死薄殷周。"中散非汤、武得国,引之以比王莽。如此等语,岂女子所能?(《朱子语类》卷一百四十)

宋·张端义

易安居士李氏,赵明诚之妻。《金石录》亦笔削其间。南渡以来,常怀京洛旧事。晚年赋《元宵·永遇乐》词云"落日熔金,暮云合璧",已自工致。至于"染柳烟轻,吹梅笛怨,春意知几许",气象更好。后叠云:"于今憔悴,风鬟霜鬓,怕见夜间出去",皆以寻常语度入音律。炼句精巧则易,平淡入调者难。且《秋词·声声慢》:"寻寻觅觅,冷冷清清,凄凄惨惨戚戚。"此乃公孙大娘舞剑手。本朝非无能词之士,未曾有一下十四叠字者,用《文选》诸赋格。后叠又云:"梧桐更兼细雨,到黄昏,点点滴滴。"又使叠字,俱无斧凿痕。更有一奇字云:"守定窗儿,独自怎生得黑。""黑"字不许第二人押。妇人中有此文笔,殆间气也。有《易安文集》。(《贵耳集》卷上)

宋·魏仲恭

尝闻摘藻丽句,固非女子之事。间有天姿秀发,性灵钟慧,出言吐句,有奇男子之所不如。虽欲掩其名,不可得耳。如蜀之花蕊夫人,近时之李易安,尤显著名者。各有宫词、乐府行于世。然所谓脍炙者,可一二数,岂能皆佳也。(《断肠诗集序》)

宋·赵彦卫

李氏自号易安居士,赵明诚德夫之室,李文叔女。有才思,文章落纸,人争传之。小词多脍炙人口,已版行于世。他文少有见者。(《云麓漫抄》卷十四)

宋·无名氏

易安居士李氏,赵丞相挺之之子、讳明诚字德夫之内子也。才高学博,近代鲜伦。其诗词行于世甚多。(《瑞桂堂暇录》)

元·杨维桢

女子诵书属文者,史称东汉曹大家氏。近代易安、淑真之流,宣徽词翰,一诗一简,类有动于人。然出于小听挟慧,拘于气习之陋,而未适乎情性之正。此大家氏之才之行,足以师表六宫,一时文学而光父兄者,不得并议矣。(《东维子集》卷七)

明·杨慎

宋人中填词,李易安亦称冠绝。使在衣冠,当与秦七、黄九争雄,不独雄于闺阁也。其词名《漱玉集》,寻之未得。《声声慢》一词,最为婉妙。……山谷所谓"以故为新,以俗为雅"者,易安先得之矣。(《词品》卷二)

明·陈霆

闻之前辈,朱淑真才色冠一时,然所适非偶,故形之篇章,往往多怨恨之句,世因题其稿曰《断肠集》。大抵佳人命薄,自古而然,断肠独斯人哉!古妇人之能词章者,如李易安、孙夫人辈,皆有集行世。淑真继其后,所谓代不乏人。(《渚山堂词话》卷二)

明·姜南

宋赵明诚内子李易安居士,有才致,能诗文,晦庵亦称之。其《祭湖州文》曰:"白日正中,叹庞翁之机捷。坚城自堕,怜杞妇之悲深。"(《蓉塘诗话》卷八)

明·董谷

自汉以下女子能诗文者,若唐山夫人、曹大家,立言垂训,词古学正,不可尚已。蔡文姬、李易安失节可议。薛涛倚门之流,又无足言。朱淑贞者,伤于悲怨,亦非良妇。窦滔之妇亦笃于情者耳。此外不多见矣。(《碧里杂存》卷上)

明·王世贞

《花间》以小语致巧,《世说》靡也;《草堂》以丽字则妍,六朝偷也。即词号称诗余,然而诗人不为也。何者? 其婉娈而近情也,足以移情而夺嗜;其柔靡而近俗也,诗啴缓而就之,而不知其下也。之诗而词,非词也;之词而诗,非诗也。言其业,李氏、晏氏父子、耆卿、子野、美成、少游、易安至也,词之正宗也。温、韦艳而促,黄九精而险,长公丽而壮,幼安辨而奇。又其次也,词之变体也。词兴而乐府亡矣。曲兴而词亡矣。非乐府与词之亡,其调亡也。(《弇州山人词评》)

孙夫人"闲把绣丝挦,认得金针又倒拈",可谓看朱成碧矣。李易安"此情无计可消除,方下眉头,又上心头",可谓憔悴支离矣。秦少游"安排肠断到黄昏。甫能炙得灯儿热,雨打梨花深闭门",则十二时无间矣。此非深于闺恨者不能也。易安又有"宠柳娇花寒食近,种种恼人天气","宠柳娇花",新丽之至。(《弇州山人词评》)

明·胡应麟

李于文稍愧雅驯,第其好而能专,专而能博,博而能读,殆有过于欧、苏两公所谓者。因颇采摭其语,著于篇。(《少室山房笔丛》卷四,甲部,《经籍会通》四)

辛、李皆南渡前后人,相去不远,又二人皆词手,安得谓辛剽李语耶!(《少室山房笔丛》卷二十一,续乙部,《艺林学山》三)

明·陈继儒

孟淑卿,苏州人,训导澄之女。工诗,号荆山居士。尝论朱淑真诗曰:"作诗贵脱胎化质。僧诗无香火气乃佳,铅粉亦然。朱生故有俗病,李易安可

与语耳。"(《太平清话》卷三）

明·黄河清

　　夫词体纤弱,壮夫不为。独惜篇什寂寥,彼歌《金缕》、唱《柳枝》者,其声宛转易穷耳。所刻《续集》中如李后主之《秋闺》,李易安之《闺思》,晏叔原子《春景》,萧竹屋之《纪梦》《怀旧》,周美成之《春情》……以此数阕,授一小青蛾,拨银筝,倚绿窗,作曼声,则绕梁遏云,亦足令多情人魂销也。(《草堂诗余续集》)

明·秦士奇

　　有六十家词,至二百余调。其间可歌可诵如李、晏、柳五、秦七,"云破月来花弄影"郎中,"红杏枝头春意闹"尚书,闺秀若易安居士,词之正也。至温、韦艳而促,黄九精而刻,长公骚而壮,幼安辨而奇。(《草堂诗余正集》)

明·董复亭

　　章城当山水盘踞之乡,负齐鲁文学之誉。于中,勋迹行谊翘楚一时者,别有人物传。而其间一察,自好先觉特秀,衰然名能文章者,亦代各有作。若安成领必闻之前茅,文叔步子瞻之后尘,清照揽闺阁之秦、黄,敬简称文章之朱、李,名篇大章,光映后先。(万历《章丘县志》卷二十八)

明·张丑

　　古来闺秀工丹青者,例乏丰姿。若李易安、管道升之竹石,艳艳、阿环之山水,无忝于士气也。(《清河书画舫》申集)

　　易安居士能书、能画,又能词,而又长于文藻。迄今学士每读《金石录序》,顿令精神开爽。何物老妪生此宁馨?大奇,大奇(《清河书画舫》申集引《才妇录》)

明·朱锡纶

　　若易安、淑真,素表表于词林;薛涛、苏小,更铮铮于粉部。故集中不妨于迭见偏收也。(《古今女史》)

明·江之淮

自古夫妇擅朋友之胜,从来未有如李易安与赵德甫者,佳人才子,千古绝唱。迨德甫逝而归张汝舟,属何意耶? 文君忍耻,犹可以具眼相怜。易安更适,真逐水桃花之不若矣。(《古今女史》卷一引)

明·俞彦

子瞻词,无一语著人间烟火,此自大罗天上一种,不必与少游、易安辈较量体裁也。其豪放亦止"大江东去"一词。何物袁绹,妄加品骘,后代奉为美谈,似欲以概子瞻生平。不知万顷波涛,来自万里,吞天浴日,古豪杰英爽都在。使屯田此际操觚,果可以"杨柳岸,晓风残月"命句否?(《爰园词话》)

明·陈宏绪

李易安诗余,脍炙千秋,当在《金荃》《兰畹》之上。古文如《金石录后序》,自是大家举止,绝不作闺阁妮妮语。《打马图序》,亦复磊落不风。独其诗歌无传。仅见《和张文潜浯溪中兴碑》二篇,亟录出之……二诗奇气横溢,尝鼎一脔,已知为驼峰、麟脯矣。古文、诗歌、小词并擅胜场。虽秦、黄辈犹难之,称古今才妇第一,不虚也。(《寒夜录》卷下)

明·毛晋

《草堂诗余》若干卷,向未艳惊人目。每秘一册,便称词林大观,不知抹倒几许骚人。即如次仲、几叔辈,不乏"宠柳娇花""燕眄莺眄"等语,何愧大晟上座耶?《草堂集》竟不载一篇,真堪太息。余随得本之先后,次第付梨,几经商纬羽之士,幸兼撷焉。秋分日,湖南毛晋识。(汲古阁本《宋六十名家词》)

明·徐士俊

余谓正宗易安第一,旁宗幼安第一。二安之外,无首席矣。(《古今词》)
赵明诚梦得"言与词合,安上已脱,芝芙草拔"十二字,卜其为词女之夫,既而果娶易安,定情金石。如"帘卷西风,人比黄花瘦"等句,即暗中摸

索,亦解人怜。此真能统一代之词人者矣。(《古今词统》)

明·宋祖法等

历下山川清秀,激为清音。李家一女郎,犹能驾秦轶黄,陵苏轹柳,而况稼轩老子哉!搜渔废篚,附于诗文之后,亦以见历人负有奇情,即乐府小道,亦足擅绝宇内云。(崇祯《历城县志》卷十五《艺文志》)

明·徐伯龄

赵明诚妻李氏,号易安居士,诗词尤独步,缙绅咸推重之。其"绿肥红瘦"之句暨"人与黄花俱瘦"之语传播古今。又"宠柳娇花"之言,为词话所赏识。晦庵朱子云:今时妇人能文,只有李易安与魏夫人。李有《咏史》诗曰:"两汉本继绍,新室如赘疣。所以嵇中散,至死薄殷周。"中散非汤、武得国,引之以比王莽。如此等语,岂女子所能。以是方之,淑真似不及也。然易安晚年失节汝舟,而为其反目。至与綦处厚手札言:"猥以桑榆之晚景,配兹驵侩之下才。"(《蟫精隽》卷十四)

明·宋征璧

吾于宋词得七人焉:曰永叔,其词透逸;曰子瞻,其词放诞;曰少游,其词清华;曰子野,其词娟洁;曰方回,其词新鲜;曰小山,其词聪俊;曰易安,其词妍婉。他若黄鲁直之苍老,而或伤于颓;王介甫之劚削,而或伤于拗;晁无咎之规检,而或伤于朴;辛稼轩之豪爽,而或伤于霸;陆务观之萧散,而或伤于疏。此皆所谓我辈之词也。(《倚声初集》卷二)

清·刘体仁

周美成不止不能作情语,其体雅正,无旁见侧出之妙。柳七最尖颖,时有俳狎,故子瞻以是呵少游。若山谷亦不免,如"我不合太捆就"类。下此则蒜酪体也。惟易安居士"最难将息""怎一个愁字了得",深妙稳雅,不落蒜酪,亦不落绝句,真此道本色当行第一人也。(《七颂堂词绎》)

清·沈谦

男中李后主,女中李易安,极是当行本色。(《填词杂说》)

清·尤侗

松陵周勒山所选《女子绝妙好词》,既已搴芳采华,亦复阐幽索隐,当使《花草》承尘、《兰茎》让畔者矣。松陵素称《玉台》文薮。而叶小鸾之《返生香》,仙姿独秀,虽使《漱玉》再生,犹当北面,何论余子!(《女子绝妙好词选》)

眉山二苏,风流竞爽,独至填词,则丈六琵琶偏让老髯,而颍滨不得一语,以此定其为兄弟耳。琅琊二王即不然。向读阮亭《衍波词》,每出一语,落落如有香气,固当奴视七郎,婢视清照。今遇西樵于邗上,出《炊闻卮语》,读之静情艳致,撮花草之标似未肯放。阮亭独步,何也?古人佳句,多在歌眉舞袖酒粘花压之间。(《清名家词》)

清·毛先舒

词家刻意、俊语、浓色,此三者皆作者神明,然须有浅淡处、平处,忽著一二乃佳耳。如美成《秋思》,平叙景物已足,乃出"醉头扶起寒怯",便动人工妙。李易安《春情》,"清露晨流,新桐初引",用《世说》全句,浑妙。尝论词贵开拓,不欲沾滞,忽悲忽喜,乍近乍远,所为妙耳。如游乐词,须微著愁思,方不痴肥。李《春情》词本闺怨,结云"多少游春意""更看今日晴未",忽尔开拓,不但不为题束,并不为本意所苦。直如行云,舒卷自如,人不觉耳。(《诗辨坻》卷四)

清·王士禄

《神释堂脞语》云:易安落笔即奇工。《打马》一赋,尤称神品,不独下语精丽也。如此人自是天授,湖州乃为"帘卷西风"损却三日眠食,岂不痴绝。又云:班、马作史,往往于琐屑处极意摹写,故文字有精神色态。易安《金石录后序》中间数处,颇得此意。至萧绎江陵陷没一段,文人癖好图书,过于家国性命,尤极浓至。洪容斋《夷坚》所载,乃悉为节去,遂觉减色,粗具始末而已。《打马图序》尧、舜、桀、纣,掷豆起蝇一段,议论亦极佳,写得尤历落警至可喜。女子乃有此妙笔！易安动以千万世自期，以彼奇才，想亦自信必传耳。昔人谓鸡林宰相，以百金购香山诗一篇，真赝辄能辨，文至易安，到眼自不同，如此语不虚也。乃其集十三卷，目见于史，而今所传不数篇。能毋珠玉销沉之叹哉！又善画，莫廷韩曾买得易安墨竹一幅。（《宫闺氏籍艺文考略》）

清·王士禛

弇州谓苏、黄、稼轩为词之变体，是也；谓温、韦为词之变体，非也。夫温、韦视晏、李、秦、周，譬赋有《高唐》《神女》而后有《长门》《洛神》，诗有古诗录别而后有建安、黄初、三唐也。谓之正始则可，谓之变体则不可。（《花草蒙拾》）

宋南渡后，梅溪、白石、竹屋、梦窗诸子极妍尽态，反有秦、李未到者，虽神韵天然处或减，要自令人有观止之叹，正如唐绝句至晚唐。刘宾客、杜京兆，妙处反进青莲、龙标一尘。（《花草蒙拾》）

张南湖论词派有二：一曰婉约，一曰豪放。仆谓婉约以易安为宗，豪放惟幼安称首，皆吾济南人，难乎为继矣。（《花草蒙拾》）

宋闺秀李清照，号易安居士，吾郡人，词家大宗。其集名《漱玉》，而诗不概见。兄西樵昔撰《然脂集》，采掇最博，止得其诗二句云："少陵也是可怜人，更待明年试春草。"此外了不可得。陈士业《寒夜录》乃载其《和张文潜浯溪碑》歌诗二篇，未言出于何书。予撰《浯溪考》，因录入之。……二诗未为佳作，然出妇人手亦不易，矧易安之逸篇乎？故著之。（《香祖笔记》卷五）

凡为诗文，贵有节制，即词曲亦然。正调至秦少游、李易安为极致，若柳耆卿则靡矣。变调至东坡为极致，辛稼轩豪于东坡而不免稍过。若刘改之则恶道矣。学者不可以不辨。（《分甘余话》卷二）

余作《浯溪考》成，又得唐蔡京、郑谷、宋释惠洪数诗，录为补遗。适见《清波杂志》一条，姑录于此云！"浯溪《中兴颂碑》，自唐至今，题咏实繁。零陵近虽刊行，止荟萃已入石者，未暇广搜博访也。赵明诚待制妻易安李氏尝和张文潜二长句，以妇人而厕众作，非深有思致者能之乎？"李易安诗二篇，曩从陈士业宏绪《寒夜录》抄出，已入集中，忘其出处本周辉也。（《分

甘余话》卷二）

　　诗之为功既穷，而声音之道，势不可以中废。于是温、和生而《花间》作，李、晏出而《草堂》兴，此诗之余而乐府之变也。诗余者，古诗之苗裔也。语其正，则景、煜为之祖，至漱玉、淮海而极盛，高、史其大成也。语其变，则眉山导其源，至稼轩、放翁而尽变，陈、刘其余波也。有诗人之词，唐、蜀、五代诸君子是也；有文人之词，晏、欧、秦、李诸君子是也；有词人之词，柳永、周美成、康与之之属是也；有英雄之词，苏、陆、辛、刘之属是也。（《倚声前集·序》）

清·邹祇谟

　　杨用修云：诗圣如子美，而集内填词无闻。少游、易安，词极工矣，而诗殊不强人意。揆之通论，夫岂尽燃。（《远志斋词衷》）

　　序《衍波词》者，唐祖命云：极哀艳之深情，穷倩盼之逸趣，其旖旎而秾丽者，则璟、煜、清照之遗也；其芊绵而俊爽者，则淮海、屯田之匹也。（《远志斋词衷》）

清·沈雄

　　李易安"被冷香消清梦觉，不许愁人不起"，又"于今憔悴，风鬟霜鬓，怕见夜间出去"，杨用修以其寻常语度入音律，殊为自然。但"守着窗儿，独自怎生得黑"，又"梧桐更兼细雨，到黄昏点点滴滴"，正词家所谓以易为险，以故为新者，易安先得之矣。（《古今词话·词品》卷下）

清·王又华

　　沈去矜曰："男中李后主，女中李易安，极是当行本色。前此太白，故称词家三李。"（《古今词论》）

　　《秦楼月》，仄韵调也，孙夫人以平声作之；《声声慢》，平韵调也，李易安以仄声作之。岂二调原皆可平可仄，抑二妇故欲别逞奇，实非法邪。然此二词，乃更俱称绝唱者，又何也？（《古今词论》引毛稚黄）

清·裴畅

易安自恃其才，藐视一切，语本不足存；第以一妇人能开此大口，其妄不待言，其狂亦不可及也。(《词苑萃编》卷九引)

清·徐釚

董文友《一剪梅》云："惯得相携花下游，苏大风流，苏小风流。而今别况冷于秋，燕去南楼，人去南楼。等闲平判十分愁，依在心头，卿在眉头。少年心事总悠悠，一曲扬州，一梦苏州。"商邱宋牧仲谓其酷似李易安。(《词苑丛谈》卷五)

清·周铭

词虽发源于隋唐，而体格详明、声调修整，至宋始备。一时学士大夫，不独以为摹写性灵之资，而且以为润色庙廊之具。以至闺阁之中，其谐音谐律，如抗如坠，彬彬大雅。如此，由上之所尚在是也。故余之论次，断自宋始。晦翁有言："我朝能文女子，惟李易安、魏夫人而已。"然则弁斯集者，舍易安居士而谁乎？(《林下词选》凡例)

清·宋长白

伉俪之笃者，莫如徐淑、秦嘉，往还赠答，何其悱恻缠绵耶！《白头吟》可以却茂陵之聘，《织锦诗》可以息阳台之妒。吾独怪夫王子敬之于郗，李易安之于赵，非所称士女中之铮铮者，而何以迷谬至此耶！"一别怀万恨，起坐为不宁。""忧来如循环，匪席不可卷。"不能不三复于此言。(《柳亭诗话》卷二十七)

朱紫阳云："今时妇人能文，只有李易安与魏夫人。李有诗曰：'两汉本继绍，新室如赘疣。所以嵇中散，至死薄殷周。'非汤武得国，引之以比王莽。如此等语，岂妇人所能！"愚按：易安在宋，自是闺房胜流。然以殷周比莽，殊觉不伦。况"桑榆"一札，未免被人点检耶！若魏夫人《咏虞美人草》，方见英雄气概。(《柳亭诗话》卷二十九)

清·陈景云

赵明诚《金石录》三十卷,李易安《后序》,明诚之妻,文叔之女也。其文淋漓曲折,笔墨不减乃翁。"中郎有女堪传业",文叔之谓耶。(《绛云楼书目》卷四金石类注)

清·李调元

易安在宋诸媛中,自卓然一家,不在秦七、黄九之下。词无一首不工,其炼处可夺梦窗之席,其丽处直参片玉之班。盖不徒俯视巾帼,直欲压倒须眉。(《雨村词话》卷三)

清·永瑢等

《漱玉词》一卷,宋·李清照撰。清照号易安居士,济南人,礼部郎提点京东刑狱格非之女,湖州守赵明诚之妻也。清照工诗文,尤以词擅名。《苕溪渔隐丛话》称其再适张汝舟,未几反目,有启事上綦处厚云:"猥以桑榆之晚景,配兹驵侩之下材。"传者无不笑之。今其启具载赵彦卫《云麓漫抄》中。李心传《建炎以来系年要录》载其与后夫构讼事尤详。此本为毛晋汲古阁所刊。卷末备载其轶事逸文,而不录此篇,盖讳之也。按陈振孙《直斋书录解题》载清照《漱玉词》一卷,又云:"别本作五卷。"黄升《花庵词选》则称《漱玉词》三卷,今皆不传,此本仅词十七阕,附以《金石录序》一篇,盖后人裒辑为之,已非其旧。其《金石录后序》,与刻本所载详略迥殊,盖从《容斋五笔》中抄出,亦非完篇也。清照以一妇人,而词格乃抗轶周、柳。张端义《贵耳集》极推其《元宵词·永遇乐》《秋词·声声慢》,以为闺阁有此文笔,殆为间气,良非虚美。虽篇帙无多,固不能不宝而存之,为词家一大宗矣。(《四库全书总目提要·集部》词曲类一)

《漱玉词》一卷,宋。李清照撰。清照虽女子,而词格高秀,乃与周、柳抗行。此本仅十七阕,附以《金石录后序》一篇,盖后人掇拾而成,非其完本,然已见大概矣。(《四库全书简明目录·集部》词曲类)

清·周济

闺秀词惟清照最优,究苦无骨,存一篇尤清出者。(《介存斋论词杂著》)

清·宫懋让等

清照博雅,有隽才,为词家大宗。诗文集多散佚,惟《漱玉词》及《打马图》二书犹存。《金石录后序》作于绍兴二年,或曰绍兴中。以目录十卷,辩证二十卷上表于朝,而《后序》未之及。(乾隆《诸城县志》卷三十六《列传第八》)

清·陆昶

清照诗不甚佳,而善于词,隽雅可诵。即如《春残》绝句"蔷薇风细一帘香",甚工致,却是词语也。(《历朝名媛诗词》卷七)

易安以词擅长,挥洒俊逸,亦能琢炼。最爱其"草绿价前,暮天雁断",极似唐人。其《声声慢》一阕,张正夫称为公孙大娘舞剑器手,以其连下十四叠字也。此却不是难处,因调名《声声慢》,而刻意播弄之耳。其佳处,后又下"点点滴滴"四字,与前照映有法,不是单草落句。玩其笔力,本自矫拔,词家少有,庶几苏、辛之亚。(《历朝名媛诗词》卷十一)

清·冯金伯

词以少游、易安为宗,固也。然竹屋、梅溪、白石诸公,极妍尽致处,反有秦、李所未到者。譬如绝句,至刘宾客、杜京兆时,出青莲、龙标一头地。(《词苑萃编》卷二,引渔洋山人语)

仆最爱王仲英"学绣青衣艰刺凤,自把金针,代补翎毛空"之句,天然神骏,不数易安。及读阮亭"郎似桐花"二语,不觉叫绝。昔卓珂月以太白、后主、易安为三李名斋,今即以仲英、阮亭为二王,自堪并垂天壤。(《词苑萃编》卷八,引邹程村语)

清·丁绍仪

宋时词学盛行,然夫妇均有词传,仅曾布、方乔、陆游、易祓、戴复古五家。方、戴、易姓氏且无考,戴、陆更系怨偶。易妻词亦甚怨抑,惟子宣与魏夫人克称良匹。他如赵明诚妻李易安,盛以词名,而明诚词无传。赵德麟词甚工,其妻王夫人只传"白藕作花风已秋,不堪残醉更回头。晚云带雨归飞急,去作西窗一夜愁"一诗而已。琴鸣瑟应,天固若是靳惜耶?(《听秋声

馆词话》卷八）

清·陆蓥

欧阳公,宋代大儒,诗文外,喜为长短调。凡小词多同时人作,公手辑以存者,与公无涉。一时忌公者借口以兴大狱。司马温公,儿童走卒咸共尊仰。轻薄子捏造艳词以为公作,转相传诵。小人之无忌惮如此。至乃赵明诚妻易安居士,黄尚书妻惠斋居士,皆以人才藻蒙污。易安文词具在其全集中。雅雨堂《金石录序》曾为之辨。近世俞君理初就易安全集考证年月,引据旧闻,力为昭雪。易安被谤之由,始白于世。惠斋居士胡氏始以尚书与赵师睪有隙,继以指摘碑文。师睪守临安,惠斋前卒,遂坐罪其门客,斥罢尚书。先广文云:南渡风气,每藉端闺阃,陷人于罪。流传至今,耳食者引为故实,可慨之尤甚者也。(《问花楼词话》)

清·李慈铭

阅赵明诚《金石录》,其首有李易安《后序》一篇,叙致错综,笔墨疏秀,萧然出畦町之外。予向爱诵之,谓宋以后闺阁之文,此为观止。赵氏援碑刻以正史传,考据精慎,远出欧阳文忠《集古录》之上。于唐代事尤多订新、旧唐两书之失。当时新史方行,而德夫屡斥其谬误,悉心厘正,务得其平;于《旧书》亦无所偏徇,真善读书者也。(《越缦堂读书记》卷九·艺术一)

清·端木采

蛾眉见嫉,谣诼谓以善淫;骥足笮云,驽骀诬其要驾。有宋以降,无稽竞鸣。灯笼织锦,潞国蒙逸。屏角簸钱,欧公受谤。青蝇玷璧,赤舌烧天。越在偏安,益煽腾说。礼法如朱子,而有帷薄秽污之闻;忠勇如岳王,而有受诏逗遛之谮。矧兹闺闷,拒免蜚言。易安以笔飞鸾耸之才,际紫色蛙声之会。将杭作汴,剩水残山。公卿容头而过身,世事跛胡而蹇尾。而及跄洋文史,跌宕词华。颂舜历之灵长,仰尧天之巍荡。思渡淮水,志歼佛狸。风尘怀京洛之思,已增时忌;金帛止翰林之赐,益怒朝绅。宜乎飞短流长,变白为黑。诬义方之闺彦,为潦倒之夫娘。壶可为台,有类鹿马之指;启将作讼,何殊薏珠之冤?此义士之所拊心,贞媛之所扼腕者也。圣朝章志贞教,发潜阐幽,扫撼树之蚍蜉,荡含沙之鬼蜮,凡在占毕濡毫之彦,咸以彰善瘅恶为心。是以黔山俞理初先生著《癸巳类稿》,既为昭雪于前;吾乡金伟军先生主戊申词坛,复用参稽于后。皆援志乘,尚论古人,事有据依,语殊凿空。吾友幼霞阁读,家擅学林,人游蔎苺,汲华刘井,擢秀谢庭。偶翻《漱玉》之词,深恫烁金之谬。将刊专集,借雪厚诬,以仆同心,属以弁首。呜呼!察词于差,论古贵识。三至谗诬,终启投杼之疑;《十香词》淫,竟种焚椒之祸。所期哲士,力扫妄言。如吾子之用心,恨古人之不见。苕华琢玉,允光淑女之名;漆室巨幽,齐下贞姬之拜。光绪七年正月,古黎阳端木采子畴序。
(四印斋所刻词《漱玉词》)

清·王鹏运

右易安居士《漱玉词》一卷。按:此词虽见于《宋史·艺文志》《直斋书录解题》,世已久无传本。古虞毛氏刻之《唐宋妇人集》中者,仅词十七首,《四库》所收,即是本也。此刻以宋曾端伯《乐府雅词》所录二十三首为主,复旁搜宋人选本说部,又得二十七首,都为一集,而以俞理初孝廉《易安居士事辑》附焉。易安晚节,世多訾议,甚至目其词为不祥。得理初作,发潜阐幽,并是集亦为增重。独是闻见无多,搜罗恐尚未备。然即此五十首中,假托污蔑之作,亦已屡见。昔端伯录六一翁词,凡属伪造者,皆从刊削,为六一存真。此则金沙杂糅,使人自得于披拣之下,固理初之心,亦犹之端伯之心云。光绪辛巳燕九日,临桂王鹏运志于都门半截胡同寓斋。(四印斋所刻词)

叙曰:夫握兰金荃,本源骚辩,元、明以降,余音渐漓。缘情依性,咏叹长言,厥擅胜场,断推南宋。清苕烟月,故国河山,名士风流,王孙涕泪。白石、白云,又其至也。至于柳絮才人,司言兆梦,虽在巾帼,谅为大家。何来谤书,玷及清节?理初论著,我心实获,殿以易安,意盖有在。嗟夫!词于文章,小小道耳,苟歧其途,迷不知方。宫商偶忤,犹曰绝学,雅郑无别,伊谁之愆。破觚为圆,看朱成碧,凿枘不入,跨踔何之,噫!其颠矣。燕云初生,旧雨时至,酒边灯下,前喁后於。瓣香之虔,端属之子,欲广流播,并付剞劂。迦陵鸟声,众响斯备,奢摩它路,宗风可寻。古人有言:殷勤永嘉,希踪正始,三复斯篇,其庶几乎?戈氏订韵,晚出益工,跻之前贤,附庸靡怍。校雠崖

略。腭尾具详,聊述鄙怀,望古遥集。光绪七年,岁在重光大荒落余月。临桂王鹏运幼霞纂。(《四印斋词选》)

清·江顺诒

比词于诗,原可以初、盛、中、晚论,而不可以时代后先分。如南唐二主似唐之初,秦、柳之琐屑,周、张之纤靡,已近于晚。北宋惟李易安差强人意。至南宋,白石、玉田始称盛,而为词家之正轨。以辛拟太白,以苏拟少陵,尚属闰统。竹山、竹屋、梅溪、碧山、梦窗、草窗,则似中唐退之、香山、昌谷、玉溪之各臻其极。晚唐之诗,未可厚非。(《词学集成》卷一)

清·许玉琢

宋代闺秀,淑真、易安并称隽才,同被奇谤。而《漱玉》一编,既得卢抱经诸君辩诬于先,又得幼霞同年重刊于后。《断肠词》则曙星孤悬,缺月空皎。《四库提要》论定以后,迄无继者。譬之姬姜,依然憔悴,虽有膏沐,尚沦风尘。乃白璧同完,新镉迭发。此难得者一也。顾水流不停,云散无迹,世罕善本,亦恝而置之耳。是本出自毛抄,著录甚富。兵燹以后,散在市廛,辗转为常熟翁大农年丈所得。去冬假归案头,将乞幼霞补刊一二,以存其旧。夔笙乃欣赏不辍,眠餐并忘,捡得此词,特任剞劂。依其篇第,存玉台之遗;广其搜罗,补白华之逸。此难得者二也。《断肠词》就纪略所著,原有十卷,至陈振孙《书录解题》仅存一卷。片玉易碎,单行良难。夔笙与幼霞居同里漾,近复合并。诚与《漱玉词》都为一编,流传艺苑,则二女同居,翔华表之鹤;百尺并峙,啭出谷之莺。红颜不老,青冢常留。此难得者三也。虽然,由显而晦,由屈而伸,无幸致之理,实赖有表章之人,藉非然者。投暗之珠,辄遭按剑;屡献之璞,终于坠渊。《漱玉》欤!《断肠》欤!虽洁比羊脂,啼尽鹃血,亦孰得而见也。况物论之颠倒哉!遂沈笔而序之如此。吴县许玉琢。(四印斋所刻词)

清·沈曾植

弇州云:"温飞卿词曰《金荃》,唐人词有集曰《兰畹》,盖取其香而弱也。然则雄壮者固次之矣。"此弇州妙语。自明季、国初诸公,瓣香《花间》

者，人人意中拟似一境，而莫可名之者。公以"香""弱"二字摄之，可谓善于侔色揣称者矣。《皱水》胜谛，大都演此。余少时亦醉心此境者。当其沈酣，至妄谓《午梦》风神，远在易安以上。又且谓易安倜傥，有丈夫气，乃闺阁中之苏、辛，非秦、柳也。《兰畹》书不传，或谓亦飞卿词名，未确。（《菌阁琐谈》）

易安跌宕昭彰，气调极类少游，刻挚且兼山谷。篇章惜少，不过窥豹一斑。闺房之秀，固文士之豪也。才锋大露，被谤殆亦因此。自明以来，堕情者醉其芬馨，飞想者赏其神骏。易安有灵，后者当许为知己。渔洋称易安、幼安为济南二安，难乎为继。易安为婉约主，幼安为豪放主。此论非明代诸公所及。（《菌阁琐谈》）

清·薛绍徽

嗟夫！息妫有同穴之称，乃谓桃花不语；辽后著回心之什，竟蒙片月奇冤。谣诼兴则蛾眉见妒，诪张幻而蝇璧易污。长舌厉阶，实文人之好事；圣逭珍行，致淑媛以厚诬。黑白既淆，贞淫莫辨，竟使深闺扼腕。抱读遗编，愿教彤管扬辉，照为信史。赵宋词女，李朱名家；《漱玉》则居临柳絮，《断肠》则家在桃村。市古寺之残碑，品茶对酌；贺东轩之移学，举案同心。椠铅逐逐，随宦青莱；丝管纷纷，胜游吴楚。迨及残山半壁，薄衾五更，阿婆白发，已过大衍之年；怨女归宁，莫寄伤心之泪。奚至桑榆晚景，更易初心；花市元宵，徘徊密约乎？大抵玉壶颁金之案，已肇妒才；花枝连理之诗，难言幽恨。露华桂子，招众口以烁金；细雨斜风，忆前欢而入梦。负盛名以致谤，因清怨而生疑。于是妄改綦崇礼之谢启，杂审《庐陵集》之艳词。李心传《要录》，病在疏讹；杨升庵品词，失于稽考。西蜀去浙数千里，传闻不免异辞；有明后宋三百年，持论未曾检点。且也张汝舟历官清要，奚言驵侩下才？王唐佐传述始终，误作市井民妇。当君臣播越之时，安事文书催再醮？彼夫妇乖离而后，何必词赋约幽期。实际可征，疑团自破。所惜者，妄增举数，姓氏偶同；为主东君，爵里俱逸。胡元任《丛话》，变俗谚为丹青；魏促恭《序言》，仗耳食为口实。好恶支离，是非颠倒耳。然原心定论，据事探幽，编集虽零落不完，诗词尚昭彰若揭。赠韩胡二使者，嫠妇犹称；宴谢魏两夫人，贵游可数。寒窗败几，已醒晓梦疏钟；鸥鹭鸳鸯，似叹小星夺月。愿过淮水，犹存爱国之忱；仰望白云，时起思亲之念。忠孝已根其天性，纲常必熟于怀来。安敢别抱琵琶，偷贻芍药，花殊旌节，树异女贞哉？推原其故，或出有因。衣冠王导，斥将杭作汴之非；早晚平津，有称夫为人之异。奸黠者转羞成怒，轻薄者飞短流长。胡惠斋摘文之忌，不知道高毁来；《生查子》大曲所传，遂致移花接木。晓晓易缺，哆哆能张，毒生蛊尾，影射蜮沙。谤媚闺于身后，语涉无根；疑静女于生前，冤几不白。岂弗悖欤？吁可怪已！（《黛韵楼文集》）

清·胡薇元

南北宋之际，有赵明诚妻李清照所作《漱玉词》，抗轶周、柳。张端义《贵耳集》录《元宵词·永遇乐》《声声慢》，以为闺阁有此文笔，良非虚语。明诚，宋宗室，父为宰辅。易安自记：在汴京与夫共撰《金石录》。典钗钏，得一碑版，互相搜校。家藏旧书画极夥。乱离买舟南下，择其精本携之。在西湖，尤相乐。夫死，戚友谋夺不得者，李心传、赵彦卫，造为蜚谤，诬其再适驵侩。《云麓漫抄》《建炎以来系年要录》，即彦卫、心传之笔。小人不乐成人之美如此。况明诚守湖州，已中年。夫卒，年六旬，安有再适之理，矧在驵侩耶。（《岁寒居词语》）

清·陈廷焯

李易安词，独辟门径，居然可观。其源自从淮海、大晟来。而铸语则多生造。妇人有此，可谓奇矣。（《白雨斋词话》卷二）

易安《声声慢》一阕，连下十四叠字，张正夫叹为公孙大娘舞剑手。且谓本朝非无能词之士，未曾有一下十四叠字者。然此不过奇笔耳，并非高调。张氏赏之，所见亦浅。又"宠柳娇花"之句，黄叔旸叹为前此未有能道之者。此语殊病纤巧，黄氏赏之亦谬。宋人论词且多左道，何怪后世纷纷哉！（《白雨斋词话》卷二）

易安《武陵春》后半阕云："闻说双溪春尚好，也拟泛轻舟。只恐双溪舴艋舟，载不动，许多愁。"又凄婉、又劲直。观此，益信易安无再适张汝舟事。即风人"岂不尔思，畏人之多言"意也。投綦公一启，后人伪撰，以诬易安耳。（《白雨斋词话》卷二）

朱晦庵谓："宋代妇人能文者,惟魏夫人及李易安二人而已。"魏夫人词笔,颇有操迈处,虽非易安之敌,然亦未易才也。(《白雨斋词话》卷二)

朱淑真词,才力不逮易安,然规模唐、五代,不失分寸。如"年年玉镜台",及"春已半"等篇,殊不让和凝、李珣辈。惟骨韵不高,可称小品。(《白雨斋词话》卷二)

闺秀工为词者,前则李易安,后则徐湘蘋。明末叶小鸾,较胜于朱淑真,可谓李、徐之亚。(《白雨斋词话》卷五)

两宋词家,各有独至处,流派虽分,本原则一。惟方外之葛长庚,闺中之李易安,别于周、秦、姜、史、苏、辛外,独树一帜,而亦无害其为佳,可谓难矣。然毕竟不及诸贤之深厚,终是托根浅也。(《白雨斋词话》卷六)

葛长庚词脱尽方外气,李易安词却脱尽闺阁气。然以两家较之,仍是易安为胜。(《白雨斋词话》卷六)

宋闺秀词,自以易安为冠。朱子以魏夫人与之并称。魏夫人只堪出朱淑真之右,去易安尚远。(《白雨斋词话》卷六)

词人好作精艳语。如左与言之"滴粉搓酥",姜白石之"柳怯云松",李易安之"绿肥红瘦""宠柳娇花"等类,造句虽工,然非大雅。(《白雨斋词话》卷六)

词有表里俱佳,文质适中者,温飞卿、秦少游、周美成、黄公度、姜白石、史梅溪、吴梦窗、陈西麓、王碧山、张玉田、庄中白是也,词中之上乘也。有质过于文者,韦端己、冯正中、张子野、苏东坡、贺方回、辛稼轩、张皋文是也,亦词中之上乘也。有文过于质者,李后主、牛松卿、晏元献、欧阳永叔、晏小山、柳耆卿、陈子高、高竹屋、周草窗、汪叔耕、李易安、张仲举、曹珂雪、陈其年、朱竹垞、厉太鸿、过湘云、史位存、赵璞函、蒋鹿潭是也,词中之次乘也。有有文无质者,刘改之、施浪仙、杨升庵、彭羡门、尤西堂、王渔洋、丁飞涛、毛会侯、吴蔄次、徐电发、严藕渔、毛西河、董苍水、钱葆酚、汪晋贤、董文友、王小山、王香雪、吴竹屿、吴谷人诸人是也,词中之下乘也。有质亡而并无文者,则马浩澜、周冰持、蒋心余、杨荔裳、郭频伽、袁兰村辈是也,并不得谓之词也。论词者本此类推,高下自见。(《白雨斋词话》卷八)

李易安词,风神气格,冠绝一时,直欲与白石老仙相鼓吹。妇人能词者,代有其人,未有如易安之空绝前后者。(《云韵集·词坛丛话》)

朱淑真词,风致之佳,情词之妙,真可亚于易安。宋妇人能诗词者不少,易安为冠,次则朱淑真,次则魏夫人也。(《云韶集·词坛丛话》)

易安格律绝高,不独为妇人之冠,几欲与竹屋、梅溪分庭抗礼(《云韶集》卷十)

易安词骚情诗意,高者入方回之室,次亦不减叔原、耆卿。两宋妇人能词者不少,无出其右矣。(《云韶集》卷十)

清·张德瀛

词之用字,凡同在一纽一弄者忌相连用。宋人于此,最为矜慎。如柳耆卿《雨霖铃》词:"今宵酒醒何处,杨柳岸,晓风残月。"其用字之法,洵可为轨范矣。词必分清浊轻重,易安作词论亦云。(《词征》卷三)

陆永仲《夜游宫》词用《诗疏》,(《豹隐纪谈》以为阮郎中作)苏东坡《戚氏》词用《山海经》,刘潜夫《沁园春》词用《史》《汉》,刘后村《清平乐》词用《楞严》,李易安《百字令》词用《世说》,亭然以奇,别出机杼。若辛稼轩用《四书》语,气韵之胜,离貌得神,又非徒以青兕自雄者。(《词征》卷五)

男中李后主,女中李易安,极是当行本色。前此李太白,故称词家三李。此沈去矜说也。宋时严仁、严羽、严参,称邵武三严。嘉兴李武与其兄绳远、弟符,亦称三李。可云前后辉映(《词征》卷六)

清·沈祥龙

词之用字,务在精择:腐者、哑者、笨者、弱者、粗俗者、生硬者、词中所未经见者,皆不可用,而叶韵字尤宜留意。古人名句,末字必清隽响亮,如"人比黄花瘦"之"瘦"字,"红杏枝头春意闹"之"闹"字,皆是。然有同此字而用之善不善,则存乎其人之意与笔。(《论词随笔》)

词虽浓丽而乏趣味者,以其但知作情景两分语,不知作景中有情,情中有景语耳。"雨打梨花深闭门""落红万点愁如海",皆情景双绘,故称好句,而趣味无穷。(《论词随笔》)

写景贵淡远有神,勿堕有奇险。言情贵蕴藉有致,忽浸而淫亵。"晓风残月""衰草微云",写景之善者也。"红雨飞愁""黄花比瘦",言情之善者也。(《论词随笔》)

词之蕴藉,宜学少游、美成,然不可入于淫靡。绵婉宜学耆卿、易安,然不可失于纤巧。雄爽宜学东坡、稼轩,然不可近于粗厉。流畅宜学白石、玉田,然不可流于浅易。此当就气韵、趣味上辨之。(《论词随笔》)

用成语,贵浑成脱化,如出诸己。贺方回"旧游梦挂云边"、"人归落雁后,思发在花前",用薛道衡句。欧阳永叔"平山栏槛倚晴空,山色有无中",用王摩诘句。均妙。李易安"清露晨流,新桐初引",用《世说》语,更觉自然。稼轩能合经史子而用之,自有才能绝人处。他人不宜轻效。(《论词随笔》)

清·李继昌

李后主词:"烂嚼红茸,笑向檀郎唾。"李易安词:"倚门回首,却把青梅嗅。"汪肇麟词:"待他重与画眉时,细数郎轻薄。"皆酷肖小儿女情态。(《左庵词话》)

易安词"窗外芭蕉窗里人,分明叶上心头滴"句,久脍炙人口。或又云:"我自有愁眠未得,不关窗外种芭蕉。"已是翻却旧案。或又云"愁多禁得雨潇潇,况又窗前窗后密密种芭蕉",是则翻而又翻矣。或更云:"斫尽芭蕉吹尽雨,看他还有愁如许!"执此类推,人果善用心思,自有翻空不穷之意。(《左庵词话》)

作词须用词眼,如潘元质之"燕娇莺姹",李易安之"绿肥红瘦""宠柳娇花",梦窗之"醉云醒月",碧山之"挑云研雪",梅溪之"柳昏花暝",竹屋之"玉娇香怨"……(《左庵词语》)

清·况周颐

朱淑真词,自来选家列之南宋,谓是文公侄女,或且以为元人。其误甚矣。淑真与曾布妻魏氏为词友。曾布贵盛,丁元祐以后,崇宁以前,以大观元年卒。淑真为布妻之友,则是北宋人无疑。李易安时代犹稍后于淑真。即以词格论,淑真清空婉约,纯乎北宋。易安笔情近浓至,意境较沈博,下开南宋风气。非所诣不相若,则时会为之也。《池北偶谈》谓淑真《璇玑图记》作于绍定三年。绍定当时绍圣之误。绍定理宗改元,已近南宋末季,浙地隶辇毂久矣。记云:"家君宦游浙西。"临安亦浙西,讵容有此称耶?(《蕙风词话》卷二)

王文简《倚声集》序："唐诗号称极备。乐府所载,自七朝五十五曲外,不概见。而梨园所歌,率当时诗人之作。如王之涣之《凉州》,白居易之《柳枝》,王维《渭城》一曲,流传尤盛。此外虽以李白、杜甫、李绅、张籍之流,因事创调,篇什繁富,要其音节皆不可歌。诗之为功既穷,而声音之秘,势不能无所寄,于是温、和生而《花间》作,李、晏出而《草堂》兴。此诗之余而乐府之变也。诗余者,古诗之苗裔也。语其正,则南唐二主为之祖,至《漱玉》《淮海》而极盛,高、史其嗣响也。语其变,则眉山导其源,至稼轩、放翁而尽变,陈、刘其余波也。有诗人之词,唐、蜀、五代诸人是也。有文人之词,晏、欧、秦、李诸君子是也。有词人之词,柳永、周美成、康与之之属是也。有英雄之词,苏、陆、辛、刘是也。至是,声音之道乃臻极致,而诗之为功,虽百变而不穷。"云云。仅二百数十言,而词家源流派别,了若指掌。是书传本绝鲜,亟节记之。(《蕙风词话》续编卷一)

李易安《多丽·咏白菊》,前段用贵妃、孙寿、韩掾、徐娘、屈平、陶令若干人物,后段雪清玉瘦、汉皋纨扇、朗月清风、浓烟暗雨许多字面,却不嫌堆垛,赖有清气流行耳。"纵爱惜,不知从此,留得几多时"三句最佳,所谓传神阿堵,一笔凌空,通篇俱活。歇拍不妨更用"泽畔东篱"字,昔人评《花间》镂金错绣而无痕迹,余于此阕亦云。(《珠花簃词话》)

现代部分

谢无量

宋妇女文学,李易安最为杰出。兼擅诗文各体,而尤工词,惜其集不传,今仅传《漱玉词》一卷耳……

盖唐、五代之际,妇人为词者少。宋时间有作者,在易安前,妇人词传者,率不过一二阕,至易安独蔚为大家,睥睨前世。尝为《词论》……又见《渔隐丛话》。盖易安深明音律,讥弹前辈,既中其病,而词日益工矣。……

《碧鸡漫志》谓"易安自少年兼有诗名,才力华赡,逼近前辈。"朱子称易安诗"两汉本继绍,新室如赘疣……"不图妇人有此笔力,然不见全篇。……盖易安襟怀超迈,故其诗每有秀逸之气,惜传者不多耳。(《中国妇女文学史》)

李格非女清照,自号易安居士,亦以倚声有名。今传《漱玉词》,仅数十阕,而音调清新。(《中国大文学史》)

刘贞晦　沈雁冰

又有李清照是闺阁词才,自号易安居士。……柳永、周邦彦、李清照并通音律,能自变曲。(《中国文学变迁史》)

胡毓寰

词人喜为艳体,宋词尤多绮罗香泽之态,如张先、柳永、秦观、李清照、周邦彦……等之词,皆婉约蕴藉,称为"南派"。(《中国文学源流》)

胡云翼

因为中国文学史最缺乏女性文学的创作,这位稀罕的女词人李清照便成了我们极珍贵的叙述了。……只有这位女词人李清照,在宋代,虽则词人济济的宋代,而她的作品虽拟之于极负词名的辛弃疾、苏东坡,也决不多让。有人称清照词为婉约之宗,更有人说李清照是北宋第一大词人,依我看来,这都不是过誉的批评。我们知道清照的成就,虽仅及于词的一方面,而她在文学史上的地位,已经与伟大的骚人屈原、诗人陶潜、杜甫并垂不朽了。她不仅在女性里面是第一大作家,她的文名与作品,已经与世界永存了。她的创作集《漱玉词》;不过二十余首——原刊本有六卷——却都是精金粹玉之作。(《宋词研究》)

清照号易安居士……精通音律,她词的最好处,就是经过了音律的锤炼,仍能出之自然,有如未雕之美玉。

清照的《漱玉词》,每一首都是冰莹玉润,令人把玩不忍释手。有人说她的词如“大珠小珠落玉盘”,这个比喻是很确切的。(《新著中国文学史》)

李清照是乐府词人中最伟大的一个,她能以严格的规律,写成很自然的白话词,其成绩更在周邦彦之上。……李清照的《漱玉词》,有人说是婉约之宗(王士禛语),这是一点也不错的。清照自己是个够温柔的女性,她写出来的自然不是英雄的词,而是儿女的词;不是粗豪的词,而是婉约的词。

清照的词有两个不同的时期。她少年时的词是在北方做的,多半抒写闺中闲情消愁之作;她晚年之词是在南方做的,多半是愁苦的哀吟。前后两个时期的词的情调是完全两个样子的。

清照不仅工小词,她的长调也是写得很好的:《凤凰台上忆吹箫》(略)《声声慢》(略)。

李清照最会写愁情,最会写相思之情。她不但运用词句很巧妙,而且最长于创造新词。如“宠柳娇花”“绿肥红瘦”“清露晨流,新桐初引”,这些句子都是清新奇丽之甚。其《壶中天》慢词云:(略)这首词的意境不能不说是平凡的,然而字句却都是极新鲜的。李清照描写的本领,却是能够把那些用惯了的用旧了的浅而且俗的文字,缀成一些极清新鲜丽的词句,这是作者运用文字有特别技巧的地方。……我们如明白李清照晚境凄凉的生活,便知道这些词完全是写实的作品(指所举《如梦令》《武陵春》等)。清照的生平,可以说和李后主完全是一样,前半期是喜剧,后半期是悲剧。两人的词也有很多的共同点:李后主不喜欢用典,喜欢用自己造的词句来描写;李清照也不喜欢用典,喜欢用自己造的词句来描写。李后主的词多是用通俗的字句，来表现极深挚的情感，李清照的词也多是用通俗的字句表现极深挚的情感。词家之有二李，真可以说是词史上的双圣哩。（《中国词史略》）

李清照是北宋末年最伟大的词人；她是乐府词坛最有力的健将，乐府词的发展，至她始达于最高的造诣与成功。

李清照是一位有多方面造诣的女作家。她能文能诗，亦工绘画。但这都是她的末技。她的最大的成就是词，她的词把她抬到文学史上最矜贵的一个地位。

我们读清照的词，不可不先了解她对于词的认识及主张。她是拥护乐府词最用力的作者，她以为词必须是歌词，她不承认不协律的长短句是词。因此她对于许多名家都不满意……要遵守词的严格的音律，又要致力于意境情感的尽量表现，真是两难的工作。周邦彦号称乐府词名家，他的作品尚不免刻划过甚，意境贫乏，失却词的自然。在这里我们不能不讴歌李清照的伟大了。她的词不仅具有谐协的声律，美妙的字句，完成了词的形体美；而且能不露痕迹，自然地把她的意境情感在词里尽量表现出来。乐府词至李清照，其技巧与运用，可谓尽善尽美了。

清照的词，随着她的生活的变迁，分成两个绝不相同的时期。在她四十七岁以前，跟随着做官的丈夫，身心浸润在欢愉的爱情里的时候，那时的词风是一种境地；及南渡以后爱人与爱物皆丧亡，仓皇避乱，飘泊无家，无时不在忧患孤寂中之中，那时的词风又是一种境地。她的前期作品，绰约轻倩，妩媚风流，一如良珠美玉之令人把玩不忍释手。

清照的词是最能够表现女性的优美的情调的。以前一切男性词人所代写的"闺情"，所以写的"妇人语"，放在清照面前，都要黯然失色。……一颗灿烂的星光，决不是几十盏人间的灯火所能掩罩其光辉的。

清照后期的词，多愁苦之作，读之令人凄怆欲绝：《武陵春》（略）《浪淘沙》（略）清照善写愁苦凄恻之词。特别是她的长调，能以最佳美的铺叙；写清新的情思；佳制甚多：《凤凰台上忆吹箫》《壶中天慢》《声声慢》（俱略）。清照作词，工于造语。看来都是浅俗的字句，而一经她的手，便成绝妙好词。

清照的词有如此高的造诣，自是由于她有禀赋独厚的创作天才，又有丰富迴荡的生活做文艺的背景；但同时我们也不可忽视她献身于文艺的虔诚。我们读了她的《金石录自叙》与《后叙》，知道她少年时即有穷尽天下古文奇字之志；她夫妇数十年辛苦地收藏书籍至若干万卷，日事研究考订，自以为葛天氏之民，那是何等的学者精神！她创作的热力，到晚年还没有衰竭。《清波杂志》载："明诚在建康日，易安每值天大雪，即顶笠披蓑，循城远览，以寻诗。得句必邀其夫赓和。明诚每苦之。"这段话记得很有意思。于此可以窥见她的爱好自然与爱好艺术；可见她生活的艺术化；可见她把自己的生命贡献给文学。她创作的成绩极丰富，《宋史·艺文志》谓其词有六卷行于世。今虽仅存一卷，只遗留五六十首词在人间，然没有一首词不是精金粹玉之作。

我们对于这位珍贵的女词人，实在想不出什么话能够形容她的伟大。词家之有二李，李后主与李清照，真是词史上的"双圣"呢！（《中国词史大纲》）

胡适

李易安乃是宋代的一个女文豪，名清照，号易安居士。……李清照少年时即负文学的盛名，她的词更是传诵一时的。她的词可惜现存的不多，（有王氏四印斋刻本），但我们知道她是最会做白话词的。例如：《一剪梅》（略），《添字采桑子·芭蕉》（略），最有名的自然是他的《声声慢》（略），这种白话词真是绝妙的文学，怪不得她在当日影响了许多人。李清照虽生于北宋，到南渡时，她已是五十岁的老妇人了。但她对于北宋的大词家，二晏、欧阳、苏、秦、黄——都表示不满意。（《国语文学史》）

郑振铎

经过宋南渡大变动的，尚有一个伟大的女流作家李清照，她字易安……有《漱玉集》。但她虽经这个大变动，在她的词里却不甚可见什么痕迹。她的作品并不多，然几无一首不是好的，她不善作五七言诗，所专致力的乃是词。……朱熹说："本朝夫人能文者，惟魏夫人及李易安二人而已。"但李易安固不仅为妇女中之能文杰出者，即在各时代的诗人中，她所占的地位也不能在陶潜、李、杜及欧阳修、苏轼之下。（《文学大纲》）

李清照是宋代最伟大的一位女诗人，也是中国文学史上最伟大的一位女诗人。她的词集凡六卷，她的文集也有七卷；今所传的诗词，不过其中寥寥的一部分而已。然即在那些残余的"劫灰"里，仍可充分地见出她的晶光照人的诗才来。她的五七言旧体诗并不甚好；她的歌词却是她的绝调。像她那样的词，在意境一方面，在风格一方面，都可以说是"前无古人，后无来者。"她是独创一格的，她是独立于一群词人之中的。她不受别的词人的什么影响，别的词人也似乎受不到她的影响。她是太高绝一时了，庸才的作家是绝不能追得上的。无数的词人、诗人，写着无数的离情闺怨的诗词；他们一大半是代女主人翁立言的，这一切的诗词，在清照之前，直如粪土似的无可评价(《中国文学史》中世卷第三篇上)

赵祖抃

若周邦彦、李清照二人，尤精通音律，善自度曲，为词学正宗。(《中国文学沿革一瞥》)

赵景深

李清照(1081—1140?)一个宋代的女文学家，连她的名在她所作的《漱玉词》上。她的诗、四六杂文都不见得好。如果说在她的词外还应该有好的文学作品，那便是她的自叙传《金石录后序》。……我从她的词上看出她的艺术特点，又从她的词和《金石录后序》上看出她的性格。

她曾作过《词论》，对于苏、黄等词人，都加了讥评，可见她的自命不凡。(《中国文学小史》)

刘麟生

中国女文学家，能够居第一流者，只有李清照了。她批评宋代的词人，都不甚满意，可见她的眼界很高。南宋的婉约派，没有一个人能在她之上。她的修辞方面，新丽得异常，如"宠柳娇花"，"绿肥红瘦"等，皆是。但是她的意境，又很深切。少年的恋爱，中岁后的凄凉生活，都能充分地新颖地写出来，使人惊心动魄。(《中国文学ABC》)

南宋初年大词人，实在是北宋的词人。最著名的为李清照、朱敦儒。

李清照……她的长处，在以白话的字句，充分表达哀怨的情感，所以非常动人。

在我国文学史中，女诗人都不能算大家。惟有女词人如李清照、朱淑真、魏夫人，实在很有创造的风格。(《中国文学史》)

中国女诗人，很少是第一流的作者，李清照在词坛中出色当行，雄视一世(观其词论)，许多男作家对之有愧色。……她最负盛名的词，为《声声慢》。(略)

李清照的词多用白话，与周邦彦似乎相反。但是造语清新，其成功也则一。她的意境超妙，是她词的特长。所以《贵耳集》说："易安居士以寻常语度入音律，炼句精巧则易，平淡入调者难。"(《中国诗词概论》)

谭正璧

中国文学史上很少女性文学作家，汉之蔡琰，唐之薛涛、鱼玄机，已属凤毛麟角，但是不能占据第一流的地位。只有女词人李清照，却在有宋一代词中占了个首要地位，独自博得个大作家的荣名。……由于生活环境的变幻，把她的词截成两片不同的染色：前期的词写的都是童年的憧憬，少女的情怀，初恋的生活；后期都是奔驰的孤苦，孀居的凄凉，颓废的晚境。后者是悲观，前者是喜剧。她又是词的批评家，对于先代作者，不曾允许有一个完善的词人；于是可知她的文艺的来源，决不是熏染先代的遗传和影响，而是"戛然独造"的！她的创作集《漱玉词》，原刊本有六卷，今本只存二十余首了！(《中国文学进化史》)

当我涉笔要写我们有史以来最伟大的女文学家李清照而翻读她的身世和作品的时候，忍不住感情迸裂，屡屡为之掷笔长叹。这样拙劣又是这样枯索的我的笔锋，不知怎样地去写，才能将我们这位出落得异样伟大的女文学家的丰腴的生命和她的超逸的天才，整个地活跃而迫真地表现出来，我几不信我自己有去尝试的大胆！

宋是词的黄金时代，柳永、秦观、苏轼、欧阳修、晏殊……等都是一时的台柱。你看，清照对之作何批评呢？(引《词论》略)一代词人，俱在言下，她的大胆卓识可见。由此，可知她的文艺的来源，决不是熏染先代的遗传和影响，而自有她"戛然独造"的鲜烁的新生命！(《中国女性的文学生活》)

郑宾于

"易安是一个最有天才的女子"（胡适之的话），兼好金石，对于古文四六、书画诗词之学，无所不工。……近人据此，至谓前此词人，只是"名家"，惟李清照，堪称"大家"。是亦可以识其词之价值矣！

易安之所以有如此成就者，除其资质之秉赋以外，悉皆由于其生活环境之所促成也。……她作处女的时候，饱经父母的熏陶；出嫁之后，又享夫妇之极乐。于是她那词的成就，遂便如日中天，气势蓬勃了。

易安以词擅长，挥洒俊逸，亦能琢炼……

易安虽然鄙弃东坡，而其作品实有东坡爽壮的气味在。……易安词有了这幅气魄，故能前绍苏东坡而后启辛弃疾也。（《中国文学流变史》）

刘毓盘

李清照独以《蝶恋花》词为深得叠字之法。

唐人善诗而不作诗话，宋人善词而不作词话，此亦善《易》者不言《易》也，不知善言词者亦莫如宋人。李清照一妇人耳，其论词曰：（略）陆游《老学庵笔记》谓其讥弹前辈，既中其病，此但知其一也。至谓词"别是一家"，此非深于词者决不能为此说。（《词史》）

吕思勉

北宋女词人，则有李易安。……夫妇皆擅学问，长诗文，精金石，诚一代之才媛也。易安诗笔稍弱，词则极婉秀，且亦妙解音律，所作词，无一字不协律者，实倚声之正宗；非徒以闺阁见称也。（《宋代文学》）

胡怀琛

在北宋末再有一个著名的女词人名叫李清照，她的《漱玉词》，在文学界里是极有名的。她的佳句"帘卷西风，人比黄花瘦"，尤为人所称道。（《中国文学史概要》）

陈冠同

他如女词家李清照（易安）的词，很能曲尽表情的能事，在当日即发生极大的影响。她的《漱玉集》中，作品虽不多，几无首不是好的。在文学史上，她所占的地位，不在陶潜、李、杜及欧、苏之下。(《中国文学史大纲》)

陆侃如 冯沅君

李清照的词是被骂为"无顾藉"的，但就现存者看，作风仍以婉约为主。(《中国诗史》)

在十一世纪后期和十二世纪早年，还产生了几位与南唐词人接近的作家。这些作家中以晏几道、贺铸，秦观，李清照四人为较重要。四人中晏与贺近，秦与李近。

李清照(公元1081—1145年？)……她是个很有天才的女子。她不独工诗、词、文、兼能画。但因为她的天资太高，故对人少所许可。宋词人如柳永、张先等都受她的指摘。她又喜欢讽嘲人。"露花倒影柳三变，桂子飘香张九成"，这是她嘲笑张子韶的妙语。讲到她的身世，这真令我们羡慕而且悯惜。她有一对能文章的父母，还有个"志同道合"的夫婿。后者尤令人歆羡。他们俩都嗜好书画、金石。他们俩节衣缩食去收罗"遐方绝域"的"古文奇字"，他们俩共同考订研究。但好梦难长，靖康之乱不独使他们颠沛流离，失去他们心爱的图书、金石，同时又失去她的"志同道合"的伴侣。"物是人非事事休，欲语泪先流"，我们想到她这可怜的境地，也不禁为之流泪了。

李清照本有《漱玉词》六卷(或作三卷)，已佚。后人辑得七八十首，但多杂他人之作。因为作者身世的影响，李清照早年的作风和她晚年的作风微有不同。早年的多清丽妍媚，晚年的多凄清淡净。李词中如"瑞脑香消魂梦断，辟寒金小髻鬟松，醒时空对烛花红。"(《浣溪沙》)这与"绿肥红瘦"的《如梦令》，"宠柳娇花"的《念奴娇》都是前者的代表。又如："小风疏雨萧萧地，又催下千行泪。吹箫人去玉楼空，肠断与谁同倚！一枝折得，人间天上，没个人堪寄。"(《孤雁儿》)这与"赢得满衣清泪"的《清平乐》，"风鬟雾鬓，怕见夜间出去"的《永遇乐》，都是后者的代表。但在这两种不同的作风中，却有个共同的特点，这特点便是婉约。……不过，以上所论，只是就现存的李词言。据古书所记，李词恐有些很奇特的。……李清照本是个通脱不羁的人，对于词又有特殊的见地，她也许创了种新词风，而这种新

词风却是使那朽腐的人震惊的。但这也是种推测，如欲证实其当否，还要待全部的《漱玉词》发现。（同上）

李清照（1081—1140？）号易安居士，济南人。……她的作风虽以婉约著，但在早年的与在晚年的却不相同。早年的作品多清丽妍媚，晚年的作品多凄清淡净……故在晏、贺、秦、李四人中，贺与晏近，李与秦近，而对于已经衰歇的南唐派，多少都有渊源。（《中国文学史简编》）

李清照字易安，济南（今山东济南）人，1081年生，死于1145年左右。她善于在词里坦率而亲切地抒写自己的生活感受。早年的健康美满的家庭生活，产生了《浣溪沙·髻子伤春懒更梳》《如梦令·昨夜雨疏风骤》《一剪梅·红藕香残玉簟秋》等清丽妍媚的词；晚年的流离孤单的心情，产生了《孤雁儿·藤床纸帐朝眠起》《永遇乐·落日熔金》等凄清淡净的词。她的词语言清新、活泼，工巧而无雕琢的痕迹，词的风格是清秀婉约。她的诗却颇矫健、放逸，有丈夫气，如《绝句》《上胡尚书诗》等更是情辞激越，体现了对偏安局势的愤慨，对沦陷地区的怀念，因为写作时已在南渡以后了。在女作家中，她的成就是过人的。（《中国文学史简编》修订本）

王易

李清照……幼嗜文学，适明诚后，尤喜搜讨考订，记览甚博；晚年际南渡之乱，明诚又卒，颠沛无依，遭遇甚若。其于词学用力至勤，作《词论》评骘诸家，皆致不满……《四库提要》谓"清照以一妇人，而词格乃抗周轶柳"，且许为大宗。集中名句皆深刻精透，不拾前人牙慧，宜其睥睨一切矣。（《词曲史》）

胡行之

在这种典雅陈腐的词家中，宋代却有三个女作家：（一）魏夫人，（二）李易安，（三）朱淑真，为我们所可纪念的。她们都能词，而以易安为最。李清照……有《漱玉集》。首首都好，她所占的地位，不在晋陶渊明、唐李杜之下。

有宋一代词，发达极了。……宋初词尚绮丽，犹承五代遗风；苏轼崛起，改为诗意入词，始脱绮罗之弊，但苏派秦少游等，还染着着卿习气，稍加折

衷,而情词较胜;及清照出,风格高秀,自成一家,可谓大成。(《中国文学史讲话》)

许啸天

李清照是中国数一数二的女文学家,她是一个多情女子,一个乐观文人。……她丈夫死了以后,便流落天涯,四海为家。但她的性情也愈豪爽,她的见识也愈高超。(《中国文学史解题》)

梁乙真

至李易安出,而妇人之词乃盛。易安之词,在当时曾发生极大影响,受其影响最深者,乃其同乡辛稼轩弃疾也。《稼轩集》中有效易安体如《丑奴儿近》,其婉约清空,盖是易安一派也。(《中国妇女文学史纲》)

李清照(1081—1140),号易安居士,济南人。……他们的家庭生活,这在她的《金石录后序》中,曾有详细的叙述。她的青春的生活是很美满的。所以她早年的作品,很带着曼艳旖旎的风趣。但他不幸自明诚出游、死亡,她的生活,便由快乐而变成了寂寞凄凉;由青春少妇的心情,一变而为饱经患难的孀妇,我们伟大的女词人,以后便飘泊落拓,终了她的残年。

她的作风,虽以婉约胜,但她在早年的与晚年的,却是两种不同的风格。早年的作品,尤清丽妍媚。晚年的作品,多凄清淡静。至她在词史上的地位,有人以她和李白、李煜,称为词家三李的,也有人说她的词为婉约之宗。更有人说她是北宋第一大词人,正如孤鹤之展翅于晴空,明月静挂于夜天。依我看来,这都不是过誉的。她的词,的确值得我们深深地赞美。

她的《漱玉集》词,现在虽然仅存着残余的"劫灰"。但每一首都是晶光照人,冰莹玉润,使读者低徊吟诵,把玩不忍释手的。……易安论词的眼光很高,她对于当时几个善写离情闺怨的婉约派,和横放杰出的豪放派,都有严刻而且中肯的批评。……她简直看北宋的词坛,无一完善的词人。而在易安的眼光中,他们的作品,直如粪土似的无可评价。(《中国文学史话》)

陈子展

李清照(1081—1145?)……她不仅是宋代一个最伟大的女词人,她在整部的中国文学史上也该占一个相当的地位。在她生前,已经有人在摹仿她的词,如侯寘的《懒窟词》里,《眼儿媚》题下就明明注出"效易安体"。她死了以后,在她的故乡出了一位大词人——辛弃疾;他也有"效李易安体"的词,这都可以证明她在南宋词坛上的影响。……她对北宋欧阳、晏、苏三大家都表示不满,其他更不必说,可以想见她的识力和自负。她有文集七卷,词六卷,都已失传。如今流传的《漱玉词》只能算是残余。朱熹说:"本朝妇人能文者,惟魏夫人及李易安二人而已。"(《中国文学史讲话》)

刘宇光

李清照,号易安居士,与之齐名者,又有朱淑真。格力高秀,为女词家第一人。

李清照《漱玉词》,为女词人杰构。(《中国文学史表解》)

罗根泽

词是文学,也是音乐……女词人李易安《论词》,却是偏于以音乐的观点立论,虽然也不忽视文学。(《中国文学批评史》)

马促殊

李清照……著文凡七卷,词凡六卷,今多不传。

清照不但是宋代唯一的女作家,也是中国文学史上最伟大的女诗人。

清照不但是伟大的作家,且于词坛人物亦有公允的评论。《苕溪渔隐丛话》引她的论词一则云(略)。这样大胆,这样见识在当时没有第二个人能及得上。至于她的词,在当日确也受人敬崇,如辛弃疾有自称"效李易安体",可见她的影响。

她的词,既不堆砌,又不生硬,于凄婉之中而不流于俚俗,实是她的天才。(《中国文学体系》)

谭丕谟

在这个阶段中,出了一位伟大的女诗人——李清照。

李自号易安居士,济南人。……她的词多半是嘲风雪弄花草的抒情小曲,当然与她的生活有关系。……但是到了后来……她的快乐生活消逝了,而踏入了生活艰难的前途。她这个时候所写的词,充满了悲哀的意识。(《中国文学史纲》)

柯敦伯

女词人李清照,不仅擅声两宋,实为中国文学史上有数之人物。……盖清照之词,遣词创格,迥异凡流,直不啻前无古人,后无来者,奚翘求于巾帼为不可多得哉。

清照于北宋诸大词人,多致贬词。……而清照当时每有所作,无不传诵人口。《四库全书总目提要》称其词格抗轶周柳,诚不愧为一大家也。

清照之词,至宋室南渡后,声名尤著,辛弃疾《稼轩词》中,尝有效李易安体者。(《宋文学史》)

郑作民

李清照,字易安,是一个宋代的女文学家,他的作品就是《漱玉词》成名的,四六杂文并不见得怎么的成功。

她的作品,艺术表现十分的真挚……(《中国文学史纲要》)

龙沐勋

收北宋"当行"词家之局,而以"婉约"著称者,为女词人李清照(号易安居士……)。张端义极称其《声声慢》词,连下十四叠字,谓为"公孙大娘舞剑器手"。(《贵耳集》)近人沈曾植又谓:"易安跌宕昭彰,气调极类少游,刻挚且兼山谷。"(《菌阁琐谈》)要其当行本色,固秦、贺之流亚也。兹录《浣溪沙》一阕为例(略)。(《中国韵文史》)

张振镛

有女词人李清照者,号易安居士,济南人……能诗文,精金石,而词笔尤婉秀,且亦妙解音律,所著曰漱玉词,虽为帙无多,而词格乃抗轶周柳。沈去矜云:男中李后主,女中李易安,极是当行本色。易安所作,以醉花阴一首最为有名。词云(略)……闺阁有才如此,诚不可多得也。易安有《词论》

一篇,语多精辟。(《中国文学史分论》第三册)

容肇祖

李清照是中国文学史上一个最有天才的女子,她论词对于北宋诸大家,多有不满,可见她的眼光之锐敏。她的词在当日很受人崇敬,如辛弃疾有时自称"效李易安体"。可见她的影响。(《中国文学史大纲》)

张长弓

南北宋之间,有一位女流作家,在文坛上颇有地位的,那是李清照。清照……早有文名。

她的词,多用白话,与周邦彦似乎不同,但是造语清新,其成功则一。她的意境超妙是她的词的特点……她对于词体造诣很深,眼光也很大,北宋诸词人,她都有不满意的评论。她的《声声慢》《武陵春》,是最有盛名的篇目,有《漱玉词》一卷传世。(《中国文学史新编》)

龚启昌

李清照(1082—?),号易安居士,济南人。……有《漱玉集》。幼嗜文学,适明诚后;尤喜搜讨考订,记览甚博。晚年际南渡之乱,明诚又卒,颠沛无依,遭遇甚苦。其于词学用力至勤。曾作《词论》,对于苏、黄诸家皆致不满。清照为人豪爽而富情感,胸怀洒脱,放荡不拘,故能以人格真诚表现,其词之有价值亦在此。真率之外,尤工修词。集中名句甚多……(《中国文学史读本》)

羊达之

李清照……早年作品,颇有曼艳旖旎之风。……以后制作,亦皆凄清淡静之音。

李清照词,其独到处,在既经音律锤炼之后,犹能出之以自然。此为前辈作家所未历之境。故李氏尝品题北宋词家及其制作,无一完善之评。

李清照在文学史上之地位,论者以与盛唐李白、五代南唐后主李煜,并称为词家三李。(《中国文学史提要》)

薛砺若

清照,自号易安居士……二十一岁(?)出嫁于太学生赵明诚。夫妻皆好学能文,尤善搜讨考订,记览甚博。平生搜集金石古玩甚多,晚年值汴京之陷,南渡后,旧藏尽失,明诚又死,颠沛无依,晚景颇萧条。

她的词虽存此四五十阕,然其天才之卓异,亦足震烁词坛,使人惊赏不值。她对于前此作家,多致其不满之意。……可见她当年眼界之高,几乎无一个理想的作家,足供她的模型了。她的词最能表现出女性的美来,其幽媚婉柔流畅,机杼天成,非时辈所能企及,她平生得力处,则为欧阳永叔、秦少游及南唐李煜三家。……易安一生词品,全从后主、永叔、少游三家脱胎出来的。后主得其深,永叔得其郁,少游,易安则得其婉秀。……至于易安,幼年即生长在一个有文学环境的家庭。适人以后,夫妻感情又极和乐美满,似乎无悲愁的种子蔓生在她的心曲了。但我们一读她的作品,则亦觉悲苦之辞为多。因为女子最富有情感的,有许多事本来是不值得注意的,但在女性的心灵中,往往留下一个深刻的印象,甚至终身不能忘怀,何况她与明诚爱情很重,自不免因别情离绪所萦绕,而致其缠绵想望之思了。所以在她的词里,可以完全暴露出女性真实的情操来,与男作家试作香艳的闺情词相较,其艺术上的表现力,自不可相提并论了。

以上所引各词,不过只以婉柔清丽过人罢了,尚非她的最高作品。她平生最足用以睥睨一世者,则为她的《声声慢》(略),其笔力之遒健,描写之深入,境界之逼真,情绪之迫切紧张,均充分的现出,绝不类一个妇女的手笔,入手连用十四叠字,即已险奇,而收句复又运用两叠,却用来妙语天成,毫无堆滞粉饰之迹。……于此词内,可见她描写手腕之高,实足以俯视过去一切作家,无怪她对先辈词人多致其讥弹之词了。只可惜她的全集已失,遂使类此的"前无古人,后无来者"之作,无从窥其全豹,真是一件憾事了!

她在当年,亦多受了些时代色彩的熏染,不出柳永、周邦彦以来慢词的风调。如她的《念奴娇》即系一例。

她在南渡以后,家事萧条,老境堪怜,却并无一篇写实之作,未免有美中不足之憾了。(《宋词通论》)

杨荫深

李清照（1081—?）……她是一个最有天才的女作家，对于北宋词人，她都指摘过的。著有《漱玉词》一卷。因为身世的关系，大约前期写得较婉丽，后期写得较清淡（《中国文学史大纲》）

明诚既嗜好金石书画，而清照又有相夫之才，故家藏三代彝器，及汉、唐以来石刻甚夥。清照尝谓每获一书，即共同校勘，整集签题。得书画彝鼎，亦摩玩舒卷，指摘疵病，夜尽一烛为率。因仿欧阳修《集古录》例，为《金石录》三十卷。前十卷以时代为次，凡二千目；后二十卷为辨证，凡百五二篇。其书实与清照合撰，今传于世。（《中国学术界列传》）

日·泽田总清

宋南北两朝的闺秀诗人，有名的极少。其中超群拔众的是李易安。

李清照（1082—?）……工于诗文，最长于词。襟怀超迈，才力华赡，她的诗秀气横溢，可惜今日所存的很少。只有五古二首，七古四首，《打马赋》自成一体。

……以周邦彦为始，当时产生了无数的作家，女词人中也有了古今罕有的李清照。

北宋女子的词，今日所存的，只有一二阕。至于李清照独能蔚然成一大家，睥睨前世。今所传的《漱玉词》只有几十阕，音调清新，格力高秀，足以做词的正宗。她明音律，且曾论词的发达，批评词家，是令人首肯的论说。（王鹤仪编译《中国韵文史》下）

缪钺

李易安（清照）以超轶绝尘之姿，生蛮夷猾夏之际，掩抑自伤，流离暮齿，名满天下，谤亦随之。身后遗稿散佚，流落人间者，不过泰山毫芒。……独其《漱玉词》为易安精华所寄，世人虽多空语推崇，而尚罕有的深切著明之言，作透彻批评者。

易安词超卓之处，应分三点论之。

（一）为纯粹之词人。……词本以妍媚生姿，贵阴柔之美，李易安为女子，尤得天性之近。……易安承父母两系之遗传，灵襟秀气，超越恒流，察物观生,言哀涉乐,常在妍美幽约之境,感于心,出诸口,不加矫饰,自合于词,所谓自然之流露,虽易安亦或不自知其所以然。如……皆以寻常言语,度入音律,极自然,极隽永,在易安行所无事,而后人鲜能学步。盖活色生香,决非剪采为花者所可企及也。

(二)有高超之境界。凡第一流诗人,多有理想,能超脱,用情而不溺于情,赏物而不滞于物;沉挚之中,有轻灵之思;缠绵之内,具超旷之致;言情写景,皆从高一层着笔,使读之者如游山水。于千岩竞秀万壑争流之中,常见秋云数片,缥缈天际。……李易安之词,如"天接云涛连晓雾……"(《渔家傲》)有姑射仙人饮露吸风之致。又如"髻子伤春懒更梳……"(《浣溪沙》)写情含蓄幽淡,从空际着笔,不滞于迹象,皆能造境清超,无"尘下"之弊。

(三)富创辟之能力。李易安生于北宋末年,其前名词家甚众,而易安开径独行,无所依傍。其评骘诸家,持论甚高,尝曰:

本朝柳屯田永……价自减半矣。(《茗溪渔隐丛话》)

此非好为大言,以自矜重,盖易安孤秀奇芬,卓有见地,故掎摭利病,不稍假借,虽生诸人之后,而不肯摹拟任何一家。……易安词在有宋诸名家中,自有其精神面目。晏殊之和婉,欧阳修之深美,张先之幽隽,柳永之绵博,苏轼之超旷,秦观之凄迷,晏几道之高秀,贺铸之瑰丽,举不足以限之。大抵于芬馨之中,有神骏之致,适表现其胸怀襟韵;而早期灵秀,晚岁沉健,则又因年因境而异。而其善于铸寻常言语,善用成语,善用叠字至十四字之多,皆足以见其开辟之才也。

昔刘知几谓良史须兼才、学、识三长,余谓诗人亦须兼具天才、情感、理想三者。李易安即如是。"为纯粹之词人",以见其情感之美也。"有高超之境界",以见其理想之高也。"富创辟之能力",以见其天才之卓也。且易安非仅工于词而已,生平博极群书……其诗文之传世者虽寡,皆斐然可诵。起世之才,因无施不可,然要以词为其菁华,故徒知易安之词,固不足窥其全,而不解其词,亦不足以探其精也。(《诗词散论·论李易安词》)

刘大杰

李清照是南渡前后的女词人,是中国古典文学史上有崇高地位的天才女作家。她是遵守着词的一切规律而创作的。她一面重视音律,精炼字句;同时,她的词富于真实的性情与生活的表现。她生逢国变,家破人亡。她的笔下,虽没有直接反映现实,但我们要知道她丈夫的死,她的流浪贫穷,她改嫁事件的受冤,都是那个乱离时代、封建社会直接给她的迫害。她正是当日一个受难者的代表;她的生活情感,也正是当日无数难民的生活情感。(《中国文学发展史》)

朱东润

李清照号易安居士……有《漱玉词》五卷,今存一卷。词格抗轶周柳,其论词之言,见于胡仔《苕溪渔隐丛话》……(《中国文学批评史大纲》)

施慎之

在北宋末年,还有一个大作家李清照(1081—?)……她是中国文学史上第一流的女作家,所著的《漱玉词》,传者虽寥寥几首,而差不多篇篇锦绣。……她少年时的恋爱,中岁后的凄凉,都充分表现在词中,造语清新,意境深切,婉约之中含有秀丽,正是一个聪明女子的手笔。她批评宋代词人,都不甚满意,可见眼界很高。《中国文学讲话》

林庚

北宋的词坛,虽然充满了慢词的势力,却依然以小令为主。而结束这北宋词坛的一位作家,便是李清照。……在中国女作家中,能够在文学史上占一席地,这是唯一的一个人了。词原是女性美的描写,她正是能够完成那自我表现的,她生活的时代虽在北宋南宋之间,而她的作风竟是完全北宋的。她不愿意随着当时一般的潮流,而专意于小令的吟琢,这在词坛上乃更觉重要。她的名作像《醉花阴》(略),《如梦令》(略)。至于佳句像"花自飘零水自流,一种相思,两处闲愁"……都是脍炙人口的。然而整个词坛的趋势,已完全走向慢调,小令此后正如绝句,只成为诗人们偶然的点缀,诗词的命运,似乎不可避免的,都走上了同一的途径。(《中国文

学史》)

鲍文杰

北宋李清照(1081—1140?)号易安居士,济南人。……彼之作品有《漱玉集》,作风虽以婉约著,但在早年和晚年都不甚相同。早年作品多清丽妍媚,晚年作品多凄清淡净,如《如梦令·昨夜雨疏风骤》与《孤雁儿·藤床纸帐朝眠起》等皆可吾人证实。(《中国文学史略》)

历代文人题咏

鹊桥仙·和李易安金鱼池莲 朱敦儒

白鸥欲下，金鱼不去，圆叶低开蕙帐。轻风冷露夜深时，独自个、凌波直上。

幽兰共挽，明珰难寄，尘世教谁将傍。会寻织女趁灵槎，泛旧路、银河万丈。（《樵歌》卷上）

眼儿媚·效易安体 侯寘

花信风高雨又收，风雨亘迟留。无端燕子，怯寒归晚，闲损帘钩。

弹棋打马心都懒，撺掇上春愁。推书就枕，袭烟淡淡，蝶梦悠悠。（《宋六十名家词·懒窟词》）

丑奴儿近·博山道中效李易安体 辛弃疾

千峰云起，骤雨一霎儿价。更远树斜阳，风景怎生图画？青旗卖酒，山那畔别有人家。只消山水光中，无事过这一夏。

午醉醒时，松窗竹户，万千潇洒。野鸟飞来，又是一般闲暇。却怪白鸥，觑着人欲下未下。旧盟都在，新来莫是，别有说话？（《稼轩词编年笺注》）

永遇乐 <small>刘辰翁</small>

余自乙亥上元诵李易安《永遇乐》,为之涕下。今三年矣,每闻此词,辄不自堪,遂依其声,又托之易安自喻,虽辞情不及,而悲苦过之。

璧月初晴,黛云远澹,春事谁主。禁苑娇寒,湖堤倦暖,前度遽如许。香尘暗陌,华灯明昼,长是懒携手去。谁知道,断烟禁夜,满城似愁风雨。宣和旧日,临安南渡,芳景犹自如故。细帙流离,风鬟三五,能赋词最苦。江南无路,鄜州今夜,此苦又谁知否?空相对,残釭无寐,满村社鼓。(《须溪词》卷二)

永遇乐

余方痛海上元夕之习,邓中甫适和易安词至,遂以其事吊之。

灯舫华星,崖山碇口,官军围处。璧月辉圆,银花焰短,春事遽如许!麟洲清浅,鳌山流播,愁似汨罗夜雨。还知道,良辰美景,当时邺下仙侣。而今无奈,元正元夕,把似月朝十五。小庙看灯,团街转鼓,总似添恻楚。传柑袖冷,吹藜漏尽,又见岁来岁去。空犹记,弓弯一句,似虞兮语。(《须溪词》卷二)

读李易安文 <small>元淮</small>

绿肥红瘦有新词,画扇文窗遣兴时。象管鼠须书草帖,就中几字胜羲之。(《金囱集》)

题李易安所书《琵琶行》后 _{宋濂}

乐天谪居江州,闻商妇琵琶,抆泪悲叹,可谓不善处患难矣。然其事之传,读者犹怆然,况闻其事者乎?李易安图而书之,其意盖有所寓。而永嘉陈傅良题识,其言则有可异者。余戏作一诗,正之于礼义,亦古诗人之遗音欤。其辞曰:

佳人薄命纷无数,岂独浔阳老商妇。青衫司马太多情,一曲琵琶泪如雨。此身已失将怨谁,世间哀乐常相随。易安写此别有意,字字似诉中心悲。永嘉陈侯好奇士,梦里谬为儿女语。花颜国色草上尘,朽骨何堪污辱齿。生男当如鲁男子,生女当如夏侯女。千年秽迹吾欲洗,安得浔阳半江水。(《宋学士集》卷三十二)

瞿佑

清献名家厄运乖,羞将晚景对非才。西风帘卷黄花瘦,谁与赓歌共一杯。(《香台集》卷下《易安乐府》)

易安居士画像题辞 _{吴宽}

金石姻缘翰墨芬,文箫夫妇尽能文。西风庭院秋如水,人比黄花瘦几分。(四印斋所刻《漱玉词》引)

题《漱玉集》 _{王象春}

京朝名迹此中稀,劖水黜山感异时。唯有女郎风雅在,又随兵舫泣江蓠。(明·崇祯《历城县志·述闻》)

读李易安《漱玉集》 张娴婧

从来才女果谁侪，错玉编珠万斛舟。自言人比黄花瘦，可似黄花奈晚秋。（《翠楼集》）

柳絮泉诗二首 王鸿

扫眉才子笔玲珑，蓑笠寻诗白雪中。絮不沾泥心已老，任他蜂蝶笑东风。

名园曾访历亭西，一碧寒泉泻野溪。欲觅遗诗编《漱玉》，多情转觉逊山妻。（《续修历城县志》引《历下咏怀古迹诗抄》）

有竹堂怀李文叔

草堂环碧竹千寻，文叔高怀足古今。女善倚声拈弱絮，客来把臂入疏林。月中瘦影惊龙舞，窗外秋风和凤吟。引我故园归梦好，一轩书锁绿云深。（《续修历城县志》引《历下咏怀古迹诗抄》）

易安居士画像题辞 李澄中

小窗帘卷早凉初，幸傍词人旧里居。吟到黄花人瘦句，买丝争绣女相如。（四印斋所刻《漱玉词》引）

宣和打马图 王士禛

前马奔驰后马逐，万马奔腾隘川陆。初看逐队来玉门，又见争先度函谷。虎胸慧尾骨权奇，千里追风竞齐足。传闻天马是星精，岂与凡材同碌碌。扼窝据险一敌万，倒行逆施欻驰突。漫言称德不称力,径籥浮云何太速。得意横行彼一时,讵少盐车太行麓。骰函晡秝朝飞龙,咫尺君门上天育。哪知高步易颠蹶,夹堑一朝遭困辱。莫夸枣脯与文绣,世事由来有翻覆。直须十丈的卢飞,待向黄池更喷玉。(《渔洋山人精华录》)

蝶恋花·和漱玉词

凉夜沈沈花漏冻,欹枕无眠,渐听荒鸡动。此际闲愁郎不共,月移窗罅春寒重。

忆共锦裯无半缝,郎似桐花,妾似桐花凤。往事迢迢徒入梦,银筝断绝连珠弄。(《十五家词》卷二十八《衍波词》下)

一剪梅·和漱玉词

雁语金塘水渐秋,遥听菱歌,不见菱舟。望君何处最销魂,旧日青山,恰对朱楼。

九曲长江天际流,似写相思,难寄新愁。梦魂几夜可曾闲,鹤子山头,燕子矶头。(同上)

凤凰台上忆吹箫·和漱玉词

镜影圆冰,钗痕却月,日光又上楼头。正罗帏梦觉,红褪细钩。睡眼初睲未起,梦里事、寻忆难休。人不见,便须含泪,强对残秋。

悠悠。断鸿南去,便萧湘千里,好为依留。又斜阳声远,过尽西楼。颠倒相思难写,空望断、南浦双眸。伤心处,青山红树,万点新愁。(同上)

渔家傲·本意和漱玉词

南湖西塞花如雾，我歌铜斗樵青舞。醉后放舟忘处所，凫鸥语，觉来已是烟深处。

蒲叶藕花相映暮，援琴更鼓潇湘句，曲罢月明风叶举。谁同住，琴高约我蓬瀛去。（同上）

声声慢·和漱玉词

蛛迷楚馆，雁去秦楼，情怀不禁惨戚。带雨寒蛩，窗外似闻叹息。锦衾斗帐人远，枉怨它、西风寒急。更漏尽，梦难成，毕竟自情谁识。

画尺宝奁尘积，冷落尽，枝上残红如摘。倦枕鬟松，空似鸦翎剪黑。裴回那成好梦，但鲛人，只有泪滴。恁打算，那人去，怎是少得。（同上）

念奴娇·和漱玉词

疏风嫩雨，正撩人时节，屠苏深闭。几日园林春渐老，偏是莺声花气。红友樽残，青奴梦醒，寂寞浑无味。关山万里，飘摇尺素谁寄。

香阁曲曲回栏，残朱零落，都为伤春倚。厌说鸳鸯还待阙，绣被朝朝孤起。额浅鸦黄，眉销螺碧，觱尽相思意。春来情思，小姑将次知未。（同上）

如梦令·和李清照词（二首）

送别西楼将暮，望断王孙归路。昨夜梦郎归，还是旧时别处。前渡，前渡，记得柳丝春鹭。

帘额落花风骤，春思慵如中酒。久待不归来，解识相思如旧。堪否，堪否，坐尽宝炉香瘦。（《倚声初集》卷二）

点绛唇·春词·和李清照韵

水满春塘，柳绵又蘸黄金缕。燕儿来去，阵阵梨花雨。

情似黄丝，历乱难成绪。凝眸处，白蘋青草，不见西洲路。（同上卷三）

浣溪沙·春闺·和漱玉词（二首）

奁畔豪犀闲不梳，新妆才罢晓寒初，曲栏花日影扶疏。金鸭暖香消桂蠹，夜蝉轻枝上桃苏，问郎曾解画眉无。

渐次红潮趁靥开，木瓜香粉印桃腮，为郎瞥见被郎猜。不逐晨风飘陌路，愿随明月入君怀，半床簟待郎来。（同上）

武陵春·和漱玉词

昨日相逢歌扇底，偷赠玉搔头。画阁香浓郎且休，秋水簟文流。

送别殷勤杨柳岸，花雪满行舟。双桨凌风兰叶舟，又卷起，一江愁。（同上卷六）

醉花阴·和漱玉词

香闺小院闲清昼，屈成交铜兽。几日怯轻寒，箫局香浓，不觉春光透。

韶光转眼梅花后，又催裁罗袖，最怕日初长，生受莺花，打迭人消瘦。（同上卷八）

浪淘沙·和漱玉词

砚匣日随身，检点残春。横云斜月斗鲜新。昨夜相思曾入梦，香雨香云。

记得啮丹唇，似喜还嗔。醒来惆怅隔仙津。欲识回肠千万转，日日车轮。（同上卷九）

题李易安《打马图》 李汉章

予幼读《打马赋》，爱其文，知易安居士不独诗余一道冠绝千古，且信晦翁之言，非过许也。尝游齐鲁，获睹其图，益广所未见。然予性暗于博，不解争先之术，第喜其措词典雅，立意名隽，洵闺房之雅制，小道之巨观，寓锦心绣口游戏之中，致足乐也。若夫生际乱离，去国怀土，天涯迟暮，感慨无聊，即随事以行文，亦因文以见志，又足悲矣。暇日检点完篇，手录一过，贻诸好事，庶有见作者之心焉。

国破家亡感慨多，中兴汉马久蹉跎。可怜淮水终难渡，遗恨还同说过河。

南渡偷安王气孤，争先一局已全输。庙堂只有和戎策，惭愧深闻《打马图》。

才涉惊涛梦未安,又闻虏马饮江干。桑榆晚景无人惜,聊与骅骝遣岁寒。(《黄檗山人诗集》)

一剪梅·和漱玉词 彭孙遹

万叠青山一抹秋,半天归云,天外归舟。何时玉席手重携?同拂香巾,同上朱楼。

南浦寒潮带雨流,只送人行,不管人愁。吴天极目路逶迤,海涌峰头,薛淀湖头。(《倚声初集》卷十二)

凤凰台上忆吹箫·和漱玉词

宝鸭抛烟,寒螀泣露。兰桡催发湖头。正银河清浅,残月如钩。多少情悰欲说,知无奈,则索行休。纱窗静,几株疏柳,一片清秋。

堪忧。个人何处,那衣香手粉,仿佛还留。忆旧年此夜,花压层楼。静对金波似水,桃笙上、隐隐回眸。伤心处,依然花月,添却离愁。(《同上卷十六》)

念奴娇·和漱玉词

深闺岑寂,见朱扉曲曲、铜龙双闭。坐觉春阴寒尚峭,不断氤氲炉气。远岫低云,浓花著雨,可是伊风味。红笺小叠、此情何处相寄。

朝暮镇是无聊,湘娥泪湿,空向花枝倚。病里腰肢慵似柳,尽日三眠三起。芍药栏前,清和时候,约诉缠绵意。眼看春尽,那人应是归未?(同上卷十七)

柳絮泉访李易安故宅 田雯

跳波溅客衣,演漾回塘路。清照昔年人,门外垂杨树。沙禽一只飞,独向前洲去。(《古欢堂集》)

柳絮泉访李易安故宅 任弘远

为寻词女舍,却向柳泉行。秋雨黄花瘦,春流漱玉声。收藏惊浩劫,漂泊感生平。往昔风流在,犹传乐府名。(《续修历城志》卷十六引《鹊华山人诗集》)

高宅旸

一斛清泉柳絮扬,萧萧故宅但斜阳。风流不独词人尽,金石飘零亦渐亡。(易安家柳絮泉)(《味蓼轩诗抄》)

傲吏当年传蒋诩,园林转瞬惜凋残。狂名近代无人识,愁绝千秋李易安。(伯生大令燕园今已易主,园即李易安遗宅)。(同上)

登州杂诗之一 赵执信

朱榜雕墙拥达官,篇章虽在姓名残。有人齿冷君知否?静治堂中李易安。(丹崖石刻姓名多毁。"静治堂",赵明诚守郡时故额。)(《饴山诗集》)

易安居士故里诗 李廷棨

闺秀钟灵处,停车落日时。溪光留宝镜,山色想蛾眉。九日黄花语,千秋幼妇辞。自随兵舫去,谁更续江蓠。(《国朝山左诗汇抄》)

论易安词 江昱

漱玉便娟态有余,赵家芝草梦非虚。最怜九日销魂句,吟瘦郎君总不如。(《古今词辩》)

题宋椠《金石录》 翁方纲

十卷欲抵三十卷,三十卷即卷二千。冯砚祥家此旧印,赵《金石录》之残编。也是猿叟为著录,艺林艳羡逾百年。此书宋椠谁得见,绿竹堂写名空传。我见朱(竹垞)何(义门)手所校,谢刻卢刻讹犹沿。今晨阮公札远寄,秘笈新得邗江边。阮公积古迈欧赵,苏斋快与论墨缘。恰逢叶子仿篆记,宛如旧石冯家镌。重章叠和纸增价,长笺短幅红鲜妍。锦贉何减浚仪刻(宋时浚仪刻本),囊楮倍压湖州船。叶子篆样又摹副,其一畀我苏斋筵。我斋赵录写本耳,幸有苏集珍丹铅。绍兴漕仓施顾注,傅楷更在赵录前。奇哉漫堂宝残泐,惜也邵补功微愆。钦州冯家有全帙,廿载借诺心拳拳。乞公借从穗城刻,什倍开府绵津贤。誓言此印为之质,万古虹月冲杓躔。明年仍还冯家椟,一月光又印万川。嘉庆丁丑腊月弟方纲草。(《滂喜斋藏书记》卷一引)

乐钧

奇绝芝芙梦里情,先教夫婿识才名。一溪柳絮门前水,犹作青闺漱玉声(李易安故宅在西门外柳絮泉上。易安有《漱玉集》)。(《青芝山馆诗》)

吊李易安故居 朱照

黄华泉间，宋、明时为李清照、谷继宗宅第，国朝钟学使性朴亦曾居住，由钟氏归于梦村伯祖及冰壑从叔，世居于此。梦村翁添建廊屋，有萧寒郡斋、红鸥馆；西院金线泉侧，有水明楼。竹木映窗，鸣泉绕砌，南对云山，乃历下第一佳境也。冰壑叔去世后，六十年来，楼房颓废，草木荒凉，近今卖花人以废基改为种花圃。每从经过，不胜今昔之感。因吊以词，云：

黄华依旧东流水，令人往事思量起；临流华屋，名流居住，不胜屈指。清照词新，继宗诗丽，作成锦里。且休论远代，即吾宗冰壑，又才几年才子。当时何等丰标，享无穷艳福；清社竹楼翰墨，月廊箫鼓，红偎翠倚。转眼繁华，荆榛易长，斜阳影里！谁还识，那云山对处，是风流基址。(《续修历城县志》引《锦秋老屋笔记》)

声声慢 孙原湘

易安居士，千古绝调，当是德父亡后，无聊凄怨之作。玩其祭夫文云："白日正中，叹庞公之机捷；坚城自堕，怜杞妇之悲深。"此正所谓悲深也。岂有綦处厚书云云。偶与改七香言之，七香仿词意作图，予填此解，为居士一雪前谤，愿普天下有心人，同声和之。

何须诉出，满纸凄风，如闻欲语又咽。梦已无踪，还似梦中寻觅。心头几许旧事，尽托与玉阶残叶。雨外雁，雁边云，并作(去声)一天秋黑。　我读秋声愁绝。千古恨，除非见伊亲说。画不能言，却胜未曾省识。黄花尚怜瘦影，抱寒香共守寂寞。纵自怨，怎肯负霜后晚节。(张寿林辑本《漱玉词》)

声声慢 周僖

萧萧瑟瑟,画出秋心,一声一点一滴。待不寻思,抛也怎生抛得。疏疏密密雁阵,又压楼半空寒黑。最恨是,带愁来,不带寄书消息。

满架标题金石,间蠹损,当窗乍开还折。几朵黄花,可解笑人寂寂。黄昏剪灯照影,更那堪影也瘦立。这意绪,料只对孤影絮说。(同上)

声声慢 孙文杓

伊谁画得,一片秋声,凄然两鬟翠湿。独守西窗,还是旧时岑寂。深闺受尽暗淡,怎忍他冷风吹叶。雨乍过,又萧萧,盼断雁来消息。

锦帕当初幽咽。离别限,而今转憎寻觅。梦已零星。想著更无气力。黄花耐寒较瘦,卷疏帘自语自答。这况味,可但对孤影悄立。(同上)

声声慢 吴震

分明听彻,字字吟秋,秋风一片响答。已到秋深,愁里尚寻消息。寻秋苦向甚处,向此心自家寻出。奈细雨,弄声声,不似去年梧叶。

守到黄昏时节。怜瘦影,黄花也如人怯。黑了窗儿,一夜怎生得白。灯前倦翻旧录,抚残碑乍展又折。问雁字,可写个愁字寄得。(同上)

金缕曲 吴灏

本色当行语。且休夸、铜琶铁板，豪情飙举。多少扫眉才子笔，妙擅颂椒咏絮。好付与红牙细谱。《漱玉》《断肠》传绝调，是千秋绣阁填词祖。《林下》选，《花间》补。

一编网遍珊瑚树，羡双双、双修福慧，檀栾室主。暝共然脂晨弄笔，百排珠穿一楼。笑我亦效颦眉妩。敢向金闺裁玉尺，愿鸳鸯绣出针能度。汗竹竟，墨花舞。（《闺秀百家词选》题辞）

题查伯葵撰《李易安论》后 陈文述

李清照再适之说，向窃疑之。宋人虽不讳再嫁，然考序《金石录》时，年已五十有余。《云麓漫抄》所载《投綦处厚启》，殆好事者为之。盖宋人小说，往往污蔑贤者。如《四朝闻见录》之于朱子，《东轩笔录》之于欧公，比比皆是。尝欲制一文以雪其诬，苦未得暇，今读伯葵所作，可谓先得我心。因题二绝，以当跋语；旧有题《漱玉集》四诗，因并载焉。

谈娘善诉语何诬？卓女琴心事本无。赖有琵琶查八十，清商一曲慰罗敷。

宛陵新序写乌丝，微雨轻寒本事诗。一作沉冤谁解雪，《断肠集》里《上元》词（"去年元夜"一词，本欧公作，后人误编入《断肠集》遂疑淑真为佚女，与此正同，亦不可辨也）。（《颐道堂诗选》外集卷七）

题《漱玉集》

《漱玉》新词入大家,卫娘风貌亦芳华。桐荫闲话芝芙梦,第一消魂是斗茶。

解赋凌云擅别裁,连钱玉镫竞龙媒。一篇《打马》流传遍,如此婵娟是异才。

玉堂争似红闺好,柏帐金环写早春。解制贵妃春帖子,翰林例有捉刀人。

归来堂上灿银缸,纱幔传经小影幢。愁绝红楼诗弟子,一篷寒雨过盱江(女士韩玉父受诗法于清照,见《四朝诗集》)。(《颐道堂诗选》外集卷七)

王初桐

帘卷西风重九时,销魂第一李娘词。不须更唱《声声慢》,说与红牙陈盼儿。赵明诚妻李清照《重阳·醉花阴》词"莫道不销魂,帘卷西风,人似黄花瘦"。李祉《陈盼儿传》:盼儿执牙板歌"寻寻觅觅"一句,上曰:"愁闷之词,非所宜听。"盖即李清照《漱玉集》中《声声慢》也。(《续修历城县志》引《济南竹枝词》)

沈涛

次云出所藏元人李易安小像索题,余为赋二绝句云:"漱玉声疑响佩环,春残幽恨苦相关(易安有《春残》诗)。伤心柳絮泉头水,种出蘼芜绿遍山"。"月上新词最断肠,缠绵儿女意堪伤。不应人比黄花瘦,却道全无晚节香。"尝谓朱淑真《菊花》诗"宁可抱香枝上老，不随黄叶舞秋风"，实郑所南《自题画菊》"宁可枝头抱香死，何曾吹落北风中"二语所本。志节皦然，即此可见。《断肠》一集，特以儿女缠绵写其幽怨。"月上柳梢"词，见《欧阳公集》，明人选本嫁名淑真，致蒙不洁之名，亟应昭雪。（《瑟榭丛谈》卷下）

董芸

金石遗文忆故欢，老随兵舫渡江难。香闺错比明妃里，柳絮泉头李易安。（《济南杂咏》）

题宋刻《金石录》 弈绘

擘经老人著笔暇，颇有闲情及钟鼎。家藏宋椠《金石录》，故纸不是双钩影（今世有双钩古碑影宋本书）。《天禄琳琅》偶未入（高宗访求宋版书，聚集目录，已盈八卷，名《天禄琳琅》），汲引今古得修绠。相随滇粤廿余年，今春携入中书省。惟日丁亥三月望，殿阁参差月华静。灯前亲写第五跋，不似东坡醉酩酊（苏诗曰："醉眼有花书字大，老人无睡漏声长。"公平生不饮酒，以六句有五之年，书法了无颓唐气，故云）。闰月丁亥索我诗，我固愿焉不敢请。日吉辰良古所重，万舞登歌味尤永。但惭前辈富题识，恐污蛟龙混蛙黾。愿公寿考如金石，宋录秦碑伴烟艇。道光戊戌闰月望日丁亥应云台相国命题，后学弈绘。（《滂喜斋藏书记》卷一引）

金缕曲 顾太清

日暮来青鸟。启芸囊、纸光如研，香云缥渺。易安夫妻皆好古，夏鼎商彝细考。聚绝世人间奇宝。太息兵荒零落散,剩残编儿卷当年稿。前人物,后人保。

云台相国亲搜校。押红泥、重重小印,篇篇玉藻。南渡君臣荒唐甚,谁写乱离怀抱。抱遗憾,讹言颠倒。赖有先生为昭雪,算生平特记伊人老。千古案,平反了。(《滂喜斋藏书记》引)

杜文澜

秦澹如观察细缃业,字应华,江苏无锡人。……所著《微庵词录》《虹桥老屋词剩》,秘不示人。从友人处借抄,仅得三阕。……又《高阳台·张荔门山人取易安居士〈醉花阴〉词意图其小像于扇属题》云:

碎玉无声,凌波有影,分明静治堂中。识尽凄凉,纱厨宝枕都空。黄花依旧如人瘦,悄无言,秋上眉峰。问缘何,斗茗熏香,一例疏慵。

新词自向乌阑谱,纪录成《金石》,夫妇同功。散后云烟,怕听雨滴梧桐。风鬟霜鬓添憔悴,怎琴心,老去偏工。莫凭他,野史荒唐,试认惊鸿。(《憩园词话》卷四)

题李易安遗像 周乐

李清照,自号易安居士,济南格非之女也。幼有才藻,为词家大宗。嫁赵明诚。明诚好储书籍,作《金石录》,考据精凿,清照实助成之。遭靖康乱,图书散失,避乱于越。明诚卒,乃作《金石录后序》,自述其流离状,人皆悯之。按,明诚诸城人,而家于青,此图之在诸城也,宜矣。观其笔墨古雅,迥非近代画手所能及,或即当时真本亦未可知。第不知何年藏于县署楼中,贮以竹筒,为一邑绅所得,宝而藏之。今又入其邑裴玉樵手,携归济南,得快瞻数百年故物,不可谓非深幸也。披览之余,并系短章,以志景仰。道光庚戌重九日,历下周乐二南识。

曲眉云髻屏铅华,《漱玉词》高自一家。几阅沧桑遗像在,果然人瘦似黄花。

金石搜罗未觉疲,香焚燕寝伴吟诗。披蓑顶笠装尤好,风雪循城觅句时。

重叙遗编感故侯,艰难历尽几经秋。凄凉柳絮泉边老,漫妒才人老不休。(冷雪庵本《漱玉集》)

范峒

漱玉清词玉版笺,易安居士有遗编。远齐道韫应无愧,故宅犹称柳絮泉(宅在柳絮泉上,泉沫纷翻如柳絮飞舞)。(《续修历城县志》引《风沦集》)

史静

蕊生长姒《百美诗》,于李易安、朱淑真尚沿旧说,诗以辨之。

稿砧风雅重当时,金石心坚哪得移。人比黄花更消瘦,何缘晚节有参差。(《闺秀正始集》)

书雅雨堂重刊《金石录》后 黄友琴

李易安作《金石录跋》,时年已五十有二。国朝雅雨卢公重梓是书,序中决其必无更嫁事,谓是好事者为之,殆造谤为《碧云騢》

之类。数百年覆盆,遂得昭雪,自是易安可免被恶声矣。诗以咏之:

李氏本清门,赵亦大族裔。淹通敌儒冠,文彩蔑侪类。讵逾就木年,而违泛舟誓。金为口所铄,爨竟足不卫。卓哉都转公,一语抉蒙翳!披云始见天,湔雪洵快事。词怜《漱玉》新,图爱《打马》慧。旷代有知己,九原当破涕。(《闺秀正始集》)

藕神祠诗 符兆纶

雨余湖水碧涵空,酒晕轻衫浣茜红。合约佳人湖上住,朝朝消受藕花风(祠神已毁,同人拟以李易安其祀)。(《续修历城县志》引《历下咏怀古迹诗抄》)

有竹堂怀李文叔

胸原成竹有,万绿罨兹堂。榻展云阴落,窗深雨意凉。清声夏雏凤(谓易安居士),旧梦冷潇湘。无恨名园感,何劳记洛阳。(同上)

论易安词 谭莹

绿肥红瘦语嫣然,人比黄花更可怜。若并诗中论位置,易安居士李青莲。(《古今词辩》)

藕神祠诗 王大堉

湖上有荒祠焉,不知何许神。同人议奉宋才女李易安为主,名曰"藕神"。作诗祀之:

芙蓉为裳水为佩,藕为船兮久相待。柳絮泉寒菊影瘦,魂兮归来结光彩。湘妃拜、洛神贺,荷叶作酒杯,薄醉娇无那。(《苍茫独立轩诗集》)

柳絮泉诗四首（录二首）

泉水涌如飞絮,曾居咏絮才人。千古咏魂来否？絮花空舞粼粼。

黄花笑输人瘦,酴醾开惜春深。闲里呼庐打马,兴来戛玉敲金。(《历下咏怀古迹诗抄》)

题李易安小像画轴 乔岳

柳絮泉边书满楼,沧桑人物近千秋。莫将道韫伯同调,此是南朝女邺侯。

兵火乱离金石残,随身卷轴压征鞍。个人不称黄金屋,画同缥缃堆里看。(《续修历城县志》引《松石诗抄》)

韩崇

蒋大令因培燕园,为李易安故宅,赋比束赠一首：眉柳依然黛色横,林泉今又属元卿。乐篱对客黄花瘦,南阮看人青眼明。金石已随尘世散,梧桐犹作雨风声。寓公自有渊源在,池上重题漱玉名。(《宝铁斋诗录》)

论易安词 冯煦

金石遗文迥出尘，一编《漱玉》亦清新。玉箫声断人何处，合与南唐作替人。(《古今词辩》)

题李易安遗像 樊增祥

丁巳小春，武进徐君养吾以所藏易安居士小像见示，征题。道光庚戌周二南诗跋谓：赵明诚籍诸城而居于青。此图设色古雅，或即当时原本，不知何年贮以竹筒，藏于诸城县署。后为邑绅某所得，今又转入济南裴玉樵家云云。易安生于北而殁于南。此图阅八百余年，复由济南而入于吴。倘亦艳魄有灵，不忘江南烟水故耶？易安才高学赡，好诋诃人，遂为忌者诬谤。幸得卢雅雨、俞理初辈为之昭雪。其所为古诗，放翁、遗山且犹不逮，诚斋、石湖以下勿论矣。寒夜无俚，为制长句，以雪其冤，且伸夙昔论断之意云尔。樊山樊增祥识。

赵侯一枕芝芙梦，难得鸳衾词女共。金堂茶事见恩弥，锦帕梅词觉情重。亭亭玉立倾城姝，文采风流盖世无。自信真心贯金石，浪言晚节失桑榆。父为元祐党人最，母是祥符状元裔(母王氏，拱辰女孙)。外氏亲传懿恪衣，小时熟读《名园记》。归来堂里小鸳鸯，翁佐崇宁政事堂。郎典春衣携果饵，妾衊珠翠市琳琅。古今无此闺房艳，携手成欢分手念。无钱怅忆《牡丹图》，惜别悲吟红藕簟。乘舆北狩太仓皇，犹保余生守建康。烟水吴兴教管领，图书东武半存亡。此时间道趋行在，六月池阳具鞍辔。目光如虎射船窗，不作世间儿女态。秋雁衔来病里书，深忧痁作误苓胡。江路兰桡三百里，旧思锦帐卅余年(易安以十八归明诚，四十七而寡)。旅中相见忧还怖，疟痢既绵伤二竖。当年顾影比黄花，今日招魂埋玉树。从此流移历数州，缥缃彝鼎付沉浮。故知富贵能风雅，无福双栖到白头。绍兴光壬子临安寓，已了玉壶蛮语事。一篇《后序》二千言，雾鬓风鬟五十二。序文详密媲欧苏，语语靡芜念故夫。只雁何心随驵侩，求凰谁见用官书？才高众忌人情薄，峨眉从古多谣诼。欧阳且有盗甥疑，第五犹蒙箦翁恶。眼波电闪无余子，谤议由人亦由己。积怨龙头张九成，伪投鱼素綦崇礼。知命衰年宰相家，肯同商妇抱琵琶。憔悴已同金线柳，荒唐谁信《碧云騢》。姿才俊逸由天授，太白东坡比高秀。忆随夫婿守金陵，已是思陵南渡后；骑出江天白凤凰，雪中戴笠金钗溜。归倒奚囊索报章，西风吟得萧郎瘦。晚年侨寄金华城，明烛摇窗博乃兴。玉轴三千俱扫地，海棠重五尚投琼（见《打马图经》）。曹蓝谢絮犹难匹，万古闺襜推第一（余之夙论如此）。松年、肖胄两篇诗，南宋以来无此笔。妙绘犹传墨竹图，绮词欲夺金荃席。龙辅妆楼枉费才，鸥波柔翰渐无力。今见芙蓉出镜中，姑山冰雪拟清容。孤嫠八百年来泪，重洒苍梧夕照红。（《石雪斋诗集》卷二）

赵明诚德父李清照易安　叶昌炽

不成部帙但平平，漆室灯昏百感生。安得归来堂上坐，放怀一笑茗瓯倾。（《藏书纪事诗》卷一）

题李易安看竹图小像　徐宗浩

宣统辛亥，得易安居士小像于京师。图高晋尺五尺八寸，阔二尺六寸五分，有周二南诗跋。易安晚节，世多訾议，卢见曾、俞理初、金伟军三先生已为辩诬。后征题于樊山、仁安两先生,藉雪其冤。同时得王幼霞、钱纳遂两刻本《漱玉集》,纳遂附录二卷,考证尤详。余览其词,悲其遇,为重书影印,索俞涤烦抚《看竹图》小照冠于卷首,并录诸题于后。发潜阐幽,庶几无憾。漫缀一绝,用志欣快。

　　高节凌云自一时,婵娟已有岁寒姿(借东坡句)。霜竿特立谁能撼,寄语西风莫浪吹。(《石雪斋诗集》卷三)

题李易安画像 王守恂

　　一代文宗作女师,更从绢本得风姿;岩岩正气朱元晦,未见吹求有贬词。

　　五十媻帨已白头,怆怀家国不胜愁。我朝自有卢俞后,千载浮言早罢休。(《石雪斋诗集》卷三)

题李易安看竹图

　　律协宫商说词伯,录存金石作文豪。我今解得丹青意,欲表清风立节高。(同上)

浣溪沙 李树屏

　　卅一年华绝世姿,那堪垂老感流离,风怀争似旧家时。

　　题句空留偕隐字,锦书悉寄送行词,个人心事菊花知。(四印斋所刻《漱玉词》题词)

凤凰台上忆吹箫 许玉琢

柳絮泉边,芝芙梦里,比肩缘信天成。甚渡江南去,铁骑纵横。赢得伤离怨别,身世事都付飘零。孤鸿唳,空余荩箧,独抱遗经。

分明画图题句,犹自说归来,似谛深盟。奈岸巾孤往,忽堕坚城。剩有年时著录,还记忆相对灯青。将谁比,簪花艳格,未足齐名。(四印斋本《漱玉词》)

凤凰台上忆吹箫 俞陛云

世传《漱玉集》,乃文津阁及四印斋本。李君冷衷更为搜辑,采书至六十余种、易安居士之文词及遗闻断句,备于是编。将付剞劂,索余题记,用集中许君鹤巢韵赋之。

烬灭牙签,霜高铁骑,南朝愁绝兰成。忆鹊华旧梦,天远云横。辛苦归来堂燕,过江东同诉飘零。金石序,几行泪墨,浩劫身经。

荼蘼已成影事,写令娴哀诔,忍说鸳盟。剩一编佳咏,传遍江城。却有锦囊词客,辑丛残午夜灯青。好长与,云巢片石,永著芳名。(冷雪庵本《漱玉词》)

南歌子 · 观李易安小像 刘清韵

一代词人冠,三生慧业编。吞云嚼雪思清妍,恰怪柔情幽绪太缠绵。

雾縠轻笼体,长蛾淡扫烟。红尘无计挽神仙,幸有丹青留住影蹁跹。(《瓣香阁词》)

李葆恂

小别明湖近十年，济南名士各风烟（明湖四客王午桥、徐慕云，皆去济南矣）。鹊华山色应无恙，谁吊词人柳絮泉。

夫婿翩翩著作殊，三千金石自编摹。闺中别有消闲法，玉管新翻《打马图》。

白璧青蝇谰语疑，谁将史笔著冤词。俞君《事辑》王郎刻，应感芳魂地下知（半塘新刊《漱玉词》，附理实《事辑》于后）。

小影荼蘼劫火红（往见易安《荼蘼春去》小影于叶丈湘云处，今为六丁取去矣），画图重见写春风。裙边袖角新题遍，若个词华《漱玉》工。（四印斋所刻《漱玉词》题词）

王志修

金石编排脱稿初，归来堂上赋闲居（归来堂旧址，乾隆中，同邑李氏改名易安园，今易荒芜矣）。若论旧谱翻新调，夫婿才华恐不如（用乡先辈渔村先生韵）。

衣冠南渡已无家，钟鼎图书载几车？毕竟不须疑晚节，西风人自比黄花。

词客争传《漱玉词》（半塘老人新刊《漱玉词》），故乡真恨我生迟。摩挲奇石题名在（石高五尺，玲珑透豁，上有"云巢"二隶书。其下小摩崖刻："辛卯九月，德父、易安同记。"现置敝居仍园竹中），应记花前写照时。（四印斋所刻《漱玉词》题诗）

题李易安《酴醾春去图》 姚鹏图

漱玉新词盖代无,西风帘卷忆明湖。如何不写黄花瘦,题作《酴醾春去图》。

春去春来七百年,济南故宅尚依然。近来花落无人管,斜日城西金线泉。(《明湖载酒二集》)

题李易安《酴醾春去图》(二首) 卜缓章

周柳风情一代知,画屏写艳折花枝。酴醾如雪春如海,愁唱玲珑《漱玉词》。

春风画笔艳生波,病酒悲秋百感多。颜色时光共流传,沧桑万劫拜维摩。(《明湖载酒二集》)

郑孝胥

南渡遗嫠流人伍,老去才名谁比数。歌词愤激一世无,小朝廷人真愧汝。画图省识旧词女,比似黄花瘦几许?赵侯赞之署德父,政和四年岁甲午。戎马未窥想安处,归来堂中正媚妩。金石图书斗记取,生小聪明喜自赌;暮年作序戒好古,诉述乱离备凄苦。何来《云麓》与《苕溪》,不识绍兴老命妇;《建炎要录》尤莽卤,理初编辑年可谱。行迹章章俨对簿,半塘老人刻乐府。殷勤佚篇手搜补,摹图征题更志语。表微事较好奇愈,《荼蘼》《云巢》今何所?惟有流传《漱玉词》,从此风霜照眉宇。(四印斋所刻《漱玉词》题诗)

柳絮泉诗二首 廖炳奎

龙潭西去趵泉东,锦绣才人住此中。过眼云烟《金石录》,年年恼恨是春风。

不将牙慧拾前人,谱出新词字字新;一盏寒泉分柳絮,瓣香合供藕花神(明湖有藕神祠,同人拟祀易安居士神主)。(《续修历城县志》引《历下咏怀古迹诗抄》)

题李清照 查惜

间气钟闺秀,偏输一段情。雨疏风骤后,曾忆赵明诚。(《南楼吟香集》)

论词绝句 王僧保

易安才调美无伦,百代才人拜后尘。比似禅宗参实意,文殊女子定中身。(《古今词辨》)

易安词女 沙曾达

赵家择妇凤求凰,词女能文梦应祥。草拔芝芙天作合,乃翁字义费推详。(《分类古今名媛吟草》)

六　年表·传记资料

李清照年表（简编）

公元1084年（宋神宗元丰七年，甲子）

李清照诞生于济南。

李清照父李格非，宋熙宁九年进士，时任郓州教授。母王氏，左仆射王珪长女。

按：关于李清照出生地，史无详载。后人有多种说法，主要有：山东历城、山东章丘等。目前可资见证的考古发现有二：一是曲阜孔林宋崇宁元年李格非题名碣，刻石称"历下李格非"；一是元至正六年刻立于章丘明水镇的李格非文《廉先生序》，文中称"绣江李格非文叔"。二碑所记李格非里籍相左，且皆未涉及清照出生地。故清照生地只好存疑。关于李清照里籍，当以"济南人"之称最为恰当。历下（历城县）与章丘，宋时同属京东东路齐州，元时同属中书省济南路，明、清时同属济南府，故前人称李清照为"济南人"，无误。当代历城为济南市区，章丘为济南市属县级市，故今称李清照"济南人"，亦无误。在没有确凿文献资料或考古资料足以证实之前，清照里籍不应急于坐实于某县某地。仓促坐实，有失稳妥。

公元1085年（宋神宗元丰八年，乙丑）

李清照二岁。

是年三月，神宗崩，哲宗继位。

公元1086年（宋哲宗元祐元年，丙寅）

李清照三岁。

是年，李格非官太学，以文章受知于翰林学士苏轼。

公元1089年（宋哲宗元祐四年，己巳）

李清照六岁。

李格非官太学正，于东京赁屋，题名"有竹堂"。晁无咎于是年五月二十八日撰《有竹堂记》："济南李文叔为太学正,得屋于经衢之西,输直于官而居之,治其南轩地,植竹砌傍,而名其堂曰'有竹'。榜诸栋间,又为之记于壁。率午归自太学,则坐堂中,扫地置笔砚,呻吟策牍,为文章数十篇……"(见《鸡肋编》卷三。)

公元1091年(宋哲宗元祐六年,辛未)

李清照八岁。

李格非为太学博士,十月,转校对秘书省黄本书籍。是年作《元祐六年七月哲宗幸太学君臣唱和诗》碑。今人徐培均据新发现宋吏部尚书王拱辰之继室蒋氏夫人墓志铭考证云:"其长孙女即清照之后母。清照八岁起受其鞠育。"(参见所著《李清照集笺注》,至于清照何时丧生母,则无考)

公元1094年(宋哲宗绍圣元年,甲戌)

李清照十一岁。

是年,章惇为相,请编《元祐诸臣章疏》,召格非为检讨,不就,出通判广信军。

公元1095年(宋哲宗绍圣二年,乙亥)

李清照十二岁。

李格非召为校书郎,撰《洛阳名园记》。

公元1096年(宋哲宗绍圣三年,丙子)

李清照十三岁。

李格非为著作郎。

公元1097年(宋哲宗绍圣四年,丁丑)

李清照十四岁。

李格非为礼部员外郎。

公元1100年(宋哲宗元符三年,庚辰)

李清照十七岁。

是年六月,李格非至交张耒、齐安罢官,格非赴樊口相送,并同游匡庐(事见《张右史集》卷八《自庐山过富池隔江遥祷甘公祠求便风》诗附记)。

公元1101年(宋徽宗建中靖国元年,辛巳)

李清照十八岁。与太学生、诸城赵明诚结婚。

李清照《金石录后序》:"余建中辛巳,始归赵氏。"

赵明诚,字德甫,时年二十一岁,在太学作学生。其父赵挺之,时任吏部侍郎。赵明诚为挺之季子,二兄存诚(字中甫)、思诚(字道甫)。明诚自幼喜金石刻,《金石录自叙》云:"余自少小喜从当世学士大夫访问前代金石刻词。"《金石录》卷三十《汉重修高祖庙碑跋尾》云:"余年十七八时,已喜收蓄前代石刻。"陈师道《后山居士集》卷十四《与鲁直书》云:"正夫有幼子明诚,颇好文义。每遇苏黄文诗,虽半简数字必录藏,以此失好于父,几如小邢矣。"

是年,李格非为礼部员外郎。

是年,苏轼卒,陈师道卒。

公元1102年(宋徽宗崇宁元年,壬午)

李清照十九岁。赵明诚在太学。

是年李格非任提点京东刑狱。正月,蔡京为尚书左丞,赵挺之为尚书右丞。七月,蔡京为尚书右仆射兼中书侍郎,借口元祐党人不得在京为官,上书弹劾朝臣十七人。(见《九朝编年备要》崇宁元年七月下:"诏知和州曾肇罢,右丞陆佃、知海州王觌、知常州丰稷、知和州王左、宫观李格非、知濮州谢文瓘、永州安置邹浩八人,并依五月乙亥籍记。")八月,赵挺之进尚书左丞。九月,诏籍元祐、元符党人,由宋徽宗亲书,刻石端礼门。李格非名在党籍,罢。未几,格非贬象郡。

李清照上诗赵挺之救父。有句云:"何况人间父子情",另有句云:"炙手可热心可寒。"(见张掞《洛阳名园记序》:"文叔在元祐官太学,建中靖国用邪党,窜为党人。女适赵相挺之子,亦能诗,上赵相救其父云:'何况人间父子情',识者哀之。"晁公武《郡斋读书志》:"格非之女,先嫁赵诚之,有才藻名,其舅正夫相徽宗朝,李氏尝献诗云:'炙手可热心可寒。'")

是年,秦观卒。

公元1103年（宋徽宗崇宁二年,癸未）

李清照二十岁。赵明诚出仕,李清照《金石录后序》有记,初仕何职,不可考。赵挺之除中书侍郎。

公元1104年（宋徽宗崇宁三年,甲申）

李清照二十一岁。

是年九月,赵挺之自右光禄大夫、中书侍郎,除门下侍郎。

公元1105年（宋徽宗崇宁四年,乙酉）

李清照二十二岁。十月,赵明诚授鸿胪少卿。

是年三月,赵挺之自门下侍郎授右银青光禄大夫、尚书右仆射、兼中书侍郎。六月,引疾乞罢。（见《宋宰辅编年录》卷十一:"四年六月,挺之乞罢相,上既许之,诏曰:'愿俟重来,以熙庶绩。闻卿未有第,已令就赐。'"同上记云:"挺之既罢相,帝以挺之之子存诚为卫尉卿、思诚为秘书少监、明诚为鸿胪少卿。挺之辞不敢当,乞收回成命,诏答不允。"）

是年,黄庭坚卒,李格非作诗挽之。

公元1106年（宋徽宗崇宁五年,丙戌）

李清照二十三岁。赵明诚在鸿胪直舍。

正月,毁《元祐党人碑》,除党人之禁,李格非与监庙差遣。（见《通鉴长篇纪事本末》卷一百二十四）。二月,赵挺之自观文殿大学士、太一宫使授特进光禄大夫、尚书右仆射,兼中书侍郎（见《宋宰辅编年录》卷十一）。

公元1107年（宋徽宗大观元年,丁亥）

李清照二十四岁。

三月,赵挺之罢相,以特进观文殿大学士、佑神观使留京师。五日后病卒,年六十八。赠司徒,官给葬事,谥清宪。挺之卒后三日,蔡京即诬陷之。七月,赵挺之追所赠司徒,落观文殿大学士。赵明诚兄弟被捕置狱。（见《宋宰辅编年录》卷十二:"始,挺之自密州徙居青州。会蔡京之党有为京东监司者,廉挺之私事,其从子为御史,承旨意言挺之结交富人。挺之卒之三日,京遂下其章,命京东路都转运使王勇等置狱于青州鞫治。俾开封府捕亲戚使臣之在京师,送制狱穷究,皆无实事。抑令供析,但坐政府日有俸钱,止有剩利,至微。县狱进呈。两省台谏交章论列,挺之身为元祐大臣所荐,故力庇元祐奸党,盖指挺之尝为故相刘挚援引也。遂追赠官,落职。")

秋,李清照与赵明诚归青州屏居。

按:赵明诚与兄存诚、思诚是年因父丧去官,至挺之事发,追赠官、落职,亲戚置狱等,明诚已难以继续居于京师,故移家青州。赵明诚籍贯山东诸城,至挺之时已徒居青州。

公元1108年(宋徽宗大观二年,戊子)

李清照二十五岁,居青州。

三月,李格非任朝请郎,曾与齐州太守梁彦深等同游历城佛慧山。重阳,赵明诚与妹婿李擢游仰天山(按:山在青州府临朐县)。

公元1109年(宋徽宗大观三年,己丑)

李清照二十六岁,居青州。

端午,赵明诚与兄思诚、妹婿李擢重游仰天山。九月,赵明诚游长清灵岩寺。

文及甫是年于青州赵明诚处观蔡襄《进谢御赐诗卷》,并题跋云:"大观三年仲冬上休日、青社郡舍之简政堂观,河南文及甫。"

公元1110年(宋徽宗大观四年,庚寅)

李清照二十七岁,居青州。

是年,晁补之卒,年五十八。晁生前尝赞许清照。(见朱弁《风月堂诗话》卷上:"赵明诚妻,李格非女也。善属文,于诗尤工,晁无咎多对士大夫称之。")

公元1111年(宋徽宗政和元年,辛卯)

李清照二十八岁,居青州。

中秋,赵明诚与妹婿傅察等人再游仰天山。

五月,赵挺之夫人郭氏奏请复挺之所落观文殿大学士等,诏准。(见《宋宰辅编年录》卷十二)

九月,赵明诚、李清照题石"石巢"。此据清人王志修诗自注,注云:"石高五尺,玲珑透豁,上有'云巢'二篆书,其下小磨崖刻:'辛卯九月,德父、易安同记。'现置敝居仍园竹中。"按,该石题记,后人多认为乃附庸风雅者所伪造。真伪尚待进一步考订,姑且系此。

公元1112年(宋徽宗政和二年,壬辰)

李清照二十九岁,居青州。

公元1113年(宋徽宗政和三年,癸巳)

李清照三十岁,居青州。

闰四月六日,赵明诚再访长清灵岩寺。八日,赵明诚与王贻公等登泰山,得唐登封纪号文碑。

公元1114年(宋徽宗政和四年,甲午)

李清照三十一岁,居青州。

秋,赵明诚题《易安居士画像》,题云:"易安居士三十一岁之照。清丽其词,端庄其品,归去来兮,真堪偕隐。政和甲午新秋,德父题于归来堂。"(见王鹏运《四印斋所刻词》本《漱玉词》:"易安居士照,藏诸城某氏。诸城,古东武,明诚乡里也。王竹吾舍人以摹本见赠,属刘君炳堂重模是帧。竹吾云:'其家蓄奇石一面,上有明诚、易安题字。诸城赵、李遗迹,盖仅此云。'光绪庚寅二月,半塘老人识。")

按:《易安居士画像》及赵明诚题词,近人多判其伪。吴金娣同志据上海博物馆藏《欧阳修〈集古录〉跋尾》赵明诚墨迹与《画像》题词墨迹相比较,许多字的字形结构及运笔都甚相似,认为《画像》题词确为明诚手迹。今从此说。(吴文《有关赵明诚、李清照夫妇的一份珍贵资料》,见《上海师范大学学报》1987年第2期)

公元1115年(宋徽宗政和五年,乙未)

李清照三十二岁,居青州。

正月,女真阿骨打称帝,国号金。

是年,周邦彦提举大晟乐府。

公元1116年(宋徽宗政和六年,丙申)

李清照三十三岁,居青州。

三月,赵明诚三游长清灵岩寺。

公元1117年(宋徽宗政和七年,丁酉)

李清照三十四岁,居青州。

九月,刘跂为《金石录》作《后序》。序曰:"……今德甫之藏既甚富,又选择多善,而探讨去取,雅有思致,其书诚有补于学者。亟索余文为序,窃获附姓名于篇末,有可喜者,于是乎书。政和七年九月十日,河间刘跂序。"

按:或者以是序作于政和七年,而判《金石录》即完成于是年者。考《金石录》中尚有"余为莱州""余在淄川"等语,故断为《金石录》成于政和七年不妥。或此年该书已具规模,但尚未终篇,明诚请刘跂为序,刘跂应之。有说明诚终世未成《金石录》,后由李清照续成者,此亦聊备一说。

公元1118年(宋徽宗重和元年,戊戌)

李清照三十五岁,居青州。

公元1119年(宋徽宗宣和元年,己亥)

李清照三十六岁,居青州。

是年,宋江起义。

公元1120年(宋徽宗宣和二年,庚子)

李清照三十七岁,居青州。

是年,方腊起义。

公元1121年(宋徽宗宣和三年,辛丑)

李清照三十八岁,居青州。秋,自青州赴莱州,途经昌乐,作《蝶恋花》一首,题为《晚止昌乐馆寄姊妹》。八月十日,李清照到莱。到莱后,作《感怀》诗一首,诗前有序曰:"宣和辛丑八月十日到莱。独坐一室,平生所见,皆不在目前。几上有《礼韵》,因信手开之,约以所开为韵作诗。偶得'子'字,因以为韵,作感怀诗。"

按:明诚何时起复?何时始守莱?皆待考。《宋会要辑稿》五十五册崇儒四记,"政和二年七月十七日,秘书少监赵存诚"曾上书言事,可知自1112年始,赵明诚兄弟中已有起复者。赵明诚起复,当在清照赴莱州之前不久。

是年,周邦彦卒。李清照《词论》对前辈词家多有批评,唯独未涉及周邦彦。

公元1122年(宋徽宗宣和四年,壬寅)

李清照三十九岁。

公元1123年(宋徽宗宣和五年,癸卯)

李清照四十岁。赵明诚是年在莱州,中秋曾作《唐富平尉颜乔卿碣跋尾》(见《金石录》卷二十八)。

公元1124年(宋徽宗宣和六年,甲辰)

李清照四十一岁。

是年,赵明诚移知淄州。

公元1125年(宋徽宗宣和七年,乙巳)

李清照四十二岁。

是年,金兵大举南侵。徽宗传位于钦宗。

公元1126年(宋钦宗靖康元年,丙午)

李清照四十三岁。

赵明诚在淄州,夏,得白居易书《楞严经》,与李清照共赏之。赵作跋曰:"淄川邢氏之村,邱地平渺,水林晶淯,墙麓硗确布错,疑有隐居子居焉。问之,兹一村皆邢姓,而邢君有嘉,故潭长,好礼,遂造其庐,院中繁花正发。主人出接,不厌余为兹州守,而重余有素心之馨也。夏首后相过,遂出乐天所书《楞严经》相示。因上马疾驱归,与细君共赏。时已二鼓下矣,酒渴甚,烹小龙团,相对展玩,狂喜不支。两见烛跋,犹不欲寐,便下笔为之记。赵明诚。"李清照《金石录后序》亦记:"至靖康丙午岁,侯守淄川。"

闰十一月,金兵攻汴京,城陷。

公元1127年(宋钦宗靖康二年、高宗建炎元年,丁未)

李清照四十四岁,居青州。

三月,赵明诚奔母丧南下,赴江宁。李清照《金石录后序》记:"建炎丁未,春三月,奔太夫人丧南来,既长物不能尽载,乃先去书之重大印本者,又去画之多幅者,又去古器之无款识者。后又去书之监本者,画之平常者,器之重大者。凡屡减去,尚载书十五车。至东海,连舻渡淮,又渡江,至建康。"

十二月,青州兵变,未几,金人陷青州。青州赵明诚存书画古器等收藏十余屋被焚。李清照《金石录后序》记:"十二月,金人陷青州,凡所谓十余屋者,已皆为煨烬矣。"

是年三月,金人虏徽、钦二帝北去。五月,赵构(高宗)即位于南京,改元建炎。

公元1128年(宋高宗建炎二年,戊申)

李清照四十五岁。

春,清照抵江宁。南下途中,曾经镇江。(赵明诚《跋蔡襄书赵氏神妙帖》:"此帖章氏子售之京师,余以二百千得之。去年秋西兵之变,余家所资,荡无遗余。老妻独携此而逃。未几,江外之盗再掠镇江,此帖独存。信其神工妙翰,有物护持也。建炎二年三月十日。")

李清照在江宁时,曾作诗以刺当世。(周辉《清波杂志》卷八:"顷见易安族人言,明诚在建康日,易安每值天大雪,即顶笠披蓑,循城远览以寻诗,得句必邀其夫赓和,明诚每苦之也。"胡仔《苕溪渔隐丛话》后集卷三十三引《诗说隽永》:"李在赵氏时,建炎初,从秘阁守建康,作诗云:'南来尚怯吴江冷,北狩应悲易水寒。'又云'南渡衣冠少王导,北来消息欠刘琨。'")

是年,赵明诚知江宁。李清照《金石录后序》记:"建炎戊申秋九月,侯起复知建康府。"

按,丧服未满即加任用,为起复。另,江宁府改名建康府,在建炎三年五月,此处李清照称建康,系追述时疏忽。

公元1129年（宋高宗建炎三年,己酉）

李清照四十六岁。

三月,赵明诚罢守江宁。李清照与赵明诚具舟上芜湖,入姑孰,拟移居赣水上。五月,至池阳,明诚奉旨知湖州,暂安家池阳。六月十三日,明诚离池阳,独赴行在（建康）,途中感疾,至建康,病疴。七月末,清照于池阳闻讯,急赴建康。八月十八日（9月3日）赵明诚病逝。李清照撰祭文,悼念明诚。全文已佚,仅存断句:"白日正中,叹庞翁之机捷;坚城自堕,怜杞妇之悲深。"（见谢伋《四六谈麈》）葬毕明诚,清照大病。

闰八月,金兵南下,高宗自建康南逃。李清照将赵明诚遗物遣人送至洪州明诚妹婿处。李清照携部分古器南下,欲投进外廷。先后经越州、明州、奉化、嵊县、台州,自黄岩雇舟入海。

十二月,金兵陷洪州,李清照送往洪州之赵明诚遗物遂尽毁弃。

公元1130年（宋高宗建炎四年,庚戌）

李清照四十七岁。

正月,李清照至章安镇。二月,随御舟至温州。三月,高宗返浙西,经定海、明州、余姚,于四月十二日到越州。清照随之到越。

十一月,朝廷放散行在百官。十二月,李清照往衢州。

公元1131年（宋高宗绍兴元年,辛亥）

李清照四十八岁。

三月,清照在越州,卜居土民钟氏宅,所携文物被盗五簏。尽为转运使吴说贱价得之。

公元1132年（宋高宗绍兴二年,壬子）

李清照四十九岁。

正月,高宗至临安,清照随后亦赴杭。三月,张九成中进士第一人,李清照作一联嘲之:"露花倒影柳三变,桂子飘香张九成。"（见陆游《老学庵

笔记》卷二记）

夏，清照再适张汝舟，九月离异。张汝舟以清照讼其"妄增举数入官"而编管柳州。依宋《刑统》，清照当徒二年。翰林学士綦崇礼从中援手，清照得免。事毕清照作《投翰林学士綦崇礼启》以谢之。

按：李清照改嫁事，宋人多有记载，自明徐𤊹起，始出疑议。明清诸人曾蜂起"辩诬"，近人黄盛璋、王仲闻等从理论与史料的结合上，肯定了清照改嫁之说。虽其后又有多人"辩诬"，然皆无有力证据。故此仍取改嫁之说。

公元1133年（宋高宗绍兴三年，癸丑）

李清照五十岁。居临安。

五月，尚书吏部侍郎韩肖胄为端明殿学士、同签书枢密院事，充大金军前奉表通问使；给事中胡松年试工部尚书充副使。李清照作古诗、律诗各一首以送之，诗前序曰："绍兴癸丑五月，枢密韩公、工部尚书胡公使虏，通两宫也。有易安室者，父祖皆出韩公门下。今家世沦替，子姓寒微，不敢望公之车尘。又贫病，但神明未衰落。见此大号令，不能忘言，作古、律诗各一章，以寄区区之意，以待采诗者云。"

是年二月，庄绰《鸡肋编》成。卷中载清照事迹。

公元1134年（宋高宗绍兴四年，甲寅）

李清照五十一岁。

八月，李清照作《金石录后序》。

按：清照《后序》作年，各本《金石录》多作"绍兴二年"，宋洪迈《容斋四笔》卷五云："时绍兴四年也，易安年五十二矣。"依《后序》所云"余自少陆机作赋之二年，至过蘧瑗知非之两岁，三十四年之间，忧患得失，何其多也"推之，作于绍兴四年说较为合理。另，《说郛》载《瑞桂堂暇录》本《金石录后序》亦署"绍兴四年"。

十月，李清照避乱赴金华，十月二十四日，作《打马图经》。序曰："今年冬、十月朔，闻淮上警报，江浙之人，自东走西，自南走北。居山林者谋入城市，居城市者谋入山林。旁午络绎，莫知所之。余自临安溯流，涉严滩之险,抵金华,卜居陈氏第。乍释舟楫,而见窗轩,意颇适然。更长烛明,奈此良夜乎。于是博弈之事讲矣。……"又作《打马赋》及《打马图经命辞》。

公元1135年（宋高宗绍兴五年,乙卯）

李清照五十二岁。

春,李清照居金华,作《武陵春》词、《八咏楼》诗。

五月三日,高宗令婺州取索赵明诚家藏《哲宗实录》。（见《宋会要辑稿》五十五册崇儒四:"五年五月三日,诏令婺州取索故直龙图阁赵明诚家藏《哲宗皇帝实录》缴进。"）

年内,清照由金华返临安,途中作《钓台》诗。

按:《钓台》诗一题《夜发严滩》。或有判为绍兴四年清照由临安赴金华时所作,考诗中有"往来有愧先生德"句,故判为清照由金华返临安时所作更为准确。金、齐入寇时已兵退,清照返临安至早当在是年五月以后。

是年,宋徽宗卒于五国城（今黑龙江依兰）。

公元1136年（宋高宗绍兴六年,丙辰）

李清照五十三岁。

公元1138年（宋高宗绍兴八年,戊午）

李清照五十五岁。

三月,张掞序李格非《洛阳名园记》。序中述李清照上诗救父事。

公元1139年（宋高宗绍兴九年,己未）

李清照五十六岁。

是年正月,宋、金和议成,大赦天下。

公元1140年（宋高宗绍兴十年,庚申）

李清照五十七岁。

朱弁作《风月堂诗话》成。卷上记:"李清照,赵明诚妻,李格非女也。善属文,于诗尤工。晁无咎多对士大夫称之。如'诗情如夜鹊,三绕未能安','少陵也自可怜人,更待来年试春草'之句,颇脍炙人口。"

按：朱弁建炎元年奉使至金，羁留十余年得归，《风月堂诗话》作于在金时，故知所记清照二诗当作于建炎元年之前。

公元1141年（宋高宗绍兴十一年，辛酉）

李清照五十八岁。

五月，谢伋《四六谈麈》成。卷一记有清照《祭赵明诚文》断句。

是年八月，罢岳飞。十月，罢韩世忠。十一月，岳飞被害。

公元1142年（宋高宗绍兴十二年，壬戌）

李清照五十九岁。

是年二月，宋进誓表于金，高宗赵构称臣，并割唐、邓二州。

公元1143年（宋高宗绍兴十三年，癸亥）

李清照六十岁。

是年立春，学士院始进帖子词。李清照所作《春帖子》《端午帖子》等诗，当在是年或是年之后。

公元1146年（宋高宗绍兴十六年，丙寅）

李清照六十三岁。

正月，曾慥《乐府雅词》成，卷上录李清照词二十三首：《南歌子》《转调满庭芳》《渔家傲·天接云涛连晓雾》《如梦令·尝记溪亭日暮》《如梦令·昨夜雨疏风骤》《多丽》《菩萨蛮·风柔日薄春犹早》《菩萨蛮·归鸿声断残云碧》《浣溪沙·莫许杯深琥珀浓》《浣溪沙·小院闲窗春色深》《浣溪沙·淡荡春光寒食天》《凤凰台上忆吹箫》《一剪梅》《蝶恋花·泪湿罗衣脂粉满》《蝶恋花·暖雨晴风初破冻》《鹧鸪天·寒日萧萧上锁窗》《小重山》《怨王孙·湖上风来波浩渺》《临江仙·云窗雾阁常扃》《醉花阴》《好事近》《诉衷情》《行香子》。

公元1148年（宋高宗绍兴十八年，戊辰）

李清照六十五岁。

八月，胡仔《苕溪渔隐丛话》前集作序。该书前集卷六十载李清照再适张汝舟事。

公元1149年（宋高宗绍兴十九年,己巳）

李清照六十六岁。

三月,王灼《碧鸡漫志》成,该书卷二记清照丧夫再适事。

公元1150年（宋高宗绍兴二十年,庚午）

李清照六十七岁。

是年清照为《金石录·汉巴官铁量铭》加注。注云:"此盆色类丹砂……余绍兴庚午岁亲见之,今在巫山县治。韩晖仲云。"

公元1151—1155年（宋高宗绍兴二十一年至二十五年,辛未至乙亥）

李清照六十八岁至七十二岁。

李清照表上《金石录》于朝。洪适《隶释》云:"绍兴中,其妻易安居士李清照表上之。"《隶释》未详清照表上于朝具体年月,且系于此。

清照其间欲以所学传孙氏女,孙氏女谢不可。(事见陆游《渭南文集》卷三十五《夫人孙氏墓志铭》:"夫人幼有淑质,故赵建康明诚之配李氏,以文辞名家,欲以其学传夫人。时夫人始十余岁,谢不可,曰:'才藻非女子事也。'")按:孙氏生于绍兴十一年,"十余岁"时,当在此间。

公元1156年（宋高宗绍兴二十六年）

李清照卒于是年或是年以后。享年至少七十三岁。

1990年初稿
2004年重订

家世资料

黄庭坚

〔题乐府木兰诗后〕唐朔方节度使韦元甫得于民间，刘原父往时于秘书省中录得，元丰乙丑五月戊申会食于赵正夫平原监郡西斋，观古书帖甚富，爱此纸得澄心堂法。与者三人：石辅之、柳仲远、庭坚。（《豫章黄先生集》卷二五）

〔题绛本法帖〕……元丰八年夏五月戊申，赵正夫出此书于平原官舍，会观者三人，江南石庭简、嘉兴柳予文、豫章黄庭坚。（同上）

张耒

〔自庐山过富池隔江遥祷甘公祠求便风诗附记〕元符庚辰，耒同男秬率潘仲达同游匡山。六月望日，齐安罢官，步登客舟，过樊口，李文叔掉小舸相送，遂下巴河，上灵岩寺。……因与潘、李饮酒赋诗其中。（《张右史集》卷八）

庄绰

岐国公王珪，元丰中为宰相，父准，祖挚，曾祖景图，皆登进士第。汉国公准子四房，孙婿九人：余中、马玿、李格非、闾丘吁、郑居中、许光疑、张焘、高旦、邓洵仁皆登科，邓、郑、许相代为翰林学士，曾孙婿秦桧、孟忠厚同时拜相开府。（《鸡肋编》卷中）

张琰

〔《洛阳名园记·序》〕山东李文叔记洛阳名园，凡十有九处，自富郑公而终于吕文穆。其声名气焰见于功德者，遗芳余烈，足以想象其贤。其次，世位尊崇与夫财力雄盛者，亦足以知其人经营生理之劳。又其次，僧坊以清净化度群品，而乃斥余事种植灌溉，夺造化之功，与王公大姓相轧。夫洛阳帝王东西宅，为天下之中。土圭日景，得阴阳之和；嵩少瀍涧，钟山水之秀；名公大人，为冠冕之望；天匠地孕，为花卉之奇；加以富贵利达、优游闲暇之士，配造物而相妩媚，争妍竞巧于鼎新革故之际；馆榭池台，风俗之习，岁时嬉游，声诗之播扬，图画之传写，古今华夏莫比。观文叔之记，可以致近世之盛，又可以信文叔之言为不苟。且夫识明智审，则虑事精而信道笃，随其所见浅深为近远大小之应。于熙宁变更，天下风靡，有所谓必不可者，大丞相司马公为首。后十五年无一不如公料者，至今明验大效，与始言若合符节。文叔方洛阳盛时，足迹目力心思之所及，亦远见高览，知今日之祸，曰："洛阳可以为'天下治乱之候'。"又曰："公卿高进于朝，放乎一己之私意，而忘天下之治忽。"呜呼！可谓知言哉！文叔在元祐官太学。丁建中靖国，再用邪朋，窜为党人。女适赵相挺之子，亦能诗，上赵相救其父云："何况人间父子情。"识者哀之。今《记》称潞公年九十，而杖履东西。按太师丙午生，正绍圣乙亥岁，谴逐岭表。立党之二年，诬谤宣仁圣烈废降昭慈献圣，群阴已壮，芽蘖弄权，宰相不必斥其名。后内相王明叟指言绍圣当国之人，如操舟者当左而右，当右而左，旁观者为之寒心。与文叔所言"放乎一己之私意，而忘天下之治忽"，若相终始。愚故曰："其言真不苟且也"。噫！繁华盛丽，过尽一时，至于荆棘铜驼，腥膻伊洛，虽宫室苑囿，涤地皆尽。然一废一兴，循天地无尽藏，安得光明盛大，复有如洛阳众贤佐中兴之业乎！季父浮休侍郎，咏长安废兴地，有诗云"忆昔开元全盛日，汉苑隋宫已黍离。覆辙由来皆在说，今人还起古人愁"。感而思治世人之难遇，嘉贤者之用心，故重言以书其首。绍兴八年三月望日幽国张掞德和序。（宝颜堂秘笈《洛阳名园记》）

陈振孙

《洛阳名园记》一卷，礼部员外郎济南李格非文叔撰，记开国以来公卿家园圃之盛。其末，言天下治乱之候，在洛阳之盛衰；洛阳盛衰之候，在名园之兴废，使人感慨。格非以不肯与编《元祐章奏》，入党籍。国史《文苑》有传。世所谓易安居士清照者，其女也。格非苦心为文，而集不传，馆中亦无有，惟锡山尤氏有之。《文鉴》仅存此跋，盖亦未尝见其全文也。（《直斋书录解题》卷八）

王明清

元祐中，有郭概者，东平人，法家者流，遍历诸路提点刑狱，善于择婿。赵清宪、陈无己、高昌庸、谢良弼名位皆优，而谢独不甚显。其子仍任伯，后为参知政事。《无己集》中首篇《送外舅郭大夫》诗是也。赵、高子孙甥婿皆声华籍甚，数十年间为荐绅之荣耀焉。良弼，显道弟也。（《挥麈后录》）

李焘

元祐八年五月丁丑朔，甲申，国子监司业赵挺之为京东转运副使。（《续资治通鉴长编》卷四八八）

（绍圣四年）十月己酉，太常少卿赵挺之权礼部侍郎。（同上，卷四九三）

十一月癸亥，礼部侍郎赵挺之为吏部侍郎。（同上）

（元符二年）秋七月乙巳，中书舍人赵挺之详定《编修国信条例》，代塞序辰也。（同上，卷五一二）

黄㽙

按国史：元祐三年十月乙丑，苏轼言："御史赵挺之在元丰末通判德州，而著作黄庭坚方监本州德安镇。挺之希提举官杨景棻之意，欲于本镇行市易法，而庭坚以为镇小民贫，不堪诛求，若行市易法，必致星散，公文来往，士人传笑云云。"（《山谷先生年谱》）

杨仲良

（挺之行状）崇宁四年三月拜右银青光禄大夫，守尚书右仆射兼中书侍郎……居数月，恳请补外，除观文殿大学士，金紫光禄大夫中太一宫使。（《皇宋通鉴长编纪事本末》卷一三一）

崇宁五年正月庚戌，大赦天下，轻第一等黄庭坚以下……李格非……并命吏部李格非与监庙差遣。（同上，卷一二四）

二月丙寅，蔡京罢左仆射，丙子赵挺之为特进尚书右仆射兼中书侍郎。（同上，卷一三七）

徐自明

崇宁三年正月甲午，通直郎鸿胪寺丞蔡攸赐进士出身，为校书郎，仍赐金紫。攸，左仆射京子也；以赵存诚、许份例召对除馆职。……京言攸未始登科，非存诚、份之比，再辞，不允。"（《宋宰辅编年录》卷十一）

（崇宁四年）十月乙丑朔，挺之既罢相，帝以挺之子存诚为卫尉卿，思诚为秘书少监，明诚为鸿胪少卿，挺之辞不敢当，乞收还成命，诏答不允。（同上）

（大观元年）七月，故观文殿大学士特进赠司徒赵挺之，追所赠司徒，落观文殿大学士。始挺之自密州徙居青州，会蔡京之党有为京东监司者，廉挺之私事，其从子为御史，承旨意言：挺之交结富人。挺之卒之三日，京遂下其章，命京东路转运使王勇等置狱于青州鞫治，俾开封府捕亲戚使臣之在京师，送治狱穷治，皆无事实。抑令供析，但坐政府日，有俸钱，止有剩利甚微，具狱进呈。两省台谏交章论列：挺之身为元祐大臣所荐，力庇元祐奸党；盖指挺之尝为故相刘挚所援引也，遂追赠官，落职。（同上）

政和元年五月丁亥，诏除落观文殿大学士特进赠太师赵挺之责降指挥，从其妻秦国太夫人郭氏奏请也。（同上，卷十二）

挺之自崇宁五年二月入相，至是年三月罢。再入相凡一年，引疾乞罢，则有是命。（同上）

韩淲

巩丰仲至言：尹少稷称李格非之文，自太史公之后，一人而已。（《涧泉日记》卷下）

陈师道

〔与鲁直书〕正夫有幼子明诚，颇好文义。每遇苏、黄文诗，虽半简数字必录藏，以此失好于父，几如小邢矣。（《后山居士集》卷十四）

朱熹

陈无己、赵挺之、邢和叔皆郭大夫婿。陈为馆职，当侍祠郊丘，非重裘不能御寒气，无己只有其一，其内子为于挺之家假以衣之。无己诘所自来，

内子以实告。无己曰：汝岂不知我不著渠家衣耶！却之。既而遂以冻病而死。(《子语类》卷一百三十)

陆游

赵正夫丞相薨，车驾临幸，夫人郭氏哭拜请恩泽者三事：其一乃乞于谥中带一"正"字，余二事皆许可，惟赐谥事独曰"待理会"。平时徽庙凡言"待理会"者，皆不许之词也。(《老学庵笔记》卷四)

刘克庄

李格非，字文叔，济南人。诗文四十五卷。文高雅条鬯有义味，在晁、秦之上；诗稍不逮。元祐末为博士，绍圣始为礼部郎。有《挽蔡相确》诗云："邪吉勋劳犹未报，卫公精爽仅能归。"岂蔡尝汲引之乎？《挽鲁直》五言八句，首云："鲁直今已矣，平生作小诗。"下六句亦无褒。文叔与苏门诸人尤厚。其殁也，文潜志其墓。独于山谷在日，以诗往还，而些词如此，良不可晓。其《过临淄绝句》云："击鼓吹笙七百年，临淄城阙尚依然。如今只有耕耘者，曾得当时九府钱。"《试院》五言云："斗暄成小疾，亦稍败吾勤。定是朱衣吏，乘时欲舞文。"亦佳作。文叔，李易安父也。文潜志云："长女能诗，嫁赵明诚。"(《后村先生大全·诗话》卷一百七十九)

翟耆年

〔赵明诚古器物铭碑〕明诚字德夫，大丞相挺之之季子。(《籀史》)

脱脱等

(崇宁元年……五月庚辰)以许将为门下侍郎，温益为中书侍郎，翰林学士承旨蔡京为尚书左丞，吏部尚书赵挺之为尚书右丞。

(八月乙卯)以赵挺之为尚书左丞，翰林学士张商英为尚书右丞。

(冬十月甲戌)以御史钱遹、石豫、左肤及辅臣蔡京、许将、温益、赵挺之、张商英等言，罢元祐皇后之号，复居瑶华宫。

(崇宁三年五月庚辰)许将、赵挺之、吴居厚、安惇、蔡卞各转三官。

(九月乙亥)以赵挺之为门下侍郎。(《宋史》卷十九、徽宗本纪)

（崇宁四年甲辰）以赵挺之为尚书右仆射兼中书侍郎。

（六月戊子）赵挺之罢。

（崇宁五年丙寅）蔡京罢为开府仪同三司、中太一宫使。以观文殿大学士赵挺之为特进、尚书右仆射兼中书侍郎。

（大观元年三月丁酉）赵挺之罢。……癸丑，赵挺之卒。（同上，卷二十，徽宗本纪）

赵挺之字正夫，密州诸城人。进士上第。熙宁建学，选教授登、棣二州，通判德州。哲宗即位，赐士卒缗钱，郡守贫耄不时给，卒怒躁，持白梃突入府。守趋避，左右尽走。挺之坐堂上，呼问状，立发库钱，而治其为首者，众即定。魏境河屡决，议者欲徙宗城县。转运使檄挺之往视，挺之云："县距高原千岁矣，水未尝犯。今所迁不如旧，必为民害。"使者卒徙之，才二年，河果坏新城，漂居民略尽。

召试馆职，为秘阁校理，迁监察御史，初挺之在德州，希意行市易法。黄庭坚监德安镇，谓镇小民贫，不堪诛求。及召试，苏轼曰："挺之聚敛小人，学行无取，岂堪此选。"至是劾奏轼草麻有云"民亦劳止"，以为诽谤先帝。既而坐不论蔡确，通判徐州，俄知楚州。

入为国子司业，历太常少卿，权吏部侍郎，除中书舍人、给事中。使辽，辽主尝有疾，不亲宴，使近臣即馆享客。比岁享乃在客省，与诸国等，挺之始争正其礼。

徽宗立，为礼部侍郎。哲宗祔庙，议迁宣祖，挺之言："上于哲宗兄弟，同一世；宣祖未当迁。"从之。拜御史中丞，为钦圣后陵仪仗使。曾布以使事联职，知禁中密指，谕使建议绍述，于是挺之排击元祐诸人不遗力。由吏部尚书拜右丞，进左丞、中书门下侍郎。时蔡京独相，帝谋置右辅，京力荐挺之，遂拜尚书右仆射。

既相，与京争权，屡陈其奸恶，且请去位避之。以观文殿大学士、中太一宫使留京师。乞归青州，将入辞，会彗星见，帝默思咎征，尽除京蠹法，罢京，召见挺之曰："京所为，一如卿言。"加挺之特进，仍为右仆射。京在崇宁初，首兴边事，用兵连年不息。帝临朝，语大臣曰："朝廷不可与四夷生隙，隙一升，祸拏不解，兵民肝脑涂地，岂人主爱民恤物意哉！"挺之退谓同列曰："上志在息兵，吾曹所宜将顺。"已而京复相，挺之仍以大学士使佑神观。

未几卒,年六十八。赠司徒,谥曰清宪。(同上,卷三百五十一,赵挺之传)

　　李格非字文叔,济南人。其幼时,俊警异甚。有司方以诗赋取士,格非独用意经学,著《礼记说》至数十万言,遂登进士第。调冀州司户参军,试学官,为郓州教授。郡守以其贫,欲使兼他官,谢不可。入补太学录,再转博士,以文章受知于苏轼。尝著《洛阳名园记》,谓"洛阳之盛衰,天下治乱之候也"。其后洛阳陷于金,人以为知言。绍圣立局编《元祐章奏》,以为检讨,不就,戾执政意,通判广信军。有道士说人祸福,或中,出必乘车,盰俗信惑。格非遇之涂,叱左右取车中道士来,穷治其奸,杖而出诸境。召为校书郎,迁著作佐郎、礼部员外郎、提点京东刑狱,以党籍罢。卒,年六十一。格非苦心工于词章,陵轹直前,无难易可否,笔力不少滞。尝言:"文不可以苟作,诚不著焉,则不能工。且晋人能文者多矣,至刘伯伦《酒德颂》、陶渊明《归去来辞》,字字如肺肝出,遂高步晋人之上,其诚著也。"妻王氏,拱辰孙女,亦善文。女清照,诗文尤有称于时,嫁赵挺之之子明诚,自号易安居士。(同上,卷四百四十四《李格非传》)

董复亨

　　李格非,字文叔,幼俊警异甚。有司方有诗赋取士,格非独用意经学,著《礼记说》至数十万言,遂登进士第。调冀州司户参军,试学官,为郓州教授。郡守以其贫,欲使兼他官,谢不可。入补太学录,再转为博士,以文章受知于苏轼。尝著《洛阳名园记》,谓:"洛阳之盛衰,天下治乱之候也。"其后,洛阳陷于金,人以为知言。绍圣立局编《元祐章奏》,以为检讨,不就。戾执政意,通判广信军。有道士说人祸福或中,出必乘车,氓俗信惑。格非遇之途,叱左右取车中道士来,穷治其奸,杖而出诸境。召为校书郎;迁著作佐郎、礼部员外郎,提点京东刑狱,以党籍罢。卒,年六十一。格非苦心工于词章,陵轹直前,无难易可否,笔力不少滞。尝言:"文不可以苟作,诚不著焉则不能工。且晋人能文者多矣,至刘伯伦《酒德颂》、陶渊明《归去来辞》,字字如肺肝出。遂高步晋人之上,其诚著也。"妻王氏,拱辰孙女,亦善文。女清照,才情更丽,尤工于词。尝有《咏史》诗曰:"两汉本继绍,新室如赘疣。所以嵇中散,至死薄殷周。"意见声调,绝响一代,班好、左嫔、蔡文姬之流也。嫁赵丞相挺之男明诚,自号易安居士。董生曰:余按《一统志》云格非济南人。《山东通志》云莱芜人。最后,见廉处士墓碑云里人,去处士家才三四里许。因节略《宋史》列之《文苑传》,而附其女清照。余又按:《宋史》所称格非言"诚不著则文不工"。嗟呼!此意寥寥谁解者,余盖甚味其言矣。(万历《章丘县志》卷二十八)

附录 《章丘县志》道光编刊本所录《廉先生序》

隐士廉复墓碑（在城东南二十里廉家坡,此碑相传原在庄后,因圮其封,土人于嘉靖年间移于庄内关帝庙侧）

廉先生序　李格非文叔序

齐郡有廉先生者,隐君子也。少时,一负书应举。既而不知其憎世而丑欲欤,亦爱其身以有待欤？不然,得丧轻重已判于胸中欤？年未四十,恝勒然来隐于齐东胡山之麓。尽束其平生所读书,置屋栋间,而独抱夫《易》以老焉。

其大者,则格非智诚恐不足以知之,盖言所可知以推所未知者。则先生始来筑室结庐,植竹数千,木数百,若甚暇且易,而其坚完蕃茂,它人毕力莫能及。人疑之曰：“此先生筑室植木有术。”既而又见其种田百亩,活十余口,年岁无不给,则曰：“是必能化黄金。”后四十年,考其寿当八九十,而见其尤有童颜也,则曰：“必能饵丹。”人数以告,先生泛焉受之不辞。或从而求其术,则告之曰：“是安得术,吾于筑室植木也,知不以彼之成坏易,吾之诚;于家也,知不以彼之盈虚,夺吾之常理;于身也,知不以思虑撄吾之胸中。如是耳,安得术？虽然,若有问治天下国家者,吾亦将以是语之。”

其友王文恪公既显,欲荐之朝,度先生不可屈,乃止。治平中,诏求遗逸,刺史王才叔将迫先生行,先生阴使人进其弟子胡鄢,虽鄢终身不知也。

格非之兄和叔,以为其不苟,于古可似黔娄,其难际似叔度,其藏节匿行,使世莫得名;其高则非仲长、子光不可偕也。以考夫功业,则疑其数十年间,天下之人有时忠顺,岂乐之意,莫知其然而生;忽戾之人,亦有时乎！悔艾之心,莫知其然而作。天地之气,其容与调畅,足以养万物而秀嘉草者,恐斯人于有功焉。

始闻去冬奄以即世,子皇皇请议未及,此正西山之饿夫,东国之逐臣,燕之屠,蜀之卜,绛县之老,有赖于仁人君子一言之时也。唯吾为同里人,质之区区亦欲借之以告,请议之伯。

——元丰八年九月十三日绣江李格非文叔序

廉先生碑阴记序

迥,忆昔童时,从先伯父、先考、先叔,西郊纵步,三里抵茂林修竹,溪深水静,得先生之居,谒拜先生。数幸侍侧,欣闻謦欬之余,独愧颛蒙,未有知识,但见先生云巾凫舄,羽服藜杖,身晦于林泉之间,望之如神仙中人,真古所谓隐逸者也。

先生既没,先考评其为人,先叔作序以纪名实,而太学诸生取其附于策断之末,传诵天下。儒者尊师之,迄兹三十有七年矣。先生孙宗师,曾孙理珪更愿树之坚石,盖求不朽,后进有立,喜为之书。

——宣和癸卯正月人日李迥谨题,至正六年五月廉□谅立。

谢启光

〔《金石录》后序〕《金石录》,宋赵德父所著。原本于欧阳文忠公《集古录》,益广罗而确核之,盖竭一生之心力而成是书,德父自为序。没,而其室李易安又序其后。中间叙述购求之殷,收蓄之富,与夫勘校之精勤;即流离患难,犹携以远行,斤斤爱护不少置,深惋惜于后来之散失。余初得易安序,读之,嘉其夫妇同心,笃于嗜古,访求其全书未得也。后余季弟季弘于里中旧家市得刻本以遗余,余亟取卒业。考订精详,品骘严正,往往于残碑断简之中,指摘其生平隐匿,足以诛奸谀于既往,垂炯戒于将来,不特金石之董狐,实文苑之《春秋》也。恨脱落数叶,欲刻之,资考古者之一助,未能也。岁甲申,应召入都,遍语燕市之收藏古书者,最后得一抄本于计曹张主政。会箕儿出倅淮阴,乃授之以去。越两载,箕儿据以缮梓,寄一帙于京邸。时余已罢官解维潞河矣。携抵里门,见其中多错误:有题跋此碑而半入他碑者,甚且有题跋一碑而分载两处者。爱取旧本参阅改正,寄箕儿另为补刻。乃杀青甫竣,而箕儿以簿书劳瘁,一疾长逝矣!冬仲,梨枣与其旅榇同归,余见辄掩袂而泣,未忍启簏。旋思箕儿出常俸、罄橐装,以刻是书,人虽亡而书存,庶几借是书以存姓名于后世。遂抆泪重阅,复更其数讹字,漫书数语以识其始末如此。至《集古录》,去夏,箕儿亦寄一抄本来,求余校正,与此书并刻。余以病未果，且无别本足正鱼豕，姑俟异日，以了箕儿生前未竟之志。易安为余邑人李格非文叔之女云。顺治癸巳春仲，阳丘谢启光题。（谢刻《金石录》）

谢世箕

〔《金石录》叙〕一官淮海，仅免啼饥，繁齿尽食家园。从予游者，二三苍头耳。蔬水之外，不敢侈糜君禄；磬折之余，闲稍寓兴编摩。因检箧中，得家大人授所谓《金石录》若干卷，为宋人赵明诚辑著。历代制器、断碣、蚀文罔弗优焉。世无缮本，博雅恒慨之。爰出两载来，不敢糜之廪，悉以付诸梓人。德甫有知，或亦以予为千秋后一功臣，未可知也。绣江谢世箕识。（顺治谢刻《金石录》）

〔《金石录》跋〕三代以远，器物、碑碣、款识、铭记，与夫高文典册之鸿篇，断简、残书之遗迹，从无辑而成书者有之。自欧阳文忠公《集古录》始，赵德父仿而为《金石录》。中所收罗，广至两千，一一手为题跋，是正伪谬，信而有征。余少见文忠公、德父与李易安所为序，甚爱之。每以不得睹其全书为恨。甲申秋，从家大人入都，访求二书。有人云：近有二书合刻者，为一嗜古荐绅购去。余为惋惜累日。后家大人觅得一抄本。余授官淮扬，乃携之而南，重加缮写，付诸剞劂，与海内博洽好古者共之。昔人谓：任官之所，令人写书，亦是风流罪过。余刻是书，计字酬值，一出日用节省常俸，丝毫不敢累及梓人。即有以此为余罪过者，亦丹心任之矣。（顺治谢刻《金石录》）

周中孚

《金石录》三十卷。宋赵明诚撰。明诚，字德父，诸诚人，历官知湖州军州事。《四库全书》著录，《书录解题》《通考》《宋志》俱载之。《宋志》又小学类别出之。德父以欧阳公《集古录》尚有漏落，又无岁月先后之次，因广而成书。上自三代，下讫五季，钟、鼎、甗、鬲、盘、匜、尊、敦之款识，丰碑大碣、显人晦士之事迹，凡见于金石刻者，略无遗矣。因次其先后，装成二十卷，编为目录十卷。详其撰书人名氏及时代年月，又撰为跋尾二十卷。凡五百二篇。盖德父有所考证，乃为题识，皆别白抵牾，是正伪谬，凡史传之失，及欧公《集古》诸跋之误，亦因是以订定焉。然也绵千载，卷帙浩繁，千虑之中，不无一失。卢抱经为之参考《隶释》《隶续》《字原》《金石略》《金石文字记》《隶辨》等书，疏其得失，加按语于下，庶使瑕瑜各不相掩。前有德父原序，并卢雅雨见曾重刊序及凡例，末有政和丁酉河间刘跂《后序》，绍兴壬子德父之妻李易安清照《后序》，开禧乙丑浚仪赵不谫师厚跋，明成化癸巳吴郡叶仲盛志，并何焯记三则。（《郑堂读书记》卷三十三《金石录》）

王赠芳等

李格非，字文叔，济南人。幼甚异俊。时方以诗赋取士，格非独用意经学，著《礼记说》数十万言。遂登第，调冀州司户参军、试学官，为郓州教授。郡守以其贫，欲其兼他官，谢不可。入补太学录，再转为博士。以文章受知于苏轼。尝著《洛阳名园记》，谓"洛阳之盛衰，天下治乱之候也。"其后，洛阳入于异域，人以为知言。绍圣时，立局编《元祐章奏》，以为检讨，不就。因不合执政意，通判广信军。有道士说人祸福或中，出必乘车，氓俗信惑。格非遇于途，叱左右取车中道士来，穷治其奸状，出诸境。召为校书郎，累迁至提点京东刑狱，以党籍罢。格非苦心工于词章，尝论左、马、班、韩之才，语奇而确。又谓"文不可苟作，诚不著则不能工。"妻王氏，拱宸孙女，亦善文。子远，南渡后任敕局删定官。女清照，自号易安居士，亦有才藻。（道光《济南府志》卷四十七）

吴连周

〔《绣水诗抄》序（节录）〕吾邑东郡亦一都会也，自汉迄唐为阳邱、为朝阳、为亭山、临济、高唐，移置不一。而史家所著人物绝希，岂以地经屡易，旧隶平陵，但著其所隶者难考欤。宋李文叔作述一家，而女子清照以词显。元文忠公云庄肄雅章，已而文穆、文简二公诗不传。自明以来，诗家林立。中麓与历下争执牛耳，而华、龚则激赏于沧溟，高、张复见知于元美。后若元明、石发、翰臣诸家，俱经阮亭题序。以迄于今，宗风未坠。（《绣水诗抄》）

黄盛璋

我们对于赵挺之建中辛巳是否任吏部侍郎一事，实有明确的必要。《宋史》所记之"权吏部侍郎"既与此不符,他处又未见记载,而李焘《续资治通鉴长编》现只存至元符三年正月,建中辛巳恰在亡佚之中,今所能见之宋代史料虽无法直接验对此事,但根据有关史料还不难确定他官吏部侍郎的大致时间。元符三年他是礼部侍郎,建中靖国元年正月九日他的官职仍是礼部侍郎,见陈旸《乐书》前所载之牒,同月他改御史中丞,那时候吏部侍郎是张舜民,钦圣后以建中元年正月崩,五月葬,所以他做钦圣后仪仗使是在正月到五月,做吏部尚书是在十一月(十一月以前吏部尚书是温益,挺之即接替温益的),崇宁元年五月他进尚书右丞,八月又进左丞,《宋史》所记完全可以考查出来,只有从建中元年六月到十一月这一阶段官职不明,而这一阶段他是不能没有官职的:一、《宋史》只说他"由吏部尚书拜右丞",究竟由什么官进吏部尚书,却没有说,其中当有省略;二、挺之为仪仗使时,跟他同时做顿迎使者为温益,钦圣后葬毕后,温益即除吏部尚书,挺之依便不能不除官,何况他在此时又是受曾布指使建议绍述的一员最得力的大将,其地位仅次于温益,此年十一月益又由吏部尚书进右丞,由挺之补其缺。而就在挺之进吏部尚书的时候,曾诏张商英为吏部侍郎,此后一两年张商英紧步赵挺之后晋升,崇宁元年五月赵由吏部尚书进右丞时,张商英即由吏部侍郎递补吏部尚书,崇宁元年八月赵进左丞,张又递补为右丞,二年四月赵进中书侍郎,张又递补其缺为左丞。从这些事实不难看出:建中元年张商英入官吏部侍郎,即补挺之之缺,而赵之做吏部侍郎亦即在建中靖国元年六月到十一月,清照与明诚结婚实在是年六月后。《宋史·赵挺之传》,全本王禹偁的《东都事略》,据李焘的《续资治通鉴长编》,挺之尚有若干官职均为两书所略,不仅吏部侍郎一事。(《李清照事迹考辨》)

生平参考资料

庄绰

靖康初,罢舒王王安石配享宣圣,复置《春秋》博士,又禁销金。时皇弟肃王使虏,为其拘留未归。种师道欲击虏,而议和既定,纵其去,遂不讲防御之备。太学轻薄子为之语曰:"不救肃王废舒王,不御大金禁销金,不议防秋治《春秋》。"其后,金人连年以深秋弓劲马肥入寇,薄暑乃归。远至湖、湘、二浙,兵戈扰攘,所在未尝有乐土也。自是越人至秋亦隐山间,逾春乃出。人又以《千字文》为戏曰:"彼则寒来暑往,我乃秋收冬藏。"时赵明诚妻李氏清照,亦作诗以诋士大夫云:"南渡衣冠少王导,北来消息欠刘琨。"又云:"南游尚觉吴江冷,北狩应悲易水寒。"后世皆当为口实矣。(《鸡肋编》卷中)

赵明诚

〔白居易书《楞严经》跋〕淄川邢□氏之村,丘地平涤,水林晶清,墙麓硗确布错,疑有隐君子居焉。问之,兹一村皆邢姓,而邢君有嘉,故潭长,好礼,遂造其庐。院中繁花正发。主人出接,不厌余为兹州守,而重余有素心之馨也。夏首后相经过,遂出乐天所书《楞严经》相示。因上马疾驱归,与细君共赏。时已二鼓下矣。酒渴甚,烹小龙团,相对展玩,狂喜不支,两见烛跋,犹不欲寐,便下笔为之记。赵明诚。(缪荃荪《云自在龛随笔》卷二引)

〔蔡忠惠《赵氏神妙帖》(三帖)跋〕此帖,章氏子售之京师,予以二百千得之。去年秋,西兵之变。予家所资,荡无遗存,老夫(注:年表为"妻")独携此而逃。未几,江外之盗再掠镇江,此帖独存。信其神工妙翰,有物护持也。建炎二年三月十日(行书四行,后缺)。(岳珂《宝真斋法书赞》卷九引)

《金石录》序 余自少小,喜从当世学士大夫访问前代金石刻词,以广异闻。后得欧阳文忠公《集古录》,读而贤之,以为是正伪谬,有功于后学甚大。惜其尚有漏落,又无岁月先后之次,思欲广而成书,以传学者。于是益访求藏蓄,凡二十年而后粗备。上自三代,下讫隋唐五季,内自京师,达于四方遐邦,绝域夷狄。所传仓、史以来古文奇字,大小二篆、分隶、行、草之书,钟、鼎、簠、簋、尊、敦、甋、鬲、盘、杆之铭,词人墨客诗歌、赋颂、碑志、叙记之文章,名卿贤士之功烈行治,至于浮屠老子之说,凡古物奇器曲碑巨刻所载,与夫残章断画磨灭而仅存者,略无遗矣。因次其先后为二千卷。余之致力于斯,可谓勤且久矣!非特区区为玩好之具而已也。盖窃尝以谓《诗》《书》以后,君臣行事之迹,悉载于史。虽是非褒贬,出于秉笔者,私意或失其实。然至其善恶大节,有不可诬,而又传之既久,理当依据。若夫岁月、地理、官爵、世次,以金石考之,其抵牾十常三四。盖史牒出于后人之手,不能无失,而刻词当时所立,可信不疑。则又考其异同,参以他书,为《金石录》三十卷。至于文辞之媆(美)恶,字书之工拙,览者当自得之,皆不复论。呜呼!自三代以来,圣贤遗迹,著于金石者多矣!盖其风雨侵蚀,与夫樵夫牧童,毁伤沦弃之余,幸而存者,止此尔。是金石之固,犹不足恃。然则所谓二千卷者,终归于摩灭;而余之是书,有时而或传也。孔子曰:"饱食终日,无所用心,难矣哉!不有博弈者乎?为之犹贤乎已。"是书之成,其贤于无所用心,岂特博弈之比乎?辄录而传诸后世好古博雅之士,其必有补焉。东武赵明诚序。(雅雨堂本《金石录》)

〔晋乐毅论〕元祐间余侍亲官徐州。(同上)

〔隋化善寺碑〕右隋化善寺碑,在徐州……余元祐间侍亲官彭城,时为儿童,得此碑,今三十余年矣。(同上)

〔唐起君郎刘君碑〕刘氏世墓在彭城丛亭里,绍圣间故陈无己学士居彭城,以书抵余曰:近得柳公权所书刘君碑,文字摩灭,独公权姓名三字焕然,余因求得之。(同上)

米友仁

〔米元章《灵峰行记帖》跋〕易安居士一日携前人墨迹临顾,中有先子留题,拜观不胜感泣。先子寻常为字,但乘兴而为之。今之数句,可比黄金千两耳。呵呵!敷文阁直学士、右朝议大夫、提举佑神观友仁谨跋。(行书十行。)(岳珂《宝真斋法书赞》卷十九引)

〔米元章《寿时宰词帖》跋〕先子真迹也。昔唐李义府出门下典仪，宰相屡荐之。太宗召试讲武殿侧坐，而殿侧有乌数枚集之，上令作诗咏之。先子因暇日偶写，今不见四十年矣。易安居士求跋，谨以书之。敷文阁直学士、右朝议大夫、提举佑神观友仁谨跋。（岳珂《宝真斋法书赞》卷二十引）

晁公武

《李易安集》十二卷右皇朝李氏格非之女，先嫁赵诚之，有才藻名。其舅正夫相徽宗朝，李氏尝献诗曰："炙手可热心可寒。"然无检操，晚节流落江湖间以卒。（《郡斋读书志》卷四下）

陆游

〔《夫人孙氏墓志铭》（节录）〕夫人幼有淑质，故赵建康明诚之配李氏，以文辞名家，欲以其学传夫人。时夫人始十余岁，谢不可，曰："才藻非女子事也。"（《渭南文集》卷三十五）

周辉

顷见易安族人言：明诚在建康日，易安每值天大雪，即顶笠披蓑，循城远览以寻诗，得句必邀其夫赓和，明诚每苦之也。辉尝欲裒今昔名人所赋《庐山高》《明妃曲》《中兴颂》，用精纸为轴，丐工字画者，随意各书一篇于后，志姓名岁月，常常披展，为醒心明目之玩，竟未克成。是极易办，人必乐从，特坐因循耳。易安父文叔，元祐馆职。（《清波杂志》卷八）

洪适

〔《金石录》跋〕右赵氏《金石录》三卷。越君名明诚，字德夫，密州诸城人，故相挺之之子也。所藏三代彝器及汉唐前后石刻，为目录十卷，辨证二十卷。其称汉碑者百七十有七人，其阴四十。今出其篆书者十四，非东汉者二。《隶释》所阙者，盖未判也，掇其说载之。赵君之书，证据见谓精博，然以"卫弹"易"街弹"，以"绵竹令"为"县令"之类，亦时有误者。绍兴中，其妻易安居士李清照表上之。赵君无嗣，李又更嫁。其书行于世，而碑亡矣。（《录释》卷二十六）

洪迈

〔赵德甫《金石录》〕东武赵明诚德甫，清宪丞相中子也。著《金石录》三十篇。上自三代，下讫五季，鼎、钟、甗、鬲、盘、匜、尊、爵之款识；丰碑、大碣，显人、晦士之事迹，见于石刻者，皆是正伪谬，去取褒贬，凡为卷二千。其妻易安居士，平生与之同志。赵没后，愍悼旧物之不存，乃作《后序》，极道遭罹变故本末。今龙舒郡库刻其书，而此序不见取。比获见原稿于王顺伯，因为撮述大概……时绍兴四年也，易安年五十二矣。自叙如此。予读其文而悲之，为识于是书。(《容斋四笔》卷五)

韩玉父

〔寻夫题漠口铺〕妾本秦人，先大父尝仕，朝乱离落，因家钱塘。儿时，易安居士教以学诗。及笄，方择所从。有一上舍林君子建，为言者有终身偕老之约，妾信之。去年夏，林得官归闽，妾倾囊以助其行，林许："秋冬间遣骑迎汝。"久之杳然。何其食言耶！不免携女拏自钱塘而之三山。至夏，林已归盱江矣。因而复回延平，经由顺昌，假道昭武而去。叹客履之可厌，笑人事之可乖。因理发漠口铺，漫题数语，留于壁间。妇人从夫者也，士君子其无诮。

南行逾万山，复入武阳路。黎明与鸡兴，理发漠口铺。盱江在何所？极目烟水暮。生平良自珍，羞为浪子负。知君非秋胡，强颜且西去。(《宋椠醉翁谈录》乙集卷之二)

赵师厚

〔《金石录》跋 开禧改元上巳日〕赵德甫所著《金石录》锓版于龙舒郡斋久矣，尚多脱误。兹幸假守获睹其所亲抄于邦人张怀祖知县，既得郡文学山阴王君玉是正。且惜夫易安之跋不附焉，因刻以殿之。用慰德父之望，亦以遂易安之志云。(雅雨堂本《金石录》)

陈振孙

《金石录》三十卷，东武赵明诚德甫撰。其所藏两千卷，盖仿欧阳《集古》，而数则倍之。本朝诸家蓄古器物款式，其考订详洽，如刘原父、吕与叔、黄长睿多矣。大抵好附会古人名字,如"丁"字即以为祖丁,"举"字即以为伍举,方鼎即以为子产、仲吉,匜即以为逼姞之类。邃古以来,人之生世夥矣;而仅见于简册者几何? 器物之用于人亦夥矣,而仅存于今世者几何? 乃以其姓氏名物之偶同而实焉。余尝窃笑之。惟其附会之过,并与其详洽者,皆不足取信矣。惟此书跋尾独不然,好古之通人也。明诚,宰相挺之之子。其妻易安居士为作《后序》,颇可观。(《直斋书录解题》卷八)

《打马赋》一卷,易安李氏撰。用二十马。以上三者各不同。今世打马大约与古之抟蒲相类。(同上卷十四)

《漱玉集》一卷,易安居士李氏清照撰。元祐名士格非文叔之女,嫁东武赵明诚德甫。晚岁颇失节。别本分五卷。(同上卷二十一)

翟耆年

〔赵明诚古器物铭碑十五卷〕明诚,字德夫,大丞相挺之季子。读书赡博,藏书万卷,悉亲是证,铅椠未尝去手。酷好书画,遇名迹,捐千斤不少靳,畜三代鼎彝甚富。建炎南渡,悉炎南渡,悉为盗夺,所存者九牛之一毛。又无子能保其遗余,每为之叹息也。(《籀史》卷上)

岳珂

〔蔡忠惠《赵氏神妙贴》(三贴)跋〕右蔡忠惠公《赵氏神妙帖》三幅,待制赵明诚字德甫题跋真迹,共一卷。法书之存,付授罕亲,此独有德甫的传次第,而蒋仲远猷、晁以道说之、张彦智缜,俱书其后。中有彦远者,未详为谁。承平文献之盛,是盖蔚然可观矣。德甫之夫人易安居士,流离兵革间,负之不释,笃好又如此! 所憾德甫跋语,糜损姓名数字。《帖》故有石本,当求以足之。嘉定丁亥十月,予在京口,有鬻帖者,持以来。叩其所从得,靳不肯言。余既从售,亦不复诘云。

赞曰:公书在承平盛时,已售钱二十万,赵氏所宝也。题跋皆中原名士。今又一百年,文献足考也。易安之鉴裁,盖与以身存亡之鼎,同此持保也。予得之京口,将与平生所宝之真,俱侚吾老也。(《宝真斋法书赞》卷九)

〔米元章《灵峰行记帖》跋〕右宝晋米公《灵峰行记》真迹一卷。天下未尝无胜游,惟人与境称,而后传久,其次以文,其次以字画。考乎此亦可观

矣。宝庆丙戌秋得之京口。故藏易安室,有元晖跋语系焉。(《宝真斋法书赞》卷十九)

〔米元章《寿时宰词帖》跋〕右宝晋米公《寿诗帖》真迹一卷。词不知上于何岁月。《山林集》有吕汲公生日诗,岂同时耶?嘉定辛巳二月,得之建康。元晖跋本他卷物,以同得,故并褾之。(《宝真斋法书赞》卷二十)

李心传

右承奉郎监诸军审计司张汝舟属吏,以汝舟妻李氏讼其妄增举数入官也。其后有司当汝舟私罪徒,诏除名柳州编管(十月己酉行遣)。李氏,格非女,能为歌词,自号易安居士。(《建炎以来系年要录》卷五十八)

黄升

李易安,赵明诚之妻,善为词,有《漱玉集》三卷。(《唐宋诸贤绝妙词选》卷十)

袁桷

〔《跋定武禊帖不损本》〕赵明诚本,前有李龙眠蜀纸画右军像,后明诚亲跋。明诚之妻李易安夫人,避难寓吾里之奉化,其书画散落,往往故家多得之。后有绍勋小印,盖史中令所用印图画者。今在燕山张氏家。(《清容居士集》卷四十六)

伊世珍

赵明诚幼时,其父将为择妇。明诚昼寝,梦诵一书,觉来忆三句云:“言与司合,安上已脱,芝芙草拔。”以告其父。其父为解曰:“汝待得能文词妇也。‘言与司合’,是‘词’字,‘安上已脱’是‘女’字。‘芝芙草拔’是‘之夫’二字,非谓汝为词女之夫乎?”后李翁以女女之,即易安也,果有文章。易安结缡未久,明诚即负笈远游。易安殊不忍别,觅锦帕书《一剪梅》词以送之。词曰:“红藕香残玉簟秋,轻解罗裳,独上兰舟。云中谁寄锦书来,雁字来时,月满西楼。花自飘零水自流,一种相思,两处闲愁。此情无计可消除,才下眉头,却上心头。”(《琅嬛记》卷中引《外传》)

瞿佑

赵明诚,清献公之子。妻李氏,能文辞,号易安居士。有乐府词三卷,名《漱玉集》。明诚卒,易安再适非类,既而反目。有启与綦处厚学士:"猥以桑榆之暮景,配兹驵侩之下材。"见者笑之。然其词颇多佳句。《如梦令》云"应是绿肥红瘦",语甚新。又《九日》词"帘卷西风,人似黄花瘦",亦妇人所难到也。(《香台集》卷下《易安乐府》)

曹安

李易安,赵丞相挺之之子赵德夫之内也。序德夫《金石录》,谓:"王播、元载之祸,书画与胡椒无异;长舆、元凯之病,钱癖与传癖何殊?名虽不同,其惑一也。"又谓:"萧绎江陵陷没,不惜国亡而毁裂书画;杨广江都倾覆,不非身死而复取图书。岂人性之所著,生死不能忘之欤?"又谓:"有有必有无,有聚必有散,乃理之常。人亡弓,人得之,又胡足道?"夫女子,微也,有识如此,丈夫独无所见哉!(《谰言长语》卷下)

唐寅

〔《金石录后序》评语〕李易安,名清照,济南人。宋李格非之女,适东武赵抃(应作"赵挺之")之子明诚为妻。明诚字德甫。德甫早卒,再适张汝舟,未几反目。有启与綦处厚云:"猥以桑榆之暮景,配此驵侩之下材。"闻者无不笑。有《漱玉集》三卷行于世,佳句甚多。(刘士鏻编《古今文致》卷三引)

郎瑛

赵明诚,字德甫,清献公中子也。著《金石录》一千卷。其妻李易安,又文妇中杰出者。亦能博古穷奇。文词清婉,有《漱玉词》行世。诸书皆曰与夫同志,故相亲相爱之极。予观其叙《金石录》后,诚然也。但不知何为有再醮张汝舟一事。呜呼,去蔡琰几何哉!此色移人,虽中郎不免。(《七修类稿》卷十七)

郦琥

清照李氏，号易安居士，济南人。李格非之女。适东武赵抃（应作"赵挺之"）之子明诚为妻。明诚故，再适张汝舟。未几，反目。有启与綦处厚云："猥以桑榆之暮景，配兹驵侩之下材。"传者无不笑。有《漱玉集》三卷行于世，颇多佳句。（《彤管遗编》续集卷十七）

陈继儒

李易安，赵献公之子妇。赵挺之亦谥清献。莫廷韩云："曾买得易安墨竹一幅。"余惜未见。（《太平清话》卷一）

田艺蘅

清照姓李氏，号易安居士，济南人。李格非之女，赵明诚之妻。幼有才藻，能文辞。明诚者，东武人，清献丞相中子也。德甫著《金石录》，其妻与之同志。乃共相考究而成，由是名重一时，赵殁后，愍悼旧物之不存，乃作《后序》。……其舅正夫相徽宗朝。献诗曰："炙手可热心可寒。"且达于古今治体。其《咏史》云："两汉本继绍，新室如赘疣。"又云："所以嵇中散，至死薄殷周。"非妇人所能道者。然无检操，再适张汝舟，未几，反目。有启事与綦处厚云："猥以桑榆之晚景，配兹驵侩之下材。"传者笑之。晚节流落江湖间以卒。有文集十二卷。（《诗女史》卷十一）

徐𤊻

李易安，赵明诚之妻也。《渔隐丛话》云："赵无嗣，李又更嫁非类。"且云："其《启》曰：'猥以桑榆之晚景，配此驵侩之下材。'"殊谬妄不足信。盖易安自撰《金石录后序》，言"明诚两为郡守，建炎己西八月十八日疾卒"。曾云："余自少陆机作赋之二年，至过蘧瑗知非之两岁，三十四年之间，忧患得失，何其多也。"作序在绍兴二年，李五十有二，老矣。清献公之妇，郡守之妻，必无更嫁之理。今各书所载《金石录序》，皆非全文，惟余家所藏旧本，序语全载。更嫁之说，不知起于何人，太诬贤媛也。《容斋随笔》及《笔丛》《古文品外录》俱非全文。（《徐氏笔精》卷七）

张丑

　　周文矩画《苏若兰话别会合图卷》，后有李易安小楷《织锦回文》诗，并则天《璇玑图记》。书画皆精，藏于陈湖陆氏。(《清河书画舫》巳集引《画系》)

毛晋

　　〔《漱玉词》跋〕黄叔旸云：《漱玉词》三卷。马端临云：别本分五卷，今一卷。考诸宋、元杂记，大率合诗词杂著为《漱玉集》，则厘全集为三卷无疑矣。第国朝博雅如用修先生，尚慨未见其全，湮没不几久耶？庚午仲秋，余从选卿觅得宋词廿余种，乃洪武三年抄本，订正已阅数家，中有《漱玉》《断肠》二册，虽卷帙无多，参诸《花庵》《草堂》《彤管》诸书，已浮其半，真鸿宝也。急合梓之，以公同好。末载《金石录后序》，略见易安居士文妙，非止雄于一代才媛，真洗南渡后诸儒腐气，上返魏、晋矣。尾附遗事几则，亦罕传者。湖南毛晋识。(汲古阁本《漱玉词》)

黄溥

　　予尝读《檀弓》，至子思之母死，子思哭于庙，门人至，曰："庶氏之母死，何为哭于孔氏之庙乎？"子思曰："吾过矣。"遂哭于他室。注曰："伯鱼卒，其妻嫁于卫之庶氏。"以予论之，伯鱼先孔子卒，时年五十，其妻之年，必与之相似。且上有圣人为之翁，下有大贤为之子，况年已及艾矣，何得再嫁庶氏？此予之疑已久。兹观瞿宗吉所著《香台集》，有《易安乐府》之目，引《渔隐丛话》云："赵明诚，清献公之子。妻李氏，能文词，号易安居士，有乐府词三卷，名《漱玉集》。明诚卒，易安再适非类，既而反目。有启与綦处厚学士：'猥以桑榆之暮景，配此驵侩之下材。'见者笑之。"此宗吉所以有"清献名家厄运乖，羞将晚景对非才"之句。予叹易安，翁则清献，为世名臣；夫则明诚，官至郡守。亦景薄桑榆，何为而再适耶？事类《檀弓》所记，故录之。(《闲中今古录》)

王士禛

　　宋李易安，名清照，济南李格非文叔之女，词中大家。其母，王状元拱辰女，亦工文章。(《香祖笔记》卷九)

褚人获

《渔隐丛话》：赵明诚，清献公阅道抃子。妻清照，号易安居士，济南李格非之女，工诗词，有《漱玉集》三卷行世。明诚卒，再适张汝舟，未几，反目。易安《与綦处厚启》有"猥以桑榆之暮景，配兹驵侩之下材"，传者笑之。按《氏族大全》亦以明诚为清献子。观东坡《清献公神道碑》载二子曰岏、曰屺，并无明诚。叶文庄盛《水东日记》："明诚，赵挺之子。"曹以宁安《谰言长语》："易安，赵挺之子德夫之内。"《尧山堂》："抃谥清献，挺之亦谥清宪，故有此误传。"挺之附媚蔡京，致位权要，或有此失节之妇。若为清献子妇，岂宜以桑榆晚景，再适非类，为天下笑耶？（《坚瓠集》七集卷一）

卢见曾

〔重刊《金石录》序〕赵德夫《金石录》三十卷，匪独考订之精核也，其议论卓越，时有足发人意思者，顾世鲜善本。济南谢世箕尝梓以行，今其本亦不可得见。独见有从谢氏本影抄者，并何义门手校吴郡叶文庄公本。此二本庶几称善。其他抄本猥多，目录率被删削，字句讹脱，不足观。学者未得见谢、叶二家本，得世俗所传，犹不惜捐多金购求缮写，珍弄为枕中秘，盖其书之可贵若此。余患其久而失真也，因刊此以正之。德夫之室李清照，字易安，妇人之能文者。相传以为德夫之殁，易安更嫁。至有"桑榆晚景""驵侩下材"之言，贻世讥笑。余以是书所作跋语考之，而知其决无是也。德夫殁时，易安年四十六矣。遭时多难，流离往来，具有踪迹。又六年，始为是书作跋，是时年已五十有二。匪夏姬之三少，等季隗之就木。以如是之年而犹嫁，嫁而犹望其才地之美、和好之情亦如德夫昔日，至大失所望而后悔，悔之又不肯饮恨自悼，辄谍谍然形诸简牍。此常人所不肯为，而谓易安之明达为之乎？观其涉经丧乱，犹复爱惜一二不全卷轴，如获头目，如见故人。其惓惓德夫，不忘若是，安有一旦忍相背负之理？此子舆氏所谓好事者为之，或造谤如《碧云䭶》之类，其又可信乎？易安父李文叔，即撰《洛阳名园记》者。文叔之妻，王拱辰孙女，亦善文。其家世若此，尤不应尔。余因刊是书，而并为正之。毋令后千载下，易安犹蒙恶声也。乾隆壬午，德州卢见曾序。（雅雨堂本《金石录》）

俞正燮

〔易安居士事辑〕易安居士李清照,宋济南人。父格非,母王状元拱辰孙女,皆工文章。(《宋史·文苑传》)居历城城西南之柳絮泉上。(《古欢堂集》有《柳絮泉访李易安故宅》诗。据《齐乘》,柳絮泉在金线泉东)易安幼有才藻。元符二年,年十八,适太学生诸城赵明诚。明诚父挺之,时为吏部侍郎。格非为礼部员外郎。(俱《宋史》)明诚幼梦诵一书曰:"言与司合,安上已脱,芝芙草拔。"挺之曰:"此离合字,词女之夫也。"结缡未久,明诚出游,易安意殊不忍别,书《一剪梅》词于锦帕送之曰:"红藕香残玉簟秋。轻解罗裳,独上兰舟。云中谁寄锦书来,雁字回时月满楼。花自飘零水自流。一种相思,两处闲愁。此情无计可消除,才下眉头,却上心头。"(《琅嬛记》《草堂诗余》俱如此。《诗余图谱》前段秋字句,"轻解罗裳"作一句,"月满"下有"西"字)易安有小令云:"昨夜风疏雨骤,浓睡不消残酒。试问卷帘人,却道海棠依旧。知否?知否?应是绿肥红瘦。"(《苕溪渔隐丛话》)《壶中天慢》云:"宠柳娇花寒食近,种种恼人天气。"(黄旸评)其《秋词·声声慢》云:"守定窗儿,独自怎生得黑。""黑"字真不许第二人押也。词云"寻寻觅觅,冷冷清清,凄凄惨惨戚戚。"一下十四叠字。后又云:"梧桐更兼细雨,到黄昏,点点滴滴。"(《贵耳集》云是晚年作,非也。)又尝以《重阳·醉花阴》词,函致明诚,明诚思胜之。一切谢客,废寝忘食者三日夜,得五十余阕,杂易安作以示友人陆德夫,德夫玩诵再三,曰:"有三句乃绝佳。"明诚诘之。曰:"莫道不消魂,帘卷西风,人比黄花瘦。"政易安作也。易安之论曰:唐"开元、天宝间,李八郎者,能歌擅天下。时新及第进士开宴曲江,榜中一名士先召李,使易服隐姓名,衣冠故敝,精神惨沮,与同之宴所,曰:'表弟,愿与坐末。'众皆不顾。既酒行乐作,歌者进,以曹元谦念奴为冠。歌罢,众皆嗟咨称赏。名士忽指李曰:'请表弟歌。'众皆哂,或有怒者。及转喉发声,歌一曲,众皆泣下。罗拜曰:'此李八郎也。'自后郑、卫声日炽,流靡之变日烦,已有《菩萨蛮》《春光好》《落鸡子》《更漏子》《浣溪沙》《梦江南》《渔父》等词,不可遍举。"五代时,江南李氏独尚文雅,有"小楼吹彻玉笙寒"之句,及"吹皱一池春水",语虽甚奇,所谓亡国之音哀以思也。本朝"柳屯田永,变旧声作新声,出《乐章集》,大得声称于世;虽协音律,而词语尘下。又有张子野、宋子京兄弟、沈唐、元绛、晁次膺辈继出,虽时时有妙语,而破碎何足名家。至晏元献、欧阳永叔、苏子瞻，学际天人，作为小歌词，直如酌蠡水于大海，然皆句读不葺之诗尔，又往往不协音律者，何耶？盖诗文分平侧，而歌词分五音，又分五声，又分六律，又分清浊轻重。且如近世所谓《声声慢》《雨中花》《喜迁莺》，既押平声韵，又押入声韵。《玉楼春》本押平声韵，又押上、去声，又押入声。本押仄声韵，如押上声则协；如押入声，则不可歌矣。（谓本平，可通侧，不拘上去入；若本侧，则上去入不可相通。）王介甫、曾子固文章似西汉，若作小歌词，则人必绝倒，不可读也。乃知别是一家，知之者少。后晏叔原、贺方回、秦少游、黄鲁直出，始能知之。而晏苦无铺叙，贺苦少典重，秦即专主情致，而少故实，譬如贫家美女，虽极妍丽丰逸，而终乏富贵态。黄即尚故实，而多疵病。譬如良玉有瑕，价自减半矣。"（以上皆《渔隐丛话》）易安讥弹前辈，既中其病，（《老学庵笔记》）而词日益工。李、赵宦族，然素贫俭，每朔望，明诚太学谒告出，质衣，取半千钱，步入相国寺，市碑文果实归，夫妻相对展玩咀嚼，尝自谓葛天氏之民也。后二年，明诚出仕宦，挺之为宰相，居政府。亲旧在馆阁者，多有亡诗逸史、汲冢鲁壁所未见之书，尽力传写；或古今名人书画，三代奇器，质衣物市之。崇宁时，有人持徐熙《牡丹图》，求钱二十万，留信宿，计无所出，卷还之；夫妇相对惋怅者数日。（《金石录后序》）挺之在徽宗时，易安进诗曰："炙手可热心可寒。"挺之排元祐党人甚力。格非以党籍罢。易安上诗挺之曰："何况人间父子情。"读者哀之。（《郡斋读书志》）尝和张文潜《浯溪中兴颂碑》诗曰："五十年功如电扫，华清花柳咸阳草。五坊供奉斗鸡儿，酒肉堆中不知老。胡兵忽自天上来，逆胡亦是奸雄才。勤政楼前走胡马，珠翠踏尽香尘埃。何为出战辄披靡，传致荔支马多死。尧功舜德本如天，安用区区纪文字。著碑铭德真陋哉，乃令神鬼磨山崖。子仪光弼不自猜，天心悔祸人心开。夏商有鉴当深戒，简策汗青今具在。君不见当时张说最多机，虽生已被姚崇卖。"又和曰："君不见惊人废兴传天宝，中兴碑上今生草。不知负国有奸雄，但说成功尊国老。谁令妃子天上来，虢秦韩国皆天才。花桑羯鼓玉方响，春风不敢生尘埃。姓名谁复知安史，健儿猛将安眠死。去天尺五抱瓮峰，峰头凿出开元字。时移势去真可哀，奸人心丑深如崖。西蜀万里尚能反，南内一闭何时开。可怜孝德如天大，反使将军称好在。呜呼！奴辈乃不能道辅国用事张后专，只能念春荠长安作斤卖。"（《清波杂志》《寒夜录》）。"春荈长安作斤卖"，乃高力士诗）易安自少年兼有诗名，才力华赡，逼近前辈。（《碧鸡漫志》）传诵者"诗情如夜鹊，三绕未能安"，"少陵也自可怜人，更待来年试春草"。（《风月堂诗话》）世又传"两汉本继绍，新室如赘疣，所以嵇中散，至死薄殷周"。以为佳境。（朱子《游艺论》引评）又《春残》诗云："春残何事苦思乡，病里梳头恨发长，梁燕语多终日在，蔷薇风细一帘香。"（《彤管遗篇》）明诚后屏居乡里十年，衣食有余。及起知青、莱二州，皆政简，日事铅椠。易安与共校勘，作《金石录》，考证精凿，多足正史书之失。每获一书，即校勘整集签题；得书画彝鼎，摩玩舒卷，指摘疵病，夜尽一烛为率。所藏纸札精致，字画完整，冠诸收书家。易安性强记，每饭罢，与明诚坐归来堂。烹茶，指堆积书史，言某事在某书几卷、几页、几行，以中否决胜负，为饮茶先后。中即举杯，往往大笑，茶倾覆怀中，反不得饮而起。其收藏既富，归来堂起书库，大橱簿甲乙，置书册。当讲读，即请钥上簿，关出卷帙，或少损污，必惩责揩完涂改。又置副本，便翻讨，书史百家，字不刓、本不误谬者，常兼三四本，皆精绝。家传《周易》《左氏春秋》，两家文籍尤备，几案罗列枕藉，意会心谋，目注神授，乐在声色狗马之上。靖康二年春，（《金石录后序》作"建炎丁未"，是年五月。始为建炎，今改之）明诚奔母丧于金陵，（《金石录后序》作建康，其名建炎三年始改，今从其初）半弃所藏。其年十二月，金人陷青州，火其书十余屋。建炎二年，明诚起复，知江宁府。（以上皆《金石录后序》。《后序》亦作建康，盖追称之，今改。）易安自南渡以后，常怀京洛旧事，《元宵赋·永遇乐》词曰："落日熔金，暮云合璧"。又曰："染柳烟轻，吹梅笛怨，春意知几许。"后叠曰："于今憔悴，风鬟霜鬓，怕向花间重去"。（《贵耳集》）在江宁日，每值天大雪，即顶笠披蓑，循城远览，得句必邀赓和，明诚每苦之。（《清波杂志》）三年，明诚罢，将家于赣水。（《金后录后序》）四月，高宗如江宁，五月，改为建康府。（《宋史·纪》。《后序》云"至行在"，又言葬事，故依史实其地）诏明诚知湖州。明诚赴行在，感暑疟发。易安自明诚赴召时，暂住池阳，得病信，解缆急东下，至建康，病已危。八月，明诚卒。（《金石录后序》）易安为文祭之，有曰："白日正中，叹庞公之机敏；坚城自堕，怜杞妇之悲深。"（《四六谈麈》）祭文唐人俱用骈体，官祭文亦不用韵也。闰八月，高宗如临安。（《宋史·纪》）易安既葬明诚，乃遣送书籍于洪州。易安欲往洪。初，学士张飞卿者，于明诚至行在时，以玉壶示明诚，语久之，仍携壶去。时建康置防秋安抚使。扰攘之际，或疑其馈璧北朝也。言者列以上闻，或言赵、张皆当置狱。易安方大病，仅存喘息，欲往洪不能，闻玉壶事，大惧。(《金石录后序》)十一月，尽以其家所有，赴越州行在投进，而高宗已奔明州。(《宋史》《金石录后序》)时中书舍人綦崇礼左右之。(《宋史》。按《云麓漫抄》云："徽猷阁直学士。"沈该《翰苑题名壁记》云："綦崇礼，建炎四年五月，以吏部侍郎兼权直院。十一月，除徽猷阁直学士，知漳州。"则学士在明年十月。且启云："内翰承旨。"故从《宋史》本传，称"中书舍人")事解，清照以与綦亲旧，作启谢之曰："(清照)素习义方，粗明诗礼，近因疾病，欲至膏肓。牛蚁不分，灰钉已具。""岂期末事，乃得上闻。取自宸衷，付之廷尉。"序欲投进家器曰："抵雀捐金，利当安往？将头碎璧，失固可知。实自谬愚，分知狱市。"序綦为解释曰："内翰承旨，缙绅望族，冠盖清流，日下无双，人间第一。奉天克复，本缘陆贽之词；淮蔡底平，共传昌黎之笔。哀怜无告，虽未解骖；(越石父事)戴感鸿恩，如真出己。(知莹事)故兹白首，得免丹书。"序颂金事无形迹曰："虽南山之竹，岂能穷多口之谈；惟智者之言，可以止无根之谤。"(据《云麓漫抄》)綦字叔(一作存)厚，高密人也。(《宋史》)十二月，金人破洪州，易安所寄辎重尽失，遂往台州，依其弟敕局删定官李远，泛海，由章安辗转至越州，四年，放散百官，遂偕远至衢。(《金石录后序》)时綦崇礼以徽猷阁直学士知漳州。(《翰苑题名壁记》《建炎以来系年要录》)绍兴元年，易安之越。二年，之杭，年五十有一矣。作《金石录后序》曰："右《金石录》三十卷者何？赵侯德甫所著书也。取上自三代，下迄五季，钟、鼎、甗、鬲、盘、匜、尊、敦之款识，丰碑大碣，显人晦士之事迹，凡见于金石刻者二千卷，皆是正讹谬，去取褒贬，上足以合圣人之道，下足以订史氏之失者，皆载之，可谓多矣。呜呼！自王播、元载之祸，书画与胡椒无异；长舆、元凯之病，钱癖与传癖何殊。名虽不同，其惑一也。"(本书)又自序遭离变故本末甚悉。(《容斋四笔》)曰："靖康丙午岁，侯守淄川，闻金寇犯京师，四顾茫然，书画溢箧，且恋恋，且怅怅，知其必不为己物矣。建炎丁未春三月，(五月始为建炎，此追溯之号)奔太夫人丧南来，(谓江宁)既长物不能尽载，乃先去书之重大印本者，又去画之多幅者，又去古器之无款识者；后又去书之监本者，画之平常者，器之重大者。凡屡减去，尚载书十五车。至东海，连舻渡淮，又渡江，至建康。(亦追称)青州故第，尚锁书册什物用屋十余间,期明年春具舟载之。"十二月,金人陷青州,遂为灰烬。戊申九月,"侯起复,知建康。己酉三月罢。具舟上芜湖,入姑孰,卜将居赣水上。五月,至池阳,被旨知湖州,过阙上殿;(建康为行在)遂驻家池阳,独赴召。六月十三日,始负担舍舟坐岸上,葛衣岸巾,精神如虎,目光烂烂射人,望舟中告别。余意甚恶,呼曰:'如传闻城中缓急,奈何?'戟手遥应曰:'从众。必不得已,先去辎重,次衣服,次书册卷轴,次古器;独所谓宗器者,自抱负,与身存亡,勿忘之。'遂驰马去。途中奔驰,冒大暑,感疾,至行在,病痁。七月末,书报卧病。余惊怛,念侯性素急,奈何,病痁或热,必服寒药,疾可忧。遂解舟下,一日夜行三百里。比至,果大服柴胡、黄芩,疟且痢,病危在膏肓。余悲泣,仓皇不忍问后事。八月十八日,遂不起,取笔作诗,绝笔而逝,殊无分香卖履之态。葬毕,余无所之。朝廷已分遣六宫,(《宋史》言:七月,隆祐太后如洪州,宫人从之)又传江当禁渡,(《宋史》言:闰八月,杜充守建康,韩世忠守镇江,刘光世守池州。后光世移屯江州)时犹有书二万余卷,金石刻二千卷,器皿茵褥,可待百客,他长物称是。余又大病,仅存喘息,事势日迫。念侯有妹婿任兵部侍郎,从卫在洪州(从卫六宫),遂遣二故吏,先部送行李往投之。冬十二月,金人陷洪州,遂尽委弃。……独余少轻小卷轴书帖,写本李、杜、韩、柳集,《世说》《盐铁论》,汉、唐石刻副本数十轴,三代鼎彝十数事,又唐写本书数箧,偶病中把玩,搬在卧内者独存,岿然。上江既不可往,又虏势叵测,有弟迒,任敕局删定官;遂往依之。到台,守已遁。(此建炎四年事)之剡,出睦。又弃衣被,走黄岩,雇舟入海,奔行朝,时驻跸章安,(台州府治西南章安市。谓舟次于此,自此之温)从御舟海道道之温,又之越。庚戌(四年)十二月,放散百官。(百官自便,不扈从。谓自郎官以下)遂之衢。(以上建炎四年以前事)绍兴辛亥(元年)春三月,复赴越。壬子(二年),又赴杭。(以上绍兴二年事,作《后序》年也。此下复记建炎三年事)先,侯病亟时(建炎三年八月),有张飞卿学士,携玉壶过示侯,复携去,其实珉也。不知何人传道,妄言有颁金之语,或言有密论列者。余大惶怖,不敢言,亦不敢遂已,尽将家中所有铜器等物,欲赴外廷投进。到越,已幸四明。(建炎三年十一月),不敢留家中,并写本书寄剡。(此建炎四年事)后官军收叛卒取去,闻尽入故李将军家。"惟有书画砚墨六七簏,"常在卧榻下,手自开合。在会稽,卜居土民钟氏宅,忽一夕穴壁负五簏去。(此绍兴元年事)余悲痛不已,立重赏收赎。后二日,邻人钟复皓出十八轴求赏,故知其盗不远。万计求之,其余遂牢不可出。今尽为吴说运使贱价得之。……所有一二残零不成部帙书册三数种,平平书帙,犹复爱惜,如获头目,何愚也耶!今日忽阅此书,如见故人。因忆侯在东莱静治堂,装卷初就,芸签缥带,束十卷作一帙,每日晚更散,辄校勘二卷、题跋一卷。此二千卷,有题跋者五百二卷耳。今手泽如新,而墓木已拱,悲夫!昔萧绎江陵陷没,不惜国亡而毁裂书画;杨广江都倾覆,不悲身死,而复取图书。岂以性之所著,生死不能忘之欤?或者天意以余菲薄,不足以享此尤物耶!抑死者有知,犹斤斤爱惜,不宜留人间耶?何得之难而失之易也!噫!余自少陆机作赋之二年,至过蘧瑗知非之两岁,三十四年之间,忧患得失,何其多也!然有有必有无,有得必有失,乃理之常。人亡弓,人得之,又胡足道。所以区区记其始终者,亦欲为后世好古博雅者之戒云。绍兴二年玄黓岁壮月甲寅朔,易安室题。"(本书)三年,行都端午,易安亲联有为内夫人者,代进帖子,《皇帝阁》曰:"日月尧天大,璿玑舜历长;侧闻行殿帐,多集上书囊。"《皇后阁》曰:"意帖初宜夏,金驹已过蚕;至尊千万寿,行见百斯男。"("意帖"用上官昭容事)《夫人阁》曰:"三宫催解粽,团箭彩丝萦;便面天题字,歌头御赐名。"(团箭用唐开元内宫小角弓射粽事)于是翰林止金帛之赐,(《浩然斋雅谈》)咸以为由易安也。时直翰林者秦楚材忌之。五月,命签(应作金,押也。诸书皆从竹)书枢密院事韩肖胄(字似夫)、工部尚书胡松年(字茂老,海州怀仁人。二人以七月行)充奉表通问使、副使,使金,通两宫也。(刘时举《续通鉴》。又按《宋朝事实》其事在七月。其后八年十二月,韩又使金)易安上韩诗曰:"三年夏六月,天子视朝久;凝旒望南云,垂衣思北狩。如闻帝若曰,岳牧与群后。贤宁无半千,运已遇阳九。勿勒燕然铭,勿种金城柳,岂无纯孝臣,识此霜露悲。何必羹舍肉,便可车载脂;土地非所惜,玉帛如尘泥。谁当可将命,币重辞益卑;四岳金曰俞,臣下帝所知;中朝第一人,春官有昌黎;身为百夫特,行足万人师。嘉祐与建中,为政有皋夔;匈奴畏王商,吐蕃尊子仪。夷狄已破胆,将命公所宜。(肖胄,韩琦曾孙)公拜手稽首,受命白玉墀。曰臣敢辞难,此亦何等时;家人安足谋,妻子不必辞。愿奉天地灵,愿奉宗庙威;径持紫泥诏,直入黄龙城。单于定稽颡,侍子当来迎;仁君方恃信,狂生休请缨。或取犬马血,与结天日盟。"上胡诗曰："胡公清德人所难，谋同德协必自安；脱衣已被汉恩暖，离歌不道易水寒。皇天久阴后土湿，雨势未回风势急；车声辚辚马萧萧，壮士懦夫俱感泣。闾阎嫠妇亦何知，沥血投书干记室。夷虏从来性虎狼，不虞预备庸何伤。衷甲昔时闻楚幕，乘城前日记平凉。葵丘践土非荒城，勿轻谈士弃儒生，忿王墓下马犹倚，（史言：项羽葬鲁，在今谷城）寒号城边鸡未鸣。（《水经注》：韩侯城，在金地）巧匠亦曾顾樗栎，刍荛之询或有益，不乞隋珠与和璧，只乞乡关新信息。灵光虽在应萧条，草中翁仲今何若？遗民岂尚种桑麻，残虏如闻保城郭。嫠家祖父生齐鲁，位下名高人比数，当时稷下纵谈时，犹记人挥汗如雨。子孙南渡今几年，漂零遂与流人伍。愿将血泪寄河山，去洒东山一抔土。"其序云："以上二公，亦欲以俟采诗者。"（《云麓漫抄》）易安又有句云："南来犹怯吴江冷，北狩应知易水寒。"又云："南渡衣冠少王导，北来消息欠刘琨。"（《渔隐丛话》《诗说隽永》）忠愤激发，意悲语明，所非刺者众。又为诗诮应举进士曰："露花倒影柳三变，桂子飘香张九成。"（《老学庵笔记》，九成，绍兴二年进士）应举者服其工对，传诵而恶之。其《感怀》诗曰："寒窗败几无书史，公路可怜合至此，青州从事孔方君，终日纷纷喜生事。作诗谢绝聊闭门，燕寝凝香有佳思。静中我乃得至交，乌有先生子虚子。"（《彤管遗编》。此诗上、去两押，所谓诗止分平、侧）四年，避乱西上，过严子陵钓台，有"巨舰因利"、"扁舟为名"之叹。（《打马图》《钓台集》。或以其二十字韵语为恶诗，盖口占聊成之，非诗也，不复录）至金华卜居焉。（《打马图》）有《晓梦》诗曰："晓梦随疏钟，飘然蹑云霞；因缘安期生，邂逅萼绿华。秋风正无赖，吹尽玉井花，共看藕如船，同食枣如瓜。翩翩坐上客，意妙语亦佳，嘲辞斗诡辩，活火分新茶。虽非助帝功，其乐莫可涯。人生能如此，何必归故家？起来敛衣坐，掩耳厌喧哗，心知不可见，念念犹咨嗟。"（《彤管遗编》）诗秀朗有仙骨也。又作《打马图》曰："慧即通，通即无所不达；专即精，精即无所不妙。故庖丁之解牛，郢人之运斤；师旷之听，离娄之视；大至于尧舜之仁，桀纣之恶；小至于掷豆起蝇，巾角拂棋，皆臻其极者何？妙而已。……夫博者无他，争先术耳。故专者能之。余性喜博，凡所谓博者，皆耽也。南渡来流离迁徙，尽散博具。……自今年冬十月朔，闻淮上警报，江、浙之人，自东走西，自南走北，居山林者谋入城市，居城市者谋入山林，旁午络绎，莫卜所之。余亦自临安溯流，涉严滩，抵金华,卜居陈氏第,乍释舟楫而见窗轩,意颇适然。更长烛明,奈此良夜乎,于是乎博弈之事讲矣。且长行叶子,博塞弹棋,世无传者;打褐、大小、猪窝、族鬼、胡画、数仓、赌快之类,皆鄙俚,不经见;藏酒、摴蒱、双蹙融,近渐废绝,选仙、加减、插关火,质鲁任命,无所施智巧;大小象戏、弈棋,又惟可容二人。独采选、打马,特为闺房雅戏。尝恨采选丛烦,劳于检阅,故能通者少,难遇劲敌;打马简要,而苦无文采。按打马世有二种:一种一将十马者,谓之关西马;一种无将二十马者,谓之依经马。流传既久,各有图经、凡例可考,行移赏罚互有同异。宣和间人,取二种马参杂加减,大约交加侥幸,古意尽矣,所谓宣和马者是也。余独爱依经马,因取其赏罚互度,每事作数语,随事附见,使儿辈图之。不独施之博徒,亦足贻诸好事。使千万世后,知命辞打马,始自易安居士也。时绍兴四年十一月二十四日。"其《打马赋》曰:"岁令云徂,卢或可呼。千金一掷,百万十都。尊俎具陈,已行揖让之礼;主宾即醉,不有博弈者乎?打马爱兴,摴蒱遂废,实博弈之上流,乃闺房之雅戏。齐驱骥騄,疑穆王万里之行;间列玄黄,类杨氏五家之队。珊珊佩响,方惊玉镫之敲;落落星罗,忽见连钱之碎。若乃吴江枫冷,胡山叶飞,玉门关闭,沙苑草肥。临波不渡,似惜障泥。或出入用奇,有类昆阳之战;或优游仗义,正如涿鹿之师;或闻望久高,脱复庾郎之失;或声名素昧,便同痴叔之奇。亦有缓缓而归,昂昂而驻,鸟道惊驰,蚁封安步。崎岖峻坂,未遇王良;局促盐车,难逢造父。且夫邱陵云远,白云在天,心存恋豆,志在著鞭。止蹄黄叶,何异金钱。用五十六采之间,行九十一路之内,明以赏罚,核其殿最。运指挥于方寸之中,决胜负以几微之外。且好胜者人之常情,小艺者士之末技。说梅止渴,稍苏奔竞之心;画饼充饥,小谢腾骧之志。将图实效,故临难而不回;欲报厚恩,故知机而先退。或衔枚缓进,已逾关塞之艰;或贾勇争先,莫悟阱堑之坠。皆由不知止足,自贻尤悔,况为之不已,事实见于正经;用之以诚,义必合于天德。故绕床大叫,五木皆卢;沥酒一呼,六子尽赤。平生不负,遂成剑阁之师;别墅未输,已破淮淝之贼。今日岂无元子,明时不乏安石。又何必陶长沙博局之投,正当师袁彦道布帽之掷也。辞曰:佛狸定见卯年死(是岁甲寅),贵贱纷纷尚流徒,满眼骅骝杂辉骓,时危安得真致此。老矣谁能志千里,但愿相将过淮水。"(本书)时易安年五十三矣。居金华,有《武陵春》词曰:"风住尘香花已尽,日晚倦梳头。物

是人非事事休,欲语泪先流。闻说双溪春尚好,也拟泛轻舟。只恐双溪舴
艋舟,载不动许多愁。"流寓有故乡之思,(《水东日记》云:"玩其词意,作于
序《金石录》之后")其事非闺闼文笔自记者莫能知。或曰:依弟远,老于金
华。后人集其所著为文七卷、词六卷,行于世。(《宋史·艺文志》)其《金石
录后序》稿,在王厚之(顺伯)家,洪迈见之,为述其大概。(《容斋四笔》)朱
文公言:本朝妇人能文章者,曾相布妻魏及李易安二人而已。(《词综》)后
人于闽漠口铺见女子韩玉父题壁诗序:幼在钱塘,师事易安。(《彤管遗编》)
易安能诗、词、文、四六,又能画。明人陈傅良藏有易安画《琵琶行图》,(宋
濂《学士集》)莫廷韩买得易安画墨竹一幅。(《太平清话》)张居正在政府日,
见部吏钟姓浙音者,问曰:"汝会稽人耶?"曰:"然。"居正色变久之。吏曰:
"新自湖广迁往耳。"然卒黜之。(《玉茗琐谈》。文忠盖以钟复皓故。时不
悉其意,以为乖暴)而其时无学者不堪易安讥诮,改易安与綦学士启,以张
飞卿为张汝舟,以玉壶为玉台,谓官文书使易安嫁汝舟。后结讼,又诏离之,
有文案。(详赵彦卫《云麓漫抄》、胡仔《苕溪渔隐丛话》、李心传《建炎以来
系年要录》)宋方扰离,不纠言妖也。

述曰:《宋史·李格非传》云:"女清照,诗文尤有称于时,嫁赵挺之之子
明诚,自号易安居士。"无他说也。《艺文志》有《易安词》六卷,《通考·经籍
考》引《直斋书录解题》止《漱玉集》一卷。《解题》云:"别本分五卷",词今存。
《书录》:"《打马赋》一卷",《解题》云:"用二十马。今世打马,大约与撂蒱
相类。"《艺文志》言文集七卷,明焦竑《国史经籍志》云十二卷,则并词五
卷,惜其文未见。《琅嬛记》《四六谈麈》《宋文粹拾遗》并载易安《贺孪生
启》云:"无午未二时之分,有伯仲两楷之似;既系臂而系足,实难弟而难兄。
玉刻双璋,锦挑对褓。"注言:"任文二子孪生,德卿生于午,道卿生于未;张
伯楷、仲楷兄弟相似,形状无二;白俊兄弟,母不能辨,以五色彩绳,一系于
臂,一系于足。"其用事明当如此。读《云麓漫抄》所载《谢綦崇礼启》,文笔
劣下,中杂有佳语,定是窜改本。又夫妇讦讼,必自证之,启何以云无根之
谤。余素恶易安改嫁张汝舟之说,雅雨堂刻《金石录·序》,以情度易安不
当有此事。及见李心传《建炎以来系年要录》,采鄙恶小说,比其事为文案,
尤恶之。后读《齐东野语》论韩忠缪事云:"李心传在蜀,去天万里,轻信记
载。"疏舛固宜。又《谢枋得集》亦言:《系年要录》为辛弃疾造韩侂胄寿词,

则所言易安文案、谢启事可知。是非天下之公，非望易安以不嫁也。不甘小人言语，使才人下配驵侩，故以年份考之。凡诗文见类部、小说、诗话者，考合排次，至绍兴四年，易安年五十三。又绍兴十一年五月十三日，綦崇礼婿阳夏谢伋，寓家台州，自序《四六谈麈》时，易安年已六十，假称为赵令人李，若崇礼为处张汝舟婚事，伋其亲婿，不容不知。又下至淳祐元年，时及百年。张端义作《贵耳集》，亦称易安居士、赵明诚妻。易安为赘，行迹章章可据。赵彦卫、胡仔、李心传等，不明是非，至后人貌为正论。《碧鸡漫志》谓易安词于妇人中为最无顾藉，《水东日记》谓易安词为不祥之具。此何异谓直不疑盗嫂乱伦，狄仁杰谋反当诛灭也？且《启》言："牛蚁不分，灰钉已具。弟既可欺，持官文书来辄信；身几欲死，非玉镜架亦安知。呻吟未定，强以同归。猥以桑榆之暮景，配兹驵侩之下材。"易安，老命妇也，何以改嫁复与官告？又言："视听才分，实难共处，惟求脱去，决欲杀之，遂肆欺凌，日加殴击。岂期末事，乃得上闻，取自宸衷，付之廷尉。"是又闺房鄙论，竟达阙廷，帝察隐私，诏之离异。夫南渡仓皇，海山奔窜，乃舟车戎马相接之时，为一驵侩之妇，从容再降玉音。宋之不君，未应若是。审视《金石录后序》，始知颂金事白，綦有湔洗之力，小人改易安《谢启》，以飞卿玉壶为汝舟玉台，用轻薄之词，作善谑之报，而不悟牵连君父，诬衊庙堂，则小人之不善于立言。刘时举《续通鉴》云："绍兴四年八月，赵鼎疏言：'草泽行伍，求张浚不遂者，人人投牒，丑诋及其母妻。'"《四朝闻见录》有劾朱文公闱闱中秽事疏及朱《谢罪表》，盖其时风气如此。《齐东野语》又云："黄尚书由妻胡夫人惠斋居士，时人比之易安。尝指摘赵师𡨥《放生池文》误。惠斋已卒，赵为临安府，诱其逃婢证惠斋前与棋客郑日新通，遂黥配日新，而尚书以帷薄不修罢。"按《白獭髓》云："师𡨥初居吴郡，及尹天府日，延乔木为门客，乔教师𡨥子希苍制古礼器，于家释菜，黄尚书欲发遣之，师𡨥乃毁器而逐乔。"是师𡨥与由以黥配门客相报，又值惠斋有摘文之事，乃并诬惠斋，其事与易安同。夫小人何足深责，吾独惜易安与惠斋以美秀之才，好论文以中人忌也。易安《打马图》言："使儿辈图之。"合之《上胡尚书诗》，盖易安无所出，儿辈乃格非子孙，故其事散落。今于词之经批隙及好事传述者亦辑之。于事实有益，可备好古明理者观览。其仅见《漱玉集》者，此不载也。（《癸巳类稿》）

沈涛

《老学庵笔记》："张子韶对策，有'桂子飘香'之语，赵明诚妻李氏嘲之曰：'露花倒影柳三变，桂子飘香张九成'"放翁不曰"张汝舟妻"而曰"赵明诚妻"，可见易安无改适之事。(《瑟榭丛谈》卷下）

易安何等女子，况未亡时年已垂暮，汝舟之适，亦恐近诬。(《瑟榭丛谈》卷下）

梁绍壬

《漱玉》《断肠》二词，独有千古。而一以"桑榆晚景"一书致诮，一以"柳梢月上"一词贻讥。后人力辨易安无此事，淑真无此词。此不过为才人开脱。其实改嫁本非圣贤所禁。《生查子》一阕，亦未见定是淫奔之词。此与欧公簸钱一事，今古哓哓辩论，殊可不必。不若竹垞翁之直截痛快：吾宁不食两庑豚，不删《风怀》二百韵也。(《两般秋雨庵随笔》卷三）

冯金伯

宋女子韩玉，李易安教以作词，有《番枪子》词云："莫把团扇双鸾隔。要看玉溪头、春风客。妙将风骨潇闲，翠罗金缕瘦宜窄。转而两眉攒，青山色。到此月想精神，花生秀质。待与不清狂、如何得。奈向难驻朝云，易成春梦恨又积。送上七香车、春草碧。"(《词苑萃编》卷二十四，引《红树楼选》）

吴衡照

妃子沼吴，重归少伯。美人亡息，再醮荆王。简帙工讹，殊难理遣。世传易安居士再适张汝舟，卒至对簿，有《与綦处厚启》云云，为时讪笑。今以《金石录后序》考之。易安之归德甫，在建中辛巳，时年一十有八。后二年癸未，德甫出仕宦。越二十三年靖康丙午，德甫守淄川。其明年建炎丁未，奔母丧。又明年戊申，德甫起复知建康府。又明年己酉春，罢职。夏，被旨知湖州。秋，德甫遂病不起，时易安年四十有六矣。越五年，绍兴甲寅，作《金石录后序》，时年五十有一。其明年乙卯，有《上韩胡二公》诗，犹自称闾阎嫠妇，时年五十有二。岂有就木之龄已过，隳城之泪方深？顾为此不得已之为，如汉文姬故事。意必当时嫉元祐君子者，攻之不已，而及其后。而文叔之女多才，尤适供谣诼之喙。致使世家帷薄，百世而下，蒙垢抱诬，可慨也已。(《莲子居词话》卷二)

易安居士再适张汝舟，卒至对簿，有《与綦处厚启》云云，宋人说部多载其事。大抵彼此衍袭，未可尽信。《宋史·李文叔传》附见易安居士，不著此语。而容斋去德甫未远，其载于《四笔》中，无微词也。且失节之妇，子朱子又何以称乎？反复推之，易安当不其然。(《莲子居词话》卷二)

阮刘文如

〔宋刻《金石录》跋〕易安此序，言德甫夫妇之事甚详。《宋史·赵挺之传》传后无明诚之事，若非此序，则德甫一生事迹年月，今无可考。按《后序》作于绍兴四年，易安自言："余自少陆机作赋之二年，至过蘧伯玉知非之两岁，三十四年之间，忧患得失，何其多也！"是作序之年，五十二矣。序言十九岁归赵氏时，先君作礼部员外郎，侯年二十一。按德甫卒于建炎三年，是德甫卒年四十九也。易安十九岁为建中靖国元年。是年挺之为礼部侍郎。是赵李同官礼部时联姻也。序言建炎丁未。按丁未三月，犹是靖康，五月始有建炎之号，戊申方是建炎之元也。又《文选》注引《陆机传》云：年二十而吴灭，退临旧里，与弟云勤学，积十一年。是士衡二十岁时乃归里之年，不能定为作赋年。或是易安别有所据，或是离乱之时，偶然忘记耳。嘉庆戊寅，阮刘文如跋。(《滂喜斋藏书记》引)

陆以湉

〔李易安　朱淑真〕德州卢雅雨醾使见曾作《金石录序》，力辨李易安再适之诬，谓德夫殁时，易安年四十六矣。又六年，始为是书作跋，是时年已五十有二。非夏姬之三少，等季隗之就木。以如是之年而犹嫁，嫁而犹望其才地之美，和好之情，亦如德夫昔日；至大失所望而后悔之，又不肯饮恨自悼，辄谍谍然形诸简牍。此常人所不肯为，而谓易安之明达为之乎？观其洊经丧乱，犹复爱惜一二不全卷轴，如获头目，如见故人。其惓惓德夫，不忘若是！安有一日忍相背负之理？此子舆氏所谓好事者为之，或造谤如《碧云騢》之类，其又可信乎？陈云伯大令亦云：宋人小说往往污蔑贤者，如《四朝闻见录》之于朱子、《东轩笔录》之于欧阳公,比比皆是。……李易安再适赵(张)汝舟事,详赵彦卫《云麓漫抄》,诸家皆沿其说。卢氏力为辨雪,其意良厚。特录之,以俟论世者取裁焉。(《冷庐杂识》卷四)

王赠芳等

李氏名清照,号易安居士,礼部员外郎格非女,诸城翰林承旨赵明诚妻。幼有才藻。既长,适明诚。结缡未久,明诚即负笈出游,清照书词锦帕送之。尝以所作词函致明诚,明诚叹息愧弗逮,谢客忘寝食者三日夜,得五十阕,杂清照词示友人陆德夫。德夫称绝佳者,正清照作也。其舅挺之,相徽宗,清照献诗有云;"炙手可热心可寒。"挺之排元祐党人甚力,格非以党籍罢。清照上诗救格非有云:"何况人间父子情!"识者哀之。明诚好储经籍及三代鼎彝书画金石刻,连知莱、淄二州,竭俸入以事铅椠。清照与共校勘。明诚作《金石录》,考据精确,多足正史书之失,清照实助成之。靖康二年春,明诚奔母丧于建康,半弃所藏。其年十二月,金人陷青州,火其藏书十余屋。明诚,诸城人而家于青也。建炎二年起复,知建康府。三年,召知湖州。至行在,病卒。清照自为文祭之。既葬,清照赴台州依其弟远,辗转避难于越、衢诸州。绍兴二年,又赴杭州,所携古器物以次失去,乃为《金石录后序》,自述流离状。清照为词家大宗,尝谓词自唐、五代无合格者。宋柳永虽协音律,而词语尘下。张子野、宋子京兄弟、沈唐、元绛、晁次膺有妙语而破碎。晏元献、欧阳永叔、苏子瞻所作,似诗之句读不葺者。盖词别是一家,知之者少。晏叔原、贺方回、秦少游、黄鲁直能知之。晏苦无铺叙,贺少典重,秦专主情致而少故实,黄尚故实而多疵病。世以为名论。(道光《济南府志·列女传》)

吴连周

李清照,格非女,适诸城赵明诚,自号易安居士。合诗词杂著为《漱玉集》三卷。其词超绝古今,诗不多见。其舅挺之相徽宗,清照献诗,有云:"炙手可热心可寒。"格非以党籍罢,清照上诗救格非,有云:"何况人间父子情!"识者哀之。建炎初,从秘阁守建康,作诗云:"南来尚怯吴江冷,北狩应悲易水寒。"王西樵撰《然脂集》,只得其诗二句云:"少陵自可怜人,更待来年试春草。"《风月堂诗话》载二句云："诗情如夜鹊,三绕未能安。"愚按:易安多以文字中人忌。如《建安》诗:"南渡衣冠少王导,北来消息欠刘琨。"讥刺甚众。张子韶对策,有"桂子飘香"之语,易安嘲之曰:"露花倒影柳三变,桂子飘香张九成。"应举者服其工而心忌之。绍兴三年丙午,易安亲联有为内夫人者,代进帖子,于是翰林止金帛之赐,咸以为由易安也。时直翰林秦楚材尤忌之呜呼!此改嫁秽说之所由来也。(《绣水诗抄》卷一)

王培荀

友人何平子絜在济南故书局买美人一轴,乃李易安小像。纸已黯然,状似憔悴,所谓"人比黄花瘦"也。按:易安随其夫赵明诚来牧吾淄,北兵已逼,仓皇行遁,家室不能相保,《金石录后序》言之甚详。方明诚在太学时,有人持徐熙《牡丹》求售,以价重不能买,还之,夫妻怅惋累日。余见徐熙花鸟与黄荃花卉并陈,黄画似胜于徐,疑徐画为赝作,当日徐画品实在黄上也。易安夫妇鉴赏,故应不谬。李易安故宅在济南柳絮泉上(《乡园忆旧录》卷一)

卢雅雨先生《重刊金石录叙》谓李易安作《金石录跋》,时年已五十有二,必无更嫁之事,殆造谤如《碧云騢》之类。宛平女史黄友琴,喜易安数百年覆盆昭雪,赋诗云:"李氏本清门,赵亦天族裔。淹通敌儒冠,文采蓰侪类。讵逾就木年,而违泛舟誓。金为口所铄,葵竟足不卫。卓哉都转公,一语抉蒙翳。披云始见天,湔雪洵快事。词怜《漱玉》新,图爱《打马》慧。旷代有知己九原当破涕。"按:易安不再嫁,前人已辨之,观此诗益知卢公高识,非私于乡人也。(《乡园忆旧录》卷三)

李易安故居在柳絮泉上。撰《打马图》自为赋云:"绕床大叫,五木皆卢;沥酒一呼,六子尽赤。生平不卜,遂成剑阁之师;别墅未输,已破淮淝之贼。"意气豪荡,不美巾帼人语。若其词则妍丽婉曲,情深一往矣。田山薑《访易安故宅》云:"跳波溅客衣,演漾回塘路。清照昔年人,门外垂杨树。沙禽一只飞,独向前洲去。"(《乡园忆旧录》卷四)

伍崇曜

〔《打马图经》跋〕右《打马图经》一卷,宋李清照撰。按:清照,济南人,号易安居士,礼部郎格非之女。湖州守赵明诚妻也。《苕溪渔隐丛话》称其再适张汝舟反目,有启上綦处厚,具载《云麓漫抄》。李心传《建炎以来系年要录》载其构讼事尤详。毛子晋刊其词集,备载其轶事,而不录此段,盖讳之也。易安为词家一大宗。张端义《贵耳录》称其闺阁有此词笔,殆为间气。然《云麓漫抄》又录其上枢密韩公、工部尚书胡公两诗并序。《诗说隽永》又称其从秘阁守建康,作诗云:"南来尚怯吴江冷,北狩应悲易水寒。"又云:"南渡衣冠少王导,北来消息欠刘琨。"则固工于诗矣。《四六谈麈》又记其《祭赵湖州文》:"白日正中,叹庞公之机捷;坚城自堕,怜杞妇之悲深"云云。《宋稗类抄》又记其《贺人李生启》"玉刻双璋,锦挑对褓"云云。则又工于俪体文矣。又《四朝诗集》:闺秀韩玉父,秦人,家于杭,李易安教以诗。又《太平清话》:莫廷韩云:"向曾置李易安墨竹一幅。"亦奇女子矣。而《老学庵笔记》又称:张子韶对策,有"桂子飘香"语,易安以诗嘲之,曰:"露花倒影柳三变,桂子飘香张九成。"《宋稗类抄》又称:"明诚在建康日,易安每值天大雪,必戴笠披蓑,循城远览,以寻诗为事。"亦风流放诞人矣。打马戏今不传。周栎园《书影》称:"予友虎林陆骧武近刻李易安之谱于闽,以犀象蜜蜡为马,盛行。近淮上人颇好此戏"云云。而今实未见,殆失传矣。此为亡友黄石溪明经手写本。序称撰于绍兴四年,固《贵耳集》所称,南渡来常怀京洛旧事,晚年赋词,有"于今憔悴,风鬟雾鬓"时也。时咸丰辛亥春尽日,南海伍崇曜跋。(粤雅堂丛书本《打马图经》)

陆心源

〔《癸巳类稿·易安事辑》书后〕李易安改嫁,千古厚诬。歙人俞理初为《易安事辑》以辨之,详矣,备矣。惟张汝舟崇宁五年进士,毗陵人,见《咸淳毗陵志》。钦宗时,知绍兴府,见《会稽志》。建炎三年,以朝奉郎直秘阁,知明州。十二月,召为中书门下检正诸房文字。四年,兼管安抚使。复以直显谟阁知明州,见《四明图经》。五月,上过明州,历奉俭简,迁一官。六月,乞祠,主管江州太平观。绍兴元年三月,往池州措置军务,寻为监诸军审计司。二年九月,以妻李氏讼其妄增举数入官,有司当汝舟私罪,徒,诏除名,柳州编管,见《建炎以来要录》。则汝舟既确有其人,以李氏讼编管,亦确有其事。理初仅以怨家改启,证易安无改嫁事,几若汝舟亦属子虚,不足以释千古之疑,而折服李心传之心。愚按:汝舟即飞卿之名,妻字上当夺赵明诚三字耳。高宗性好古玩,与徽宗同,汝舟必以进奉得官,因进奉而征及玉壶,因玉壶之失而有献璧北朝之诬,因献璧北朝之诬,而易安有妄增举数之报复。不然,妄增举数,与妻何害?既不应兴讼,朝廷亦岂为准理耶?惟李氏被献璧北朝之诬,人人代抱不平,故李氏一控,而汝舟即夺职编管。汝舟无可泄忿,改其谢启,诬为改嫁,认为伊妻。其启即汝舟所改,非别有怨家也。请列五证以明之:汝舟先官秘阁直学士,复官显谟直学士,故曰飞卿学士。其证一也。颂金之谤,崇礼为之左右得解,事在建炎三年,是时崇礼官中书舍人,故曰"内翰承旨"。汝舟之贬,事在绍兴二年,则崇礼已为侍郎、翰林学士,当曰"学士侍郎",不得曰"内翰承旨"矣。其证二也。若《要录》原本无"赵明诚"三字,注文既叙明李格非女矣,何不叙赵明诚妻改嫁汝舟乎?其证三也。男女婚嫁,世间常事,朝廷不须问,官吏岂有文书。启云:"弟既可欺,持官文书来即信。"当指蜚语上闻,置狱而言。改嫁不必由官,有何官文书之有?其证四也。献璧北朝,可称不根之言。若改嫁确有其事,何得云不根之言?其证五也。心传误据传闻之辞,未免疏谬,若谓采鄙恶小说,比附文案,岂张汝舟亦无其人乎?必不然矣。(《仪顾堂题跋》)

李慈铭

〔书陆刚甫观察《仪顾堂题跋》后〕陆氏心源《仪顾堂题跋》十六卷,其中可取者甚多。其《书〈癸巳类稿·易安事辑〉后》谓张汝舟,毗陵人,崇宁五年进士,见《咸淳毗陵志》。又引《建炎以来系年要录》:绍兴二年九月,张汝舟为监诸军审计司,以妻李氏讼其妄增举数入官,诏除名,柳州编管。则汝舟既确有其人,以李氏讼编管,亦确有其事。汝舟即飞卿之名,妻字上当脱赵明诚三字。高宗性好古玩,汝舟必以进奉得官,因进奉而征及玉壶,因玉壶失而有献璧北朝之诬,因献璧之诬而易安有妄增举数之报。盖献璧之诬,人人代抱不平,故李氏一控,而汝舟即夺职编管;汝舟无可泄愤,改其谢启,诬为改嫁,认为伊妻,其启即汝舟所改,非别有怨家也。则殊臆决不近理。按《嘉泰会稽志》载:宣和五年,张汝舟以降授宣教郎直秘阁,知越州。越为望郡,是汝舟在徽宗时已通显。《乾道四明图经》载:建炎四年,张汝舟以直显谟阁知明州,兼管内安抚使,数月即罢。(《图经》载:是年汝舟之前，已有刘洪道、向子忞二人。汝舟之后，为吴懃，以建炎四年八月到任。是汝舟在州不过一二月。)《系年要录》载：绍兴二年九月，汝舟除名，时官止右承奉郎，则仕宦颇极沈滞，安见其以进奉得官？高宗颇好书画，未闻其好器玩。易安《金石录后序》言：闻张飞卿玉壶事发，在建炎三年九十月间，时明诚甫于八月卒，高宗方为金人所迫，流离奔窜，即甚荒暗之主，尚安得留心玩好，令人以进奉博官。汝舟之名，与飞卿之字，亦不相配合。且序言：飞卿所示玉壶，实珉也，旋复携去，则壶并不在德甫所，安得妄告朝廷，征之赵氏？且《要录》言：时建康置防秋安抚使，扰攘之际，或疑其馈璧北朝，言者列以上闻。或言：赵、张皆当置狱。是明谓言官所发，飞卿方有对狱之惧，岂有自发而自诬之理？易安《后序》亦谓：何人传道，妄言颂金。是并无怨飞卿之事，安得谓人人代抱不平，易安故讼其妄增举数，以为报复。至谓其启即汝舟所改，尤非情理。汝舟以进士历官已显，岂肯自谓驵侩下才，及视听才分，实难共处。且人即无良，岂有冒认嫠妇以为己妻。赵、李皆名人贵家，易安妇人之杰，海内众著，又将谁欺？虽丧心下愚，亦不至此。《要录》大书"右承奉郎、监诸军审计司张汝舟属吏，以汝舟妻李氏讼其妄增举数入官也"。其文甚明，安得谓妻上脱"赵明诚"三字？陆氏谓：妄增举数，何与妻事，朝廷亦岂为准理？则闺房之内，事有难言，增举人官，欺罔朝廷，安得置之不理？此等事惟家人得知之，故发即得实。若他人之妇，何从知之。惟易安必无再嫁之事，理初排比岁月，证之甚明。今即《要录》所载此一节，核其年月，更可了然。易安《金石录后序》，自题绍兴二年玄默岁壮月甲寅朔，易安室题。《要录》系讼增举事于绍兴二年九月戊午朔，相去一月，岂有三十日内，忽在赵氏为嫠妇，忽在张氏讼其夫，此不待辨者也。又易安于绍兴三年五月上使金工部尚书胡松年诗，有"嫠家父祖生齐鲁"之句，则易安以老寡妇终，已无疑义。《要录》又载：绍兴二年八月丙辰，（是二十九日。是月戊子朔，《后序》题甲寅朔，盖笔误。甲寅是二十七日，或是戊子朔甲寅，脱"戊子"二字。又朔甲寅误倒，古人题月日，多有此例。易安好古，观其用岁阳纪岁，月名纪月可知）直秘阁、主管江州太平观赵思诚守起居郎。思诚，明诚兄也，则是时赵氏尚盛，尤不容有此事。《要录》又载：建炎三年闰八月，和安大夫开州团练使致仕王继先，尝以黄金三百两，从故秘阁修撰赵明诚家市古器，兵部尚书谢克家言：巩疏远闻之，有累盛德，欲望寝罢。上批令三省取问继先,则所云征及玉壶,传闻置狱,当在此时。王继先本奸黠小人,时方得幸,必有恫喝赵氏之事。而綦崇礼为左右之,得白,故易安作启以谢。至张汝舟妻李氏,或本易安一家,与夫不咸,讼讦离异。当时忌易安之才如学士秦楚材者,(秦桧之兄名梓)及被易安诮刺如张九成等者,因将此事移之易安。(张九成为绍兴二年进士第一人,其对策有"桂子飘香"之语,易安因有"桂子飘香张九成"之谑,亦足证其嫠居无事。若方与后夫争讼讹离,岂尚有此暇力弄狡乎)或汝舟之妻,亦娴文字,作文自述被夫欺凌殴击之事,其讼妄增举数时,亦必牵及闺门乖忤,自求离绝。及置狱根勘得实,并遂共请,后人因其适皆李姓,遂牵合之,李微之亦不察而误采之。俗语不实,流为丹青,遂以漱玉之清才,古今罕俪,且为文叔之女,德甫之妻,横被恶名,致为千载宵人口实。余故申而辨之,补俞氏之阙,正陆氏之误,可为不易之定论矣。

况周颐按:易安如有改嫁之事,当在建炎三年明诚卒后,绍兴二年汝舟编管以前。今据俞、陆二家所引,建炎三年七月,易安至建康,八月,明诚卒;四年,易安往台州,之越州;十二月,至衢州。绍兴元年,复之越。二年,之杭。汝舟,建炎三年知明州,四年,复知明州,六月,主管江州太平观。绍兴二年,往池州措置军务,寻为监诸军审计司。二年九月,以增举入官,除名,编管。此四年中,两人踪迹判然,何得有嫁娶之事?旧说冤谬,不辨而明矣。因校越缦跋尾,书此以广所未备。(《越缦堂乙集》)

余于词非当家,所作者真诗余耳,然于此中颇有微悟。盖必若近若远,忽去忽来,如蛱蝶穿花,深深款款;又须于无情无绪中,令人十步九回,如佛言食蜜,中边皆甜。古来得此旨者,南唐二主、六一、安陆、淮海、小山及李易安《漱玉词》耳。屯田近俗,稼轩近霸,而两家佳处,均契渊微。(《越缦堂读书记》卷八·文学四)

符兆纶

〔明湖藕神祠移祀李易安居士记〕由鹊华桥下买舟泛明湖中,橹声摇数里许。风日转清,烟波愈阔,绿荷万柄,宕漾水面,舟往来穿花中。遥望千佛、鹊、华诸山,夕翠朝烟,髻鬟乱拥,此中疑有词女才人,呼之欲出也。湖侧旧有屋一楹,曰"藕神祠",不知所祀何神。神像久毁。同人以湖山佳丽,主持宜得其人，因以易安居士代之。居士，济南人，姓李氏，名清照，别号易安居士。宋文叔先生爱女，而诸城赵明诚之嘉偶也，其始终本末前人已别为列传。生平著述甚富，填词若干卷，尤脍炙人口，非当日苏、秦诸公所及，后来词人沾丐不少，固宜其俎豆不祧矣。世之少之者，独以其晚年改适一节，此事自关伦纪，而居士生平大端所系，予不可无辨。居士以文叔为父，得力于庭训居多。而所适赵明诚，又以才人为显宦。其夫妇相笃，风雅相深，固宜超出寻常万万。惟刻烛裁笺，拈花索句，无愁不媚，脱口生香，放诞风流，宜若不自检束，而不知居士乃才而深于情者也。情之深者，不能无所钟，而必不妄有所钟。妄钟其情，非情也。所谓发乎情、止乎礼义也。以其深于情，而即疑其薄于行，将世之口谈周孔之书，躬履夷齐之行者，其生平宜断断无他，而所为往往非人意计所及料。又何说邪！抑当时范希文、辛稼轩、欧阳永叔诸人，以芬芳恻怛之怀，作为缠绵倩丽之词，而卒不失其为正人君子，此尤章章也。明诚以建炎二年重起出山，三年召知湖州，于行在所病剧。居士闻信仓皇往视，至则明诚已卒。乃泣血磨墨，自为文祭之。其后辗转避难，所携古器物半皆失去。便恐丧亡都尽，因取明诚在日所同著《金石录》，序而藏之。自述流离，备极凄惨。至今读之，尤觉怦怦。其去明诚之没盖已六年，年且五十有二矣。夫人当家国琐尾之秋，艰难备尝之际，睹物怀人，忧来不绝。又春秋代谢，行且就木，而犹欲依倚村夫，重调琴瑟，此寻常闺阁所不为，而谓居士之才而为之乎？且再适一事，亦非确有证据，不过就居士所书白乐天《琵琶行》中"老大嫁作商人妇"之语，遂疑其重过别船，江湖流落。此事前明宋文恪已为辨之，不知此乃才人偶尔寄兴。今有人焉，手录郑卫诗一册，以资吟讽，见者遂谓其有桑间濮上之行，如之何其可也。嗟呼，风俗寝薄，人事难齐，古今来易节改行者，屈指良亦不少。即始宋祚鼎革，金名降表，首列则谢道清，彼固一女子也。而绝世才华如赵王孙，隐忍偷活，亦复易仕他姓，尤甚太息。遭逢不幸，自立良难，丈夫且然，于弱女子何？有惟就居士之生平揆之，断知其不出于是，万一有之，吾不能不为之惜。顾其香艳之才，沈博绝丽之学，何能不爱而慕之乎？或曰，子爱之慕之宜也，爱之慕之而即祀之，不宜也。是又非也。居士昔家柳絮泉上，故宅久荒，过者每低回不能去。今居士相去久矣，假如有居士之才，沦落不偶，而此时尚在，为结屋数椽于湖光山色间以居之，亦怜才者所不能已也。

且独不闻夫大别山之有桃花夫人庙乎？以彼无言有泪，儿女成行，一妇人而破灭二国，其视居士薰莸之别也。汉阳庙祀犹且不绝，何独于居士靳之？夫吾辈青衫作客，长铗依人，亦岂能重居士？特以漱其余芳，且换凡骨，受居士之益素深，爱居士之心因益甚；生平烦恼，聊仗千佛为之忏除；无数谤诬，亦借明湖为之湔雪。而他日寻诗湖上，蓉裳蕙带，不又想见其姗姗来迟耶？谨诹某月某日仍酹以柳絮之泉，荐以碧藕之节，妥居士之灵于旧祠之中。廖豸峰为文以祭，王秋槎祝瓣香成礼，子梅子执祀事，而予为文，勒诸石。宜黄符兆纶记（《续修历城县志》引《历下咏怀古迹诗抄》）

俞樾

国朝钱谦益《绛云楼书目》地志类，有李文叔《洛阳名园记》。陈景云注云：张扻序，绍兴八年也。序中并及文叔女易安上诗宰相救父事，盖文叔亦尝坐凶祐邪党远谪也。宰相即易安之舅赵挺之。按今人于易安但言其有改嫁事，不知有此事，亦可谓不成人之美者也。（《茶香室三抄》卷七）

丁丙

《漱玉词》一卷，（旧抄本）宋·李清照撰。清照姓李氏，号易安居士，济南人，李格非之女，适东武赵挺之仲子明诚。有《漱玉词》一卷，颇多佳句。末附《金石录后序》，毛晋刻附六十家词。世谓清照于明诚故后，再适张汝舟，未几反目。其事见《云麓漫抄》及《系年要录》。近俞理初有《事辑》，凡七千言，辩诬析疑，洵足为易安吐气也。（《善本书室藏书志》卷四十）

缪荃孙

唐·白居易书《楞严经》一百幅，三百九十七行，唐笺楷书，系第九卷后半卷。赵明诚跋云："淄川邢口氏之村，丘地平渹，水林晶凊，墙麓硗确布错，疑有隐君子居焉。问之，兹一村皆邢姓，而邢君有嘉，故潭长，好礼，遂造其庐。院中繁花正发。主人出接，不厌余为兹州守，而重余有素心之馨也。夏首后相经过，遂出乐天所书《楞严经》相示。因上马疾驱归，与细君共赏。时已二鼓下矣。酒渴甚，烹小龙团，相对展玩，狂喜不支，两见烛跋，犹不欲寐，便下笔为之记。赵明诚。"前后有绍兴玺，末幅止角上半印存"御府"二字。后有"宝庆改元花朝后三日重装于宝易楼，逊志题"。此册想见赵德夫夫妇相赏之乐。自序云："靖康丙午，侯守淄川。"当跋于此时，固俞理初未见者。（《云自在龛随笔》卷二）

谢章铤

兴公谓易安未尝改嫁，以为易安作《金石录后序》在绍兴二年，年五十有二，老矣。清献公之妇（清献应为清宪。王阮亭《分甘余话》曰：《闲中今古录》论李易安晚节改适，云翁则清献，为时名臣。……而挺之谥清宪，故致此舛讹耳），郡守之妻，必无更嫁之理。持论精审，足为贤媛洗冤。（《赌棋山庄集》词话卷七）

叶廷琯

《颐道堂诗外集》有《题查伯葵撰〈李易安论〉后》绝句，序云："李清照再适之说，向窃疑之。宋人虽不讳再嫁，然考易安作《金石录后序》，时年已五十余。《云麓漫抄》所载《投綦处厚启》，殆好事者为之。尝欲制一文以雪其诬，今读伯葵所作，可谓先得我心矣。"诗云："谈娘善诉语何诬，卓女琴心事本无。赖有琵琶查八十，清商一曲慰罗敷。"但今所传查梅史撰《筼谷集》并无《李易安论》，诗中亦无一字辨及易安者，不知何故？考乾隆中，卢雅雨都转尝作《金石录序》，已为易安辨冤；查君殆虑以蹈袭见讥，因此、自删所作。近见皖中俞理初孝廉正燮《癸巳类稿》有《易安居士事辑》一篇，亦力辨其再嫁之事，征引详博，以过卢序。微嫌文太繁冗。兹节采其大略附此，云：……此段旁推曲证，尤见明畅。一篇明论，足洗漱玉沉冤。虽使查君出手，应亦不过如是，即云翁亦不为虚赋题词矣。（《鸥陂渔话》卷一）

萧道管

昔人有云：自逊、抗、机、云之死，天地清灵之气，不钟于男而钟于女，此瞀言也。其实自牝鸡无晨之说起，雄飞雌伏，本有偏重之势。故即文章一事，妇女者流，寥寥天壤。一有其人，誉之者遂为过情之言，诟之者反为负俗之累。誉与诟，皆由于少所见而多所诧而已。易安再适之说，根于恃才凌物，忌者造言。为之辨者，若卢雅雨之《金石录序》，俞理初之《癸巳类稿》，吴子津之《莲子居词话》，亦详且尽矣。然实有不烦言解者。世传再适事，据所窜《上綦崇礼启》耳。而中有内翰承旨之称。按沈该《翰苑题名壁记》，建炎四年，崇礼除征猷阁直学士，且出知漳州。而《金石录后序》乃作于绍兴二年。又明年《上胡韩二公诗》犹称嫠妇，则其他尚何足与辨！夫易安五十三岁以前所作诗文，俱有年月事迹可考，忌之者何不即其后之无可考者而诬之耶？殆所谓天夺之魄耶？易安所作，非寻常妇人女子批风抹月者所能。归来堂之斗茶，建康城上之披蓑戴笠，亦酸寒之乐事也。不幸而寡，又值天下大乱，奔遁靡有宁居，殆为造物所忌使然耶？抑悲与乐之相寻，固消长之理有必然者耶？余向者尝谓：人生子嗣，一身忧乐，不系乎是。而怪世之愚妇人，有子则不问贤愚美恶，爱惜有逾身命，无则终身大恨，凡百如意，不足以解忧，直若空生一世者。今观易安之被诬，且诗文词零落殆尽，论者以为皆无子嗣之故。然则向之所谓愚妇人者，固不愚耶？抑子嗣之不肖者，亦虽有不必可恃耶？易安文学虽零落，而散见者犹复有此，故都为一集，叙而存之。癸未七月，道管书。（《道安室杂文》）

杨士骧

赵明诚妻李氏，名清照，历城人。礼部员外郎格非女，文学得其家传。建中辛巳，归明诚……明诚著《金石录》三十卷，卒后，易安表上之。为《后序》千余言，述其家藏书散佚，又遭难流离事甚悉。所著《漱玉集》传于世。（《山东通志》卷一百七十八《人物志》）

陈廷焯

易安名清照，格非之女，嫁赵明诚。赵彦卫《云麓漫抄》谓：易安再适赵汝舟（《渔矶漫抄》又作张汝舟），诸家皆沿其说。又伪撰易安《投内翰綦公崇礼启》，云："清照启：素习义方，粗明诗礼。……忝在葭莩，敢兹尘渎。"《渔矶漫抄》中谓：易安再适张汝舟，竟至对簿，《启》在临安时作。按，易安并无再适事。《启》乃好事者伪作无疑。考《金石录》语，辨之于后。（《云韶集·词坛丛话》）

德州卢雅雨龂使作《金石录序》，力辨李易安再适之诬……按：卢氏此辨，可谓精当。好古者慎勿随波逐流，重诬古人也。余因录易安词而附论

之于此。(《云韶集·词坛丛话》)

况周颐

易安居士三十一岁小照立轴,藏诸城某氏。诸城,古东武,明诚乡里也。余与半塘各得抚本。易安手幽兰一枝(半塘所藏改画菊花),右方政和甲午德父题辞(清丽其词,端庄其品。归去来兮,真堪偕隐。)左方吴宽、李澄中各题七绝一首。按沈匏庐先生涛《瑟榭丛谈》:长白普次云太守俊出所藏元人画易安小照索题,余为赋二绝句云云。未知即此本否?(易安别有《荼䕷春去》小影)(《蕙风词话》卷二)

黄盛璋 避难行踪(节录)

那么清照这次避难究竟是怎样走的呢?我们认为应根据下列两方面的考察,逐步加以确定:(一)明诚死后,曾谣传她家以玉壶颁赐金人(意即"通敌"),"或传亦有密论列者,余大惶怖,不敢言,遂尽将家中所有铜器等物,欲走外庭投进,到越,已移幸四明,不敢留家中……"据《后序》此段叙述我们确知她这次避乱完全追踪高宗,即所谓"赴外庭投进",一则为表明心迹,再则由于金兵紧追而来,无暇选择,追随行在避乱或较安全。(二)高宗逃跑与金人进兵的路线现留有详细的记录,上述的原则确定,我们就不难据以考订清照的行踪。明诚死于建炎三年八月十八日,葬毕当在闰八月,时建康形势已经紧急,隆祐太后在七月就率领六宫往洪州(南昌)疏散。闰八月廿六日高宗离开建康向东南逃跑,廿八日次镇江府,九月二日次平江府(苏州)。清照本打算投往洪州,由于颁金谣言故,就改投赴外廷,十月八日高宗至杭州,复入浙东,十七日到越州(绍兴)(其前一日金人陷滁州,直薄建康),十一月廿五日又自越州赴明州。清照赶到越州当在十一月廿五日后,由建康至越州必须经过杭州,此点《后序》虽未明载(或有缺失),但玩"壬子又赴杭"一语,确知此前实来过一次,当即这一次之追投行朝者。到越后又闻"已幸四明",她必须跟着追到四明,袁桷《清容居士集》卷四十六《跋定武楔帖不损本》:

赵明诚本　前有李龙眠蜀纸画右军像,后有明诚亲跋。明诚之妻易安夫人避乱寓吾里之奉化,其书画散落,往往故家多得之。

奉化宋属明州,金人南犯,除此次外,还有一次在绍兴四年(公元1134年)十月,金及伪齐兵渡淮,江浙骚动,清照那一次是乘富春江船赴金华避难,走不到奉化。自此以后,东南静谧有年,不须避乱,所以此处记清照避乱寓居奉化,定属此时事,足证清照确是经过明州。

十二月十五日高宗乘楼船入海,舟楫有限,她当然没法再追踪上去,所以才回头改从陆路经奉化、台州,由黄岩雇船入海,后来又随御舟"之温、又之越",《后序》记家中写本书寄剡,也该是此一路上的事,因为路径正合。

清照追踪高宗,既章章可据,所差异者,仅为自明州至台州(章安镇)一段。高宗由海,而清照由陆,但这是不足怪的,海道风波较险,船只缺乏,并没有陆路安妥,当时有些人就改从陆路,如汪藻当高宗自明州入海时,就请改由陆行。台州为入海要道,陆行入海必须采台州路,张俊放弃明州走赴行在,即自台州路入,正可为清照台州陆路行踪的参证。此次金人追攻是很紧的,十一月廿八日建康陷后,即势如破竹,十二月十六日陷杭州,同月的廿五日陷越州,随即犯明州,次年正月十六日明州不保,此时亦传敌人有由陆路追赶的企图,十八日高宗即离章安,时统制官李棒屯黄岩,有旨候金人至台州,则前来温州(《宋史·高宗纪》),事势迫切如此,清照只能有这一种走法,否则即不合理。

兹附《李清照晚年踪迹示意图》,以资比较。(黄盛璋《李清照事迹考辨》)

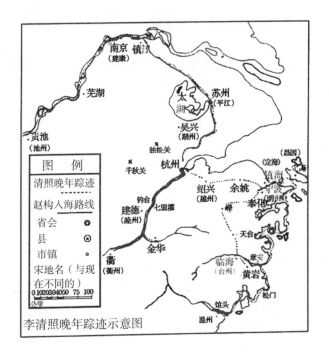

李清照晚年踪迹示意图

改嫁新考（节录）

　　说清照改嫁的是出于宋人的记载，宋代并没有人怀疑这件事的真实性，怀疑它并予以全部否定的乃是其后数百年明、清时代的人。他们为什么要起怀疑并用了很大的气力为她辩护呢？其原因不外两点：一是爱才，二是封建观点。俞氏所说的"不甘小人言语，使才人下配驵侩"就是属于第一，俞氏所谓"余素恶易安改嫁张汝舟之说"，并同意"雅雨堂刻《金石录》序"以情度易安不当有此事的说法，就是属于第二。认为改嫁就是失节，传统的观念由来已久，明、清封建社会特别是上层对妇女守节要求异常严格，妇女改嫁总被歧视为不道德与不体面的事，虽然俞正燮在"节妇说"中并不主张男权至上，以为夫妇应该平等，不能对于妇女要求独刻，守节固可敬，改嫁亦不为非。但他为所处的社会环境所限，并不能够全然超脱，他的"节妇说"中仍然有封建思想的因素，如以守节为可敬，就是思想中仍把守节看成比改嫁好，加上他爱惜清照之才，所以一遇到这个具体的问题，自然就感到可恶，而发愤为她大为辩护了。

兹附一《日程路线表》,以资比较:

年	月 日	高宗逃跑路线	金兵进攻日程	清照逃难行踪
	八月十八日			(明诚死于建康)
	闰八月廿六日	离建康向东南逃跑		离建康在此后
建炎三年	闰八月廿八日 九月二日 十月八日 十月十五日 十月十七日	次镇江府 次平江府 到杭州、旋即赴浙东 渡浙江 到越州	十六日陷滁州	(经杭州在此时间)
	十一月廿五日 十二月五日	发越州 到明州	十一月廿八日陷建康	至越州在此期间
	十二月十五日 十二月十七日 十二月十九日	自明州入海 次定海县 次昌国县	十六日陷杭州 二十五日陷越州 二十犯明州	居奉化在此前后
建炎四年	正月二日 正月三日 正月十八日	泊台州港口 至章安镇(晁公为来) 离章安镇	七日再犯明州、张俊走台州,十四日至行在,十六日陷明州	到台,走黄岩,雇舟入海在此期间
	正月二十日 正月二十一日	泊青陕门 泊温州港口		随御舟之温
	三月十六日 三月十九日 三月二十二日 三月二十八日 四月三日 四月五日 四月十二日	御舟复还浙西 次章安镇 次台州松门寨 次定海县 次明州城外 次余姚县 次越州驻跸州治		随御舟返越(以下高宗返越路线亦即清照返越之路线)

改嫁不改嫁本不关紧要,但这里牵涉到史料的真伪与事实的是非两个问题。学术讨论首先应该求是,全部案件材料经过详细的检查,我们认为经明、清三百年来讨论已无异议的这件学术公案实有重新考虑的必要。

改嫁与否先不作任何假定，第一步应该看看事实，宋代记载清照改嫁明确无疑的共有七家，兹全部抄录，并把每书作者有关事迹，成书年代、地点一并考证附后，以便参考。

一、胡仔《苕溪渔隐丛话》前集卷六十（海山仙馆丛书本）：

易安再适张汝舟，未几反目，有启事与綦处厚云："猥以桑榆之晚景，配兹驵侩之下材"，传者无不笑之。

——胡仔，绩溪人。做过常州晋陵县的县官。后来居住湖州（浙江吴兴）。这部书据其前面的自序，就是作于湖州，时在绍兴十八年（1148年）。

二、王灼，《碧鸡漫志》卷二（知不足斋本）：

易安居士，京东路提刑李格非文叔之女，建康守赵明诚之妻。……赵死后，再嫁某氏，讼而离之。晚节流荡无依。

——王灼，遂宁人。曾经做过幕官。这部书据其自序：绍兴十九年（1149）写于成都。

三、晁公武《昭德先生郡斋读书志》卷四下（续古逸丛书本）：

《李易安集》十二卷：右皇朝李氏，格非之女，先嫁赵诚之。……然无检操，晚节流落江湖间以卒。

——晁公武，巨野人，做过临安少尹，敷文阁直学士。这部书据其自序，成于守荣州（四川荣县）日，时绍兴二十一年（1151年）。（序年颇可疑，姑依衢如此作）

四、洪适《隶释》卷二十四《跋赵明诚金石录》（晦木斋刻楼松书屋本）：

（《金石录》）绍兴中其妻易安居士李清照表上之。赵君无嗣，李又更嫁。

——洪适（1117—1184），饶州鄱阳人。绍兴十二年中博学鸿词科，十三年在临安官秘书省正字。官至尚书右仆射，《宋史》有传。是书据其自序，成于乾道二年，时方罢尚书右仆射，以观文殿学士知绍兴府，安抚浙东，到了第二年（1167年）才"序而刻之"。

五、赵彦卫《云麓漫钞》卷十四（涉闻梓旧本）：

投内翰綦公崇礼启："清照启：素习义方，粗明诗礼。近因疾病，欲至膏肓，牛蚁不分，灰钉已具。尝药虽存弱弟，应门惟有老兵。既乐苍皇，因成造次，信彼如簧之说，惑兹似锦之言。弟既可欺，持官文书来辄信。身几欲死，非玉镜架亦安知。俛俛难言，优柔莫决，呻吟未定，强以同归。视听才分，实难共处,忍以桑榆之晚景,配兹驵侩之下材。身既怀臭之可嫌,惟求脱去;彼素抱璧之将往,决欲杀之。遂肆侵凌,日加殴击;可念刘伶之肋,难胜石勒之拳。局天扣地,敢效谈娘之善诉;升堂入室,素非李赤之甘心。外援难求,自陈何害?岂期末事,乃得上闻,取自宸衷,付之廷尉。被桎梏而置对,同凶丑以陈词,岂惟贾生羞绛灌为伍,何啻老子与韩非同传?但祈脱死,莫望偿金。友凶横者十旬,盖非天降;居囹圄者九日,岂是人为!抵雀捐金,利当安往?将头碎壁,失固可知。实自谬愚,分知狱市。此盖伏遇内翰承旨,搢绅望族,冠盖清流,日下无双,人间第一。奉天克复,本缘陆贽之词;淮蔡底平,实以会昌之诏。哀怜无告,虽未解骖;感戴鸿恩,如真出己。故兹白首,得免丹书。清照敢不省过知惭,扪心识愧?责全责智,已难逃万世之讥,败德败名,何以见中朝之士。虽南山之竹,岂能穷多口之谈;惟智者之言,可以止无根之谤。高鹏尺鷃,本异沉浮;火鼠冰蚕,难同嗜好。达者共悉,童子皆知;愿赐品题,与加湔洗。誓当布衣蔬食,温故知新。再见江山,依旧一瓶一钵;重归畎亩,更须三沐三薰,忝在葭莩,敢兹尘渎。"

——赵彦卫,宋宗室。书首有开禧二年(1206)序,时署新安郡(江西婺源)守。

六、李心传《建炎以来系年要录》卷五十八(丛书集成本):

(绍兴二年九月戊子朔)右承奉郎监诸军审计司张汝舟属吏。以汝舟妻李氏讼其妄增举数入官也。其后有司当汝舟私罪,徒,诏除名,柳州编管(自注:十月己酉行遣)。李氏,格非女,能为歌词,自号易安居士。

——李心传(1166—1243),隆州井研人,官至工部侍郎。幼年随父官杭州,喜欢从长老前辈访问故事,"曾窃窥玉牒所藏金匮之副",回四川后就撰述是书。嘉定三年(1210年)曾曛等奏请宣取其书。

七、陈振孙《直斋书录解题》卷二十一(江苏书局本):

《漱玉集》一卷:易安居士李氏清照撰。名士李格非文叔之女,嫁东武赵明诚德甫。晚岁颇失节。

(书因为没有序,确切年代不可知。)

除此七家外,胡仔《苕溪渔隐丛话》引了《诗说隽永》一条:

今代妇人能诗者,前有曾夫人,后有易安李。李在赵氏时,建炎初,从秘阁守建康,作诗云:"南来尚怯吴江冷,北狩应知易水寒。"

　　似乎此书作者俞正己也认为清照改过嫁,否则不能有"李在赵氏时"一语。《诗说隽永》成书年代虽不可知,但一定比胡仔《苕溪渔隐丛话》为早,亦即在清照生前。

　　为改嫁辩诬的理由虽多,但归纳不外三项:第一,论证宋代有关改嫁的记载都是伪造;第二,列举若干反证说明改嫁的不可能;第三,从情理上认为改嫁不会发生。兹先讨论第一项,他们攻击最烈的即为李心传《系年要录》,因为《要录》此条记载月、日,最为确凿,这是"擒贼先擒王"的办法。《要录》此条如何不可信呢? 俞氏的理由是:

　　余素恶易安改嫁张汝舟之说……及见李心传《建炎以来系年要录》,采鄙恶小说,比其事为文案,尤恶之。后读《齐东野语》论韩忠缪事云:"李心传在蜀,去天万里,轻信记载。"疏舛固宜。又《谢枋得集》亦言:《系年要录》为辛弃疾造韩侂胄寿词。则所言易安文案、谢启事可知。

　　我们仔细检查一下,此说非特不公,而且违反实事求是的论证方法,《齐东野语》云云指的是李心传另一部著作《建炎以来朝野杂记》,与《要录》无涉。谢枋得《叠山集》提到辛弃疾事只有卷七《宋辛稼轩先生墓记》,那里只说"诬公者非腐儒即词臣",没有说李心传伪造寿词,更没有涉及《系年要录》。《要录》只记高宗一代事,止于绍兴三十一年,而韩侂胄做寿在宁宗开禧间,不可能记载。又《要录》并没有说清照谢綦崇礼的启,李心传无论哪一部著作也都没有提到,俞氏想借此把谢启也归之于李心传伪造,如此就可连带予以推翻,实违反讨论的逻辑。很可能俞氏是把《建炎以来朝野杂记》与《建炎以来系年要录》混为一谈,但不论无意或有意,这种任意把莫须有的事牵连别人都是不应当的,倘据此断定文案、谢启全出心传虚造,当然丝毫站不住脚………

　　宋人记载清照改嫁可信与否,我们不妨从几方面加以分析:

　　上述七条改嫁材料中,就时间论,胡仔、王灼、晁公武、洪适都是清照同时人;就地域论,胡仔、洪适之书,一成于湖州,一成于越州,并不是"去天万里",而胡仔、王灼成书时,清照仍然健在,要是说在清照生前,他们就敢明目张胆造她的谣言,伪造谢启,这很不近情理,南渡后明诚的哥哥存诚、思诚都曾做到不小的官,赵家那时并不是没有权势。

　　根据书的性质考察:李心传《建炎以来系年要录》是仿司马光《资治通

鉴》，这种按照年、月、日排比的编年体需要足够可以依据的材料。据他的《朝野杂记》序目称十四五岁随父在杭州就喜欢从故老长辈访问故事，又"曾窃窥玉牒所藏金匮之副"，撰《要录》时，大抵以国史《日历》为主，又参考家乘志状，案牍奏报，百官题名，倘有异同，常自注于下，我们根据他自注的材料来源看，他的话并没有夸大，这部书基本上是南宋的一部可靠史料。《要录》记清照讼张汝舟，不但年、月、日明确，汝舟定罪以及在那一天行遣，都有记载，要是说他"比附文案"，全无事实根据，那是很难叫人信服的，何况在他以前已有四五个人都留有相同的记载。

晁公武的《郡斋读书志》是一部讲目录版本之书，跟小说笔记性质不同。书虽成于四川，但公武不久就到杭州供职。晁氏随宋南渡，很有几个人在南方供职，《金石录后序》里所谓"到台，守已遁"，这个人就跟他是堂兄弟，晁补之之子晁公为。据我们考证，晁氏、赵氏间接还有亲戚关系，而晁补之跟李格非都出自苏轼之门，甚赞清照的请，公武更不可能要造她的谣言。

尤其不可解释的是洪适《隶释》，《隶释》是一部研究碑石文字之书，跟《金石录》性质一样，无缘要破坏清照声名；洪适又是非常推崇赵明诚的人，《隶释》曾把《金石隶》有关汉隶的题跋，录为三卷，后附一跋说："赵君之书，证据见谓精博"，而在这篇跋的最后，就说"赵君无嗣，李又更嫁，其书行于世，而碑亡矣"，言外很有惋惜之意，绝不是说人坏话的口吻。绍兴十三年洪适在临安中博学鸿词科，十三年任秘书省正字，这一年清照也正在临安，《金石录》由清照"表上于朝"就是洪适说的，很可能就在这一年，这时他供职秘书省，职掌图籍，当然知道得清楚。《隶释》是在他尚书右仆射任内写成，书虽刻于越，实写于杭，凭他这时的地位、名望，也没有理由要造一个妇女的谣言。

记载清照改嫁既有这么多人，有的写书时还在清照生前，有的还是赵、李两家亲戚或世交，书的性质又是史部、目录、金石都有，不仅都是小说笔记，连洪适这样有资格清楚她晚年事迹的人，《隶释》这样一部纯粹学术著作也都说她改嫁，那材料的真实性就不能不令人郑重考虑了。要说这些材料还不可信，那么我们不能不迷惑，究竟什么材料才能使人相信呢？

子嗣（节录）

清照确无男息，我们找到了下列两条证据，余则今所未详：

（一）翟耆年《籀史》上："赵明诚古器物铭碑"条："……又无子能保其遗留，每为之叹息也。"

（二）洪适《隶释》："跋赵明诚《金石录》"："赵君无嗣。"

翟耆年是邢居实之甥，而居实又是赵挺之之甥，于明诚为中表，算起来耆年应是明诚的表甥，所言自属可信。

著述及其流传

清照著述主要为《李易安集》，最早见于著录的为晁公武《昭德先生郡斋读书志》，云"十二卷"，当刻于清照生前。公武所见为初刻本，属全集性质。此后宋代传刻之本甚多，如陈振孙《直斋书录解题》著《漱玉词》一卷，又云"别本五卷"，黄升《花庵词选》称《漱玉词》三卷，《宋史·艺文志》著录《易安居士文集》七卷，又《易安词》六卷，这是词集与诗文集别行之证，但所见的词集，与陈振孙、黄升所称又有不同。清照词集在宋代颇为盛行，至于全集及别行之诗文集至南宋中叶已不易见，故陈振孙《直斋书录解题》仅得著其词集，又《云麓漫抄》卷十四也说："李氏自号易安居士……小词多脍炙人口，已版行于世，他文少有见者"，足证赵彦卫并未见全集本或诗文集别行之本。然《李易安集》十二卷本明时犹完好，焦竑《国史经籍志》别集著录："《李易安集》十二卷"，《永乐大典》八八九册十八页录有《李易安集·偶成》一首：

> 十五年前花月底，相从曾赋赏花诗；今看花月浑相似，安得情怀似往时。

这是《李易安集》包括诗文之证，若为词集，自只限于词体一种。"十五年前"虽不能定为何年，但据诗意实追怀明诚，为哀悼死者之作，当写于建炎三年以后。《李易安集》版行之上限亦不得早于南渡。陈氏《世善堂藏书目》闺阁类著录《李易安集》十二卷，又词曲类著录《漱玉词》一卷，按陈氏世善堂书散于清初，是十二卷全集本的《李易安集》直到清初仍然存在，或以为"宋元时即不能见其全本",实非也。传世著述,别有《打马图赋》《打马图经》,《打马图赋》最早见著于《直斋书录解题》,云一卷,当包括《打马图经》为一书,或不在《李清照集》十二卷之内,故后来得单独流传下来。

清四库著录的《漱玉词》一卷,系采自汲古阁《诗词杂俎》本,仅十七首,出自衰残,远非宋本之旧,而于《永乐大典》中的《李易安集》,当时并未辑出,这不能不说馆臣之疏。修《永乐大典》时既有《李易安集》,所据当为日来馆阁收藏之本,焦竑《国史经籍志》所著录的可能也就是此本。陈氏世善堂所藏似另属一本,至于她的词集,见于著录的有一卷、三卷、五卷、六卷,宋时版刻当有数种,其流传较《李易安集》为广泛,但不论全集或别集,入清以后皆未见著录,清康熙时内府所辑印的《历代诗余》其中多载李清照词,所据为何本,虽不可考,很可能是内府藏书。至于辑佚,有王鹏运四印斋辑本《漱玉词》,有李文裿辑本《漱玉集》,赵万里《校辑宋金元人词》及唐圭璋《全宋词》也收有清照词,为大收获,至于国外未能影印的《大典》是否还收有清照的文字,现在还不清楚。(《李清照事迹考辨》)

关于李清照之改嫁 王仲闻

李清照事迹,昔人注意者不少;其注意力多集中在改嫁张汝舟一事,考证文字最多。致力最勤者,首为俞正燮。俞氏所举理由,大都难以成立,黄盛璋先生《李清照事迹考》中已详加指出。兹就黄氏所未及、或稍可补充其说者,另行考证如下:

(一)俞氏引:"谢枋得《叠山集》亦言:《系年要录》为辛弃疾造韩侂胄寿词",说明李心传所载不可恃,以之证明《建炎以来系年要录》所载李清照告张汝舟一事之伪。黄氏云:"谢枋得《叠山集》无此记载。"按谢枋得《叠山集》原有六十四卷,久已不传。今传明黄溥辑本只十六卷。俞氏不可能见有足本,所引或出自元吴师道《吴礼部诗话》。吴师道所见《叠山集》,当为足本,惟诗话原文云:"近读谢叠山文论李氏《系年录》《朝野杂记》之非。"俞氏略去"朝野杂记"四字,以实《系年要录》之非,殊非实事求是之道。《吴礼部诗话》原只引《清平乐》一首、《西江月》一首,云:"世传辛幼安寿韩侂胄词也。"并未言:"《系年要录》为辛弃疾造韩侂胄寿词。"俞氏所引谢枋得《叠山集》,既实无所引之言,俞氏不免厚诬古人。且《系年要录》编年,止于绍兴三十二年（公元1162年），并不下及开禧（公元1205—1207年），不可能载有辛弃疾寿韩侂胄词；俞氏不应不知。传本《建炎以来朝野杂记》亦无辛弃疾寿词。

（二）俞氏引（1）谢伋《四六谈麈》称清照为"赵令人李"，（2）张端义《贵耳集》称"易安居士，赵明诚妻"，证明清照未曾再嫁。黄氏已引洪适《隶释》跋赵明诚《金石录》谓其妻李清照表上于朝，而同时亦言清照更嫁以驳之。按陈振孙《直斋书录解题》卷二十一《漱玉集》条明言：李清照："晚岁颇失节"，而在卷八《金石录》解题仍云："其妻易安居士为作后序，颇可观。"盖李清照虽改嫁张汝舟，而旋即离异改嫁之后，与赵明诚生前之夫妇关系，并不因改嫁而消灭；与张汝舟离异之后，李与张之夫妇关系，自不再存在。各家称李清照为赵明诚妻，自是情理之常，不足为未改嫁之证。夏承焘先生《易安居士事辑后语》以为：陆游称李清照为故建康赵明诚之配，时在谢伋称赵令人李之后十余年，亦可助证俞正燮氏易安未改嫁之说。按陆游之言出自所作《夫人孙氏墓志铭》（苏洞之母），作于绍熙四年或稍后，在谢伋作《四六谈麈》之后约五十年，夏先生以为十余年，或推算有问题。陈振孙更后于陆游，而仍称"其妻"。夏先生之说实亦与俞氏说同，难以成立。

（三）俞氏云："易安，老命妇也，何以改嫁复与官告？"俞氏以李清照谢启中之官文书为与李清照之官告，未有所据。据宋窦仪等《新详定刑统》中不同地方之解释，官告不在官文书之列。且此"官文书"三字，原不指宋代任何文书，仍借用韩愈《试大理评事王君墓志铭》中语，未必张汝舟真以文书伪为告身往也。如谓此为官告，给李清照者，则在未嫁张汝舟以前，不可能得有张氏方面之官告。俞氏以清照启中所云官文书为官告，乃与清照者，实毫无根据。据《续资治通鉴长编》卷二十二载太平兴国六年十二月壬辰诏，告身亦官文书之一，与《刑统》解释不同。

（四）俞氏又云："闺房鄙论，竟达阙廷，帝察隐私，诏之离异。""南渡仓皇，海山奔窜，乃舟车戎马相接之时，为一驵侩之妇；从容再降玉音，宋之不君，未应若此。"按：据宋《刑统》规定：妻告夫者，纵使所告属实，亦以违反容隐律，仍须徒二年；被告之人则以自首论。宋代处刑，多据敕令格式，常较刑统为重。清照告张汝舟妄增举数入官，以妻告夫，乃仅被拘九日，虽有翰林学士綦崇礼从中援手，似非通过皇帝不可，无所谓"宋之不君"。

（五）俞氏云：《四朝闻见录》有劾朱文公闺阃中秽事疏及朱谢罪表，盖其时风气如此。按朱熹被劾疏及谢罪表，并非出自捏造。所劾各事自出诸诬构，而疏及表实见于李心传《道命录》卷七，至朱之谢表亦另见《朱文公文集》卷八十五，即《落秘阁修撰依前官谢表》。俞氏盖未深考。

其后继俞正燮之后为清照改嫁辩诬者，有陆心源、李慈铭以至夏承焘先生，其说亦多与俞正燮所举理由情形相类似，难以成立。陆氏曾列五证：

（一）汝舟先官秘阁直学士，后官显谟阁直学士，故曰飞卿学士。陆氏盖以为张汝舟即《金石录后序》中之张飞卿学士，与俞正燮意见相同，惟俞氏未举出任何佐证。按宋代馆职始称学士，其后学士之称极滥，至渡江后，苟有一官，未有不称学士者，据吴曾《能改斋漫录》卷二所载，当时曾有旨禁之，不能据学士之称以推知其官爵。宋代为学士者并不称为学士，如观文殿大学士称大观文、资政殿大学士称大资、端明殿学士称端明、龙图阁学士称老友、龙图阁直学士称龙学、枢密直学士称密学、翰林学士称内翰等等。至秘阁直学士，则宋代贴职并无此称。张汝舟之贴职乃直秘阁与直显谟阁，陆氏竟以为秘阁直学士及显谟阁直学士，所考全误。张飞卿确另有其人，据王诜画《梦游瀛山图》田亘跋，乃阳翟人；曾授直秘阁之张汝舟乃毗陵人。此二人决非同一人（清照所讼之张汝舟则又为另一人）。

（二）綦崇礼官中书舍人，故曰内翰。按宋代只有翰林学士方能称内翰；中书舍人例称舍人或紫微。李清照告张汝舟时，綦正为翰林学士，非中书舍人。

（三）《要录》无赵明诚三字。按《建炎以来系年要录》卷五十八明云：汝舟妻李氏，"格非女，能为歌词，自号易安居士。"此易安居士非李清照而谁？虽未言其为赵明诚之妻，决不能移之他人。

（四）启云："弟既可欺，持官文书来辄信。"当指綦语上闻置狱而言。按"持官文书来辄信"一语，乃用韩愈文中语，当为未改嫁张汝舟以前之事，与其后置狱无涉。

（五）若改嫁确有其事，何得云不根之言。按"不根之言"四字，出李清照《谢綦崇礼启》中，系指张李二人讼事言，盖当时二人对狱，必有飞短流长之语，传说纷纷，故云不根之言，与改嫁事亦无涉。

李慈铭引《金石录后序》所著"绍兴二年玄黓岁壮月甲寅朔易安室题"

及绍兴三年《上韩肖胄诗》自称为"嫠"两点，用以证明在绍兴二三年间，清照确未改嫁。夏承焘先生亦以"易安室"三字为清照未嫁之证。惟吴庠先生云："妇人对其夫自称为室，固属罕见，而又置室字于易安下，甚不妥。"盖已疑之而未得其说。按易安室之"室"，并不指"妻室"，而系指一般房屋中之室。"易安室"实与"雪浪斋""龟堂""芳兰轩"等相同，为一室名，岳珂《宝真斋法书赞》卷十九米元章《灵峰行记帖》之岳珂赞可证。如果易安室三字确为"妻室某某"之意，则《金石录后序》或可勉强言其乃李清照对赵明诚之自称；但李清照在《上韩肖胄诗序》中、在《打马图经序》中，亦俱称"易安室"，将如何解释？岂对他人亦自称为妻室某某乎？至清照自称为嫠，则其时赵明诚已死，与张汝舟亦已离异，又何以不能称"嫠"？称"嫠"又何以能证明其未改嫁？

李慈铭又以为清照改嫁一事，乃秦楚材或张九成等以他人之事移之易安。此与俞正燮论点相同，惟俞氏未指明何人所移。按张九成素性正直，似决不至因诮而出此；且易安"露花倒影柳三变，桂子飘香张九成"一联，与见于叶梦得《避暑录话》卷三之苏轼"山抹微云秦学士、露花倒影柳屯田"一联类似，出于游戏，原无讥诮之意。秦楚材即秦梓，乃秦桧之兄，虽未必为正人君子；但进帖子词事小，未必因此结怨；而清照与秦桧之妻王氏乃中表；投鼠忌器，秦楚材亦未必出此。李氏之假设，毫无佐证。

宋人视改嫁一事，本极寻常，并不以为耻辱，与明、清人观点大不相同。黄盛璋先生已指出：叶适《水心文集》中各墓志铭，于改嫁皆直书不讳。叶适属永嘉学派，尚有异于程朱之理学派。朱熹为理学派最主要人物，乃所撰《荣国夫人管氏墓志铭》，亦载其有五女，次适承直郎沈程，再适奉议郎章驹，足见当时并不讳言改嫁。朱熹尚且如此，他可知矣。无怪魏了翁之女夫死再嫁，人争欲娶之，刘震孙竟因之结怨于人，乃见于周密《癸辛杂识》别集卷上之记载。当时人如有憾于清照，流言诬蔑，必不出诸捏造改嫁事实之一途。

改嫁一事，从当时社会观点而论，并无损于李清照之人格；在今日更不应成为问题。自俞正燮以来有不少学人竭力为李清照辩诬，似亦不足以为李清照增重。黄盛璋先生云："这里牵涉到史料之真伪与事实的是非两个问题"，列举宋人胡仔、王灼、晁公武、洪适、陈振孙等人之说，证明其确曾改嫁。各家辩诬之说,殆全已落空。深恐尚有人纷纷为改嫁一事翻案,故不惮辞费,就黄先生所未及,或已及而未周者,稍加补充,供研究李清照事迹者参考。(王仲闻《李清照事迹作品杂考》)

黄墨谷

黄盛璋的《李清照事迹考辨》是一篇有影响的文字。王仲闻在《文史》第二辑发表《李清照事迹作品杂考》一文,完全同意黄盛璋的观点。王氏云:"黄盛璋先生云:'这里牵涉及史料之真伪与事实的是非两个问题',列举宋人胡仔、王灼、晁公武、洪适、陈振孙等人之说,证明其确曾改嫁。各家辩诬之说,殆全已落空。深恐尚有人纷纷为改嫁一事翻案,故不惮辞费,就黄先生所未及,或已及未周者,稍加补充,供研究李清照事迹者参考。"

王仲闻同意黄盛璋所谓宋代既有七家之多的说部记载易安改嫁,改嫁便属实。这不禁使人想起"三告投杼""三人成虎"的故事。

考辨李清照是否改嫁,不能单凭宋人说部笔记,正如要评价现代许多杰出人物,不能凭"四人帮"横行霸道时报章杂志的记载一样。我认为唐圭璋、潘君照在《论李清照的后期词》一文提出的论点,对研究李清照生平、思想和作品是很有价值的,兹录于下:"在封建社会中,倾向进步的文人,总是属于诬陷贬谪,有才难展,以致潦倒终生的。……南渡之初……李清照……诗笔表示了她鲜明的政治态度……当然是主和派所绝对不能容忍的……因此,李清照的遭受打击,乃是事态发展的必然结果。她之被诬通敌,就显然是一个恶毒的阴谋,至于因'改嫁'一事引起的风波,更明显是卫道者的制造舆论,蓄意中伤。……李清照暮年的飘零困顿,正是封建礼教对她施以无情的打击的结果。"

经历了"四人帮"兴风作浪的时代,应该相信好人是会受诬陷的。封建时期南宋社会的情况,端木采序四印斋重刊《漱玉词》云:"有宋以降,无稽竞鸣。……越在偏安,益煽腾说。"就透露个中消息。至于黄盛璋提出的什么:"胡仔、王灼成书时,清照仍然健在,要是说清照生前,就敢明目张胆造她的谣言,伪造谢启,这是很不近情理的,南渡后明诚的哥哥存诚、思诚都做到不小的官,赵家那时并不是没有权势。"在"四人帮"横行霸道的时期,许多有汗马功劳的元勋,许多烈士的子女,都毫无例外地受到迫害。何况李清照的家世是长期处在两宋激烈政治斗争的漩涡激流中，她的遭受打击是事态发展的必然结果。

黄盛璋、王仲闻在考辨所谓改嫁问题时，完全摒弃清照传记性的叙述《后序》，摒弃她的诗词文赋，照搬宋人说部的记载，罗列一些与清照无关的材料。知人论世，文如其人。宋人之所以要谤伤李清照就是要毁坏她的声望令誉……（黄墨谷《翁方纲〈金石录〉本读后 ——兼评黄盛璋〈李清照事迹考辨〉中"改嫁新考"》）

七　著作论文提要及目录

李清照著作版本考

一、文集

甲　失传古本

《李易安集》十二卷　宋·晁公武《郡斋读书志》卷四下："右皇朝李氏，格非之女，幼有才藻名。先嫁赵明诚，其舅正夫相徽宗朝，李氏献诗曰：'炙手可热心可寒'。然无检操，后适张汝舟，不终。晚节流落江湖间以卒。"

《文集》十二卷，《漱玉词》一卷　宋·朱彧《萍洲可谈》卷中："本朝妇女之有文者，李易安为首称。易安名清照，元祐名人李格非之女。诗之典赡，无愧于古之作者，词尤婉丽……所著有《文集》十二卷，《漱玉集》一卷。然不终晚节，流落以死。"（此条《守山阁丛书》之《萍洲可谈》卷不载，褚斌杰等《李清照资料研究汇编》朱彧条下云："查明抄本、影抄本《萍洲可谈》均无此文。"王仲闻《李清照集校注》附录《参考资料》引此条，并云"此本从明抄本影抄。"题名为九夷清隐朱无惑撰，与从《永乐大典》辑出之守山阁刊本内容不同。盖源出于另一影明抄本，故与褚斌杰所见之明抄本异。）

《易安文集》　宋·张端义《贵耳集》卷下："易安居士李氏，赵明诚妻。《金石录》亦笔削其间。……有《易安文集》。"

《易安居士文集》七卷、《易安词》六卷　元·脱脱等《宋史·艺文志》："宋李格非女撰。"

《李易安集》十三卷　明·焦竑《国史经籍志》著录。

《李易安集》十二卷　明·陈第《世善堂藏书目录》著录。

今按：王仲闻《李清照集校注》："十二卷本《李易安集》系诗文集，抑词亦在内，不得而知。《萍洲可谈》卷中云是文集。或以为其中七卷为诗文，五卷为词（据《宋史·艺文志》及《直斋书录解题》），但《宋史·艺文志》已明云《易安词》六卷，如诗文词为七卷，则共为十三卷，非十二卷矣。至焦竑《国史经籍志》所载，则焦氏多未见原书，不可据。宋人词多于集外单行。陈振孙《解题》无《李易安集》，而云‘别本《漱玉集》分五卷’。颇疑《易安集》十二卷，俱为诗文，无词。”王仲闻所指甚是，宋人词集多单行，故《宋史》既著录其集，又著录其词。文集七卷与晁公武著录之十二卷不同，盖另一编行本，而焦氏之十三卷本，意其撰志时多不据原书，写至《李易安集》时，遂取《宋史》所载《文集》《易安词》之卷数相加，认定为十三卷。愚意易安收编诗文之《文集》传世有两本，即晁公武、朱彧所载之十二卷本，《宋史》著录之七卷本，两者均不收词。

《宋史·艺文志》所载之七卷本，后世未见著录，久已逸失。《郡斋读书志》所载之十二卷本，明代收藏家陈第《世善堂藏书目录》曾载之，可证明代尚存，清初诗人朱彝尊《静志居诗话》卷十四，曾载陈氏后人将藏书出售，朱氏有意托人代购；“逾年得报，书则已散佚。”从此，《易安集》之十二卷本，公私著录皆未之见，下落不明。乾隆开四库馆，亦未收到。总之，易安之集原本逸散已久。

乙　1949 年前辑本

《漱玉集》五卷　李文椅辑，丁卯（1927年）《冷雪庵丛书》铅字排印本，又庚午（1930年）再版本。萨雪如《跋》云：“案《漱玉集》原本久佚……盖自宋元时，已不能见其完本矣。……冷衷先生（即李文椅）锐意搜辑，历时数月，引书至六七十种。易安居士之诗文词，以及遗闻断句，靡不备于是编。且根据诸书，详加校勘，注其异同，用备考核。并编年谱，冠之卷首。厘为五卷，仍题名为《漱玉集》。”黄节《序》云：“此编所集，文凡五篇，诗凡十八首，词凡七十八首。诗文为半塘刻本（指王鹏运辑本《漱玉词》，见后）所未采者。以词相较，则复增二十八首矣。”庚午（1930年）再版本李文椅《再版弁言》云：“因得旁搜群籍，于写本《全芳备祖》中得《鹧鸪天》一首，《岁时广记》中得逸句若干，其他遗事及诗词文评亦数十则，遂重为诠次，再付铅椠。”王仲闻《李清照著作考》云：“李文椅辑《漱玉集》用力颇勤，惟误收无名氏词太多，未能考出；所注出处，多不可信。……如《行香子》词注出《花草粹编》，又有十余首注出《梅苑》，而按之二书，则未有注李清照作者。他如所引《才妇录》一条，今无此书，盖自《清河书画舫》录出，而没其来源，一似曾见其书者。今人注清照词者，竟以为出自宋·陆放翁之《老学庵笔记》，且有人以讹传,互相承袭,贻误不浅。"

今按:李清照作品之搜辑,以王仲闻(学初)之《李清照集校注》为最完备,详本书《当代论著》栏。

二、词集

甲　失传之古本

《漱玉集》一卷　宋·陈振孙《直斋书录解题》卷二十一:"易安居士李氏清照撰。元祐名士格非文叔之女,嫁东武赵明诚德甫。晚岁颇失节。别本分五卷。"

《漱玉集》三卷　宋·黄升《唐宋诸贤绝妙词选》卷十:"李易安,赵明诚之妻,善为词,有《漱玉集》三卷。"

《易安词》六卷　元·脱脱等《宋史·艺术志》著录。

《漱玉集》词一卷(李易安)　明·陈第《世善堂藏书目录》著录。

《李易安词》一本　明·赵琦美《脉望馆书目》著录。

今按:李清照词的专集,原本或称《漱玉集》,或称《易安词》,无称《漱玉词》者,其卷数有一卷、三卷、六卷或不分卷(一本)之不同,盖传本之来源各异。明末毛晋(明万历十三年生,卒于清顺治十六年),当时最大的藏书家及私人出版家,亦仅见抄本(乃不全的选本),可见清照词集原本散亡于明末清初之际。

乙　1949 年前辑本

《漱玉词》一卷　明·汲古阁刊《诗词杂俎》本。毛晋识云:"黄叔旸(即黄升,见前)云:《漱玉词》三卷,马端临(《文献通考》著者):别本分五卷,今一卷。考诸宋元杂记,大率合诗词杂著为《漱玉集》,则厘全集为三卷无疑矣。第国朝博雅如用修先生(即杨慎)尚慨未见其全,湮没不几久耶?庚午(1630年,崇祯三年)仲秋,余从选卿觅得宋词廿余种,乃洪武三年抄本,订正已阅数名家。中有《漱玉》《断肠》二册。虽卷帙无多,参诸《花庵》《草堂》《彤管》诸书,已浮其半,真鸿宝也。急合梓之,以公同好。末载《金石录后序》,略见易安居士文妙,非止雄于一代才媛,直洗南渡后诸儒腐气,上返魏、晋矣。后附遗事几则,亦罕传者。"按:又有汲古阁未刻之另本《漱玉词》传世,清末,王鹏运、况周颐曾见之。大同小异。

《漱玉词》一卷 《四库全书》本。提要云:"宋·李清照撰。清照号易安居士,济南人,礼部郎提点京东刑狱格非之女,湖州守赵明诚之妻也。清照工诗文,尤以词擅名。《苕溪渔隐丛话》称其再适张汝舟,未几反目,有启事上綦处厚云:'猥以桑榆之晚景,配兹驵侩之下材。'传者无不笑之。今其启具载赵彦卫《云麓漫抄》中。李心传《建炎以来系年要录》载其与后夫构讼事尤详。此本为毛晋汲古阁所刊。卷末备载其轶事逸文,而不录此篇,盖讳之也。按陈振孙《直斋书录解题》载清照《漱玉词》一卷,又云:'别本作五卷。'黄升《花庵词选》则称《漱玉词》三卷,今皆不传。此本仅词十七阕,附以《金石录序》一篇,盖后人裒辑为之,已非其旧。其《金石录后序》与刻本所载,详略迥异,盖从《容斋五笔》中抄出,亦非完篇也。清照以一妇人,而词格乃抗轶周、柳。张端义《贵耳集》极推其《元宵词·永遇乐》《秋词·声声慢》,以为闺阁中有此文笔,殆为间气,良非虚美。虽篇帙无多,因不能不宝而存之,为词家一大宗矣。"

《漱玉词》一卷 清·王鹏运《四印斋所刻词》光绪七年(1881年)刊本,又光绪十五年(1889年)刊"补遗"本。跋云:"右易安居士《漱玉词》一卷。按此词虽见于《宋史·艺文志》《直斋书录解题》,世亦久无传本。古虞毛氏刻之《唐宋妇人集》者,仅词十七首,《四库》所收,即是本也。此刻以宋·曾端伯《乐府雅词》所录二十三首为主,复旁搜宋人选本说部,又得二十七首,都为一集,而以俞理初孝廉《易安居士事辑》附焉。易安晚节,世多皆议,甚至目其词为不祥。得理初作,发潜阐幽,并是集亦为增重。独是闻见无多,搜罗恐尚未备。然即此五十首中,假托污蔑之作,亦已屡见。昔端伯录六一翁词,凡属伪造者,皆从刊削,为六一存真。此则金沙杂糅,使人自得于披拣之下,固理初之心,亦犹之端伯之心云。光绪辛巳燕九日,临桂王鹏运志于都门半截胡同寓斋。"《补遗题记》云:"易安词辑于辛巳(1881年)之春,所据之书无多,疏漏久知不免。己丑(1889年)夏日,况夔笙舍人校刻《断肠词》,因以此集属为校补。计得词七首,间有互见他人之作,悉行附入。吉光片羽,虽界在疑似,亦足珍也。半塘老人记。"王仲闻《校注》:"补遗共收词八首,半塘老人误书为七首。"

《漱玉词》一卷 近人赵万里辑《宋金元人词》1931年铅字排印本。序云："《漱玉词》旧本分卷多寡不一，《直斋书录解题》作一卷（又云'别本五卷'），《花庵词选》作三卷，《宋史·艺文志》作六卷。然元以后无一存者。今所见虞山毛氏《诗词杂俎》本，临桂王氏四印斋本，俱非宋世之旧。毛本自云：'据洪武三年抄本'入录，然如《浣溪沙·绣面芙蓉一笑开》一阕，虽又引见《古今词统》《草堂诗余续集》诸书，顾词意儇薄，不似女子作，与易安之词尤不类，疑所云非实。其本后录入《四库全书》。光绪间，临桂王氏校刻宋元人词，始以《乐府雅词》所载二十三首为主，旁搜宋明选本说部，又得二十七首，都为一集，视毛本加详。然真赝杂出，亦与毛本若。且于《古今词统》《历代诗余》所引，亦深信不疑。又不注所出，读之令人如堕五里雾中。岁在己巳（1929年），余草《两宋乐府考》，因缉《漱玉词》，遇有他书引李词者，辄条举所出，校其异同。始稍稍知毛、王二本俱不足取，而王本所载，亦未为备也。爰暇日，详加料正，录为定本。凡前人误收误引诸作，悉入附录。虽不敢谓为一无舛误，然视毛、王二本，似较胜一筹矣。"王仲闻《校注》按："赵本较王本实只多增一首（另一首入附录者，非李清照作），赵氏或亦未见四印斋刻《漱玉词补遗》乎？"

今按：李清照之词集，据现有宋元著录资料，盖于诗文集外单行，名《漱玉集》或《易安词》（明汲古阁刻本始题名为《漱玉词》，乃为节选本），各本卷数有一、三、五、六之异。所收词之篇数未详。按宋本诗词集分卷惯例。如苏轼词今存一百二十余首，元延祐年间刊本为二卷，黄庭坚词今存一百首有零，宋刊本《山谷琴趣外编》为三卷；秦观词今存五十余首，宋乾道刊本《淮海居士长短句》为三卷；晁端礼词今存九十余首，汲古阁影宋抄本《闲斋琴趣外编》为六卷等。则《漱玉集》原书，无论是六卷或三卷，在一百首左右。汲古阁刊本《漱玉词》为传世之最早本，云出自洪武抄本，仅十七首，乃一选本，所漏甚多。至清末王鹏运、况周颐先后辑得词五十八首，较同时之云南杨文斌辑《三李词》之四十首者为多。三十年代初李文裿所辑《漱玉集》所收词达七十八首之多，但所增者大都抄自词选本中之无名氏作品，殊不足据。同时赵万里所辑《漱玉词》，虽较王鹏运本仅多二首（一首为存疑之作）但校勘、考证之精审则远过之。之后赵万里在《新编通用截江网》一书中发现一首，已收入唐圭璋《全宋词》中。1980年孔繁礼又从明抄本《诗渊》中发现一首,收入《全宋词补辑》中。王赵二氏所辑,为王仲闻《李清照集校注》所取资,又详加考证,收词作四十三首,存疑之作十四首,(失题断句不计入)。惟《诗渊》所发现一首,在王先生逝世之后,未能收入。存疑之作,各家亦见仁见智。总之,现存清照词,可靠者不足五十首,应为原本之半数,但较之《全宋词》所收诸人的作品数目,尚不算少,差可为慰。

三、打马赋与图经

甲　前人著录

《打马赋》一卷　宋·陈振孙《直斋书录解题》卷十四:"易安李氏撰。用二十马。以上三者(指此赋与无名氏撰之《打马格局》、郑寅《打马图式》共三种)各不同。今世打马大约与古之拷蒲相类。"

《打马录》一卷　明·焦竑《国史经籍志》著录。

《打马赋》一卷　明·陈第《世善堂藏书目》著录。(另有《打马图经》一卷,无撰者姓名。)

乙　传本序跋

《打马图》一卷　明·沈津编《欣赏编》茅一相刊本跋云:"打马为戏,其来久矣。宋易安李氏以为闺房雅戏。相传有格一卷,无著作者名氏,复有郑寅子敬撰《图式》一卷,用马三十,李氏《图经》用马二十。盖三者互有不同,大率与古攧蒲相似。今虽不行,而《图经》间存。……吾甥沈润卿氏得而镂木行之,以资好事者之多闻,岂欲人为博弈者乎?弘治乙丑(1505年)二月之望,长洲朱凯跋。"

《马戏图谱》一卷　明·周履靖《夷门广牍》刊本跋云"《打马图》始自易安,号称雅戏。义诚有取,法久无传。良由则例未明,遵行罔措。近编《欣赏》,亦复废弛。日者,客从陪都来,手挟一图,指授诸法,颇为详具,多有纷更。用意牛毛,贻讥蛇足,固宜不终局而厌心生也。兹以游息余闲,特加参订。凡则例起自易安,见于《欣赏》者,疏其抵悟,补其略阙,付之删手,藏之斋头,爱集友朋,以代博弈。闲我逸志,耗彼雄心,固匪徒为之为贤,抑微独贻诸好事已也。"

《打马图》一卷　　清·秦思复石研斋抄本跋云："此本与《汉官仪》相类。余得宋梁半部，比之《说郛》所载，微有不同。因命抄手录出，续以《说郛》补之，遂成完书。易安著作甚少，可与《金石录》并传矣。丁丑（嘉庆二十二年，1817年）除夕前二日伯敦父呵冻书。"

《打马图书》一卷　　清·伍崇曜《粤雅堂丛书》刊本跋云："打马戏今不传。周栎园《书影》称：'余友虎林陆骧武近刻李易安之谱于闽，以犀象蜜蜡为马，盛行。近淮上人颇好此戏'云云，而今实未见，殆失传矣。此为亡友黄石溪明经手写本。序称撰于绍兴四年，固《贵耳集》所称：南来常怀京洛旧事，晚年赋词，有'于今憔悴，风鬟雾鬓'时也。时咸丰辛亥（1851年）春尽日，南海伍崇曜跋。"按：王仲闻《校注》云："各本互勘，以粤雅堂刊本为最劣。"

《打马图经》一卷　　清·叶德辉《丽楼丛书》刊本序云："宋·李易安《打马图经赋》一卷，《宋史·艺文志》不载。陈振孙《直斋书录解题》有之。明·陶宗仪刻入《说郛》，今鲜传本。南海伍氏崇曜刻《粤雅堂丛书》内有此书。据其后跋，乃以其友人黄石溪明经手写本付刊。又引周栎园《书影》云：'虎林陆骧武近刻之于闽'。今陆刻世未之见，仅此伍刻，又在丛书中，未必人人共读也。余获明·正德中沈津所编《欣赏编》十集，其癸集即此书。因影写刊成，随取伍刻校之，乃知此本胜于伍本倍蓰。伍本脱去《打马图》一叶，此本有之。伍本色样例分直行，又多错简夺误，此本列作横表，犹是原书款式。……光绪三十二年丙午八月秋分，长沙叶德辉。"

《马戏图谱》一卷　　清·徐子静《观自得斋丛书》刊本序云："易安居士《打马图经》世鲜传本，《四库书》亦未著录。咸丰辛亥南海伍氏始以所得抄本刊入《粤雅堂丛书》中，顾讹脱失次，莫可是正，览者弗善也。岁丙戌（1886年），与吾友徐君子静同客海上。子静蓄旧梁甚富，一日出所藏《马戏图谱》见示。其谱乃明人手辑，前有《打马图》，则易安所赋之九十一路在焉。后有总论，卷末有跋，备述局戏及作者之大旨。至所图各采，朗若列眉，尤足勘正粤雅堂本蹖驳。执此以求古人马戏之制，即未能铢累悉合，而当日行移赏罚之意，固已十得八九矣。盖明人所见犹是旧本，故可据以推衍成书。惜旧本经作谱者窜易，不复可辨。不知所谓'疏其抵悟，补其阙略'者安在。且中间叙次凌杂，恐尚有如《水经》之经注混淆者。安得好古之士更取易安之书一一订正之也。适子静汇刻观自得斋各书,谋以此谱付梓,命为之序。因撼其书之得失,弁诸简端,以谂观者。光绪十二年(1886年)四月,仁和叶维幹。"按:据王仲闻《校注》,此本载《夷门广牍》本跋语,盖即由其而出。

今按:《打马赋》及《图经》,明以来刻本今尚有之,惟其图与说明则"抵悟缺略",不能应用。明编《欣赏编》及《事林广记》续集卷六均载有图,清之《丽楼丛书》本等亦载之,亦仅供参改而已。其赋与序,王仲闻《李清照集校注》以明·陶宗仪《说郛》本为底本,参以各本校勘,为当前之善本。惟从事此戏,据所传图、例则尚不能行之。清初周亮功(1612~1672)《因树书屋书影》卷五云:"徐君义谓打马之戏今不传。予友虎林(杭州)陆骧武近刻易安之谱于闽,以犀象蜜蜡为马,盛行。近淮上人颇好此戏,但未传之北地耳。"是证康熙年间淮上及闽省尚盛行,惟北地(按:亮功河南人)已失传。清·咸丰元年(1851年)广东伍崇曜刊《打马图经》时,已云:"今实未见,殆已失传矣。"盖清代中叶之后,此戏遂湮没。今或有好事者,广搜明以来传本之图谱,与则例、序、赋,而比勘汇通之,发失传之秘,顿复旧观,使此宋代游艺,且与著名女词宗有密切关系之"打马"广售之于市场,盛行于家室,岂不快哉。

李清照研究论著提要

《李清照集》

该书于1962年9月由上海中华书局出版。全书约二十万字,卷首有李清照像等图照凡八帧。中华书局上海编辑所在书前的《出版说明》中说:"鉴于目前还没有一本搜集得比较完备的《李清照集》可以满足研究者的需要,因此我们根据王延梯、丁锡根和胡文楷三同志所辑的两种来稿,整理成这本《李清照集》。这本集子,除尽量搜罗李清照现存的诗、词、散文等作品外,还收集了许多有关李清照的历史以及前人对李清照作品的研究、评论、书录、序跋、题咏等参考资料,并承黄盛璋同志把他历年研究所得写成的《赵明诚李清照夫妇年谱》及《李清照事迹考辨》二文,加入参考资料中,以便读者更能系统地理解李清照的作品,以及她的身世遭遇和思想风貌。"书中收录词四十四首,另有附录中词三十五首和逸句;诗十五首和逸句;文,包括逸文(二则)马戏图谱和赋共八篇。所附参考资料中除黄盛璋先生的《年谱》和《考辨》外,另有传记、轶事及关于李清照改嫁、《金石录后序》写作年代两个问题的资料,此外还有书录、序跋、题咏、前人评论等。

本书是新中国成立后关于李清照作品搜集最全的最早的注解本,参考资料的收集也属富赡,惜未注明出处和校勘底本。

《漱玉集注》

该书由山东人民出版社初版于1963年4月,全书约十万字,辑有宋代女作家李清照现存的词六十首(其中正编四十五首,存疑十五首)、诗十九首、文五篇。卷首有注者的《前言》,系统介绍了李清照的生平、思想和作品以及编注的体例。书中的注释通俗扼要,多数作品有题解。篇后附有李清照的轶事和前人的评语,书末附录载有前人的评论和传序,可供读者参考。1979年该书的修订本仍由山东人民出版社出版,字数增至十一万字。重版作了较大的修订。主要对释文进行了增删、订正和修改,改写了前言。

释文部分由蒋维崧教授审阅。

　　本书的编著者王延梯副教授（山东大学出版社）早在1961年便与郭延礼同志合写了论文《怎样评价李清照的词》，发表于《山东文学》，以后又陆续发表了《清水出芙蓉，天然去雕饰——论李清照词的艺术特色》等论文，并出版了专著《李清照评传》（另条专述）和长篇历史小说《才女传奇》（与人合写）。

《李清照集校注》

　　该书稿写成于1962年，至1964年纸型已经排好，但当时未能出版。直至1979年10月始由人民文学出版社根据1964年纸型付印，正式与读者见面。署名王学初，1981年第二次印刷时改署王仲闻。全书约二十八万字，是一部研究宋代词人李清照的资料性著作，是1949年以来较为完备的笺注本。

　　本书的校注者王学初，字仲闻，词学家。著名学者王国维之子，浙江海宁人。王仲闻先生已于1969年去世。作者在《后记》（写于1962年）中说"为了给古曲文学研究工作者提供参考资料"，"根据各种载籍辑成此本，计分三卷：第一卷是词、第二卷诗、第三卷文，另附《李清照事迹编年》并各种参考资料。编次方法与宋朝人的惯例稍有不同：由于清照的词最有名，所以把词移到最前的位置，赋不在诗前面。词、诗依所出之书时代先后为次……不全的和可疑的作品都编在每卷的末尾（编在前面的也不完全可以断定是清照的作品）。""词、诗、文三卷各附校记并注释，另附各作品写作年月及真伪考证。"这段话是对该书编写目的、编写体例及其内容的最直接的说明。

　　关于对这部著作的认识和评价，刘扬忠先生在《宋词研究之路》中讲得很是全面而且恰切。他说："本书广为搜集，并加考订校勘，是目前所见搜辑得比较详备而材料又很可靠的一个集子。……编者态度十分审慎，在所收集到的五十七首词中，严加考订鉴别，只把可靠的四十三首列入卷一的正编之中，其余十四首则作为'存疑之作'附于其后。第二卷收诗（包括失题者）三十一首。第三卷为文，录李清照杂文五篇，断句三则，学术界公认，此书有五个优点：一为搜辑之富。本书引用书多达一百六十余种，其中很大部分属于珍本秘籍,有好多明刊本,流传极少,有的卷帙极为浩繁的丛书、类书,如《永乐大典》《图书集成》等,都是当时一般辑佚工作者所无法取资的。二是校勘之精。作者往往因一字之疑,罗列若干种本子相互校雠以定去取;南宋以来所有诗话、笔记,凡有可供参证者,分别系于作品之后,以资对勘,使读者可以触类旁通。三是作品鉴别之慎。决不贪多务得,对于确属误题为李清照的作品,纵为名篇佳什,也坚决区别存疑。四是作者所撰《李清照事迹编年》,对李氏一生经历作了详细考证,颇多参考价值。五是作者对李氏诗、词、文所作注释,引述了很多宋代社会风习和文物制度的材料,对于深入理解作品极有帮助。"本书最大特点是材料丰富,但也存在失之烦琐的微瑕。

《重辑李清照集》

　　该书1981年11月由齐鲁书社出版,全书约十八万字,并图片四帧。作者黄墨谷同志曾在中国科学院工作,她在1980年3月所写的《后记》中说:"《重辑李清照集》始于1961年,当时正在讨论李清照评价问题,社会上发表了不少论文。为了对有关李清照研究中存在的问题,如《词论》的评价、《金石录后序》作年、李清照'改嫁'等问题发表自己的意见,我决心重辑易安居士的著述。"此书经由蒋维崧教授校阅。

　　书中除漱玉词三卷、词论及诗、文外,还有作者撰写的李清照评论、宋李清照易安居士年谱等内容。词、词论、文及《年谱》后又有若干附录。本书将词编年排次,具有一定特色。其中附录《宋以来历代总集辑录李清照词一览表》,为他本所未有,对了解李清照词作的传佚情况有一定参考价值。另外附录中对诸如《词论》评价、《后序》作年以及"改嫁"等有争议的问题也申明了作者的看法,皆能给人以启迪。所辑《历代评论》中,打破旧习惯,兼收当代人的评述,也富有开创意义。该书资料性、论辩性并重,在有关李清照的研究中,作者可作为一派论者的代表。唯词、诗部分无注释,校勘部分欠精细,尚属缺憾。

《李清照》

本书是中国古典文学基本知识丛书之一种,由上海社科院研究员徐培均撰写,上海古籍出版社于1981年12月出版,共计五万余字。本书首先对李清照在中国文学史上的地位作了总的评述,然后分南渡前、后介绍了李清照的一生经历,并对李清照的词学理论、词作的艺术特色及诗歌、散文等分别做了评介,使读者可以从中了解到李清照的生平事迹,认识到她的创作成就及其对后世的影响。

《李清照评传》

王延梯著,1982年4月由陕西人民出版社出版,全书八万字,为中国古代作家研究丛书之一,作者以历史唯物主义和马克思主义的美学观点,史论结合,纵横剖析,对女词人李清照的生平际遇,诗词文作,作了全面的论述。作者把握住李清照思想品格中居于支配地位的坚毅刚健一面,论述了她的爱国情怀和民族气节。作者对李清照抒情诗词和《词论》所作的中肯公允的评价,颇具新见。因此,本书对研究李清照的生平和创作,对正确全面地评价李清照,提供了有价值的参考。

《李清照》

本书是中国历代名人传丛书之一,由南京大学教授程千帆和徐有富撰著,江苏古籍出版社于1982年10月出版,约三万字。作者在介绍李清照生平的同时融入了家、国的变迁,穿插了大体可以推定的李清照各个时期的作品,有叙有议,深入浅出,文笔生动,新颖活泼,具有科学性、通俗性和可读性。书末有附录《李清照生平大事年表》,简明扼要地介绍了李清照的一生。

《李清照诗词评释》

本书1983年7月由广东人民出版社出版,全书十五万字,由蓝天、林健、伍岭注评。书中有专文《读李清照及其作品》,对李清照的生平创作作了综合性的分析和介绍,有助于读者认识李清照的全貌。此外,本书收录李清照词四十六首诗九首,并一一进行了注释和简评。

《李清照词赏析》

本书由暨南大学郑孟彤先生编著,1984年9月由黑龙江人民出版社出版,全书约十二万字。书前有"前言",对李清照的生平创作进行了评述。该书对所选的三十八首词的评析,"主要是根据作品的艺术构思来进行。一面讲解,一面分析。讲解力求详细、准确;分析力求深入、细致。在分析作品的艺术技巧中,阐明作品的思想意义,企图使之浑然一体,使读者在艺术欣赏中领会作品的精神实质。"(《前言》)其中对某些篇章的分析评价不乏独到的见解。

《李清照诗词评注》

本书由北京师范学院侯健、吕智敏撰写,1985年8月由山西人民出版社出版,全书十三万字。书中收有李清照词五十九首(其中十三首为存疑之作)诗十九首,并附录各类文章六篇和诗文残句若干。作者在《后记》中说:"对于每一首诗词,在文字上我们都做了较为详细的注释,并对其思想内容和艺术特色作了具体的评析,同时,还将我们学习研究中的体会写成一篇全面介绍李清照生活、创作的文字,作为代序,放在集子前面,以供读者参考。"

本书对李清照的作品收辑较全,评注翔实,不仅诗、词有注释、有评析,对附录中所收的各类文章以及诗文残篇也有较详的注释或提示,尤其《〈打马图经〉例论》更为一般评注本所未见。近两万字的代序《李清照的生平与创作》,全面地介绍了李清照的一生及其创作。其中对李清照诗词所做的分类评述及其艺术成就,包括对意境创造的分析,皆给人以有益的启迪。

《李清照及其作品》

本书为时代文艺出版社出版的古典文学丛书之一,1985年9月出版,作者平慧善。全书十三万字。该书由李清照评传和李清照作品选注两部分组成,较全面地评介了李清照的生平、思想、创作特色及其在文学史上的地位和影响。评传翔实、中肯,深入浅出;作品选篇既注意思想性,也注重艺术性,注释简单明了,通俗易懂。全书选录李清照词二十一首、诗九首、文两篇,每篇作品后有"说明"和"注释"。

《李清照词鉴赏》

本书 1986 年 4 月由齐鲁书社出版，全书十二万五千字，由词苑专家周振甫、周笃文、刘乃昌、王延梯等人撰写，分别对李清照的四十余首词进行了鉴赏评析。"兹编赏析词作，荟萃众长，去伪存真，阐述清词丽句，极透辟，且澄清近人之误解，是亦颇有助于词苑云。"（唐圭璋《序》）

该书所收清照的词作有注释，有鉴赏，鉴赏部分又分解题及评析，对全面认识李清照词的创作成就很有帮助。

唐圭璋先生为本书所作的序言，精到地论述了李清照的思想及其作品的风格，称李清照为"名门闺秀，一代英豪"，赞扬她的诗"淋漓大笔，正义凛然"，"嫉邪怀贤，充分表现爱国热忱"。说《金石录后序》一文，具道平生实录，语挚情深，尤为千古传诵"。在谈到清照的词作时，说前期，"其词如清水芙蓉，如九霄鹤唳"；后期，"其词沉哀入骨，有泪彻泉"。这篇序言，为读者阅读该书及从整体上把握李清照的艺术风格，提供了有益的启示。

《李清照名篇赏析》

本书是北京十月文艺出版社出版的中国古典文学名著名篇赏析丛书之一种，1987 年 3 月出版，全书约二十万字。共收录了李清照词三十九首、诗十四首、文三篇，包括了李清照作品的最精华部分。对入选每篇作品的难字、难词、生僻典故等都作了简要注释，并对原作的时代背景、思想内容、艺术形式和手法等进行了详细的、实事求是的赏析；而尤为侧重的是对作品的意境、结构、修辞、风格等艺术特点的深入分析。因此，本书"是对李清照作品进行比较全面的鉴赏、分析与探讨的一本深入浅出、雅俗共赏的著作"。既有助于广大读者对这些名篇的理解，同时对进一步研究这份优秀文化遗产也有所裨益。

本书作者温绍堃，现在北京师范学院分院任教，并任分院副院长。另一位作者钱光培，现在北京市社会科学院文学研究室工作，为中国作家协会会员。

《李清照研究丛稿》

本书是内蒙古师范大学中文系王璠教授研究宋代女词人李清照的论

文结集,1987年4月由内蒙古人民出版社出版,全书十六万字。

该书分为两个部分,第一部分辑入论文七篇,分别考证了李清照词的辑本及所收词的真伪,论述了李清照的生平、经历,并对有关李清照研究中诸如词人的生年、嫁年、《金石录》作年等问题提出了自己的看法。第二部分收文十二篇,分别对李清照的十八首词进行了赏析,其中或类解或对读,从不同角度加以映衬和对照,颇具特色,饶有趣味,表现了作者可贵的探索精神。

本书"附录"部分收入作者写于三十年代初期的旧作二篇,用作者的话来说,它们"是作为从事对李清照研究的漫长岁月中""作个纪念"的"雪泥鸿爪"。

该书内容丰富,论述严谨,雅俗共赏,既适合广大文学爱好者尤其是词学爱好者阅读,又可供理论研究人员参考。

《李清照词赏析》

本书由辽宁大学李汉超主编,辽宁大学中文系七八级学生韦建平、乔小南、刘痴、李广胜、张晨、黄莉莉执笔编写。书中收录李清照词的赏析文章五十八篇和《易安词探微》一文,全书约十五万字,中国妇女出版社1988年11月出版。赏析文章先对每首词作简要注释,然后对词的意境创造、思想蕴含和艺术特色进行了评析,明快清新,颇有韵致。《易安词探微》,由李汉超先生撰写,是对李清照词进行微观研究的一篇专论。文章对《如梦令·昨夜雨疏风骤》《醉花阴·薄雾浓云愁永昼》等六首词中的难点、疑点进行了探讨论证。

《漱玉词欣赏》

本书1988年12月由黄河出版社出版,约十七万字。计收鉴赏文章四十篇。该书写法灵活,不拘一格,深入浅出,雅俗共赏,熔知识、趣味、诠解、考释、诗论、词论、文学、学术于一炉,有一定的欣赏价值和学术价值。

近代文学研究专家郭延礼研究员在该书《序》中说:"为了把李清照的词介绍给广大读者,刘瑜同志写了《漱玉词欣赏》一书。作者从词的字、词入手,对作品的艺术构思、意境创造、表现手法、语言、韵律诸方面,做了细致透彻、深入浅出的分析,其中不乏独到见解,我读了颇受启发。我认为不论对研究李清照的全部作品,抑是对阅读她的某一首词,都是一本有启发、有助益的论著。"

《李清照新论》

本书是山西人民出版社《中国文学史进修丛书》之一种,1990年2月出版,十三万余字。作者在充分占有历代的特别是近年来李清照研究成果的基础上,运用比较研究的方法,将词人和他的作品放在广阔的文化背景中去考察,以此来揭示她的作品同前代或同时代的作家、作品比较,以此来揭示她创作的艺术特色,具有较新的视野和角度。

本书论证深入浅出,雅俗共赏,不仅具有学术性,读来也颇有趣味性,是一部对宋代著名女词人生平及其创作紧密结合在一起进行研究的新作。正如周汝昌先生在本书《序》中所说:"这部书,是论述李易安的一种评传性质的著作,亦即有别于一般选注读本的那种介绍。""这样的书,需要学术上与文艺上的双重功力,缺一不可。我以为撰者在这方面融会得也很见匠心。""她的这部书,将大大有助于我们探讨中华文化史上的很多令人赞叹、令人嗟惜、令人痛心、令人感奋的巨大课题。"

著名文学史家周振甫先生在阅读全篇后认为:此稿内容丰富、充实,剖析深入精微,又广征博引,作比较研究,有比较文学的特点。

本书卷首有周汝昌先生专门书写的清照词《念奴娇·萧条庭院》条幅和蜀中名书画家赵蕴玉先生特意为本书创作的李清照像。

《李清照词赏析》

刘瑜选析。1990年4月广西教育出版社出版。十万四千字。

本书是中国古典文学作品选析丛书之一。丛书每册内容包括原作、注释、赏析三个部分。并要求"赏析"写得深入浅出,对于每篇作品的思想艺术性、写作技巧,能抓住要点,给予适当的评论,并从欣赏的角度谈出一点可供读者参考的意见。为此,本书依据丛书总的要求,"将没有争议的李清照词绝大部分收入加以赏析,对存疑的李清照词,内容风格极似易安词者,也选入几首加以赏析,计四十五首"。从而体现了丛书"是一套雅俗共赏的,开拓性的古典文学知识读物"(《前言》)的特点。

《李清照全集评注》（初版）

徐北文主编。由济南社科所（今济南社科院）荣斌、刘瑜、董正春和济南教育学院徐北文、刘向红及北京的杜维沫、王丽娜、李丕、郭庆云、郑永晓、王彬彬分工撰稿，而后由徐北文教授通稿总其成。1990年12月济南出版社出版。四十三万字。

全书分词集、诗集、文集和词谱、李清照及其作品评论、年表、传记资料、著作论文提要及目录等七个部分，庶几乎是总汇研究成果的李清照"作品全集"和"资料全编"。

主编徐北文教授还撰写了长文《李清照简论》作为《代序》，对李清照的身世事迹、创作风格以及许多有争议的学术问题阐明了自己的观点，新人耳目，发人深思，与人教益。

本书的作品部分，词、诗、文三者每篇均于原作后设简介、注释、集评、鉴赏四栏，并于其后列出存疑、残句、断句，以见其"全"。本书的资料部分，每一题下分成若干个细目，以求明晰和便于翻检。其中，有不少虽属"资料"，却又是研究心得，颇具学术价值，如荣斌先生的"年表""家世资料"，徐北文先生的"著作版本考"以及王丽娜先生的海外、港台论著评介等，都具有一定的新意，带有某种开创的性质，有较高的学术价值。

《李清照作品赏析集》

陈祖美主编。中国古典文学赏析丛书之一种。1992年9月巴蜀书社出版。十五万字。本书分词、诗、文三部分，由多人分写汇集而成，集中反映了不少研究者的心得与见地。"是鉴赏学的具体实践，也是'鉴赏热'的产物，而鉴赏学可以说是一门带有世界性'语汇'的国学"(《前言》)。主编在《前言》中还说："《李集》（指本书）中的不少作者，在我看来颇像马拉松竞赛中的领跑者，自己的目标不是为了夺取桂冠，而是在为别人挡风引路。他（她）们或具有金针度人的品格，或具有教师的学殖，或具有作家的才具，或三者兼得，往往能在一篇短文中把赏奇析疑、温故知新等多种效应统一起来。在当前这是一种值得提倡的风。这当然是指集中多数文章而言的。"这一番话无疑是对本书特色与水准的一种实事求是的品评。主编于《前言》第一标题《谁解其中味》的末尾总结其"感受"时说:"人云赏析浅,谁解其中难?"真是发自肺腑,发人深思!《前言》又分若干标题对李清照及其作品认识中的许多关键问题作了阐述,并于篇末分甲、乙、丙开列了"几个尚待进一步解决的问题",颇有学术探讨价值。

本书以词、诗(中间插《词论》)、文为序,分类逐篇赏析,书后附《李清照简明年表》。

《二安词选（李清照辛弃疾词评注）》

徐北文、石万鹏评注。1994年8月济南出版社出版。十六万八千字。

全书分上卷和下卷,上卷为:李易安《漱玉词》选,选收李清照词三十一首,"所选标准,首先为情文并茂的佳作;其次则为某些作品虽非上乘,但产生较大影响而成为所谓名篇者;再次为能代表作者之个性的某一方面,虽非主流,但仍能供读者认识其全人者"。篇后有"注释"和"评析",作品后有《李清照小传》,"所叙务遵'实事求是'之儒家古训,不加附会夸大,对一般流行之不实传闻亦予以辩证"。(《编写例言》)又"本书之《小传》,详于其乡里家世,而略于其离乡之后的细节,与一般传记有所不同。"(同上)书前有徐北文教授撰写的《序》和《编写例言》,分别就成书及相关的问题作了阐述,这对阅读本书自有关钥之效。其中说"本选由徐北文发凡起例,遴选作品,通编全稿。《注释》由石万鹏担任,《评析》及《小传》由徐北文担任。""《注释》部分虽吸取了前人研究成果,尤以王仲闻先生之李注、邓广铭先生之辛注所资良多,然而亦据新近成果及个人心得加以补充。""本选'评析'部分力求避免人云亦云的应景套话,有话则长,无话则短,有的作品极易感知,解析反而多余,故不再饶舌取厌,遂付之阙如。"

本书是徐北文为探讨济南文化特色,从"二安"的异、同及其与其他地区的诗人的异、同入手,"认真把他们全部作品从头读到尾,并随手写了些体会,于是就有了这部《二安词选》的选目及其后面的评语。之后,我请石万鹏君加了注释,合成此书"。(《序》)

《李清照秦观诗词精选》

贾炳棣选注。1995年10月山西古籍出版社出版。十四万字。

本书是《唐宋诗词三十家》丛书之一种。霍松林在丛书的《序》中说："丛书的对象为中等文化程度的一般读者，所以对每首诗词中难以理解的字词、典故，作了简明的注释，扫除阅读障碍；每首之后还有一篇简短的评析小文，点出诗词的精妙所在，帮助读者获得更多的审美享受。"

书中"选入清照诗十一题十四首，词四十三首，基本上可见其诗词的全貌"。选注者在"解题"中还简要介绍了李清照的生平及创作，指出"李清照的诗，刚健清新，雄俊豪迈，充盈着强烈的爱国主义精神"。认为"最能代表李清照成就的是她的词"。而且"其词总体风格婉约清丽，明白如话，流转如珠，音韵优美，也不乏豪放之作"。

本书入选诗词，每篇后皆有较详的注释和简明的赏析，为读者解读提供了必要的帮助。

《李清照评传》

陈祖美著。南京大学出版社1995年出版。二十三万二千字。

本书是《中国思想家评传》丛书之一种。书前有匡亚明先生为丛书写的《序》。书的《内容提要》中说："本书以信史为依托，以内证为根据，对传主的生平、思想和创作等作了全面而深入的论述，所附《赵明诚传》和《李清照年谱》，并有助于对传主的进一步理解。"又说"全书考证严谨，分析细腻，文笔流畅，多有新见。书中对传主心灵和情感的逆探、体悟和论析，尤具特色。"

全书分六章，第一章"引论"中，著者特意列出了"打开传主心扉的钥匙"一节，不啻胜过"金山"的"仙人手指"。第二章条缕词人的一生，之后递次四章的篇幅评介了传主李清照作为思想家诗、词、文、论的种种内证，事有新考订，评有新角度，颇具说服力。

书后有"附录"，又有"索引"，分列"人名""文献"及"重要词语"，以利于读者翻检。在《后记》中，著者自述撰写此书"不仅曾有一种远在甜酸之外的'别是一番滋味在心头'，还曾暗自发出过一连串的激越之问"，包括传主对宋词发展的贡献、她的很高的文化造诣，一直到"整不恤纬，唯国是爱"的情操以及对时局的诸多正确见解,这样一位"千古女杰",千百年来,却偏偏遭遇到了那么多种种不公的品评。著者深信,"就思想的敏锐和作品的价值而言,比起许多男性思想家来,李清照并不逊色"。的确,著者的《评传》便是有力的证明。

《李清照年谱》

于中航编著。1995年11月由台湾商务印书馆出版发行。竖排,正文及附录,凡208页。

书的正文除《卷首》外,分作五卷,次第以"少年时代""东都初婚""青州乡居""莱淄岁月"和"漂泊江南"为题,以时为序地介绍了传主的一生。卷首侧重介绍了李清照的家世及其创作概况。

书前有《自序》和《关于李清照年谱的一些说明》,前者说"本谱兼取记事本末之体,以补其(指分年属事)失。同时,对某些典章文物,略作笺释,以便读者。"后者则介绍了李清照及赵明诚生平家世的新材料并对已有重要谱系的疏失进行了订正。这些材料再加上本书六篇附录中的若干考释,无疑是对李清照生平研究的可喜突破和重要贡献。

总之,诚如本书所附《提要介绍》中所说"本年谱采编年兼纪事本末体,按谱主生平经历分段记述,卷首为其一生简述。作者在汲取前人成果基础上,依据实地考察之碑刻遗迹,钩稽宋人文集、史部、地方志乘。搜罗丰富,考索精审,袪除旧时附会讹说,订正前人疏失,对李清照生平研究,很有价值。"

《李清照辛弃疾研究论文集》

中国李清照辛弃疾学会济南"二安"纪念馆筹备处编。1997年11月山东大学出版社出版。三十四万字。

本书是1996年在济南举行的"李清照辛弃疾国际学术研讨会"的论文集。在书前有刘乃昌、朱德才两位先生写的《前言》,且指出:这次会议"讨论涉及范围较广,除两家的思想艺术外,还就承传关系、历史地位、行实考订等进行了研讨。论文和发言体现了多样的思路、视角和方法,有纵向梳理,有横向比较,有宏观考察,有微观剖析,也有定量分析。"这"对开掘齐鲁历史名人业绩,发展当代学术研究,推进新时期文化建设无疑具有积极意义。"而这本论文集正是这次会议学术精神和研究成果的真实体现和集中展示。

《中国诗苑英华·李清照卷》

陈祖美选注。1997年山东大学出版社出版。十九万四千字。

本书是《中国诗苑英华》丛书之一,书前有王运熙先生的《总序》,又有选注者的《前言》。后者说该书"是我相当钟爱的一本书,之所以钟爱她,因为她体现了对一个最令人喜爱的女文学家——李清照研究的一种新颖而切实的思路。""这一次几乎将李清照现存的全部诗词,用一种全新的思路和方法加以解读和注释。此书的特点还不单是思路新颖,与这一思路相辅相成的,还发现和运用了一些切实可信的资料。书的一条条注释虽繁简不一,深浅有别,但它们都很像是一炷炷正在燃烧的心香。不言而喻的是这种心香所象征的是用心血来对这位可慕又可叹的女才子及其现存作品所作的贴心解读。或许人的诚心有感天动地之效,我仿佛觉得从冥冥中,获得了一把打开清照心扉的钥匙。然而在获得这把钥匙之前,可以说是从一些极不起眼儿,但却极为费功费力的问题上起步的。"真是泳者于水,冷暖自知。境界及此,聪慧与功底之外,当是扎实与勤奋,执着的追求和不懈的努力。读者在吸纳书中的研究成果时,定会从中受到另外的有益启迪。

本书以词、诗编次。《附录》部分,除《李清照年谱》外,又有一序、一论、一赋,作为"清照文"的代表。每篇后仍有较为详细的注释,以利于读者阅读与理解。

《李清照全词》

刘瑜编著。1998年1月山东友谊出版社出版。三十万字。

本书分为第一卷、第二卷两部分。书前有长文《婉约派大宗李清照及其词》,先后介绍了李清照的生平创作,并分五个方面:"作者在抒情词中创造了具体、鲜明、生动的形象。""李清照词复杂的思想感情都是与词中的景物交融在一起的,产生一种撼人心弦的艺术美。""李清照的词委婉含蓄、跌宕曲折。""李清照的一些词,上下片总体艺术构思上的特色是:先隐后显。""语言清新浅易,明白如话。"

书的《后记》中说"笔者把多年来李清照词的研究成果加以修订、增补,并且系统化,便形成了《李清照全词》这本书。"又说"此书对至今所见到的所有古代署过李清照名字的词作、断句,不论出自何处或出现次数多少,都极为珍视,均全部宝而收之。避免把真的当假的摈弃,以供读者阅读、欣赏和研究。故称《李清照全词》。"

"《李清照全词》收现今见到的全部李清照词(包括存疑词)计八十七首,断句十三个。"(《后记》)足见,编著者在"全"字上是下了很大功夫的,读者定会从中受到教益。

《李清照诗词选》

陈祖美选注。1999年1月山东大学出版社出版。十九万四千字。

本书是《中国诗苑英华·李清照卷》的单印本,介绍见前《李清照卷》。

《李清照集》

杨合林编注。岳麓书社集部经典丛刊之一,1999年6月出版。十七万字。

该书分词、诗、文及附录几个部分,每篇作品后皆有简明的注释。编注者在书的《前言》中说:"编注这个集子的目的,是让更多的人认识、了解李清照其人及其作品,书中将李清照的创作分类(词、诗、文)按时间顺序编次作注。其后附录了《李清照事迹系年简编》《李清照研究资料选编》《李清照研究著作目录》。"

书的《前言》还简要地介绍了李清照的生平事迹以及对其创作的影响,并对其独特、鲜明的艺术个性的形成进行了探讨。《前言》还对李清照的词学理论文章《词论》作了评说,进而肯定了李清照在词史上的地位。

《李清照志》

刘乃昌主编。1999年11月山东人民出版社出版。十一万字。

本书在《编纂说明》中说:"以辩证唯物主义和历史唯物主义为指导,力求客观、科学地记述李清照的生平事迹、文学成就及其影响。全志设家世与生平、著作、研究与影响、遗存与纪念物诸篇;首设概述,后列附录。"又说"所有资料,取自历史文献、已出版的学术论著及编纂者的考察、采访所得资料,并吸纳了学者的最新研究成果。"而"对于有争议的问题,或采取学术界一般认同的说法,或诸说并存,暂不定论。"

该书在《概述》之后列出四章对李清照之种种依次作了介绍,并于第一篇后附加了《李清照年表》。书后的《附录》中附加了《李清照作品辑存》等四项,可资参考。

《旷世才女——李清照》

荣斌著。2001年9月山东教育出版社出版。十万六千字。

本书是任继愈先生主编的《齐鲁人杰丛书》之一种。丛书的《序》中说,山东"几千年来,人才辈出,灿若群星"。"他们各具特色的人生经历和杰出贡献给人以启发。"要求"以'文学传记'的形式"把他们介绍给广大读者。

本书遵循"丛书"的宗旨,分十个章节,以清照词中的佳句诸如"九万里风鹏正举""物是人非事事休"等为正题,分别辅以"诗坛上跃起的新星""避乱金华"等副题,"写意"与"白描"巧妙结合,隐与显两相对照,对李清照的生平事迹、创作成就及其令人心仪的旷世才华作了生动的展示。这是著者多年研究所获成果的形象性的体现,同时也是对科学性与文艺性相结合、叙议品评与"真实再现"相统一的有益探讨,臻于力避干巴苍白少血肉,又不至于让"合理想象"太离了谱。正如著者在书前的"引言"中所说,"为了忠实于历史、忠实于读者,笔者在下面的文字中,不敢去毫无根据地虚构李清照幼时的情状。""所以,当我们在本书中将李清照介绍给读者的时候,她已经是一名十七岁的少女了。"而十七岁之后至约古稀前后终老则是"信史"为据,"作品"为证的"一代词人"、天才女作家、多产文学家的"艺术人生"。

《李清照新传》

陈祖美著。2001年9月北京出版社出版。二十二万四千字。

全书十八章七十八节,章目依次是家世、童年、待字少女、少年成名诸作、合卺前后、"奸党"子女、生路何在、朝廷争斗谁知、回黄转绿无定期、"屏居乡里十年"、"多少事,欲说还休"、淄川官府的"素心人"、南渡江宁、生离死别、流离两浙、春蚕到死"思"不尽和易安其人有谁知。本书评述中多有著者的研究心得,且擅用"作品"说话,易收理服、情动于人之功效。又行文中引据事典、诗词较多,所以于章节后酌加注释,以便于读者查阅。

书前有赵明诚手迹两帧。书后有《附录》三则,一是《赵明诚传》(凡六章二十二节),二是《李清照年谱简编》,三是《李清照重要著作版本及有代表性的研究论著》。所附《赵明诚传》,对认识赵明诚,对认识李清照,无疑是双利之举。

《李清照辛弃疾全集》

王步高汇校汇评。2002年1月珠海出版社出版。六十七万字。

书中的《李清照全集》分易安词、易安诗、易安文三个部分。此外,前有《序》,后有《附录》。前者对李清照的生平创作进行了评述,并从抒情形象、语言风格以及大量运用叠字等三个方面对易安词的突出特点作了概括。其末说"本书汇辑通行本辑录的李清照词、诗、文的全部,又补入新近从《永乐大典》《诗渊》辑得的三首词,广泛辑录与李清照研究有关的重要史料、序跋等,并从数十种词话中辑得对李清照代表词作的精到评论,可供广大诗词爱好者阅读和研究者参考。"

本书的《附录》,内容丰富,有年谱、史料,有序跋,有题咏诗词,有评笺,有李清照研究综述等五个方面。

《李清照集笺注》

徐培均笺注。2002年4月上海古籍出版社出版。三十一万三千字。

全书分三卷,递次介绍了李清照的词、诗、文作品。词、诗卷还分别于其后列出了存疑辩证诸篇及佚句、存疑佚句。每篇后又有"校记""笺注""汇评"三项,收罗富赡,颇具价值。书后有《附录》,计有《李清照年谱》及《传记》《序跋》和《总评》等,足资参考。再后是《后记》,2003年版又加了《补遗》和《再版后记》。

在书前的《自序》中,撰者"有同感"于济南于中航先生的"甘苦之言"后,指出"如何深入研究李清照,是摆在词学界面前一个亟待解决的问题。"

表示"撰写此书,不能故步自封,既要吸纳历代学者(包括今人)的研究成果,也应力求百尺竿头,更进一步。"为此,撰者"从以下两个方面着手。第一,找更好的版本。""第二,在考证方面下些功夫。"又说"我从以上两个方面入手,基本上弄清了李清照大部分作品的生活依据和来龙去脉。"还说"经过一番探索和考证,李清照的生平和作品的时代背景,已基本上理出一个眉目。我把这些一一落实到本书的校记、笺注和所附年谱中。""在笺注的第一条中,着重说明作品的创作时间和背景。其余各条,除笺注词语、典实外,力求结合有关史籍加以阐述。年谱一项,前人已出多种,""本书的年谱对它们都有所继承、有所借鉴,但也有所发明和发展。最大的特点是尽可能地将作品系年,让读者了解谱主的生活经历与创作道路。""这对李清照的进一步研究,当能提供一个较为坚实的基础。"以上所引,必能为读者了解本书的编撰意图、编写体例以及特点和意义提供一个直接的说明。

另外,对于李清照词、诗、文的新的认定,更具有重要的意义,在李清照研究中无疑是一种新的开拓。

《李清照词新释辑评》

陈祖美编注。2003年1月中国书店出版。二十三万字。

本书是叶嘉莹先生主编的《历代名家词新释辑评丛书》之一种。主编在《总序》中说"要以具体词作展现词之历史",就体例而言,"编注者实更在每一册专集的'新释'与'辑评'。""要在严格的考证、整理之基础上,吸收大量新材料、新观点,融入前人研究成果,对所选定之词人之作品进行分类、编年,并逐词注释、讲解、辑评,并力求融贯中西,自建体系。也就是说此一'丛书'中的每一专集,都各自代表了此一词人之作品、自其编订以来的全部研究成果。""是一种立体性的多面性的研究。""其有功于词学,自亦不待言而可知矣。"

依据"丛书"的总要求、总构想,"本书辑录全部李清照词,进行编年排序,依题材、题旨之不同进行分类,逐首注释、讲解、辑录历代评论,并收录相关论文、论著名录,为广大读者提供了丰富翔实的研究资料,方便人们更好地欣赏、研究易安词。"(见勒口处"内容提要")编注者于《前言》中说,本书对所收四十七首词,不仅进行了前人和他人未曾有过的编年、一一按自己所厘定的写作顺序排列，并依其题材和题旨分为以下四大类："一、豪迈倜傥的风景词"，"二、娇嗔优雅的闺情词"，"三、传写心曲的身世词"，"四、格调凄凉的晚境词"。《前言》的前半部分还提出了在李清照生平和创作的时空归属上，"将沿用已久的'前、后二期'说，改为'早、中、晚三期'说"的主张。书后有《附录》，分题介绍了李清照词集的裒辑整理及研究论著等资料。

当代李清照研究论文目录

流寓浙江的女词人李清照（张灯） 浙江日报（1957.1.18）

李清照和她的词（寒梅） 处女地（1957年2期）

李清照事迹考（黄盛璋） 文学研究（1957年3期）

赵明诚、李清照夫妇年谱（黄盛璋） 山东省志资料（1957年3期）

在寒伧的书斋里——读李清照《金石录后序》有感（齐甘） 新民晚报
（1957.3.10）

李清照及其词（程千帆） 语文教学（1957年4期）

女词人李清照（缪钺） 中国妇女（1957年4期）

谈李清照词（《如梦令》《醉花阴》）（张志岳　张碧波） 语文学习（1957年
5期）

论李清照及其创作（褚斌杰） 光明日报（1957.5.12）

试论李清照（何权衡） 语文教学通讯（高中版）（1957年12–13期）

李清照的《声声慢》及其他（鼎友） 北方（1957年6期）

试论李清照的词（黄伟宗） 中山大学学生科学研究（1958年1期）

批判刘大杰先生在李清照评价中的资产阶级观点（复旦中四宋词小组） 复
旦月刊（1958年2期）

略谈女词人李清照（李去行） 合肥师范学院学报（1959年1期）

试论李清照的词（马永福） 云南大学学报（1959年1期）

论李清照的词（黄缦　张伟民） 南京大学学报（人文）（1959年1期）

李清照与其思想（黄盛璋） 山西师范学院学报（1959年2期）

卓越的女作家李清照（尚达翔） 山东大学学报（语文）（1959年2期）

不要抬高也不要贬低李清照（棣华） 光明日报（1959.4.12）

不能完全否定李清照（胡光舟　沈伟方　张启成） 文汇报（1959.4.17）

论李清照——与棣华同志商榷（黄伟宗） 光明日报（1959.5.3）

论李清照（盛静霞） 光明日报（1959.5.24）

评李清照的《词论》（夏承焘） 光明日报（1959.5.24）

李清照的《渔家傲》与《永遇乐》（冯沅君　赵呈元）　大众日报（1962.3.28，1962.4.1）

唐宋词谭——《渔家傲》（钱仲联）　新民晚报（1962.3.28）

李清照的豪放词（夏承焘　怀霜）　浙江日报（1962.4.11）

论李清照（王汝弼）　文史哲（1962年2期）

李清照词的艺术成就（阎仲容）　大众日报（1962.5.5）

怎样评价李清照的《声声慢》（李永卿）　四川日报（1962.6.12）

贵妇何妨作词人（祁超）　安徽日报（1962.6.17）

以寻常语度入音律——李清照和她的《声声慢》（宗一）　河北日报（1962.9.19）

谈李清照的《醉花阴》（夏承焘）　文汇报（1962.12.5）

关于李清照《词论》的评价问题（邓魁英）　文学遗产增刊（第十二辑，1963年2期）

对李清照词"别是一家"说的理解（黄墨谷）　文学遗产增刊（第十二辑，1963.2）

李清照事迹作品杂考（王仲闻）　文史（第二辑，1963年4月）

《李清照集》（书评）（黄载君）　文学评论（1963年2期）

关于对李清照词的评价问题的讨论（苏者聪）　江汉学报（1964年8期）、光明日报（1964.8.30）

再评李清照的《词论》（王永健）　破与立（哲社）（1978年2期）

李清照改嫁辨正（李独清）　贵阳师范学院学报（1979年1期）

略论李清照的词（岳国钧）　贵阳师范学院学报（1979年2期）

李清照词的美学价值（郝延霖）　新疆大学学报（1979年3期）

李清照及其《漱玉词》（苑红）　长江日报（1979.3.14）

女词人李清照（梁德元）　新疆日报（1979.6.10）

宋词小札（六）——李清照《念奴娇》（刘逸生）　广州文艺（1979年7期）

简谈李清照的诗（祎闻）　文学论集（第二辑，1979年12月）

李清照词浅论（杨敏如）　北京师范大学学报（1979年5期）

李清照和张文潜《浯溪中兴颂》诗创作年代辩（柳文耀）　上海师范学院学报（1980年1期）

宋代女词人李清照（文卉） 中国妇女（1980年1期）

才过须眉的女词人李清照（刘乃昌） 济宁师专学报（1980年1期）

论李清照词的思想性（张海鸥） 河北师大《大学生文选》（1980年1期）

李清照词再评价——兼论李清照研究中的一种倾向（平慧善） 杭州大学学报（1980年2期）

"别是一家"读好词——浅谈李清照词的艺术性（韩萍） 武汉师院汉口分部校刊（1980年2期）

从艺术性上看李清照的词（黄海澄） 光明日报（1980.2.27）

谈谈李清照的《词论》（徐永端） 文学遗产（1980年1期）

情真、意深、语新——李清照词《声声慢》赏析（史如赓） 昆明师范学院学报（1980年3期）

李清照的绝妙好词（邹身城） 西湖（1980年4期）

李清照《永遇乐》绎说（陆坚） 语文战线（1980年4期）

浅谈李清照的艺术特色（杨燕） 齐鲁学刊（1980年6期）

李清照咏物词浅议（柳文耀） 齐鲁学刊（1980年6期）

翁方纲《金石录》本读后——兼评黄盛璋《李清照事迹考》中"改嫁新考"（黄墨谷） 齐鲁学刊（1980年6期）

能立于纸上的语言（饶芃子） 广州文艺（1980年11期）

李清照典衣治学（黄有生） 人民教育（1980年11期）

李清照《词论》研究（施议对） 文学评论丛刊（第七辑，1980年10月）

李清照诗词浅论（沙灵娜） 广西师范学院学报（1981年1期）

多少含情景，尽在白话中——谈谈李清照几首词的艺术表现方法（张哲明） 唐山师专学报（1981年1期）

《武陵春》赏析（刘瑜） 语文教学与研究（1981年1期）

评李清照"词别是一家"的见解（曹淑智） 广西师范学院学报（1981年1期）

女词人李清照（唐永德） 语言文学研究（1981年1期）

试论李清照词的艺术特色（王素梅） 沈阳师范学院学报（1981年1期）

杰出的女作家李清照（包立民） 文史知识（1981年1期）

玉中之瑕——谈《李清照集校注》的注释（岳国钧） 文学遗产（1981年1期）

生当作人杰——论李清照诗的思想意义（孙乃修） 复旦学报（1981年2期）

生当作人杰,死亦为鬼雄——论李清照的思想与性格(王延梯) 文史哲(1981年2期)

李清照的词(姜林森) 课外学习(1981年2期)

文藻辞采诉衷情——谈李清照词的语言特色(熊大权) 江西大学学报(社科)(1981年2期)

美丽地描绘——李清照《醉花阴》词(云吉) 美育(1981年2期)

试论李清照词的艺术性(傅思均) 词刊(1981年3期)

杰出的女词人李清照(徐北文) 农村文艺(1981年3期)

李清照诗文初探(成善楷) 四川大学学报(1981年3期)

心似双丝网,中有千千结——李清照《声声慢》赏析(薛端生) 陕西教育(1981年6期)

深沉的爱国情怀——读李清照的词《永遇乐》(张扬) 中国青年(1981年14期)

谈李清照的词《声声慢》(刘春生) 参花(1981年1期)

《一剪梅》赏析(刘瑜) 语文教学与研究(1981年2期)

浅谈李清照及其词(李莲珍) 黄石师院学报(社哲)(1981年2期)

《廉先生序》碑与李清照里籍问题(于中航) 光明日报(1981.6.15)

《醉花阴》赏析(刘瑜) 语文教学与研究(1981年3期)

论李清照词的艺术魅力(平慧善) 杭州大学学报(1981年3期)

浅谈爱国词人李清照(徐培均) 社会科学(1981年3期)

一代词宗、千古风流——《重辑李清照集》序(黄墨谷) 柳泉(1981年4期)

清水出芙蓉、天然去雕饰——论李清照词的艺术特色(王延梯) 柳泉(1981年4期)

一首颇值借鉴的小词——谈李清照的《如梦令》(蔡启伦) 柳泉(1981年4期)

苦难时代的灵魂绝唱——论李清照词的精神风貌和历史价值(孙乃修) 柳泉(1981年4期)

咏芳誉景寓真情——李清照诗词读后(霖鸣) 柳泉(1981年4期)

《投内翰綦公崇礼启》考——为李清照"改嫁"辩诬(黄墨谷) 文史哲(1981年6期)

李清照"送别词"蠡测（邓云乡）　江淮论坛（1981年6期）

《永遇乐》赏析（刘瑜）　语文教学与研究（1981年6期）

李清照与"争渡"词（胡百顺）　江城（1981年8期）

关于李清照《词论》中的铺叙等说初探（黄墨谷）　文学评论丛刊（1981年9期）

空谷幽兰，不傍门户——试谈李清照及她的词（郭文瑞）　晋阳文艺（1981年10期）

略谈李清照词的艺术成就（刘绍曾）　语文函授（1981年10期）

李清照前期的生活与创作（顾农）　南充师范学院学报（1982年2期）

倜傥有丈夫气——谈李清照词的一个艺术特点（张劲秋）　安徽师大学报（1982年2期）

试论李清照词的情、真、美（蔡启伦）　文苑纵横谈（1982年第1辑）

李清照词真伪考（王璠）　文史（1982年第13辑）

哀思付繁弦　血泪寄山河——李清照词《声声慢》赏析（徐余等）　名作欣赏（1982年2期）

李清照生年、嫁年丛谈（王璠）　内蒙古师院学报（1982年1期）

曲折蕴藉，平易清新——读李清照《如梦令》（钟尚钧）　百花园（1982年1期）

《如梦令》赏析（刘瑜）　语文教学与研究（1982年2期）

论李清照的几首词（钟尚钧）　语言文学（1982年1期）

谈李清照词境创造的艺术特点（吴予敏）　西北大学学报（1982年2期）

北宋婉约词的创作思想和李清照的《词论》（顾易生）　文艺理论研究（1982年2期）

读李清照作品心解（陈祖美）　文学评论（1982年4期）

短语长情，深衷浅貌——李清照《如梦令·春景》的艺术特色（邱耐久）　杭州师院学报（1982年2期）

李清照《永遇乐·元宵》词赏析（邱耐久）　杭州师院学报（1982年2期）

李清照两首记梦的《浣溪沙》（王璠）　语言文学（1982年4期）

李清照《词论》浅评（李传梓）　江西师院南昌分院学报（1982年1期）

李清照《声声慢》的两点臆测（谭长河　谭汝为）　语文学习（1982年9期）

李清照词的语言特色(李振起) 天津师院学报(1982年4期)

人真、情真,才有好词——小读李清照的词(宋振庭) 吉林日报(1982.10.8)

谈李清照词的音乐美(仲建平) 江淮论坛(1982年5期)

《李清照集校注》读后三题(阎育民) 青海民族学院(1982年3期)

试论李易安的师承与创新(葛景春) 中州学刊(1982年5期)

叠字声声写叠愁——谈李清照《声声慢》叠字艺术(阎源博) 南充师院学报(1982年4期)

李清照诗与词风格异同辨(周秀怡) 广州师院学报(1982年3—4期)

议"薄雾浓云愁永昼"(袁水拍) 文学报(1982.4.22)

闺阁豪杰,词坛独步——宋朝女诗人李清照(朱碧莲) 语文学习(1982年5期)

《渔家傲》赏析(刘瑜) 语文教学与研究(1982年5期)

女性情怀,词人襟抱——关于李清照两首《如梦令》(王璠) 语文学刊(1982年6期)

诗情如夜鹊,三绕未能安——论李清照的诗创作(王延梯)《古典文学论集》第三辑(1982年出版)

李清照词《武陵春》辨析(吴玉峰) 西北大学学报(1983年1期)

李清照《词论》初探(韩丽萍) 教学与科研(1983年2期)

缘情绘景,竟切情真——《醉花阴·九日》赏析(娄元华等) 语文园地(1983年2期)

李清照避兵行踪新探(王璠) 内蒙古师大学报(1983年2期)

神用象通,情变所孕——由李清照的《金石录后序》说到散文的抒情手法(金梅) 散文(1983年2期)

李清照与李煜两家词的比较(王文龙) 盐城师专学报(1983年2期)

论李清照的风格与艺术成就(黄盛璋) 文史哲(1983年3期)

《武陵春》析解(王璠) 语言文学(1983年3期)

李清照《永遇乐》《声声慢》试析(文天谷) 南宁师院学报(1983年3期)

何须浅碧深红色,自是花中第一流——谈李清照词风格的形成和发展(刘翠霄) 名作欣赏(1983年4期)

疑义相与析——《重辑李清照集》若干问题的质疑(荣宪宾) 文学遗产

（1983年3期）

谈谈李清照的里籍问题（骆伟） 柳泉（1983年3期）

说李清照的《乌江》（杨恩成） 中学语文教学参考（1983年3期）

以灵巧之笔抒写眷眷之情——析李清照的《一剪梅》（郑孟彤） 文史知识（1983年4期）

跌宕曲折，一唱三叹——李清照词艺术特色管见之一（刘瑜） 锦州师专学报（1983年4期）

黄花到底堆积在何处——与《中国历代诗歌选》编者商榷（岳稀） 艺谭（1983年4期）

试论李清照《漱玉词》的思想成就（刘忠诚） 人文杂志（1983年6期）

江南好，故乡情——对李清照两首《菩萨蛮》的理解（王璠） 语言文学（1983年6期）

试析李清照《声声慢》词的描述结构（陈耀琪） 江苏逻辑通讯（1983年13期）

李清照里籍考（褚斌杰 孙崇恩 荣宪宾） 学林漫录第八集（1983年4月出版）

雄桀、恢奇、闪光的梦境——李清照《渔家傲》小析（周笃文） 唐宋词鉴赏集（1983年5月出版）

雨疏风骤，绿肥红瘦——读李清照《如梦令》（陈祖美） 同上

清丽其词，端庄其品——谈李清照《醉花阴》（陈祖美） 同上

婉转曲折，含蓄浑厚——李清照《凤凰台上忆吹箫》赏析（王延梯） 同上

对照鲜明，哀情深切——读李清照《永遇乐》偶得（仇木兴） 同上

李清照《武陵春》词的艺术特色（徐培均） 同上

李清照《声声慢》赏析（魏同贤） 同上

语朴、形真、意深——读李清照的《点绛唇》（马兴荣） 同上

一片冰心万古情——谈李清照《金石录后序》（刘叶秋） 文史知识（1983年9月）

《投内翰綦公崇礼启》与李清照改嫁问题（荣宪宾） 济南日报（1983.9.14）

借神仙境界，抒壮阔胸怀——谈李清照的《渔家傲》（郑孟彤） 文史知识（1983年10期）

谈李清照词的社会意义（李贵） 文艺论稿（1983年总第9集）

一切景语皆情语——谈李清照笔下的"愁"字(宁大年) 承德师专学报(1984年1期)

试论李清照词的婉约特色(傅经顺 傅秋爽) 河北师大学报(1984年1期)

思国怀乡情更深——读李清照词《添字采桑子》(刘瑜) 锦州师专学报(1984年1期)

"偏重三五"(胡国瑞) 日报(1984.1.24)

"乍暖还寒"的解释商讨(陈越) 韩山师专学报(1984年1期)

读李清照词札记(唐圭璋) 南京师大学报(1984年2期)

情景相融——李清照修辞一斑(苍舒) 语文教学研究(1984年2期)

李清照与李煜词的异同(张文生) 锦州师专学报(1984年2期)

李清照前期词的社会意义(张岩) 宁夏社会科学通讯(1984年2期)

花影压重门,镜里花难折——济南二安词赏析(许永璋) 齐鲁学刊(1984年2期)

李清照研究中的问题——与黄盛璋同志商榷(刘忆萱) 齐鲁学刊(1984年2期)

"清照改嫁"难以否认——从俞正燮的辩诬说到黄墨谷的再辩诬(荣斌) 齐鲁学刊(1984年2期)

李清照改嫁辨正(郑国弻) 齐鲁学刊(1984年2期)

建国以来李清照研究情况综述(张文生) 锦州师专学报(1984年2期)

离情深婉,真色生香——读李清照《凤凰台上忆吹箫》(刘瑜) 锦州师专学报(1984年2期)

试论李清照的思想和艺术(邓立勋) 河北大学学报(1984年3期)

家国愁,山河泪——李清照《声声慢》赏析(吴西城) 语文园地(1984年3期)

谈谈李清照的评价问题(赵山林) 山东师大学报(1984年3期)

"黄金合铸两娥眉"——蔡琰、李清照浅论(许理绚) 青海师范学院学报(1984年3期)

话说李清照(张经之) 雪莲(1984年3期)

关于李清照《词论》中的一个疑难问题(杨海明) 教学与进修(1984年3期)

读李清照杂识(杨海明) 广州师院学报(1984年3—4期)

"轻巧尖新,姿态百出"绝非李清照的风格——与黄盛璋先生商榷(黄墨

谷）　河北师院学报（1984年4期）

李清照《词论》新评（侯健）　北京师院学报（1984年4期）

易安词简论（孙永都）　聊城师院学报（1984年4期）

高标逸韵，伤时忧国——谈谈对李清照的评价（古今）　聊城师院学报（1984年4期）

《武陵春》的艺术特色（山乡）　文科教学（1984年4期）

略论李清照诗词风格的多样化（熊大权）　争鸣（1984年4期）

试论李清照词的艺术特色（刘瑞莲）　青海社会科学（1984年4期）

李清照诗考释——《李清照集校注》补正（张昌余）　四川师院学报（1984年4期）

从李清照的《词论》看其评词之失（陈曼平）　牡丹江师院学报（1984年4期）

同工而异曲（王汝涛）　临沂师专学报（1984年4期）

《廉先生序》石刻考释——兼谈李格非、李清照里居问题（于中航）　文物（1984年5期）

李清照《摊破浣溪沙》赏析（张文生）　语文园地（1984年5期）

故乡何处是，忘了除非醉（刘瑜）　语文教学与研究（1984年5期）

《漱玉词》的艺术魅力（朱德才）　文学评论（1984年5期）

水光山色与人亲——李清照《怨王孙》词赏析（傅文青）　文史知识（1984年5期）

读李清照两首咏史诗（乔象钟）　光明日报（1984.5.8）

为李清照"改嫁"再辩诬——答荣斌同志质疑（黄墨谷）　齐鲁学刊（1984年6月）

李清照研究学术讨论会简介（方晓明）　山东师大学报（1984年6期）

李清照研究二题（乔力）　东岳论丛（1984年6期）

李清照《词论》试探（孙崇恩　蔡万江）　东岳论丛（1984年6期）

李清照词中几处"瘦"的用法（陈岳来　章跃一）　语文园地（1984年6期）

李清照《词论》考（马兴荣）　柳泉（1984年6期）

李清照《夏日绝句》赏析（张文生）　锦州师专院刊（第32期，1984年7月）

从婉约到豪放——纪念李清照诞辰九百周年（孙乃修）　文汇月刊（1984年7期）

虚字巧用，韵味无穷——李清照《如梦令》读后（郑力民） 海南日报（1984.7.19）

李清照的政治讽刺诗——纪念李清照诞生九百周年（黎洪） 合肥晚报（1984.7.25）

说漱玉词的阴柔美（刘乃昌） 泉城（1984年9期）

李清照研究中存在问题的论争述要（潘君昭） 文教资料简报（1984年9期）

自是花中第一流——读李清照咏桂词《鹧鸪天》（荣宪宾） 大众日报（1984.9.8）

文道无今古，真情值千金——读李清照《金石录后序》（林冠群） 海南日报（1984.9.13）

给自己描画形象——谈李清照的词（孙守让） 语文月刊（1984年11期）

语新意隽，婉丽多姿——李清照词的抒情艺术（蒋哲伦） 上海广播电视（1984年12期）

李清照南渡后的一桩公案——读《金石录后序》杂记（于中航） 泉城（1984年12期）

略论漱玉词风格辨伪问题（徐永端） 光明日报（1984.12.25）

论漱玉词（平慧善） 杭州大学学报（1984年增刊）

关于李清照的改嫁（范解人） 今晚报（1985.1.3）

李清照的文风、诗风和词风（郭预衡） 柳泉（1985年1期）

咏物难工，梅尤不易——李清照咏梅词三首赏析（钱光培） 名作欣赏（1985年1期）

李清照词话（上）（王仲侯） 阜新师专学报（1985年1期）

李清照与民间文学（徐华龙） 思想战线（1985年1期）

细腻委婉，含蓄有致——李清照《醉花阴》赏析（彭泽成） 常德师专学报（1985年1期）

一寸柔肠，千缕愁思——试说李清照词中的"愁"（王昆建） 昆明师专学报（1985年1期）

略谈李清照词的修辞手法（张劲秋） 修辞学习（1985年1期）

试谈"易安体"的艺术特色（宋玉书） 辽宁大学学报（1985年1期）

凄婉与劲直——李清照词艺术风格再探（周鸣琦） 云南师大学报（1985年

1期）

试谈李清照词的语言特色（张守天）　广州师院学报（1985年1期）

李清照闺怨词的思想与艺术（邓立勋）　学术文摘（1985年1期）

李易安《声声慢》艺术美品尝（池太宁）　台州师专学报（1985年1期）

李清照《临江仙》地点考辨（许钧颐）　上海师大学报（1985年1期）

论李清照词所塑造的自我艺术形象（李琦　甘安顺）　河池师专学报（1985年1期）

爱国作家李清照（王延梯　胡景西）　文史哲（1985年2期）

试论李清照诗歌的思想意义（宋景昌）　河南大学学报（1985年2期）

李清照《记梦》是晚期作品（葛景春）　河南大学学报（1985年2期）

李清照《词论》新探（费秉勋）　西北大学学报（1985年2期）

读李清照的《清平乐》词（刘瑜）　黔南民族师专学报（1985年2期）

李清照其人其作辨（杨明新）　广州师院学报（1985年2期）

"爱国词人李清照"提法欠妥（李东文）　昆明师专学报（1985年2期）

对李清照词《声声慢》中"黑"字的美感认识（吴雱）　昆明师专学报（1985年2期）

金石情趣，学人风范——赵明诚李清照夫妇与文物事业（于中航）　文物天地（1985年2期）

清新婉妙，刻画入微——析李清照《声声慢》（成伟钧）　学习导报（1985年2期）

"意帖"解（成善楷）　光明日报（1985.3.26）

李清照词的色彩描写（张文生）　锦州师专学报（1985年3期）

李清照《小重山》赏析（张文生）　锦州师院院刊（第36期，1985年3月）

试灯无意思，踏雪没心情——读李清照《临江仙》并序（刘瑜）　锦州师专学报（1985年3期）

打马钱与李清照的《打马图经》（于中航）　文物天地（1985年3期）

诗人笔下评乌江——浅议杜牧、王安石、李清照论乌江亭诗（李纯仁）　洛阳师专学报（1985年3期）

李清照的《词论》（施议对）　电大文科园地（1985年4期）

是谁"轻解罗裳，独上兰舟"——李清照《一剪梅》试解（赵福坛）　华南师范

大学学报(1985年4期)

李清照词及其《词论》新探(张志岳) 北方论丛(1985年4期)

读李清照《浣溪沙》词一首(刘瑜) 朝阳师专学报(1985年4期)

李清照言愁词简论(张君宽) 宝鸡师院学报(1985年4期)

读李清照《如梦令》一得(徐鹏) 盐城师专学报(1985年4期)

琐谈李清照词的"瘦"字(陈世明) 语文园地(1985年4期)

试论李清照的诗歌创作(朱谦波) 宁夏教育学院学报(1985年4期)

李清照思想初探(刘瑞莲) 河北师院学报(1985年4期)

关于易安札记二则(陈祖美) 中华文史论丛(第四辑,1985年)

试论李清照《词论》和词作的独创性(宋景昌) 文学论丛(第四辑,1985年)

李清照改嫁案述略(黄长明) 教师报(1985.5)

"文眼"的艺术效果——李清照《金石录后序》赏析(谌旭初) 语文学习(1985年6期)

皎皎婉约之宗、殷殷惜春之情——李清照词《如梦令》赏析(李允久) 大学文科园地(1985年6期)

从细微处见个性——比较李清照、朱淑真的两首词(苏者聪) 光明日(1985.10.8)

李清照与婉约词派(荣宪宾) 济南日报(1985.10.24)

李清照词的语言艺术(牛宝彤) 语文月刊(1985年11期)

试论李清照词的语言风格(枣一丁) 台州师专学报(1986年1期)

浅谈李清照词的意境(张文生) 大连师专学报(1986年1期)

绝响一代,风流千古——读李清照《题八咏楼》诗(蔡中民) 浙江师大学报(1986年1期)

俞正燮辨李清照未改嫁(珏人) 光明日报(1986.1.19)

李清照诗词集评补辑(李华年) 贵州民族学院学报(1986年1期)

李清照雅趣 博览群书(1986年1期)

李清照词话(下)(王仲侯) 阜新师专学报(1986年1期)

自然的人化与移情及物——兼析李清照"满地黄花堆积"(李达武) 济宁师专学报(1986年1期)

"易安体"之一斑——《声声慢》探幽(陈明依) 殷都学刊(1986年1期)

试论李清照后期词的悲剧色彩（徐安琪）　黄石教师进修学院学报（1986年1期）

空梦长安，抱恨何极——读李清照《蝶恋花》词（刘瑜）　抚顺师专学报（1986年2期）

略论李清照的个性气质及其对创作的影响（黄光安）　赣南师院学报（1986年2期）

赵明诚、李清照与傅自得关系小考（林振礼）　泉州师专学报（1986年2期）

说李清照《声声慢》（吴小如）　古典文学知识（1986年2期）

灵溪词说——论李清照词（缪钺）　四川大学学报（1986年2期）

眷恋故国，忧患余生——析李清照的《永遇乐》（潘裕民）　语文月刊（1986年2期）

李清照前期词的社会意义（张岩）　固原师专学报（1986年3期）

清丽其词，端庄其品——李清照及其作品散记（陈祖美）　古典文学知识（1986年3期）

酒意诗情谁与共，独抱浓愁无好梦——李清照《蝶恋花》赏析（刘瑜）　锦州师专学报（1986年3期）

试论李清照词中的自我形象（王彤）　渤海学刊（1986年3—4期）

李清照诗词创作差异论（韩章训）　浙江师大学报（1986年4期）

征鞍不见邯郸路，莫便匆匆归去——读李清照《青玉案》（刘瑜）　锦州师专学报（1986年4期）

建国以来关于李清照及其词作评价问题的讨论（施议对）　辽宁大学学报（1986年5期）

"词别是一家"解（李洁之）　云南师大学报（1986年5期）

应是绿肥红瘦——李清照《如梦令》（周汝昌）　中学语文教学（1986年5期）

漱玉词外有异彩（荣宪宾）　济南日报（1986.6.5）

论李清照南渡以后的诗词（喻朝刚）　文学评论（1986年6期）

疑窦迭出，婉曲多姿——读李清照《念奴娇》（刘耀业）　文史知识（1986年8期）

李清照《永遇乐》详解赏析（靳极苍）　太原师专学报（1986年创刊号）

李清照的《词论》及易安体（施议对）　中国古典文学论丛（第四辑，1986年）

李清照的《词论》研究（施议对） 文学评论丛刊（第七辑，1986年10月）

李清照与朱淑真词的比较（苏者聪） 李清照研究论文选（1986年12月出版）

李清照文学成就探因（宋红） 同上

易安体浅论（徐永端） 同上

论易安体（唐玲玲） 同上

李清照词是怎样继承文学传统的（刘扬忠） 同上

读李清照《减字木兰花》（周振甫） 文史哲（1987年1期）

论李清照词的抒情艺术（陈学广） 扬州师院学报（1987年1期）

情圣易安（张彪） 青海师专学报（1987年1期）

谈李清照词《鹧鸪天》（刘瑜） 鞍山师专学报（1987年1期）

试探李清照《如梦令》的艺术情趣（孙翀） 贵州民族学院学报（1987年1期）

李清照的三首咏梅词（刘瑜） 本溪师专学报（1987年1期）

李清照重典雅词例一则——简析《念奴娇·萧条庭院》（王英志） 名作欣赏（1987年1期）

怜红惜翠 真挚哀婉——简析李清照的《如梦令》（王安庭） 语文报（1987.1.26）

李清照《浯溪中兴颂碑》写作年代商榷（盛静霞） 杭州大学学报（1987年17卷2期）

读李清照《浣溪沙》词一首（刘瑜） 朝阳师专学报（1987年2期）

有关赵明诚、李清照夫妇的一份珍贵资料（吴金娣） 上海师大学报（1987年2期）

我读《声声慢》（陈祖美） 文史知识（1987年2期）

李清照咏梅词的思想与艺术（张文生） 锦州师院学报（1987年2期）

论词的特质——词"别是一家"新解（张柽寿） 云南教育学院学报（1987年3期）

论李清照的以酒入词（孙连琦） 锦州师院学报（1987年3期）

词人择居在水滨——访李清照在山东的几处住地（郭树荣） 光明日报（1987.3.21）

李清照《临江仙》词作年辨析（刘瑜） 河南师大学报（1987年3期）

李清照《临江仙》词作于建康说（王璠）　内蒙古师大学报（1987年3—4期）

对李清照《词论》论音律的理解（魏文远）　宁夏大学学报（1987年3期）

秦观、李清照词艺术风格比较（周鸣琦）　云南教育学院学报（1987年3期）

李清照词的细腻美（安林）　大学文科园地（1987年4期）

别是一家词——论李清照（裴斐）　天府新论（1987年4期）

浅谈李清照的诗（刘杰超）　韶关师专学报（1987年4期）

李清照《摊破浣溪沙》词作年初探（刘瑜）　锦州师院学报（1987年4期）

略论李清照词的艺术风格（王牧）　杭州大学学报（1987年17卷4期）

李白与李清照诗歌的共通处（金振华）　苏州大学学报（1987年4期）

"怎一个愁字了得"——读李清照的《醉花阴》和《声声慢》（张金同）　固原师专学报（1987年4期）

李清照与赵明诚及《金石录》（赵齐平）　北京大学学报（1987年5期）

读李清照词札记二则（许灏）　求是学刊（1987年5期）

正确评价李清照的《词论》（何念龙）　江汉论坛（1987年5期）

因情敷彩，以彩抒情——《漱玉词》色彩美浅析（高建新）　语文学刊（1987年5期）

李清照的自我形象（李岩）　四川师大学报（1987年6期）

李清照的少时风韵——《点绛唇·蹴罢秋千》词浅见（杨明新）　齐鲁学刊（1987年6期）

应是绿肥红瘦——李清照《如梦令》（周汝昌）《诗词赏会》（1987年6月出版）

李清照《凤凰台上忆吹箫》（王双启）《宋词精赏》（1987年7月出版）

语浅情深，流转如珠——浅谈《声声慢》叠字的运用（赵志超）　西北民族学院学报（1987年8月）

景美情真和谐统一——谈李清照词（殷斌）　课外学习（1987年11月）

论李清照《声声慢》（刘继才）《唐宋诗词论稿》（1987年11月出版）

李清照《词论》新探（朱淡文）　上海师大学报（1987年）

黄花不及人憔悴——浅谈李清照的词（王汝熙）　昭通师专学报（1988年1期）

不知蕴藉几多香，但见包藏无限意——试说李清照词中写酒（徐鹏）　盐城

师专学报(1988年1期)

李清照的咏花词(张文生) 阜新师专学报(1988年1期)

宋代词坛一簇花——略论宋代女词人的作品(施人) 沈阳师院学报(1988年1期)

李清照闺情词浅论(卢益中) 辽宁教育学院学报(1988年2期)

易安词新论(杨新民) 内蒙古师大学报(1988年2期)

李清照《词论》评介(于海洲) 抚顺教育学院学报(1988年2期)

浅谈李清照与苏轼的词论(张文生) 锦州师院学报(1988年2期)

李清照前期词浅谈(沈彩英) 吉林师院学报(1988年2期)

试论李清照诗和词的爱国思想在艺术表现上的异同(陈东阜) 西北民族学院学报(1988年2期)

贵在创新——李清照《如梦令》《点绛唇》的艺术再创造(记哲) 昌潍师专学报(1988年2期)

李清照避难金华所作词系年考辨(刘孔伏) 湖北教育学院学报(1988年2期)

试谈李清照与狄金森(张锦) 西部学坛(1988年2期)

李清照《分得知字韵》诗写作年代考辨(刘冷) 淮北煤矿师院学报(1988年2期)

李清照《武陵春》赏析(张元友) 渤海学刊(1988年3期)

宋代妇女词篇的悲剧美(徐育民) 教学与管理(1988年3期)

李清照诗的艺术特色(刘杰超) 学术研究(1988年3期)

天涯末路共徘徊,无可奈何任花落——李煜与李清照后期词意境评析(赵丽艳) 齐齐哈尔师院学报(1988年3期)

浅谈漱玉词中的酒(张禹安) 大庆师专学报(1988年3期)

试论李清照词情感传达审美特征(子牛) 许昌师专学报(1988年3期)

《声声慢》与 *Break Break Break* 写作手法之异同(狄溢礼) 长沙水电师院社会科学学报(1988年4期)

论李清照词美的民族性(刘艺虹) 浙江学刊(1988年4期)

李清照《词论》"托名伪作"说尚难成立(周桂峰) 汕头大学学报(1988年4期)

李清照《声声慢》赏析(殷精求)　成才之路(1988年6期)

李清照对宋词发展的两个重要贡献(荣宪宾)　东岳论丛(1988年6期)

浅析李清照词中"愁"字的运用(孙友俊)　古典文学知识(1988年6期)

李清照词辑本论略(王璠)　词学(第六辑)

不无危苦之辞,惟以悲哀为主——评宋代李清照、刘辰翁、汪元量三家的"元夕"词(缪钺)　文史知识(1988年10期)

李清照笔下的"愁"字(邓革夫)　大学文科园地(1988年10期)

李清照的词学主张及其与创作实践的关系(朱千波)　大连教育学院院刊(1989年1期);宁夏教育学院、银川师专学报(1989年4期)

谈李清照词的修辞技巧(关滢)　沈阳师院学报(1989年1期)

试论李清照对闺词的开拓(李锦时)　广州师院学报(1989年1期)

一丝天籁万缕情——浅谈李清照词中的声响美(刘卫部)　渭南师专学报(1989年1期)

一曲高洁的灵魂绝唱——李清照前期词《多丽·小楼寒》小议(胡正)　自贡师专学报(1989年1期)

李清照文学创作中的自我形象和中国古代妇女文学创作(乔以钢)　天津师大学报(1989年1期)

谈李清照词的语言特色(陈丽芬)　镇江师专学报(1989年2期)

以浅俗之语,发清新之思——浅谈李清照词的艺术成就(杜建民)　黄淮学刊(1989年2期)

李清照《声声慢》词的心理构建(陶型传)　中文自学指导(1989年2期)

《漱玉词》的基调与手法(范凤驰)　渤海学刊(1989年2期)

《漱玉词》的思想意义(张文生)　锦州师院学报(1989年2期)

李清照《打马赋》简评(刘忆萱)　中国人民警官大学学报(1989年2期)

李清照咏物词浅说(熊志庭)　中国文学研究(1989年3期)

论李清照《漱玉词》中的爱与忧郁(朱淡文)　上海师大学报(1989年3期)

帘卷西风,人比黄花瘦——论李清照艺术风格的形成(周鸣琦)　云南教育学院学报(1989年3期)

浅谈李清照词的色彩描写(丽波周)　江西教育学院学报(1989年3期)

李清照"改嫁"性质辨析(靳极苍)　求索(1989年4期)

也谈李清照词的艺术风格（赵冬梅）　黑龙江教育学院学报（1989年4期）

孤独灵魂的自我描述——读《漱玉词》随笔之一（江凤贤）　抚州师专学报（1989年4期）

略论李清照《词论》对词史的贡献（周健自）　贵州大学学报（1989年4期）

李清照词二首主题商榷（张流泉等）　盐城教育学院学刊（1989年4期）

对李清照人格之种种诬枉必须驳正（黄墨谷）　齐鲁学刊（1989年5期）

论易安体的艺术特征（高洪奎）　齐鲁学刊（1989年5期）

李清照词的创作本色——兼论如何正确评价李清照词的社会价值（朱靖华）　中国人民大学学报（1989年6期）

对李清照内心隐秘的破译——兼释其青州时期的两首词（陈祖美）　江海学刊（1989年6期）

李清照对婉约派传统的继承和发展（巩炜）　中州学刊（1989年6期）

委婉纡曲巧说"愁"——李清照《武陵春》试析（江林昌）　文史知识（1989年9期）

谈李清照的词学成就（张璋）　文学遗产（1990年1期）

京华之忆，家国之愁——读李清照《永遇乐》（吴调公）　吴中学刊（1990年1期）

论李清照词中的抒情主人公形象（谭行）　广西民族学院学报（1990年1期）

巾帼不减赤子心——论李清照《打马赋》的思想特色（张汉清　方骏）　思茅师专学报（1990年1期）

李清照的词美思想（朱千波）　湖北教育学院学报（1990年1期）

关于日本传存两种《漱玉词》（日本·村上哲见）　河北大学学报（1990年1期）

香远益清，婉丽可爱——李清照《如梦令·常记溪亭日暮》解析（祝伟）　临沂师专学报（1990年1期）

浅谈李清照词的艺术特色（贺庆升　徐尚祯）　锦州师院学报（1990年1期）

李清照词的审美意象（蔡起福）　人文杂志（1990年1期）

略谈李清照咏酒词（徐祝林）　锦州师院学报（1990年1期）

浅谈李清照的抒情技巧（孙兆文）　泰安师专学报（1990年1期）

论李清照的文化性格及词作成就（刘乃昌）　济宁师专学报（1990年2期）

略论李易安体特色（熊大权）　江西大学学报（1990年2期）

李清照"再婚"说质疑（朱评漫）　社会科学辑刊（1990年2期）

李清照诗词中的宋代民俗文化（徐华龙）　晋阳学刊（1990年2期）

论《漱玉词》的女性意识与情感特征（吴惠娟）　上海大学学报（1990年2期）

宋代女词人散论（蒲惠民　毛健英）　祁连学刊（1990年2期）

李清照诗词之比较（金振华）　苏州大学学报（1990年3期）

简论李清照诗作的爱国主义倾向（谭华）　青海师范大学学报（1990年3期）

"别是一家"的理论与"别是一家"的词——李清照《词论》再议（岳国钧）　贵州师范大学学报（1990年3期）

论李清照词的情感体验（姚德鑫）　武汉教育学院学报（1990年3期）

豪放与婉约并存——浅谈李清照的诗风与词风（张素琴）　河北大学学报（1990年3期）

易安词新论（孙崇恩）　河北大学学报（1990年3期）

李清照"易安体"的构造方法（施议对）　中国文学研究（1990年3期）

李清照《词论》作于早年说（周桂峰）　淮阳师专学报（1990年3期）

李清照诗词的思想价值（陈少钦）　集美师专学报（1990年3期）

论李清照词的风格特色及其演变（婉林）　社会科学家（1990年4期）

李清照词二首主题商榷（张流泉　徐鹏）　盐城教育学院学刊（1990年4期）

"新年鸟声千种啭"——李清照词的音乐美（苏少波）　重庆教育学院学报（1990年4期）

关于李清照秦少游心理特质及其成因的对比分析（李娜）　赣南师范学院学报（1990年4期）

"易安体"新论（杨庆存）　理论学刊（1990年6期）

李清照词的女性自我意识（文生　英烈）　辽宁师大学报（1990年6期）

西风庭院秋如水，人比黄花瘦几分——浅谈李清照后期词（王思远）　德州师专学报（1991年1期）

论李清照的诗歌创作（闵军）　贵州大学学报（1991年1期）

时代的强者——论李清照作品的爱国主义思想（杨洪琴）　广西师院学报（1991年1期）

李清照《词论》考辨（黄墨谷）　河北师院学报（1991年1期）

李清照词叠字研究(沈荣森) 成都大学学报(1991年1期)

杜甫与李清照(刘瑞莲) 杜甫研究学刊(1991年2期)

自是花中第一流——李清照词意境探胜(古今) 聊城师范学院学报(1991年2期)

《词论》在词学理论上的贡献(傅淑芳) 文史哲(1991年2期)

谈李清照词的一点不足(潘艳萍) 文艺理论家(1991年2期)

论李清照在金华及其南渡后的词(周少雄) 浙江师大学报(1991年2期)

论李清照词的抒情特色(黄信德) 青海教育学院学报(1991年2期)

《漱玉词》对女性心理描写的开拓(杨凌云) 台州师专学报(1991年3—4期)

苏轼、李清照对词的不同观点的成因(马春明) 吕梁学刊(1991年3期)

英雄的苦闷——宋南渡词人心态试析(王兆鹏) 江海学刊(1991年3期)

宋代女词人朱淑真新论——兼比较李清照的身世与创作(赵飞) 西南师范大学学报(1991年3期)

李清照——中国文学史上的写情圣手(中国古代女性文学史话之一)(任一鸣) 西部学坛(1991年3期)

秦少游、李清照的心理特质与词作风格(李娜) 杭州大学学报(1991年3期)

柳永、李清照词叠字比较(沈荣森) 山东师大学报(1991年3期)

她留下了艺术的芬芳——李清照词风浅议(亢明道) 佳木斯师专学报(1991期3期)

"尚故实"与易安词(毛岫峰) 盐城师专学报(1991年3期)

李清照两首诗词系年辨析(刘孔伏) 镇江师专学报(1991年3期)

论李清照的言梦词(朱千波) 呼兰师专学报(1991年3期)

李清照后期作品的爱国主义思想(黄信德) 青海民族学院学报(1991年3期)

一往情深传千古,两处闲愁结同心——李清照《一剪梅》词赏析(黄道京) 古典文学知道(1991年4期)

试论"易安体"(杨德才) 荆州师专学报(1991年4期)

第三届李清照、辛弃疾学术讨论会综述(余翎) 社会科学述评(1991年4期)

赵明诚死因考辨(许钧颐) 上海师专大学学报(1991年4期)

苏辛之流亚——从抒情范式看李清照(王兆鹏) 湖北大学学报(1991年

4期）

试论李清照词的绘画美（张铁军）　湖南师范大学社会科学学报（1991年4期）

论李清照咏物词的艺术特色（陈学广）　扬州师院学报（1991年4期）

谈李清照词的感情表现（吴东范）　佳木斯师专学报（1991年4期）

谈谈李清照词中"红"字的巧用（凌晓蕾）　贵州师范大学学报（1991年4期）

论李清照词中花之意象（张忠纲）　山东师大学报（1991年4期）

李清照词之独特意象（韩楚森）　北方论坛（1991年5期）

李清照与勃朗宁夫人诗歌的比较（张晓萍）　云南教育学院学报（1991年5期）

李清照现象与两宋女性文化（唐玲玲）　《李清照研究论文集》齐鲁书社（1991.5）

从作家本位看李清照——兼说文学史研究角度的变化（朱安群）《李清照研究论文集》齐鲁书社（1991.5）

试论李清照在中国古代文学史上的地位（邱俊鹏）　《李清照研究论文集》齐鲁书社（1991.5）

李清照《金石录·后序》论（来新夏）　《李清照研究论文集》齐鲁书社（1991.5）

老庄思想对李清照的影响（戴武军）　《李清照研究论文集》齐鲁书社（1991.5）

李清照成才原因面面观（曾大兴）　《李清照研究论文集》齐鲁书社（1991.5）

试论易安词对元明曲家的影响（孔繁信）　《李清照研究论文》齐鲁书社（1991.5）

李清照《词论》非伪作考辨（程自信）　《李清照研究论文集》齐鲁书社（1991.5）

李清照词"别是一家"说刍论（沈家庄）　《李清照研究论文集》齐鲁书社（1991.5）

《词论》——宋词"独立宣言"（傅淑芳）　《李清照研究论文集》齐鲁书社（1991.5）

李清照言梦词辨析（薛祥生　王少华）　《李清照研究论文集》齐鲁书社

（1991.5）

　　李清照咏梅词的艺术创新（记哲）《李清照研究论文集》齐鲁书社（1991.5）

　　李清照诗词注释偶得（平慧善）《李清照研究论文集》齐鲁书社（1991.5）

　　易安词重字艺术（顾之京）《李清照研究论文集》齐鲁书社（1991.5）

　　漱玉清流与一江春水——二李词异同论（杨燕）《李清照研究论文集》齐鲁书社（1991.5）

　　李清照词的女性特征——兼比较李清照与其他词人作品的差异（徐匋）《李清照研究论文集》齐鲁书社（1991.5）

　　漱玉词和稼轩词叠字比较（沈荣森）东岳论丛（1991年6期）

　　婉中有变、婉融奇雅——也谈李清照词的婉约风格（欧明俊）中学自学指导（1991年5期）

　　漱玉词的含蓄美及其文化底蕴（方然　何星）云南教育学院学报（1992年1期）

　　浅中有深、平中有奇——谈李清照词"瘦"字的美学意蕴（周懋昌）语文学刊（呼和浩特）（1992年1期）

　　解开李清照《词论》之谜（张静）河北大学学报（1992年1期）

　　论李清照词与花及酒的关系（褚兆麟）社会科学家（1992年1期）

　　论古代李清照评价中的理学色彩（崔海正）齐鲁学刊（1992年1期）

　　"词家三李"对词体发展的贡献（胡元坎）宁德师范专学报（1992年1期）

　　李清照生母及其与秦桧的亲戚关系考辨（王曾瑜）河北学刊（1992年1期）

　　情真语巧、意境浑然——李清照词艺术特色（李锦时）广州师院学报（1992年1期）

　　论李清照诗词中的使命意识及其成因（陈学广）求索（1992年1期）

　　秦李词在艺术上的比较（张支林）贵州师范大学学报（1992年1期）

　　李清照的为人及其文学成就（上）（钟树梁）成都大学学报（1992年12期）

　　美的追求与幻灭——兼论李清照词的审美意义（谭怡）沈阳师范学院学报（1992年2期）

　　词"别是一家"——论词的体性及其由来（蒋哲伦）上海社科院学术季刊（1992年3期）

　　试论易安词的"丈夫气"（滕振国）江西大学学报（1992年3期）

赵明诚与李清照夫妻感情论析(周桂峰) 淮阴师专学报(1992年3期)

李清照生年新说(毕宝魁) 辽宁大学学报(1992年4期)

笔下风雨、胸中波澜——读《漱玉词》(邓革夫) 云梦学刊(1992年4期)

内感与外感、情绪与结构——李清照词《声声慢》赏析(王富仁) 名作欣赏(1992年5期)

易安词用典探析(顾之京) 南开学报(1992年6期)

李清照两首词的作时作地考辨(任明刚) 贵州社会科学(1992年6期)

近30年李清照《词论》研究综述(李杨) 文史知识(1992年6期)

词"别是一家"说兼论格律派及其咏物词(刘潇声) 汉中师院学报(1992年10期)

李清照故里在章丘(靳奉尘) 联合周报(1992.11.21)

肥瘦深浅各有态——李清照《如梦令》与朱淑真《西江月》比照(周懋昌) 文史知识(1992年11期)

第一座丰碑——论李清照的《词论》在词学批评史上的地位(周桂峰) 淮阳师专学报(1992年14期)

李清照《词论》的达诂与确评(张惠民) 文学遗产(1993年1期)

北图善本部《金石录》珍本(张燕翎) 人民日报海外版(1993.1.15)

论李清照的女性意识(戴永新) 聊城师院学报(1993年1期)

浅论李清照的语言特色(黄正刚) 芜湖师专学报(1993年1期)

论济南"二安"(张文生 任凤岐) 辽宁商专学报(1993年2期)

试论李清照所受魏晋人物及文学的影响(刘瑞莲) 中国人大学报(1993年2期)

易安词的语言艺术(张丽丽) 泰安师专学报(1993年2期)

《漱玉词》抒情特色之我见(何伟) 山东教育学院学报(1993年2期)

试论李清照前期词的主体特质(周玲) 宝鸡师院学报(1993年2期)

安排肠断到黄昏——李清照黄昏词审美意识浅析(陈炫章) 龙岩师专学报(1993年2期)

悲愁与死亡——李清照与艾米莉·迪金森比较(邓红霞) 无锡教育学院学报(1993年2期)

浅论李清照词的语言形式美(陈晴) 贵州文史丛刊(1993年2期)

浅论《漱玉词》中的自我形象（吴在庆　赵莹）　东岳论坛（1993年3期）

诱人而危险的工作——小议对李清照作品的破译（周桂峰）　淮阴师专学报（1993年3期）

李清照的艺术（范国明）　国际关系学院学报（1993年3期）

写愁一绝——漫谈李清照词中的愁（周世蕙）　四川教育学院学报（1993年3期）

简论李清照诗词的思想性艺术性（于万方）　松辽学刊（1993年4期）

文赋中的李清照（董正春）　山东社会科学（1993年5期）

易安散文艺术发微（杨庆存）　文史哲（1993年6期）

李清照近新考（沈彩英　顾吉辰）　文史第三十七辑（1993）

李清照文学史地位的再认识（顾之京）　河北大学学报（1994年1期）

《漱玉词》两首《临江仙》考辨（陈学广）　扬州师范学院学报（1994年1期）

李清照创作动机探微（严国荣）　海南师范学院学报（1994年1期）

李清照生年及其《金石录后序》之作年新探（朱德慈）　淮阴教育学院学报（1994年1期）

婉约词派女性形象的审美嬗变（赵泽洪）　重庆师院学报（1994年1期）

论李清照词的结尾艺术（刘瑜）　东岳论丛（1994年1期）

浅论"易安体"的衍化（司立萧　司立祥）　泰安师专学报（1994年1期）

李清照原籍章丘补证（侯波）　济南大学学报（1994年1期）

论李清照的《打马赋》（徐志刚）　济南大学学报（1994年1期）

李清照——中国文学史上的写情圣手（中国古代女性文学史话之一）（任一鸣）　新疆师范大学学报（1994年1期）

试论李清照词的语言特色（任映红）　上饶师专学报（1994年1期）

易安散文的多维审视（杨庆存）　文学评论（1994年1期）

柳永与李清照歌词之比较（金振华）　苏州大学学报（1994年1期）

异代同杯、异曲同工——李煜、李清照词中之"愁"比较谈（董武）　华中师范大学学报（1994年1期）

李清照诗词新论（高志忠）　求是学刊（1994年2期）

艾米莉·迪金森与李清照（董洪川）　四川外语学院学报（1994年2期）

论李清照南渡以前的诗词（郑伯勤）　晋阳学刊（1994年3期）

李清照词中的文化心理剖析(殷光熹)　思想战线(1994年3期)

惜花伤春的无限心曲——读李清照《如梦令·昨夜雨疏风骤》(郭明志)　文史知识(1994年4期)

诗、酒、茶、梅、菊及其他——谈李清照词中的"雅士"气息(杨海明)　古典文学知识(1994年4期)

《李清照生年新说》补正(毕宝魁)　辽宁大学学报(1994年4期)

漫话"易安体"(程章灿)　中国典籍与文化(1994年4期)

宋代妇女词中的女性形象(程春萍)　社会科学战线(1994年6期)

真女性的光芒(王艳平)　文史知识(1994年7期)

对李清照《词论》的重新解读(陈祖美)　中华词学(第一辑,1994年7期)

李清照生母考(陈祖美)　《文史》三十七辑

尚故以为新、点铁亦成金——谈李清照《点绛唇》对韩堡诗《偶见》化用之成功(李晓婉)　社会科学研究(1995年1期)

论李清照与豪放词风之关系(陈静)　武当学刊(1995年1期)

大陆近年李清照研究述略(崔海正)　济南大学学报(1995年1期)

"别是一家"是词的艺术个性的概括(岳国钧)　贵州社会科学(1995年2期)

李清照《词论》三解(周桂峰)　淮阴师专学报(1995年2期)

东坡居士、易安居士,审美情趣略相似——苏轼、李清照词学审美观简说(张惠民)　汕头大学学报(1995年2期)

词"别是一家"——评李清照《词论》(梁华)　桂林教育学院学报(1995年2期)

论李清照的言梦词(程保荣)　中等城市经济(1995年2期)

李清照的"易安体"及其在词史上的地位(邓魁英)　北京师大学报(1995年3期)

浅谈李清照词的社会意义(阎妍)　群众文化研究(1995年3期)

只有江梅些子似张耒咏梅词与李清照咏梅词之比较(桑林佳)　名作欣赏(1995年4期)

李清照创作中的男性化色彩(沈金浩)　广东社会科学(1995年4期)

李清照《词论》与曹丕《论文》(张进)　人文杂志(1995年4期)

略论李清照的政治讽刺诗(周建国　寿淑燕)　杭州师范学院学报(1995年

5期)

李清照——跻身峰巅的女性诗人(陶尔夫) 古典文学知识(1995年5期)

李清照改嫁新说(金性尧) 光明日报(1995.10.17)

回顾与反思——建国以来李清照研究述评(荣斌) 中华词学(第二辑)(1995年12期)

易安杯酒词不凡(骆传民 王小燕) 东北师大学报(1996年1期)

李清照词探微(千玲玲) 黔东南民族师专学报(1996年)

论李清照词的理性之光(江年攀) 宁德师专学报(1996年1期)

论李清照词的色彩(吴椅南) 娄底师专学报(1996年1期)

李清照诗的用典艺术(俞筱敏) 连云港教育学院学报(1996年1期)

慧眼、学识、体悟《李清照秦观诗词精选》评价(青黎) 聊城师范学院学报(1996年2期)

李清照词意象浅见(王跃飞) 淮北煤矿师院学报(1996年2期)

情深调苦、意雅技高(傅兴林) 汉中师范学院学报(1996年2期)

中国古代女性文学的超越与变异——论李清照文学成就特质(周桂峰) 淮阴师专学报(1996年2期)

李清照词艺术特色概说(樊利军) 云南民族学院学报(1996年3期)

李清照《词论》与王国维《人间词话》之比较研究(徐安琪) 广东民族学院学报(1996年3期)

情感的回声、时代的镜子——清照词解读(龚熙文 孔焕周) 开封大学学报(1996年3期)

略论李清照前后期词风的变化(张英蓉) 镇江师专学报(1996年4期)

李清照词分期新论(邬晓菁) 宁波师院学报(1996年4期)

评李清照的词学理论(张驰) 河南大学学报(1996年4期)

浅析李清照词的白描特色(王斟垲) 河南大学学报(1996年4期)

《如梦令》里的故事(徐北文) 《徐北文集》1996年5月济南出版社

"易安体"试说(董正春) 南京理工大学学报(1996年5期)

李清照词的"自然艺术"(周方道) 辽宁大学学报(1996年6期)

李清照词的艺术特色片谈(何怡涛) 湘潭大学学报(1996年6期)

贴近读本、精益求精——评贾炳棣《李清照秦观诗词精选》(荣斌) 江西社

会科学(1996年7期)

消瘦的身影、沉重的心灵——李清照词《醉花阴》《武陵春》比较(周懋昌) 文史知识(1996年7期)

真挚、委婉、细腻、自然——李清照《点绛唇》《醉花阴》赏析(倪新生) 名作欣赏(1996年)

易安体的内在结构和表达功能(李正春) 江苏社会科学(1997年1期)

有境界者自成高格——浅论李清照词的意境(钱焕新) 中国韵文学刊(1997年1期)

李清照《词论》的承传与评价(薛祥生) 中国韵文学刊(1997年1期)

九十年代李清照研究述评(任映红) 上饶师专学报(1997年1期)

二安词对宋词美学的重要贡献(李泳昶) 济宁教育学院学报(1997年1期)

典赡婉丽——并擅胜场——李清照诗词艺术风格探微(周秀怡) 佛山大学学报(1997年1期)

试论李清照菊花词的思想内容(何茂颐) 语文应用与研究(1997年1期)

李清照咏物词的艺术成就(向梅林) 吉首大学学报(1997年1期)

水做骨头、心血成歌——浅论性别对李清照创作的影响(冉利华) 临沂师专学报(1997年1期)

"自是花中第一流"——易安词浅论(胡惠玉 王萍) 牡丹江师范学院学报(1997年2期)

浅析李清照南渡前后词的思想风格(周皓) 零陵师专学报(1997年2期)

对李清照词"别是一家"的理解(郑树平) 语文函授(1997年2期)

李清照词中的"花"意象(岳毅平) 安徽教育学院学报(1997年2期)

浅谈李清照的个性气质对其词创作的影响(庄慕萱) 浙江师大学报(1997年2期)

李清照个性成因及其表现(诸葛忆兵) 东岳论丛(1997年3期)

试论李清照自我意识的觉醒(刘淑丽) 山西大学学报(1997年3期)

论李清照词的语言特色(尹新兰) 职大学刊(1997年3期)

李清照《词论》写作动因及其对南宋词坛之影响(张廷杰) 宁夏大学学报(1997年3期)

从传播看李清照的词史地位(刘尊明 王兆鹏) 文献(1997年3期)

追光摄影之笔、写通天尽人之怀——浅析李清照词的审美特质及其表现手法（孙赫男　李静）　牡丹江师范学院学报（1997年3期）

何须浅碧深红色、自是花中第一流——试论李清照词中塑造的女性形象（朱学忠）　广西社会科学（1997年3期）

词"别是一家"——评李清照《词论》（梁华）　广西社会科学（1997年3期）

李清照词艺术特色再论（韩慧玲）　滨州师专学报（1997年3期）

浅论李清照词中女性内心刻画的成就（曾小丹）　湖南教育学院学报（1997年3期）

词"别是一家"的内涵及现代诠释（陈学广）　江苏文史研究（1997年3期）

展现自然人性的风采——试论李清照的词作（张文霞）　湖北师范学院学报（1997年3期）

浅谈李清照的女性立体思想性格（宋佳东）　农垦师专学报（1997年4期）

李清照伤心金陵（濮小南）　南京史志（1997年5期）

李清照闺词的社会意义及历史价值（梁焕芳）　内蒙古电大学刊（1997年5期）

清新峻爽李易安——李清照词风新探（陈在东　阎秀平）　临沂师专学报（1997年5期）

李清照的咏花词（何红梅）　语文函授（1997年5期）

评《兰雪轩与李清照之比较》（韩·朴现圭）　文史哲（1997年6期）

从李清照个性特征论易安体（康丽云）　宜春师专学报（1997年6期）

试论李清照的恋梅情结（孔令顺）　语文函授（1998年1期）

简论易安词的闺音特色（李蔚会）　太原师专学报（1998年1期）

从北宋词风谈李清照的《词论》（刘人庆）　江苏教育学院学报（1998年1期）

万种情愁皆有"瘦"——李清照词作自我形象之映现（王蕾）　中国人民警官大学学报（1998年1—2期）

李清照与东京汴梁（周桂峰）　淮阴师范学院学报（1998年1期）

从文体物质探讨李清照词"别是一家"说（郑惠丽）　古典文学知识（1998年1期）

卓然独立曾依傍——论李清照对张耒词的借鉴（周长风）　东岳论丛（1998年1期）

李清照身世考(李振胜) 烟台师范学院学报(1998年1期)

李清照的价值观念及其历史地位(汤贵仁) 泰安师专学报(1998年1期)

李清照学者说(许宗元) 新民晚报(1998.1.27)

论李清照诗词内容风格的统一(钟芝兰 韩隆福) 江苏文史研究(1998年2期)

李清照故里话旧(张世镕) 风景名胜(1998年2期)

谁是"卷帘人"——读李清照《如梦令·昨夜雨疏风骤》(张和安 韩海浪) 学海(1998年2期)

心灵与情感美的歌——读李清照的词(何锡章) 华中理工大学学报(1998年2期)

论李清照的反传统精神(张学忠) 社会科学研究(1998年3期)

论李清照词"欲说还休"的复杂内涵(朱靖华 戴学忱) 黄冈师专学报(1998年3期)

从易安词看李清照的心境与词境(张黎玲) 云南教育学院学报(1998年3期)

李清照有过"婕妤之叹"吗?——从她在江宁时的几首词谈起(陈祖美) 文史知识(1998年3期)

醒时空对烛花红——李清照夫妇收藏轶事(林深) 收藏(1998年3期)

萨福和李清照诗歌创作比较研究(张思齐) 西南民族学院学报(1998年4期)

一种相思、两处闲愁——李清照词与白朗宁夫人十四行诗爱情主题之不同表达(熊传信) 川东学报(1998年4期)

李清照词女性形象的性格美(周玲) 渭南师专学报(1998年4期)

李清照《词论》写作时间再议——兼及《词论》中未提周邦彦的问题(张进) 唐都学刊(1998年4期)

读李清照的诗(顾国华) 盐城教育学院学报(1998年4期)

犀通一点、思接千年——评陈祖美著《李清照评传》(蔡厚示) 福建论坛(1998年5期)

李清照后期的生活与创作(顾农) 昌潍师专学报(1998年4期)

对李清照身世的再认识(之一)——关于她的娘家与婆家(陈祖美) 文史知

识(1998年10期)

裁风剪雨总因情——李清照词中的风雨(周懋昌) 文史知识(1998年10期)

对李清照身世的再认识(之二)——在经历丧夫之痛苦后(陈祖美) 文史知识(1998年11期)

自然清新、典雅俊美——谈《漱玉词》的语言风格(张应德) 阅读与写作(1998年11期)

李清照立体创作中的自我张扬论略(陈武阳) 江西社会科学(1998年12期)

试论李清照词的艺术美(萧兆权) 湖北电大学刊(1998年增刊)

人杰高唱人杰歌——李清照的高风操品节(王延梯 萧培) 东岳论丛(1999年1期)

取其精华、古为今用——学习李清照诗词体会札记(靳奉尘) 戏剧丛报(1999年1期)

从李清照词看其内心忧郁感情悲怆的原因(周建华) 昭乌达蒙族师专学报(1999年1期)

技法多变、姿态百出——论李清照词的魅力(朱明秋) 桂林市教育学院学报(1999年1期)

论李清照愁情词的认识价值及审美意义(孔令顺) 菏泽师专学报(1999年1期)

李清照《词论》的卓越贡献(向梅林) 长沙大学学报(1999年1期)

论易安词柔中寓刚的艺术表现(李建国) 贵州社会科学(1999年1期)

略论李清照诗歌创作(沈茜) 九江师专学报(1999年1期)

幽怨谁解、流水感知——重读李清照《凤凰台上忆吹箫》(康丽云) 宜春师专学报(1999年1期)

阳刚与阴柔——论李清照诗词风格的不同及其原因(白秋玲 关丽伟) 辽宁师专学报(1999年2期)

柔婉清丽的女性抒情世界——白朗宁夫人与李清照的诗词比较(王冬梅) 西北第二民族学院学报(1999年2期)

试论李清照的才女意识(苏萍) 山西大学学报(1999年2期)

试论李清照词的审美特质(蔺熙民) 唐都学刊(1999年2期)

清水出芙蓉、天然去雕饰——略论李清照词的思想内容和艺术风格(刘

项） 黑龙江教育学院学报（1999年2期）

易安体女性意识再评价（王金寿） 西北师大学报（1999年2期）

李清照《漱玉词》的抒情艺术（窦海涛） 语文学刊（1999年2期）

浅谈李清照词中的自我形象（马殿超） 辽宁师范大学学报（1999年3期）

谈李清照词的抒情艺术（胡峰力） 青海师专学报（1999年3期）

再议易安词的风格（时俊静） 河北师范大学学报（1999年4期）

李清照词绘画美初探（王跃飞） 安庆师范学院学报（1999年4期）

苦难时代女性的生命悲歌——论易安词和湘苹词（韦玲娜） 学术论坛（1999年4期）

谈李清照前后期词中的"愁"（杨杨　赵永安） 华北水利水电学院学报（1999年4期）

李清照的词与酒（周国林） 华夏文化（1999年4期）

李清照和唐诗（张浩逊） 淮阴师范学院学报（1999年4期）

李清照词前后期创作风格浅论（万丽蓉　王永革） 青海师范大学学报（1999年4期）

试析李清照诗词中抒情主人公的自我形象（吴爱民） 安徽大学学报（1999年2期）

近50年李清照研究综述（王克安） 山东师大学报（1999年5期）

花自飘零水自流——李清照的词境与心境臆说（彭玉平） 中山大学学报（1999年6期）

黄花抱香枝头、何曾涸殒霜风——李清照《声声慢》词"满地黄花堆积"辨析（张永鑫） 名作欣赏（1999年6期）

论易安词的审美意象（杨艳梅） 松辽学刊（1999年6期）

论李清照词的抒情艺术（赵楠） 淮阴师范学院学报（1999年6期）

暗淡轻黄体性柔——谈《漱玉词》心理描写的细腻美（张应德） 阅读与写作（1999年7期）

肺肝出千愁、凄清铸婉词——李清照词的艺术特色论（吴石虹） 胜利油田师专学报（2000年1期）

李清照与宋代女性词（罗斯宁） 中山大学学报（2000年1期）

李清照研究的收获——评杨合林编注的《李清照集》（丁畅松） 吉首大学

学报(2000年1期)

酒意翻作愁情——从李清照的作品看酒文化对及人创作影响(谢忆梅) 丹东师专学报(2000年1期)

关于《李清照评传》的对话(白化文) 书与人(2000年1期)

李清照的婚姻生活(靳奉尘) 戏剧丛刊(2000年1期)

男权文化笼罩下的李清照词(刘越峰) 沈阳师范学院学报(2000年1期)

李煜、李清照后期词情感比较之初探(牟鹭玮) 钦州师专学报(2000年1期)

易安词之魅力探究(肖丰) 通化师范学院学报(2000年1期)

李清照的情感世界及其表现形式(莫惊涛) 理论学刊(2000年2期)

论李清照词与苏东坡影响——兼论"易安体"的特征(朱靖华) 中国人民大学学报(2000年2期)

卓然一家、压倒须眉——试析李清照的几首婉约词(邢海波) 南都学坛(2000年2期)

论李清照词及《词论》对李煜创作的继承与借鉴(吴帆) 社会科学战线(2000年2期)

李清照及《词论》及其后期词创作(赵艳屏) 沈阳师范学院学报(2000年2期)

李清照词的艺术个性(周久凤) 衡阳师范学院学报(2000年2期)

识尽愁滋味——浅谈李清照前后期词中的"愁"(翟云英) 山东教育学院学报(2000年2期)

悲剧性的生命情调——试论李清照诗词的内在统一性(李刚) 语文学刊(2000年2期)

《漱玉词》审美价值新探(张维民) 西北第二民族学院学报(2000年2期)

易安词的意境和语言(刘晓峰) 内蒙古民族师院学报(2000年2期)

结构与文本——李清照《一剪梅·红藕香残玉簟秋》解读(高红梅) 内蒙古民族师院学报(2000年2期)

三种境遇、一"梳"情深——谈李清照三首离愁词作的审美意蕴(杨永清) 黎明职业大学学报(2000年2期)

略论李清照词中的情(王濯巾) 嘉应大学学报(2000年2期)

苏词明体——论李清照《词论》对苏东坡词的批评难以成立(金志仁) 南

通师范学院学报（2000年2期）

李清照词中的"瘦"赏析（侯为平）　修辞学刊（2000年2期）

李清照研究回顾与展望（周桂峰）　淮阴师范学院学报（2000年3期）

不知蕴藉几多香、但见包藏无限意——李清照词女性形象的审美意义（刘玉瑞）　广西梧州师专学报（2000年3期）

李清照诗词风格比较研究（许梅）　安徽广播电视大学学报（2000年3期）

以菊自况、寄托哀怨——说李清照的菊花词（丁世洁）　平顶山师专学报（2000年3期）

此花不与群花比——略说中国古代女性文学（马玉梅）　中国文艺家（2000年3期）

一枝"瘦红"——浅析李清照的自我形象（黄莺）　名作欣赏（2000年4期）

李清照及其词五题（高建中）　华东师范大学学报（2000年4期）

纤细幽微显个性——秦观李清照词异同比较（王爱玲）　河北学刊（2000年4期）

李清照后期词风的转变（王绪广）　洛阳师范学院学报（2000年4期）

梅写人精神——简评李清照的梅花词（雏莉）　唐都学刊（2000年4期）

《醉花阴》艺术意境审美特征浅析（萧远平）　贵州民族学院学报（2000年4期）

谁解清照"愁"滋味（于瑞恒）　烟台师范学院学报（2000年4期）

闺阁情、丈夫气、家国思——李清照思想性格特征浅析（李淑芬　廖雄飞）　南昌职业技术师范学院学报（2000年4期）

李清照诗词风格的差异（熊伦）　湖南医科大学学报（2000年4期）

漫谈李清照词中的女性形象（高春艳）　黑龙江教育学院学报（2000年4期）

浅论李清照的离别词（刘学庆）　古典文学知识（2000年5期）

李清照、朱淑真的梅花妆情结（舒红霞）　运城高等专科学校学报（2000年5期）

关于《点绛唇·蹴罢秋千》的作者及解读（童向飞）　淮阴师范学院学报（2000年5期）

李清照诗词的文化开掘（蔡维琰）　云南师范大学学报（2000年5期）

愁浓于何时，词妙在何处——李清照《醉花阴》"词心"解（刘廷乾）　古典

文学知识（2000年6期）

李清照的爱情观（陈萍） 现代语文（2000年6期）

李清照再嫁之谜（马瑞芳） 文史知识（2000年7期）

凄清孤寂——李清照词从表现的女性情体（杨海明） 文史知识（2000年8期）

谁是"卷帘人"？"红花"为何瘦？（陈祖美） 文史知识（2000年10期）

史识出众的"和诗"——读李清照《浯溪中兴颂诗和张文潜二首》（陈祖美） 文史知识（2000年11期）

《香奁集》和《漱玉词》（陈祖美） 文史知识（2000年12期）

孤孀秋叹，凄惶欲绝——读《声声慢》（张海荣） 天中学刊（2000年增刊）

李清照咏梅词的情感特点（王万成 张万能） 青海师范大学学报（2000年增刊）

论李清照后期词的主体特质（张连举） 山东科技大学学报（2001年1期）

李清照事迹七题（王曾瑜） 中华文史论丛（2001年第1辑）

浅浅近近写深情——二李词艺术生命力探源（陈雪萍） 湖南商学院学报（2001年8期）

解读李清照的爱国诗词（邸艳姝 梁伟光） 辽宁师专学报（2001年1期）

论易安词的感伤美（王小庆） 职大学报（2001年1期）

不知蕴藉几多香，但见包藏无限意——论李清照词的含蓄美（高霞） 菏泽师专学报（2001年1期）

从李清照看男权语境下女性的言说（赵瑞法） 鞍山师范学院学报（2001年2期）

易安词的心路历程及其独特风格（李卫东） 南通师范学院学报（2001年2期）

浅议李清照词中的爱国观（王凤琴） 宁夏大学学报（2001年1期）

李清照词愁因新探（陈金花） 胜利油田师专学报（2001年2期）

浅析李清照情牵一生的愁（韩仪） 黑龙江教育学院学报（2001年2期）

也论李清照词愁情的内涵——与陈祖美等先生商榷（姚玉光） 文学遗产（2001年2期）

李清照之女性自我意识（徐翠华） 新疆教育学院学报（2001年3期）

李清照情感历程探析(赵惠霞) 宝鸡文理学院学报(2001年增刊)

婉约词人的丈夫气——李清照词的一个艺术特点(廖正碧) 西南民族学院学报(2001年专刊)

论易安体的"尚清"意识(侯长生) 西北工业大学学报(社会科学版)(2003年3期)

伤春与悲秋——略探易安词中的女性意识(杨雨) 中南大学学报(社会科学版)(2003年2期)

论李清照之用典(李琳) 文学评论(2004年1期)

李清照词英译对比研究(郦青) 华东师范大学博士论文(2005年)

李清照接受史研究(李伟) 河北大学硕士论文(2006年)

易安咏花词中的女性审美意识探微(孙艳红) 吉林师范大学学报(2006年4期)

李清照词的经典化历程(谭新红) 长江学术(2006年2期)

论李清照咏花词中的女性意识(郭慧英) 船山学刊(2007年3期)

怎一个愁字了得——论李清照词的感伤美(邓树强) 科教文汇(中旬刊)(2007年3期)

俱是登楼倚阑干 境遇情愁各不同——从楼意象组合分析李清照、朱淑真、魏夫人的不同人生况味(骆新泉) 常州工学院学报(2007年8期)

试论李清照词作的艺术美(刘春丹) 时代文学(双月版)(2007年1期)

论李清照创作中的女性本体意识(谷英姿) 东北师范大学硕士论文(2007年)

试析易安咏花词生命意识的演进(张丽娜) 河南师范大学学报(2008年11期)

试论李清照词中的意象(李鹤男) 辽宁师专学报(社会科学版)(2008年2期)

李清照词英译中意象再造的对比研究(张璐) 长沙理工大学硕士论文(2009年)

试析李清照《声声慢》中"雁"一词的翻译(陈千峰) 咸宁学院学报(2009年12期)

满腹愁情寄春景——李清照朱淑真心灵解压的物化意象(于丽新) 吉林师

范大学学报（2009年9期）

士的灵魂——李清照"丈夫气"新论（刘颖）　湖南师范大学硕士论文（2009年）

同代才女异样心境——李清照与朱淑真词的女性形象比较论析（杜秋实　何尊沛）　绥化学院学报（2009年8期）

论李清照词中女性形象的中性化（胡秀春）　文化学刊（2009年2期）

解析李清照笔下女性形象（李彦华）　辽宁广播电视大学学报（2009年1期）

接受美学视域里李清照词英译的审美再现（崔瑞红）　广西民族大学硕士论文（2010年5期）

菊花的认知隐喻分析——基于李清照词的研究（刘苏丽　李瑛）　海外英语（2010年11期）

论李清照词创作创新意识的形成与审美主张（杨艳秋）　佳木斯大学社会科学学报（2010年2期）

宋代女性词人群体研究（谢稚）　湖南人民出版社（2010年）

论李清照《词论》及易安体的地位与影响（严勇）　绥化学院学报（2010年1期）

李清照词意象的英译（郭光霞）　天津工业大学硕士论文（2011年）

试论李清照词中的花草意象——兼论李清照词创作的低俗倾向（彭国忠）　中国文学研究（2011年1期）

论李清照词中"花"意象的使用及其象征意义（贾丽微）　北方文学（2011年7期）

翻译过程中李清照词意境之美感再现——以许渊冲的翻译为例（车明明　赵珊）　重庆理工大学学报（社会科学版）（2012年12期）

宋词翻译中的格式塔意象再造——以李清照词为例（李超）　佳木斯教育学院学报（2012年1期）

从互文性视角看李清照词中意象的翻译——许渊冲译本和雷克斯罗斯与钟玲译本的比较研究（庞云）　湖南大学硕士论文（2012年）

李清照词的接受史研究（黄玫菱）　复旦大学硕士论文（2012年）

李清照词作韵调使用与情感表达（李昕皓）　安顺学院学报（2012年2期）

李清照词中花类隐喻的研究（李碧芸）　温州大学硕士论文（2013年）

美国学者詹姆斯·克莱尔之李清照词英译探究（季淑凤） 淮北师范大学学报（哲学社会科学版）（2013年4期）

李清照词在美国的英译方法及启示（李延林　季淑凤） 中州学刊（2014年1期）

解构主义翻译视角下李清照词菊意象的英译（陈晓文） 淮阴工学院学报（2014年4期）

浅析"帘"意象在李清照词中的运用（吴嘉敏　木斋） 长春理工大学学报（社会科学版）（2014年9期）

李清照南渡事迹考辨（马里扬） 文学遗产（2014年2期）

从李清照与张玉娘的诗词看其女性形象（刘丽莎） 四川文理学院学报（2015年4期）

宋词英译的意境重构——以李清照词英译为例（任高莹） 湖北第二师范学院学报（2015年10期）

浅谈李清照《一剪梅》中的隐喻及其英译（陈雅雅） 语文学刊（2015年9期）

论接受美学视角下李清照词的英译（林鲁莹） 英语广场（2016年8期）

试论易安词反映的女性意识（王玉娇） 名作欣赏（2016年12期）

李清照诗词中"花"的隐喻分析（丁丽） 青年文学家（2016年24期）

概念隐喻视阈下易安词研究（王肖丽） 华东交通大学硕士论文（2016年）

易安词的舟船意象探微（陈家愉） 新余学院学报（2017年2期）

李清照词中的"酒"意象论析（董素贞） 哈尔滨学院学报（2017年10期）

易安词的舟船意象探微（陈家愉） 新余学院学报（2017年2期）

浅谈李清照词中香意象的意境效果（寨晓丽） 文学教育（2017年1期）

论李清照文学作品中的女性意识（单良） 内蒙古师范大学学报（哲学社会科学版）（2017年5期）

李清照词之美的传递——以王椒升英译本为例（谭佳佳） 深圳大学硕士论文（2018）

许渊冲英译本中李清照词的美感体现（杨艳蓉） 齐齐哈尔大学学报（哲学社会科学版）（2018年4期）

《凤凰台上忆吹箫》词调研究（刘晓萌） 辽宁师范大学硕士论文（2018年）

试论李清照词作中"花"之意象（李鹤男） 辽宁师专学报（社会科学版）

（2019年4期）

《声声慢》英译中意象意境表达的美学浅析（卢丹丹　郭玉屏　李夏柯　闻霜　章琪）　宁波工程学院学报（2019年4期）

李清照词中"花"之意象浅析（吴竹芸）　北方文学（2019年33期）

"转益多师"与"婉约之宗"——论李清照对婉约词的继承和发展（韩姗姗）　西安外国语大学硕士论文（2019年）

李清照与薛涛诗词比较研究（史莫野　史美珩）　湖州师范学院学报（2019年9期）

浅析李清照前后期词（王燕琪）　汉字文化（2019年11期）

李清照"富贵态"审美倾向刍议（赵红卫）　潍坊学院学报（2019年3期）

李清照《凤凰台上忆吹箫》的宫调声情论述（马帅　马晓虹）　文艺争鸣（2019年10期）

论李清照词对前人作品的接受（温静）　内江师范学院学报（2019年11期）

"三美论"指导下的自然意象翻译——以李清照之词为例（郁诗千）　海外英语（2020年5期）

诗是高尚心灵对话的桥梁——琐记冰心与李清照（刘增人）　山东教育（2020年43期）

历代词人对李清照词的创作接受研究（温静）　苏州大学硕士论文（2020年）

从认知诗学视角探析中国古诗词的"象"思维——以李清照词中的核心意象为例（鲍苏红　刘宇红）　认知诗学（2019年5期）

女性文学视角下的易安词（范敏　高侠）　汉字文化（2020年22期）

三美论原则下李清照词《如梦令》（昨夜雨疏风骤）翻译对比研究（王凯）　海外英语（2020年17期）

关于李清照文学作品中女性意识的分析（王世鹏）　大观（2020年11期）

论李清照词作中的"帘"意象及其女性化特征（黄一阳）　今古文创（2020年32期）

李清照词"风"意象美学探析（刘鸿桥）　今古文创（2020年28期）

浅析李清照词中的"帘"与"愁"（姚金宣）　名作欣赏（2020年8期）

论李清照词作中的"帘"意象及其女性化特征（黄一阳）　古今文创（2020年32期）

浅析易安词"香炉""香料"意象——兼谈李清照心境的挣扎与突破(张世衡) 大众文艺(2020年14期)

女人如花花似梦——李清照词中花意象分析(薛姗) 青年文学家(2020年11期)

接受美学视角下李清照词英译探析(卞慧) 英语广场(2021年10期)

浅谈李清照怀乡词的特点(王艺璇 李春霞) 文化学刊(2021年5期)

晚清民国报刊与李清照的接受(刘晓丽) 中山大学学报(社会科学版)(2021年3期)

李清照的词学思想探微(肖书美 万素花) 今古文创(2021年27期)

易安词的男性书写——以"酒"意象为例(耿心语) 名作欣赏(2021年32期)

陆游、李清照咏梅词之比较研究(沈芳) 西安文理学院学报(社会科学版)(2021年4期)

李清照词独特的女性意识(罗滔滔) 文学教育(2021年9期)

论李清照的豪放诗词创作(刘倩倩) 淮北职业技术学院学报(2021年5期)

从女性主义视角看李清照的人生与创作(刘立) 辽宁师专学报(社会科学版)(2021年3期)

从熏香意象看李清照的心境变化(俞雯涵) 黑龙江教师发展学院学报(2021年4期)

李清照词作的空间意象研究(胡思佳) 东北师范大学硕士论文(2021年)

海外及中国港台地区李清照研究论著提要

《李清照》（《特怀恩世界作家丛书》之一）

美国波士顿城豪尔公司出版的《特怀恩世界作家丛书》，是学术质量较高，在全世界很有影响的一套丛书。这套丛书中的"中国作家专辑"由任教于亚利桑那大学中文系的著名汉学家屠茨教授担任主编，波士顿特怀恩出版社出版。

《李清照》一书的著者为任教于中国台湾中国文化学院的胡品清先生，该书出版于1966年，在"中国作家专辑"里属于较早问世的一种，由此可见西方学界对李清照及其作品的重视。

本书128页，共分四章，第一、二章论述李清照的生平及其时代，第三、四章乃现存李清照词的英译文，译文后有译者对原作的扼要评价。

著者在书中说明：西方对于中国古代词的翻译和研究，比对于中国古代诗歌的翻译和研究要晚得多，这主要是由于词的写作技巧比诗更高、寓意也更深，不论翻译或研究，都更为困难，所以本书的写作不能不付出了更大的努力；本书的宗旨在于介绍李清照的一生及其词作的价值，希望对西方读者了解这位杰出的中国女词人能有所帮助。

在分析李清照为何能够写出那么多闪闪发光的词作时，本书著者提到她才华出众、思维敏捷、品德高尚、心地善良、感情奔放诸种优美而可贵的素质，同时还提到她个人的丰富的经历。著者认为，李清照出身于书香门第和官宦之家，早年生活优裕，婚姻美满，为此她前期的词常限于闺情相思。到了后期，由于战乱国衰，屡遭磨难，她的思想感情发生了巨大变化，所以其后期的词多表现身世之苦、故国之思以及忧国忧民之情，这也是十分自然的事。

在分析李词艺术特色时，本书著者指出：中国许多诗人的作品，往往表现出儒、释、道三大东方哲学思想的影响，而李清照的作品却并非如此。她的词多半是她热爱自然、热爱生活的内心世界的直接吐露。她的词较少反映社会生活和民生疾苦,这除了同李清照的贵族出身有关外,也和李清照词应表现自我的创作主张有关。另外,胡品清先生还指出,李清照不同意用作诗的方法来作词,她的词都精于结构,讲求音韵,善用口语,喜用叠字,故而呈现出流畅、刚健、清新的特点,而且富有音律之美。胡品清先生认为,李清照虽然是一位追求思想解放的了不起的杰出女词人,但在表露个人的激情方面,她却仍然遵循着有节制的儒家道德规范。

(王丽娜)

英文译著《李清照诗词选》(封面中文题字《帘卷西风人比黄花瘦》)

此书由美国诗人、翻译家肯尼思·雷克斯罗思(汉名王红公)与中国台湾学者钟玲合作译著,1979年纽约新向书局出版。118页。

全书共分两部分,第一部分为李清照诗词的选择,包括词五十首,诗十七首;第二部分为钟玲撰写的《李清照评传》,并附有李清照年谱。第一部分所选择的诗词划分为七类。第一类题作"青春"。此类包括词《如梦令》(酒兴)、《如梦令》(春晓)、《浣溪沙》(闺情)、《减字木兰花》、《采桑子》(即《丑奴儿》)、《小重山》(双溪)、《玉楼春》(红酥肯放琼苞碎)、《渔家傲》(红梅)等十四首。第二类题作"寂"。此类包括词《点绛唇》(寂寞深闺)、《浣溪沙》(莫许杯深琥珀浓)、《浣溪沙》(春景)、《念奴娇》(萧条庭院)、《浣溪沙》(淡荡春光寒食天)、《浣溪沙》(闺情)、《声声慢》(怜秋,即"寻寻觅觅")等十六首。第三类题作"流离"。此类包括词《菩萨蛮》(风柔日薄春犹早)、《忆秦娥》(咏桐,即"临高阁")、《摊破浣溪沙》(桂花)、《采桑子》(即《添字丑奴儿·窗前谁种芭蕉树》)、《鹧鸪天》(寒日萧萧上锁窗)共九首。第四类题为"悼"。此类包括词《转调满庭芳》(芳草池塘)、《诉衷情》(枕畔闻残梅喷香)、《武陵春》(风住尘香花已尽)、《南歌子》、《蝶恋花》(离情)等七首。第五类题作"讽"。此类包括诗《感怀》《浯溪中兴颂诗和张文潜二首》《上枢密韩肖胄诗二首》《咏史》《题八咏楼》《皇帝阁端午帖子》《皇后阁端午帖子》《夫人阁端午帖子》等共十三首。第六类题作"玄"。此类包括词《渔家傲·记梦》(天接云涛连晓雾)、诗《晓梦》等三首。第七类题为"暮年"。此类包括词《清平乐》(年年雪里)、《永遇乐》(落日熔金)、《摊破浣溪沙》(即《花仙子》,"病起萧萧两鬓华")等四首和诗《分得知字》一首。译著者对入选每首诗词的内容都作了详细的注解。第二部分《李清照评传》,介绍了李清照的生平和艺术成就,作者写道:"在中国漫长的封建社会中,妇女在各方面都深受压迫和歧视,在文艺领域里,当然也不可能例外。封建礼教的束缚和限制埋没了她们与男子同样具有的才华。尤其到了宋代程、朱理学兴起后,封建礼教几乎达到了登峰造极的地步,妇女们受到的束缚和限制更加深重。宋朝,这个中国词的全盛时代,不仅为中国人民,而且为世界人民留下了极为丰富的文化遗产。但在今天知名的约一千二百名宋代词人中,女词人却寥寥无几,不过五六十人左右,其中大多数女词人并没有完整的词集,有较多作品流传下来的只有李清照一人。"由此可见评著者对李清照作品的热爱之情。此书对西方读者了解宋代女词人李清照的坎坷身世和绝世才华,都有很好的帮助。

肯尼思·雷克斯罗思,汉名王红公,1905年出生,美国著名诗人、翻译家。他的主要著作有诗歌《短诗集》《长诗集》《晨星》《凤与龟》《天、海、鸟、木、地、屋、兽:新诗》,戏剧《山外》,评论《十二世纪美国诗歌》《论文集》《草丛之鸟》《耳闻目睹》等;翻译作品有《百首中国诗》、《百余首中国有关爱情及转折时期的诗歌》、《炽热的心:日本妇女诗人》、《中国妇女诗词家》(与钟玲合作)、《百首法国诗选》、《30首西班牙爱情及流离诗选》、《李清照诗词选》(与钟玲合作)等。

钟玲:1945年出生,中国台湾中国文学研究家、翻译家。主要从事宋代著名女词人李清照研究。

(王丽娜)

苏联对李清照诗词的翻译与研究

苏联翻译评介李清照诗词始于二十世纪五十年代,著名宋词研究家、中国文学翻译家巴斯马诺夫所译《如梦令》《声声慢》和戈金勃科夫所译《凤凰台上忆吹箫》《武陵春》等八首李清照词,收入《宋代诗词选》一书中,此书1959年由莫斯科国家文学出版社出版(359页)。七十年代以来,苏联出版的关于宋代诗词的译著有十余种,其中有关李清照的诗词翻译研究著作就有3种。八十年代出版的《文学百科辞典》中,重点评介的宋代词人是柳永、李清照、辛弃疾和苏东坡,由此可见苏联学者对我国宋代杰出女词人李清照的推崇。

在翻译和研究李清照作品的苏联汉学家中,贡献最突出的当属巴斯马诺夫。他1918年出生于苏联阿尔泰边疆区,为苏联作家协会会员、诗人。他的关于中国古代诗词的译著有《漱玉词》(1970年莫斯科文艺出版社出版,79页)、《漱玉词》(1974年版,101页)、《辛弃疾诗词集》(1959年莫斯科国家文学出版社出版)、《宋代诗词选》(1959年国家文学出版社出版,359页)、《梅花开:中国历代词选》(1979年文艺出版社出版,425页)等多种。《梅花开:中国历代词选》一书,是苏联出版的第一部中国历代词选,也是一部研究中国词学的重要译著。书中选入唐五代以后历代著名词人的名作,而李清照的词即占四十一首。对入选词人,译著者均作了简要评介,并对入选词作加以注释。该选译本在苏联多年来深受读者的喜爱,同时也受到苏联学界的极大的重视,不少评论文章都给予高度的评价·巴斯马诺夫所译李清照的词集《漱玉词》有新旧两种版本(即1970年版和1974年版,出版者均为莫斯科文艺出版社),此书每首词均分译文、注解和评析三部分,对于苏联读者和学界欣赏、研究李清照的词提供了很大的方便。另外,巴斯马诺夫撰有《李清照:中国女词人》一文,载远东地区乌兰乌德市出版的《贝加尔湖》杂志第二期(1968年),此文对李清照生平及其创作作了比较全面的论述。

(王丽娜)

李清照词在罗马尼亚

1980年,布加勒斯特宇宙出版社出版了罗马尼亚文中国诗词集的第一卷《唐宋诗词选》,其中收进宋代著名女词人李清照的词五首:《如梦令·昨夜雨疏风骤》《武陵春·风住尘香花已尽》《一剪梅·红藕香残玉簟秋》《凤凰台上忆吹箫》和《声声慢》。这些脍炙一时的佳作,由于译文雅丽,博得了罗马尼亚广大读者的好评。罗马尼亚汉学家米哈那拉·古卡在该书的前言中详细介绍了李清照的生平著述以及李清照词的特点,使读者对词的意境与内容有了更深的理解。前言写道:"李清照出身书香门第,今传《漱玉词》一卷具有极高的文学价值,真实地反映了女词人的思想感情,既有悲伤的闺情,也有爱国的情怀。"1983年布加勒斯特科学和百科全书出版社出版的《中国古代和现代文学词典》(伊利亚娜·霍贾——韦利什库主编)中专条介绍了李清照。词条写道:"南宋女词人李清照,号易安居士(1084—1151),是著名文人李格非的女儿,生于济南(今山东省)。青年时代她同丈夫、金石学专家赵明诚一道从事考古和古代艺术的研究,编制目录,并勤于写作。金人的箫鼓毁灭了她的美满生活。南渡不久,丈夫赵明诚身患重病,不幸去世。前期的词多写悠闲生活,后期的作品情调感伤。"

(李玉珠 郭庆云)

日本对李清照诗词的翻译与研究

《日本大百科事典》第三十一卷收李清照一条,该词条概述了李清照的生平事迹,对李清照的创作给予了高度的评价。词条写道:"李清照在世时她的诗词就已广为流传,这使她很以为荣,特别是《漱玉词》一卷的问世,使这位才华出众的女词人名声大振。李清照不仅是一位天才的女词人,而且她对词的批评也很有见地,例如《苕溪渔隐丛话》就载有李清照对宋代几乎所有著名词人的批评文字。她的《词论》对后世有一定影响。"

日本较早研究李清照的学者当推著名汉学家、中国文学研究家铃木虎雄教授。他的专著《中国文学研究》,1915年由东京弘文堂初版印行,1962年2月已印行至第六版。此书第二卷"词曲类"中一节即题为《女词人李易安》,这一节译出了《如梦令·昨夜风疏风骤》《一剪梅·红藕香残玉簟秋》《醉花阴·薄雾浓云愁永昼》《声声慢·寻寻觅觅》和《武陵春·风住尘香花已尽》五首李清照词,还评介了李清照的生平和创作。作者认为,李清照的词作不仅造语巧妙,而且神气沉着,使人有深入其境之感,《醉花阴》和《声声慢》是这种风格的代表,从"帘卷西风,人比黄花瘦"的句子可以窥见李清照的高洁人品和词品。铃木虎雄在这一节的结束语中指出:自古以来中国女性文学家不乏其人,著名的有两汉六朝的赋家班婕妤、班昭,诗人蔡琰、左芬、鲍令晖,唐代的上官氏、宁氏、薛涛、鱼玄机、花蕊夫人费氏等,但她们多流于着重修饰字句,很少抒写自身的体验以感染读者。如果将李易安词与几乎和她同时期朱淑真的《断肠词》加以比较,二者优劣立见。铃木虎雄还认为,不论是从词作本身来说,还是从词论来说,在研究宋词时,李清照都是一位绝不可忽略的词人。

铃木虎雄对李清照其人其词的高度评价，在日本老一辈汉学家中具有代表性。二十世纪六十年代以来，日本汉学家发表的关于李清照的学术论文有增田清季的《中国第一位女词人李清照》（载《国语与教育》第九期），垂永英彦的《论李清照的创作》（载《中国文学论集》第一集，1970年），青山宏的《李清照词的特色》（载《汉学研究》7号，日本大学，1970年），堀泽千代的《论李清照诗的特色》（载《香川中国学会报》第七期，1972年），沈怀之的《李清照其人其词》（载《中国文学论集》第三集，1975年）等。这些论文表现了日本汉学界对我国杰出的女词人李清照其人及其诗词研究的新进展。另外，五十年代末期，日本汉学家花崎采琰重新翻译了李清照词集《漱玉词》，题名为《新译漱玉词》，这一新译本在日本流行较广，很受日本读者和学术界的欢迎。

（王丽娜）

世界百科全书对李清照的评介

世界各国出版的主要百科全书，在介绍中国古典文学宋词的条目中，均对宋代著名词人苏轼、李清照、辛弃疾等给予高度的评价。有的辞典还列有李清照专条。例如：法国出版的《基耶百科辞典》，在介绍宋词的条目中，特别推崇李清照和辛弃疾两位杰出的宋代词人。《英国不列颠百科全书》在评介宋代文学宋词的条目中，认为李清照"是一位伟大的女词人，在中国词坛的第一流代表人物中，她应该名列前茅。"再如:《简明不列颠百科全书》，列有李清照专门词条，除对李清照的生平事迹作了概括介绍外，主要对李清照的作品做了高度评价。其中说："清照前期词多写闺情离绪，歌咏悠闲生活，以《如梦令·昨夜雨疏风骤》《醉花阴·薄雾浓云愁永昼》《凤凰台上忆吹箫·香冷金猊》等为代表。南渡后国破家亡，流离孤寂，词大多数抒写不幸遭遇，弥漫着感伤情调。例如《永遇乐·落日熔金》，借元宵节日怀念中原故土，悲叹个人身世;《声声慢·寻寻觅觅》连用十四个叠字，表达孤寂无依的凄苦情怀，历来受人称赞。李词长于白描，善用口语，自然流畅而富于音律美，在宋代词坛独树一帜。诗、文风格则刚健清新，情辞慷慨，与词风有别。《金石录后序》回忆生平忧患，是出色的优美散文。"

日本出版的多种百科全书，大多列有李清照专门词条，且对李清照及其诗词给予了高度的评价。

罗马尼亚布加勒斯特科学和百科全书出版社出版的《中国古代和现代文学辞典》中,列有李清照词条,词条以简明概括的文笔对李清照的生平和诗词作了评介。

(王丽娜)

《女词人李清照》

作者佘雪曼。1982年7月香港雪曼艺文院出版。此书由《李清照及其词》和《李清照词校注》两部分组成。前者考察了李清照的身世与性格,从情感、理想、创造力三方面阐述了李清照所以成为一个伟大词人的内在因素,并对李清照的部分代表作进行了较为详细的赏析。"校注"部分一般包括"校注"和"评论",汇集了前人有关的词评及作者本人的见解。书后并附录有《金石录后序》和《漱玉词》集评。

(郑永晓)

《李清照词欣赏》

作者姜尚贤。1956年6月,中国台湾台南市一鸣书局出版。这是一本较早的李清照研究专著。该书由李清照传略、李清照词评、李清照的漱玉词刊本、李清照词的特质、漱玉词、漱玉词补遗、历代女性词选等七部分组成。作者阐述了李清照的生平,辑录了李调元、周济、王士祺、沈曾植、吴梅、薛砺若等人对李清照词的评论资料,简略考察了《漱玉词》的版本情况,分析了李清照词的艺术成就,并对《漱玉词》及《补遗》作了简略注释。

作者姜尚贤是中国台湾早期李清照研究家。

(郑永晓)

《李清照和她的作品》

中国台湾学者王光前编著。1983年台北前程出版社出版。全书193页。分两部分组成,第一部分为李清照研究,包括六个专章,即:1.回顾一段七十年史:李清照的时代;2.中国式的罗密欧与朱丽叶:李清照的婚姻背景和感情生活;3.成功不偶然:李清照成就因素的探讨;4.诗情与夜鹊:

李清照的兴趣与情感；5.旧时代的新女性：李清照的性格与思想；6.桑榆晚情无人情：李清照再嫁问题的争论。此章后附《诸家关于李清照再嫁问题的意见》一文。该书第二部分为李清照的作品，包括词七十九阕、诗十六首、文三篇、赋一章。书前附李清照小像及考辨、李清照的作品图八幅，并附编著者题为《我写李清照》的序言一篇。

在《成功不偶然》一章中，编著者指出：李清照之所以成为中国诗词史上杰出的女词人，其主要因素不外遗传、环境和努力这三个方面。"余性偶强记"，李清照记忆力强或与遗传有关。李清照的夫家和娘家皆系寒族，"赵、李族寒，素贫俭"，她在清寒的环境中成长，从小受到父亲渊博才识的熏陶和母亲严格的教育，故而自少便有诗名。但更重要的还是她个人孜孜不倦的努力，否则，尽管天资再高，家庭环境再好，她也不可能有太大的进境，也就不可能成为中国文学史上著名的女性作家了。关于李清照再嫁问题的争论，编著者指出：宋代并没有人怀疑李清照再嫁的真实性，疑问是在李清照去世数百年后才提出来的。明、清以来的学者之所以否认李清照再嫁，并且花大力气为之辩护，无非出于两种原因，一是爱才，不愿此事玷污清照的清名；二是出于封建意识，以为清照是封建礼教的严格执行者，不可能存在再嫁的问题。例如清代俞正燮"余素恶易安改嫁张汝舟之说"，又"不甘小人言语，使才人下配驵侩"，这既是出于敬爱李清照的才华，也是因为受封建礼教观点的影响。编著者同时还引用了黄盛璋先生的意见，以为宋人记载李清照再嫁的历史资料是可以相信的事情。但编著者认为：关于李清照是否再嫁这一争论许久的问题，仍可以进一步探讨。

《李清照和她的作品》一书，比较全面地论述了李清照的生平和她的作品，是一部很有参考价值的著作。

（王彬彬）

《李清照》

专题论文，吴延环著。收入1958年4月中国台湾台北市中华文化事业出版社出版的《中华文史论集》第二集，后又收入1985年台湾天一出版社出版的《李清照传记资料》（朱传誉主编）一书中。本文从"真正的情感""无痕的言辞""独立的风格""深细的情思""和调的词句""高超的境界"五个方面来分析李清照的词作。并采用与其他词人进行比较的方法，突出了李清照词的特点。如在论述李清照词有"真正情感"时说："什么时候流露什么感情，什么事情运用什么辞句，绝不像花间诸子，徒谋艳丽，更不像专讲音律的张丰南，因'锁窗幽'的'幽'字不协音律，不顾事实，硬改为'明'字。"又如在论述李清照词的"无痕的"用语时说："不少论客，皆许周邦彦为词之集大成者，但像他《解语花》调中的'桂花流瓦'，意境虽佳，但以'桂花'代月光，终嫌刀斧迹象。一代词宗的秦少游，在《水龙吟》调里的'小楼连苑横空，下窥绣毂雕鞍骤'，也曾被苏东坡讥为'十三字只说得一个人骑马楼前过。'遍翻《漱玉词》各篇，绝找不出半点这类毛病。"在分析论述了李清照词的艺术特点之后，作者说：李后主与李清照在词国里成就最大，实应视为词国的"男女皇帝"。关于李清照取得如此巨大成就的原因，作者提出"时代陶铸""家学渊源""生活体验""艺术修养"四点，并逐点略作说明。本文最后用富有诗意的文字来描画李清照一生的音容笑貌，表现了作者对这位词国女皇的无限向往与钦慕之情。

（杜维沫）

《论李清照的词》

胡品清著。载 1966 年 9 月中国台湾台北版《出版月刊》第 16 期。后又收入台湾天一出版社出版、朱传誉主编的《李清照传记资料》一书中。本文作者为台湾研究李清照的著名专家，他的专著《李清照》一书被列为"特怀恩世界作家丛书"之一种，1966 年于美国出版，在东西方都有较大影响。

本文简论李清照及其作品，而中心内容是评论李清照词作的艺术特点。作者的主要观点如下："（李清照是）一个全然的个人主义者，一个歌颂爱恋的抒情诗人，一个爱生活、爱自然的女词人，一个把生活经验融汇在诗词里的真实作家。""她天生是贵族的，浪漫主义的，敏感的，热情的，对宗教和哲学是冷漠的。""李清照对宗教是冷漠的，因为她热爱人生和现实世界。当她失望的时候，她并不在宗教里寻求慰藉。在她的作品里，她从来不表现道家所宣扬的人与自然之契约和浑然忘我的境界。她爱好自然，描写自然，但是自然并不能激起她宗教的思想。她爱大自然的瑰丽的景象，但是在她的心目中，大自然并不具有更深沉的一面。""她是有个性的，主观的,唯美的,纯情的。她的诗反映着她的个性、生活和情感。"在分析李清照表现爱情的作品时,作者指出这样三点:"她借爱歌颂自己而不是歌颂她爱的对象;她不把爱情看作一种抽象的或绝对的东西来颂扬它,她的情诗是感官的或美学的情感之表现而不是精神契合的外在标志。"为了说明自己的观点,作者举出美国新诗运动倡导者、现代意象派著名诗人埃兹拉·庞德(1885—1972)和美国现代另一位著名诗人 E. E. 康明斯(1894—1962)的爱情诗,来与李清照的爱情词《浪淘沙·素约小腰身》《浣溪沙·绣面芙蓉一笑开》《凤凰台上忆吹箫·香冷金猊》进行具体比较,指出他们的纯主观的艺术表现手法是极为相似的。作者对于李清照爱情词的看法是:它们"有时是伤感的,有时是感官的,有时是轻快的,但绝非柏拉图式的。"

本文的结论是这样的:李清照"是一个纯粹主观的抒情诗人,但是当感情一经表现于她的作品中,便不再是属于她个人的了。不论那是多么矛盾,凡是伟大的艺术品都有着一个共同的神奇的特性:虽然每个艺术家用自己的语言表现自己的情感,但是效果都是有普遍性的,因为那是永恒人寻求永恒的表现。""我们大家都有幸运和厄运,欢乐与痛苦,希望与恐惧,李清照凭自身的经验为我们大家说出了一种普遍的及有永恒性的语言。"

(杜维沫)

《旷代女词人李清照:中国历史上名女人之八》

庄练著。载中国台湾台北出版的《畅流》65卷第6号。这是一篇全面评论李清照及其词作的文章。作者认为,《漱玉词》中所收的词,无一首不佳妙,如《一剪梅·红藕香残玉簟秋》可谓清丽婉约,精秀卓越;《壶中天慢》即《念奴娇·萧条庭院》一词写出了闺中思妇的寂寞慵懒之心,其情思之细密与意境之高妙,读之使人低徊不尽;《醉花阴》中"莫道不消魂,帘卷西风,人比黄花瘦"的千古绝句,在当时已使李清照名声大振,而《声声慢》这首词中所表现的惨痛之情,其意境之愁楚,以及全词音调之美与用叠字之新奇,都远非一般词家所能企及。

在谈到李清照的词论时,作者认为李清照对北宋以来的名词家的批评虽然有失忠厚,但毕竟有其独到之处。不过,由于晏殊、欧阳修、苏轼、王安石、曾巩、黄庭坚等人都是与李清照相去极近的词坛前辈,他们的门生遍布天下，李清照如此直言无忌的批评，便难免招来人们的反感。加之她在宋高宗绍兴二年时，还曾因新科状元张九成的对策中有"桂子飘香"之句，作诗讥诮，以"桂子飘香张九成"对"露花倒影柳三变"相对偶，使张九成和他的朋友们感到十分难堪，于是乎乃有后来的架诬再嫁之说。作者认为，虽然这些人的行为动机十分可鄙，在李清照自己，却也不免有轻薄招尤之咎，不能完全诿过于他人的。

关于李清照的嫁年，作者认为应是宋哲宗元符二年。在论及李清照和赵明诚的感情时作者认为，李清照与赵明诚感情最谐和最美满的时期只有赵明诚当年在山东做官时期的那一段日子，收购文物、校勘图籍的生活最值得永远怀念。因此，李清照辑成的《金石录》一书，是她永远怀念亡夫赵明诚的纪念物。此书后来在金石学领域占有极高的地位，赵明诚也因此而得不朽。李清照与赵明诚伉俪情深的恋情，也因李清照撰写《金石录后序》而得到永远的流传。

关于李清照再嫁问题，作者还指出，李清照写给綦崇礼的信是经过别人篡改的，其内容并不可信，这封信的内容，本来完全是因赵明诚被诬而感谢綦崇礼为之辩雪，与再嫁之说毫无干涉。然而在经过一番改窜之后，中间加了自承改嫁的文字，就成了再嫁一事之佐证了。再嫁之说，确为恶意谤诬者之捏造中伤；本文作者认为：这是今人应该认同的事实。

（王彬彬）

《词后：婉约之宗的李清照》

张金铃著（硕士论文，指导老师龚显宗先生）。发表于1979年4月中国台湾出版的《台南师专学报》第一期，后收入1985年台北天一出版社出版、朱传誉主编的《李清照传记资料》一书中。这篇论文比较全面地对李清照及其作品进行了探讨评述。全文由前言、书香世家、时代背景、嫁年、一生崎岖、早年幸福安逸、晚年流离颠沛、个性与作品的特色、李清照的文艺、在词上的贡献、对李清照词之评价、金石录考证、后序及其著作、结论10部分组成。

作者在前言中指出："我国的几位女作家，如汉之班昭、蔡琰，唐之薛涛，清之王照圆、席佩兰等，在文学史上斐然有名，但都比不上李清照。"在

第二节论述李清照出身于书香世家和一生所经历的国破家亡的流离生活时指出,清照"以一茕茕弱嫠之身,处此大动乱之时代,辗转千里,饱经风霜之余,才产生了非一般镇日长守闺门的少妇和低斟浅酌风流自赏的名士所能企及的繁复的文学作品。"在嫁年的问题上,作者引用了历来争论较多的两种说法,即十八岁和二十一岁。作者比较同意近代多数论者的意见:李清照生于元丰四年,嫁于建中辛巳年、年二十一岁的说法。在第五节论述李清照个性与作品的特色时,作者认为:"李清照是个永恒的女性,十足的女人,温柔典雅,甚解风情。她是一个与词结合的女人,她所表现的乃是女人唯一的天职——爱。在她以前,只有男诗人是奔放地歌颂爱情的,女诗人则大都含蓄,而李清照则自由地歌颂爱情,且为自己的柔情而骄傲。由于李清照有独立的人格思想,她对于物质界的任何一面都是敏感的,色、声、香、味和爱构成了她诗作的经纬。"作者认为李清照极少宗教色彩,"她对于自己的形态是自觉的,在作品中,她常写自己的洁白如玉的肌肤,纤细的腰身,如波的眸子,且把自己的优美比作一缕青云。她十分注重外表,喜欢衣饰,常施脂粉,而且爱用梅花装饰发型。她欣然接受她的身体和性别,因为她是个永恒的女人"。作者为李清照这位才智俱全的女性生在那种战乱流离的时代而深深惋惜。然而作者同时也以为,正是由于李清照生活在那混乱时代和困顿生活中,再加上她的文学天才,独特的艺术技巧,才创作出伟大的作品。在《李清照的文艺》一节里,作者认为,李清照的词无论在格律、内容、艺术润饰诸方面都形成了个人独特的风格。她遵守着词的一切规约来创作,她重视音律、锻炼字句。在风格上,她属于秦、周一派,但有秦观的细微婉约,却没有他的淫靡,有周邦彦的功力,却没有他那种详赡的铺叙和露骨的雕琢。她的词是富于性情和生命的表现,她的词具有高超的境界。第七节论述李清照在词上的贡献时,作者指出李清照利用比较通俗的语言,创造了一种"李易安体",这种词的特点是浅俗、清新而又具有深意。其次,她对词有很精辟的见解,她的批评词人与词学的文章,是我国文学史上较早且不可多得的词论。在对李清照词之评价一节中,作者批驳了历代文人贬低李清照的论调,认为他们的批语如同"蚍蜉撼大树"。作者说:"李清照用主观手法表现自己的情感,而表现在她的作品中的情感,能使读者和她之间产生一种心灵的交流。李清照的作品中,最美好的部分是情感的真挚,她的悲鸣发自心底,她的喜、怒、哀乐都是至诚的,并非无病呻吟。"
在本文的"结论"中,作者写道:"以一个中国古代的女子而言,李清照是有
特殊幸运的,她有独立的人格,有美满的婚姻,有尊敬她的丈夫,然而她也
是不幸的,中年丧夫,流离异地,老死他乡。李清照是一个时代性的女性,
于古代实属难得,在今天的社会亦是少见。她兼有中国传统的女性美;亦
具有现代女性坚忍不拔的奋斗毅力,她确实是个永恒的女性。"

(王丽娜)

《词国女皇李清照九百年》

专题论文。骆志伊撰。载中国台湾台北艺文杂志社出版的《艺文志》
1984年12月号。此文为纪念李清照诞生九百周年而作。作者首先说明,
李清照的生年定在宋神宗元丰七年(1084),系根据赵明诚与李清照夫妇
合著之《金石录》一书中的有关文字,经对照、推敲而定,已为学界所公认。
但李清照生于何月,卒于何年,则均不可考,不过她至少活了六十岁,因为
公元1143年她尚在人间。

此文对李清照与赵明诚婚后的幸福生活以及北宋灭亡后他们夫妇在
逃难过程中所遭受的颠沛流离之苦,作了概括介绍,并指出,当南宋高宗建
炎三年(1129年)清照四十六岁时,明诚卒于南京,从此清照的生活更加困
顿。作者认为,清照对南宋的偏安局面是极端不满意的,所以她写出了"南
渡衣冠少王导,北来消息欠刘琨"等沉痛而悲愤的诗句。

对李清照的作品,一般均按北宋与南宋时代的分界划为两个时期和两
种风格。此文作者却别有新见,认为清照的一生约可分为新婚的幸福、别
离的轻愁和寡居流浪的悲苦三个时期,从而她的全部作品也就呈现出三个
时期的三种不同风格;第一期的风格是热情浪漫的,第二期的风格是缠绵
婉转的,第三期的风格是严肃凄苦的。由于清照词作的艺术成就最高,作
者便以词作为例,来说明三种风格的具体差异。第一期举《浣溪沙·绣面芙
蓉一笑开》《采桑子·晚来一阵风兼雨》,第二期举《一剪梅·红藕香残玉簟
秋》《蝶恋花·泪湿罗衣脂粉满》,第三期举《声声慢·寻寻觅觅》。

关于李清照的词论,此文也有所涉及。作者认为:清照的词论几乎批
评了北宋所有著名词人的不足之处;可见其自视之高,然而"平情论之,她

的批评虽未能尽真,但以词的传统性格和词的正宗立场视之,自有其不磨之理由。此一代女词人,确实值得自傲!"

(杜维沫)

《纪念李清照专辑》

为纪念李清照诞生九百周年,中国台湾文艺基金会1984年8月在台湾师范大学主办了"纪念李清照学术讨论会",会上宣读了钟玲《李清照人格之形成》、傅锡壬《斗茶、病酒、打马、赏花 —— 试析李清照的生活情趣》、邵德润《关于李清照再嫁之争议》等三篇论文。《中外文学》月刊1984年10月出版《纪念李清照专辑》,全文予以刊载。钟文认为,宋朝虽然是个积贫积弱的朝代,但李清照有幸赶在社会风气仍然比较开放的北宋,其时士大夫阶层对女子展露才华仍持鼓励与赞赏的态度。这有利于她的个性和才华的发展,而其家庭和婚姻也为她的创作提供了便利。傅文则阐述了李清照生活中的四种嗜好:斗茶是夫妇之爱的升华,病酒是任真性情的流露,打马是悲愤情怀的寄托,而赏花则是天生丽质的自我欣赏。这四种嗜好都对李清照词的创作产生过重大影响。关于李清照再嫁的问题,几百年来众说不一,迄今终无定论。邵文追根溯源,对历代名家有关再嫁问题的看法一一作了考察。他认为,《云麓漫抄》所录李清照《投翰林学士綦崇礼启》,内容极不可靠,可能出自伪造,所谓李清照"晚节流荡无依"之说纯属污蔑。宋人对李清照有此诬蔑流言,盖由于李清照心高气傲,难免开罪于人,适有张汝舟之妻李氏控告乃夫贪污,遂有人诬指这李氏即易安居士,竟使李清照蒙千古不白之冤。

(郑永晓)

《李清照传记资料》

朱传誉主编,1982年至1985年中国台湾台北天一出版社出版,精装九册。

全书共分六大部分。第一部分题为《李清照传略及年表》,即第一、二册。内容包括:姜尚贤著《李清照略传》(选自1956年6月台南市一鸣书局出版的《李清照词欣赏》一书)、吴宽等编著《李清照集题咏》(选自1975

年3月台北市河洛出版社出版的《李清照集》)等十四种。第二部分题为《李清照其人其词》,即第三、四、五册。内容包括:张寿林著《李清照评传》(1972年5月台北水牛出版社出版)、张荃著《由李清照、朱淑真诗中看宋代妇女生活》(原载1949年3月30日台北《新生报》4版)等论著二十四种。第三部分题为《李清照改嫁问题》,即第六册。内容包括:《李清照的改嫁问题》专集(1975年3月台北市河洛图书出版社出版)、朴人著《李易安改嫁》等论著十六种。第四部分题为《李清照词赏析》,即第七册。内容包括:张梦机著《李清照词欣赏》(选自1969年11月台北《自由青年》42卷5期)、范纯甫《漱玉词欣赏》(选自1979年9月台北庄严出版社出版的《肠断西风李清照》一书)等十八种。第五部分题为《研究李清照著作版本及资料》,即第八册。内容包括:箫道管编著《汇集易安居士诗文词叙》(选自1975年3月台北河洛图书出版社出版的《道安室杂文》一书)、何广棪编著《民国以来李清照研究论文目录》《李清照研究征引书目》(选自1977年12月台北九思出版社出版的《李清照研究》一书)等二十六种。第六部分题为《李清照传记资料九》,即第九册。内容包括:马西屏著《九百年来一词后》等论文十四种。

本书主编朱传誉先生系台北天一出版社社长、台湾新闻学家、儿童文学研究家和创作家、文学研究家。本书内容翔实丰富,几乎囊括中国台湾学者自四十年代以来的所有论著,全面反映了台湾学者有关李清照研究的成果。

(王丽娜)

海外及中国港台地区李清照研究论著目录
（外文部分）

一、英文

《李清照》，胡品清著。1966年纽约特怀恩出版社出版，128页。列入"特怀恩世界作家丛书"。

《人比黄花瘦：李清照生平与著作》，胡·露西赵著。1968年香港梅费尔出版社出版。

《李清照诗词选》，肯尼斯·雷克斯罗思（汉名王红公）与钟玲合作译著。1979年纽约新向书局（意译）出版，118页。（封面中文题字"帘卷西风人比黄花瘦"）

《李清照全集肯尼斯·雷克斯罗思译本》，威廉·洛克伍德著。1984—1985年淡江评论15.1-4，389-410。

《开放的形式：李清照诗词英译的比较》，彼得·德拉金和保罗·德雷斯曼合著。1985年淡江评论 V.15（1-5），285-306。

《〈漱玉词〉茅于美译本序》，约翰·休斯著。《词学》第9辑，1992年华师大出版社出版。

二、法文

《李清照诗词，1081—1141》，陈·尚塔尔著。系作者博士论文，1972年发表于法国巴黎万森巴黎第八大学第三阶段博士班。

《李清照诗词选》，1977年巴黎伽利玛出版社出版。

三、俄文

《宋代诗词选》，巴斯马诺夫等译。1959年莫斯科国家文学出版社出版，359页。

《李清照〈漱玉词〉》，巴斯马诺夫译著。1970年莫斯科文艺出版社出版，

79页。

《李清照〈漱玉词〉》，巴斯马诺夫译著。1974年莫斯科文艺出版社出版，101页。

《梅花开（中国历代词选）》，巴斯马诺夫译著。1979年莫斯科文艺出版社出版，425页。

《李清照：中国女词人》（论文），巴斯马诺夫著。载乌兰乌德市出版《贝加尔湖》杂志第2期（1968年）。

四、罗马尼亚文

《唐宋诗词选》，李玉珠译。1980年布加勒斯特宇宙出版社出版。列入"中国诗词集"第一卷（包括李清照词五首）。书前附米哈那位·古卡撰"序言"一篇。

五、日文

《女词人李易安》，铃木虎雄著。收入《中国文学研究》一书第二卷词曲类，1915年东京弘文堂书房出版（第一版），1939年11月东京弘文堂书房再版，1962年东京弘文堂第六次再版。

《李易安》，花崎采琰著。载《桃源》2—10（1948.10）（论文）。

《中国第一位女词人李清照》（论文），增田清秀著。载《国语与教育》第9期。

《论李清照的创作》，垂永英彦著。载《中国文学论集》第一期（1970.5，15—22页）。

《李清照词的特色》，青山宏著。载《汉学研究》（日本大学）第7号（1970.3，29—46页）。

《论李清照诗的特色》，堀泽千代著。载《香川中国学会报》第7期（1972.9，12—19页）。

《李清照其人其词》，沈怀之著。载《中国文学论集》第3辑（1975.5，29—39页）。

《新译漱玉词》，（宋）李易安著，花崎采琰译。1958年8月东京新树社出版，195页。

（王丽娜编译）

李清照研究论著目录
（中国港台部分）

一、李清照传略及年表

李清照略传 姜尚贤著,《李清照词欣赏》1956年6月台南市一鸣书局

李清照 吴延环著,《中国文学史论集》1958年4月台北市中华文化出版事业社

词后李清照 慕芬著,《大专月刊》第17期(1963.5)

有关李清照问题二三事 慕芬著,《大专月刊》第33期(1965.1)

北宋女词人代表李清照 陆完贞著,《中国女词人叙录》第二章第一节,台北师大国研所硕士论文(1965.1)

李清照之身世 陈定山著,《畅流》32卷10期(1966.1,台北)

李清照传及文学 白祯喜等,《南渡三词人生平及文学研究》第二章第一节台北台大中研所硕士论文(1972)

李清照的一生 朴人著,《诗人生活》1975年3月台北市学生书局

李清照 《词学评论史稿》

李清照传记、轶事 《李清照集》1975年3月台北市河洛图书出版社

李清照之行实 何广棪著,《李清照研究》第一章,1977年12月台北九思出版社

《金石录后序》作年考 慕芬著,《大专月刊》第20期(1963.10)

如歌的行板(女词人李清照的一生) 范纯甫著,《肠断西风李清照》,1979年9月台北市庄严出版社

李清照评传易安居士年表 张寿林著,《李清照评传》1972年5月台北市水牛出版社

《金石录后序》作年问题 《李清照集》1975年3月台北市河洛图书出版社

李清照集题咏 吴宽等著,1975年3月台北市河洛图书出版社

二、李清照其人其词

李清照评传 张寿林著,1972年5月台北市水牛出版社

李清照评传 王宗浚著,《国风》5卷2期（1934.7南京）台北文海书局影印

女词人李清照等（有关李清照部分） 胡云翼著,《中国词史》第二十二章,1958年12月台北启明书局

词后——婉约之宗的李清照 张金玲著,《台南师专学报》第1期（1979.4台南）

李清照其人其词 陈玉英著,《文史学报》第1期,1964年香港珠海学院

李清照作品真伪考证 何广棪著,《李清照研究》第六章,1977年12月台北九思出版社

李清照作品系年辨证 何广棪著,《李清照研究》第七章,1977年12月台北九思出版社

读佘著女词人李清照献疑 何广棪著,《大专月刊》第三十六期（1965.5）

李清照作品真伪考证 何广棪著,《大专月刊》第三十七期（1965.6）

李清照及其词 陶唐著,《公论报》（1965.8.3）

女词人李清照 杜若著,《台肥月刊》14卷7期（1973.7台北）

千古词人李易安 陈晓蔷著,《诗词论丛》1961年5月台北文星书店

易安居士其人其词 蔡慕陶著,《古今谈》88期（1972.8台北）

李清照的生平及作品 薛鸣莺著,《书和人》349期（1978.10台北国语日报）

女中词圣李清照 唐润钿著,《文坛》156期（1973.1台北）

词后李清照 林宗霖著,《励进》330期（1973.8台北）

肠断西风——李清照 郑惠文著,《中国文学家故事》1979年3月台北市庄严出版社

女词人李清照 隐灵著,《畅流》12卷2期（1955.9台北）

秦观、周邦彦、李清照（收李清照部分） 姜伯纯著,《中国文学名著欣赏》1979年5月台北庄严出版社

李清照　王序著,《中国文学作家小传》1974.10台北河洛图书出版社

天生才女李清照　《四大词人及其词》1958年12月台北文源出版社

易安居士李清照　朱季平著,《星岛日报》10版（1968.7.7香港）

中国第一女作家李清照　李少陵著,《艺文志》9期（1966.6台北）

才情高洁的李清照　李师郑著,《大华晚报》10版（1972.2.21台北）

谈李清照　陈寿恒著,《大华晚报》5版（1966.12.9台北）

李清照　薛砺若著,《宋词通论》第四编第二章1958年5月台北市开明书店

伟大的女词人李清照　李素著,《文学世界》1962年9月香港中国笔会

绝代词女李清照　周宗盛,《词林探胜》1976年12月台北水牛出版社

伟大女词人李清照　刘载福著,《历代诗词百家》1980年10月台南综合出版社

天才女词人李清照　郑士珪著,《公论报》6版（1954.5.21）

李清照的身世和作品　黎淦林著,《文学世界》34期（1962.6香港）

女词人李清照的风格　林仙著,《中兴评论》3卷7期（1956.7台北）

词宗三李　绩荪著,《畅流》15卷7期（1957.5台北）

李清照的《词论》《文学研究论丛》1978年10月台北庄严出版社

李清照《词论》详析　范纯甫著,《肠断西风李清照》1979年9月台北庄严出版社

李清照之词　何广棪著,《李清照研究》第二章1977年12月台北九思出版社

李清照的词论　洪昭著,《艺林丛录》第七章（1973年1月台北）

李清照及其《漱玉词》　左舜生著,《文艺史话及批评》第一集1970年5月台北传记文学社

女词人李清照的文艺生活　周燕谋著,《古今谈》37期（台北）

谈昆曲想起了李清照　贾孝全著,《大华晚报》7版（1978.5.14台北）

李清照诗三探（上）　何广棪著,《星岛日报》18版（1965.2.8香港）

李清照诗三探（下）　何广棪著,《星岛日报》19版（1965.2.9香港）

李清照词评　姜尚贤著,《李清照词欣赏》1956年6月台南市一鸣书局

李清照与朱淑真（上）　张惠康著,《中华诗学》2卷1期（1969.12台北）

李清照与朱淑真（中）　张惠康著，《中华诗学》2 卷 3 期（1970.2 台北）

李清照与朱淑真（下）　张惠康著，《中华诗学》2 卷 4 期（1970.3 台北）

词坛双娇——朱淑真与李清照　梁石著

李清照与朱淑真的比较　缪香珍著，《畅流》49 卷 9 期（1974.6 台北）

周邦彦、李清照　丁思文著，《中国文学史话》1972 年 5 月台北一鸣书局

词家三李　刘兆熊著，《新生报》8 版（1948.11.13 台北）

由李清照、朱淑真诗中看宋代妇女生活　张荃著，《新生报》4 版（1949.3.30 台北）

三、李清照改嫁问题

李清照的改嫁问题　1975 年 3 月台北河洛图书出版社

李清照改嫁问题　《文学研究丛论》1978 年 10 月台北庄严出版社

李清照事迹考辨　《李清照集》1975 年 3 月台北河洛图书出版社

李清照评传易安居士改嫁事辨集　张寿林著《李清照评传》1972 年 5 月台北水牛出版社

李清照的冤诬考辨　朱中逵著《台北商专学报》9 期（1977.3 台北）

南渡以后的李清照（一）~（七）　南宫博著，《东方杂志》4 卷 3—9 期（1970. 台北）

李易安再嫁了吗　李敖著，《文星》第十二卷第 1 期（1963.5）

李清照改嫁问题　叶乐著，《艺林丛录》第七编（1973.1）

李清照生年嫁年考　慕芬著，《大专月刊》第二十六期（1964.4）

四、李清照作品赏析

李清照词欣赏　张梦机著，《自由青年》42 卷 5 期（1969.11 台北）

李清照及其声声慢欣赏　朱维焕著，《人生》31 卷 12 期（1967.4 香港）

谈李清照的诗和词　王诚次著，《大华晚报》8 版（1971.1.18 台北）

论李清照的词　胡品清，《出版月刊》16 期（1966.9 台北）

李清照及其词　陶唐，《公论报》8 版（1965.8.3 台北）

清照词欣赏举隅　《四大词人及其词》1958 年 12 月台北文源出版社

李清照词的殊质　姜尚贤著,《李清照词欣赏》1956年6月台南一鸣书局

易安词浅释　吴书湜著,《新生报》8版(1948.9.10台北)

漱玉词欣赏　范纯甫著,《肠断西风李清照》1979年9月台北庄严出版社

李清照集前人评论　董毅、王世贞等,《李清照集》1975年3月台北河洛图书出版社

成府谈词——李清照　郑骞著,《景午丛编》上编1972年1月台北中华书局

李清照漱玉词　钟应梅著,《爱园说词》1968年9月香港崇基学院

李清照　《唐宋名家词欣赏》1978年5月台北庄严出版社

易安居士其人其词　蔡慕陶著,《古今谈》167卷(1979.4)

人比黄花瘦:略说李清照词　徐信义著,《中国语文》54卷5期(1984.5)

漱玉词研究　李栖著,《台湾师大国文研究所集刊》第十二号下册(1968.6)

李清照《醉花阴》写作意识与技巧的研究　唐文德著,《逢甲学报》17期(1984.7)

李清照词的抒情艺术　王熙元著,《大学杂志》33卷2期(1984.2)

千古诗人李清照　陈晓蔷著,《文星》6卷1期(1960.5)

李清照研究　何广棪著,《珠海中文》1981

绝代词女李清照　周宗盛著,《大华晚报》(1974.3.11、3.18、3.25;4.1、4.8、4.15、4.22、4.29;5.6、5.13、5.20)

李清照和她的作品　王光前编著,1983年5月前程出版社

女词人李清照　佘雪曼著,1961年雪曼艺文院再版(香港);1982年7月版

"词国女皇"李清照九百年　骆志伊著,《艺文志》十二号(1984)

论李清照的词　胡品清著,《出版月刊》16期(1966.9)

李清照诗初探　慕芬著,《大专月刊》第十八期(1963.6)

五、研究李清照著作版本及资料

汇集易安居士诗文词叙 萧道管编著,《道安室杂文》1975年3月台北河洛图书出版社

李清照的漱玉词刊本 姜尚贤著,《李清照词欣赏》1956年6月台南市一鸣书局

李清照集漱玉词序跋 端木采编著,《李清照集》1975年3月台北河洛图书出版社

李清照集书录 《李清照集》1975年3月台北河洛图书出版社

漱玉词研究凡例 李栖编著,《师大国研》

李清照研究目录 何广棪编著,《李清照研究》1977年12月台北九思出版社

李清照研究绪论 何广棪编著,《李清照研究》1977年12月台北九思出版社

民国以来李清照研究论文目录 何广棪编,《李清照研究》1977年12月台北九思出版社

李清照研究征引书目 何广棪编,《李清照研究》1977年12月台北九思出版社

中国女词人叙录参考书目 陆完贞编著,《中国女词人叙录》1965年1月台北师大国研所硕士论文

李清照集打马图序跋 叶德辉著,《李清照集》1975年3月台北河洛图书出版社

李清照集金石录序跋 赵明诚著,《李清照集》1975年3月台北河洛图书出版社

李清照传记资料 朱传誉主编,1985年台北天一出版社

李清照作品版本考 何广棪著,《书目季刊》8卷3期(1974.12台北)

李清照研究自序 何广棪著,《香港时报文与艺》(1974.7.25)

李清照著作国内现行重刊本书目

李清照著作国内馆藏普通本线装书

李清照著作现存版本及馆藏

李清照著作国外馆藏善本书目

李清照著作国内馆藏善本书目

李清照传记研究参考用书书目

李清照研究专论目录

李清照图像及书影　以上八种资料参见朱传誉主编《李清照传记资料》一书,9册。1981—1985年台北天一出版社出版

关于李清照　谊恒著,《华侨青年》(1957.9台北)

李清照事件　何易著,《星岛日报》8版(1960.12.9香港)

从李清照逃难说起　谷苇著,《某日报》(1959.5.14)

六、李清照学术讨论会及其他论文

斗茶、病酒、打马、赏花:试析李清照的生活情趣　傅锡壬著,《中外文学》月刊(1984.10《纪念李清照专辑》)

李清照人格之形成　钟玲著,《中外文学》月刊(1984.10《纪念李清照专辑》)

关于李清照再嫁之争议　邵德润著,《中外文学》(1984.10《纪念李清照专辑》)

李清照的心灵世界　刘纪华著,《联合文学》第2卷第5期(1986.3)

易安居士其人其词　蔡慕陶著,《古今谈》185期、186期

旷代女词人李清照:中国历史名女人之八　庄练著,《畅流》65卷6期

陆游与李清照　阮文达著,《联合报》副刊(1983.3.5)

再谈李清照:兼柬汪公纪先生　阮文达著,《联合报》副刊(1983.3.13)

李清照可比陆放翁:马星野先生函述对二位词人的看法　阮文达著,《副合报》副刊(1983.3.29)

李清照诗初探　慕芬著,《大专月刊》18期(1963.6)

李清照以后(上)　余光中著,《中国时报》副刊(1984.1.19)

李清照以后(下)　余光中著,《中国时报》副刊(1984.1.20)

从薛能谈到李清照　罗忼烈著,《明报》(19—7,总223期)(1984.7)

李清照研究　何广棪著,1977年12月台北九思出版社

断肠西风李清照　范纯甫著,1979年9月台北庄严出版社

(王丽娜)

李清照研究论著目录
（中国港台部分续录）

（一）专书

李后主、李清照词欣赏　周淑媚注译,台南:汉风,1990

李清照　儿童日报出版部改编,台北:光复,1991

李清照　中华电视股份有限公司制作[录影资料],台北:华视文化事业,2001

李清照　王丕震著,台北:秋海棠,1996

李清照　傅锡壬著,台北:河洛,1979

李清照　张淑瑷主编,台北:地球,1992

李清照　张淑瑷主编,台北新店:锦绣,1992

漱玉清芬:李清照　雪岗著,台北:万卷楼出版,1990

李清照　徐培均著,台北:群玉堂发行,1992

李清照(中国古典文学基本知识丛书之48)　徐培均著,台北:国文天地,1990

李清照传　若童著,台北:国际文化,1991

李清照与赵明诚　孟瑶著,台北:天卫文化,1999

人比黄花瘦:李清照词选　孙乃修选注.导读,台北新店:业强,1990

李清照诗词选注　刘忆萱选注,台北中和:建宏,1996

李煜、李清照词注(中国历代诗人选集之19)　陈锦荣编注,台北:远流,1980

漱玉词之声律与修辞研究　郭敏儿撰,硕士论文,香港珠海大学中国文学研究所,1980

李清照词用韵与修辞研究　林敏晶,香港远东学院中国文史研究所文学组硕士论文

李清照词论专研究 张星美,高雄师范大学国文研究所硕士论文, 1991

李清照与朱淑贞词之比较研究 冼艳清,私立珠海大学中国文学研究所硕士论文,1994

易安词中的愁 郭锦蓉,南华大学文学研究所硕士论文,2002

南渡词人李清照——其词作与词学主张研究 郭晓菁,台湾清华大学中国文学系硕士论文,2002

李清照词及其修辞技巧研究 吴平盛,中国文化大学中国文学研究所硕士在职专班,2001

莫道不销魂:李清照词赏析 刘瑜选析,开今文化,1993

李清照诗词文存 曹树铭校释,台北:台湾商务,1992

李清照校注 鼎文书局编著,台北:鼎文,1990

李清照的后半生 南宫搏著,台北:台湾商务,1996

莫道不销魂,古今第一才女:李清照诗词赏析 吴晋编著,台北:拓雅堂出版,2001

人比黄花瘦:李清照词 孙乃修选注,台北新店:业强,1990

李清照、李后主词欣赏 庄惠宜编译,台南:文国,1997

诗坛女杰李清照 王震亚编著,台北:昭文社,1997

我的痴情与哀愁——李清照、朱淑真词名篇欣赏 杜少春主编,台北板桥:镰山企业版,1999

词坛女杰李清照 金仕善著,台北:汉欣文化,1995

李清照年谱 于中航编著,台北:台湾商务,1995

李煜、李清照词注 陈锦荣编注,台北:远流,2000

李清照诗文 平慧善译注,台北新店:锦绣,1992

李清照与朱淑真评传 缪香珍,台北:台湾商务,1979

李清照词选 汉威编辑部,永和:汉威,1991

李清照和她的作品 王光前,高雄:前程,1991

李清照 地球出版社编辑部编辑,台北:地球,1991

莫道不销魂:李清照作品赏析 刘瑜选析,台北:德威国际文化,2002

李清照的人生哲学:婉约人生 余芳、舒静著,台北:扬智文化,1999

李清照 王丕震著作,台北:秋海棠,1996

李后主·李清照词欣赏 周淑媚注译,台南:汉风,1980

(二)期刊论文

宋代女大词家——词彩第一李清照-4 沈惠英,《新亚研究所通讯》16 2002.07第6—11页

浅谈宋代词人——李清照 杨惠琳,《丰商学报》1991.06第34—39页

试探李清照词中的"人间天上"——分析《行香子·草际鸣蛩》《孤雁儿·藤口纸帐朝眠起》《南歌子·天上星河转》的结构及其"人间天上"义涵 邹德莉,《兰女学报》8 2002第37—43页

宋代女大词家——词彩第一李清照-3 沈惠英,《新亚研究所通讯》13 2001.07第16—20页

论李清照词中的"闲愁"意识 陈怡君,《文学前瞻》 2001.06第108—121页

千古创格,绝世奇文——李清照《声声慢》词赏析 张高评,《国文天地》2001.05第89页

宋代女大词家——词彩第一李清照-2 沈惠英,《新亚研究所通讯》11 2001.01第11—16页

多丽(李清照) 钟露升英译,《中国语文》1990.10第77—82页

一次城市的跨时空之旅:辑2.他们在台北:邀李清照来台 康来新,《联合文学》1990.10第64—65页

声声慢(李清照) 钟露升英译,《中国语文》1990.08第90—93页

武陵春(李清照) 钟露升英译,《中国语文》1990.07第100—101页

词意并工,闺情绝调——李清照《一剪梅》鉴赏 王力坚,《人文及社会学科教学通讯》1990.06第204—208页

宋代女大词家——词彩第一李清照 沈惠英,《新亚研究所通讯》2000.06第8—12页

渔家傲(李清照) 钟露升英译,《中国语文》2000.06第99—101页

行香子(李清照) 钟露升英译,《中国语文》2000.05第91—94页

南歌子（李清照） 钟露升英译,《中国语文》2000.04第96—98页

添字采桑子（李清照） 钟露升英译,《中国语文》2000.03第96—97页

凤凰台上忆吹箫（李清照） 钟露升英译,《中国语文》2000.02第91—95页

点绛唇（李清照） 钟露升英译,《中国语文》2000.01第102—103页

醉花阴（李清照） 钟露升英译,《中国语文》1999.12第88—91页

一剪梅（李清照） 钟露升英译,《中国语文》1999.11第96—99页

渔家傲（李清照） 钟露升英译,《中国语文》1999.10第93—96页

减字木兰花（李清照） 钟露升英译,《中国语文》1999.09第91—93页

如梦令（李清照） 钟露升英译,《中国语文》1999.08第96—97页

如梦令（李清照） 钟露升英译,《中国语文》1999.07第79—81页

李易安诗文中之批判色彩 林晋士,《人文及社会学科教学通讯》2000.04第175—196页

李清照《一剪梅·轻解罗裳独上兰舟》臆说 姚道生,《中国语文通讯》2000.03第26—31页

谈易安体如何自成一家 黄雅莉,《人文及社会学科教学通讯》1999.08第157—175页

李清照《如梦令》的写景表情艺术 唐文德,《语文教育通讯》1999.06第1—2页

愿将血泪寄山河 ——一代词宗李清照 杨昌年,《历史月刊》1999.04第38—43页

女词人李清照之一生 力中,《中国语文》1997.06第66—75页

消瘦的身影 沉重的心灵 ——李清照《醉花阴》《武陵春》比较 周懋昌,《国文天地》1997.01第50—53页

易安词句法初探 高慈慧,《问学集》1996.12第71—83页

李清照的梦 ——《渔家傲》记梦词诠解 丁中航,《中国国学》1996.10第131—139页

李清照的《词论》（上） 黄丽贞,《中国语文》1996.04第20—24页

李清照的《词论》（下） 黄丽贞,《中国语文》1996.05第23—29页

词坛伟杰李清照（上） 黄丽贞,《中国语文》1995.11第33—40页

词坛伟杰李清照（中） 黄丽贞,《中国语文》1995.12第24—30页

词坛伟杰李清照（下） 黄丽贞,《中国语文》1996.02第22—27页

李清照和开封的历史缘分 王基,《中国书目季刊》1995.09第57—62页

李清照词欣赏 黄丽贞,《中国语文》1995.08第18—23页

再论李清照之改嫁 何广棪,《大陆杂志》1991.10第48页

关于李清照 王临泰,《中县文艺》1991.10第53—60页

词后——婉约之宗的李清照（上） 田哲益,《中国文化月刊》1990.12第41—53页

词后——婉约之宗的李清照（下） 田哲益,《中国文化月刊》1991.01第57—70页

《李清照改嫁问题资料汇编》补遗六则 何广棪,《大陆杂志》1989.11第16—18页

《李清照改嫁问题资料汇编》补遗六则 何广棪,《中国书目季刊》1989.12第41—45页

李清照与《漱玉词》 梁令惠,《书和人》1989.11.04第1—2页

《李清照改嫁问题资料汇编》编理后记 何广棪,《中国书目季刊》1989.06第37—45页

李清照生命意境之研究——以生死学观点探讨 陈则錞,铭传大学应用中国文学系在职专班,2006

《漱玉词》艺术探究 张美智,玄奘大学中国语文研究所,2006

易安词前后期词汇句法特点研究 曾文琪,中山大学中国文学系硕士在职专班,2006

性别与认同——李清照其人其词的创作与接受研究 叶祝满,政治大学国文教学硕士学位班,2007

论李清照酒词的情感内涵与特色 孙力,《语文建设》第36期,2015,41—42页

李清照接受研究 罗佳韦,嘉义大学人文艺术学院中国文学研究所,2016

（三）报纸文章

德籍教授古堡出版三李诗词以中德文对照介绍诗词经典 《联合报》2001.01.03,20版

三李诗词中德译文对照——义守大学教授古堡花费十年撰写出版 《联合报》2001.01.30,23版

读中国书 写方块字 娶中国妻 他热爱中华文化——德籍教授古堡出版三李诗词 《民生报》2001.01

悟——在李清照纪念馆 《大公报》2000.11.01D07文学,尚政

词女之夫 《大公报》2001.10.13、2001.10.13F07新园地,简其美

济南李清照纪念堂修竣 《大公报》2001.10.05A17大江南北

吟唱之美——听盛宗亮谱曲的《声声慢》 二月八日,香港管弦乐团演出了《中国梦——全盛宗亮作品夜》。其中,盛氏为(宋)李清照词谱曲的《声声慢》,用吟唱的手法,表现了词意,引人注目。该曲的演唱者,是来自美国的女高音Juliana Gondek,她用普通话演唱,伴奏是小型乐队,指挥是黄大德 《大公报》2002.02.22B06,音乐,钱雨

雨中谒李清照 《大公报》2002.02.06B04,文学,李美辛

古诗词之最 《大公报》2002.02.05D02,大公园,郭炜

李清照跋 《明报》2002.01.28D09,语文

拾李清照老爹牙慧的兼六园 《信报财经新闻》2002.01.19P17,副刊-理性消费,张建雄

陶琪演出李清照的苍凉 《文汇报》2002.10.01A19,娱乐

武则天李清照风采再现 《成报》2002.05.30D10,益智

阿松游山东咏李清照词 《明报》2002.05.28A12,港闻

李清照也写广东方言? 《东方日报》2003.07.22E11,副刊

李清照的心结 《大公报》2003.06.10D07,小公园

李清照纪念堂 《台湾新生报》2002.08.15

李清照词酒中永远的冷 《澳门日报》2003.12.25

体恤情怀 辨异思维——读刘扬忠《唐宋词流派史》《新华澳报》2001.07.10香港

秦桧李清照原是一家 《文汇报》2004.02.11A23,新闻专题

身外物 《文汇报》2003.12.16C11,副刊采风,辉笔而就,梁家辉

读易安《永遇乐》《大公报》2003.11.14D09,大公园,施子清

女文人与酒 《大公报》2003:10.19C02,大公园,李盛仙

眼波流转风情万种 《新报》2003.09.13E04,兰桂坊

花自飘零水自流 《大公报》2002.05.08C02,校园,思哲

红藕香残玉簟秋 《大公报》2002.05.07B05,校园,思哲

笔墨德才覆千秋 《大公报》2002.04.28C03,画坛撷英,强涛、蔡晓颖

徒要教郎比并看 《大公报》2002.04.26B06,校园,思哲

买得一枝春欲放 《大公报》2002.04.25D07,校园,思哲

风柔日薄春犹早 《大公报》2002.03.22B07,校园,思哲

梅妒菊羞冠中秋 《大公报》2002.03.12B07,校园,思哲

暗淡轻黄体性柔 《大公报》2002.03.11B07,校园,思哲

海角天涯鬓生华 《大公报》2002.03.08B07,校园,思哲

柔肠一寸愁千缕 《大公报》2002.03.07D04,校园,思哲

物是人非事事休 《大公报》2002.02.27B08,校园,思哲

古诗词之最 《大公报》2002.02.05D02,校园,郭炜

露浓花瘦轻衣透 《大公报》2002.01.11B07,校园,思哲

回舟误入藕花丛 《大公报》2001.12.21B08,校园,思哲

绿肥红瘦秋海棠 《大公报》2001.12.14E07,校园,思哲

词女之夫 《大公报》2001.10.13F07,新园地,简其美

文学夫妻 《大公报》2001.08.01D05,新园地,林晓

从音韵效果看《醉花阴》《公正报》2000.10.21D13,诗词欣赏

女性情怀 《明报》2000.10.13A24,英文

(济南市图书馆 吴伟 张继红)